KARIN
FISCHER
VERLAG

Phil Hammerstein

Hilfreiche Geschäfte

Kriminalroman

Karin Fischer Verlag | Aachen

Besuchen Sie uns im Internet:
www.karin-fischer-verlag.de

Bibliografische Information der Deutschen Bibliothek
Die Deutsche Bibliothek verzeichnet diese Publikation
in der Deutschen Nationalbibliografie;
detaillierte bibliografische Daten sind im Internet über
http://dnb.ddb.de abrufbar.

Bibliographic information published by Die Deutsche Bibliothek
The Deutsche Bibliothek lists this publication
in the Deutsche Nationalbibliografie;
detailed bibliographic data is available in the Internet at
http://dnb.ddb.de.

Originalausgabe
1. Auflage 2005

Postfach 102132 · D-52021 Aachen

Gesamtgestaltung: yen-ka
Coverfoto und -idee:
Jochen Scholz und Phil Hammerstein

Printed in Germany

ISBN 3-89514-489-4

In Dankbarkeit für Maria Hammerstein,
die mir nicht nur das Leben schenkte,
sondern auch ihre fast ein Jahrhundert
währende produktive Unruhe.

1.

»Schweinkram!«

Diese unsensible Feststellung Hecklers galt vier dick mit Schweinemett und rohen Zwiebeln belegten Brötchen der beiden Rettungsassistenten. Dabei hatte es durchaus eine Zeit in Hecklers Leben gegeben, wo er derlei Nahrung zu sich genommen hatte. Doch im letzten Jahr hatte er es tatsächlich geschafft, seine Ernährung einigermaßen gesund zu gestalten, und die Vorstellung, sich am Montag früh um sieben Uhr dreißig rohes Schweinefleisch und rohe Zwiebeln einzuverleiben, bereitete ihm körperliche Missempfindungen.

»Körnerfresser!«

Hansen, der ältere der beiden Assistenten, war nicht auf den Mund gefallen und ließ sich auch durch akademische Titel eines Gegenübers nicht vom Ausdruck seiner Gefühle abhalten. Die Bemerkung bezog sich auf eine Müslimischung, die Heckler nebst Zutaten wie frischem Obst und fettarmem Joghurt genüsslich auf dem Tisch im Bereitschaftszimmer der Rettungswache ausbreitete.

Auf der Rettungswache Nummer 1 in der Düsseldorfer Hüttenstraße – unweit des Hauptbahnhofes – herrschte eine strenge Hierarchie. Hansen war eindeutig der Boss und er war Fahrer des Notarztwagens. Heckler staunte immer wieder, wie behände sich Hansen trotz seiner gut hundertfünfzehn Kilo bewegte. Hansen achtete den Notarzt, der sich diese Achtung aber erst hatte erkämpfen müssen. Schaffrath, der Jüngere der beiden Assistenten, war untergeordnet, obwohl er sich bemühte, Hansen nachzueifern. Zumindest was das Körpergewicht betraf, hatte er es bald geschafft. Nachdem zu Beginn der Montagsschicht die Fronten geklärt waren, konnte das Notarztteam zum gemütlichen Frühstück übergehen. Andreas Heckler begann in aller Ruhe, das Obst zuzubereiten. Seit seine Tochter Lydia studierte, hatte er einen festen Job als Notarzt angenommen, während er die Jahre zuvor immer nur als Praxisvertreter gearbeitet hatte. Er fühlte sich seiner Tochter gegenüber verpflichtet, nicht nur weil er sich früher nur sporadisch um sie gekümmert hatte. Mit der Mutter von Lydia hatte er nie zusammengelebt.

Als Lydia zuerst den Führerschein und dann das Abitur in der Tasche hatte, hatte ihr Heckler den Wunsch nach einem eigenen Auto nicht abschlagen können. »Damit ich dich öfters besuchen kann«, war eine ihrer Begründungen. Obwohl er dies für vorgeschoben hielt, war er jedes Mal glücklich, wenn sie ihn in Düsseldorf besuchte. Lydia studierte in Aachen. Studium und Auto, das verschlang einiges an Geld. Heckler seufzte bei dem Gedanken.

»Na, Doktor, anstrengendes Wochenende gehabt?« Hansen hatte den Seufzer Hecklers falsch interpretiert und Diskretion war nicht seine Stärke. Heckler schüttelte den Kopf, sagte aber nichts. Eigentlich war der Gedanke ganz angenehm, dass er wusste, wofür er jetzt regelmäßig Geld verdiente. Er fand es an der Zeit, seine Pflichten als Vater etwas ernster zu nehmen.

Der Duft von frischem Kaffee holte ihn in den Raum zurück. Schaffrath kaute bereits mit vollen Backen, und gerade als Hansen ansetzte, ein halbes Mettbrötchen auf einmal zu versenken, kam, was kommen musste: Wurde ein Notarztwagen alarmiert, so folgte das einem ganz bestimmten Schema, das Heckler inzwischen in- und auswendig kannte: Zuerst blinkte ein rotes Lämpchen am Funkrufempfänger der Besatzung, nach einigen Sekunden folgte der Alarmton und anschließend kam die Durchsage über den Einsatz, oft wegen starken Rauschens kaum zu verstehen. Wenn das Team sich in der Rettungswache aufhielt, folgte zeitgleich die Durchsage über die Lautsprecher der Wache.

Hansen hatte sofort das Grinsen Hecklers bemerkt, als dieser das blinkende Lämpchen am Funkempfänger gesehen hatte. Noch vor dem Alarmton fluchte Hansen laut, weil er sein Frühstück in weite Ferne rücken sah.

»Einsatz für Notarzt fünfzehn«, quäkte es aus den Lautsprechern. Alle lauschten gebannt auf das Einsatzstichwort. Letztlich war es dieses Stichwort, welches die Höhe des Adrenalinspiegels der Akteure bestimmte.

»Bewusstlose Person.« Das war eines der Einsatzstichworte, welches zu höchster Eile mahnte. Dahinter konnten sich viele Dinge verbergen, vom Herzinfarkt bis zur Gehirnerschütterung. Unterwegs würden sie Näheres erfahren.

Während Schaffrath den Rest seines Brötchens mitnahm, konnte Hansen nur darauf hoffen, dass der Einsatz nicht allzu lange dauern würde. Nach ein bis zwei Stunden pflegten diese Mettbrötchen eine gummiartige Konsistenz anzunehmen. Als alle im Fahrzeug saßen, meldete sich Schaffrath über Funk einsatzbereit. Es folgte die Angabe des Einsatzortes, was Schaffrath mit einem zufriedenen Grunzen quittierte. Er würde genügend Zeit haben, sein Brötchen zu vertilgen. Gerade als Hansen losfahren wollte, sagte Heckler nur: »Die Nabelschnur!« Damit meinte er das Kabel für die Notfallgeräte, welches stets im Netz steckte, um die Geräte zu laden. Häufiger passierte es, dass die Fahrer diesen Umstand vergaßen und einfach losfuhren, was jedes Mal eine Reparatur von fast fünfhundert Euro zur Folge hatte, abgesehen davon, dass es merkwürdig aussah, wenn aus dem Notarztwagen ein abgerissenes Kabel heraushing.

Hansen fluchte zum zweiten Mal an diesem Morgen. Im Grunde ärgerte es ihn, dass er vom Teamchef auf einen Fehler aufmerksam gemacht worden war. Aber genau diese Dinge waren es, mit denen sich Heckler Achtung verschaffte. Der dichte Berufsverkehr am Montag früh war genau das Richtige für Hansen, um seine schlechte Laune abzureagieren. Er scheuchte die Autofahrer wie lästige Fliegen von der Straße, fuhr dicht auf, ließ das besonders laute Horn ständig an, auch in ruhigeren Verkehrsabschnitten. Heckler betrachtete amüsiert die aufgeschreckten Verkehrsteilnehmer, denen spätestens jetzt klar wurde, dass die Seeligkeit des Wochenendes endgültig dem tristen Alltag gewichen war. Auf dem Weg zur linken Rheinseite schaffte Hansen auf der Oberkasseler Brücke mit dem schweren Fahrzeug knapp einhundert Stundenkilometer.

Über Funk hatten sie erfahren, dass die »bewusstlose Person« offensichtlich eine schwere Kopfverletzung erlitten hatte. Und wenig später kam die Mitteilung, dass die jetzt vor Ort befindlichen Polizeibeamten unzweifelhaft den Tod der Person festgestellt hätten. Heckler überlegte, den Einsatz abzubrechen, denn der Notarzt war für die Versorgung der Lebenden, nicht für die der Toten vorgesehen. Aber da sie ihr Ziel fast erreicht hatten, siegte die Neugier, eine der großen Schwächen von Dr. med. Andreas Heckler.

Genau um acht Uhr fünfzehn erreichten sie den vornehmen Teil von Oberkassel. In der Einfahrt der ansehnlichen Jugendstilvilla mit Rheinblick standen bereits zwei Streifenwagen und einige Zivilfahrzeuge. Das zweigeschossige Gebäude beherbergte unten Büro- und Geschäftsräume. Als das Notarztteam die Villa betrat, richteten sich acht bis zehn Augenpaare auf sie, sehr gespannt darauf, was der Notarzt jetzt unternehmen würde. Die Motive der eifrigen Beobachter waren jedoch sehr unterschiedlich, was man ihnen natürlich nicht ansah.

2.

Der Notarzt unternahm nichts Spektakuläres. Der Anblick des Toten verdarb ihm den Wochenbeginn gründlich: Der ältere Mann mit langem, fast weißem Haar lag bäuchlings auf dem Teppich seines Arbeitszimmers, den Kopf unnatürlich verdreht. Auf dem Teppich hatte sich um den Kopf eine kleine Lache von Blut und Geweberesten ausgebreitet. Es war unschwer zu erkennen, dass dem Mann der Schädel eingeschlagen worden war, und zwar mit solcher Gewalt, dass Teile der Gehirnmasse auf dem Teppich verspritzt waren. Heckler war einiges gewohnt. Aber beim Anblick dieses Toten musste er doch schlucken. Fast mechanisch tastete er nach der Halsschlagader und leuchtete in die Augen, schüttelte dann den Kopf. Hansen drehte den Mann auf den Rücken, damit Heckler den kleinen EKG-Monitor auf die Brust setzen konnte. Wie erwartet, zeigte der Monitor eine Null-Linie an. Um festzustellen, dass der Mann mausetot war, hätte es dieser Technik gar nicht bedurft.

»Was machen Sie da? Nichts anfassen, alles liegen lassen!«, kam ein barscher Befehl von hinten. Andreas Heckler richtete sich auf und musterte den Mann, der im Türrahmen stand.

»Doktor Heckler, Notarzt«, sagte er kurz, ohne weiter auf die Frage des Mannes einzugehen. Der mochte um die fünfzig sein, ausgesprochen hager, ergrautes, welliges Haar, buschige Augenbrauen und Schnauzbart. Angesicht der tiefen Falten zwischen Nase und Mundwinkeln dachte Heckler instinktiv an

Magengeschwür. Die gelbliche Tönung des Schnauzers verriet den starken Raucher.

»Hm«, brummte der Mann, ohne sich vorzustellen. Er wirkte mehr als unhöflich.

Natürlich war das Notarztteam nicht zum ersten Mal zu einem Tatort gerufen worden. Und es gab klare Regeln, wonach die ärztlich notwendigen Handlungen ohne Rücksicht auf die Spurenlage durchgeführt werden konnten und mussten. Heckler hatte sich ja auf das Notwendigste beschränkt und er ärgerte sich über diesen griesgrämigen Menschen, der sich offensichtlich den Montagmorgen anders vorgestellt hatte.

Er zögerte einen Moment, dann brach er den Einsatz ab. Vorher machte er noch drei Fotos von der Leiche. Seit kurzem hatten die Notarztteams kleine Digitalkameras, um ungewöhnliche Situationen zu dokumentieren. Insbesondere von Angehörigen wurden gelegentlich Behauptungen aufgestellt, die später kaum zu widerlegen waren.

»Notarzt fünfzehn einsatzbereit«, sagte er dann kurz und knapp zu Hansen. Die Rettungsassistenten packten ihre sieben Sachen und verschwanden. Heckler spürte das dringende Bedürfnis, die Hände zu waschen. Er ahnte, was jetzt folgen würde.

Natürlich hätte er mit etwas gutem Willen den Totenschein ausstellen können. Die Notärzte waren aber von dieser Pflicht befreit, wenn sie einen bereits Toten vorfanden. Der Grund war einfach: Ohne Leichenschau durfte ein Totenschein nicht ausgestellt werden. Und diese unerfreuliche Tätigkeit kostete Zeit, eine halbe Stunde, in der die Notärzte für die Versorgung Lebender nicht zur Verfügung standen. Deshalb gab es eine Absprache zwischen den Rettungsdiensten und verschiedenen Behörden, dass in derartigen Fällen ein Amtsarzt oder Polizeiarzt diese letzte und zugleich lästige ärztliche Pflicht zu übernehmen hatte.

»Den Totenschein, Doktor«, versuchte der griesgrämige Mensch ihn aufzuhalten.

Heckler war verärgert über das unverschämte Auftreten, auch wenn der Kerl einen hohen Rang bekleiden mochte. Er beschloss, ihn zu ignorieren. Schließlich hatte sich der Mann nicht einmal vorgestellt. Hecklers Versuch, an dem Mann vorbei in den Flur zu treten, scheiterte. Vermutlich hatte dieser die nervtötende Verzögerung vor Augen, die es jedes Mal bedeutete, wenn irgendein Amtsarzt aufgetrieben werden musste. Da konnten zwei Stunden vergehen, in denen die Spurensicherung im Wesentlichen nur herumstand.

»Den Totenschein!« Diesmal klang es bedrohlich, wie ein Befehl.

Heckler spürte Kampfeslust, vielleicht machte ihn auch sein nüchterner Magen aggressiv.

»Ich habe ihren Namen nicht richtig verstanden, Herr ...« Die Stimme des Notarztes klang so sanft, dass es schon an Frechheit grenzte. Sein Kontrahent war blass geworden, sagte aber nichts.

Heckler hielt es nicht für erforderlich, weitere Erklärungen abzugeben, und trat entschlossen durch die Tür. Dabei nahm er den starken Nikotingeruch wahr, weil er sehr dicht an dem Mann vorbeigehen musste, ja er drängte ihn förmlich zur Seite.

»Und was ist jetzt?«

»Amtsarzt«, brummte Heckler im Vorbeigehen ebenso knapp. Im Flur suchte er die Toilette und öffnete eine Türe. Er fand sich versehentlich in einem Büroraum wieder, wo er einen jüngeren Mann am PC aufschreckte.

»Entschuldigung, ich suche die Toilette«, murmelte Heckler.

»Nächste Türe rechts, vor dem Ausgang«, war die Antwort. Der Mann war blass und sehr nervös. Er hatte offensichtlich angestrengt am PC gearbeitet.

Beim Händewaschen dachte Heckler darüber nach, wie jemand sich angesichts eines Gewaltverbrechens einfach an den PC setzen und arbeiten konnte. Der junge Mann hatte den Eindruck erweckt, als sei er auf frischer Tat ertappt worden.

Im Flur lauerte der Griesgram und bellte ihm nach: »Das wird Konsequenzen haben!«

Heckler beachtete ihn nicht weiter. Er sah keine Notwendigkeit, mit jemandem zu diskutieren, der sich nicht einmal vorgestellt hatte. Die in der Eingangshalle ratlos Herumstehenden blickten erschrocken oder verlegen lächelnd hoch, als Heckler Richtung Ausgang stürmte. Einige schienen fast unberührt, anderen stand das Entsetzen über das abscheuliche Verbrechen ins

Gesicht geschrieben. Eine ältere Frau weinte unentwegt und schien völlig aufgelöst.

Bis hierhin hatte sich Heckler nicht für das Ambiente interessiert. Im Hinausgehen bemerkte er jedoch, welch nobles Anwesen der Ort dieses Verbrechens war. Draußen studierte er das Firmenschild, das er bei seinem Eintreffen nur flüchtig wahrgenommen hatte: »MedicAid – International« stand darauf. An den Klingelknöpfen wiederholte sich die Firmenbezeichnung und dann war da noch »J. van Gemmeren« zu lesen. Offensichtlich diente die Villa nicht nur als Firmensitz, sondern auch als privater Wohnsitz.

In diesem Moment wurde Heckler etwas zu spät bewusst, dass er vermutlich einen recht prominenten Toten vorgefunden hatte. Irgendwie war ihm der Mann gleich bekannt vorgekommen. Da er sich selbst einmal für Entwicklungshilfeprojekte interessiert hatte, war ihm die Hilfsorganisation MedicAid mit ihrem Gründer Jan van Gemmeren durchaus bekannt.

Van Gemmeren hatte die Organisation vor gut zwanzig Jahren aufgebaut und war der geistige Vater dieses mittlerweile weltweit operierenden Großunternehmens. Das Spendenaufkommen belief sich inzwischen auf einen dreistelligen Millionenbetrag. Die autokratische Führung der Organisation durch van Gemmeren war vor einigen Jahren heftig kritisiert worden, in der Öffentlichkeit wurde mehr Transparenz bei der Vergabe der Gelder und der Projektförderung überhaupt angemahnt. Daraufhin war das Ganze in eine Stiftung umgewandelt worden, die durch einen Stiftungsrat kontrolliert wurde. Der Stiftungsrat war eine Ansammlung hochrangiger Vertreter aus Wirtschaft und Kultur, Vorsitzender war van Gemmeren.

Als Heckler sich an diese Zusammenhänge so nach und nach erinnerte, wurde ihm auch klar, dass er wegen des Totenscheines noch reichlich Ärger bekommen würde, auch dann, wenn er sich formal korrekt verhalten hatte. Nun ja, er würde es überstehen. Auf der Rückfahrt zur Rettungswache sprachen sie wenig, obwohl die Fahrt recht lange dauerte. Der Berufsverkehr hatte zwar etwas nachgelassen, aber ohne Blaulicht und Horn kamen sie nur langsam Richtung Innenstadt voran. Als sie schließlich so gegen halb zehn am Frühstückstisch saßen, hatten die Mettbrötchen geschmacklich sehr gelitten und die Rettungsassistenten kauten lustlos auf ihnen herum.

Heckler hingegen fuhr fort in der Zubereitung seines Müslis und verzehrte es mit Bedacht und Genuss gleichermaßen, gegenüber Hansen und Schaffrath in fast provokanter Manier. Hin und wieder sprachen sie über den Toten mit dem eingeschlagenen Schädel, aber nach einigen weiteren Einsätzen war der erste, sehr merkwürdige Einsatz dieses Montags fast vergessen. Nur Heckler wurde das Gefühl nicht los, dass dies noch lange nicht das Ende der Geschichte war.

3.

Am Nachmittag legte Heckler die Beine hoch, schlürfte bedächtig einige Tassen Darjeeling und versenkte sich in die Zeitung. Nach zwei weiteren Frühschichten würden sich zwei Tage mit Spätschicht anschließen, danach hatte er drei Tage frei, bevor dann fünf in der Regel anstrengende Nachtschichten folgten. Auf die freien Tage freute er sich jetzt schon, weil er Jenny Lacroix besuchen würde. Mit Jenny verband ihn seit jener Geschichte in Aachen eine tiefe, aber nicht zu enge Beziehung. Sie besuchten sich regelmäßig, hatten gemeinsame Unternehmungen, rückten sich aber nie zu dicht auf den Leib. Sie waren beide Menschen, die ihre Eigenständigkeit und immer wieder ein Stückchen Distanz benötigten, um sich wohl zu fühlen. Den Gedanken zusammenzuleben hatten sie ebenso schnell verworfen wie er aufgekommen war. Die Besuche bei Jenny verband Heckler außerdem damit, seine Tochter Lydia zu treffen. Erstaunlicherweise verstanden sich Jenny und Lydia sehr gut; in ihrer direkten Art waren sie sich sehr ähnlich. Wenn sie sich gegen ihn verbündeten, bekam er das schmerzlich zu spüren.

Heckler war über der Zeitung eingedöst und schreckte hoch, als in den Nachrichten der Name van Gemmeren erwähnt wurde. Der berühmte und hoch angesehene Gründer der Hilfsorganisation MedicAid sei einem Gewaltverbrechen zum Opfer gefallen, hieß es da. Ein gewisser Thomas Bernstein, Geschäftsführer der Organisation, sei der Tat dringend verdächtig und bereits verhaftet worden. Es werde vermutet, dass es zu einem Streit zwischen van Gemmeren und Bernstein gekommen sei, weil dieser den Vorwurf finanzieller Unregelmäßigkeiten erhoben habe. Einzelheiten werde die Polizei auf einer Pressekonferenz in einer Stunde bekannt geben.

Heckler schaltete das Radio aus, zog Sportkleidung und Joggingschuhe an. Gemeinsam mit zwei ehemaligen Kollegen lief er jetzt regelmäßig in den Oberkasseler Rheinauen. Als er damals in Aachen seinen alten Studienfreund Bernhard Haller wiedergetroffen hatte und dabei feststellen musste, wie vergleichsweise schlecht seine eigene Kondition war, hatte er es tatsächlich geschafft, wieder regelmäßig Sport zu treiben. Zweimal Joggen pro Woche war Teil des Programms. Inzwischen war er körperlich recht fit. Heute fühlte sich Heckler allerdings merkwürdig berührt, weil er fast in Sichtweite der Villa lief, die vor einigen Stunden Ort eines grausamen Verbrechens geworden war.

Auch wenn die Tat in der Villa von van Gemmeren offensichtlich aufgeklärt war, ging ihm die Sache nicht aus dem Kopf. Er meinte, sich zu erinnern, dass der alte Mann sowieso aus dem Stiftungsrat ausscheiden wollte und ein junger Nachfolger bereits feststand. Wenn dieser Nachfolger besagter Bernstein war, entfiele jedes Motiv für den Mord. Überhaupt, was hieß schon »finanzielle Unregelmäßigkeiten«? Nachdem es jetzt einen unabhängigen Stiftungsrat gab und die Organisation auch durch Wirtschaftsprüfer kontrolliert wurde, war es wohl kaum möglich, Spendengelder abzuzweigen. Aber darum konnte es gar nicht gehen, überlegte Heckler weiter. Jemandem den Schädel einzuschlagen war eine typische Tat im Affekt, kein wohl überlegter Mord. Also lagen die Motive wahrscheinlich woanders.

Sei's drum, er würde mit der ganzen Angelegenheit nichts weiter zu tun haben, außer dass er sich möglicherweise dafür rechtfertigen musste, warum er einem der prominentesten Bürger der Stadt und Träger des Bundesverdienstkreuzes am Bande keinen Totenschein ausgestellt hatte. So versuchte er die Gedanken an van Gemmeren zu verdrängen und konzentrierte sich auf das Joggen. Als die Sportsfreunde später noch ein paar Obergärige zu sich nahmen und über Gott und die Welt sprachen, hatte Heckler die Sache schon fast vergessen.

Natürlich wurde er am nächsten Morgen durch die Zeitung daran erinnert, was sich gestern zugetragen hatte. Letztlich erfuhr er aber nichts wesentlich Neues, nur, dass die Beweislage gegen Thomas Bernstein erdrückend war und die Polizei den Fall als nahezu abgeschlossen betrachtete. Dann war da noch ein langer Artikel über die unendlich großen Verdienste des Gründers von MedicAid, aber es gab auch einige kritische Töne über dessen Führungsstil und die Tatsache, dass er die Kontrolle über seine Organisation nicht ganz freiwillig einem Stiftungsrat übertragen hatte. Heckler stutze über einen Hinweis am Ende des Artikels, wonach van Gemmeren in der letzten Zeit kaum noch in der Öffentlichkeit zu sehen gewesen sei und man von beginnender Demenz gesprochen habe. Heckler verstand danach noch weniger, warum man einem solchen Menschen den Schädel einschlagen musste.

Als er das Bereitschaftszimmer der Rettungswache betrat, lag nicht ganz zufällig die übelste Boulevardzeitung der Region auf dem Tisch. »Brutal erschlagen« stand da in Riesenlettern und »Grausamer Mord in Oberkassel«. Der Untertitel des Aufmachers ließ Hecklers Blutdruck steigen: »Notarzt verweigert Totenschein«. Er las den Artikel hastig. Neben den üblichen Halbwahrheiten und Phantasien erfuhr er, dass der Notarzt Dr. Andreas H. sich trotz der Bitte des Leiters der Mordkommission, Herrn Hauptkommissar Walter Stüber, geweigert habe, den Totenschein auszustellen. Man habe erst nach drei Stunden einen Amtsarzt gefunden, der dieses Dokument ausgefüllt habe, so lange habe der Tote dort entgegen aller Pietät gelegen.

Der Skandal war komplett. Hansen, der die Zeitung hingelegt hatte, grinste Heckler mit einer Mischung aus Schadenfreude und Verlegenheit an.

»Das wird noch Ärger geben.« Dieser Kommentar war im Grunde überflüssig, denn es war den Beteiligten ohnehin klar.

Heckler war um Schadensbegrenzung bemüht und überlegte, was er im Vorfeld des Sturms, der über ihn hereinbrechen würde, unternehmen konnte. Zuerst nahm er die digitale Kamera, mit der er gestern vorsichtshalber drei Bilder von dem Toten gemacht hatte, und kopierte die Bilder auf mehrere Disketten. Danach suchte er die Dienstanweisungen heraus, in denen festgelegt war, dass Notärzte zur Versorgung der Lebenden und nicht der Toten eingesetzt würden und dementsprechend nicht verpflichtet waren, beim Auffinden von Toten eine Leichenschau vorzunehmen und den Totenschein auszustellen. So gewappnet, harrte er der Dinge, die da kommen würden.

Und der Anruf kam kurz nach dem Mittagessen. Der Dienststellenleiter des Rettungsdienstes ließ durch seine Sekretärin ausrichten, Heckler möge nach Beendigung der Frühschicht umgehend in seinem Büro erscheinen. Als der Notarzt um halb vier das Donnerwetter des Dienststellenleiters, eines gewissen Herrn Kurz, über sich ergehen lassen musste, spürte er einen plötzlichen Trotz und beschloss, den Spieß umzudrehen.

»Ich werde bei der Zeitung eine Gegendarstellung verlangen«, stellte Heckler schlicht fest, ohne auf die Vorwürfe seines Vorgesetzten einzugehen. Der war so verblüfft, dass es ihm die Sprache verschlug.

»Mit Hinweis auf Ihr Rundschreiben vom letzten Jahr, Herr Kurz, werde ich feststellen, dass ich mich nicht geweigert habe, den Totenschein auszustellen, sondern nach Ihrer Dienstanweisung gehandelt habe.«

Heckler hatte langsam und deutlich gesprochen, sodass Kurz Zeit hatte zu begreifen, dass seine Reputation auf dem Spiel stand.

»Um Gottes willen ... nein, sind Sie verrückt? Ich meine, können wir das nicht anders ...« Innerhalb weniger Sekunden war aus dem forschen Vorgesetzten ein verunsicherter Beamter geworden.

»Dann rufen Sie bei der Zeitung an und bitten um Klarstellung, sozusagen auf dem kleinen Dienstweg. Sie haben doch gute Kontakte zur Presse!«

»Ich werde sehen, was ich tun kann. Bitte unternehmen Sie nichts Unüberlegtes.« Fast flehentlich kam die Bitte des Vorgesetzten.

Heckler versprach es und verließ die Szene als klarer Punktsieger. Allerdings hatte er das dumpfe Gefühl, dass Kurz eine derartige Niederlage nicht wegstecken konnte und es ihm früher oder später heimzahlen würde.

Am Abend sah er im Regionalfernsehen einen längeren Bericht über Leben und Werk des Jan van Gemmeren. Er musste schon eine beeindruckende Persönlichkeit gewesen sein und sein Lebenswerk hatte zweifellos in vielen Ländern der Erde dazu beigetragen, dass »Entwicklungshilfe« nicht nur ein Verschieben von Geldmengen blieb, sondern konkret die leidenden Menschen vor Ort erreichte. Der Bericht erwähnte die Todesumstände nur sehr kurz und übernahm die Version des Konfliktes mit dem

designierten Nachfolger Thomas Bernstein, sozusagen die Theorie des »Vatermordes«. Heckler, der den Dingen immer auf den Grund zu gehen versuchte, schüttelte den Kopf. Er verstand nicht, was jemanden so wütend gemacht haben konnte, dass er van Gemmeren, kurz bevor dieser sich sowieso aus dem Geschäftsleben zurückziehen wollte, noch den Schädel einschlug.

4.

Der nächste Tag verlief ohne bemerkenswerte Ereignisse bis zum Nachmittag.

Heckler erhielt zwei Telefonanrufe, von denen er viel später nicht so recht wusste, ob es gut war, dass er sie erhalten hatte: Zunächst rief ihn ein gewisser Doktor Willmann an, der sich als Kollege und Hausarzt van Gemmerens vorstellte. Heckler war sehr vorsichtig, denn er hatte es mehrfach erlebt, dass Schreiberlinge der Regenbogenpresse unter irgendwelchen Vorwänden bei den Rettungsdiensten anriefen, um sich über katastrophale Ereignisse oder Verbrechen den Wissensvorsprung zu verschaffen, der ihnen Auflagensteigerung und Weiterkommen bescherte. Willmann rückte nicht so recht heraus mit der Sprache. Und natürlich wollte Heckler den Grund des Anrufes erfahren.

»Herr Kollege«, versuchte Willmann um den heißen Brei herumzureden, »für mich sind einige Fragen im Zusammenhang mit dem Tod meines Patienten offen geblieben.«

»Was meinen Sie denn konkret?«, wollte Heckler wissen.
»Bitte, verstehen Sie mich nicht falsch, ich ...«, Willmann zögerte eine ganze Weile, »ich habe da einige Befunde, die ...« Er brach ab.
»Ja?« Mittlerweile war Heckler sicher, dass der Doktor ein echtes Problem hatte.
»Am besten, wir ... Also, könnten Sie vielleicht in der Praxis vorbeikommen? Ich würde die Dinge gern mit Ihnen persönlich besprechen.«
Wie gesagt, eine von Hecklers Schwächen (oder Stärken?) war seine kaum zu bändigende Neugier. Und so sagte er zu und versprach, gegen Mittag des nächsten Tages in der Praxis des Doktor Willmann vorbeizuschauen. Am folgenden Tag hatte er Spätschicht und deshalb vormittags genügend Zeit. Der zweite Anruf kam kurz vor Schichtende. Er beschäftigte Heckler wesentlich mehr als das Telefonat mit Willmann.

»Mein Name ist Juliane Bernstein, wir kennen uns nicht«, sagte eine Frauenstimme. Die Stimme war äußerst angenehm. Sie hatte genau die Qualität, bei der Heckler stets Gefahr lief, seinen Verstand auszuschalten. Der Name Bernstein führte dazu, dass einige Warnlämpchen in seinem Hinterkopf blinkten. Allerdings fiel der Groschen im Zusammenhang mit van Gemmeren nicht.
»Bitte, um was geht es Frau Bernstein?« Heckler blieb sehr förmlich.
»Ich muss mich entschuldigen, dass ich Sie belästige. Aber bitte ... hören Sie mir einen Moment zu.«
Heckler überlegte. Es konnte ein Trick sein, um ihm irgendwelche Informationen zu entlocken, aber gegen Zuhören hatte er nichts einzuwenden.
»Ich höre«, gab er deshalb sehr kurz zurück.
»Ich bin die Schwester von Thomas Bernstein.«
Offensichtlich erwartete sie eine Reaktion, denn sie sprach nicht weiter. Es dauerte eine Weile, bis Heckler verstand. Dann mühte er sich zu einer Minimalkommunikation.
»Es tut mir leid, ich meine, das mit Ihrem Bruder.« Eigentlich tat es ihm gar nicht leid. Warum sollte er auch Mitleid mit einem ... Mörder haben? Das Opfer verdiente Mitleid!

»Mein Bruder war es nicht,« sagte Juliane Bernstein, als sei es die klarste Sache der Welt.

Heckler wollte antworten: »Wer war es dann?«, konnte sich aber gerade noch zurückhalten. Stattdessen erwiderte er: »Ich weiß nicht, was ich da für Sie tun kann, Frau Bernstein.«

»Glauben Sie mir, mein Bruder ist kein Mörder! Dafür kenne ich ihn viel zu gut.«

Heckler schwieg.

»Für die Polizei ist der Fall doch erledigt! Die sammeln überhaupt kein entlastendes Material. Ich spreche jetzt mit allen, die mit der Sache zu tun hatten. Vielleicht haben Sie ja etwas beobachtet, das uns weiterhilft.«

»Das kann ich mir nicht vorstellen, Frau Bernstein.« Heckler blieb hart, obwohl er spürte, dass sich seine Gesprächspartnerin in einer schwierigen Gefühlslage befand.

»Darf ich vorbeikommen?«, kam sie zur Sache. »Es ist wichtig für mich«, setzte sie rasch hinzu, als hätte sie Angst, Heckler könnte ihre Bitte sofort abschlagen.

»Gut«, gab Heckler nach, »geht es morgen Vormittag?«

Es ging. Sie verabredeten sich für zehn Uhr in einem Café in der Nähe. Er würde genügend Zeit für Frau Bernstein haben, bevor er zu Doktor Willmann in die Praxis ging.

Die Frühschicht endete ohne weitere Aufregungen. Es waren die üblichen und notwendigen Einsätze, die bei Andreas Heckler das Gefühl hinterließen, dass er eine sinnvolle Arbeit machte. Später besuchte er ein Fitness-Studio, was immer noch mit merkwürdigen Gefühlen verbunden war. Er hatte sich oft genug Kommentare seiner Tochter anhören müssen wie: »Na, warst du wieder in der Muckibude?«, oder Ähnliches. Aber er hatte nun mal beschlossen, etwas für seinen Körper zu tun. Anschließend zog er noch einige Bahnen im benachbarten Hallenbad und freute sich auf den Abend, für den er sich mit einem Freund zum Besuch eines Kabaretts verabredet hatte. Er mied kulturelle Großveranstaltungen und pflegte sich eher in der Kleinkunst-Szene zu orientieren. Der Wechsel von Früh- auf Spätschicht war ideal, um abends auszugehen.

Auch wenn er es nicht wahrhaben wollte, das kurze Gespräch mit Juliane Bernstein beschäftigte ihn immer wieder. Er ertappte sich dabei, dass er dem exzellenten Kabarett minutenlang nicht zuhörte und darüber phantasierte, wie er der Frau mit der unglaublich angenehmen Stimme helfen könnte. Auch beim anschließenden Kneipenbesuch in einer der typischen Altstadtkneipen war er nur halb bei der Sache und hatte Mühe, ein einigermaßen zusammenhängendes Gespräch über das Kabarett zu führen. Immer wieder tauchte Juliane Bernstein in seinen Gedanken auf. Längst hatte seine Phantasie ein Bild von ihr entworfen, das mit jedem Gedanken an sie detaillierter und genauer wurde.

Als er im Bett lag und nicht einschlief, merkte Heckler, dass
ihn etwas heftig bewegte. Es irritierte ihn, dass er nicht wusste, was es eigentlich war.

5.

In den seriösen Tageszeitungen fanden sich am nächsten Tag nur noch kleinere Artikel über den Mord an van Gemmeren. Bevor Heckler zum vereinbarten Treffen mit Juliane Bernstein aufbrach, konnte er lesen, dass Thomas Bernstein zwar leugnete, den Mord begangen zu haben, dass aber sämtliche Indizien gegen ihn sprachen. So sei beispielsweise die Mordwaffe, eine Eisenstange, gefunden worden, mit den Fingerabdrücken Bernsteins. Heckler hatte daraufhin Zweifel, ob sein Treffen überhaupt einen Sinn machte. Aber er wollte die Frau mit der wunderschönen Stimme unbedingt kennen lernen.

Er suchte kurz vor zehn in dem Café einen Platz aus, den er für strategisch günstig hielt. Das Café lag zwei Querstraßen entfernt in der Nähe des Hofgartens und hatte sich in den letzten zwei Jahren zu einem Geheimtipp für Liebhaber außergewöhnlicher Frühstücke entwickelt. Heckler hatte Mühe, sich nicht auf das herrlich aufgebaute Buffet zu stürzen, und wartete.

Er bemerkte sie sofort, auch wenn sie ihm gar nicht beschrieben hatte, woran er sie erkennen konnte. Bei ihrem Eintreten war Heckler aufgestanden und sie kam auf ihn zu.

»Doktor Heckler?« Ihre Stimme war in natura noch viel ausdrucksvoller. Heckler starrte sie an, als hätte er eine Erscheinung. Das Bild seiner Phantasie wurde durch die Realität bei weitem übertroffen, positiv übertroffen: Er sah sich einer etwa vierzigjährigen Frau gegenüber, deren natürliche Ausstrahlung den Raum erfüllte. Sie besaß die Schönheit und den Körper einer reifen Frau, wohlproportioniert und dezent betont durch zwar schlichte, vermutlich aber sehr teure Kleidung. Das rötlich getönte, leicht wellige Haar war im Nacken mit einem Band zusammengebunden, einfache, aber wirkungsvolle Ohrstecker rundeten das Bild ab. Aus dem freundlichen und offenen Gesicht blickten Heckler zwei grüne Augen an, deren Glanz der Betrachter ahnen mochte, heute schien jedoch ein trauriger Schimmer darin zu liegen. Heckler sagte nichts, er starrte sie immer noch an.

»Doktor Heckler?«, wiederholte sie ihre Frage.

»Ja, natürlich, äh ... angenehm«, stotterte er und gab ihr automatisch die Hand. Vor Aufregung vergaß Heckler, ihr den Mantel abzunehmen. Es war Ende März und der Frühling begann gerade sich leise bemerkbar zu machen. Trotzdem konnte man auf den Wintermantel noch nicht verzichten. Heckler kam langsam wieder zu sich und wusste jetzt, warum er gestern Abend nicht in den Schlaf gefunden hatte.

»Haben Sie schon gefrühstückt?« Hecklers Frage war im Grunde unangebracht, denn der Anlass des Treffens war ein völlig anderer, als gemütlich zu frühstücken. Etwas Besseres war ihm aber nicht eingefallen, um das Gespräch zu eröffnen.

»Nein, ich ... vielen Dank. Ich werde nur eine Kleinigkeit zu mir nehmen.«

Natürlich, wie konnte er so unsensibel sein. Da war ihr Bruder wegen eines Kapitalverbrechens verhaftet worden und er dachte nur ans Frühstück!

»Aber bitte, lassen Sie sich nicht abhalten, ich habe genügend Zeit«, erklärte Juliane Bernstein und fuhr leise fort: »Ich habe kurzfristig Urlaub genommen.«

Heckler achtete darauf, dass er sich am Buffet zurückhielt, aus Rücksichtnahme, wie er glaubte. Als sie sich dann gegenübersaßen, war er immer noch verlegen und wusste nicht, wie er das Gespräch eröffnen sollte. Juliane Bernstein nahm ihm die Entscheidung ab.

»Wenn es etwas gibt, wovon ich wirklich überzeugt bin, dann ist es die Unschuld von Thomas«, kam sie direkt zur Sache. »Ich habe ihn besucht und er hat mir beteuert, dass er mit der Sache nichts zu tun hat.«

Da war wieder dieselbe Gewissheit, die Heckler bereits gestern am Telefon gespürt hatte. Und obwohl sich diese Gewissheit auf Heckler übertrug, fragte er: »Was macht Sie da so sicher?«

Sie blickte ihn ebenso offen wie ernst an.

»Ich kenne ihn – so wie eigentlich nur eine Mutter ihren Sohn kennt. Glauben Sie mir, ich hätte es gespürt, wenn er in die Sache verwickelt wäre.«

Heckler glaubte ihr, blickte sie jedoch fragend an. Nach einer kurzen Pause fuhr sie mit gesenktem Kopf und leiser Stimme fort.

»Nach dem Tod unserer Eltern musste ich wohl oder übel die Rolle der Mutter übernehmen, dabei bin ich nur sechs Jahre älter. Damals war er zehn.«

Das sollte als Erklärung genügen, denn als sie wieder hochblickte, waren ihre Augen mit Tränen gefüllt. Heckler war es ausgesprochen peinlich, dass er eine Frau, die er noch gar nicht kannte, nach kürzester Zeit in solch emotionale Bedrängnis gebracht hatte.

»Entschuldigung«, murmelte er etwas hilflos.

»Nein, Sie müssen sich nicht entschuldigen.« Sie hatte die Fassung rasch wieder gewonnen. »Aber vielleicht verstehen Sie jetzt, warum ich Thomas mehr glaube als der Polizei. Wissen Sie, ich habe immer gemerkt, wenn Thomas etwas angestellt hatte, mir konnte er nichts vormachen.« Sie lächelte bei der Erinnerung an Thomas' pubertäre Streiche. Ein bezauberndes Lächeln, wie Heckler fand.

»Ich verstehe Sie, aber ich weiß immer noch nicht so recht, wie ich Ihnen helfen kann.«

Sie zuckte mit den Achseln.

»So genau weiß ich das auch nicht, aber jedes Detail kann wichtig sein. Bitte versuchen Sie sich zu erinnern.«

Sie bat Heckler zu schildern, wie der Einsatz am Montagmorgen abgelaufen war. Er berichtete wahrheitsgetreu, ließ aber die brutalen Aspekte weg. So erklärte er nur, dass er den toten van Gemmeren in dessen Arbeitszimmer gefunden habe. Zu seiner Verwunderung hakte sie nach und wollte Einzelheiten wissen.

Er versuchte, seinen grausamen Fund so schonend wie möglich zu beschreiben. Am Ende war sie sichtlich schockiert und Heckler bedauerte, dass er sich darauf eingelassen hatte, Details zu erwähnen.

»Entsetzlich«, sagte sie mit zitternder Stimme, »der arme Mann!«

Nach einer kurzen Pause fuhr sie mit fester Stimme fort: »Das macht mich umso sicherer, dass Thomas nichts damit zu tun hat. Zu so einer Brutalität wäre er niemals fähig, auch nicht im Affekt.«

Heckler wollte entgegnen, dass nach seiner Erfahrung auch die friedlichsten Menschen bei starken Affekten zu unkontrollierbaren Handlungen neigten, verbat sich die Bemerkung aber. Stattdessen erwiderte er: »Und die Fingerabdrücke auf der ... der Eisenstange?«

Falls sie durch Hecklers Zweifel irritiert war, ließ sie es sich nicht anmerken.

»Thomas hat mir erzählt, dass diese Eisenstange an der Türe zu seinem Büro lehnte. Er musste sie anfassen, um hineinzugelangen. Zu dem Zeitpunkt wusste er noch gar nicht, dass van Gemmeren schon tot war.«

»Wie – schon tot?« Hecklers Interesse erwachte, er hatte jetzt angebissen.

»Thomas hat etwa um acht die Villa betreten, kurz nach ihm kam Frau Griesinger und sah ihn mit der Eisenstange in der Hand vor seinem Arbeitszimmer. Dann ging sie zu van Gemmeren ins Büro und fand ihn ... erschlagen.«

Juliane Bernsteins Stimme drohte zu versagen. Sie schluckte und sammelte sich langsam wieder.

»Ja?« Heckler wurde ungeduldig.

»Van Gemmeren wurde um 7 Uhr 46 ermordet«, stellte Juliane fest.

Heckler brauchte erstaunlich lange, um diese einfache Mitteilung richtig zu verstehen. Seine Verblüffung war nachhaltig.

»Woher ...?«

Juliane Bernstein sah ihn an, in ihrem Gesicht lag die Andeutung eines Lächelns.

»Van Gemmeren trug eine altmodische Taschenuhr, die er wohl gerade in der Hand gehalten hatte. Die Uhr muss bei dem ... Mord zu Bruch gegangen sein.« Sie zuckte mit den Achseln. »Jedenfalls geht die Polizei von dieser Tatzeit aus.«

Es entstand eine längere Gesprächspause. Heckler bestrich ein Croissant mit Frischkäse und Konfitüre. Croissants aß er sonst kaum. Vielleicht lag es daran, dass Juliane Bernstein auch ein Croissant aß, dazu trank sie Milchkaffee.

Wie in einem schlechten Krimi, dachte Heckler. Uhren konnte man verstellen. Laut sagte er: »Vielleicht hat ihr Bruder Zeugen? Ich meine, vielleicht hat ihn jemand um acht Uhr gesehen, als er das Haus betrat – oder unterwegs? Wie kam er denn zur Arbeit?«

»Mit der U-Bahn, ausnahmsweise, sonst fährt er meistens mit seinem Wagen.«

»Vielleicht hat ihn jemand in der U-Bahn oder sonst irgendwo gesehen? Da müsste sich doch jemand finden lassen, also, man begegnet doch Hunderten von Menschen ...«

»Eben, das ist das Problem. Bei diesen Menschenmassen ... viel zu anonym.«

»Und ihr Bruder ist sich ganz sicher, dass es acht Uhr war? Ich meine ...« Heckler sprach nicht weiter, aber Juliane Bernstein spürte den Zweifel.

»Ich habe keinen Grund an seinen Angaben zu zweifeln«, sagte sie schlicht. Nicht böse, aber doch sehr deutlich.

»Ich wollte nicht ...« Hecklers Versuch einer Entschuldigung blieb unvollendet. »Es ist Aufgabe der Polizei, auch nach Entlastungszeugen zu suchen«, meinte er dann.

Diesmal blickte ihn Juliane Bernstein fast mitleidig an. Vermutlich hielt sie ihn für naiv.

»Die Polizei glaubt Thomas nicht. Dieser Stüber ist ein ...«

»... Kotzbrocken«, ergänzte Heckler. Seine Zunge war mal wieder zu schnell gewesen.

»Zum Glück«, fuhr sie fort, »hat Thomas einen tüchtigen Rechtsanwalt. Jedenfalls habe ich diesen Eindruck. Einer der Leute aus dem Stiftungsrat hat ihn vermittelt, Dr. Gernsbach heißt er, glaube ich. Soll aus einer der besten Kanzleien der Stadt kommen. Ich habe heute noch einen Termin bei ihm.«

Ob das als Glück zu bezeichnen war, wusste Heckler nicht so recht. Und wegen des Termins war er höchstens eifersüchtig auf Gernsbach. Ansonsten hielt er von Rechtsanwälten nicht sehr viel. Er beschloss, dass es Sache dieser hoch bezahlten Leute war, sich um Entlastungszeugen zu kümmern. Wenn das alles schon bekannt war, warum hatte Juliane Bernstein ihn dann eigentlich sprechen wollen? Als sei es eine Antwort auf seine stumme Frage, fuhr sie fort:

»Van Gemmeren soll krank gewesen sein.«

Heckler sagte nichts.

»Mein Bruder hat es mir vor einigen Monaten mal erzählt.«

Wieder schwieg Heckler. Ihn beschäftigte die Frage, warum Juliane Bernstein sich mit ihm getroffen hatte.

»Er hatte Alzheimer – ohne Zweifel.«

Heckler hatte Andeutungen darüber in den Zeitungen gelesen, jetzt schien es Gewissheit zu sein. Er versuchte, seine zunehmende Ungeduld zu zügeln.

»Es muss sehr schwierig mit ihm gewesen sein in den letzten zwei Jahren, für die Organisation und für die Mitarbeiter. Er hatte keinerlei Einsicht und versuchte seinen Zustand zu kaschieren.«

Das tun alle Menschen mit beginnender Demenz, dachte Heckler, aber sein Interesse wuchs. Und er wunderte sich über die perfekte Wortwahl von Juliane Bernstein.

»Thomas hat mir Geschichten erzählt ...« Sie schüttelte den Kopf und beließ es bei dieser Andeutung. Heckler fand es an der Zeit, etwas Interesse zu zeigen.

»Das genügte als Grund, ihn zu erschlagen?«

Juliane Bernstein sah ihn überrascht an, über das Mordmotiv schien sie nicht nachgedacht zu haben. Sie schüttelte den Kopf und schwieg. Heckler hatte wieder das Gefühl, dass er nicht sensibel genug mit ihr umging; sie fühlte sich immer noch verantwortlich für ihren Bruder. Verantwortung, die ihr in jungen

Jahren ein unbarmherziges Schicksal übertragen hatte. Da war es doch nachvollziehbar, dass sie nach jedem Strohhalm griff, um ihren Bruder zu retten.

»Ich würde Ihnen sehr gern helfen, Frau Bernstein, aber ich weiß immer noch nicht wie.«

»Danke«, sagte sie nur. Und das entschädigte Heckler für die Zeit, von der er gerade begonnen hatte anzunehmen, dass sie verschwendet sei. Mit Juliane Bernstein zu frühstücken war in keinem Fall verschwendete Zeit. Nur die äußeren Umstände waren unerfreulich.

»Sie haben mir schon geholfen«, antwortete sie zu seiner Verblüffung, »indem Sie mich durch die Schilderung des Einsatzes in meiner Gewissheit bestärkt haben, dass Thomas nicht der Mörder sein kann. Ich werde alles daran setzen, ihn aus der Untersuchungshaft herauszuholen.«

Daran zweifelte Heckler nicht für den Bruchteil einer Sekunde.

»Und«, ihre Stimme wurde tiefer und sehr weich, »Sie haben sich Zeit genommen. Wissen Sie, ich kenne in dieser Stadt außer Thomas keinen Menschen und ich bin auf Unterstützung angewiesen.«

Heckler fand die Vorstellung sehr angenehm, dass er Juliane Bernstein unterstützen könnte. Außerdem, aber das gestand er sich nicht ein, fühlte er sich geschmeichelt. Trotzdem kam die Erinnerung an jene unglückliche Geschichte vor anderthalb Jahren hoch, als er versucht hatte einer schönen Frau beizustehen. Dabei hatte er nicht gemerkt, wie er sich immer tiefer verstrickte ... bis es ihn beinahe das Leben gekostet hatte. Hier lagen die Dinge jedoch ganz anders.

Das dachte er jedenfalls. Damals hatte er vorschnell den Totenschein ausgestellt. Diesmal hatte er sich geweigert und es durchgestanden.

»Nachher treffe ich seinen Hausarzt«, hörte sich Heckler sagen. In Gedanken war er woanders.

»Bitte?«

»Dr. Willmann, der Hausarzt von van Gemmeren, hat mich gebeten, bei ihm vorbeizuschauen. Keine Ahnung, was er von mir will.« Heckler hatte, ohne es zu wollen, etwas mitgeteilt, das er eigentlich für sich hatte behalten wollen. Aber er vertraute Juliane Bernstein und sie spürte das.

»Rufen Sie mich an, wenn es etwas Wichtiges ist? Ich meine, etwas, was Thomas helfen kann.« Sie gab ihm ihre Karte und markierte die Handynummer.

»Juliane Bernstein – Geschäftsführerin«, stand da mit dienstlicher und privater Telefonnummer. Die Adresse war Wiesbaden.

»Ein Museum«, verriet sie. Ihr Lächeln war zauberhaft.

Danach verabschiedeten sie sich. Heckler lag noch etwas auf

den Lippen wie »Angenehm, Sie kennen gelernt zu haben«, aber derartige Plattitüden verkniff er sich.

Auf dem Weg zu Dr. Willmann spürte er, dass er die Bekanntschaft einer außergewöhnlichen Frau gemacht hatte. Wohin sie ihn aber führen würde, konnte er zu diesem Zeitpunkt noch nicht wissen.

6.

Die Praxis des Dr. Willmann in Oberkassel erinnerte Heckler daran, dass er seine eigene Praxis auf dem Höhepunkt der Karriere als Hausarzt verkauft hatte. Zumindest finanziell hatte ihn das Ganze zufrieden gestellt. Ansonsten blieb es ein Ausdruck der Unverbindlichkeit, die lange Jahre seines Lebens bestimmt hatte.

Der Zeitpunkt war günstig, die Sprechstunde gegen Mittag fast beendet. Willmann wirkte ausgesprochen verlegen, redete mit irgendwelchen Floskeln um den heißen Brei herum. Heckler ließ ihn erst einmal gewähren. Er hatte im Lauf seiner fast fünfundvierzig Jahre gelernt, Gesprächspartnern die nötige Zeit zu geben, wenn es darum ging, Versäumnisse einzugestehen. Und Dr. Willmann hatte – das spürte Heckler ganz deutlich – ein Versäumnis einzugestehen.

»Als ich bei van Gemmeren anrief, war ich zunächst beruhigt«, begann Willmann sein Eingeständnis. »Aber als ich von seinem Tod erfuhr ... ich weiß nicht.«

Willmann schüttelte den Kopf und legte Heckler eine EKG-Kurve vor. Mit Herzstromkurven kannte sich der Notarzt aus. Er sah sofort, dass das Kurvenbild einem frischen Herzhinterwandinfarkt entsprach. Der Streifen war mit »J. van Gemmeren« beschriftet; das EKG war um 7 Uhr 20 am Montagmorgen aufgezeichnet worden.

»Donnerwetter!«, murmelte Heckler.

»Als ich kurz nach acht in die Praxis kam und mir die Helferinnen das EKG vorlegten, rief ich sofort bei van Gemmeren an und bekam die Auskunft, dass der Notarzt gerade da sei. Das hat mich beruhigt«, erklärte Willmann.

»Aber ...« Heckler wusste nicht so recht, wie er den Widerspruch erklären sollte.

»Ich verstehe das auch nicht«, stellte Willmann fest.

Willmann war etwa fünfzehn Jahre älter als Heckler, der Typ des verständigen und stets verbindlichen Hausarztes. Normalerweise strahlte er die Ruhe und Sicherheit aus, die sich das gehobene Klientel in einer Zeit der Unwägbarkeit so sehnlich wünschte. Im Moment wirkte er allerdings alles andere als ruhig und gelassen.

»Warum hat er nicht auf Sie gewartet?« Heckler fand, dass ein Patient mit einem frischen Herzinfarkt eine halbe Stunde in der Praxis warten konnte, anstatt wieder zu gehen.

Willmann zuckte mit den Schultern.

»Vermutlich, weil es wie immer in der letzten Zeit war.«

»Wie immer?«

Statt einer Antwort legte Willmann einen ganzen Stapel EKG-Kurven auf den Tisch.

»Alle aus den letzten fünf Wochen.«

Heckler verstand. Offensichtlich hatte van Gemmeren die Praxis fast dreimal pro Woche aufgesucht, um sich ein EKG registrieren zu lassen.

»Mit der Zeit haben wir ihn nicht mehr ernst genommen. Das war vielleicht ein Fehler.«

Nicht nur vielleicht, dachte Heckler.

»Ein Patient, der hundert normale EKGs aufweist, bei dem rechnet man wirklich nicht damit, dass das 101. EKG dann einen Infarkt zeigt.«

Willmann plagte das schlechte Gewissen. Dennoch mochte Heckler ihm keinen Vorwurf machen, denn er kannte das Problem der ständig klagenden Patienten, die Gefahr liefen, zum Zeitpunkt tatsächlicher Gefährdung nicht mehr ernst genommen zu werden.

»Sobald das EKG aufgezeichnet war, lief er immer weg. Die Geduld, auf mich zu warten, hatte er nicht mehr.«

Damit entschuldigte Willmann das Verhalten seiner Helferinnen, die normalerweise darauf bestehen mussten, dass ein Patient mit Herzschmerzen auf den Doktor wartete. Gleichzei-
30 tig deutete er ungewöhnliche Verhaltensweisen seines Patienten an. Heckler wurde ganz direkt: »Alzheimer, soweit ich weiß.«

Die Entlastung, die Willmann empfand, war deutlich spürbar. Er berichtete ausführlich über die letzten zwei Jahre seines Patienten, dessen außergewöhnliche Persönlichkeit sich unmerklich zu einer Hülse ohne Inhalt verändert hatte. Letztlich war es die traurige Geschichte aller Menschen mit fortschreitender Demenz, die damit begann, dass die Betroffenen und ihre Umgebung das Problem in einer Art Geheimbündnis gemeinsam leugneten.

»Ich verstehe«, begann Heckler, »aber selbst wenn ...« Er brach ab. Hatte es bereits vorher keinen Sinn ergeben, einen Menschen mit beginnender Demenz zu erschlagen, so war dies völlig widersinnig, wenn zum Zeitpunkt des Todes sogar ein Herzinfarkt vorgelegen hatte. Aber das hatte der Mörder ja nicht wissen können.

»Ich weiß auch nicht.« Willmann wirkte ratlos und Heckler überlegte, warum der Kollege ihn unbedingt hatte treffen wollen.

»Ist er denn ... am Herzinfarkt gestorben?«

Heckler wusste nicht, wie er diese Frage verstehen sollte. Dass van Gemmeren der Schädel eingeschlagen worden war, stand ja in allen Zeitungen.

»Nein, ich glaube ...«

Plötzlich wurde Heckler klar, dass er diese Frage in Wirklichkeit nicht beantworten konnte. Natürlich hatte er van Gemmeren mit zertrümmertem Schädel aufgefunden und angenommen, dass dies die Todesursache gewesen sei. Beweisen konnte er es nicht.

»Wissen Sie, dem Mörder war das wahrscheinlich egal«, stellte er mehr zu seiner eigenen Beruhigung fest.

»Ich hatte angenommen, dass der Notarzt wegen des Herzinfarkts bei van Gemmeren war. Das mit dem ... Mord habe ich erst abends in den Nachrichten gehört. Scheußliche Geschichte.«

Damit war das Mitteilungsbedürfnis Willmanns erschöpft. Offensichtlich hatte er sein Gewissen ausreichend entlasten können.

Auf dem Weg zur Spätschicht dachte Heckler darüber nach, was er unternehmen konnte. Eigentlich hatte er sich fest vorgenommen, die Aufklärung der Geschichte anderen zu überlassen, nämlich der Polizei, aber die Ungereimtheiten häuften sich und seine Gedanken kreisten unablässig um den Toten und seinen mutmaßlichen Mörder.

Er versuchte, sich auf die Notarzt-einsätze zu konzentrieren, was ihm einigermaßen gelang. In den Pausen grübelte er jedoch ständig über das Geschehene nach. Er spürte, dass er von der Sache nicht loskam und etwas unternehmen musste. Er musste es schon zu seiner eigenen Beruhigung tun. Vielleicht hatte er am Einsatzort etwas übersehen? Immer wieder vergegenwärtigte er sich die Situation am Montagmorgen. Van Gemmeren war vermutlich gegen halb acht in die Villa zurückgekehrt, der Weg von der Praxis bis dorthin war kurz. Was war dann passiert?

Heckler schloss die Augen und versuchte, sich an das Bild des toten van Gemmeren zu erinnern. Er hatte ihn halb auf dem Bauch liegend vorgefunden, den Kopf etwas zur Seite gedreht. Auf der oberen Seite waren am Schädel deutlich die Folgen des Schlages sichtbar gewesen. Auch auf dem Teppich, rings um den Schädel, waren die Folgen zu sehen. Nein, es mussten mehrere Schläge gewesen sein, Schläge, die mit äußerster Brutalität geführt worden waren. Und die Spuren deuteten darauf hin, dass diese Schläge auf den bereits am Boden Liegenden erfolgt waren. Heckler dachte mit Ekel an die um den Schädel verspritzten Teile von Gehirngewebe und empfand angesichts der Erinnerung eine leichte Übelkeit.

Er nahm sich vor, die Photos nach der Arbeit auf seinem PC

genauer anzusehen. Er würde so bestimmte Bereiche vergrößern und einer genauen Betrachtung unterziehen können. Aber nach was suchte er eigentlich? Das wusste er im Grunde auch nicht. Sein Gefühl, dass es sich um keinen gewöhnlichen Mord handelte, wollte nicht weichen.

In den Abendstunden reihten sich die Einsätze des Notarztteams fast nahtlos aneinander, sodass Heckler abgelenkt war und keine Zeit mehr fand, über Juliane Bernstein, seinen Kollegen Willmann und den prominenten Toten nachzudenken. Als Heckler schließlich gegen 23.30 Uhr rechtschaffen müde zu Hause ankam, klingelte bereits das Telefon, als er die Haustüre aufschloss.

Er bewohnte seit bald fünfzehn Jahren eine Drei-Zimmer-Altbauwohnung in Pempelfort, zwischen Marienhospital und Hofgarten. Diese Wohnung hatte er die Jahre über gehalten, auch wenn er zeitweise an anderen Orten gearbeitet hatte. Diese Wohnung, sie war so eine Art Refugium, obwohl er sich in Düsseldorf im Grunde nicht zu Hause fühlte. Er hatte die ständige Vorstellung, irgendwo im wärmeren Süden zu leben. Aber das waren Phantasien; schließlich hatte er sich gerade jetzt entschieden, längerfristig als Notarzt zu arbeiten und das dringende Bedürfnis zu befriedigen, etwas mehr Stetigkeit in sein teilweise sprunghaftes Leben zu bringen. Dahinter mussten andere Bedürfnisse zurückstehen.

Am Telefon begrüßte ihn Jenny Lacroix mit ihrer unvergleichlich frischen und direkten Art. Heckler war es schleierhaft, wie sie es fertig brachte, um diese Uhrzeit erst so richtig in Schwung zu kommen. Meist ließ er sich durch ihre Art anstecken, so konnten sie oft gemeinsam den Niederungen des Alltages entfliehen. Heute merkte Jenny jedoch sofort, dass ihn etwas bewegte.

»Was ist, Hecki?«

Eigentlich war es das Privileg seines alten Studienfreundes Bernhard Haller, ihn »Hecki« zu nennen. Wenn Jenny sich dieses Privilegs bediente, war es ein Zeichen dafür, dass es ihr besonders wichtig war. Heckler spürte ihre Besorgnis und versuchte, sie zu beruhigen.

»Der Tote vom Montag beschäftigt mich, dieser van Gemmeren.«

Nach diesem Stichwort gab Jenny keine Ruhe, bis er jedes Detail erzählt hatte. Es war nicht nur eine gewisse Sorge um Andreas Heckler, die sie trieb. Sie waren sich in einem Punkt sehr ähnlich: Auch Jenny wurde gelegentlich von einer nicht zu bremsenden Neugier geplagt. Sie hatte von dem Mord aus den Medien erfahren und hörte sich deshalb mit großem Interesse Hecklers Bericht an.

»Tu mir einen Gefallen, Andreas«, begann sie, »und halt dich diesmal raus, ja?«

Heckler hatte keine Gelegenheit, etwas zu erwidern, denn sie sprach rasch weiter. Aber was jetzt kam, ließ die Einleitung zu einer bloßen Pflichtübung verkommen.

»Du könntest doch Berni«, gemeint war Bernhard Haller, seines Zeichens Gerichtsmediziner, inzwischen sogar Privatdozent am Rechtsmedizinischen Institut der Universität zu Aachen, »mal die Bilder schicken und ihn bitten, dass er seinen Kollegen in Düsseldorf ein bisschen auf den Zahn fühlt. Van Gemmeren ist doch sicher obduziert worden, oder?«

Das wusste Heckler nicht, aber er nahm es an, weil normalerweise jedes Mordopfer obduziert wird. Jenny war in Fahrt gekommen.

»Irgendwas war da mal mit dieser Hilfsorganisation, dieser ...«

»MedicAid.«

»Ich frage Martin mal, der kriegt das raus«, beschloss Jenny. Sie meinte Martin Preuss, den Journalisten, der seinerzeit erheblichen Anteil daran gehabt hatte, dass die Verstrickung eines gewissen Stadtrates in die dunklen Geschäfte einer deutsch-belgischen Elektronikfirma öffentlich geworden waren. Der Ex-Stadtrat saß noch immer im Gefängnis.

Danach sprachen sie darüber, dass Heckler nach Ende der morgigen Spätschicht zu Jenny fahren würde. Das war der erfreulichste Moment dieses zur Neige gehenden Tages. Nach dem Telefonat genehmigte er sich ein Glas sardischen Rotweins, den er über alles liebte, seit er seinen Urlaub auf Sardinien verbracht hatte.

Damit und mit dem Gedanken an Jenny gelang es ihm, langsam zur Ruhe zu kommen. Die Dinge relativierten sich und er fand es plötzlich nicht mehr so wichtig, weiter über van Gemmerens Tod nachzudenken. Er hatte völlig vergessen, sich die Photos des Toten genauer anzusehen.

7.

Heckler hatte sehr gut geschlafen und genoss den Freitagmorgen. In seinen Augen war der einzig wirkliche Nachteil der Spätschicht der, dass er keinen Partner fand, mit dem er Joggen konnte. So machte er sich nach zwei Tassen Tee allein auf den Weg durch den Hofgarten zum Rheinpark und lief bis zur Theodor-Heuss-Brücke in Golzheim. Er staunte, wie viele Menschen dieselbe Idee gehabt hatten, und dachte, dass es eigentlich möglich sein müsste, sich mit einem Gleichgesinnten zu verabreden. Die Natur begann sich zu regen und Heckler spürte, dass die Luft sich verändert hatte. Er fühlte sich ungewohnt leichtfüßig und lief über eine Stunde, nicht allzu schnell, jedoch stetig. Als er geduscht hatte und wohlriechend mit der Zeitung am Frühstückstisch saß, konnte er sich nicht vorstellen, dass sich an diesem wunderschönen Frühlingsmorgen irgendetwas ereignen könnte, das ihm dieses Hochgefühl hätte nehmen können. Während des folgenden Telefonats glaubte er das immer noch.

»Entschuldigen Sie, aber ich weiß nicht«, sagte Juliane Bernstein, »an wen ich mich sonst wenden könnte. Ich kenne hier niemanden.«

Bei der Erinnerung an die schöne Frau mit der unnachahmlichen Stimme entschuldigte er alles.

»Keine Ursache«, erwiderte Heckler äußerst verbindlich.

»Verstehen Sie etwas von Computern?«, wollte sie wissen.

»Ein wenig schon.«

Heckler war zu bescheiden, denn er verstand eine ganze Menge. Man konnte ihn zwar nicht als »Computer-Freak« bezeichnen, aber er besaß überdurchschnittliche Kenntnisse. Technik hatte ihn immer schon fasziniert.

»Ich traue mich kaum, diese Bitte zu äußern.«

»Versuchen Sie's«, ermunterte Heckler sie.

»Thomas, also mein Bruder, hat mich gebeten, etwas an seinem PC zu erledigen, es sei extrem wichtig für ihn. Ich habe ihn gestern in der Untersuchungshaft besuchen können.«

Heckler dachte an den jungen Mann am Computer in der Villa von van Gemmeren.

»Er hat mir ein paar Zeilen aufgeschrieben, aber ich bin mir unsicher und habe Angst, etwas falsch zu machen.«

»Was kann ich tun?«

»Ich ... darf ich Sie kurz aufsuchen? Am Telefon ...«, sie stockte erneut.

Heckler tat so, als überlegte er.

»Wenn Sie gleich vorbeikommen könnten, das ginge«, log er, denn er hatte bis zum Beginn der Spätschicht nichts vor.

»Das ist lieb, vielen Dank.«

Heckler geriet nach dem Telefonat in Stress, denn plötzlich entdeckte er an diesem wunderschönen Morgen, dass sich seine Wohnung in einem weniger schönen Zustand befand ... Als Juliane Bernstein zwanzig Minuten später vor ihm stand, hatte er das Gröbste gerichtet. Er bat sie herein und war genau wie gestern gefangen von der außergewöhnlichen Ausstrahlung dieser Frau. Heckler war fast glücklich, als sie einen Tee nahm. Dann reichte sie ihm einen Zettel, auf dem einige Zeilen gekritzelt waren.

»Das hat mir Thomas gestern zugesteckt. Ich sollte das unbedingt erledigen, das würde ihm helfen, wieder frei zu kommen.«

Heckler studierte den Zettel und verstand, dass es sich um Computerbefehle handelte.

»Er wollte, dass ich diese Zeilen an seinem PC zu Hause eingebe. Damit würde eine Diskette erstellt, die sollte ich im Schließfach seiner Bank deponieren.«

»Und, hat er sonst noch was gesagt?« Heckler spürte Aufregung und die hatte etwas Prickelndes.

»Na ja, das sei seine Lebensversicherung, sagte er noch und lachte mich an – so wie früher, wenn er sich eine Überraschung ausgedacht hatte.« Juliane Bernstein blickte versonnen ins Leere.

Heckler nickte, obwohl er gar nichts verstand.

»Könnten Sie vielleicht – mitkommen? Ich habe Angst, Fehler zu machen. Bitte, Sie würden mir einen großen Gefallen tun.«

Dieser Beschwörung hätte es nicht bedurft, denn Heckler war sehr gern bereit, ihr einen Gefallen zu tun.

»Gleich?«

»Am liebsten ja.«

Sie nahmen Hecklers Wagen, denn Juliane Bernstein war mit dem Zug angereist.

»Wenn es geht, vermeide ich es, Auto zu fahren«, erklärte sie.

Thomas Bernsteins Wohnung lag im Stadtteil Friedrichstadt, fast in der Stadtmitte, etwa eine Viertelstunde von Hecklers Wohnung entfernt. Als sie in den dritten Stock des toprenovierten Altbaus hochstiegen, sagte Juliane: »Unsere Eltern haben Geld hinterlassen, damit konnten wir uns ganz gut einrichten.«

Heckler fand die Erklärung durchaus angebracht, denn er war sicher, dass das Gehalt eines Geschäftsführers bei MedicAid nicht ausreichte, um sich eine solche Wohnung als Eigentum zu leisten. Beim Betreten der Wohnung spürte Heckler blanken Neid. Er bewohnte zwar auch einen Altbau, aber seine Wohnung zeichnete sich durch vergleichsweise große Schlichtheit aus. Er empfand es als nicht adäquat, dass Thomas Bernstein eine derart luxuriöse Vier-Zimmer-Wohnung von schätzungsweise einhundertundfünfzig Quadratmetern bewohnte. Auch wenn er erkannte, dass diese Empfindung auf Neid basierte, kam ihm doch zum ersten Mal die Idee, dass es in dieser Geschichte um Geld, vielleicht sogar um viel Geld gehen könnte. Aber er sagte nichts.

Juliane Bernstein sah sich etwas hilflos um. Als hätte sie Hecklers Gedanken erraten, sagte sie: »Thomas hat die Wohnung erst vor einem halben Jahr gekauft, ich war seither nicht in Düsseldorf.«

Heckler überlegte, warum Thomas Bernstein diese Wohnung erst jetzt gekauft hatte. Das Geld aus dem Erbe hatte ja viel früher zur Verfügung gestanden.

Da sie sich beide nicht auskannten, mussten sie wohl oder übel in sämtliche Zimmer sehen, um den PC zu entdecken. Dieser Rundblick genügte Heckler, um sicher zu sein, dass Thomas

Bernstein vielleicht kein Mörder, aber auch kein einfacher Durchschnittsbürger war. Die Wohnung eines Menschen verriet mehr über ihn als viele Worte. Die Einrichtung war schlicht, fast spartanisch. Die wenigen Möbel mussten teuer gewesen sein, nicht protzig, jedoch wirkungsvoll. Alle Parkettböden waren abgezogen und zahlreiche Details der Altbauwohnung ebenso unauffällig wie akribisch restauriert worden. Die Wohnung strahlte schlichte Eleganz aus, die nur schwer mit dem Gehalt eines Geschäftsführers der MedicAid in Einklang zu bringen war.

Heckler setzte sich an den PC im Arbeitszimmer und Juliane tippte das Passwort ein.

»Initialen und Geburtstag unserer Mutter, das konnte ich mir gut merken.« Heckler hätte ständig dieses Lächeln ansehen können. Jetzt konzentrierte er sich auf die bevorstehende Aufgabe.

Er beschloss, sich die Datei erst einmal anzuschauen, die durch den ersten Befehl aufgerufen wurde. Offensichtlich war sie geschützt, denn der PC verlangte erneut ein Passwort. Juliane Bernstein war verwirrt, denn das erste Passwort funktionierte nicht.

»Von einem zweiten Passwort hat mir Thomas nichts erzählt.«

»Natürlich«, dachte Heckler, denn Bernstein hatte ja nicht gewollt, dass seine Schwester die Datei erst einmal ansah.

»Versuchen Sie's trotzdem.«

Schon beim zweiten Versuch hatten sie Erfolg. Juliane zeigte wieder dieses faszinierende Lächeln.

»Diesmal war es unser Vater«, erklärte sie.

Es handelte sich um eine so genannte Stapeldatei, die den Computer veranlasste, zahlreiche Befehle und Programmschritte nacheinander abzuarbeiten.

»Harakiri«, Heckler sprach mehr zu sich selbst, Juliane Bernstein reagierte jedoch beunruhigt.

»Was haben Sie?«

Heckler hatte gerade festgestellt, dass zur Erstellung der Diskette bestimmte Daten geladen, bearbeitet und in komprimierter Form ausgegeben werden sollten. So weit, so gut. Was ihn jedoch beunruhigte, war die Tatsache, dass am Ende die Daten auf der Festplatte gelöscht werden sollten und anschließend ein

Programm gestartet wurde, welches die Festplatte völlig neu organisierte. Heckler kannte dieses Programm und zog seine Schlüsse.

Das Ziel dieser Anwendung war in erster Linie, die Festplatte so aufzumischen, dass hinterher keine Chance bestand, gelöschte Dateien wieder zu rekonstruieren. Damit nicht genug. Anschließend wollte Thomas Bernstein sicher gehen, dass diese Manipulation nicht entdeckt werden konnte. Die Stapeldatei sollte manuell gelöscht werden und anschließend das Reorganisationsprogramm noch einmal gestartet werden.

Da wollte einer absolut sicher gehen, dass hinterher kein Mensch in der Lage war festzustellen, dass bestimmte Daten auf dem PC vorhanden gewesen waren.

»Vorsichtshalber«, wandte sich Heckler an Juliane Bernstein, »erstelle ich eine Kopie, falls etwas schief geht.«

Juliane blickte ihn irritiert an, nickte jedoch stumm mit dem Kopf. Durch manuelle Eingabe bestimmter Befehle war Heckler in der Lage, eine erste Diskette zu beschreiben. Natürlich hörte er an der Stelle auf, wo die Ausgangsdaten gelöscht worden wären. Danach erstellte er eine zweite Diskette auf dem Weg, den Thomas Bernstein vorgesehen hatte. Als das Reorganisationsprogramm startete, hatten sie Zeit.

»So, das läuft jetzt etwa zwanzig Minuten«, erklärte Heckler.

»Ja, Thomas hat mir gesagt, dass ich etwas Zeit mitbringen müsste.«

Es entstand eine Gesprächspause, die beide etwas verlegen machte. Heckler spürte seine zunehmende Neugier und überlegte, wie er es anstellen sollte, die Wohnung zu durchsuchen. Juliane Bernstein kam ihm zuvor mit der Frage, ob er etwas trinken wollte. Heckler erkannte seine Chance und bat, wenngleich mit schlechtem Gewissen, um einen Kaffee. Juliane verschwand in der Küche.

Er sah sich zunächst im Arbeitszimmer um und entdeckte sofort die Reihe akribisch geordneter CD-ROMs, ebenso säuberlich beschriftet mit »MedicAid Datensicherung« und darunter einigen Zahlen. Heckler zählte die CDs rasch durch und stellte fest, dass für jede Woche des laufenden Jahres eine Scheibe vorhanden war, die letzte CD war doppelt vorhanden. Noch bevor er sich darüber im Klaren war, was er eigentlich tat, hatte Heckler das Duplikat der letzten Datensicherung eingesteckt. Seine Neugier war damit jedoch noch lange nicht befriedigt. Er schaute kurz in die Küche, wo Juliane gerade die Utensilien für einen Cappuccino zusammensuchte.

»Es dauert noch ein bisschen. Ein Ordnungsfanatiker war Thomas noch nie – jedenfalls nicht in der Küche!« Wieder dieses Lächeln.

Heckler nutzte den Zeitgewinn, um rasch einen Blick ins Schlafzimmer zu werfen. Dabei kam ihm zunächst der Gedanke, dass er sich endlich mal neue Möbel gönnen sollte. Vielleicht nicht ganz so exquisite Stücke, wie er sie hier sah. Das breite Bett war ordentlich gemacht, überhaupt, das gesamte Schlafzimmer sah fast penibel sauber aus. Heckler bemerkte zwei Kopfkissen, aber nur eine Zudecke. An einem stummen Diener hing ein sehr modisches und vermutlich sehr teures Sakko, welches sein Interesse erweckte. Mit raschen Griffen durchsuchte er die Taschen – und war enttäuscht. Außer der Visitenkarte eines exklusiv wirkenden Nachtclubs, die er einsteckte, fand er nichts. Das Sakko roch noch penetrant nach Rauch. Erst jetzt bemerkte Heckler, dass in dieser Wohnung sonst nicht geraucht wurde.

Er warf noch schnell einen Blick in die Schränke. Die Garderobe die er dort fand, war ebenso reichhaltig wie teuer. »Alles vom Feinsten«, murmelte er vor sich hin. Als er aus der Küche das Klappern von Geschirr hörte, verließ er rasch das Schlafzimmer.

»Wir setzen uns ins Wohnzimmer«, rief Juliane aus der Küche.

Im Wohnzimmer das gleiche Bild: gehobener Wohnstil, nicht protzig, eher dezent, vermutlich aber sehr teuer. Auf einem Sideboard stand das Bild eines etwa acht Jahre alten Mädchens, eines sehr schönen Mädchens.

»Das ist Julie, Thomas' Tochter.« Juliane kam mit einem Tablett und zwei Tassen herrlich duftendem Cappuccino und einigen Keksen herein.

Heckler stellte das Bild zurück und sah Juliane Bernstein fragend an.

»Thomas war verheiratet. Leider nur ein oder zwei Jahre. Julie lebt bei ihrer Mutter in Süddeutschland.«

Wie bei mir, dachte Heckler. Nur, dass seine Tochter jetzt erwachsen war.

»Er hat sie in der letzten Zeit allerdings nur selten gesehen.« Juliane schien über diesen Umstand sehr betrübt.

So war das früher bei Lydia auch, Heckler war froh, dass sich die Beziehung zu seiner Tochter seit etwa zwei Jahren zum Positiven gewendet hatte.

Sie schwiegen eine Zeitlang. Heckler hing in Gedanken seinen zumeist unglücklichen Frauengeschichten nach. Seit er Jenny kannte, hatte sich allerdings einiges geändert.

»Ich schaue mal, ob der Computer fertig ist.«

In der Tat konnte er die Stapeldatei jetzt löschen und das Reorganisationsprogramm wieder starten. Das dauerte noch einmal zwanzig Minuten.

Bevor er zurück zu Juliane ging, suchte er Bad und Toilette auf. Bei der Einrichtung des Bades schien Thomas Bernstein seine vornehme Zurückhaltung aufgegeben zu haben. Heckler konnte sich nicht erinnern, in seinem Bekanntenkreis jemals ein derart luxuriöses Bad gesehen zu haben. Er betrachtete die Einrichtung mit einer Mischung aus Neid und Bewunderung, blickte in die Schränkchen, schraubte Fläschchen auf, roch an ihnen und sprühte sich sogar etwas Eau de Toilette aufs Handgelenk. Erst jetzt wurde ihm bewusst, dass die Wässerchen und Parfüms, die Thomas Bernstein benutzte, gar nicht seinem eigenen Geschmack entsprachen, Heckler mochte es lieber herb. An der Tür blieb Heckler erneut stehen und überlegte einen Moment, was ihn irritierte.

Er brauchte recht lange, um festzustellen, dass bestimmte Dinge doppelt vorhanden waren. Selbst wenn man mehrere Zahnbürsten besaß, so pflegte man diese nicht in zwei Becher zu stellen. Es war nicht eindeutig, aber es gab Hinweise, dass die Wohnung zumindest zeitweise von zwei Personen genutzt wurde.

Als sie den Rest ihres Kaffees tranken, erzählte Juliane die unglückliche Geschichte von Thomas' kurzer Ehe. Er hatte seine Frau gegen Ende des Studiums kennen gelernt und sie war sofort schwanger geworden. Sie hatten geheiratet, sich aber nach kurzer Zeit wieder getrennt. Thomas war dann zwei Jahre als Entwicklungshelfer in die dritte Welt gegangen. Gleich nach seiner Rückkehr war die Ehe geschieden worden. Juliane seufzte.

»Was hat ihr Bruder eigentlich studiert?«

Juliane Bernstein blickte Heckler verwundert an.

»Medizin – ich dachte, das wüssten Sie«, und nach einer Pause fuhr sie fort, »also zunächst hat er Betriebswirtschaft studiert und nach dem Vordiplom zur Medizin gewechselt. Das war auch der Grund, weshalb er nach seinem Auslandsaufenthalt bei MedicAid sehr schnell Karriere gemacht hat und als Geschäftsführer der Nachfolger von van Gemmeren im Stiftungsrat werden sollte.«

Es entstand eine Gesprächspause, in der Juliane ins Leere starrte. Vermutlich dachte sie daran, dass diese Chance jetzt vertan war. Heckler wechselte das Thema.

»Hat ihr Bruder eine Freundin?«

Juliane blickte Heckler verständnislos an, so, als sei die Frage völlig abwegig.

»Ich ... ich weiß nicht.«

Warum die ansonsten so offen und freundlich wirkende Frau irritiert und fast abweisend reagierte, konnte er sich nicht vorstellen. Zunächst einmal wunderte er sich, dass es einen Bereich in Thomas Bernsteins Leben gab, von dem seine ältere Schwester und Ersatzmutter offensichtlich nicht viel wusste. Als sie die Wohnung verließen, hatte Juliane zu ihrer gewohnten Liebenswürdigkeit zurückgefunden und bedankte sich mit ihrem schönsten Lächeln.

»Ich habe noch einen Termin bei Thomas' Rechtsanwalt, Herrn Dr. Gernsbach.«

Heckler hatte das Gefühl, dass noch etwas kam.

»Darf ich ... Sie wieder anrufen?« Sie wirkte jetzt ungewohnt verlegen.

Hecklers Antwort kam fast überschwänglich. Juliane nahm seine beiden Hände und gab ihm einen flüchten Wangenkuss.

»Ihre Hilfe tut mir gut, herzlichen Dank.«

Heckler wollte etwas erwidern, aber sein Hals war plötzlich merkwürdig trocken.

»Bemühen Sie sich nicht, ich nehme ein Taxi.«

Heckler sah ihr noch lange nach, sogar noch, als das Taxi längst verschwunden war.

8.

Zu Hause sortierte er seine Beute auf dem Esstisch: die Kopie der Diskette, die CD mit der Datensicherung und die Visitenkarte des Nachtclubs. Heckler hatte ein schlechtes Gewissen.

Minutenlang starrte er auf die Gegenstände, während Filmstreifen der letzten Tage vor seinem inneren Auge vorbeizogen. Dabei fiel ihm ein, dass er vergessen hatte, sich die Bilder des toten van Gemmeren anzusehen. Obwohl er absolut nicht in der Stimmung dazu war, holte er das Versäumte nach. Der Anblick der technisch perfekten Aufnahmen des eingeschlagenen Schädels zerstörte jäh die Illusion des schönen Tages. Die digitale Technik ermöglichte es, sich dic Schädelverletzung en détail zu betrachten. Heckler gewann keine neuen Erkenntnisse. Wie er schon zuvor festgestellt hatte, musste der Mörder mit aller Kraft zugeschlagen haben. Er schüttelte den Kopf über so viel Brutalität. Dennoch, irgendetwas irritierte ihn, je länger er die Bilder betrachtete. Er wusste aber nicht, was es war.

Dann entsann er sich des Vorschlags seiner Freundin Jenny Lacroix und schickte die Bilder als Anhang einer E-Mail an seinen Freund Bernhard Haller. Der Gerichtsmediziner sollte sich die Bilder genauer ansehen. Danach versuchte er, seine »Beutestücke« CD und Diskette zu durchforsten; erfolglos, wie sich herausstellte. Die Dateien waren komprimiert und ließen sich mit keinem der PC-üblichen Programme öffnen. Auch der Versuch, die Dateien zu entpacken, schlug fehl.

Er hatte noch fast zwei Stunden bis zum Beginn der Spätschicht. Eigentlich wollte er ein wenig entspannen, schaffte es aber nicht einmal ansatzweise. Die Geschichte hatte ihn ergriffen und schien ihn nicht mehr loszulassen. Seine Gedanken drehten sich unablässig im Kreise, und als sie bei seinem Kollegen Willmann angelangt waren, fasste Heckler einen spontanen

Entschluss: Er suchte seine Wochenendutensilien zusammen und stieg ins Auto. Auf dem Weg in die Gerichtsmedizin hielt er bei seiner Bank, deponierte CD und Diskette in einem Schließfach. Er wusste instinktiv, dass diese Scheiben möglicherweise den Schlüssel zu der Geschichte enthielten, eine Geschichte, die immer mysteriöser wurde.

Im Rechtsmedizinischen Institut der Universität Düsseldorf dauerte es fast eine halbe Stunde, bis der zuständige Kollege, ein Doktor Mühlbach, Zeit für ihn hatte. Heckler begründete sein Interesse mit dem Einsatz als Notarzt – und der Mitteilung von Doktor Willmann.

Die anfängliche Freundlichkeit des Rechtsmediziners wich nach und nach einer Verdrossenheit, die Heckler als Ausdruck einer aufkeimenden Erkenntnis interpretierte, einer Erkenntnis, die auf schwere Versäumnisse hindeutete. Natürlich hatte Mühlbach die üblichen Blutuntersuchungen bei van Gemmeren veranlasst. Aus dem Ergebnis eines speziellen Wertes hatte er jedoch keine Konsequenzen gezogen. Dieser Wert deutete auf die Zerstörung von Muskelgewebe hin, das war jedem Medizinstudenten geläufig. Mühlbach war jedoch der Frage nicht nachgegangen, ob es sich vielleicht um Herzmuskelgewebe gehandelt hatte und nicht – wie er angenommen hatte – um normales Skelettmuskelgewebe.

»Wir haben noch genügend Material für einen Troponin-Test.« Mühlbach war nervös geworden und wollte durch einen Schnelltest den Herzinfarktverdacht ausräumen und seine Ehre als Gerichtsmediziner wiederherstellen. Es dauerte keine zehn Minuten, bis feststand, dass van Gemmeren vor seinem Tod einen Herzinfarkt erlitten hatte.

»Scheiße!« Mühlbachs Kommentar kam spontan. Er blätterte im Obduktionsprotokoll und schüttelte den Kopf.

»Wir haben das Herz nicht sonderlich genau untersucht, es gab keinerlei Hinweise auf einen Infarkt – und verkalkte Herzkranzgefäße hat fast jeder in dem Alter.« Die Entschuldigung klang matt und verzweifelt. Mühlbach konnte sich den bevorstehenden Ärger durchaus vorstellen.

Im Grunde spielte es allerdings keine Rolle, Mord blieb Mord. Trotzdem war es für einen Gerichtsmediziner mindestens ebenso peinlich, bei Toten einen Herzinfarkt zu übersehen, wie für jeden Arzt, wenn ihm dies bei einem Lebenden passierte.

»Und jetzt?«

Heckler zuckte mit den Schultern. Die Beerdigung van Gemmerens fand in einer Stunde statt.

»Es macht keinen Unterschied, weil der Mörder es ja nicht wissen konnte.«

Damit hatte Heckler seinen Kollegen zwar entlastet, ihm aber die Entscheidung überlassen, ob er die Sache wieder aufrollen wollte.

»Der Skandal wäre nicht auszudenken.«

Da hatte Mühlbach zweifellos recht. Offensichtlich wollte er die Sache auf sich beruhen lassen. Das war der nächste Fehler, wie sich später herausstellte.

Heckler musste sich beeilen, damit er rechtzeitig zum Dienst erschien. Die Spätschicht war abwechslungsreich und es gelang ihm, die sich ständig aufdrängenden Bilder des Toten zu verdrängen. Nach Dienstende machte er sich sofort auf den Weg nach Aachen. In den Lokalnachrichten wurde von der Trauerfeier für van Gemmeren berichtet. Auch darüber, dass der mutmaßliche Mörder sich beharrlich weigerte, ein Geständnis abzulegen. Heckler hörte kaum hin, seine Gedanken kreisten immer um dieselbe Frage: Was, um alles in der Welt, brachte jemanden dazu, einen dementen alten Mann zu erschlagen, der kurz davor auch noch einen Herzinfarkt erlitten hatte?

Kurz nach Mitternacht schlossen sich Jenny Lacroix und Andreas Heckler in die Arme. Die Nächte waren noch kühl, und als sie kurz darauf am wärmenden Kaminfeuer saßen, merkte Jenny sofort, dass ihr Freund mit den Gedanken woanders war. Sie gab keine Ruhe, bis er sogar die kleinsten Details berichtet hatte. Das dauerte eine Stunde und kostete einer Flasche Cabernet den Inhalt.

»Irgendwas stinkt da gewaltig.« Ihre Ausdruckweise war stets direkt, gelegentlich auch nicht gesellschaftsfähig. Heckler zog die Schultern hoch und die Mundwinkel nach unten.

»Sie ist eine schöne Frau, hm?«, bohrte Jenny.

Er schwieg zuerst. Es war lächerlich, Juliane Bernstein hatte mit der ganzen Sache nichts zu tun. Und außerdem ...

»Ja«, sagte Heckler dann.

»Pass gut auf dich auf, Hecki!«, antwortete sie nach einer Weile und schaute ihm tief in die Augen. Damit war dieses Thema zunächst erledigt. Jennys Eifersucht tat ihm im Grunde gut. Dennoch wollte er sich einreden, dass sie keinen Grund dafür hatte.

»Morgen ist auch noch ein Tag, lass uns schlafen!« Jenny gähnte, schloss die Kamintüre und zog ihren Freund Richtung Bad. »Außerdem gibt es morgen eine Überraschung.«

Als sie eng aneinandergekuschelt im Bett lagen, war es fast halb drei. Wenn sie sich lange nicht gesehen hatten, liebten sie sich meistens am selben Abend. Jenny schlief diesmal jedoch sofort ein. Heckler lag noch eine Zeit lang wach und grübelte darüber nach, warum Frauen in der Regel mit ihrer Gefühlswahrnehmung richtiger lagen. Jenny gegenüber hatte er jedenfalls keine Chance, irgendetwas zu verbergen. Jennys regelmäßige Atemzüge halfen ihm dann doch in den Schlaf. Die körperliche Nähe seiner Freundin hatte für ihn stets etwas Beruhigendes, das Gefühl von Geborgenheit und Sicherheit. So mussten sich Embryos fühlen.

Er schlief tief und traumlos.

9.

Nach einer großen Tasse »Early Morning Tea« holten sie das Versäumte nach und Heckler fand sich witzig, als er sagte: »Das war die erste Überraschung.«

Er grinste wie ein Pennäler.

»Was ist deine Überraschung?«

»Verrat ich nicht.«

»Bitte!«

»Nein, dann ist es keine Überraschung mehr.«

Alles Bitten und Betteln half nichts, Jenny blieb hart und Heckler hielt es kaum aus. Dann gingen sie durch Jennys Keramik-Werkstatt. Neben Kunsthandwerk hatte sie ein Faible für Collagen, außerdem war sie eine hervorragende Töpferin. Nach

Töpferlehre und dem Besuch der Kunsthochschule hatte sie in einem Betrieb für kommerzielle Keramik-Produkte gearbeitet, jedoch schnell erkannt, dass regelmäßige Arbeitszeiten im Allgemeinen und Kommerz im Besonderen nicht ihre Sache waren. Als Selbstständige hatte sie sich erst einmal einen Namen machen müssen. Mit der ihr eigenen Geradlinigkeit hatte sie sich ihren Platz in der lokalen Kunstszene erkämpft. Inzwischen war sie geachtet und ihre Produkte begehrt, nicht nur in der lokalen Szene. Jenny bereitete eine Ausstellung vor und führte Heckler die Stücke vor, die sie dort zeigen wollte. Er war – wie stets – tief beeindruckt und brachte das auch zum Ausdruck.

Jenny Lacroix und Andreas Heckler waren sehr verschieden, zumindest in zwei Punkten jedoch waren ihre Seelen verwandt: sie waren beide hartnäckig und neugierig. Es dauerte deshalb nicht lange, bis Jenny selbst auf den Mord an van Gemmeren zu sprechen kam: »Martin wird uns über die Organisation einiges erzählen können.«

Martin Preuss, der »gnadenlose Enthüllungsjournalist«, wie Jenny ihn zu nennen pflegte, hatte seinerzeit großen Anteil daran gehabt, dass einige angesehene Bürger der Stadt zu Schaden gekommen waren. Mindestens zwei waren ins Gefängnis gewandert und andere zogen sich unauffällig von ihren öffentlichen Ämtern und diversen Pöstchen zurück – unter erheblichen finanziellen Einbußen. Damals, als einer der prominentesten Bürger der Stadt sich posthum als Krimineller entpuppte, war es auch Martin Preuss zu verdanken gewesen, dass die Angelegenheit nicht wie üblich unter den Teppich gekehrt werden konnte. Heckler war gespannt, was er diesmal herausgefunden hatte.

»Wann sehen wir Martin?«, fragte er.

Statt einer Antwort legte Jenny ihren Zeigefinger auf Hecklers Lippen. Heckler verstand. Das war wohl ein Teil der geplanten Überraschung.

Den kurzen Rest des Vormittages verbrachten sie in der Stadt. Heckler genoss es, durch die Altstadt zu schlendern, über den Markt am Rathausplatz, durch die engen Gassen mit den historischen Häusern. Gelegentlich sah Jenny ein bekanntes Gesicht, hielt inne, sprach mit den Leuten über Gott und die Welt und natürlich über ihre geplante Ausstellung. Heckler war stets beteiligt, nicht etwa fünftes Rad am Wagen, kein Anhängsel der Künstlerin Jenny Lacroix. Er fühlte sich so gut wie lange nicht. Am Ende hatte er ganz vergessen, was ihn in der vergangenen Woche so sehr bewegt hatte. Schließlich landeten sie in einem der Altstadtlokale und gönnten sich ein erstes Glas Prosecco. Dabei blieb es nicht; das zweite Glas beflügelte Jennys Phantasie.

»Was macht sie denn so sicher, dass ihr Bruder nichts damit zu tun hat?«

Jennys Frage holte Heckler jäh zurück, er zuckte mit den Schultern.

»Sie ist seine Ersatzmutter.«

»Auch Mütter wissen nicht immer alles über ihre Kinder.«

»Sie ist so ... überzeugt.«

Der weitere Dialog gestaltete sich derart, dass Heckler das Gefühl hatte, Jenny wollte an Juliane Bernstein kein gutes Haar lassen und er, Heckler, müsse sie verteidigen.

»Sie kennt ihn nicht wirklich«, stellte Jenny fest.

Er schwieg, doch nüchtern betrachtet hatte Jenny Recht.

»Vielleicht hast du Recht. In der Wohnung von Thomas Bernstein schien sie irgendwie ... irritiert. Ich weiß nicht, was es ist.« Heckler hatte tatsächlich keine Vorstellung.

»Mein Gott, Hecki, das ist doch nicht so schwer zu kapieren!«

»Erklär's mir!«

»Wahrscheinlich hat er eine Freundin und sie weiß nichts davon«, stellte Jenny fest.

»Hm, kann sein. Es war irgendetwas in der Wohnung, was sie verwirrt hat, was sie nicht erwartet hat.«

»Der kleine Bruder hat sich eben entwickelt, führt ein Eigenleben und sie ... sie kann es nicht akzeptieren.«

Jenny war langsam in Fahrt gekommen, aber Heckler schwieg immer noch. Obwohl er die Widersprüche in dieser seltsamen Geschichte überdeutlich spürte, hatte er jetzt keine Lust mehr, weiter zu spekulieren. Er lenkte das Gespräch auf ein anderes Thema. Als sie wieder zu Hause waren, versuchte er, seine Tochter Lydia und seinen Freund Bernhard Haller anzurufen. Er war mehr als enttäuscht, als er keinen von beiden erreichte. Merkwürdigerweise fand Jenny diese Tatsache nicht weiter wichtig. Endlich verstand Heckler und tat so, als wäre er ziemlich zerknirscht. Den Nachmittag verbrachten sie ganz in Ruhe und gegen Abend meinte Jenny: »Lass uns noch ein wenig ins Städtchen gehen!«

Wie zufällig kamen sie am Audimax der Universität vorbei und Heckler wunderte sich über die vielen Menschen, die davorstanden. Endlich entdeckte er das Plakat der Abendveranstaltung mit seinem Lieblings-Kabarett, und bevor er es so richtig verstanden hatte, wurden sie von einem kleinen Grüppchen fröh-

licher Menschen umringt. Heckler schüttelte ungläubig den Kopf und lachte.

Dann schloss er seine Tochter Lydia in die Arme und auch die Freunde Bernhard Haller und Martin Preuss. Alle waren da und Andreas Heckler war richtig glücklich. Eine gelungene Überraschung. Er bemerkte erst nach einer Weile, dass da noch jemand war: ein junger Mann, vermutlich Student, der Lydia im Arm hielt.

Heckler spürte plötzlich eine ungewohnte Aufregung und musste dreimal nach dem Namen des jungen Mannes fragen. Er hieß Richard. Während des Kabaretts schielte er immer wieder zu Lydia und diesem Richard hinüber. Die beiden turtelten miteinander und Heckler missfiel, wie oft sie sich küssten. Irgendwann an diesem Abend kam ihm dann die Erkenntnis, dass seine Tochter erwachsen war. Obwohl ihm das Gefühl der Eifersucht durchaus vertraut war, leugnete er es beharrlich.

Das Programm war wie immer große Klasse. Die Mitwirkenden des Kabaretts waren seinerzeit aus der studentischen Szene hervorgegangen, gingen inzwischen ehrbaren Berufen nach, fanden sich jedoch in regelmäßigen Abständen zusammen, um die lokale Szene »etwas aufzumischen«. Sie machten vor nichts halt, nahmen vor allem die Lokalpolitik aufs Korn. Vom Loch im Stadtsäckel bis zur Unfähigkeit der ortständigen Bevölkerung, Artikel in die korrekte Deklinationsform zu bringen, war alles enthalten.

Sie amüsierten sich prächtig. Als der Abend in einer der ebenso zahlreichen wie gemütlichen Kneipen der Altstadt zu Ende ging, hatte Heckler völlig vergessen, was ihn in den letzten Tagen so bewegt hatte. Nur, dass seine Tochter frisch verliebt war, beschäftige ihn dann doch.

Irgendwann, zu fortgeschrittener Stunde, versuchte er erfolglos, Martin Preuss etwas über die MedicAid zu entlocken. Martin sagte nur: »Lass dich überraschen!« und wechselte das Thema. Er wusste über die tatsächlichen Hintergründe der meisten kabarettistischen Einlagen Bescheid und erläuterte diese genüsslich. Das Wissen um die Machenschaften des »Öcher Klüngels«, wie es Martin auszudrücken pflegte, ließ das Kabarett erneut lebendig werden.

Weit nach Mitternacht brach die Gruppe auf. Ein außenstehender Beobachter hätte sich vermutlich befremdet gefühlt, weil die Mitglieder des kleinen Trüppchens ständig vor sich hin kicherten. Dann trennten sie sich.

»Kennst du eigentlich diesen Richard?«

Heckler lag im Bett und es ließ ihm keine Ruhe. Jenny murmelte noch etwas Unverständliches, dann war sie, eng an ihn gekuschelt, eingeschlafen.

10.

Heckler liebte den Sonntagmorgen bei Jenny. Vor einigen Jahren hatte Jenny die alte Mühle in einem winzigen Dorf in der Voreifel gekauft. Das Dorf, nur wenige Kilometer südlich von Aachen, war eigentlich nur ein Weiler und bestand aus etwa zehn Häusern, die mittlerweile fast sämtlich von Städtern aufgekauft und hergerichtet worden waren. Trotz der ländlichen Idylle erreichte man die Stadt in fünfzehn Minuten. Ein idealer Arbeitsplatz für eine selbstständige Künstlerin. Von Ferne hörte Heckler den Klang der Kirchenglocken, die die Geräusche der erwachenden Natur jedoch kaum übertönten.

Die erste Tasse Tee nahmen sie wie gewohnt im Bett. Einen friedlicheren Sonntagmorgen hätte sich Heckler kaum vorstellen können. Die nächste Überraschung bahnte sich beim Tischdecken an.

»Wir sind sieben«, sagte Jenny beiläufig. »Nun mach schon,

die Gäste kommen gleich!«, trieb sie Heckler an, nachdem der eine ganze Weile mit offenem Mund dagestanden hatte.

Dann kamen sie nach und nach: Martin Preuss, Lydia mit Richard und Bernhard Haller. In Hallers Begleitung befand sich eine etwa 35-jährige, recht gut aussehende Frau, die Bernhard als Iris Braun vorstellte.

»Bernhard hat mir schon viel von Ihnen erzählt«, begrüßte sie Heckler.

»Hoffentlich nur Gutes«, erwiderte er mit breitem Grinsen. Manchmal hielt er seinen Charme für unwiderstehlich. Dennoch war er ein bisschen empört darüber, dass Bernie ihm seine neue Freundin bislang vorenthalten hatte. Überhaupt, alle hatten neue Freundinnen oder Freunde und er hatte keine Ahnung!

Heckler übte sich in Geduld und wurde am Ende belohnt. Nicht nur, dass er über den neuen Freund seiner Tochter einiges erfuhr, nein, auch Martin Preuss hatte nicht zu viel versprochen und kam gespickt mit Informationen: Jan van Gemmeren hatte Ingenieurwissenschaften studiert und sich schon vor fünfunddreißig Jahren der Entwicklungshilfe zugewandt. Damals war er für verschiedene Organisationen tätig gewesen. Warum er dann nach zehn Jahren eine eigene Hilfsorganisation gegründet hatte, war nicht genau bekannt.

Sicher schien, dass van Gemmeren stets ein Querdenker, ein unbequemer und kompromissloser Idealist geblieben war. Von der offiziellen Entwicklungshilfepolitik hatte er sich früh distanziert, nicht nur weil er der Meinung war, dass die Abhängigkeit der dritten Welt von den Industrienationen durch diese Art der Politik nur gefestigt würde. Vielmehr unterstützte er auch Projekte in Ländern, die dem Westen aus ideologischen Gründen nicht genehm waren. In jedem Fall hatte er sich durch seine Hartnäckigkeit und den Erfolg mit seinen Projekten einen Namen verschafft. Van Gemmeren avancierte zum begehrten Gesprächspartner, wenn es darum ging, Kontakte abseits der offiziellen diplomatischen Kanäle zu bahnen. In dieser so erstaunlichen bundesrepublikanischen Biographie, die im Lauf der Jahre von Orden und Auszeichnungen bekränzt wurde, störten zwei Dinge.

»Das eine«, erläuterte Martin Preuss, »sind Vorwürfe eines

zunehmend autokratischen Führungsstils in der MedicAid, einem Unternehmen mit beachtlichen Umsatzzahlen im zwei- bis dreistelligen Millionenbereich. In der Öffentlichkeit wurden undurchschaubare und obskure Vergabepraktiken für Projektgelder genannt, wobei niemals der Vorwurf der persönlichen Bereicherung erhoben wurde.«

Van Gemmeren habe letztlich zugestimmt, dass die MedicAid von einer renommierten Düsseldorfer Unternehmensberatung »durchforstet« worden war. Er sei dann dem Vorschlag des Gutachtens gefolgt und habe einen Stiftungsrat eingerichtet. Im Übrigen sei im Gutachten bestätigt worden, dass van Gemmeren sich in keiner Weise finanziell bereichert habe.

»Das andere«, fuhr Martin Preuss fort, »erscheint gravierend und ... delikat, lässt sich aber noch weniger belegen.«

Es entstand eine Pause, in der Preuss den Eindruck vermittelte, als müsse er abwägen, ob er überhaupt darüber reden sollte. Da er das Thema aber angeschnitten hatte, stand er in der Pflicht, es auch zu Ende zu bringen. Vielleicht sollte es auch der dramaturgische Höhepunkt sein.

»Es wurden immer wieder Vorwürfe laut, van Gemmeren sei homosexuell und ...«, Preuss holte tief Luft, »stehe auf Knaben.«

Jenny, die sich bisher zurückgehalten hatte, platzte heraus: »Van Gemmeren – ein Päderast?«

»Ja, vielleicht – aber es ist ein Sumpf, meine Liebe«, antwortete Preuss.

Es seien immer wieder Vorwürfe ehemaliger Mitarbeiter laut geworden im Zusammenhang mit Besuchen von van Gemmeren in den Projekten. Es gebe in der Tat einige Photos, die van Gemmeren zusammen mit eingeborenen Jungen zeigten, oft in einer gönnerhaften Pose der Umarmung. Van Gemmeren habe zu diesen Vorwürfen nie Stellung bezogen. In zwei oder drei Fällen hätten Rechtsanwälte unter Androhung hoher Geldstrafen Unterlassungsklagen durchgesetzt.

»Bewiesen ist letztlich gar nichts«, endete Martin Preuss den Bericht über seine umfangreiche Recherche, »und in Deutschland gab es nie derartige Vorkommnisse, da blieb die Weste weiß.«

Es entstand eine Pause. Heckler zuckte mit den Schultern.

»Deine Arbeit beeindruckt mich wie immer«, wandte er sich an Martin Preuss, »aber wenn ich ehrlich bin, habe ich immer noch keine Ahnung, warum jemand van Gemmeren den Schädel eingeschlagen hat.«

»Wenn das so einfach wäre, lieber Andreas, könnten wir statt den Beamten der Mordkommissionen auch Journalisten beschäftigen.«

»Entschuldige«, murmelte Heckler, »aber ich würde diesen unsinnigen Mord gern verstehen.«

»Morde sind nie unsinnig«, mischte sich zu Hecklers Erstaunen Iris Braun ein, »es kann nur sein, dass wir den Sinn, oder besser: das Motiv, nicht sofort entdecken.«

Heckler staunte nicht schlecht.

»Wenn man Mordfälle mit etwas Abstand betrachtet, findet man fast immer die gleichen, bekannten Motive; Beziehungstaten, Habgier und Konkurrenz – mit anderen Worten: es geht um Sex, Geld und Macht.«

Heckler staunte noch mehr. Erst später sollte er erfahren, dass Iris Braun Staatsanwältin war, eine der jüngsten und erfolgreichsten des Landes.

»Und, um den Gedanken zu Ende zu bringen, bei van Gemmeren scheint mir jedes Motiv möglich.«

Wieder entstand eine Gesprächspause. Richard und Lydia hatten die Runde verlassen und stöberten durch Jennys Werkstatt. Die anderen hingen ihren Gedanken nach.

»Was ist«, nahm Heckler nach einiger Zeit den Gesprächsfaden wieder auf, »mit den Bildern, die ich dir gemailt habe?« Er wandte sich an Bernhard Haller.

»Wunder dauern etwas länger«, war die lakonische Antwort seines Freundes. Er sei nun gestern Abend erst von einer längeren Kongressreise zurückgekehrt und werde morgen im Institut die E-Mails durchsehen.

Das Gespräch wandte sich dann ganz profanen Dingen zu und das Thema MedicAid war damit erledigt. Schließlich führte Jenny alle Freunde durch ihre Werkstatt und erklärte ihnen die Ausstellungsstücke. Derweil beging Heckler den Fehler, den Anrufbeantworter seiner Düsseldorfer Wohnung abzuhören. Die eindringliche Stimme von Juliane Bernstein führte dazu, dass er seine Pläne änderte. Er wollte wie üblich bis Montagmittag bei Jenny bleiben, überlegte jetzt aber, bereits heute Abend nach Düsseldorf zurückzufahren.

Juliane Bernstein hatte ihn gebeten, sie zu einem kurzfristig anberaumten Termin mit Dr. Gernsbach am Montag früh zu begleiten. Rechtsanwalt Gernsbach selbst habe dies vorgeschlagen. Als die Freunde gegangen waren, kam es zu dem Krach, den Heckler befürchtet hatte. Jenny wollte sich keineswegs damit abfinden, dass er beabsichtigte, früher nach Hause zu fahren.

»Frau Bernstein ruft und Hecki springt!« Jenny war richtig wütend und ließ es ihren Freund spüren. Außerdem war sie eifersüchtig, was sie im Gegensatz zu ihrem Freund nie leugnete.

»Was hat diese Frau zu bieten, dass du nach ihrer Pfeife tanzt?«

»Deine Eifersucht tut mir richtig gut, meine Liebe«, versuchte Heckler die Situation zu entschärfen. Aber zu einer weiteren Klärung kam es nicht, weil er die tieferen Beweggründe seiner frühen Heimfahrt verdrängte. Juliane Bernstein faszinierte ihn – das konnte er aber weder sich, geschweige denn Jenny, eingestehen.

Als Heckler sich wenig später verabschiedete, war es ein kurzer Abschied, eine flüchtige Umarmung und ein spitzer Kuss auf die Wangen. Auf dem Heimweg grübelte er nach und konnte selbst nicht verstehen, warum er Juliane Bernstein glaubte, warum er ebenso wie sie mittlerweile davon überzeugt war, dass ihr Bruder kein Mörder war. Und wenn sein Gerechtigkeitsgefühl sich meldete, war Andreas Heckler recht stur.

11.

Als er gegen Abend schließlich seine Reisetasche in irgendeinen Winkel der Wohnung schleuderte, war seine Stimmung nicht zum Besten. Es kam noch schlimmer, als er erneut den Anrufbeantworter abhörte. Neben den Anrufen, die er schon kannte, hatte zuletzt Dr. Gernsbach persönlich angerufen und mitgeteilt, dass sich der Termin am Montag früh erledigt habe, die Angelegenheit werde sich »positiv entwickeln«. Heckler war wütend, weil sich dadurch der ganze Ärger mit Jenny als völlig unnötig herausstellte. Nicht nur diese Erkenntnis, auch der Gedanke an die entgangene Nacht mit Jenny trübte seine Stimmung zusätzlich. Allerdings wunderte er sich, warum der Rechtsanwalt einer der bekanntesten Sozietäten der Stadt am Sonntag persönlich bei ihm angerufen hatte, wo er ihn noch nicht einmal kennen gelernt hatte. Schließlich machte er sich doch daran,

seine Tasche auszupacken und ein wenig Ordnung in die Wohnung zu bringen. Dabei fiel ihm die Visitenkarte des Nachtclubs in die Hand, die er im Jackett Thomas Bernsteins gefunden hatte. Heckler betrachtete die Karte und fasste einen spontanen Entschluss.

Nach einem guten Abendessen machte sich er auf den Weg zum »pink'n blu«, so der einfallsreiche Name des Nachtclubs. Der Club befand sich in einer der kleinen Gassen der Altstadt, in der sich eine Kneipe an die andere reiht. Der Eingang war eher unauffällig, dennoch herrschte kurz nach der Öffnung gegen 23 Uhr ein reges Kommen und Gehen. Die Eingangskontrolle war dezent, aber wirkungsvoll. Ein kahlrasierter Schädel mit Ohrring fischte Heckler zielsicher aus dem Besucherstrom mit den Worten: »Dich hab ich hier noch nie gesehen.« Heckler sagte nur: »Stimmt!« und grinste den Cerberus freundlich an. Der grinste dümmlich zurück und ließ ihn passieren.

Heckler brauchte reichlich lange, um zu realisieren, in welche Art Club er geraten war. Erst beim dritten oder vierten heftig schmusenden Männerpaar fiel der Groschen. Es dauerte trotzdem lange, bis er die Verbindung zu Thomas Bernstein geknüpft hatte. Dabei hatte er plötzlich das Bild des Schlafzimmers und des luxuriösen Badezimmers vor Augen. Thomas Bernstein war schwul ... das erklärte einiges.

Heckler hegte keinerlei Vorurteile, einige seiner guten Freunde waren schwul. Dennoch war Thomas Bernstein nicht irgendein Schwuler, sondern ein Mordverdächtiger, der seiner Schwester offensichtlich wichtige Dinge vorenthalten hatte. Er war sich jetzt sicher, dass Juliane Bernstein über die sexuelle Orientierung ihres Bruders nicht Bescheid wusste. Das war sicherlich auch der Grund für ihre Irritation in Thomas Wohnung gewesen! Sie hatte es gespürt.

Heckler wurde jäh aus seinen Gedanken gerissen, als ihm jemand im Gedränge einfühlsam zwischen die Beine griff und ihm ins Ohr flüsterte: »Fünfzig für einen Quickie.«

»Arschloch!«, sagte Heckler.

»Hundert, aber nur mit Gummi«, kam es zurück.

»Verpiss dich!« Heckler hatte sich in seiner Ausdrucksweise rasch angepasst.

Er kämpfte sich mühsam durch mehrere Räume bis zu einer
repräsentativen Bar. Es war eher wie ein Spießrutenlaufen zwischen den lüsternen Singles. Etwas genervt bestellte er sich einen Long Drink und drehte sich so, dass er den Raum überblickten konnte.

Dabei wurde ihm bewusst, dass er keine Ahnung hatte, wonach er eigentlich Ausschau hielt. Nachdem er die mehr oder weniger lustvolle Szene eine Zeit lang beobachtet hatte, wandte er sich wieder der Bar zu. Es amüsierte ihn, dass neben dem offensichtlich schwulen Barkeeper eine attraktive junge Frau hinter dem Tresen stand. Sie schien fast jeden Gast zu kennen, denn sie begrüßte viele der Ankömmlinge mit Namen. Das brachte Heckler auf eine Idee.

Er winkte sie zu sich heran.

»Hast du Thomas gesehen?«

»Geht's etwas genauer? Thomas heißt hier jeder dritte.«

»Thomas Bernstein.«

Ihr Gesichtsausdruck veränderte sich ebenso rasch wie deutlich.

»Du bist doch kein Bulle? So siehst du jedenfalls nicht aus, aber gesehen hab' ich dich hier auch noch nie.« Mit beiden Feststellungen hatte sie Recht.

»Nein, also, ich ... ich bin ein Freund von Juliane, der Schwester von Thomas«, schönte Heckler die Realität ein wenig. Was nicht ist, kann ja noch werden, dachte er dabei.

»Du hast keine Ahnung, was passiert ist?«

»Um Gottes willen, nein, ich komme aus Wiesbaden«, log Heckler und machte ein unübertroffen betretenes Gesicht.

»Warte einen Moment!«

Sie bediente noch rasch eine Runde, flüsterte ihrem Kollegen etwas zu und kam dann hinterm Tresen vor. Sie stellte sich als Linda vor und zog ihn an ein kleines Tischchen in eine der Nischen.

»Andreas«, murmelte Heckler.

Dann hörte er von Linda die unglaubliche Geschichte des Mordes an Thomas' Chef und dass man Thomas irrsinnigerweise der Tat verdächtigte, wo er doch keiner Fliege etwas zu Leide tun könne. Schließlich kenne sie Thomas gut genug, erst

am Abend vorher sei er noch hier gewesen, mit Richie, seinem Freund.

»Wo ist denn ... Richie?« Heckler witterte seine Chance.

»Wenn, dann kommt der erst nach zwölf – diese Studenten können morgens ja pennen, so lang sie wollen.«

Heckler sah das ganz anders, vor allem wenn er an seine Tochter dachte, widersprach aber nicht. Er bedankte sich bei Linda, die wieder hinter die Bar schlüpfte. Er beschloss, auf Richie zu warten. Nachdem der Termin bei Gernsbach am nächsten Morgen geplatzt war, konnte er ja ausschlafen, denn bis zum Beginn der Nachtschicht am Montagabend um 23 Uhr blieb noch viel Zeit.

Heckler blieb in seiner Nische sitzen, benötigte drei Drinks und viel Geduld. Als ihn gegen zwei Uhr die Müdigkeit zu übermannen drohte, bemerkte er Bewegung an der Bar. Er sah Linda im Gespräch mit einem jungen Mann, einem ausgesprochen hübschen jungen Mann, den Heckler auf Mitte zwanzig schätzte. Linda zeigte mit dem Arm auf Heckler.

Der Mann kam zögernd näher und blieb unschlüssig vor Heckler stehen.

»Richie?« Der junge Mann nickte.

»Ich bin der Andreas. Setz dich doch, was möchtest du trinken?«

Das Eis schien gebrochen, Richie blieb jedoch unsicher und scheu. Heckler versuchte es mit Small Talk, aber Richie starrte ins Leere.

»Unglaubliche Geschichte, das mit Thomas«, stellte Heckler fest. Richie nickte stumm.

»Das müsste sich doch aufklären lassen, Thomas tut doch so was nicht.«

Richie nickte wieder, diesmal heftiger.

»Er kann es gar nicht gewesen sein«, sagte Richie dann so leise, dass es Heckler kaum verstand.

»Gott sei Dank, ich wusste es«, gab Heckler zurück, obwohl er gar nichts wusste.

»Kannst du gar nicht«, sagte Richie zu Hecklers Überraschung, »kein Mensch außer Thomas und ich wissen das.«

»Dann erklär's mir!«, kam Heckler auf den Punkt.

»Ganz einfach, ich habe Thomas an dem Montag kurz vor acht hinter der Villa abgesetzt, der Alte ist aber schon früher erschlagen worden, das stand jedenfalls in der Zeitung.«

»Aber Thomas hat doch gesagt ...« Heckler biss sich auf die Lippen, aber es war zu spät. Richie reagierte erregt.

»Ein Wort zu Willie, der macht dich platt, du kommst hier nicht raus! Also, wer bist du?« Richie hatte so laut gesprochen, dass einige Gäste zu ihnen herübersahen.

»Okay, okay, reg dich ab! Ja, ich wusste schon von der Geschichte. Aber dass ich Juliane Bernstein kenne, stimmt. Sie hat mich um Hilfe gebeten«, versuchte er den aufgebrachten Richie zu besänftigen. Er hatte keine Lust, vom Türsteher verprügelt zu werden.

Richie sagte nichts, blickte Heckler aber wütend an.

»Und warum hast du das der Polizei nicht gesagt?«, insistierte Heckler jetzt sehr direkt.

Richie schwieg.

»Also«, setzte Heckler den Bohrer weiter an, »du bist so einer, seinen Freund im Knast schmoren zu lassen, Willie sollte *dich* platt machen!«

Das saß, Richie senkte den Kopf.

»Scheiße«, begann er seine Beichte, »ich dachte, das kann doch nur ein Irrtum sein und sie lassen Thomas schnell wieder laufen. Dass die so blöd sind, kann ich doch nicht wissen!«

Da musste Heckler ihm Recht geben.

»Dann geh doch jetzt zur Polizei, sonst wird Thomas am Ende noch verknackt.«

»Thomas wollte nicht ..., also er hat sich bisher nicht geoutet.

Er hatte Angst, dass er seinen Job verliert, wenn die Beziehung zu mir bekannt wird. Nicht mal seine Schwester weiß etwas.« Dabei blickte er Heckler ängstlich an.

»Das ist nicht so tragisch, irgendwann hätte sie es sowieso erfahren – die ist schon in Ordnung. Du musst zur Polizei gehen, sonst kommt Thomas nicht frei.«

Richie schwieg lange. Dann gab er sich einen Ruck.

»Genau vor einer Woche waren wir hier, Thomas und ich. Dann habe ich bei ihm übernachtet und ihn am nächsten Morgen zur Arbeit gefahren, weil ich seinen Wagen brauchte.«

»Morgen gehst du zur Polizei, ja? Zeugenaussagen müssen auf Wunsch vertraulich behandelt werden. Der Typ von der Mordkommission heißt Stüber, Walter Stüber. Kann ich Stüber morgen deinen Namen geben?«

»Okay, ich war sowieso kurz davor. Außerdem hab ich das Versteckspielen satt! Aber ich kann erst übermorgen hingehen, morgen Nachmittag schreibe ich eine Klausur.«

Richie klang jetzt recht entschlossen. Heckler sprach ihm noch gut zu, bezahlte und machte sich auf den Heimweg. Er war plötzlich zum Umfallen müde. Am Ausgang hört er Willie rufen: »... und lass dich hier nie wieder blicken, sonst brech' ich dir sämtliche Knochen!« Er erkannte den Stricher, der ihn zuvor belästigt hatte und der von Willie soeben vor die Tür gesetzt worden war. Doch seriöser, als er gedacht hatte, dieser Club. Zu Hause fiel er ins Bett. Drei Uhr! Trotz des verpatzten Abschieds mit Jenny fühlte er sich hochzufrieden. Morgen würde der ganze Spuk um Thomas Bernstein ein Ende haben und er, Andreas Heckler, hatte maßgeblichen Anteil an der Aufklärung. Juliane würde ihm dankbar sein. Juliane ... bei dem Gedanken war er fest eingeschlafen.

12.

Das penetrante Klingeln des Telefons beendete die traumlose Nacht. Heckler schreckte hoch, es war bereits halb elf! Als er nach dem Hörer griff, hatte er keinerlei Zweifel, wer am anderen Ende sein würde. Juliane Bernstein entschuldigte sich sofort, als sie seine erbärmlich klingende Stimme vernahm: Er war als Nichtraucher arg gebeutelt nach der letzten Nacht in dem stark verrauchten Club. Aber die vielen Frösche in seinem Hals hatten wohl auch mit Juliane zu tun.

»Kann ich Sie treffen?«

Heckler hätte dieses Ansinnen niemals abgelehnt.

»Unbedingt, ich habe Neuigkeiten – die Sache ist geklärt«, platzte er heraus.

Juliane reagierte aufgeregt und wollte mehr wissen.

»Nicht am Telefon. Können Sie in einer Stunde bei mir sein?«

»Ja, natürlich.«

In großer Eile begann Heckler seine Morgentoilette, räumte das Gröbste auf, rannte zum Bäcker an der Ecke und schaffte es gerade noch, frischen Tee zu machen und den Tisch ansprechend zu decken, als es klingelte.

»Hallo«, begrüßte ihn Juliane Bernstein. Sie trug die Haare heute offen, das cremefarbene Kostüm stand ihr hervorragend, der dezente Schmuck und das wirkungsvolle Make-up um die ohnehin wunderschönen grünen Augen rundeten die Erscheinung der selbstbewussten und erfolgreichen Frau ab.

Wie beim ersten Treffen war Heckler so überwältigt, dass er vergaß, Juliane hereinzubitten. Er ertappte sich bei dem Gedanken, wie es wohl wäre, sie in ihrem Museum zu besuchen und mit der eleganten Geschäftsführerin beim Tête-à-Tête zu sitzen. Aber er war kein Museumsgänger, eigentlich hasste er Museen.

»Ich war am Wochenende kurz zu Hause«, sagte Juliane, als sei es eine Erklärung für ihr Erscheinen. Heckler kehrte in die Realität zurück und bat sie herein.

Sie entschuldigte sich noch einmal, was er unnötig fand, und erklärte dann, dass Dr. Gernsbach sie am Samstag angerufen habe, um den Termin am heutigen Montag zu vereinbaren, und sie gleichzeitig gebeten habe, Doktor Heckler mitzubringen. Gernsbach habe dann am Sonntagnachmittag erneut angerufen, um den Termin zu annullieren, und mitgeteilt, dass er Doktor Heckler bereits benachrichtigt habe. Doch Andreas Heckler war viel zu gefangen von der Erscheinung Juliane Bernsteins, als dass er diesen merkwürdig umständlichen Vorgang hinterfragt hätte.

»Keine Ahnung, was Dr. Gernsbach wollte. Er klang sehr zuversichtlich und machte Andeutungen, dass ›die Angelegenheit in einigen Tagen positiv beendet werden könnte‹, wie er sich ausdrückte«, erklärte Juliane.

»Das ist schon jetzt möglich. Es gibt nämlich einen Zeugen, der Ihren Bruder am letzten Montag noch kurz vor acht Uhr gesehen hat.«

Heckler konnte sich jetzt nicht länger zurückhalten, er musste von seinem Erfolg berichten. Juliane Bernstein sah ihn überrascht an und wirkte – zum ersten Mal – sprachlos. Die Sprachlosigkeit dauerte aber nur kurz.

»Wie haben Sie das denn geschafft?«

Heckler überlegte einen Moment. Er fand, dass es Thomas Bernsteins Angelegenheit war, sich seiner Schwester gegenüber zu outen. Also hielt er sich bedeckt.

»Zufall, reiner Zufall, gestern Abend in einem ... in einer Kneipe«, antwortete er. Juliane Bernstein war sensibel genug, nicht nach Einzelheiten zu fragen.

»Wie sicher ist diese Aussage?«, wollte sie wissen.

»Absolut zuverlässig und sicher! Und ...«, er hatte Sinn für Dramaturgie und machte eine kleine Pause, »... ich habe die Erlaubnis, den Namen des Zeugen der Mordkommission mitzuteilen. Der Mann heißt Richard Hermann und wird morgen zu Polizei gehen, heute ist er verhindert.«

Julianes Gesicht hatte sich entspannt und Heckler ahnte, was für eine faszinierende Frau sie sein konnte, wenn sie unbeschwert war.

»Was schlagen Sie also vor?«, wandte sie sich an Heckler.

»Wir sollten Dr. Gernsbach benachrichtigen, dass er die Sache weiter in die Hand nimmt.«

Juliane fand den Vorschlag gut, sie hatte Gernsbach letzte Woche kennen gelernt und den Eindruck gewonnen, dass er ein hervorragender und engagierter Anwalt war.

»Wissen Sie, wer Dr. Gernsbach engagiert hat? War das Ihr Bruder selbst?«, wollte Heckler wissen.

»Nein, er wurde von einem Kuratoriumsmitglied der Medic-

Aid beauftragt. Gott sei Dank scheint es noch andere Menschen zu geben, die an Thomas' Unschuld glauben.«

Juliane Bernstein rief in der Kanzlei von Dr. Gernsbach an, erfuhr jedoch, dass er den ganzen Tag bei Gericht und erst am nächsten Tag wieder zu erreichen sei. Er habe kurzfristig einen Kollegen der Kanzlei vertreten müssen. Dies erklärte, warum Gernsbach den Termin mit Juliane Bernstein und Andreas Heckler hatte absagen müssen.

»Ich würde vorschlagen, dass wir zur Mordkommission fahren und die Sache selbst klären«, schlug Heckler vor. Der Gedanke, diesem griesgrämigen Herrn Stüber die Suppe zu versalzen, erfüllte ihn mit großer Befriedigung.

Zu seiner Freude nahm Juliane seine Einladung zu einem späten Frühstück an. Die Stimmung wurde immer lockerer und sie sprachen über Gott und die Welt. Schon bedauerte er die Tatsache, dass sie wohl bald wieder nach Wiesbaden zurückkehren würde. Vielleicht war es auch besser so, dachte er im Hinblick auf Jenny. Dass Juliane seine Beziehung zu Jenny ernsthaft gefährden könnte, vermochte er sich freilich nicht vorzustellen.

Schließlich brachen sie auf und erreichten das Polizeipräsidium gegen halb zwei. Zunächst sprachen sie mit zwei subalternen Beamten, die sich dann bereit erklärten, den Leiter der Mordkommission zu holen. Stüber wirkte mürrisch wie stets, die Begrüßung bestand aus einem »Was wollen Sie denn?«.

Juliane Bernstein ergriff die Initiative, was sich als taktisch klug erwies. Nachdem der Boden derart vorbereitet war, schlug Hecklers Stunde.

»Es gibt manchmal Zufälle, Herr Stüber«, dozierte er fast überheblich, »die alles über den Haufen werfen.«

Wenn er Überraschung oder zumindest Interesse bei Stüber erwartet hatte, wurde er enttäuscht. Stübers Miene blieb unbeweglich, ja, er schien fast belustigt.

»Es gibt einen Zeugen, der Thomas Bernstein am letzten Montag gesehen hat – und zwar zu einem Zeitpunkt, als van Gemmeren bereits tot war.«

Spätestens jetzt hätte Heckler irgendeine Reaktion bei Stüber erwartet. Es geschah aber nichts, gar nichts.

»Aber das änderst doch alles!«, stellte Heckler erregt fest. Er hatte Mühe, seine Beherrschung zu bewahren. Stüber zündete sich umständlich und betont langsam eine Zigarette an, ohne zu fragen, ob das seine Besucher störte. Das Ganze wirkte unglaublich provokativ, außerdem ignorierte er Heckler.

»Liebe Frau Bernstein«, begann Stüber schließlich, »es wundert mich, dass sich Ihr Bruder noch nicht bei Ihnen gemeldet hat.«

Als Juliane Bernstein den Kopf schüttelte und ihn fragend ansah, stellte Stüber fest: »Wir haben Ihren Bruder gegen elf Uhr aus der U-Haft entlassen. Der Zeuge hatte sich heute Morgen gemeldet.«

Es entstand eine Pause, deren Peinlichkeit mit den Händen greifbar war.

»Das hätten Sie uns auch gleich sagen können!«, platzte Heckler in die Stille hinein.

»Herr Doktor Heckler, ich habe nach wie vor einen Mord aufzuklären und für mich sind alle Dinge in diesem Zusammenhang wichtig. Ich war gespannt, was Sie von mir wollten«, erklärte Stüber so emotionslos wie zuvor. Obwohl Heckler den Leiter der Mordkommission nun wirklich nicht leiden konnte, hatte er zum ersten Mal das Gefühl, dass Stüber »vielleicht doch kein so schlechter Bulle« war. Trotzdem ärgerte er sich.

Als Juliane Bernstein und Andreas Heckler vor dem Polizeipräsidium standen, mochte keine rechte Freude aufkommen. Zum einen hatte ihnen Stüber die Show gestohlen und zum anderen – und das war viel wichtiger – hatte Stüber Recht: Warum hatte Thomas Bernstein seine Schwester noch nicht informiert? Juliane schien sich das auch zu fragen, war sichtlich irritiert und griff nach ihrem Handy. Sie konnte ihren Bruder nicht erreichen, weder über das Festnetz noch über sein Mobiltelefon.

»Wo steckt der Kerl bloß? Er muss in der Wohnung gewesen sein, der Anrufbeantworter ist ausgeschaltet, der war sonst immer an.«

Sie wirkte ratlos, ihre Zuversicht war plötzlich verschwunden.

»Nun machen Sie sich mal keine Gedanken! Nach einer

Woche U-Haft hat man wohl allerlei zu erledigen«, versuchte er einen schwachen Trost.

»Ich fahre hin«, entschied Juliane. Und nach kurzen Zögern: »Könnten Sie mich begleiten? Bitte!« Das klang so, als erwarte sie die schlimmsten Dinge.

Heckler zuckte mit den Achseln und sagte: »Natürlich, wenn Sie wollen.« Zumindest konnte er auf diese Weise noch etwas mit Juliane zusammenbleiben.

Unterwegs dachte er darüber nach, warum Richie entgegen seiner Absicht bereits heute morgen zur Mordkommission gegangen war – und das nach wenig Schlaf und im Angesicht einer bevorstehenden Klausur! Vermutlich hatte ihn sein schlechtes Gewissen geplagt.

13.

Auch wiederholtes Klingeln half nichts, Thomas Bernstein war wohl nicht zu Hause. Juliane zögerte, dann schien sie einen Entschluss gefasst zu haben.

»Ich habe ja noch Thomas' Schlüssel, er wird nichts dagegen haben«, sagte sie entschuldigend. Heckler wollte noch fragen, wie Thomas denn in die Wohnung gelangt war, als sie bereits aufgeschlossen hatte.

Heckler bemerkte sofort, dass zwischenzeitlich jemand in der Wohnung gewesen war.

»Sie haben Recht, wahrscheinlich macht er Besorgungen, da liegt die Tasche, die ich ihm gepackt hatte.« Im Flur lag eine schwarze Reisetasche. »Ich versuche es noch mal über sein Handy.«

Als sie Thomas Bernsteins Handy in einer Jacke an der Garderobe klingeln hörten, beschlich Heckler ein unheimliches Gefühl – und dieses Gefühl sagte ihm, dass etwas nicht stimmte. Juliane war blass geworden. Ohne auf sie zu achten, begann Heckler rasch die Türen in die angrenzenden Räume zu öffnen und einen Blick hineinzuwerfen.

Sie fanden Thomas Bernstein in der Küche. Viele Räume in

den herrschaftlichen Altbauten hatten stabile Deckenhaken, an denen früher schwere Lüster gehangen hatten. Da die Räume etwa drei Meter fünfzig hoch waren, hatte Thomas Bernstein den kleinen Küchentisch in die Mitte gerückt und einen Stuhl darauf gestellt. Der Stuhl lag nun neben dem Tisch ...

Heckler war als Notarzt gezwungenermaßen schon häufiger zu Menschen gerufen worden, die sich erhängt hatten. Es war ein hässlicher Anblick, an den er sich nie gewöhnen würde. Nach wenigen, tastenden Handgriffen war er sicher, dass Bernstein schon seit etwa anderthalb bis zwei Stunden tot sein musste. Es

hatte daher keinen Sinn zu versuchen, ihn abzunehmen. Er drängte Juliane aus der Küche. Sie hatte mit weit aufgerissenen Augen da gestanden, die Hand vor dem Mund, als müsse sie den Schrei ersticken.

»Um Gottes willen, ist er ...?« Sie sah Heckler flehentlich an, als könnte der die Katastrophe rückgängig machen.

Heckler nickte stumm und führte Juliane zum Sofa im Wohnzimmer. Er setzte sich neben Juliane und suchte nach Worten. Er spürte Wut und tiefe Verzweiflung.

»Es ... tut mir leid, ich ... ich weiß nicht, was ich sagen soll. Er muss es schon vor fast zwei Stunden getan haben.«

Heckler fand seine fast technische Erklärung unangebracht, fühlte sich aber völlig hilflos in dieser schlimmen Situation. Juliane war in sich zusammengesunken, hatte das Gesicht in den Händen verborgen und war still, eine beängstigende Stille.

»Ich ... muss die Polizei verständigen«, sagte Heckler schließlich.

Juliane schien unmerklich zu nicken. Heckler ging in den Flur und schloss die Türe hinter sich. Als er die Polizei verständigt hatte, zwang er sich, wieder in die Küche zu gehen. Bernstein hatte sich erdrosselt, nicht gehenkt. Das sah besonders hässlich aus, die Augen blutunterlaufen und hervorgequollen, der Kopf über dem Strick bläulich-rot verfärbt. Auf dem Küchentisch lag ein Zettel, den Heckler zuvor schon bemerkt hatte. Da stand handschriftlich: »Ich, Thomas Bernstein, übernehme hiermit die volle Verantwortung. Ich bedaure zutiefst, dass die MedicAid durch mein Verhalten Schaden genommen hat.« Es folgte Datum und Unterschrift, nicht gerade der Abschiedsbrief eines Selbstmörders. Heckler sah sich um, etwas irritierte ihn, er konnte jedoch nicht sagen, was es war.

Er rührte nichts an, ging zurück ins Wohnzimmer und setzte sich wieder neben Juliane, die immer noch regungslos dasaß. Behutsam legte er den Arm um ihre Schulter. Dann, ganz sacht, fingen ihre Schultern an zu zucken und Heckler hörte ein leises Weinen. Er nahm sie fester in den Arm und strich ihr mit der anderen Hand sanft über das Haar. Sie wandte sich ihm zu, verbarg den Kopf an seiner Schulter und das Weinen steigerte sich zu einem hemmungslosen Schluchzen. Es spürte all die Verzweiflung, die maßlose Enttäuschung, den Schmerz darüber, dass in dem Moment, in dem sich alles aufgeklärt hatte, die Katastrophe stattgefunden hatte, völlig unbegreiflich. Er hielt Juliane lange Zeit im Arm, flüsterte ihr immer wieder zu: »Ist ja gut«, und fühlte sich selbst vollkommen elend. Nichts war gut.

Die Polizei kam und sorgte dafür, dass Julianes unendlicher Schmerz durch den jetzt einsetzenden routinemäßigen Ablauf erst einmal in den Hintergrund gedrängt wurde. Die beiden Beamten waren leidlich einfühlsam, entschuldigten sich dafür, dass sie Fragen stellen mussten und verständigten Hauptkommissar Stüber, den Polizeiarzt und die Spurensicherung. Während die Beamten Juliane befragten, sah sich Heckler im Arbeitszimmer um.

Er entdeckte sofort, dass die CDs mit der Datensicherung der MedicAid nicht mehr im Regal standen. Der PC lief noch und Heckler sah rasch nach, ob sich etwas verändert hatte. Er hatte ein gutes Zahlengedächtnis und stellte fest, dass die Festplatte des Computers mit demselben Speicherplatz belegt war, wie vor knapp einer Woche, als er nach Bernsteins Anweisung die Kopien gemacht hatte. Also hatte in der Zwischenzeit niemand Dateien gelöscht oder hinzugefügt.

Stüber erschien, blickte Heckler stumm an und sprach – immerhin – Juliane sein Beileid aus.

»Es tut mir sehr leid, Frau Bernstein, das konnten wir nicht vorhersehen und wir verstehen es, ehrlich gesagt, auch nicht.«

Zum ersten Mal war für Heckler so etwas wie eine menschliche Regung bei dem ansonsten so mürrischen Mann zu erkennen. Stübers Handy ging, das folgende Telefonat war recht kurz und endete mit: »Na ja, da kann man nichts machen, zumindest erklärt das die Geschichte.«

Mit Stübers Einfühlungsvermögen war es vorbei, denn er stellte ohne Umschweife fest: »Der Zeuge hat seine Aussage zurückgezogen, er hat sich geirrt, so was kommt leider vor.«

Stüber zuckte mit den Schultern.

»Wir müssen davon ausgehen«, fuhr er dann fort, »dass Thomas Bernstein doch der ...«, das Wort »Mörder« vermied er gerade noch, »... doch verantwortlich war. Ist das seine Handschrift?«

Damit hielt er Juliane den »Abschiedsbrief« ihres Bruders unter die Nase. Juliane las das Schreiben, schüttelte den Kopf, als könne sie den Inhalt nicht fassen, bestätigte aber die Echtheit der Handschrift. Sie fing wieder an zu weinen und Heckler setzte sich neben sie.

»Das kann nicht sein«, sagte sie leise und wischte mit dem Handrücken die Tränen weg.

Heckler wusste nur zu gut, dass es nicht sein konnte. Er zweifelte keinen Moment daran, dass Richard Hermann die Wahrheit gesagt hatte. Selbst wenn der jetzt – aus welchen Gründen auch immer – seine Aussage zurückgezogen hatte, gab es keinen Grund für Thomas Bernstein, sich umzubringen. Und dieses Schuldeingeständnis! Das konnte nicht stimmen, falls es sich überhaupt auf den Tod van Gemmerens bezog. Auf die Idee, dass Thomas Bernstein mit seinen letzten Sätzen etwas ganz anderes gemeint haben könnte, kam Heckler jedoch erst später.

»Für mich ist die Sache klar«, ließ sich Stüber vernehmen.

Für Heckler war nichts klar, er sagte jedoch kein Wort. Abgesehen davon, dass Bernstein nicht der Mörder van Gemmerens sein konnte, was konnte einen Selbstmordkandidaten bewegen, vorher den PC anzuschalten und ihn nicht wieder auszuschalten? Mag sein, dass Bernstein überprüft hatte, ob die Diskette ordnungsgemäß erstellt worden war, ob die Dateien anschließend auch gelöscht worden waren. Aber was hatte das alles mit seinem Freitod zu tun?

Die Spurensicherung machte sich an die Arbeit und vermittelte Heckler das Gefühl, dass er nur im Wege war. Deshalb schlug er Juliane vor zu gehen.

Während Juliane stumm und fast teilnahmslos ihren Mantel anzog, nahm Stüber Heckler kurz zur Seite.

»Haben Sie Hinweise auf Fremdeinwirkung?«, wollte der Kommissar wissen. Heckler wunderte sich über die Frage.

»Nein, das nicht. Trotzdem, Sie werden alles gründlich untersuchen lassen?«

»Selbstverständlich«, knurrte Stüber.

»Gerichtsmedizin?« Hecklers Frage zielte darauf ab, dass eindeutige Suizide normalerweise nicht obduziert wurden.

»In diesem Fall, ja, Gerichtsmedizin.«

»Der Zeuge ...«, begann Heckler, stockte dann aber.

»Ja?«

»Ach, nichts.« Heckler hatte den Gedanken, Richie selbst zur Rede zu stellen. Dass der Zeuge seine Aussage wieder zurückgezogen hatte, konnte Bernstein ja nicht gewusst haben, das schied also als Motiv aus. Und wenn er Stüber über sein gestriges Gespräch mit Richie informierte, wurde Thomas Bernstein auch nicht wieder lebendig.

Also behielt er sein Wissen zunächst für sich. Stüber schien allerdings etwas zu ahnen.

»Wenn Ihnen noch was einfällt, kommen Sie ins Präsidium!«

»Sie werden Fingerabdrücke von Frau Bernstein und mir finden«, stellte Heckler fest.

Stüber hob fragend die Augenbrauen, die so buschig wie sein Schnauzbart waren.

»Ich habe Frau Bernstein geholfen, ein paar Sachen für ihren Bruder zu packen.«

Die Geschichte mit den Disketten und den CDs zur Datensicherung behielt er für sich. Das war womöglich der Schlüssel zum Verständnis dieses ansonsten so sinnlos erscheinenden Suizids.

Schließlich stand er mit Juliane Bernstein vor dem Haus und sog die frische Luft ein. Er wusste nicht so recht, wie er sich ihr gegenüber verhalten sollte. Als sie vorher in der Wohnung den Kopf an seine Schulter gelegt hatte, war dies ein sehr schönes Gefühl gewesen – abgesehen von dem traurigen Anlass.

»Juliane ...«, begann er zaghaft.

»Ja?«

»Ich ... es tut mir so leid, ich verstehe das alles nicht. Ich ...« Heckler hatte gestottert, jetzt versagte seine Stimme ganz.

»Er war es nicht«, sagte Juliane Bernstein. Sie sagte es so ruhig und bestimmt wie vor einer Woche, als sie sich das erste Mal an Heckler gewandt hatte.

»Ich weiß«, rutschte es Heckler heraus. Er wollte Juliane ebenfalls das Gespräch mit Richie verschweigen, bis er ihn zur Rede gestellt hatte. Außerdem fand er keinen Sinn darin, Juliane in dieser Situation zu eröffnen, dass ihr Bruder homosexuell war.

»Was ... wollen Sie jetzt machen?« Er hätte sich ohrfeigen können, eine derart sinnlose Frage zu stellen.

»Ich weiß es nicht.« Sie wirkte verzweifelt und plötzlich standen wieder Tränen in ihren Augen. Er schloss sie in die Arme und hielt sie fest, bis sie sich beruhigt hatte.

»Kann ich ... mit zu dir kommen, bis ich wieder einigermaßen ...« Sie beendete den Satz nicht und schaute ihn fast flehentlich an.

»Natürlich, lass uns fahren!«

Sie hatten beide nicht darüber nachgedacht, dass sie sich jetzt duzten. Es war die natürlichste Sache der Welt. Sie hatten auch nicht darüber nachgedacht, dass sie sich in dieser Situation sehr nahe gekommen waren.

14.

In Hecklers Wohnung stand noch das Geschirr des späten Frühstücks. Er räumte es beiseite und bereitete frischen Tee. Juliane Bernstein saß stumm am kleinen Küchentisch, hatte den Kopf gegen die Wand gelehnt und die Augen geschlossen. Heckler versuchte ihren Gesichtsausdruck zu deuten, konnte sich aber nicht vorstellen, was in ihr vorging. Beim Klingeln des Telefons schreckten sie beide hoch. Bernhard Haller beklagte sich zunächst darüber, dass er bereits mehrfach versucht habe, seinen Freund zu erreichen.

»Wo treibst du dich rum, Alter?«

Heckler hatte keine Lust auf Hallers Scherze und war kurz angebunden.

»Was gibt's, Bernie?«

»Ich sollte mir doch die Bilder von diesem van Gemmeren ansehen«, begann Haller.

»Ja, und?«

»Mensch, Andreas, das war kein Mord, das war höchstens Leichenschändung, Sachbeschädigung, Störung der Totenruhe oder so was in der Art!« Haller neigte dazu, die Dinge stets etwas in Lächerliche zu ziehen.

»Klär mich auf, wenn's geht!«

»Mein Gott, bist du schlecht drauf oder was? Also, für mich ist es so gut wie sicher, dass van Gemmeren bereits tot war, als man ihm den Schädel einschlug!«

Diese Nachricht war in der Tat brisant und verschlug Heckler die Sprache.

»Bist du noch da?«, wollte Haller wissen.

»Ja, ja. – Was macht dich so sicher?«

»Die Fotos sind echt gut, die Größe der Schädelverletzung ist exakt zu erkennen und angesichts dieser Verletzung hätte viel mehr Blut fließen müssen. Stattdessen sieht man nur einige Flecken von Gehirnwasser und Hirngewebe fast ohne Blutbeimengungen.«

Heckler brauchte noch einen Moment, um die Tragweite dieser Erkenntnis zu erfassen.

»Donnerwetter«, sagte er dann, »das ändert einiges.«

»Wenn van Gemmeren nach Aussagen des Hausarztes einen Herzinfarkt hatte, dann ist er vermutlich daran gestorben. Jemand hat dann auf den bereits tot auf dem Boden Liegenden eingeschlagen – und zwar mit brutaler Gewalt«, fuhr Haller fort.

»Das gibt keinen Sinn – ich kapier' gar nichts mehr.«

Einen Moment schwiegen die beiden Freunde.

»Kommt das häufiger vor, Bernie? Ich meine, dass ein natürlicher Tod als Mord ...«

»Als vorgetäuschter Mord?«, unterbrach ihn Haller. Ohne die Antwort abzuwarten, sprach er weiter: »Natürlich kommt das vor, und zwar gar nicht so selten. Es gibt nur wenige Gründe dafür. Meist wird damit eine andere Straftat vertuscht oder die

Tat soll jemandem in die Schuhe geschoben werden. Es könnte auch sein, dass der Täter nicht wissen konnte, dass van Gemmeren bereits tot war. Auch wenn Ärzte sofort erkennen, ob jemand tot ist oder nicht, für Laien ist das manchmal schwierig.«

Die Konsequenz von Hallers Feststellungen war eindeutig.

»Wer sagt es dem Kollegen Mühlbach?« Damit meinte Heckler die Notwendigkeit, van Gemmeren zu exhumieren, um Hallers Theorie zu bestätigen.

»Ich kenne Mühlbach«, stellte Haller fest, »von einigen Fortbildungsveranstaltungen und Kongressen her. Aber was soll ich ihm sagen?«

»Die Tatsachen, Bernie.«

»Ist gut«, seufzte Haller. Es gehörte sicher zu den unangenehmsten Aufgaben, einem Fachkollegen mitzuteilen, dass er wesentliche Dinge übersehen hatte.

»Ich ruf' dich an.« Damit hatte Haller aufgelegt, ohne dass Heckler noch die Chance gehabt hätte, ihm mitzuteilen, dass er Thomas Bernstein erhängt aufgefunden hatte.

Der Tee war fertig und sie setzten sich ins Wohnzimmer. Juliane hatte bemerkt, dass sich etwas Wichtiges ereignet hatte. Sie war aber zu höflich, um direkt danach zu fragen. Sie blickte Heckler aufmerksam an, Trauer im Blick, aber bemerkenswert gefasst.

Heckler schüttelte den Kopf und murmelte: »Ich kapier' das nicht.« Dann bemerkte er Julianes fragenden Blick.

»Es war kein Mord, jemand hat van Gemmeren den Schädel eingeschlagen als er bereits tot war«, erklärte er dann, »vielleicht, um deinem Bruder die Sache in die Schuhe zu schieben.«

Zu Hecklers Überraschung entspannte sich Julianes Gesicht und sie sagte mit einem flüchtigen Lächeln: »Ich sagte ja, er war es nicht.«

Heckler bewunderte diese Frau, die stets unbeirrt an die Unschuld ihres Bruders geglaubt hatte. Dennoch wusste er, dass Juliane nicht alle Seiten ihres Bruders kannte und dass er ihr wichtige Dinge verheimlicht hatte. Plötzlich fiel ihm wieder ein, dass Thomas Bernstein ja Medizin studiert hatte. Er hätte also erkannt, dass van Gemmeren bereits tot gewesen war. Aber er konnte es ja sowieso nicht gewesen sein, es sei denn, Richie hätte gelogen.

Sie tranken schweigend ihren Tee.

»Es ergibt alles keinen Sinn, ich sehe kein Motiv«, sagte Heckler schließlich.

Juliane richtete sich auf. »Ich werde das herausbekommen«, bemerkte sie mit fester Entschlossenheit, »irgendjemand hat ihn unter Druck gesetzt.«

»Was willst du tun?«

»Ich spreche mit den Leuten von der MedicAid.«

»Soll ich ... ich meine, ich könnte dich unterstützen«, bot er an.

»Das ist lieb, danke.« Jetzt schien sie wieder den Tränen nahe.

»Morgen Nachmittag?«

»Ich versuche, einen Termin zu bekommen. Ich ruf' dich an.«

Juliane war erschöpft und wandte sich zum Gehen. Heckler brachte sie zur Türe und wollte sich verabschieden. Sie umarmte ihn spontan, heftig, fast leidenschaftlich.

»Du kannst mich jederzeit anrufen, Juliane, trotz Nachtschicht«, bot er ihr an.

»Danke, Andreas. Ich bin so froh, dass es dich gibt.«

Heckler sah ihr noch nach, als sie bereits verschwunden war. Trotz der traurigen Begleitumstände hatte ihn Julianes Umarmung erregt. Er saß noch lange Zeit, trank Tee und dachte nach. Nein, Richie hatte nicht gelogen und Thomas Bernstein hatte mit dem vorgetäuschten Mord nichts zu tun. Es musste also jemand anderen geben, der bei MedicAid die Fäden in der Hand hatte oder hoffte, davon zu profitieren, wenn Bernstein verhaftet wurde.

Heckler schloss die Augen und versucht ganz systematisch, die Ereignisse nochmal Revue passieren zu lassen: Vor seinem inneren Auge tauchte die Szene auf, als er in van Gemmerens Villa am letzten Montag versehentlich in ein Arbeitszimmer geraten war und dort ein junger Mann – das konnte nur Bernstein gewesen sein – in großer Eile am Computer gearbeitet hatte. Dann der Auftrag Bernsteins, eine Diskette zu erstellen und Daten zu löschen. Und zuletzt, heute, der noch laufende PC in seiner Wohnung. Ein Selbstmordkandidat fährt den PC herunter, bevor er sich erhängt! Heckler war sich jetzt sicher, dass die besagte Diskette wichtige Daten enthielt und wahrscheinlich der Schlüssel zu der ganzen Angelegenheit war. Außerdem glaubte er, dass Thomas Bernstein kurz nach der Entdeckung des Verbrechens Daten im PC bei MedicAid gelöscht hatte. Und diese Daten hatte er als Duplikat in seinem privaten PC gespeichert!

Irgendeine Warnleuchte blinkte in seinem Hinterkopf. Ein Signal, welches ihm sagen wollte, dass die ganze Geschichte eine andere Dimension angenommen hatte, als er bisher geglaubt hatte. Und dieses Warnsignal bedeutete auch, dass es besser wäre, sich aus der Geschichte herauszuhalten. Doch Andreas Heckler ignorierte das rote Warnblinklicht.

15.

Er schlich zur Nachtschicht wie ein geprügelter Hund. Jedenfalls fühlte er sich so. Die ersten Einsätze waren Gott sei Dank Routine, nichts Kompliziertes. Außerdem lenkte ihn die Tätigkeit ab.

Als er sich mit einer allein erziehenden Mutter von vier minderjährigen Kinder herumstritt, weil sie trotz einer heftigen Magenblutung nicht ins Krankenhaus wollte, hatte er Thomas Bernstein fast vergessen. Was ihn an der Tätigkeit als Notarzt oft faszinierte und auch berührte, war die Tatsache, dass er häufig in Wohnungen kam, ja fast eindrang, und dort die ungeschminkte soziale Realität kennen lernte. Wer sollte die vier Kinder einer Sozialhilfeempfängerin betreuen, wenn die Mutter weg war? Auf die Schnelle ging das nicht. Aber wenn die Mutter zu Hause blieb, würde sie vielleicht verbluten. Das wäre für die Kinder noch viel schlimmer. Also würde die mit vierzehn Jahren älteste Tochter als Ersatzmutter einspringen müssen. Parentifizierung nannten das die Fachleute. Gestohlene Kindheit, dachte Heckler.

Als das Notarztteam auf dem Rückweg vom Krankenhaus durch die Altstadt fuhr, hatte Heckler eine Idee. Er kam sich verrückt vor, aber er spürte diesen unwiderstehlichen Drang, den Dingen auf den Grund zu gehen. Dass ihn seinerzeit dieser Drang fast das Leben gekostet hatte, vermochte er vollkommen zu verdrängen. Er war wieder mit Hansen und Schaffrath zusammen und überredete die Rettungsassistenten, mit dem Notarztwagen vor dem »pink'n blu« zu warten. Er hatte den beiden reinen Wein eingeschenkt und erklärt, dass er Thomas Bernstein erhängt aufgefunden habe und unbedingt einen wichtigen Zeugen sprechen müsse. Und – um Missverständnissen vorzubeugen – klargestellt, dass er selbst Frauen bevorzugte.

Willie wirkte noch dümmlicher als tags zuvor, aber als er Heckler erkannte, ließ er ihn mit einem »Is was, Doktor?« passieren. Heckler schüttelte den Kopf und machte sich auf die Suche nach Linda, der Barfrau. Es war wieder ein Spießrutenlaufen, denn einige der Anwesenden begehrten mehr oder weniger zudringlich, von Heckler untersucht zu werden. Linda staunte nicht schlecht und bewies eine beachtliche Intuition.

»Hab' ich mir fast gedacht, dass du so was wie'n Medizinmann sein könntest. Was liegt an, Doktor?«

Heckler zog sie in eine der Nischen und ärgerte sich später über sein unsensibles Vorgehen. Denn bei der Mitteilung von Bernsteins Tod wurde sie derart blass, dass Heckler Angst hatte, sie würde jeden Moment umkippen. Sie zitterte am ganzen Leib. Heckler ließ ihr jedoch wenig Zeit, er konnte Hansen und Schaffrath nicht allzu lange warten lassen.

»Ich muss unbedingt Richie sprechen.«

Linda öffnete die Lippen, bewegte sie hin und her, brach ab und starrte ins Leere.

»Es ist wichtig, Linda, wann kommt Richie?«

Sie stierte immer noch ins Leere und schien seine Frage gar nicht gehört zu haben.

»Linda, hallo, was ist mit Richie?« Heckler wurde immer drängender und fast taktlos.

Sie zuckte mit den Schultern und sagte: »Weiß nicht, vielleicht später.«

»Er soll mich unbedingt anrufen, bitte, das ist ganz wichtig!« Er gab ihr seine diversen Telefonnummern, von der Rettungswache angefangen bis zur Handynummer. Linda steckte den Zettel ein und nickte ausdruckslos. Als er ging, stand Linda bereits wieder hinter der Bar. Im Vorbeigehen bemerkte er, dass sie weinte.

Hansen und Schaffrath hatten sich vermutlich die ganze Zeit über Zoten erzählt, jedenfalls hörte man sie laut lachen. Immerhin besaßen sie so viel Sensibilität, sich die anzüglichen Bemerkungen zu verkneifen, die ihnen bereits auf der Zunge lagen. Das war auch gut so, denn Heckler war in einer derart schlechten Verfassung, dass er wahrscheinlich mit Kraftausdrücken reagiert hätte. Er war überzeugt, dass beide die gängigen Vorurteile über Schwule mit den meisten Bürgern des Landes teilten.

Die restliche Nachtschicht war quälend. Nicht, weil die Einsätze ungewöhnlich gewesen wären, sondern weil Heckler innerlich nicht zur Ruhe kam, es ihn viel Mühe kostete, seine Arbeit korrekt zu erledigen und er ständig das Bild des Erhängten vor Augen hatte. Erst gegen Morgen gelang es ihm, zwischen den Einsätzen ein wenig zu dösen.

Die Mitarbeiter der Frühschicht erschienen, und als Heckler schließlich zu Hause todmüde und völlig erschlagen ins Bett fiel, blieb der ersehnte Schlaf aus. Er wälzte sich hin und her, stand schlussendlich wieder auf und setzte sich an den PC. Mit ein wenig Ablenkung würde er schon müde werden. Im Internet landete er nicht ganz zufällig bei der MedicAid-Homepage. Er klickte sich durch den umfänglichen Internet-Auftritt, besah sich die verschiedensten Entwicklungsprojekte und blieb auf der Seite mit den Kuratoriumsmitgliedern hängen. Er kannte sich in der Szene der wichtigen Leute dieser Stadt kaum aus, dennoch kamen ihm bestimmte Namen bekannt vor. Als er nach einiger Zeit bemerkte, dass er immer wieder mit geschlossenen Augen vor dem Bildschirm saß, druckte er die Seite aus und ging zurück ins Bett. Während er noch darüber sinnierte, wie unsinnig es doch war, Schlafprobleme, die infolge von Schichtdienst auftraten, durch »Internet-Surfen« zu behandeln, war er bereits fest eingeschlafen.

Er hatte sich keinen Wecker gestellt und als er wach wurde, hatte er das Gefühl ewig geschlafen zu haben. Es waren jedoch nur vier Stunden gewesen. Zu Beginn der Nachtschichten ergab sich stets ein Schlafdefizit, da es fast nicht möglich war, den anfangs versäumten Nachtschlaf tagsüber nachzuholen. Dennoch fühlte er sich einigermaßen erholt und machte sich ans Frühstück. Ein sehr spätes Frühstück, denn eigentlich war es Zeit für das Mittagessen.

Danach ging er zum Laden an der Ecke und besorgte die nötigsten Dinge für die nächsten Tage. Am Zeitungsstand traf ihn fast der Schlag! Zwei Boulevardblätter hatten riesige Aufmacher mit Thomas Bernstein.

»Erhängt! Mordgeständnis?« und »Mörder richtet sich selbst!?« Die kurzen Artikel waren ganz im Stil dieser Vorverurteilung gehalten.

Heckler spürte, wie sein Hals anschwoll, am liebsten hätte er alle Zeitungsexemplare vom Ständer gerissen und vernichtet. Dass der Inhalt der Artikel völlig falsch war, wusste Heckler nur zu gut. Er empfand es als große Schweinerei, dass die Information überhaupt an die Presse gegeben worden war. Er spürte den Impuls, sofort ins Präsidium zu fahren und Stüber diese Schmierengeschichten auf den Tisch zu knallen.

Als er sich etwas beruhigt hatte, widerstand er diesem Impuls. Wütend und missmutig stapfte er die Treppen zu seiner Wohnung hinauf. Dass Juliane Bernstein auf der Treppe vor seiner Wohnung saß, konnte seinen Zorn nur vorübergehend mildern.

Sie saß da, zusammengesunken, traurig – und schön. Trotz des riesengroßen Schmerzes und der inneren Verzweiflung war ihre Ausstrahlung zu spüren. Sie umarmten sich zur Begrüßung wie zwei Menschen, die sich lange kennen. Dabei versuchte Heckler die Zeitungen, die er dann doch gekauft hatte, zu verstecken. Juliane bemerkte es und sagte leise: »Ich habe es gelesen.« Mehr nicht.

Heckler wusste nicht so recht, was er erwidern sollte.

»Entschuldige«, fuhr Juliane fort, nachdem Heckler Tee aufgesetzt hatte und sie sich in der Küche gegenübersaßen, »aber ich wusste nicht, wohin. Ich kann nicht ... einfach in mein Hotel zurück, ich ...« Sie war den Tränen nahe.

Heckler nahm ihre Hand und redete beruhigend auf sie ein. Dabei war er sehr unzufrieden mit sich, weil er das Gefühl hatte, nur Plattheiten herauszubringen.

»Dr. Gernsbach sagte ...«

»Du warst bei Gernsbach?«, unterbrach Heckler sie unnötig heftig.

»Ja, er hat es gestern Abend erfahren, nachdem er vom Gericht zurückgekommen war. Er rief mich sofort an und wir vereinbarten ein Treffen für heute Vormittag. Ich war über eine Stunde bei ihm, er ist sehr ... verständnisvoll.«

Juliane hielt inne und Heckler reichte ihr ein Taschentuch. Er wusste nicht so recht, warum er eben so heftig reagiert hatte.

»Dr. Gernsbach tat es sehr leid, dass der Zeuge, der sich bei

ihm gemeldet hatte ...«

»Was ... bei ihm? Wieso bei ihm?« Heckler wurde zusehends aufgeregter. Juliane sah ihn irritiert an.

»Gernsbach glaubte Thomas und hat selbst nach Zeugen gesucht, weil seiner Meinung nach die Polizei zu wenig Entlastendes ermittelte. Er hat, glaube ich, eine Annonce in die Zeitung gesetzt. Jedenfalls hat sich ein Mann gemeldet, der Thomas zur Tatzeit in der U-Bahn gesehen ...«

»U-Bahn? In der U-Bahn? Wieso denn in der U-Bahn?« Heckler war verwirrt.

»Weil Thomas an diesem Morgen mit der U-Bahn zur Arbeit gefahren ist«, erklärte sie mit großer Geduld, wie man es einem begriffsstutzigen Kind erklären würde.

Er schüttelte den Kopf, zwang sich aber zum Schweigen.

»Das war der Grund, weshalb Gernsbach mich am Sonntag treffen wollte.«

»Und warum sollte ich auch dabei sein?«, griff Heckler die Aussage auf.

»Weil er einige medizinische Fragen geklärt haben wollte.« Das klang plausibel.

»Zunächst«, fuhr Juliane Bernstein fort, »sah alles gut aus und der Zeuge ging am Montag früh zur Polizei. Nach seiner Aussage kam Thomas dann frei.«

Sie hielt inne und schloss die Augen. Wahrscheinlich wünschte sie sich in diesem Moment, dass ihr Bruder in der U-Haft geblieben wäre.

»Dann hat dieser Zeuge seine Aussage widerrufen. Aber da war Thomas schon ... tot.«

Es entstand eine längere Pause. Jetzt erst schien Juliane zu bemerken wie unruhig ihr Gesprächspartner war.

»Was hast du?«

»Thomas hat gelogen«, stellte Heckler fest, »weil er gar nicht mit der U-Bahn zur Arbeit gefahren ist.«

16.

Juliane Bernstein schien zu der Sorte Mensch zu gehören, die Empörung, Ärger oder Wut kaum zeigen konnte. Normalerweise hätte Heckler heftige Entrüstung erwartet, wenn er Thomas Bernstein vierundzwanzig Stunden nach seinem Selbstmord der Lüge bezichtigte. Juliane schien aber zu ahnen, dass er mehr wusste.

»Andreas, bitte, ich möchte die Wahrheit wissen.«

Heckler beschloss, ihr alles mitzuteilen, was er bis dahin in Erfahrung gebracht hatte.

»Ich möchte dir nicht weh tun, Juliane, aber da gibt es Dinge, die du nicht weißt«, begann er seinen Bericht.

Juliane sah ihn fest an. So, als wollte sie sagen, dass es jetzt auf einen zusätzlichen Schmerz nicht mehr ankomme. Er berichtete wie er Richie getroffen hatte, sprach über die homosexuelle Orientierung von Thomas und darüber, dass Richie der eigentliche Entlastungszeuge war. Der U-Bahn-Zeuge musste sich tatsächlich geirrt haben. Er erzählte auch, wie er gestern Abend versucht hatte, Richie zu erreichen. Juliane hatte ihm aufmerksam zugehört, jetzt verbarg sie ihr Gesicht in den Händen. Als sie wieder hochblickte, schien sie fast gelöst.

»Ich habe es lange vermutet«, sagte sie, »er hätte es mir doch sagen können, ich hätte es doch akzeptiert! Jetzt verstehe ich auch, warum seine Ehe auseinanderging.«

»Vermutlich hat er es selbst nicht akzeptiert – und er wollte seinen Job nicht gefährden.«

Jetzt erst merkte Heckler, dass dieses Argument nicht zutreffen konnte, wenn es stimmte, dass van Gemmeren selbst schwul gewesen war.

»Aber dann kann er ja nicht der Mörder sein!« Juliane war sichtlich erleichtert. Gleichzeitig hatte sie jedoch zugegeben, dass sie unsicher geworden war, ob ihr Bruder nicht doch in die Angelegenheit verwickelt gewesen war.

»Es war kein Mord«, stellte Heckler nüchtern fest.

Juliane sah ihn mit großen Augen an und konnte ihre Ungeduld kaum zügeln. Er berichtete von der Erkenntnis seines Freundes Bernhard Haller und von dem Gespräch mit Dr. Willmann, dem Hausarzt von van Gemmeren.

»Aber wenn van Gemmeren gar nicht ermordet wurde und

Thomas sowieso nicht beteiligt sein konnte, wieso hat er dann ...?« Juliane sprach das Wort »Selbstmord« nicht aus.

Heckler hob die Schultern. Das war wirklich der Knackpunkt.

»Was ist mit dem ... Abschiedsbrief? Für die Polizei ist das doch wie ein Geständnis!«, fuhr Heckler fort, gab aber die Antwort im selben Atemzug. »Die Polizei weiß ja noch gar nicht, dass es kein Mord war, und Richie wollte erst heute zu Stüber gehen, also ...«

Heckler hielt inne, weil sich die Frage, was Thomas Bernstein mit diesem Schuldeingeständnis wirklich gemeint hatte, immer dringlicher stellte. Juliane hatte denselben Gedanken.

»Was hat Thomas denn gemeint? Welche Vorgänge waren das, für die er die »volle Verantwortung« übernehmen wollte?«

Heckler schwieg, weil er keine Vorstellung hatte.

»Vielleicht hilft uns die Diskette«, sagte er vage.

»Dr. Gernsbach wollte sie bei der Bank deponieren.«

»Wieso Gernsbach?« Auf den Namen Gernsbach reagierte er irgendwie allergisch.

»Er ist doch Thomas Rechtsanwalt und ich habe ihm von dieser Diskette erzählt. Das fand er wichtig und hat mir angeboten, die Diskette selbst bei seiner Hausbank zu deponieren. Thomas hat ... hatte großes Vertrauen zu ihm – ich übrigens auch.«

Obwohl Heckler den Rechtsanwalt noch nicht persönlich kennen gelernt hatte, hegte er heftige Vorurteile. Immerhin war er in der Lage zu erkennen, dass diese Vorurteile wahrscheinlich Folge seines generell gestörten Verhältnisses zu Rechtsvertretern waren.

Über die Möglichkeit, dass er eifersüchtig sein könnte, weil sich dieser Gernsbach so intensiv um Juliane kümmerte, dachte er nicht nach.

»Wir sollten Gernsbach nach der Diskette fragen«, schlug Heckler vor.

Juliane nickte. Sie schien vergessen zu haben, dass er eine Kopie erstellt hatte. Er erwähnte es nicht weiter, weil er den Rechtsanwalt gern persönlich kennen lernen wollte. Es war ein Gefühl, welches er nicht begründen konnte.

»Trotzdem«, widersprach Juliane, »wenn Thomas die Diskette als seine Versicherung bezeichnet hat, kann sie doch nicht gleichzeitig die Erklärung für ein Schuldanerkenntnis sein. Nein, das macht überhaupt keinen Sinn!«

Sie hatte Recht. Informationen, die ihren Bruder vor dem Kadi bewahrt hätten, konnten unmöglich der Grund für seinen Selbstmord sein. Das war beiden klar geworden und das Gespräch versiegte.

»Ich will das wissen«, sagte Juliane unvermittelt.

»Was willst du wissen?«

»Warum er sich umgebracht hat«, antwortete Juliane mit fester Stimme. Sie zeigte wieder die Entschlossenheit, die er anfangs so bewundert hatte.

»Ich möchte ihn verstehen, weil ich nur so meinen Frieden mit ihm machen kann.«

Er wusste jetzt, dass sie keine Ruhe geben würde, bis sie ihr Ziel erreicht hatte. In dieser Beziehung waren sich Juliane Bernstein und Andreas Heckler sehr ähnlich. Das Telefon unterbrach die Planung konkreter Dinge.

»Deine Leiche wird exhumiert.« Bernhard Hallers Humor war für Außenstehende gewöhnungsbedürftig. Heckler war nicht in der Stimmung darauf einzugehen. Er ging mit dem Telefon ins Schlafzimmer.

»Ich habe gerade Besuch«, sagte er fast entschuldigend.

»Doch kein Damenbesuch? Vorsicht, Hecki!«

»Lass mal, nicht was du denkst!«

»Ich habe Mühlbach bearbeitet und ihn bei seiner Ehre als Gerichtsmediziner gepackt. Er wird vorschlagen, eine zweite Obduktion vorzunehmen. Die Diagnose des Herzinfarktes und der Hinweis, dass van Gemmeren bereits tot war, als ihm der

Schädel eingeschlagen wurde, reichen für eine Exhumierung«, stelle Haller fest.

»Und?«

»Was hast du? Damit dürfte die U-Haft für diesen ... wie heißt der noch, Bernstein? Also, damit dürfte der aus dem Schneider sein, das wolltest du doch, oder?«

»Ja, das wollte ich.«

»Na also, wo liegt das Problem?«

»Bernstein ist tot.«

Haller war für gewöhnlich äußerst schlagfertig, doch diese

Mitteilung verschlug ihm die Sprache. Es dauerte lange, bis er sich wieder gefasst hatte.

»Wie ist ... es passiert?«

»Erhängt.«

»In der U-Haft?«

»Nein, zu Hause.«

»Ich verstehe gar nichts.«

Heckler erklärte die Zusammenhänge.

»Mein Gott, Hecki. Da stimmt doch was nicht! Ich werde mit Mühlbach sprechen, vielleicht kann ich ... ach, vergiss es! Der wird sauer sein, dass ich ihm schon wieder ins Handwerk pfusche. Aber ich rufe ihn an, in jedem Fall.«

»Tu das!«

»Ich melde mich und ...«

»Ja?«

»Pass auf dich auf, Alter!« Haller hatte aufgelegt.

Dass sein Freund so besorgt war, machte Heckler stutzig. Und er hatte zum ersten Mal in dieser immer seltsamer werdenden Geschichte das Gefühl, dass er die Dimension der Angelegenheit unterschätzte. Trotzdem spürte er kein Zögern: er wollte Juliane Bernstein unterstützen.

»Was ist?« Es war ungewöhnlich, dass Juliane ihn so direkt anging. Sie schien ihre Zurückhaltung aufgegeben zu haben.

»Van Gemmeren wird exhumiert«, antwortete er.

17.

Andreas Heckler saß zurückgelehnt im Sessel, die Augen geschlossen, vor sich eine Kanne Tee. Normalerweise wäre er am Tag nach der ersten Nachtschicht in dieser Position sofort eingeschlafen. Aber die Ereignisse der letzten Tage und Bernhard Hallers Anruf hatten ihn viel zu sehr aufgewühlt. Juliane war gegangen und hatte zuvor noch Dr. Gernsbach angerufen. Gernsbach hatte vorgeschlagen, dass sie gemeinsam zur MedicAid gehen sollten, wegen eines Termins wollte er sich melden. Heckler hatte Juliane gebeten, Gernsbach vorerst nichts über die Exhumierung van Gemmerens zu erzählen. Der hatte berichtet, dass seit einigen Tagen ein unabhängiger Wirtschaftsprüfer vom Kuratorium der MedicAid beauftragt worden sei, die geschäftlichen Dinge zu regeln. Heckler dachte noch daran, dass er mehr über dieses Kuratorium erfahren müsse und die Liste aus dem Internet mit den Namen der illustren Herren an Martin Preuss faxen sollte ...

Das penetrante Klingeln des Telefons schwoll in seinem Hirn zu einem gewaltigen Schmerz an. Als Andreas Heckler schließlich die Augen öffnete, schreckte er hoch. Draußen war es schon dämmerig. Hastig griff er nach dem Telefonhörer. Er musste sich mehrfach räuspern, um überhaupt einen Ton herauszubringen. So dauerte es eine ganze Weile, bis er gewahr wurde, dass Richie am anderen Ende war.

»Ich bin fix und fertig, Doktor.« Inzwischen musste Richie wohl erfahren haben, dass Heckler Arzt war.

»Warst du bei der ... den Bullen?« Heckler versuchte, noch schlaftrunken, sich den Sprachregelungen der Szene anzupassen.

»Nein, wo denkst du hin!«

Pause. Heckler meinte, ein Schniefen zu hören.

»Ich war gerade auf dem Weg zu diesem ... Stüber, als ich die Zeitungen gesehen habe. Diese Schweine!«

Richie weinte tatsächlich. Heckler ließ ihm etwas Zeit.

»Bitte, Richie, du musst unbedingt deine Aussage machen! Das hilft Thomas zwar nicht mehr, aber vielleicht bringt es die richtigen Leute hinter Gitter.«

Er gab sich alle Mühe Richie zu motivieren, aber bei seinem letzten Argument war er sich selbst sehr unsicher, ob es überhaupt zutraf. Außerdem überlegte er, ob er Richie reinen Wein einschenken sollte, was die wirkliche Todesursache von van Gemmeren anbelangte. Er entschied sich dagegen, Richie sollte nur das Nötigste wissen.

»Du gehst zu Stüber, ja?«

»Ja«, antwortete er schließlich. Seine Stimme war so dünn wie die eines ängstlichen Kindes.

Heckler ließ sich noch Richies Adresse und Telefonnummer

geben und legte auf.

Mein Gott, dachte er nur. Weiter fiel ihm nichts ein.

Andreas Heckler fasste einen heroischen Entschluss. Obwohl er sich zerschlagen fühlte, zog er seine Jogging-Sachen an und machte sich auf in die Rheinauen. Die Wege waren gut beleuchtet und so konnte er auch im Dunkeln laufen und sein Gefühlschaos loswerden, das sich in den letzten zwei Tagen angestaut hatte. Außerdem kamen ihm beim Laufen öfters gute Ideen.

Leider blieben an diesem Abend die Ideen aus, er war viel zu sehr damit beschäftigt, zwischen abendlichen Joggern und Hundebesitzern nebst ihren Lieblingen Slalom zu laufen, als dass er sich neue Gedanken hätte machen können. Außerdem hatte er vor Hunden Angst. Dennoch kehrte er zufrieden nach Hause zurück und bereitete ein spätes Abendessen, kurz vor der Nachtschicht. Er hatte noch Zeit, ausführlich mit Jenny zu telefonieren. Sie hatte inzwischen vom Tod Bernsteins erfahren.

»Warum hängt der Kerl sich auf?«, lautete ihre ebenso schlichte wie zutreffende Frage am Ende von Hecklers Erzählung.

»Wenn ich wüsste, worin er verstrickt war, könnte ich es dir erklären.«

Jenny wechselte das Thema.

»Kommst du zur Eröffnung?«

»Ja, klar, haben wir doch besprochen.«

»Fein, ich freu' mich. Telefonieren wir morgen?«

Heckler versprach es und wunderte sich gleichzeitig, warum ihn Jenny etwas fragte, was längst besprochen war. Sie hatte irgendwie besorgt geklungen. Bevor er zum Dienst aufbrach, schickte er Martin Preuss ein Fax, worin er den Journalisten bat, über die Mitglieder des Kuratoriums der MedicAid zu recherchieren, und legte die Namensliste bei.

Als er schließlich in der Rettungsstelle zur Nachtschicht eintraf, war er derart müde, dass er auf der Stelle hätte einschlafen können. Die ersten Einsätze vertrieben zunächst die Müdigkeit. In den Pausen döste Heckler vor sich hin, ohne dabei irgendeinen klaren Gedanken fassen zu können. Hansen und Schaffrath waren ungewöhnlich schweigsam, vermutlich hatten sie ebenso schlecht geschlafen wie er. Die zweite Nachtschicht verlief stets ähnlich: Phasen quälender Müdigkeit und relativer Wachheit wechselten sich ab.

In einem dieser Momente kam das Gespräch dann doch auf die Vorgänge, die viele Düsseldorfer seit einer Woche bewegten. Und wie so oft diente das Gespräch dazu, den Einsatz an jenem Montag früh noch einmal durchzusprechen. Die Rettungsassistenten taten oft so, als seien sie die härtesten Kerle der Welt, in Wirklichkeit hatten auch sie das Bedürfnis, über derartige Vorkommnisse zu sprechen. Selbst die abgebrühtesten unter ihnen brauchten solche Gespräche aus Gründen der Seelenhygiene – gerade dann, wenn sie es nicht zugaben. Sprechen half mit dem brutalen Anblick hässlicher Toter fertig zu werden.

»Was wollte eigentlich der vornehme Pinkel?« Schaffraths Frage überraschte Heckler.

»Wer?«

»Na, der Typ mit Chauffeur und dem Luxus-Daimler«, klärte Schaffrath ihn auf. Heckler schüttelte den Kopf, weil er keine Ahnung hatte, was Schaffrath meinte.

Heckler erfuhr dann, dass an jenem Montagmorgen, als er sich noch in der Villa van Gemmerens mit Stüber herumgestritten hatte, eine schwarze Limousine vorgefahren war und der Chauffeur seinen Fahrgast am Eingangsportal abgesetzt hatte. Anschließend sei das Auto wieder verschwunden.

»Ja, und?«

»Nichts und«, Schaffrath zuckte mit den Schultern »ich dachte, dass der Typ mit Ihnen gesprochen hat. Ich glaube, das war ein hohes Tier, so ein Prominenter.«

»Warum?«

»Wegen der Autonummer, irgend so eine Nummer wie sie nur Leute mit dem nötigen Kleingeld kriegen.«

»Wie war die Nummer?« Hecklers Interesse war mäßig.

»Weiß nicht, Buchstaben und Zahlen haben sich wiederholt, ich glaube »D – D« und irgendwelche Zahlen, die fünf kam vor ... Mit Zahlen hab ich's nicht so«, entschuldigte sich Schaffrath.

Das konnte der Notarzt bestätigen.

Irgendwie überstanden alle die Nacht, wie sie auch frühere Nachtschichten überstanden hatten. Als Heckler nach Hause fuhr, gingen ihm die Worte seines Rettungsassistenten erneut im Kopf herum, er maß der Beobachtung jedoch keine Bedeutung bei. Wahrscheinlich hatte er den Mann nicht gesehen, weil er sich gerade auf der Toilette die Hände gewaschen hatte. Auch wenn Schaffrath nicht der Allerhellste sein mochte, seine Beobachtungsgabe war exzellent. Heckler hätte sich überlegen können, warum der wohl offensichtlich prominente Besucher fast zeitgleich mit dem Notarzt losgefahren war, wenn man die Fahrzeit ohne Blaulicht und Martinshorn berücksichtigte. Aber zu derlei Überlegungen war er nicht mehr fähig, denn an diesem Mittwochmorgen schlief er bereits, bevor sein Kopf im Kissen versunken war.

18.

Der Rest des Tages verlief zunächst unspektakulär. Heckler freute sich bereits auf das Wochenende. Am Samstag früh, nach der letzten Nachtschicht, würde er zu Jennys Vernissage fahren. Das einzige Problem konnte sein, dass er dabei vielleicht einschlief. Danach, am Sonntagmittag, hatte er vor, nach Berlin zu fahren. Die fünf freien Tage versuchte er stets zu nutzen, um die durch den Schichtdienst etwas gefährdeten sozialen Beziehungen und Freundschaften zu pflegen.

Auf dem Weg wollte er seine Mutter besuchen und in Berlin hatte er noch einige Freunde aus Schul- und Studienzeiten. Aber bis dahin waren es noch drei Tage und drei lange Nächte. Es war in diesem Moment gut, dass Heckler noch nicht wusste, wie bewegend sie sein würden.

Den ersten Fehler an diesem ansonsten so herrlichen Frühlingstag beging er, als er sein Handy auf einen Spaziergang mitnahm. Er war einigermaßen ausgeschlafen und satt und fühlte sich in der Nachmittagssonne dieses Märztages so wohl wie schon lange nicht mehr – bis sich das Handy meldete.

»Das hätten Sie mir alles schon am Montag erzählen können«, schnauzte Stüber ohne jede Vorwarnung, »hätte uns einiges erspart.«

Heckler war derart überrascht, dass er keinen Ton herausbrachte.

»Behinderung der Ermittlungen nennt man das!«, tobte Stüber weiter. Heckler fand seine Sprache wieder und beschloss, sich nichts bieten zu lassen. Er wählte die ironische Variante.

»Wenn Sie nicht in der Lage sind, die richtigen Zeugen zu finden, muss ich das eben tun. Man hilft ja, wo man kann«, sagte er mit unglaublich süffisanter Stimme. »Und überhaupt«, fuhr er fort, »woher haben Sie eigentlich meine Handynummer?«

»Ich glaub', Sie unterschätzen uns, Herr Doktor«, kam es ebenso süffisant zurück.

»Was wollen Sie?«

Stübers Ton änderte sich schlagartig, er wurde fast kooperativ.

»Es geht um ihre ... Beobachtungen an jenem Montagmorgen.«

Heckler schwieg.

»Gibt es etwas, das wir wissen sollten?«

Stüber hatte schon eine höchst merkwürdige Art. Heckler fühlte sich provoziert und ließ die Katze aus dem Sack. Den kleinen Triumph genoss er.

»Na klar, Herr Stüber. Van Gemmeren ist gar nicht ermordet worden.«

Er hörte heftiges Schnaufen am Ende der Leitung. Vermutlich steckte sich Stüber dann eine der etwa vierzig Zigaretten an, die er Tag für Tag rauchte. Heckler bekam Oberwasser.

»Wahrscheinlich haben Sie morgen den Beschluss zur Exhumierung von van Gemmerens Leiche auf dem Tisch.«

Stüber brauchte etwas Zeit, um diese Mitteilung zu verdauen. Er schien tatsächlich noch nichts gewusst zu haben.

»Na dann erzählen Sie mal!« Seine Stimme klang jetzt ruhig, Heckler spürte jedoch eine deutliche Spannung.

Er stellte die Erkenntnisse seines Freundes Haller dar und schilderte die Begegnungen mit Doktor Willmann. Stübers Reaktion war anders, als Heckler es erwartet hatte.

»Saubere Arbeit«, murmelte Kriminalhauptkommissar Walter Stüber. Danach wurde er aber sofort wieder so brummig wie zuvor.

»Und wenn Sie uns wieder mal eine Nase voraus sind, sagen Sie's früher.«

»Wenn ich gewusst hätte, dass Ihr Zeuge nicht mein Zeuge ist, hätte ich es Bernstein zuliebe getan.«

»Bernstein wird heute obduziert. Die Spurensicherung hat keinerlei Hinweise auf Fremdverschulden gefunden. In der Wohnung fanden sich nur Fingerabdrücke von Bernstein, seiner Schwester, Ihnen und diesem ... Richie.«

Das Gespräch war noch nicht zu Ende.

»Was hatten Sie an Bernsteins PC zu schaffen?«

»Aha«, dachte Heckler, »jetzt kommt er auf den Punkt.« Er musste dem Kommissar Respekt zollen, ob er wollte oder nicht. Er sann rasch nach einer Ausrede, denn er dachte nicht daran, seinen Wissensvorsprung preiszugeben, wo er noch nicht einmal wusste, was auf der Diskette zu finden sein würde.

»Ich habe Frau Bernstein geholfen, einen Brief zu schreiben. Sie ist ... nicht so geübt mit Computern.«

Stüber mochte es glauben oder nicht. Heckler nutzte die Gelegenheit, um den Ärger über die Boulevardblätter loszuwerden. Er wurde sehr direkt.

»Im Übrigen, Herr Stüber, finde ich es eine Sauerei, dass Sie die Presse über Bernsteins Suizid informiert haben!«

Es entstand eine Pause. Er dachte schon, Stüber hätte aufgelegt. Seine Reaktion kam jedoch auch diesmal anders, als Heckler erwartet hatte.

»In einem sind wir uns einig, Doktor, es ist eine Riesensauerei. Aber – und das sage ich Ihnen nur einmal – von mir erfährt keiner etwas und für meine Leute, und zwar für jeden Einzelnen, lege ich meine Hand ins Feuer. Wir haben den Verdacht, dass sich jemand aus der Spurensicherung etwas dazuverdient. Verlassen Sie sich darauf, den bringe ich zur Strecke!«

Noch bevor Heckler etwas erwidern konnte, war das Gespräch beendet.

Nach diesem Telefonat konnte Heckler den lauen Frühlingsnachmittag nicht mehr genießen. Eigentlich hätte ihm jetzt alles egal sein können. Es war Sache der Polizei zu klären, wer dem toten van Gemmeren den Schädel eingeschlagen hatte. Und es war Sache der Polizei, das Motiv für Bernsteins Selbstmord zu finden und herauszubekommen, was Thomas Bernstein in sei-
nem Abschiedsbrief eigentlich gemeint hatte. Was hielt ihn denn davon ab, Stüber die Diskette und die CD mit der Datensicherung zu geben? Die Polizei hatte doch auch ihre Spezialisten, die würden schon herausbekommen, was darauf gespeichert war. Eigentlich ...

Aber da war wieder dieser Drang, den Dingen selbst auf den Grund zu gehen – und da war dieses Misstrauen gegenüber den staatlichen Institutionen. Manchmal überlegte er, ob es nicht krankhaft war. Natürlich war da auch eine zweifellos sehr schöne und attraktive Frau. Heckler war schon wieder dabei, sich selbst zu betrügen. Die wahren Motive für seine altruistischen Gedanken lagen in ganz normalen menschlichen Bedürfnissen. Ob er Juliane Bernstein begehrte oder ihr tatsächlich nur helfen wollte, diese Frage verdrängte er.

Als er so auf seiner Parkbank saß und sinnierte, fiel ihm plötzlich Gernot ein. Gernot in Aachen, ewiger Student und Computerexperte. Wenn es jemanden gab, der die Bedeutung irgendwelcher Botschaften auf elektronischen Speichermedien entschlüsseln konnte, dann war es Gernot. Schon stand Hecklers Entschluss fest: er würde Gernot am Samstag die Diskette und die CD vorlegen und damit das Geheimnis lüften – wenn es überhaupt eines gab.

Bei der Rückkehr in seine Wohnung warf er die Jacke achtlos auf den breiten Stuhl im Flur. Dann stutzte er. Es war ein Gefühl, das er nicht so recht beschreiben konnte. Heckler stand ganz still da, hielt die Luft an und lauschte – nichts. Es waren nur die vertrauten Geräusche, die in seiner Wohnung immer vorhanden waren. Dann ging er rasch durch sämtliche Räume, schaute kurz hinein, entdeckte nichts und schüttelte den Kopf. Offensichtlich begann er, paranoid zu werden und die Nachtschicht setzte ihm zu. Doch das Gefühl, dass er nicht allein war oder dass jemand vor kurzem in der Wohnung gewesen war, hielt noch eine ganze Weile an.

Auf dem Anrufbeantworter war Julianes Stimme zu hören. Die Botschaft war nur teilweise erfreulich. Er fand es spannend, morgen der MedicAid zusammen mit ihr und Dr. Gernsbach einen Besuch abzustatten. Was er weniger spannend fand, war,

dass dieser Termin um 9 Uhr stattfand. Er würde also nach der Nachtschicht nicht schlafen können. Er seufzte ergeben, aber der Gedanke an Juliane vertrieb jetzt schon die Müdigkeit des nächsten Morgens.

19.

Als Heckler an diesem Mittwochabend zur Nachtschicht antrat, fühlte er sich ausgeruht und fit. Er brauchte immer drei Nächte, um mit dem anderen Rhythmus einigermaßen zurechtzukommen.

Im Büro von Dr. Gernsbach hatte er den Termin bestätigt. Juliane Bernstein konnte er nicht erreichen und hinterließ ihr lediglich eine Nachricht in der Mailbox. Bei der Vorstellung, sie morgen zu sehen, spürte er eine Art Vorfreude. Er hatte ihr vorgeschlagen, sie um halb neun an ihrer Pension abzuholen.

Nach einem kurzen Schlaf folgte dann eine jener Nachtschichten, an die man sich später nicht mehr erinnerte, weil sich nichts Besonderes ereignete. Heckler war dankbar, dass es nur Routineeinsätze waren, denn seine Gedanken waren immer wieder beim morgigen Tag. Durch seinen Kopf gingen die wildesten Phantasien über die Rolle der Personen, die er morgen kennen lernen würde.

Er war neugierig, wer nun nach dem Tod des geistigen Ziehvaters und dem Tod seines designierten Nachfolgers die Geschicke der Organisation leiten würde. Hier ging es immerhin um zahlreiche Entwicklungsprojekte und um dreistellige Millionenbeträge.

Als Heckler erschöpft, aber voller Erwartung dem Ende der Nachtschicht entgegensah, meldete sich Juliane Bernstein. Sie schlug vor, dass er etwas früher kommen sollte, dann wäre noch Zeit für ein Frühstück. Heckler schwebte fast einen Meter über dem Boden und fand es die beste Idee seit langem. Kurz vor acht war er zur Stelle. Die Begrüßung war so herzlich, als würden sich zwei alte Bekannte nach langer Zeit wieder begegnen. Andreas Heckler wurde zunehmend aufgeregt. Er redete über alles Mögliche, vermied aber das Thema »Thomas Bernstein«.

So erfuhr er auch nicht, dass Juliane Bernstein das Ergebnis der gestrigen Obduktion ihres Bruders längst kannte. Sie erschien schweigsam, antwortete höflich auf Hecklers Konversation, war mit den Gedanken aber weit weg. Es dauerte lange, bis er merkte, dass er ihr mit seinem Small Talk auf die Nerven ging.

»Entschuldige«, sagte er schließlich, »ich rede und rede ...«

Sie griff nach einem Taschentuch.

»Woran denkst du?«, wollte er wissen.

»Thomas hat Selbstmord begangen«, sagte sie.

Andreas Heckler starrte sie an, als hätte er nichts verstanden.

»Stüber hat es mir gestern Abend gesagt«, stellte sie traurig fest und fuhr fort: »Das Ergebnis der Obduktion ist eindeutig, keinerlei Hinweise auf ... Fremdeinwirkung, auch der Brief ist echt.«

Beide schwiegen sehr lange.

»Das tut mir leid«, murmelte Heckler schließlich.

Er hätte sie gern in den Arm genommen, wagte es in der Öffentlichkeit aber nicht. Das war auch gut so, denn er bemerkte den unscheinbaren Mann nicht, der eine kleine Kamera bereithielt, um sich für ein Boulevardblatt die neuesten Geschichten auszudenken.

Der Rest des Frühstücks verlief schweigend. Heckler überlegte, warum die Bestätigung dessen, was sie beide längst gewusst hatten, für Juliane so schlimm war. Vielleicht war es ein letzter Strohhalm, an den sie sich geklammert hatte, um einer schlimmen Realität nicht ins Auge sehen zu müssen.

»Ich habe alles falsch gemacht«, sagte Juliane plötzlich.

»Psst!«, machte Heckler und legte seinen Zeigefinger auf ihre Lippen. »Das darfst du nicht sagen.«

Es war eine spontane Geste gewesen, aber sie ließ es geschehen. Beide registrierten nicht, dass der Mann mit der kleinen Kamera genau in diesem Augenblick auf den Auslöser drückte.

»Wir müssen los«, stellte Juliane fest.

Sie trafen Dr. Gernsbach vor der Villa van Gemmeren. Heckler war überrascht, er hatte sich Gernsbach ganz anders vorgestellt, älter und gesetzter.

Gernsbach mochte knapp vierzig sein, wirkte sympathisch,

etwas distanziert, professionell und sehr sportlich. Offensichtlich der begabte Nachwuchs einer der renommiertesten Kanzleien der Stadt, dachte Heckler. Die Begrüßung war kurz und angemessen.

»Ich schlage vor«, ergriff Gernsbach die Initiative, »dass wir zunächst das Gespräch bei MedicAid führen und uns anschließend beraten.«

Heckler nickte nur. Er hatte Juliane Bernstein wiederholt eingeschärft, weder Gernsbach noch bei der MedicAid etwas über die bevorstehende Exhumierung zu erzählen. Als sie die Auffahrt zur Villa entlanggingen, sah Heckler den schwarzen Daimler, der halb verdeckt an der Seite des Gebäudes geparkt war. Er konnte lediglich die Endziffern des Nummernschildes erkennen: 505. Aber er war sicher, dass es der Wagen war, der dem Rettungsassistenten an jenem hässlichen Montagmorgen aufgefallen war. Er würde in Erfahrung bringen, wem der Wagen gehörte.

Bei MedicAid wurden sie von der Sekretärin begrüßt, die sie in eine Art Besprechungszimmer im Erdgeschoss bat. Die Frau, sie mochte um die sechzig sein, stellte sich als Monika Griesinger vor. Sie war unter normalen Umständen wahrscheinlich eine bemerkenswerte Erscheinung. Jetzt wirkte sie formal, mühsam die Fassung wahrend, in Wirklichkeit aber hilflos und desorientiert. Heckler meinte sich zu erinnern, dass dies die Frau war, die an jenem Montagmorgen völlig zusammengebrochen war. Später erfuhr Heckler, dass sie von Anbeginn mit dem Schicksal der Hilfsorganisation und ihres Gründers verbunden, ja vollkommen identifiziert gewesen war.

Nach kurzem Warten erschien Herbert Krüger, der derzeit die Geschäfte von MedicAid führte. Krüger war eine außergewöhnliche Erscheinung. Nicht nur seine Körpergröße von über einsneunzig, auch seine sportliche Figur, seine gepflegte und verbindliche Art machten ihn zu einer Persönlichkeit. Heckler fand ihn zu glatt, aber vermutlich nur deshalb, weil sich zwischen Juliane Bernstein und Krüger sofort so etwas wie ein blindes Verstehen einstellte.

»Es tut mir sehr leid, gnädige Frau, dass wir uns unter diesen Umständen kennen lernen. Ich hätte mir das, bei Gott, anders gewünscht«, begrüßte er Juliane.

Heckler ärgerte sich, weil er sich diesem äußerst attraktiven Mann gegenüber plötzlich unterlegen fühlte. Er schätzte ihn auf Ende vierzig und wunderte sich, warum der Kerl nach einem langen Winter so braun gebrannt war. Krüger bat Heckler, im Besprechungszimmer zu warten, er wolle mit Frau Bernstein und ihrem Rechtsanwalt etwas Persönliches wegen Herrn Bernstein besprechen. Der gerade im Haus tätige Wirtschaftsprüfer habe darum gebeten. Hecklers Ärger wuchs. Er war hundemüde und fragte sich, warum er eigentlich hier war. Wie häufig in solchen Situationen gewann sein Wissensdurst jedoch die Oberhand. Er fand die Gelegenheit günstig, Frau Griesinger auszufragen. Monika Griesinger blickte überrascht hoch, als er ihr Büro betrat.

»Erzählen Sie mir etwas über Ihren Chef«, bat er ohne Umschweife.

Heckler kannte seine Wirkung auf ältere Frauen. Er war sicher, dass Frau Griesinger ein enormes Mitteilungsbedürfnis hatte.

So war es auch. Frau Griesinger fragte nicht, warum und wieso, sie sprudelte los. Letztlich war er am Ende aber nicht viel schlauer als vorher. Offensichtlich hatte Monika Griesinger ihren Chef verehrt und war absolut loyal. Kein böses Wort, keine versteckten Bemerkungen, nichts. Auch die Frage, ob sich irgendetwas in der letzten Zeit verändert habe, erbrachte keine Hinweise. Dabei waren ihre Beobachtungen durchaus kritisch, denn sie leugnete nicht, dass van Gemmeren zuletzt an Alzheimer gelitten haben musste. Heckler kam ganz sachte auf den kritischen Punkt.

»Wie war das Verhältnis der beiden Männer?« Er meinte das Verhältnis der beiden toten Männer. Monika Griesinger verstand. Die Antwort kam ohne Zögern.

»Sehr gut, wie Vater und Sohn, keine wesentlichen Differenzen. Der Chef mochte Herrn Bernstein. Über die Jahre hatte sich ein Vertrauensverhältnis entwickelt, es war ganz außergewöhnlich.«

Frau Griesinger sagte das so schlicht und überzeugt, dass Heckler nicht daran zweifelte, dass es der Wahrheit entsprach.

»Und Sie? Mochten Sie Thomas Bernstein?«

Die Frage war im Grunde genommen unverschämt. Trotzdem lag Heckler mit seiner Intuition oft richtig. So auch jetzt, denn Frau Griesinger bekam feuchte Augen.

»Ja«, erwiderte sie sehr leise, »ich mochte ihn. Er hätte mein Sohn sein können, ich ...«

Weiter kam sie nicht, denn die Tür flog auf und Krüger stürmte herein.

»Wir benötigen die Lieferscheine von Offermanns, könnten Sie die bitte heraussuchen?«

Erst jetzt bemerkte er Andreas Heckler und reagierte für den Bruchteil einer Sekunde verärgert, hatte sich aber sofort wieder im Griff.

»Oh, Doktor Heckler, wie unhöflich von mir, Ihnen nichts anzubieten. Wenn Sie so freundlich wären, im Konferenzzimmer zu warten, möchten Sie Kaffee oder Tee?«

»Tee bitte«, murmelte Heckler automatisch und verließ den Raum.

Er fühlte sich wie ein ertappter Schuljunge, spürte aber einen wachsenden Zorn. Krüger hatte die Unterhaltung an der spannendsten Stelle unterbrochen. Andererseits war sein eigenes Verhalten ziemlich dreist gewesen. Als nach einiger Zeit Frau Griesinger ein Tablett mit Tee und Gebäck brachte, wollte Heckler den Gesprächsfaden wieder aufnehmen. Zu seiner Überraschung legte sie den Finger auf die Lippen und schob ihm einen kleinen Zettel zu.

Als sie den Raum verlassen hatte, studierte er die Telefonnummer, die Monika Griesinger ihm zugesteckt hatte. Es war eine Handynummer. Andreas Heckler spürte jenes prickelnde

Gefühl, welches dann entstand, wenn sein wahrscheinlich angeborener Forscherdrang Nahrung erhielt. Nicht so viel Nahrung, dass sich Befriedigung eingestellt hätte, sondern gerade so viel, dass Appetit auf mehr entstand. Nach etwa einer halben Stunde kamen Gernsbach und Krüger mit Juliane Bernstein zurück. Heckler erschrak, denn Juliane war so blass, dass er befürchtete, sie würde jeden Moment umkippen. Aber sie hielt sich bravourös.

»Es tut mir leid, Frau Bernstein, ich hatte keine Ahnung«, sagte Krüger, »wenn ich etwas für Sie tun kann, lassen Sie es mich bitte wissen.«

Heckler ertappte sich bei wüsten Phantasien in Bezug auf Krüger.

»Wenn Sie bitte noch die persönlichen Sachen Ihres Bruders ...«, fuhr er fort, ohne den Satz zu beenden.

Dann gingen sie in den Büroraum, in dem Andreas Heckler vor zehn Tagen den hektischen Thomas Bernstein am PC aufgeschreckt hatte. Einige Sekunden, dachte er, die mein Leben seither bestimmt haben. Inzwischen war Thomas Bernstein tot und sein Arbeitszimmer offensichtlich gründlichst aufgeräumt, um nicht zu sagen, durchsucht worden.

Wie zufällig waren Bernsteins persönliche Dinge in zwei Schubfächer sortiert worden, sodass die Angelegenheit rasch erledigt war. Heckler stutzte, als sie den Raum bereits wieder verlassen wollten. Im Regal über dem PC standen die CDs mit der Datensicherung, die er beim ersten Besuch in Bernsteins Wohnung entdeckt hatte. Irgendjemand musste diese CDs aus Thomas Bernsteins Wohnung geholt haben. Wenn das legal geschehen war, dann nur innerhalb der zwei Stunden, die Thomas Bernstein lebend in seiner Wohnung verbracht hatte, nachdem er aus der U-Haft entlassen worden war. Vermutlich hatte er also Besuch gehabt. Jetzt erinnerte sich Heckler daran, dass der PC lief, als er Bernstein erhängt aufgefunden hatte.

»Ist etwas, Herr Doktor Heckler?« Krüger war Hecklers Blick gefolgt und hatte das kurze Zögern bemerkt.

Heckler verneinte, er war klug genug, nicht nach den Datensicherungen zu fragen.

Als die Gruppe in den Flur der Villa trat, begegneten sie einem Mann im grauen Arbeitskittel, der kurz und etwas brummig »Guten Tag« wünschte, dann sofort im Treppenhaus verschwand.

»Herr Braun, unser Hausmeister«, stellte Krüger fest, es klang fast wie eine Entschuldigung. Heckler hatte mit fachmännischem Blick die etwas ungepflegte Erscheinung des Mannes wahrgenommen, ebenso das gerötete Gesicht mit den feinen Äderchen, die sich teilweise sternförmig auf den Wangen angeordnet hatten, und sein feiner Geruchssinn bestätigte die Vermutung, dass Braun Alkoholiker war.

Krüger verabschiedete seine Besucher nicht ohne erneut festzustellen, dass ihm alles unendlich leid tue. Auch legte er Wert auf die Feststellung, dass er die Tätigkeit als kommissarischer Geschäftsführer der MedicAid so rasch wie möglich beenden wolle, um sich wieder der Betreuung der Entwicklungsprojekte vor Ort zu widmen. Das war seine eigentliche Aufgabe.

Aha, dachte Heckler, deshalb ist er so braun gebrannt.

Die Verabschiedung zwischen Juliane Bernstein und Krüger fiel Heckler eine Spur zu herzlich aus. Obwohl Juliane immer noch blass war, lächelte sie Krüger an.

»Vielen Dank für Ihre Offenheit, Herr Krüger. Vielleicht komme ich auf Ihr Angebot zurück.«

Heckler war wütend. Er fand, dass Juliane keinerlei Grund hatte, sich zu bedanken. Und überhaupt, welches Angebot? Aber da kannte Heckler den Inhalt des vorangegangenen Gespräches noch nicht. Draußen bemerkte er, dass die schwarze Limousine verschwunden war.

20.

In einem kleinen Café in der Nähe saßen Juliane Bernstein, Dr. Werner Gernsbach und Andreas Heckler an einem Tisch. Die Stimmung war beklemmend. Heckler wartete, er traute sich nicht zu fragen, was Juliane so betroffen gemacht hatte. Nach einer Zeit blickte Juliane entschlossen auf.

»Sie können offen sprechen«, sagte sie zu Dr. Gernsbach.

Gemeint war, dass er sich Heckler gegenüber nicht zurückhalten musste.

»Mein Problem ist«, begann Gernsbach, »dass ich in einen Interessenkonflikt gerate. Verstehen Sie mich nicht falsch, Frau Bernstein, aber ich kann nicht beides, die Interessen Ihres Bruders und zugleich die Interessen der MedicAid vertreten. Unsere Kanzlei hat seit Jahren die Rechtsvertretung der Stiftung übernommen. Es ist undenkbar, dass eine Kanzlei beide Parteien vertritt.«

Gernsbach schwieg, er sah unglücklich aus. Juliane hatte sich endgültig gefangen, nahm ihren Mut zusammen und erklärte die Situation.

»Der Wirtschaftsprüfer hat festgestellt, dass Thomas – angeblich – überhöhte Rechnungen für Medikamentenlieferungen akzeptiert hat. Auf Grund einiger Vergleichsangebote von internationalen Großhändlern hätten die Preise niedriger sein müssen. Der Stiftungsrat wurde informiert und behält sich Schadenersatzforderungen vor – in diesem Fall gegen mich, es sei denn, ich schlage das Erbe aus.«

Juliane Bernstein ließ den Anflug einer Empörung erkennen, aber sie hatte sich in der Gewalt.

»Sind wir doch ehrlich«, fuhr sie fort und schaute Dr. Gernsbach dabei an, »unausgesprochen besteht der Verdacht, Thomas habe dafür Geld bekommen von diesem ... wie heißt er noch? Offermanns, glaube ich.«

Gernsbach blickte betreten zu Boden.

»Der Wirtschaftsprüfer bezifferte den Schaden auf über zwei Millionen Euro.« Julianes Stimme klang bitter.

Heckler bewunderte sie. Was hatte diese Frau in den letzten zehn Tagen alles wegstecken müssen! Zuerst die Verhaftung ihres Bruders, die Vorverurteilung als Mörder durch die Regenbogenpresse, dann seinen Selbstmord und die Erkenntnis, dass er seine homosexuelle Orientierung verschwiegen hatte. Schließlich die Unterstellung, er sei korrupt gewesen und habe nebenher kassiert. Und jetzt die Androhung von Schadensersatz, dessen Höhe leicht die Vernichtung ihrer Existenz bedeuten konnte.

Heckler gab sich einen Ruck. Kämpfen, dachte er, jetzt erst recht.

Dieses »jetzt erst recht« hatte ihn vor anderthalb Jahren fast das Leben gekostet. Daran dachte er im Moment nicht. Er hatte nur Juliane vor Augen und den dringenden Wunsch, sie zu unterstützen.

»Beweise?«, mischte er sich ein. »Ich meine, Herr Gernsbach, für mich sind das zunächst Behauptungen, nichts als Behauptungen. Preise für Arzneimittel, zumal im internationalen Vergleich, sind doch Hausnummern! Die werden nach Gusto ausgewürfelt. Das kennen wir doch!«

Gernsbach und auch Juliane Bernstein sahen Heckler erstaunt an. Doch der hatte gerade erst angefangen und kam in Fahrt.

»Ich kann Ihnen zahlreiche Medikamente auflisten, deren Preise im Ausland, zumal in Ländern der Dritten Welt, wesentlich niedriger liegen als bei uns. Die Konzerne vertreten das übrigens ganz offen mit dem Argument, dass wir uns in Europa diese Preise leisten könnten und die Forschung dadurch finanziert würde. Und dass dies schließlich der Dritten Welt wieder zugute käme.«

Gernsbach schien der Mund offen zu stehen. In Julianes Augen bemerkte Heckler ein diskretes Blitzen. Er war noch nicht fertig; seine Müdigkeit war wie weggeblasen.

»Ich möchte diese Vergleichsangebote sehen, von denen die Rede war. Und dann lassen wir das durch Experten prüfen – und zwar durch Fachleute und nicht durch Wirtschaftsprüfer! Eine andere Frage ist, warum die MedicAid nicht gleich im Ausland gekauft hat. Ich vermute mal, dass es Unternehmenspolitik war, damit zumindest ein Teil der Spendengelder im Land bleibt. Vielleicht hatte Thomas Bernstein gar nicht die Möglichkeit zu entscheiden, wo er die Medikamente kauft. Dann können Sie diese Auslandsangebote als Luftnummern vergessen!«

Gernsbachs Gesicht wurde immer länger.

»Wissen Sie, was ich mich frage, Herr Gernsbach?«

Der Angesprochene schüttelte stumm den Kopf.

»Wer eigentlich ein Interesse daran hat, den bedauernswerten Herrn Bernstein posthum zu diskreditieren?«

Inzwischen schien Gernsbach seine Redegewandtheit wiedergewonnen zu haben.

»Ich verstehe Ihre Erregung, Herr Doktor Heckler, aber der Wirtschaftsprüfer ist Mitarbeiter der bekanntesten Agentur in Düsseldorf – und die zählt bundesweit zu den besten Wirtschaftsberatungen, ich bitte Sie!«

Heckler hatte Mühe, nicht unsachlich zu werden. Er hatte es nur mit renommierten Kanzleien und Agenturen zu tun. Es ärgerte ihn gewaltig, weil er das Gefühl hatte, dass alles zu glatt lief, zu einfach schien, damit keinerlei Zweifel aufkamen. Er hatte aber Zweifel und die wurden immer massiver. Dennoch bemühte er sich um Diplomatie.

»Vielleicht, verehrter Herr Gernsbach, sollten wir Ihrer Interessenkollision Rechnung tragen?«

Gernsbach hatte verstanden, dass Heckler für den Entzug des Mandats plädierte.

»Das wäre eine Lösung,« lenkte Gernsbach ein, »allerdings eine sehr schlechte. Natürlich sollten die Dinge nochmals gründlich geprüft werden. Aber wenn wir mal annehmen, dass die Vorwürfe stimmen, dann könnten wir einen internen Vergleich erarbeiten, um so eine gerichtlich Auseinandersetzung zu verhindern. Ich denke, für Frau Bernstein ...«, dabei sah Gernsbach Juliane Bernstein mit einem äußerst verständnisvollen Blick an, »... ist die Angelegenheit ohnehin schon sehr belastend.«

»Aber die Polizei«, wandte Juliane Bernstein ein, »ermittelt doch und man wird ihr diese Information nicht vorenthalten können.«

»Liebe Frau Bernstein«, Gernsbachs Stimme klang so mild wie die Frühlingsluft, »für die Polizei ist der Fall abgeschlossen. Wir können es doch dabei bewenden lassen. Es hat niemand etwas davon, wenn auch noch diese Geschichte durch die Presse geht.«

Das war wohl als guter Rat gemeint, Heckler fasste es jedoch als Drohung auf, die ganze Geschichte an die Presse zu geben. Juliane und er tauschten einen raschen Blick aus. Offensichtlich hatte Gernsbach noch keine Ahnung, dass Thomas Bernstein nicht der Mörder van Gemmerens sein konnte – und keine Ahnung davon, dass es wahrscheinlich gar kein Mord war. Stübers Leute schienen tatsächlich dicht zu halten. Sie verständigten sich darauf, dass der Abschlussbericht des Wirtschaftsprüfers zunächst abgewartet werden sollte, erst dann sollte das weitere Vorgehen festgelegt werden.

Wenn Andreas Heckler einmal in Fahrt war, handelte er oft spontan. So auch jetzt. Aber wann würde er wieder die Gelegenheit haben, Gernsbach zu befragen?

»Was war das eigentlich für ein Zeuge?«, wollte er wissen.

Gernsbach reagierte überrascht und unwillig.

»Na ja, der hatte sich nach dem Zeitungsinserat eben gemeldet. Später hat er sich die Sache noch mal gründlich überlegt. Aber – warum wollen Sie das wissen?«

»Weil ich mich frage, wie man sich nach einer Woche plötzlich erinnert und wenige Stunden später widerruft. Was hat den Meinungsumschwung denn ausgelöst? Das Bild von Thomas Bernstein war doch längst in allen Zeitungen!«

»Ich verstehe es, ehrlich gesagt, auch nicht.«

»Haben Sie Namen und Adresse?«

»Ich weiß nicht ... ja, ich denke, meine Sekretärin wird sie aufgeschrieben haben. Aber was nützt das jetzt noch?«

»Nur so ein Gefühl ...« Heckler beließ es bei dieser Andeutung. In Wirklichkeit wusste er tatsächlich nicht, was er sich von einem Gespräch mit dem falschen Zeugen versprach.

Falscher Zeuge? Vielleicht war es das, was ihn beunruhigte, ein abgekartetes Spiel. Heckler verwarf diese Idee sofort wieder als Ausdruck seiner übermüdeten Phantasie. Gernsbach schien seine Gedanken jedoch erraten zu haben.

»Möglicherweise hat sich der Zeuge auch finanzielle Vorteile versprochen und bekam später Gewissensbisse. Das halte ich für denkbar.«

Heckler verstand. Gernsbach hatte in einem Zeitungsinserat Zeugen gesucht und eine finanzielle Entschädigung in Aussicht gestellt. Der Rechtsanwalt machte Anstalten, das Gespräch zu beenden.

»Noch etwas anderes«, fuhr Heckler unbeirrt fort. »Könnten wir die Diskette wiederbekommen, die Frau Bernstein Ihnen im Auftrag ihres Bruders ausgehändigt hat?«

Gernsbach zuckte zusammen und Juliane Bernstein sah Heckler fragend an.

»Aber ...«, begann sie, wurde aber noch rechtzeitig durch

Hecklers Einhalt gebietenden Blick gewarnt. Auch wenn sie inzwischen vergessen hatte, dass er eine Kopie der Diskette an sich genommen hatte, wollte er auf jeden Fall verhindern, dass Gernsbach von der Existenz dieser Kopie erfuhr.

»Herr Bernstein sagte, diese Diskette sei seine Lebensversicherung. Nun, sie war es leider nicht. Dennoch wäre es interessant zu wissen, was der Inhalt dieser Diskette ist. Vielleicht wird Herr Bernstein dadurch rehabilitiert«, erläuterte Heckler.

»Ich dachte«, erwiderte Gernsbach, »Sie kennen den Inhalt, weil Sie diese Diskette ja erstellt haben.«

Als Heckler verneinte, hatte er den flüchtigen Eindruck, dass
Gernsbach erleichtert war.

»Gut«, fuhr dieser fort, »ich hole die Diskette aus dem Schließfach unserer Bank. Da ich nur persönlich das Fach öffnen kann und morgen den ganzen Tag bei Gericht bin, haben Sie bitte Verständnis, wenn ich das erst am Montag erledigen kann.«

Danach verabschiedeten sie sich von Dr. Gernsbach und fuhren zu Hecklers Wohnung.

»Dr. Gernsbach hat viel für mich getan, er hat großes Verständnis und er hat Thomas in keinem Moment verurteilt«, stellte Juliane fest, »warum misstraust du ihm?«

»War das so deutlich?«

»Es war nicht zu übersehen.«

»Tut mir leid, ich weiß nicht recht, ich habe da so ein Gefühl ...«

Heckler zuckte mit den Schultern. Sie schwiegen eine Weile.

»Was ist mit Thomas' Nachlass?« Wenn Heckler von einer Idee ergriffen war, ließ er gelegentlich Takt und Anstand vermissen. Juliane antwortete sofort.

»Die Wohnung wird wahrscheinlich heute freigegeben. Ich werde das Wochenende nutzen um ...« Ihre Stimme erstarb und sie kramte nach einem Taschentuch.

»Die Beerdigung ist am Montag«, fuhr sie fort und schnäuzte sich. Mit leiser Stimme setzte sie hinzu: »Ich wollte, es wäre alles vorbei.«

Eigentlich hatte Heckler daran gedacht, Bernsteins finanzielle Verhältnisse zu durchleuchten. Auch wenn er sich Gernsbach gegenüber empört gegeben hatte, er war nicht wirklich davon überzeugt, dass Thomas Bernstein ein Unschuldslamm war. Unschuldslämmer benötigten keine Disketten als Lebensversicherung, und sie mussten auch den Inhalt ihrer Festplatte nicht unbrauchbar machen.

Aber er sagte nichts, vielmehr legte er seine Hand beruhigend auf Julianes Oberschenkel. Dabei hatte er Mühe, sich auf das Fahren zu konzentrieren. Als sie schließlich zu Hause waren, überkam ihn die ganze Müdigkeit, die er in den letzten Stunden unterdrückt hatte, wie eine gewaltige Übermacht. Er entschuldigte sich bei Juliane, wankte ins Schlafzimmer, zog nur die Oberbekleidung aus und schlüpfte ins Bett. Schon fast im Halbschlaf wurde er gewahr, dass sich Juliane über ihn beugte, ihn zärtlich auf Stirn und Wangen küsste und ihm eine gute Nacht wünschte.

»So habe ich das«, flüsterte sie ihm ins Ohr, »viele Jahre bei Thomas gemacht.«

Er glitt sanft und glücklich in den Schlaf. Er hatte nur noch den Wunsch, dass Juliane ihn als Mann und nicht als Brudersatz betrachten sollte ...

21.

Der Schlaf war tief, aber viel zu kurz. In einem wilden Traum schwebte Heckler als rasender Feuerwehrmann durch die nächtlichen Straßen, begleitet von einer schrillen Alarmglocke. Es dauerte eine Ewigkeit, bis er in die Realität zurückgekehrt war und merkte, dass es sich um das Telefon handelte. Er hatte vergessen, es leise zu stellen.

»Ja?«

Das heisere Krächzen hatte nur entfernt Ähnlichkeit mit seiner wirklichen Stimme.

»Herr Kollege Heckler? – Mühlbach hier. Habe ich Sie gestört?«

Gestört ist gar kein Ausdruck, du Trottel!, dachte Heckler, aber der Name Mühlbach machte ihn schlagartig wach.

»Überhaupt nicht, ich habe zurzeit nur Nachtschicht«, erklärte er mit grimmigem Humor.

»Das tut mir leid, Herr Kollege. Aber ich wollte Sie, sozusagen aus erster Hand, darüber informieren, dass sich Ihr Verdacht bestätigt hat.«

»Welcher Verdacht?« Heckler war doch noch nicht richtig wach.

»Na, van Gemmeren! Er ist an einem Herzinfarkt verstorben! Der Schädel wurde ihm nachträglich eingeschlagen. Stellen Sie sich vor, dieser Skandal!«

Heckler wunderte sich über den fast begeisterten Tonfall des Rechtsmediziners. Van Gemmerens Körper war also exhumiert worden und das Ergebnis der zweiten Obduktion lag vor.

»Skandal ... für wen?«

»Nun, in erster Linie mal für meinen Chef, der hat nämlich letzte Woche den offiziellen Bericht verfasst, ich war nur sein Lakai.«

Eine derartige, fast schadenfrohe Ausdruckweise hätte Heckler dem ansonsten so spröde wirkenden Mühlbach gar nicht zugetraut.

»Und dann«, Dr. Georg Mühlbach war nicht zu bremsen, »für die Öffentlichkeit! Das wird sich ja nicht verheimlichen lassen. Die Exhumierung ist klammheimlich erfolgt, wir wurden alle zu absoluter Geheimhaltung verdonnert, aber das Ergebnis lässt sich ja nicht wegdiskutieren. Morgen wird es eine Pressekonferenz geben, wenn die letzten feingeweblichen Untersuchungsergebnisse vorliegen. Aber der Fall ist heute schon klar – dank Ihrer Hilfe, Herr Kollege. Respekt!«

Dass ihn Mühlbach ständig »Herr Kollege« nannte, ging Heckler auf die Nerven, obwohl es in Medizinerkreisen so üblich war. Dass er ihm Respekt zollte, tat Heckler gut, ja, es war ein tiefes Gefühl der Befriedigung. Aber wenn er ehrlich war, gebührte das Lob eigentlich dem Hausarzt, der den Mut gehabt hatte, seinen Fehler einzugestehen.

»Wo ich Sie gerade am Telefon habe«, nutzte Heckler die Gunst des Augenblicks, »was hat die Obduktion von Bernstein ergeben?«

Mühlbach antwortete ausführlich, sie hätten nach allen Regeln der Kunst untersucht, auch die unwahrscheinlichsten Möglichkeiten nicht ausgeschlossen, einfach alles, aber keinerlei Hinweise für Fremdverschulden gefunden. Im Gegenteil, es seien die typischen Faserspuren des Seiles an den Händen festzustellen gewesen, die in dieser Art und Weise nur bei Selbstmördern vorkämen. Schließlich habe man auch keine Spuren einer Fesselung gefunden, bei Fremdverschulden müsse man solche Spuren finden, auch wenn sie noch so diskret wären. Nach dem Telefonat dachte Heckler an seinen Freund Bernhard Haller, der als Privatdozent für Rechtsmedizin an der RWTH Aachen lehrte. Mühlbach musste es ja nicht erfahren, dass er misstrauisch war. Er hatte Glück und erreichte Haller noch im Institut, inzwischen war es fast sechs Uhr abends.

»Hallo, Hecki, ich dachte du hast Nachtschicht?«

»Dachte ich auch«, brummte Heckler.

»Was gibt's denn so Wichtiges, dass du deinen kostbaren Schlaf opferst?«

Derlei sinnfreien Dialog hätten die beiden Freunde unter normalen Umständen endlos fortsetzen können. Aber jetzt ging es um eine ernste Angelegenheit. Heckler berichtete seinem Freund vom Gespräch mit Mühlbach. Haller brachte seine Befriedigung zum Ausdruck, dass der Chef der Düsseldorfer Rechtsmedizin bloßgestellt worden war. Obwohl in Fachkreisen keine Krähe einer anderen die Augen aushackte, gab es doch so etwas wie einen heimlichen Triumph, wenn ein Konkurrent eine Bauchlandung erlitten hatte.

»Nicht schlecht, Alter, du solltest doch noch Gerichtsmediziner werden, überleg's dir.«

»Lass mal, Bernie, ich rufe aus anderen Gründen an.«

Dann befragte er seinen Freund ausführlich, ja er löcherte ihn förmlich über die Möglichkeit, einen Suizid durch Erhängen vorzutäuschen.

»Das ist Stoff für eine zweisemestrige Vorlesung, du verlangst zu viel«, stöhnte Haller.

»Nur die Raritäten, Bernie, die Dinge, an die man routinemäßig nicht denkt!«

»Also, wenn die üblichen Dinge ausgeschlossen wurden, wie beispielsweise vorangehende Betäubung oder Ähnliches ... Vielleicht die Kleidung! Meist geht es darum, Fesselspuren am Körper zu vermeiden, das heißt, Hosenbeine und Jackenärmel werden als Schutz verwendet. Es gibt breite Klebestreifen, die praktisch keine Spuren hinterlassen, wo man hinterher nur eine etwas aufgeraute Oberflächentextur des Stoffes feststellt. Also, ich würde die Kleidung noch einmal ausführlich untersuchen.«

Haller machte eine Pause.

»Aber sag mal«, wandte er sich an Heckler, »warum soll das denn kein Selbstmord gewesen sein? Es gibt, soweit ich weiß, praktisch keine Fälle von vorgetäuschtem Suizid, bei denen echte Abschiedsbriefe geschrieben wurden.«

»Wenn es denn ein Abschiedsbrief war ... Außerdem fehlt das Wichtigste für einen Selbstmord, Bernie, das Motiv!«

»Hm.«

»Aber wahrscheinlich hast du Recht. Also dann, bis übermorgen.« Heckler beendete das Gespräch, er würde Bernhard Haller bei Jennys Vernissage am Samstagvormittag sehen.

Er überlegte. Eine zweite Schlappe konnten sich die Düsseldorfer Rechtsmediziner nicht leisten, also hatten sie alles gründlichst untersucht, das war sicher.

»Lass es, Andreas, vergiss die ganze Geschichte!«, beschwor er sich selbst.

An Schlaf war jetzt nicht zu denken, also versuchte er, die Zeit mit sinnvollen Tätigkeiten wie Einkaufen und Wäsche waschen zu überbrücken – mit mäßigem Erfolg. Die ganze Zeit über blieb seine Stimmung mürrisch, gelegentlich fluchte er leise vor sich hin, schimpfte auf Gott und die Welt und legte sich schließlich erschöpft auf die Couch.

Es geschah nicht oft, dass Doktor Andreas Heckler zu spät zum Dienst erschien. Als er hochschreckte war es dreiundzwanzig Uhr. Hastig rief er in der Rettungswache an und entschuldigte sich bei seinem Kollegen vom Spätdienst. Der nahm es relativ gelassen und war mit der Zusicherung zufrieden, dass Heckler ihm im nächsten Monat zwei Stunden Dienst abnehmen wollte, eine Stunde, die er jetzt zu spät kam und einer weitere Stunde als Wiedergutmachung sozusagen.

Es begann eine jener Nachtschichten, die man gern vergisst, die sich quälend hinzog, die zwischen halbwachem Zustand und wiederholtem Dösen immer länger wurde. Es waren nur die typischen Einsätze, nichts Außergewöhnliches. Auch der Fünfzigjährige mit frischem Herzinfarkt, der es in der Blüte seines zweiten Frühlings nicht fassen konnte, dass es gerade ihn erwischt hatte, war im Grunde nichts Außergewöhnliches. Es war immer wieder erstaunlich, mit welcher Konsequenz verleugnet wurde, was nicht sein durfte. Der Notarzt wusste aus langer Erfahrung, dass das Risiko des Rauchens und anderer Laster immer nur das Risiko der anderen war. Noch während er mit dem uneinsichtigen Infarktopfer diskutierte, ob er denn endlich bereit wäre, sich in die Klinik bringen zu lassen, erledigte sich das Problem dadurch, dass der Betroffene durch eine Herzrhythmusstörung das Bewusstsein verlor.

Eine der Segnungen des Notarztsystems, dachte Heckler und holte den Bedauernswerten mit einem Stromstoß ins Leben zurück. Der erfolgreich Behandelte war noch so benommen, dass sich jede weitere Diskussion erübrigte.

Dann ereignete sich etwas, das Heckler diese Nachtschicht für den Rest seines Lebens nicht mehr vergessen lassen würde: In der ersten Morgendämmerung wurden sie zu einer angeblich bewusstlosen Person gerufen, die sich jedoch als – wie Hansen und Schaffrath es nannten – »besoffener Penner« herausstellte. Sobald die Tagestemperaturen des anbrechenden Frühlings es erlaubten, übernachteten viele Obdachlose wieder im Freien. Gerade dann, wenn die Nächte noch empfindlich kühl waren, bestand, zumal unter Alkoholeinwirkung, die Gefahr der Unterkühlung.

Weil Heckler außerdem eine größere Wunde am Arm des Betroffenen entdeckte, die mit schmutzigem Heftpflaster verkleistert war, nahm er den Mann kurzerhand mit. Derlei Transporte riefen immer den Unmut der Rettungsassistenten hervor, die anschließend glaubten, das Fahrzeug in exzessiver Weise desinfizieren zu müssen.

Er hatte den Mann in die Ambulanz des Marienhospitales gebracht und sah geistesabwesend zu, wie die Ambulanzschwester sich mühte, den verdreckten Verband zu entfernen. Das Heftpflaster hatte hässliche Schmutzränder hinterlassen. Die Schwester mochte über sechzig sein.

Vom alten Schlag, dachte Heckler, hat wahrscheinlich ihr halbes Leben lang nur Nachtdienst gemacht.

Sie hantierte mit einem kleinen braunen Fläschchen und versuchte mit der Flüssigkeit die Dreckränder zu säubern. Er lehnte sich zurück und schloss die Augen. Es würde noch dauern, bis Hansen und Schaffrath mit der Desinfektion des Notarztwagens fertig waren. Plötzlich drängte sich das Bild des toten Thomas Bernstein vor sein inneres Auge, erhängt in der Küche. Gleichzeitig nahm Heckler den Geruch war, der diese Erinnerung ausgelöst hatte. Jetzt wusste er, was ihn in Thomas Bernsteins Küche irritiert hatte. Er riss die Augen auf und starrte die Schwester an, die fast fertig mit ihrer Säuberungsaktion war. Nun erkannte er, was auf dem braunen Fläschchen stand: Äther.

»Ich Idiot!«, sagte Heckler so laut, dass die Schwester verwundert innehielt. Er schloss erneut die Augen und dachte: Natürlich, mit Äther lassen sich Heftpflaster oder andere Klebestreifen restlos entfernen, mein Gott, das mir das nicht eher eingefallen ist! Er hatte zwar früher in der Anästhesie gearbeitet und hin und wieder mit Äther zu tun gehabt, doch Äther wurde heute nicht mehr zu Narkosezwecken verwendet. Außerdem hatte er den Äthergeruch in der Küche von Thomas Bernstein auch deshalb nicht erkannt, weil er fast verflogen war. In diesem Moment wusste Andreas Heckler, dass Thomas Bernstein ermordet worden war. Mit klopfendem Herzen ging Heckler zum Notarztwagen zurück, die zuvor bleierne Müdigkeit war völlig verschwunden. Er überlegte, was zu tun sei. Als erstes wollte er seinem Kollegen Georg Mühlbach in der Gerichtsmedizin einen Besuch abstatten.

22.

Mühlbach glaubte an ein Gespenst, als kurz nach acht ein schrecklich aussehender Andreas Heckler vor ihm stand, dessen innere Anspannung jedoch so greifbar war, dass Mühlbach auf dumme Bemerkungen verzichtete.

»Oh, Herr Kollege, was kann ich ...?«

»Thomas Bernstein ist ermordet worden«, stellte Heckler ohne Einleitung fest.

Mühlbachs Reaktion war bemerkenswert. Er schnaufte, zog die Mundwinkel nach unten und schüttelte nachhaltig den Kopf. Seine Antwort klang nicht arrogant, aber er ließ keinen Zweifel daran, dass er es besser wusste als Heckler.

»Gerade das, lieber Herr Kollege, haben wir mit Sicherheit ausgeschlossen!«

»Der Mund wurde mit Pflaster verklebt«, fuhr Heckler unbeirrt fort.

»Aber ich bitte Sie, das haben wir sorgfältigst untersucht! Man findet in solchen Fällen immer Reste der Klebmasse oder Fasern des Klebebandes oder auch kleinste Verletzungen, aber da war nichts, rein gar nichts.«

Mühlbach war äußerlich ruhig geblieben, ein verhaltener Ärger war jedoch deutlich spürbar. Allerdings wurde er bei der nächsten Frage Hecklers langsam unsicher.

»Und wenn diese Reste später beispielsweise mit Äther gründlich entfernt wurden?«

»Aber ... aber das ist doch ganz unwahrscheinlich, ich meine ...«, Mühlbach brach ab und starrte Heckler mit offenem Mund an.

»Als ich Bernstein erhängt aufgefunden habe«, erläuterte Heckler in aller Ruhe, »da war ein ganz schwacher Geruch im Raum, den ich zunächst nicht zuordnen konnte. Heute Nacht wurde mir klar, dass es Äther war. Ein Selbstmörder hantiert vor der Tat wohl kaum mit solchen Lösungsmitteln, oder?«

Mühlbach hatte es die Sprache verschlagen. Die Initiative lag jetzt bei Heckler.

»Wie könnte man es beweisen, ich meine, welche Spuren würde man in einem solchen Fall hinterlassen?«

Mühlbach überlegte einen Moment.

»Nun, beim Abziehen von Klebeband entfernt man immer die obersten Zellschichten der Haut. Man müsste ... ja, man könnte Dickemessungen an verschiedenen Stellen der Gesichtshaut und feingewebliche Untersuchungen über Verhornung und Anzahl der Zellschichten machen ... käme auf einen Versuch an.«

Mühlbach hielt inne und dachte nach. Heckler wurde ungeduldig und drängte den Kollegen: »Worauf warten Sie?«

»Mein Gott«, stöhnte Mühlbach, »Bernsteins Leiche soll heute abgeholt werden. Wenn ich das jetzt stoppe ... Mein Chef zerreißt mich in der Luft.«

Sie dachten sich einen Vorwand für das Bestattungsunternehmen aus, sodass Bernstein erst am Nachmittag abgeholt wurde. Mühlbach war bereit, winzige Hautstanzen aus dem Mund- und Gesichtsbereich des Toten zu entnehmen und im Schnellverfahren zu untersuchen. Das Ergebnis würde in zwei bis drei Stunden vorliegen. Heckler wollte in Mühlbachs Büro
warten. Zufrieden versank er in einem Besuchersessel und schlief sofort ein. Als er durch ein ungewohntes Geräusch wach wurde, benötigte er einige Zeit, um sich zu orientieren. Er erkannte Mühlbach, der über einem Mikroskop gebeugt Proben betrachtete. Heckler räusperte sich. Mühlbach sprach ohne aufzusehen.

»Oh, Herr Kollege, ich wollte Sie nicht wecken, aber vielleicht schauen Sie mal selbst?«

Heckler richtete sich auf, kämpfte mit einem Schwindelanfall und ließ sich dann die Proben erklären. Mühlbach hatte sechzehn winzige Hautproben entnommen, acht aus der Partie um den Mund und weitere acht aus der übrigen Gesichtshaut. Da Heckler mit Gewebsschnitten nicht mehr vertraut war, benötigte er lange Zeit um festzustellen, dass es zwischen beiden Probenserien einen systematischen Unterschied gab.

»Donnerwetter«, entfuhr es ihm dann, »in der Serie um den Mund fehlen die obersten Zellschichten und die gesamte Hautschicht ist ein klein wenig dünner!«

Mühlbach war durchaus beeindruckt von der scharfen Beobachtungsgabe seines Kollegen.

»Respekt, Respekt!«, murmelte er. »Das spricht alles für Ihre Theorie, Herr Kollege. Wir werden wohl nicht umhin können, weitere Untersuchungen anzustellen.«

Was Mühlbach in seiner etwas gespreizten Ausdruckweise sagte, bedeutete letztlich einen ähnlichen Skandal wie im Fall van Gemmeren, mit dem einen Unterschied: Thomas Bernstein war noch nicht unter der Erde. Heckler fielen die Worte seines Freundes ein.

»Die Kleidung«, wandte er sich an Mühlbach, »die Kleidung würde ich im Bereich der Hand- und Fußgelenke einer erneuten Untersuchung unterziehen, Herr Kollege.« Heckler hatte sich die ganze Zeit geärgert, dass Mühlbach ihn fortwährend »Herr Kollege« genannt hatte. Jetzt machte er das Spielchen mit, drehte aber den Spieß um, wobei Hecklers »Herr Kollege« eher wie eine Beschimpfung klang.

Er verabschiedete sich von Mühlbach, blieb draußen einen Moment stehen und blinzelte in die Mittagssonne. Es war Ende März und ein herrlicher Frühlingstag. Heckler spürte die laue

Luft – das erste Mal seit fast zwei Wochen fühlte er sich erleichtert, denn seine Zweifel hatten sich bestätigt. Sein untergründig stets vorhandenes Gefühl war einer Gewissheit gewichen. Diese hielt jedoch nur kurze Zeit an, dann kam die Angst. Sie kam langsam und wuchs in dem Maße, wie sich Heckler darüber klar wurde, dass er es mit absoluten Profis zu tun hatte. Sofort kam die Erinnerung an die Geschichte vor anderthalb Jahren, damals in Aachen, als er seine Verstrickung in die kriminellen Machenschaften einiger honoriger Herrschaften fast mit dem Leben bezahlt hatte. Damals hatte er Jenny geschworen, sich nie wieder in solche Dinge hineinziehen zu lassen. Sein Verstand sagte ihm, dass er seine Schuldigkeit getan hatte, dass die Dimension der Geschichte einige Nummern zu groß war und dass er die Aufklärung nunmehr der Polizei überlassen sollte. Aber, wie so häufig, fand er zig Gründe, die deutlichen Signale der Vernunft zu missachten.

Zu Hause war an Schlaf nicht zu denken. Er war unglaublich müde, fühlte sich völlig zerschlagen, war innerlich jedoch so aufgewühlt, dass er nicht zur Ruhe fand. Er versuchte etwas Ordnung in das Chaos seiner Gedanken zu bringen: Da war ein Toter, der eines natürlichen Todes gestorben war und dem man unsinnigerweise anschließend den Schädel eingeschlagen hatte.

Dann war da ein Toter, dessen perfekt vorgetäuschter Selbstmord in Wirklichkeit ein professioneller Mord war. Ein Auftragsmord? Und es gab einen Wirtschaftsprüfer, einen der besten der Stadt, der festgestellt haben wollte, dass Thomas Bernstein Medikamente zu teuer eingekauft hatte. Dann war da noch ein zweifellos echtes Schreiben, worin Bernstein die Verantwortung für bestimmte Dinge bei MedicAid übernahm. Welche Dinge überhaupt? Ja, und schließlich waren da noch zwei sportliche Herren, die sich für Hecklers Geschmack zu intensiv für Juliane Bernstein interessierten. Je mehr er versuchte, Ordnung in seinen Gedankenwirrwarr zu bringen, desto zusammenhangloser wurde die ganze Geschichte.

So machte er sich auf den Weg, um die Diskette und die CD mit der Datensicherung aus seinem Bankfach zu holen. Morgen wollte er damit Gernot, den »Computer-Spezialisten«, aufsuchen. Auf dem Weg vergewisserte er sich mehrfach, dass ihm auch niemand gefolgt war. Er hielt sich nicht für paranoid, aber angesichts der Erkenntnisse des heutigen Tages beschloss er auf der Hut zu sein. Die Erinnerung an das merkwürdige Gefühl vorgestern in seiner Wohnung wurde wieder wach und wirkte bedrohlich. Aber so sehr er sich umsah, er konnte keinen Menschen entdecken.

Wieder zu Hause, kopierte er zuerst Diskette und CD, einen CD-Brenner besaß er. Anschließend warf er einen Blick auf die Datenträger. Er fand Dateien, deren Format er nicht kannte und die er nicht öffnen konnte. Einige der Dateien waren auf beiden Datenträgern vorhanden, allerdings waren sie unterschiedlich lang. Dann gab es auf der Diskette noch einige Dateien im üblichen Textverarbeitungsformat. Bei der Durchsicht stellten sich diese Dateien als Briefe heraus, Geschäftsbriefe an den Pharma-Großhandel Offermanns GmbH in Düsseldorf. Der Inhalt war allerdings enttäuschend, es waren seitenlange Bestelllisten für Medikamente. Heckler vermutete, dass es sich um Medikamente für verschiedene Projekte der MedicAid handelte. Aus den Medikamentennamen konnte er ersehen, dass es überwiegend Antibiotika, Malariamittel und AIDS-Medikamente waren.

Das einzige, was ihn in Erstaunen versetzte, waren die Menge der Medikamente und die beachtlichen Summen um die es jeweils ging. Zumindest war er jetzt in der Lage zu prüfen, ob Bernstein tatsächlich zu überhöhten Preisen bestellt hatte. Nachdem er einige Positionen mit den deutschen Apothekenpreisen verglichen hatte, schüttelte er den Kopf. Die Konditionen, zu denen Offermanns lieferte, erschienen Heckler exzellent. Nun, er würde warten, bis der Wirtschaftsprüfer seinen Abschlussbericht auf den Tisch gelegt hatte, dann konnte man weitersehen.

Gerade als er die Durchsicht beenden wollte, entdeckte er noch ein kurzes Schreiben, ebenfalls an Offermanns, worin Bernstein dem »Lieben Herrn Offermanns« bestätigte, dass die Zusammenarbeit mit der Firma Repropharm GmbH sehr gut sei und die Präparate dieser Firma auch zukünftig berücksichtigt werden sollten. Gerade die Belanglosigkeit des Schreibens irritierte Heckler. Er runzelte die Stirn und beschloss, sich später die Produktpalette der Repropharm einmal näher anzusehen. Der Firmenname sagte ihm absolut nichts.

Fast schlagartig kam die völlige Erschöpfung. Heckler hatte jetzt zwei Tage lang im Anschluss an die Nachtschicht kaum geschlafen. Früher mochte er ein solches Schlafdefizit weggesteckt haben, jetzt konnte er nicht mehr. Außerdem wurde ihm bewusst, dass er den ganzen Tag nichts Vernünftiges gegessen hatte. Er war gerade noch fähig, den Wecker für die letzte Nachtschicht richtig zu stellen ... und hatte nicht einmal bemerkt, dass auf seinem Anrufbeantworter zwei Nachrichten von Juliane Bernstein waren.

23.

Diesmal erschien Andreas Heckler pünktlich zur Nachtschicht. Er hatte es sogar geschafft, bei seiner Bank die Duplikate der Diskette und der CD einzuwerfen, die Originale hatte er dabei. Seine Laune war allerdings alles andere als gut. Nachdem er Julianes Botschaften abgehört hatte, steckte er in einem Gewissenskonflikt.

In der ersten Nachricht ging es um die Beerdigung ihres Bruders, die für Montag geplant war. Heckler hatte sich vorgenommen, bis Donnerstag in Berlin zu bleiben. Offensichtlich wusste Juliane noch nichts von dem Verdacht, dass ihr Bruder wahrscheinlich ermordet worden war. Dies bedeutete aber, dass die Beerdigung verschoben werden musste. Die zweite Nachricht klang merkwürdig: Juliane Bernstein schien emotional aufgewühlt, sie klang enttäuscht und wütend, schien aber kein konkretes Anliegen zu haben.

Hecklers Laune wurde nicht besser, als er im Aufenthaltsraum der Rettungsstelle das übelste Boulevardblatt der Region wie zufällig aufgeschlagen vorfand. Das Bild zeigte Juliane Bernstein und ihn, in dem Moment, in dem er gestern beim Frühstück ihre Lippen berührt hatte. Das Foto erweckte einen völlig falschen Eindruck. Die Überschrift ging unter die Gürtellinie: »Schäferstündchen des Notarztes« und der Untertitel »Tête-a-Tête mit der Schwester des Mörders«.

Heckler wurde übel, nicht wegen der Sprache des Schmierenartikels, sondern weil er nicht wusste, wogegen er seine Wut richten sollte. Es war eine ohnmächtige Wut, er fühlte sich hilflos und erniedrigt. Am liebsten hätte er alles kurz und klein geschlagen. So zerknüllte er nur die Zeitung und warf sie weg. Hansen und Schaffrath registrierten es mit verhaltenem Grinsen. Jetzt verstand Heckler Julianes zweiten Anruf, vermutlich hatte sie den Artikel gelesen und war – wie er – wütend.

Heckler brachte es nicht fertig, in den folgenden acht Stunden Hansen und Schaffrath fair zu behandeln. Er scheuchte die beiden regelrecht herum, verlangte dies oder jenes, hetzte sie Treppenhäuser hinauf oder hinunter und ließ sich auf keine Diskussionen ein. Er befahl in einem Ton, den er eigentlich ablehnte, und ließ keinen Zweifel daran, wer das Sagen hatte. Immer wenn sich Gewissensbisse meldeten, redete er sich ein, dass die Rettungsassistenten ihm die Zeitung aus reiner Bosheit hingelegt hatten. Irgendwie ging dann auch diese Nachtschicht zu Ende. Heckler fühlte sich gerädert wie lange nicht mehr. Freunde hatte er sich heute Nacht nicht gemacht und sein Schlafdefizit war größer, als es in seiner Erinnerung jemals gewesen war.

Es war Samstag früh und heute Vormittag fand Jennys Vernissage statt. Auf der Autobahn nach Aachen nickte er kurz ein, ohne Folgen. Diese Feststellung erschreckte ihn derart, dass er bis zum nächsten Parkplatz wach blieb und dort erst einmal anderthalb Stunden schlief. Danach fühlte er sich zwar immer noch schlecht, hielt den Rest der Strecke aber durch. Er schaffte es gerade noch zur Vernissage, hatte jedoch keine Gelegenheit mehr

Jenny vorher zu begrüßen. Alle waren gekommen, Bernhard Haller mit Iris Braun, Martin Preuss, seine Tochter Lydia mit ihrem Freund Richard. Dabei fiel ihm Richard Hermann ein, Richie, der Liebhaber von Thomas Bernstein. Er musste unbedingt mit Richie sprechen, jetzt, wo feststand, dass Bernstein ermordet worden war, bekamen Richies Aussage und auch seine Beobachtungen ein großes Gewicht.

Während der Vernissage spürte er öfters Lydias Ellenbogen in seiner linken Seite, immer dann, wenn er einzuschlafen drohte oder vielleicht sogar schon eingeschlafen war. Die Veranstaltung war sehr gelungen und Jenny begrüßte ihn herzlich vor dem Rundgang durch die Ausstellung. Für den Abend verabredete er sich mit Martin Preuss und verließ die Gesellschaft recht bald, um Gernot aufzusuchen. Jenny und die Freunde blickten ihm verwundert nach.

Er erreichte Gernot in seinem Elektronik-Laden in der Altstadt kurz vor Ladenschluss. Obwohl der letzte Besuch anderthalb Jahre her war, griff Gernot sofort unter den Verkaufstresen und füllte zwei kleine Gläser mit Selbstgebranntem, als er Heckler erkannte. Das war seine Art, Freunde zu begrüßen – und er hatte eine Menge Freunde. Ansonsten war er ganz der Alte geblieben, sein Gewicht näherte sich schätzungsweise 130 Kilogramm und sein Haar war so lang und so fettig wie immer. Er wischte sich mit dem Handrücken über den Mund.

»Nett, dass du reinschaust, Hecki«, begann er das Gespräch, »ich dachte schon, dich gibt's nicht mehr. War ja ganz schön turbulent, damals.«

»Mir geht's gut, bin jetzt in Düsseldorf.« Gernot nickte und Heckler fuhr fort: »Du hattest damals Schwierigkeiten? Hab' ich zumindest gehört.« Gernot nickte erneut.

»Kann man sagen, Alter, absolut.« Gernot verzog das Gesicht, als er sich erinnerte. »Als ich aus Lüttich zurückkam, haben mich die Bullen drei Tage aus dem Verkehr gezogen, bis die Aktion bei dieser ›Intertronic‹ gelaufen war. Die hatten kurz hinter der Grenze bereits auf mich gewartet.«

Gernots Ausdrucksweise hatte sich seit Studienzeiten nicht geändert, er wirkte wie ein Relikt aus vergangenen Tagen. Dennoch war sein Verstand hellwach, wenn es um Elektronik und

Computer ging. Heckler hätte ihm erklären können, was seinerzeit schief gegangen war und warum man Gernot kurzerhand in Vorbeugehaft genommen hatte.

Aber das half jetzt nicht weiter. Stattdessen legte er Diskette und CD, die er aus seinem Bankfach geholt hatte, auf den Tisch. Gernot betrachtete die Datenträger wie ein Objekt der Begierde. Derartige Gegenstände übten auf ihn eine fast erotische Anziehung aus.

»Sag jetzt nichts«, scherzte Gernot, »aber du willst wissen, was da drauf ist, stimmt's?«

»Logisch«, sagte Heckler nur und hielt weitere Erklärungen für überflüssig.

»Na, dann woll'n wir mal!«, brummte Gernot. Es war zu spüren, dass er es als eine Art sportliche Übung verstand, den Inhalt von Datenträgern zu entschlüsseln. Heckler ließ ihm Zeit. Nach etwa zwanzig Minuten emsigen Hackens schüttelte Gernot den Kopf.

»Sag mal, woher hast du das denn?«

Heckler hatte sich bereits vorher überlegt, wieviel er Gernot sagen konnte. Er hatte sich für das Minimum entschieden, Gernot war auch nicht der Typ, der viel nachfragte.

»Vom Geschäftsführer einer Hilfsorganisation.«

Gernot sah Heckler lange prüfend an und schüttelte wieder den Kopf: »So ganz legal ist das vermutlich nicht, mein Lieber.«

Heckler schwieg.

»Also, soweit ich das sehe, sind das Datensicherungen, die vermutlich mit der besten Software für Warenwirtschaft und Betriebsführung erstellt wurden, die wir derzeit in Deutschland haben.« Gernot nannte den Namen des inzwischen größten Software-Hauses dieser Sparte und fuhr dann fort: »Aber die haben ein ausgeklügeltes System, Daten zu komprimieren und zu verschlüsseln. Ich könnte zwar ...«, Gernot grinste lustvoll, »sagen wir mal, ganz zufällig an das Programm rankommen, aber das Problem dürfte sein, dass mir die so genannte Steuerdatei fehlt. Das ist die entscheidende Datei mit den ganzen betriebsspezifischen Daten und vor allem mit dem Verschlüsselungsprogramm. So kann ich zwar die Dateien ansehen, aber das sind einfach

Zahlen in zufälliger Reihenfolge – völlig unmöglich, daraus irgendwelche Schlüsse zu ziehen.«

Heckler war beeindruckt, wie klar Gernot die Situation analysierte. Er hatte bereits Bedenken gehabt, dass der kräftige Konsum von Selbstgebranntem Gernots Denkvermögen angegriffen hätte. Gernot war noch nicht am Ende seines für ihn ungewöhnlich langen Vortrags.

»Es gibt Dateien, die auf der Diskette und auf der CD vorhanden sind, deren Zahlen jedoch nicht übereinstimmen.«

Er überließ es Hecklers Phantasie, daraus Rückschlüsse zu

ziehen.

»Ja und?«

»Na ja, manche Zahlenreihen sind gleich, andere unterscheiden sich.«

»Das heißt?«

»Keine Ahnung – vielleicht wurde die zweite Datensicherung auf Diskette später erstellt und die Zahlen hatten sich geändert, was beispielsweise bei Umsatzzahlen immer möglich ist, oder jemand hat die Zahlen manipuliert.«

»Donnerwetter!«, entfuhr es Heckler. »Ich kann mir Letzteres vorstellen.«

»Mal sehen, ich hab' da noch eine Idee ...«

Gernot geriet wieder in Fahrt, bediente Tastatur und Maus seines PC mit einer Virtuosität, die sonst nur ein Solist auf seinem Lieblingsinstrument erreicht.

»Interessant«, murmelte er, »wirklich interessant.«

Hecklers Spannung wuchs. Er spürte, dass sie der Lösung näher kamen.

»Ich habe da so ein kleines Programm,« stellte Gernot fast nebensächlich fest, »das vergleicht die Zahlen der Datensätze.« Er war wirklich zu bescheiden, denn er erwähnte nicht, dass das Programm von ihm stammte.

»Super, Gernot, super! Aber nun lass mal die Katze aus dem Sack!« Heckler war inzwischen äußerst nervös und ungeduldig.

»Nur die Ruhe, Alter, kommt schon. Also, es gibt Unterschiede und zwar systematische Unterschiede! Da sind Zahlen, die liegen im Bereich zwischen zwei und zehn, die auf der Diskette durchweg höher sind, so in der Größenordnung zwischen acht und zwanzig. Und dann sind da Zahlen im fünfstelligen, manchmal sechsstelligen Bereich, die auf der Diskette durchweg niedriger sind. Was das bedeutet – keine Ahnung, aber eins ist klar, da steckt System dahinter. Wenn ich die Steuerdatei hätte ...« Dabei sah er Heckler erwartungsvoll an.

»Ich kümmere mich darum.«

Damit war das Thema zunächst erschöpft. Sie nahmen zum Abschied noch einen Selbstgebrannten und Heckler verließ Gernots Laden leicht angetrunken. Er hatte keine Ahnung, wie er an die Steuerdatei kommen sollte. Eines wusste er allerdings genau: er war auf der richtigen Spur, in diesen Daten musste die Erklärung für die mysteriösen Vorgänge zu finden sein.

Jenny war noch nicht zu Hause. Heckler hatte einen Schlüssel für die »alte Mühle«, wie sie Jennys Nest nannten. Er legte sich auf das Sofa und dachte nach. Weit kam er allerdings nicht, denn schon nach kurzer Zeit war er fest eingeschlafen.

24.

Das Erwachen hatte sich Andreas Heckler ganz anders vorgestellt. Eine wütende und schimpfende Jenny lief im Zimmer auf und ab. Den Grund bemerkte Heckler rasch: Vor ihm lag die Boulevard-Zeitung von gestern mit dem Foto von Juliane Bernstein und ihm. Wie auch immer sie an die Düsseldorfer Lokalausgabe gekommen war, dieses Bild war jedenfalls Anlass des gewaltigen Unmutes von Jennifer Lacroix. Heckler fielen nur dumme Sprüche und Ausflüchte ein, wie »Es ist nicht so, wie du denkst« oder »Das bedeutet gar nichts« und Ähnliches. Aber dann sagte er nichts mehr. Aus Erfahrung wusste er, dass er Jenny Zeit lassen musste, ihren Ärger loszuwerden. Erst danach konnte man vernünftig mit ihr reden. Diesmal war die Wartezeit allerdings besonders lang und das anschließende Gespräch alles andere als vernünftig.

»Erzähl nichts, Andreas Heckler!«, rief sie aufgebracht. Wenn sie »Andreas Heckler« zu ihm sagte, bestand allerhöchste Alarmstufe. »Sieh dich vor, mich kannst du nicht für dumm verkaufen! Ich kenne dich und deine Schwäche für schöne Frauen, mir machst du nichts vor!«

Wo sie Recht hat, hat sie Recht, dachte Heckler. Laut sagte er: »Jenny, die ist doch keine Konkurrenz für dich!« Aber da war er sich nicht so sicher.

Eigentlich wollte er erzählen, was sich zwischenzeitlich ereignet hatte – das war ja dramatisch genug. Jenny war aber richtig ärgerlich und zog sich schmollend in ihre Werkstatt zurück. Sie fing an, ihren Frust an irgendeinem Werkstück abzuarbeiten.

Draußen wurde es langsam dunkel, und bevor sich Heckler

eine Strategie ausgedacht hatte, wie er Jenny wieder milde stimmen konnte, erschien Martin Preuss.

»Dicke Luft?«

Martin hatte ein gutes Gespür für Situationen – und er kannte Jenny seit vielen Jahren. Er wusste auch, was es zu bedeuten hatte, wenn sie wie eine Besessene in ihrer Werkstatt herumlärmte. Dann fiel sein Blick auf die Zeitung und er pfiff durch die Zähne.

»Aber doch nichts Ernsthaftes, Andreas, oder?«

»Nein, natürlich nicht, vergiss es!« Zumindest log er nicht bewusst, denn er war ein Meister der Verdrängung.

Dann sprachen sie über Martins Recherchen. Es wurde ein langes Gespräch und Heckler musste einmal mehr anerkennen, dass Martin Preuss ein hervorragender Journalist war, der sein Handwerk von der Pike auf gelernt hatte und sauber recherchierte.

»Es ist unglaublich«, begann Martin, »der Stiftungsrat der MedicAid ist eine Ansammlung gewichtiger Vertreter aus Wirtschaft und Hochfinanz, von Repräsentanten des öffentlichen Lebens und zwei Kirchenvertretern – streng nach Proporz.«

»Was ist daran so ungewöhnlich?«, wollte Heckler wissen.

»Was macht ein Wirtschaftsboss oder der Chef der bekanntesten Privatbank der Stadt im Stiftungsrat einer Hilfsorganisation? Bei den Kirchenleuten verstehe ich das ja noch, weil es da um die Koordination mit deren Hilfsorganisationen geht, oder beim Vertreter des Ministeriums für wirtschaftliche Zusammenarbeit, ja, aber bei den Wirtschafts- und Finanzleuten ... also ich weiß nicht.«

Dann berichtete Martin Preuss ausführlich über die Ergebnisse seiner Recherche. Er gab eine Übersicht über die Projekte der MedicAid, die vergangenen und die laufenden, sprach dann über die Mitglieder des Stiftungsrates, soweit er Informationen bekommen hatte. Sein Wissen hatte er aus dem Internet und aus diversen Zeitungsarchiven bezogen.

Am Ende wusste Heckler eine Menge Details, aber was den vorgetäuschten Mord an van Gemmeren und den vorgetäuschten Selbstmord von Bernstein betraf, war er keinen Schritt weitergekommen.

»Und wer in dieser illustren Männerrunde hat Dreck am Stecken?« Diese Frage richtete Heckler mehr an sich selbst.

»Wenn du so willst«, meinte Preuss, »hat jeder Dreck am Stecken, die Kirchenvertreter vielleicht ein bisschen weniger. Aber wenn es um die Verteilung von dreistelligen Millionenbeträgen geht, dann wachsen die Begehrlichkeiten auf allen Seiten. Und letztlich, das lässt sich belegen, bleiben fast zwei Drittel des Geldes in Deutschland oder fließen nach Deutschland zurück.«

»Wie ich dich kenne, mein lieber Martin, hast du herausgefunden, wer besonders viel Dreck am Stecken hat, oder?«

»Wie gesagt, der Wirtschaftsboss und der Privatbanker, das wären meine Favoriten.« Martin Preuss lächelte. Vielleicht erinnerte er sich an seine kämpferischen Zeiten. Er war ein alter 68er. Ideologisch war er keinesfalls verbohrt, aber seiner gesellschaftskritischen Haltung stets treu geblieben.

»Die Privatbank, das Bankhaus ›Brunkhorst & Co.‹, wird von einem gewissen Henning Bengsen gemanagt, eine schillernde Figur, die ihre Hände überall im Spiel hat. Es wird gemunkelt, dass Bengsen sich darauf spezialisiert hat, mit der Abwicklung von Ost-Betrieben Geld zu machen. Neben Beteiligungen an traditionellen Firmen im Westen, hat Bengsen viele Ost-Betriebe aufgekauft, Subventionen und Hilfen kassiert und die Betriebe später geschlossen. Aber ich konnte keine Verbindung zwischen dem Bankhaus Brunkhorst und der MedicAid finden, mit Ausnahme der Tatsache, dass die Konten der MedicAid dort geführt werden.«

»Na ja, zumindest weiß Bengsen damit über die Finanzen

von MedicAid im Detail Bescheid«, warf Heckler ein. Preuss nickte zustimmend und fuhr fort.

»Die andere Figur ist Roland Peters, Chef von ›Peters-Consulting‹. Das ist eine reine Holding, ein Finanz-Imperium, Peters hat überall seine Finger im Spiel, zig Beteiligungen, die wichtigsten habe ich hier mal aufgelistet.«

Damit legte Martin Preuss eine Übersicht auf den Tisch, die mindestens dreißig Positionen umfasste und viele namhafte Firmen aufwies.

Heckler stutzte, denn auf der Liste hatte er die Offermanns

GmbH entdeckt. Das konnte kein Zufall sein. Peters hielt 40 Prozent von Offermanns und war damit einer der Hauptgesellschafter.

»Nicht schlecht«, entfuhr es Heckler, »Peters ist zumindest eine der Schlüsselfiguren in diesem Filz. Hockt im Stiftungsrat und schanzt einer seiner Firmen das Pharma-Geschäft mit der MedicAid zu, über zwanzig Millionen Umsatz pro Jahr, wirklich nicht schlecht.«

Heckler erläuterte Preuss, in welchem Zusammenhang ihm die Offermanns GmbH begegnet war: als Hauptlieferant der Medikamente für die Projekte von MedicAid.

»Das riecht nach Selbstbedienung«, resümierte Preuss, der sich eine Notiz machte. »Sieht so aus, dass ich doch noch zu meinem Artikel komme, aus Nächstenliebe recherchiere ich tatsächlich ungern.«

»Trotzdem«, überlegte Heckler weiter, »es macht keinen Sinn, dass der Stiftungsrat einen Wirtschaftsprüfer beauftragt und das Ende vom Lied ist, dass Offermanns die Hosen herunterlassen muss, daran kann Peters ja keinerlei Interesse haben.«

»Machtspiele im Hintergrund, Andreas, mein Instinkt sagt mir, dass Peters in die Knie gezwungen werden soll. Das kennt man doch. Die Offermanns GmbH wird torpediert und dann für einen symbolischen Euro übernommen. Die Frage ist nur: Wer ist der Übeltäter?«

»Für mich ist die Frage, was das mit einem angeblichen Mord und einem vorgetäuschten Selbstmord zu tun hat?«

»Was, Bernstein hat keinen Selbstmord begangen?«

Wie auf Kommando schauten Heckler und Preuss zur Türe

der Werkstatt. Dort stand Jenny und hatte die letzten Sätze mitgehört.

»Nein und van Gemmeren wurde auch nicht ermordet!«

»Und das erfahren wir erst jetzt?«, sagten Jenny und Martin wie aus einem Munde.

»Ich hatte ja noch keine Gelegenheit! Du warst ja wie eine wilde Furie und wolltest gar nichts mehr hören, meine Liebe«, stellte Heckler zu Jenny gewandt fest. Dann erklärte er den beiden, was die neuerlichen Obduktionen erbracht hatten.

»Mein Gott, da ist ein dickes Ding am Laufen, wahrscheinlich geht's um viel Geld«, war Martins Meinung.

»Ja und nein. Jemandem den Schädel einzuschlagen, selbst wenn derjenige schon tot ist, das hört sich für mich wie eine Tat im Affekt an, nichts cool Geplantes!«, ließ sich Jenny vernehmen. Mit ihrer weiblichen Intuition lag sie oft richtig.

»Aber der Mord an Thomas Bernstein, das waren Profi-Killer, das passt.« Heckler hätte sich auf die Zunge beißen können. Natürlich hatte er Recht, aber er wusste auch, was jetzt kommen würde. Jenny schaute ihn lange an, sie klang ungewöhnlich ernst.

»Tu mir einen Gefallen, Hecki, ja? Halt dich raus aus der Geschichte! Spätestens jetzt, halt dich bitte raus!«

Hecklers Antwort kam zu schnell: »Ja, klar, keine Angst. Die Polizei weiß ja Bescheid und bearbeitet den Fall. Und ich, ich fahre für vier Tage nach Berlin. Kann also gar nichts passieren.«

Leider sollte Heckler nicht Recht behalten. Aber für den Moment war das Thema beendet und nachdem Jennys Wut offensichtlich verraucht war, gingen sie zum gemütlichen Teil des Abends über.

Zu seiner Freude hatte Jenny eine Flasche sardischen Rotwein besorgt, den Andreas Heckler als echter Sardinienfan besonders schätzte. Es wurde ein angenehmer Abend, besonders nachdem Martin Preuss gegangen war. Und Heckler schlief ungewöhnlich lange und ungewöhnlich gut.

25.

Jenny Lacroix hatte viele Vorzüge, natürlich auch einige Schwächen. Aber eine ihrer unzweifelhaft positiven Eigenschaften war, dass sie nicht nachtragend war. Und so verabschiedete sich Andreas Heckler von ihr an diesem Sonntagmorgen mit einem warmen und sicheren Gefühl. Unnötigerweise, wie er meinte, gab sie ihm mit auf den Weg, die Dinge wirklich der Polizei zu überlassen.

Eigentlich hatte er geplant, direkt nach Berlin zu fahren und auf dem Weg bei seiner Mutter vorbeizuschauen. Hecklers Vater war früh gestorben, er hatte nur vage Erinnerungen an ihn. Danach hatte seine Mutter versucht, mit der winzigen Witwenrente das Beste für ihren einzigen Sohn zu tun und ihn nach Kräften zu fördern. Das Verhältnis von Mutter und Sohn war häufig gespannt gewesen, nicht nur weil Andreas Heckler Einzelkind war, sondern auch weil er als Partnerersatz herhalten musste. Seine Mutter war später allein geblieben. Auch wenn Heckler früh aus der Umklammerung seiner Mutter geflüchtet war, so tat sie ihm heute in ihrer Einsamkeit doch leid.

Das Versprechen, welches er Jenny gegeben hatte, brach er bereits nach kurzer Zeit, nicht bewusst und nicht willentlich. Er hatte nämlich den Zettel mit der Telefonnummer von Monika Griesinger entdeckt. Wenn es jemanden gab, der über die Interna von MedicAid genau Bescheid wusste, dann konnte es nur Monika Griesinger sein, sie war mehr oder weniger ein Teil der Organisation. Und sie hatte ihm signalisiert, dass sie ihn sprechen wollte, das war vor drei Tagen gewesen. Heckler missachtete das Handyverbot und versuchte während der Fahrt zu telefonieren. Wenn man nicht allzu schnell fuhr, konnte auf der Autobahn nichts passieren und der Sonntagvormittag schien so ruhig und friedlich. Als er Monika Griesinger nicht erreichte, zuckte er mit den Schultern. Später würde er es noch einmal versuchen. Aus seinem Vorhaben, sich zu entspannen, wurde nichts. Die mysteriöse Geschichte hatte ihn wieder gepackt und ließ ihn nicht mehr los. Immer wieder kreisten seine Gedanken um die Motive und Zusammenhänge. Es war eine Spirale, die letztlich zu keinem greifbaren Ergebnis führte, ihn aber immer tiefer verstrickte. Das einzige Resultat war, dass er an nichts anderes mehr denken konnte und bereit war, alle Warnungen in den Wind zu schlagen.

Hecklers unkontrollierbare Gedankengänge endeten vorläufig bei Juliane Bernstein. Siedend heiß fiel ihm ein, dass er sich seit dem Gespräch mit Dr. Gernsbach nicht mehr bei ihr gemeldet hatte. Er versuchte es und sprach eine Nachricht auf ihre Mailbox. Zu seiner Verwunderung rief sie nach fünf Minuten zurück. Diesmal fuhr Heckler auf den nächsten Parkplatz. Sie klang sehr verhalten, ja traurig. Der Grund wurde schnell ersichtlich. Die Wohnung ihres Bruders war erst gestern von der Polizei freigegeben worden und sie war gerade dabei, die persönlichen Sachen von Thomas zu sortieren. Hecklers Wunsch, Juliane zu unterstützen, wurde so übermächtig, dass er spontan beschloss, auf dem Weg kurz bei ihr vorbeizuschauen. Es sollte wirklich nur ein kurzer Besuch sein, das hatte er sich fest vorgenommen und ihr erklärt, dass er eigentlich auf dem Weg nach Berlin sei.

Heckler stieg mit einem dicken Kloß im Hals die Treppen zu Thomas Bernsteins Wohnung hoch. Als Juliane öffnete, wich die Beklemmung für einige Augenblicke und sie begrüßten sich. Es war mehr als eine Begrüßung, es war eine innige Umarmung, Geborgenheit und Zärtlichkeit, die ihn überraschten, aber auch beflügelten.

»Schön, dass du da bist, Andreas, aber meinetwegen musstest du deine Pläne nicht ändern«, entschuldigte sich Juliane.

»Ich wollte ...«, der Kloß in seinem Hals wurde dicker, »ich wollte dich sehen«, gestand er dann. Und das war die Wahrheit.

Sie lächelte ihn an, es war ein trauriges Lächeln, aber voller Anmut und Schönheit. Eine bewundernswerte Frau, vollkommen, stolz, erhaben und doch voll tiefer, echter Gefühle! Juliane nahm seinen Kopf in ihre Hände und zog ihn sanft zu sich heran, drückte ihn zart und gab ihm einen flüchtigen Kuss auf die Stirn. Es war die Geste einer Mutter, die ihren Lieblingssohn an sich drückt, gleichzeitig war eine knisternde erotische Spannung zwischen ihnen, die Heckler fast verrückt machte. Dass er sich längst in sie verliebt hatte, mochte er freilich immer noch nicht zugeben.

»Kommissar Stüber hat mich am Freitagvormittag angerufen. Es hätten sich neue Gesichtspunkte ergeben, sie müssten die Wohnung noch einmal gründlich untersuchen und ich könne sie frühestens am Samstagnachmittag betreten«, berichtete Juliane.

»Hat er sich näher geäußert?« Heckler wusste jetzt, dass Stüber vermutlich durch Mühlbach informiert worden war und die Ermittlungen wieder aufgenommen hatte. Juliane wirkte beunruhigt.

»Er deutete an, dass die Todesursache irgendwie nicht so klar sei, und bat mich die Beerdigung zu verschieben. Ich habe keine Ahnung, was das zu bedeuten hat.«

Andreas Heckler fand es an der Zeit Juliane reinen Wein einzuschenken. Schließlich ging es um ihren Bruder und sie würde es früher oder später ja doch erfahren. Außerdem mochte er Juliane. Er nahm ihre Hände in seine und sie setzten sich auf die Couch, auf der sie schon vor fast einer Woche gesessen hatten nach jener schrecklichen Entdeckung.

»Juliane«, begann er so sanft wie es ihm möglich war, »alles spricht dafür, dass dein Bruder ermordet wurde.« Dann berichtete er der Reihe nach, wie er darauf gekommen war. Genau wie vor einer Woche schaute Juliane ihn mit großen, ungläubigen, teils vor Schreck geweiteten Augen an.

»Es tut mir leid«, endete Heckler, »dass ich es dir nicht früher gesagt habe, aber ich war mir unsicher. Jetzt scheint es die Polizei ja auch zu glauben und ich bin überzeugt, die werden das aufklären und den Mörder finden.« Aber sicher war er sich da nicht.

Juliane Bernstein schien völlig überrascht, aber sie war sichtlich erleichtert. Er spürte, wie eine große Last von ihr zu weichen schien, die Last der Verantwortung, ja der Schuld. Hatte sie sich in den letzten Tagen doch immer wieder Vorwürfe gemacht und sich die Schuld am Tode ihres Bruders gegeben. Wenn er Opfer eines Verbrechens geworden war, war sie nicht mehr verantwortlich. Sie war so erleichtert, dass ihr die Tränen über die Wangen liefen. Heckler legte behutsam seinen Arm um ihre Schultern, genau wie vor einer Woche. Sie sah ihn an und durch die Tränen erschien ein scheues, bezauberndes Lächeln.

»Ich bin so froh«, sagte sie leise, »dass ich keine Schuld an seinem Tod habe.«

Dann blieben sie einige Minuten regungslos sitzen, aneinander gelehnt.

»Am Donnerstagabend bin ich zurück«, erklärte Heckler zum Abschied. Wenn jemand diesen Abschied beobachtet hätte, wäre dieser Beobachter nie auf den Gedanken gekommen, dass sich die beiden noch nicht einmal zwei Wochen kannten.

Auf den Autobahnen war am Sonntagmittag noch nicht viel los. Andreas Heckler fuhr schneller als gewöhnlich und so war er trotz des Abstechers nach Düsseldorf recht früh im Raum Hannover. Seine Mutter lebte am Rande der Großstadt, nur wenige Minuten von der Autobahn entfernt. Nachdem ihr Mann früh gestorben und ihr Sohn ausgezogen war, hatte sie sich hierher zurückgezogen, an ihren Geburtsort. Heckler dachte über das ambivalente Verhältnis zu seiner Mutter nach. Einerseits tat ihm die Fürsorge gut, die sie stets zu geben bereit war. Andererseits fühlte er sich eingeengt, weil sie nach dem Tod des Vaters alle Erwartungen auf ihn konzentriert hatte. Immer, wenn er länger mit ihr zusammen war, machten sich deshalb Fluchttendenzen bemerkbar. So hatte er seine Kontakte in den letzten Jahren auf kurze Besuche beschränkt. Der Gedanke an seine Mutter macht ihn – zum ersten Mal – traurig. Auch dieser kurze Besuch verlief wie so oft: Begrüßung und die Freude über das Wiedersehen waren ausgesprochen herzlich, aber schon nach einer Stunde war Heckler mit den Gedanken woanders, wollte am liebsten gleich aufbrechen. Mittlerweile hatte er eingesehen, dass er den untergründigen Ärger, den er meistens spürte, und die Ursachen dieser Gefühlsregung nicht mehr mit ihr besprechen konnte. Ja, sie würde mit Unverständnis reagieren oder, wenn er ihr zusetzte, in Schuldgefühlen versinken. So beschränkte er die Unterhaltung auf Oberflächlichkeiten und wunderte sich, dass vor seinem inneren Auge immer wieder Juliane Bernstein auftauchte. Gegen sechs brach er auf.

Auf der Autobahn Richtung Berlin fühlte er sich wieder freier, der Kaffee hatte ihn belebt. Der Verkehr wurde dichter und forderte seine ganze Aufmerksamkeit. Die Verkehrssituation war fast wie zu DDR-Zeiten: Am Sonntagabend strebte alles nach

Berlin zurück. Seinerzeit waren es die Westberliner, die das Wochenende »im freien Westen« verbracht hatten, heute waren es die Noch-Wessis, die in der neuen Hauptstadt arbeiteten, aber sich noch nicht entschlossen hatten, dorthin umzuziehen. Etwa fünfzig Kilometer vor dem Berliner Ring war er mit seiner Konzentration am Ende und lenkte den Wagen klugerweise auf einen Parkplatz. Dann geschah etwas, was den Verlauf der Geschichte nachhaltig veränderte. Es war einer jener Zufälle, für die es keine Erklärung gab, über die man aber stets nachdachte, ob es sich wirklich um Zufälle gehandelt hatte.

124 Nach einem kurzen, aber sehr erholsamen Schlaf wollte Heckler gerade den Motor anlassen, als sein Blick auf einen Lieferwagen fiel, der in einiger Entfernung vor ihm angehalten hatte. Noch benommen vom Kurzschlaf wurde ihm nicht sofort bewusst, warum der Lieferwagen seine Aufmerksamkeit erregt hatte. Während er auf das Fahrzeug starrte, kam der Fahrer aus dem Gebüsch, wo er offensichtlich einem dringenden Bedürfnis nachgegeben hatte. In diesem Moment wurde Heckler klar, dass ihm der Firmenname vor kurzem begegnet war. Es war die Erwähnung dieses Namens im Brief, den Thomas Bernstein an Offermanns geschrieben hatte. Der Lieferwagen gehörte der Repropharm GmbH.

Mit leichtem Herzklopfen ließ er den Motor an und dachte nicht weiter darüber nach, warum er dem Lieferwagen in einigem Abstand folgte. Heckler ließ sich öfters von seiner Intuition leiten, einer Intuition, die häufig ins Schwarze traf, ihm manchmal zum Verhängnis wurde. An der Ausfahrt Lehnin, der letzten Ausfahrt vor dem Berliner Ring, verließ der Lieferwagen die Autobahn.

Heckler folgte ihm, ohne zu überlegen. Er ließ sich weit zurückfallen, um nicht gesehen zu werden. Sie fuhren Richtung Großkreuz, bogen aber bald auf kleine Seitenstraßen ab, deren stabiler Saum von alten Alleenbäumen schon so manchem Autofahrer zum Verhängnis geworden war. Die Schönheit der Mark Brandenburg und des Havellandes hatte Heckler immer schon fasziniert. Im Moment hatte er allerdings keinerlei Blick dafür.

In der dritten Ortschaft bog der Wagen wieder ab, Heckler

hätte den Moment fast verpasst. Er fuhr durch eine Wohngegend in ein ehemaliges Gewerbegebiet. Heckler hatte den Lieferwagen plötzlich aus den Augen verloren und rollte langsam weiter. Links und rechts der Straße standen verlassene Gebäude von Industrie- und Gewerbebetrieben, eine gespenstische Kulisse, die jedoch neudeutsche Realität war. In der beginnenden Dämmerung entdeckte er den Lieferwagen in einem Hof an der Laderampe eines langgestreckten Gebäudes. Im Vorbeifahren konnte er außer dem Firmenschild »Repropharm GmbH« keine Einzelheiten erkennen, auch keine Personen. Obwohl sein Herz bis zum Hals klopfte, wollte er der Sache auf den Grund gehen.
Er stellte den Wagen zweihundert Meter weiter im Hof einer verlassenen Fabrikhalle ab und ging vorsichtig zurück.

Bevor er den Lieferwagen erreicht hatte, schlug er sich seitlich auf das Gelände des benachbarten Betriebes, der ebenfalls verlassen war. Von dort aus versuchte er eine Lücke in dem erstaunlich gut erhaltenen Zaun zu entdecken. Nach einigem Suchen konnte er sich an der Rückseite des Grundstückes die Vorarbeit der brandenburgischen Kaninchen zu Nutze machen und den Zaun so weit hochbiegen, dass er darunter durchzukriechen vermochte.

Heckler tastete sich vorsichtig an der rechten Seite des Gebäudes entlang, inzwischen war die Dämmerung fortgeschritten. Plötzlich blieb er wie angewurzelt stehen und wagte kaum zu atmen. In einiger Entfernung parkte auf der Seite eine große, dunkle Limousine. Obwohl sein Puls raste, schlich er langsam näher, dabei konnte er niemanden entdecken. Als er nahe genug war um das Nummernschild zu lesen, war er überrascht und enttäuscht zugleich. Überrascht, weil es eine Düsseldorfer Nummer war, enttäuscht, weil es nicht die Nummer war, die ihm in Bruchstücken bereits bekannt war.

Nun erkannte er auch, dass es sich um einen BMW und nicht um einen Daimler handelte. Gerade, als er sich auf den Rückzug begeben wollte, vernahm er ein leises Röcheln. Heckler war im Prinzip kein ängstlicher Mensch, aber jetzt hätte er am liebsten Reißaus genommen. Er zwang sich zur Ruhe und bemerkte dann, dass das Röcheln rhythmisch kam und dass der schlafende Chauffeur wohl Quelle dieses Geräusches war. Er atmete auf, ging zurück und wandte sich zur linken Seite des Gebäudes. Dort gelangte er ohne Probleme zum vorderen Teil, wo Fenster hell erleuchtet waren.

26.

Andreas Heckler war enttäuscht, weil die erleuchteten Fenster Milchglasscheiben hatten und keinen Blick in das Innere ermöglichten. Dann sah er, dass das vorderste Fenster nur angelehnt war.

Vorsichtig, Millimeter um Millimeter, schob er den Fensterflügel weiter auf, bis er das Innere der Halle überblicken konnte. Es herrschte ein gewisser Geräuschpegel, der von einer modernen Abfüllanlage herrührte. Heckler erkannte, dass es sich um die Abfüllung und Verpackung von Medikamenten handelte; er hatte vor einiger Zeit eine ähnliche Anlage in einem der größten Pharmakonzerne Deutschlands besichtigt. Es gab drei dieser Abfüllstraßen, wovon zwei in Betrieb waren. Die modernen Anlagen standen in merkwürdigem Kontrast zur heruntergekommenen Werkhalle.

Heckler entdeckte vier Personen: Jeweils eine an den Abfüllstraßen und eine weitere, die so etwas wie eine Aufsichtsfunktion zu haben schien. Alle hatten weiße Schutzkleidung an. Außerdem war da noch ein Mann in Straßenkleidung, den Heckler bereits vom Parkplatz her kannte; er war der Fahrer des Lieferwagens. Gerade als er überlegte, wo der fünfte Mann, der Besitzer der schwarzen Limousine, sein könnte, fuhr der dunkle BMW fast lautlos über den Vorplatz zur Straße, schaltete die Lichter ein und verschwand. Heckler hatte sich blitzartig in den Schatten des Gebäudes geduckt, erkennen konnte er nichts.

Der Fahrer des Lieferwagens war dabei, Kartons mit Medikamentenpackungen auf eine Sackkarre zu türmen, um sie dann zum Fahrzeug zu bringen. Die Szene war viel zu weit entfernt, als dass Heckler hätte erkennen können, was auf den Medikamentenpackungen stand. Als der Fahrer warten musste, bis genug Packungen fertig waren, um einen Karton zu füllen, beschloss Heckler, der Sache weiter auf den Grund zu gehen. Ein Entschluss, der ihm beinahe zum Verhängnis geworden wäre.

Er schlich im Schatten der Laderampe bis zum Lieferwagen und wartete ab, bis der Fahrer eine Sackkarre voller Kartons gebracht hatte, was etwa fünf Minuten dauerte. Nachdem der Fahrer wieder im Gebäude verschwunden war, schwang er sich rasch auf die Rampe und betrat die Ladefläche des Lieferwagens. Er würde einige Minuten Zeit haben, um alles gründlich zu untersuchen. Im schwachen Lichtschein, der aus der Werkhalle trat, konnte Heckler allerdings nur Schemen erkennen. Die Kartons waren nicht beschriftet und sie waren zu schwer, um
einfach einen mitzunehmen. Der Lieferwagen war fast voll beladen, und gerade als Heckler überlegte, ob er einen Karton aufreißen sollte, um an den Inhalt zu kommen, hörte er das Geräusch der Sackkarre und duckte sich rasch hinter die Kartonstapel. Als er gewahr wurde, dass der Fahrer die leere Karre auf die Ladefläche geworfen hatte, wurde ihm mulmig. Der Fahrer wollte gerade die Hecktüren des Fahrzeuges schließen ... da kam aus der Halle ein lauter Ruf, der den Fahrer veranlasste, noch einmal zurückzugehen. Heckler nutzte den Moment, um den Lieferwagen blitzschnell zu verlassen und unter der Rampe in Deckung zu gehen. Keinen Moment zu früh, denn der Fahrer war sofort zurückgekehrt, schloss die Türen und fuhr rasch davon. Heckler holte tief Luft und versuchte, sich zu beruhigen. Es dauerte eine Ewigkeit, bis seine butterweichen Knie wieder bereit waren ihren Dienst zu tun. Auf demselben Weg, auf dem er gekommen war, ging er rasch zum Wagen zurück und ließ sich erschöpft auf den Sitz fallen. Dann rief er über Handy seinen Freund an, um sich für die Verspätung zu entschuldigen. Als er langsam an der Repropharm vorbeifuhr, standen die drei Mitarbeiter rauchend vor der Halle und hatten offensichtlich diese merkwürdige Sonntagsschicht beendet.

Auf der Fahrt ging Heckler unentwegt durch den Kopf, was er da gerade erlebt hatte. Nicht die Tatsache, dass er sich in eine gefährliche Situation gebracht und damit sämtliche Warnungen in den Wind geschlagen hatte, beschäftigte ihn, sondern die merkwürdigen Begleitumstände seiner Beobachtungen. Es mochte ja sein, dass eine pharmazeutische Firma bei dringenden Terminen auch einmal am Sonntagnachmittag arbeitete, schließlich machte es Sinn, die teuren Anlagen auszulasten. Aber es blieben wichtige Fragen, die Heckler verwirrten: Was hatte der Düsseldorfer BMW da zu suchen? Es musste sich um eine wichtige Persönlichkeit handeln, wichtig genug, um mit eigenem Chauffeur zu reisen. Da er das Kennzeichen notiert hatte, würde er zumindest klären können, wer der geheimnisvolle Besucher war. Und warum befand sich auf den Kartons keinerlei Beschriftung? Das war völlig unüblich. Die ganze Geschichte war illegal! Er nahm sich vor, der Repropharm in Berlin einen Besuch abzustatten, denn er hatte bemerkt, dass auf dem Lieferwagen eine zweite Firmenadresse zu lesen war – in Berlin-Mitte.

Die Begrüßung seines langjährigen Freundes aus Studientagen war ausgesprochen herzlich. Hermann Barth war Anästhesist am Klinikum Benjamin Franklin in Steglitz und musste morgen erst zur Spätschicht erscheinen. So kam es, dass beide noch sehr lange beisammen saßen, über alte und neue Zeiten sprachen und dabei die eine oder andere Flasche Köstritzer Schwarzbier leerten. Gegen zwei Uhr kroch Heckler ins Bett, hundemüde und geschafft von diesem ungewöhnlich langen und ereignisreichen Tag.

Das Gefühl, sich am Morgen noch einmal im Bett herumdrehen zu können und keinerlei Verpflichtungen entgegenzusehen, war herrlich. Heckler genoss es und zog sich mit einer Tasse Morgentee wieder zurück ins Bett. Dort blieb er bis kurz vor Mittag und nach einem gemütlichen Frühstück führte ihn sein erster Weg, wie stets wenn er in Berlin war, mit der U-Bahn zum Potsdamer Platz. Er fand es faszinierend, die gewaltigen Veränderungen zu erleben, die sich zwischen seinen Besuchen ergeben hatten. Dabei fiel seine Bewertung der Veränderungen nicht immer positiv aus.

Diesmal hatte er auf seinem Weg noch ein anderes Ziel: Die Berliner Firmenadresse der Repropharm GmbH lag unweit der Friedrichstraße in einem Viertel, welches schon bald nach der Wende von westdeutschen und internationalen Firmen mit wahren Prachtbauten »saniert« worden war und die Kapitalkraft der mit aller Macht auf den ostdeutschen Markt drängenden Fir-

men erahnen ließ. Heckler fand die Prunk- und Protzbauten der realen Situation der Ostberliner Bevölkerung gegenüber mehr als unangemessen. Als er vor dem modernen Bürogebäude stand, stellte er fest, dass sich hier offensichtlich ein kleines Mekka der pharmazeutischen Firmen etabliert hatte. Neben der Repropharm waren fünf oder sechs namhafte Firmen vertreten, zumeist westdeutsche Großkonzerne. Heckler gelangte durch die Toreinfahrt in eine Art Innenhof und blieb wie angewurzelt stehen. Neben einigen anderen Fahrzeugen stand da der Lieferwagen von letzter Nacht! Während er noch überlegte, näherte sich von der anderen Seite ein Mann, den Heckler als den Mann zu
erkennen glaubte, der gestern den Lieferwagen gefahren hatte. Heckler duckte sich in eine Mauernische und konnte so die Szene gut überblicken.

Der Mann öffnete die Hecktüren eines anderen Lieferwagens, der einer Autovermietung gehörte. Dann begann er, die Kartons umzuladen, vom Wagen der Repropharm in das Mietfahrzeug. Ein zweiter Mann erschien und verschwand wieder mit dem Fahrer. Hecklers Forscherdrang wuchs schlagartig, die Neugier ließ ihn unvorsichtig werden. Mit wenigen Schritten überquerte er den Innenhof, folgte den beiden und sah gerade noch, wie sie im Fahrstuhl verschwanden. Die Anzeige des Lifts sagte ihm, dass die Männer in den fünften Stock gefahren waren. Ohne zu überlegen ging er zurück, stieg auf die Ladefläche des Mietwagens und riss einen Karton mit Medikamenten auf. Was er entdeckte, irritierte ihn völlig, deshalb steckte er drei verschiedene Medikamentenpackungen ein. Er glaubte, dass er nicht beobachtet worden war, und verließ den Innenhof.

Im Hauptgebäude stieg er das Treppenhaus bis zum Büro der Repropharm hoch. Dort entdeckte er das, was er nach dem Fund im Lieferwagen bereits erwartet hatte. Neben dem Büro der Repropharm befanden sich die Räume eines der größten Pharmakonzerne Deutschlands, nämlich des »BioTech«-Konzerns aus Leverkusen. Den Dingen jetzt nicht weiter auf den Grund zu gehen war eine kluge Entscheidung. Was hätte er auch tun sollen? In eines der Büros stürmen, um irgendeine verdutzte Sekretärin mit seinen Beobachtungen zu konfrontieren? »Entschuldigen Sie, wie kommt es, dass die Repropharm Packungen mit

Produkten Ihres Konzerns abfüllt?« Nein, das hätte keinen Sinn ergeben.

Stattdessen verließ Heckler das Bürogebäude und setzte seinen Weg bis zum Alexanderplatz fort. Er betrachtete geistesabwesend die Auslagen der viel zu noblen Geschäfte, ohne wirklich zu registrieren, was er eigentlich sah. Seine Gedanken kreisten ständig um die Päckchen mit Medikamenten.

Irgendwann sagte ihm sein Verstand, dass die Repropharm vermutlich in Lizenz einige Produkte des Konzerns herstellte. Vielleicht war sie sogar ein Tochterunternehmen? Einige der westdeutschen Konzerne hatten sich nach der Wende ostdeutsche Firmen einverleibt. Allerdings hatten solche Übernahmen meist dazu geführt, dass die ostdeutschen Firmen über kurz oder lang liquidiert worden waren. Die pharmazeutische Industrie der ehemaligen DDR war im Übrigen qualitativ hoch stehend, auch wenn sie in maroden Anlagen produzierte. Wie auch immer, Heckler würde ohne Probleme feststellen können, welche Geschäftbeziehungen zwischen den beiden Firmen bestanden. Notfalls konnte er einen befreundeten Werksarzt in Leverkusen befragen.

Am Abend rief ihn Juliane Bernstein an und überraschte ihn mit der Feststellung, dass sie die Originaldiskette ihres Bruders im Büro Gernsbach abgeholt habe. Außerdem habe sie von der Sekretärin Namen und Adresse des ersten, des »falschen« Zeugen bekommen. Eines verschwieg ihm Juliane Bernstein. Sie wollte sich noch an diesem Abend mit Herbert Krüger, dem kommissarischen Geschäftsführer von MedicAid, treffen.

27.

Die Tage in Berlin waren kurz. Heckler hatte ständig das Gefühl, dass ihm die Zeit davonlief. Nicht wegen der Aktivitäten, die er mit seinem Freund unternahm, sondern wegen der Tatsache, dass er mit der Klärung der anstehenden Fragen nicht weiterkam. So entschloss er sich, am Mittwochmorgen zu fahren, eigentlich hatte er noch einen Tag bleiben wollen. Den letzten

Ausschlag hatte ein weiterer Anruf von Juliane Bernstein gegeben, die ihm mitteilte, dass die Beerdigung ihres Bruders jetzt auf Donnerstag verschoben worden sei. Heckler spürte das dringende Bedürfnis, Juliane zu begleiten. Zuvor war es ihm gelungen, Monika Griesinger, die Sekretärin von MedicAid, zu erreichen. Sie wirkte zurückhaltend, fast scheu und gab zu verstehen, dass sie am Telefon nicht sprechen wolle. Er verabredete sich mit ihr für Mittwochabend, ein zusätzlicher Grund, Berlin früher zu verlassen. Seinem Freund hatte er lediglich vom Tod des Bruders einer guten Bekannten erzählt.

Heckler konnte später nicht sagen, warum er auf der Heimfahrt kurz nach dem Berliner Ring von der Autobahn abgefahren war. Er fand ohne Mühe das weitgehend verlassene Gewerbegebiet, welches bei Tage noch trostloser wirkte als in der Dämmerung vor drei Tagen. Nachdem er am Gebäude der Repropharm vorbeigefahren war, bremste er hart. Den Grund erkannte er, nachdem er den Wagen wieder zurückgesetzt und vor dem Gebäude angehalten hatte: das große Firmenschild, welches noch am Sonntag über der Halle geprangt hatte, war verschwunden! Überhaupt deutete nichts mehr auf die Repropharm hin, alles wirkte verlassen. Heckler rieb sich die Augen und stieg aus. »Das gibt's doch nicht!«, wiederholte er immer wieder. Die Eingangstüre war verschlossen, aber jenes Fenster an der rechten Seite des Gebäudes, durch das er die merkwürdigen Aktivitäten am Sonntag beobachtet hatte, stand immer noch offen. Der Blick durch dieses Fenster ließ Heckler an seiner Wahrnehmung zweifeln: Die Halle war leer! Nichts erinnerte mehr daran, dass hier noch vor drei Tagen hochmoderne Abfüllanlagen für Medikamente gestanden hatten. Und hier waren, wie er inzwischen wusste, nicht irgendwelche Pillen abgefüllt worden, sondern hochwirksame Antibiotika und eines der neuesten Medikamente gegen AIDS!

»Alles weg!«, sagte eine raue Stimme hinter ihm. Heckler fuhr erschrocken herum. Vor ihm stand ein alter Mann, ungepflegt und mit abgerissener Kleidung. In einiger Entfernung befand sich ein Handwagen, beladen mit irgendwelchem Schrott, den der Kerl offensichtlich aus den still gelegten Industrieanlagen abmontiert hatte. Ohne eine Antwort abzuwarten, fuhr der

Alte fort: »Aufgeladen auf Tieflader und tschüss.« Dabei machte er eine Handbewegung, die in die Ferne wies.

Er schüttelte resigniert den Kopf. Wahrscheinlich hatte er sich unter der Wende auch etwas anderes vorgestellt.

»Wohin wurden die Sachen gebracht?«, wollte Heckler wissen. Gleichzeitig wurde ihm jedoch klar, dass der Alte dazu vermutlich nichts sagen konnte. Der quittierte Hecklers Frage dann auch mit einem verständnislosen Achselzucken.

»Wohin wohl? In den Westen, wohin denn sonst?«, sagte er und ging zu seinem Handwagen.

Die Heimfahrt war anstrengend. Zum einen war der Verkehr recht dicht, zum anderen schweiften Hecklers Gedanken immer wieder ab und er scheiterte an dem verzweifelten Versuch, die Beobachtungen der letzten Tage sinnvoll einzuordnen. Kein Mensch würde ihm glauben, dass er am Sonntagabend beobachtet hatte, wie teure Medikamente möglicherweise illegal abgefüllt wurden und dass bereits am Mittwoch keine Spur mehr von all dem vorhanden war!

Trotz der anstrengenden Fahrt war Andreas Heckler hellwach, als er an diesem Mittwochabend Monika Griesinger gegenübersaß. Weil er durch seinen Abstecher etwas Verspätung hatte, war er direkt zu ihr gefahren. Sie bewohnte eine Drei-Zimmer-Wohnung im achten Stock einer großen und anonymen Wohnanlage. Heckler wurde bewusst, dass selbst altgediente Sekretärinnen nicht zu den Spitzenverdienerinnen gehörten. Plötzlich tat sie ihm leid, war sie doch ihr ganzes Leben mit der MedicAid verbunden gewesen und hatte sich über die Maßen engagiert. Den Tod ihres Chef empfand sie fast als ihr eigenes Ende.

»Wissen Sie«, begann sie die Unterhaltung, an die Heckler später oft zurückdachte, »das Schlimmste ist das Gefühl, dass alles umsonst war. Ich komme mir so ... nutzlos vor, als wenn ich versagt hätte.«

»Aber Sie können doch nichts dafür, Frau Griesinger.« Heckler hatte ihre Depressivität bemerkt und wusste, dass Depressive die Schuld zunächst immer bei sich selbst suchen, auch die Schuld für Schicksalsschläge. Monika Griesinger sah Heckler dankbar an, das Gefühl der Entlastung währte aber nur kurz. Er ließ ihr Zeit und gab zu verstehen, dass man über alles sprechen könne und dass es gut sei, sich bestimmte Dinge von der Seele zu reden.

Anfangs zögerlich, verhalten, mit leiser Stimme, dann immer offener und spürbar freier berichtete Frau Griesinger weitere Details über ihre jahrzehntelange Arbeit.

»Ich mochte sie beide, glauben Sie mir.« Damit meinte sie die Toten, van Gemmeren und Bernstein. »Sie waren so ... respektvoll im Umgang mit mir, ich fühlte mich anerkannt und geachtet. Ich verstehe nicht, wie das passieren konnte ...«

Heckler ahnte, dass sie noch nicht Bescheid wusste und Thomas Bernstein vielleicht noch für den Mörder ihres Chefs hielt.
Er beschloss, sie erst später aufzuklären.

»Gab es Streit zwischen van Gemmeren und Bernstein?«

»Nein, nein! Jedenfalls nichts Ernsthaftes. In den letzten zwei Jahren war Herr van Gemmeren etwas ... vergesslich. Deshalb gab es öfter mal Differenzen, aber Herr Bernstein hatte viel Verständnis für die Krankheit unseres Chefs, auch wenn Herr van Gemmeren zuletzt sehr ungerecht sein konnte.«

Sie schien nachzudenken, dann fiel ihr etwas ein. »Am Freitag vor seinem Tod hatte Herr van Gemmeren eine heftige Auseinandersetzung mit Braun, unserem Hausmeister.«

»Worum ging es?«

»Herr Braun hat ...«, druckste sie herum, »na ja, er ist eben Alkoholiker. Er trinkt seit Jahren und es gab immer wieder Gespräche, Ermahnungen, zuletzt auch Drohungen, er werde seinen Job verlieren. Dabei ist Herr Braun genauso lang bei MedicAid wie ich. Früher hatte er ja auch keine Probleme. Aber nach dem Tod seiner Frau vor sieben Jahren hat er das Trinken angefangen. Alles Zureden half nichts.«

»Was war an jenem Freitag?«

»Herr van Gemmeren hat ... also er war furchtbar wütend, aber das ist ... eben durch seine Krankheit.« Frau Griesinger bemühte sich nach Kräften, ihren kranken Chef in Schutz zu nehmen. Heckler wartete.

»Herr van Gemmeren hat Braun rausgeworfen«, sagte sie schließlich.

»Wie, rausgeworfen?«

»Ja, gekündigt eben. Er hat ihn angeschrieen, dass er fristlos gefeuert wäre. Er solle seine Sachen packen und verschwinden – und er wolle ihn ab Montag hier nicht mehr sehen.«

»Musste Herr Braun das ernst nehmen?«

»Ich weiß nicht, eigentlich nicht. Aber es war das erste Mal, dass sich Herr van Gemmeren so direkt geäußert hat, sonst gab es immer nur Drohungen.«

»Was geschah weiter?«

Monika Griesinger sah schuldbewusst zu Boden.

»Als ich ging, lag Herr Braun besinnungslos in seinem Zimmer im Untergeschoss, völlig betrunken. Mir war das ... egal.«

»Und am Montag?«

»Da habe ich Herrn Braun erst wieder nach dem ... Tod des Chefs gesehen. Er hat übrigens«, setzte Frau Griesinger hinzu, »dann versucht, weniger zu trinken. Ich glaube, er schafft das.«

Heckler hatte da seine Zweifel, was er vor knapp einer Woche gesehen hatte, ließ eine fortgeschrittene Lebererkrankung vermuten.

Dann sprachen sie noch über die anderen Mitarbeiter der Firma. Früher hatte es noch mehr Festangestellte gegeben, inzwischen sollten die Projekte sich weitgehend selbst verwalten. Für jedes Projekt wurden befristet Mitarbeiter eingestellt, das galt auch für die Projektleitung, die sich vor Ort befand.

Aus diesem Grund hatte die Zentrale in Düsseldorf nur wenige Mitarbeiter: Neben Frau Griesinger gab es seit zwei Jahren eine weitere Sekretärin, Martina Zilinski, noch recht jung, aber tüchtig. Sie sollte Frau Griesinger beerben, die, wie Heckler jetzt erfuhr, bereits zweiundsechzig Jahre alt war. Herbert Krüger war vor etwa acht Jahren zur MedicAid gestoßen; er war meist unterwegs, kümmerte sich um die Koordination mit den Projektleitungen vor Ort und organisierte auch den Export der Hilfsgüter.

»Ich glaube, er ist Ingenieur, aber so genau weiß ich das nicht. Herr van Gemmeren hat ihn übrigens schon vor fast fünfzehn Jahren kennen gelernt, wie er mir einmal erzählt hat, ich meine, in einem Land, wo wir Projekte hatten, Herr Krüger war früher wohl für eine andere Organisation tätig.«

»Und Ihr Verhältnis zu ihm?«

Als Monika Griesinger den Kopf hob und ihn verständnislos

ansah, merkte Heckler, wie dumm seine Frage war. Sie blieb sehr höflich.

»Sehr korrekt. Er hat mich immer ausgesprochen höflich behandelt.« Mehr sagte sie nicht.

Heckler überlegte, warum Frau Griesinger ihn eigentlich hatte sprechen wollen. Was sie ihm bisher mitgeteilt hatte, war zwar interessant, doch handelte es sich dabei nicht um Geheimnisse. Diese Informationen waren für jedermann zugänglich, bis auf die Alkoholkrankheit des Hausmeisters. Vielleicht hatte sie einfach jemanden gebraucht, mit dem sie reden konnte. Heckler wusste, dass vor allem ältere Damen ihm gegenüber dieses Bedürfnis häufig entwickelten. Er fand es an der Zeit, sein Anliegen anzusprechen: Er brauchte unbedingt die Steuerdatei, um die Diskette von Thomas Bernstein entschlüsseln zu können. Geschickt und mit dem nötigen Taktgefühl kam er auf den Punkt. Dabei erwähnte er nicht, dass er eine Diskette mit Datensicherungen nach den Anweisungen Bernsteins erstellt hatte, sondern erklärte lediglich, dass damit die Unschuld von Thomas Bernstein zu beweisen wäre. Es stellte sich heraus, dass die Diskette mit der Steuerdatei in einem extra gesicherten Fach im Safe der MedicAid lag.

»Es gibt nur zwei Schlüssel zu diesem Fach, die hatten der Chef und Herr Bernstein«, erläuterte Frau Griesinger.

»Und, wer hat die Schlüssel jetzt?«

Beide Schlüsselbesitzer waren ja tot. Frau Griesinger wurde verlegen, neue Schuldgefühle schienen sie zu plagen.

»Vorsichtshalber habe ich den Schlüssel vom Chef an mich genommen, man weiß ja nie. Den anderen Schlüssel hat vermutlich Herr Krüger.«

»Wieso vermutlich?« Heckler wurde ungeduldig und auch etwas ärgerlich, weil er das Gefühl hatte, Frau Griesinger jede Information aus der Nase ziehen zu müssen.

»Weil der Schlüssel sich nicht im Nachlass von Herrn Bernstein befunden hat, ich habe mit Frau Bernstein gesprochen.«

»Das ließe sich doch klären«, stellte Heckler fest.

»Ich kann doch Herrn Krüger nicht einfach sagen, dass ich einen Schlüssel ...« Sie brach ab. Heckler versuchte sie etwas aufzumuntern.

»Bei Ihnen ist der Schlüssel doch gut aufgehoben, Frau Griesinger. Es ist schon in Ordnung, dass Sie einen Schlüssel aufbewahren.«

Es entstand eine Pause, die Frau Griesinger unvermittelt beendete. Sie schien einen Entschluss gefasst zu haben: »Ich bringe Ihnen die Diskette mit. Aber ich tue das nur, um Herrn Bernstein zu helfen. Das nützt ihm zwar nichts mehr, aber ich möchte sein Andenken bewahren. Ich weiß, dass er unschuldig ist!«

Frau Griesinger schaute Heckler fest in die Augen. Er dachte, dass es zwar feststand, dass Bernstein kein Mörder war, aber von der Unschuld Bernsteins war er nicht überzeugt. Zumindest was das Medikamentengeschäft betraf, hatte Heckler da erhebliche Zweifel.

Als er nach Hause fuhr, fühlte er eine gewisse Zufriedenheit. Am Freitag würde er die Diskette bei Frau Griesinger abholen und sie Gernot in Aachen möglichst rasch zukommen lassen. Dann würde sich das Geheimnis der Zahlen auf Thomas Bernsteins Datenträgern aufklären.

Er merkte erst jetzt, dass er vergessen hatte, Monika Griesinger darüber zu informieren, dass ihr Chef gar nicht ermordet worden war und dass ihr Juniorchef nicht Selbstmord begangen hatte. Auch wenn diese Informationen offensichtlich immer noch geheim gehalten wurden, lange konnte es die Polizei ja nicht mehr verschweigen. Frau Griesinger würde es also noch früh genug erfahren.

Kurz nach elf schloss Andreas Heckler seine Wohnungstür auf. Nachdem er das Licht einangeschaltet hatte, blieb er stehen. Da war es wieder, das Gefühl, dass er nicht allein war! Wie vor einigen Tagen lief er durch alle Räume und kontrollierte Schränke und Fächer. Nichts.

»Mein Gott, zwanghaft und paranoid!«, kommentierte er sein eigenes Verhalten. Dann setzte er sich an den Schreibtisch, um die Post durchzusehen. Nach kurzer Zeit hielt er irritiert inne. Er spürte die Wärme, die der PC unter dem Schreibtisch ausstrahlte. Rasch legte er seine Hand auf das Gehäuse und erschrak. Das Gerät war noch warm! Mit zitternden Fingern und klopfendem Herzen startete er den PC, konnte aber trotz intensiver Suche nichts entdecken, was verändert worden wäre. Schließlich schaltete er das Gerät wieder aus und lehnte sich zurück.

Mit der Erkenntnis kam die Angst: Jemand war unzweifelhaft in seiner Wohnung gewesen und hatte sich an seinem PC zu schaffen gemacht. Rasch ging er aufs Neue durch die Wohnung und überprüfte sämtliche Fenster und Türen. Keinerlei Zeichen für ein gewaltsames Eindringen! Heckler schauderte. Er wusste jetzt, dass auch er im Visier der »Profis« war, die vermutlich den fast perfekten Selbstmord von Thomas Bernsteins inszeniert hatten.

Seine Angst wuchs, als ihm klar wurde, dass er eigentlich erst morgen zurückkommen wollte und seine Wohnung nur durch seine Verspätung nicht schon vor dem Besuch bei Frau Griesinger aufgesucht hatte. Was geschehen wäre, wenn er dabei den Eindringling angetroffen hätte, mochte er sich gar nicht ausdenken.

Im Bett dachte Heckler darüber nach, wer denn gewusst haben könnte, dass er ursprünglich am Donnerstag zurückkehren würde. Den Gedanken an Juliane Bernstein verwarf er sofort wieder, denn ihr hatte er ja mitgeteilt, dass er bereits am Mittwochabend kommen würde. Dennoch würde er sie fragen, wem sie vielleicht von seiner Abwesenheit erzählt hatte. Auch den Gedanken, dass er vielleicht beobachtet worden war, ein Gedanke, der ihn heftig erschreckte, verwarf er schlussendlich. Seine unsichtbaren Gegner hätten es nicht riskiert, dass er ihre Anwesenheit in seiner Wohnung feststellen konnte. Wenigstens war er nun sicher, dass in den Zahlenreihen von Thomas Bernsteins der Schlüssel zur Lösung liegen musste. Nachdem er fast zwei Stunden wach gelegen hatte, fasste er den weisen Entschluss, seinen PC bis zum nächsten Besuch bei Gernot nicht mehr zu benutzen und ihn zuerst einer fachmännischen Prüfung unterziehen zu lassen. Dann schlief er ein und träumte wirre Dinge.

28.

Andreas Heckler hasste Beerdigungen. Nirgendwo wurde so viel gelogen wie auf Beerdigungen. Zu Thomas Bernsteins Beerdigung ging er aus Neugier und weil er Juliane Bernstein in dieser Situation nicht allein lassen wollte. Sie hatte eine schlichte Trauerfeier arrangiert und verhindert, dass großartige Reden gehalten wurden. Auch hatte sie sich Beileidsbekundungen am Grabe verbeten. Die Presse war sanft hinausgedrängt worden und Heckler brauchte nicht zu befürchten, am nächsten Tag wieder

ein Bild von Juliane und sich in der Boulevardpresse zu entdecken.

Die Trauergemeinde bestand aus dreißig bis vierzig Personen, die Heckler nur teilweise einordnen konnte: Da waren die Mitarbeiter der MedicAid, Krüger und die beiden Sekretärinnen, die junge und die alte, die eingehakt zum Grab gingen. Etwas im Hintergrund stand Detlef Braun, der heute relativ nüchtern wirkte, bei genauem Hinsehen jedoch zitterte und Schweißperlen auf der Stirn hatte. Ferner war da eine Frau, Mitte dreißig, mit einem Mädchen an der Hand, die Heckler nach dem Foto in Bernsteins Wohnung als Julie, Thomas' Tochter, erkannte. Inzwischen war das Kind etwas älter, vielleicht so um die zehn. Während die Frau, die Thomas Bernsteins geschiedene Ehefrau sein musste, gequält und missmutig wirkte, schien Julie fast unbeteiligt, so, als hätte sie nicht begriffen, dass ihr Vater tot war.

Dann waren da noch die honorigen Herren in Schwarz, aalglatt und professionell trauernd, innerlich jedoch völlig unbeteiligt. Das musste der Stiftungsrat sein, der fast komplett angetreten war.

Da Heckler die Herren noch nicht kannte, konnte er keinen zuordnen. Neben den würdig erscheinenden Herren gab es noch eine Hand voll zwar dezent gekleideter, ansonsten aber recht unkonventionell wirkender Frauen und Männer. Wahrscheinlich waren es Thomas Bernsteins Bekannte und Freunde, denn Heckler erkannte Richie, der Thomas Bernsteins Liebhaber gewesen war, unter ihnen. Außerdem entdeckte er Linda, die Bedienung aus dem »pink'n blu.« Dieses Grüppchen stand in merkwürdigem Kontrast zu den Herren in Schwarz. Natürlich fehlte auch die Kriminalpolizei nicht, die sich die Gelegenheit nicht entgehen lassen wollte, vielleicht Bernsteins Mörder zu begegnen. Dass Stüber und sein Kollege einen Mörder suchten, wussten die Anwesenden mit Ausnahme von Juliane Bernstein und Andreas Heckler allerdings noch nicht.

Nach der schlichten Zeremonie traten die Gäste einer nach dem anderen an das Grab, warfen Blumen hinein und verabschiedeten sich von dem Toten, das heißt, manche verabschiedeten sich wirklich, andere taten nur so. Allen voran die Herren in Schwarz, die anschließend Juliane Bernstein kurz die Hand drückten und irgendwelche unverständlichen Beileidsworte murmelten, um danach rasch zu ihren schwarzen Limousinen zu eilen und wieder ihren profitablen Geschäften nachzugehen. Leider konnte Heckler nicht erkennen, ob unter den Fahrzeugen auch dasjenige war, dessen Nummer er sich notiert hatte. Er würde morgen Gelegenheit haben, den Halter zu ermitteln, in der Rettungsstelle hatten sie einen kurzen Draht zur Polizei.

Als Thomas' geschiedene Frau Juliane die Hand gab, sagte sie: »Er hätte es uns früher sagen können.« Mehr sagte sie nicht. Sie wirkte nicht traurig, eher missmutig. Heckler hatte jetzt verstanden, dass Thomas' homosexuelle Orientierung der Grund für die Trennung gewesen war. Er fand den Zeitpunkt allerdings völlig unpassend, das der Schwester des Toten mitzuteilen. Juliane erwiderte nur: »Es tut mir leid.«

Sie fühlt sich auch nach seinem Tod immer noch für ihren Bruder verantwortlich, dachte Heckler.

Einer der letzten, die zum Grab gingen, war Richie. Er blieb lange davor stehen, und als er sich schließlich abwandte, war sein Gesicht tränenüberströmt.

Einer der wenigen, denen die Sache wirklich nahe gegangen ist, ging es Heckler durch den Kopf. Auf dem Weg zum Wagen holte er Richie ein, der etwas hinter seinen Freunden ging, und zog ihn auf die Seite. Richie erkannte ihn sofort wieder.

»Tut mir echt leid, Richie«, begann Heckler.

Richie blickte ihn nur stumm an und wischte sich die Tränen ab, die ihm übers Gesicht liefen. Er musste Thomas Bernstein wirklich geliebt haben. Heckler kam sich schäbig vor, Richies Gefühlslage in diesem Moment auszunutzen, aber wer wusste, wann er ihm wieder begegnen würde. Also setzte er sich über seine Skrupel hinweg.

»Ich kann mir nicht erklären, warum Thomas das getan hat. Du kanntest ihn besser, ich meine, hat er denn keine Andeutungen gemacht oder irgendeinen Hinweis gegeben?«

Richie schüttelte wortlos den Kopf.

»Keine Andeutungen, irgendetwas, das sich verändert hatte, Äußerungen, die er sonst nicht machte? Aus heiterem Himmel kommt so was doch nicht.«

Richie hörte zu, sagte aber immer noch nichts. Heckler fand es an der Zeit anzudeuten, dass es kein Selbstmord war. Irgendwann würde es die Polizei ja sowieso bekannt geben müssen.

»Vielleicht ging es bei seinem Tod ja auch nicht mit rechten Dingen zu.«

Jetzt sah Richie erstaunt auf, blickte sich um und blieb stehen.

»Wenn etwas anders war, dann war es seine gute Laune. Seit vier Wochen war er gut drauf und redete davon, dass er es endgültig geschafft hatte!«, erklärte Richie gereizt.

»Wie – geschafft?«

»Na, er wurde zum Nachfolger seines Chefs gewählt, stand doch in der Zeitung!«

»Ja, und?«

»Nix und. Er war am Ziel.« Richie sagte das mit Bitterkeit in der Stimme. Dann fuhr er fort: »Allerdings, wenn ich es mir recht überlege, war Thomas auch nervös in den letzten Wochen. Aber ich dachte, dass man auch aus Freude nervös sein kann.«

Richie überlegte einen Moment.

»Einmal habe ich Thomas beim Frühstück angesprochen, weil er Alpträume hatte, das hatte er übrigens öfters. Da sagte er nur: ›Es gibt Leute, die wollen mir ans Leder, man hat nicht nur Freunde auf der Welt‹. Ich dachte, er meinte den Traum.«

Das ist es, dachte Heckler, das ist der Hinweis, nach dem ich suche. Laut sagte er: »Und, hat er gesagt, wer ihm ans Leder wollte?«

»Nein, er beendete das Gespräch, indem er sagte: ›Vergiss es, ein Traum, die Zukunft sieht gut aus!‹«

»Weiter nichts, auch später nicht?«

»Weiter nichts.«

Richie hatte heftig den Kopf geschüttelt, so, als wollte er das Gespräch damit beenden. Heckler spürte ein kurzes Zögern, da war noch etwas.

»Ja?«

»Er war sehr großzügig«, ergänzte Richie und seine Augen wurden wieder feucht.

»In letzter Zeit?«

»Immer schon, aber besonders in letzter Zeit. Und er wollte sich endlich outen, verstehst du, wir hätten zusammenleben können.« Jetzt schluchzte Richie ein paar Mal heftig, beruhigte sich aber wieder.

»Wir hatten sogar darüber gesprochen, unsere Beziehung offiziell ... anzumelden, eingetragene Lebenspartnerschaft, wie das jetzt heißt.«

Heckler reichte Richie ein Taschentuch, der schnäuzte sich heftig.

»Wie großzügig war Thomas?«, wollte Heckler wissen.

»Sehr großzügig! Aber ich wüsste nicht, was dich das angeht?«

Heckler erkannte zu spät, dass er zu weit gegangen war. Er würde von Richie jetzt keine Informationen mehr bekommen.

»So war das nicht gemeint, ist schon okay, Richie. Vielleicht sprechen wir ein andermal weiter«, versuchte er den Missklang aus dem Gespräch zu nehmen. Die Unterhaltung war definitiv beendet.

»Wohl kaum«, sagte Richie, »das Semester ist zu Ende und ich geh weg von Düsseldorf. Mich hält hier nichts mehr.«

Richie hatte eine Zulassung an der Akademie der Künste in Berlin erhalten. Davon hatte er immer schon geträumt. Der Tod seines Freundes hatte den Ausschlag dafür gegeben, dass er den Platz angenommen hatte. Heckler und Richie gaben sich die Hand. Viele Jahre später, bei einem seiner Berlinbesuche, traf er Richie auf einer Vernissage wieder. Seine Zeichnungen wurden inzwischen zu horrenden Preisen gehandelt.

Ganz in Gedanken ging Heckler zu Juliane zurück, die in der kleinen Gruppe der Mitarbeiter von MedicAid stand und sich mit Herbert Krüger unterhielt. Detlef Braun, der Hausmeister, war verschwunden. Wahrscheinlich kippt er sich irgendwo einen hinter die Binde, dachte er. Für den Fachmann waren Brauns Entzugssymptome kaum zu übersehen gewesen.

»... leid, aber die Projekte unserer Organisation laufen weiter und müssen betreut werden. In drei Tagen bin ich wieder zurück, ich melde mich«, hörte er Herbert Krüger zu Juliane sagen, dann verabschiedeten sie sich. Juliane lächelte Krüger an.

Wie zufällig gab Frau Griesinger als letzte Andreas Heckler die Hand, als die anderen sich bereits ein Stück entfernt hatten. »Morgen«, raunte sie ihm zu, mehr nicht. Er verstand sofort und nickte ihr unmerklich zu. Dann lief sie rasch davon.

Juliane Bernstein und Andreas Heckler blieben allein zurück. Hinten hatten die Arbeiter begonnen, Erde in das Grab zu schaufeln. Es war keine Menschenseele weit und breit zu sehen, sogar die Presseleute hatten sich zurückgezogen. Das aufmerksame Augenpaar jedoch, welches die Szene beobachtet hatte, war den Anwesenden verborgen geblieben.

»Hast du Zeit?« Juliane sah Heckler an und der hatte in diesem Moment alle Zeit der Welt. »Dann lass uns spazieren gehen. Das hier«, dabei deutete Juliane mit einer Armbewegung auf den Friedhof mit seinen Gräbern, »ist so unwirklich, so ... Manchmal hoffe ich, dass ich aufwache und feststelle, dass alles nur ein böser Traum war.«

Schon wieder ging es um böse Träume: Thomas Bernstein hatte böse Träume gehabt, in denen man ihm nach dem Leben trachtete. Und er war großzügig gewesen, sehr großzügig. Er würde Frau Griesinger fragen, wie viel Bernstein eigentlich verdient hatte. Wenn sich die Gelegenheit ergab, konnte er Juliane nach den Vermögensverhältnissen ihres Bruders befragen. Sie hatte ja seine persönlichen Dinge geregelt, also musste sie es wissen.

Habgier, dachte Heckler, ist eines der häufigsten Motive.

Juliane Bernstein und Andreas Heckler gingen durch die Rheinauen. Langsam, sehr langsam wich die bedrückende Stimmung, die das Begräbnis verbreitet hatte. Heckler bemühte sich um andere Themen und vermied es sorgsam, über Julianes toten Bruder zu sprechen. Sie nahm es dankbar zur Kenntnis und erzählte über sich, ihr Leben, ihre Arbeit, ihre Interessen und vieles andere. Heckler hatte erst jetzt das Gefühl, sie richtig kennen zu lernen. In ihm wuchs ebenso das Bedürfnis, sich mitzuteilen, aus seinem Leben zu erzählen. Während sie so miteinander sprachen, blieben sie immer wieder stehen, aneinander gelehnt, versunken in Gedanken oder ins Gespräch vertieft. Sie fühlten sich einander nahe, gingen eng am Arm des anderen, machten immer häufiger Pausen, in denen auch die körperliche Nähe wuchs und umarmten sich schließlich immer wieder. Zuerst zögerlich, behutsam, als Geste des Trostes, Halt gebend, dann intensiver und leidenschaftlicher.

Es war ein warmer Frühlingstag, der dazu einlud, die Mäntel abzulegen. Sie hatten sich auf eine Bank gesetzt und Andreas Heckler spürte Julianes Körper, weich und angenehm. Als sie ihm fest in die Augen sah und seinen Kopf in ihre Hände nahm, spürte er ein Verlangen, das er nicht mehr zu bremsen vermochte. Behutsam küsste er sie auf Stirn und Wangen, spürte ihr leichtes Zögern. Dennoch erwiderte sie seine Zärtlichkeiten, was ihn fast rasend machte. Er hatte Mühe, den Austausch intensiver Zärtlichkeiten nicht jetzt zu beginnen. Später ...

So verbrachten sie Stunde um Stunde und ließen die unangenehmen Dinge der letzten Tage hinter sich, vergessen konnten sie freilich nicht. Obwohl sie keinen Hunger verspürten, zwangen sie sich zu einem kleinen Abendessen und fuhren später, wie selbstverständlich, zu Heckler nach Hause. Dort setzten sie ihren Dialog fort, es war ein Dialog der Gefühle, der Zärtlichkeiten, zuletzt auch der Begierde. Irgendwann dachte Heckler an Jenny, doch sie schien für ihn in diesem Augenblick sehr weit weg zu sein.

Als Juliane Bernstein neben ihm im Bett lag, spürte Andreas Heckler zum ersten Mal an diesem Tag eine Beklemmung, die er sich nicht zu erklären vermochte. Sie wollten sich lieben, jetzt, doch die Beklemmung wuchs und legte sich wie ein unsichtbarer Schatten auf sie. Heckler, dessen Begierde eben noch unermesslich zu sein schien, fühlte sich plötzlich gehemmt und leer. Juliane hatte es gespürt, vielleicht war es ihr ähnlich ergangen, sie blieben aneinandergeschmiegt liegen. Hecklers Kehle war wie zugeschnürt, als Juliane leise weinte. Er wollte ihr ganz viel Trost zusprechen, brachte aber keinen Ton heraus. Die Minuten vergingen quälend.

»Entschuldige«, brach Juliane nach einer Unendlichkeit das Schweigen, »ich hätte nicht ...«

»Unsinn«, unterbrach er sie rasch, »es ist meine Schuld.«

Noch lange, nachdem Juliane gegangen war, grübelte Heckler darüber nach, warum sie vielleicht nie miteinander schlafen würden. Er fand keine Erklärung, denn er begehrte sie immer noch.

29.

Am nächsten Morgen, es war Freitag, stand Andreas Heckler um sechs Uhr auf. Sein Zustand war erbärmlich. Er hatte zunächst nicht einschlafen können und war dann immer wieder wach geworden. In seinen nächtlichen Gedanken hatte er zwischen Enttäuschung und erotischen Phantasien geschwankt und nicht verstanden, was eigentlich passiert war. Auch wenn er sich wie gerädert fühlte, die Realität ließ ihm wenig Spielraum. Jetzt musste er sich beeilen, denn er hatte ja seinem Kollegen versprochen, eine Stunde früher zu kommen. Dieses Versprechen einzulösen, das er während der letzten Nachtschicht gegeben hatte, war Ehrensache. Hastig machte er sich fertig, Frühstück gab es in der Rettungswache. Im Hinausgehen bemerkte er, dass Juliane ihm eine Diskette dagelassen hatte, zusammen mit einem Zettel, auf dem ein Name mit Adresse stand. Das musste es sein, was sie am Montag im Büro von Dr. Gernsbach abgeholt hatte.

Als er kurz nach halb sieben den Arzt der Nachtschicht ablöste, schien alles ruhig. Die Rettungsassistenten, die bereits um sechs Uhr Schichtwechsel gehabt hatten, hielten eine Art Nach-Schlaf und dösten vor sich hin. Gegen acht würden sie wie üblich das Frühstück vorbereiten. Die kommenden zehn Tage würde er mit einem anderen Team unterwegs sein, nicht mit Hansen und Schaffrath. Heckler störte das nicht, er kam mit den meisten Teams gut aus.

Der Alarm kam kurz vor sieben. Obwohl sie zunächst keine Informationen erhielten, schien alles wie ein Routineeinsatz zu verlaufen. Heckler hatte nicht zugehört, als der Einsatzort durchgegeben worden war. Erst als die genaue Adresse über den Funk kam, stutzte er und versuchte, die aufkeimende Vorahnung zu unterdrücken. Kurz vor dem Erreichen des Einsatzortes wurde mitgeteilt, dass bei der Zielperson durch die inzwischen eingetroffenen Polizeibeamten eindeutig der Tod festgestellt worden sei.

»Einsatz abbrechen?« Es war eher eine rhetorische Frage des Rettungsassistenten, der die Auseinandersetzung Hecklers mit der Polizei anlässlich des letzten Falles kannte und der festen Meinung war, dass es diesmal gar nicht so weit kommen würde. Zu seiner Überraschung bestand der Notarzt darauf, den Einsatz nicht abzubrechen. Dagegen war nichts zu machen. Heckler hatte begriffen, dass hier auch Monika Griesinger wohnte, und intensiv gehofft, dass es jemand anders wäre. Die Tote lag in einem Gebüsch der Grünanlage auf der Rückseite des Wohnblocks. Ein Hund, der ausgeführt worden war, hatte sie entdeckt. Die Polizeibeamten hatten sie bereits auf den Rücken gedreht. Ihre Glieder waren völlig verdreht, der ganze Körper irgendwie verformt, am Hals klaffte eine hässliche Risswunde, der Schädel war deformiert und durch Blutergüsse bläulich verfärbt. Trotz dieser Entstellungen erkannte er sie: Es war Monika Griesinger.

»Fenstersturz«, sagte hinter ihm einer der Polizisten, »wahrscheinlich während der Nacht.«

Heckler, der die Tote nur kurz untersucht hatte, richtete sich auf, dabei wurde ihm schwindlig. Für einen Moment drohte er, das Bewusstsein zu verlieren, doch er fing sich wieder. Einer der Polizisten hatte instinktiv seinen Arm ergriffen.

»Geht's wieder, Herr Doktor?«

»Ja, ja«, wehrte Heckler ab. In Wirklichkeit war ihm speiübel und es kostete ihn größte Überwindung, die Fassung zu wahren. Er blickte hoch zum achten Stock, konnte jedoch nichts Besonderes entdecken. Aber da musste etwas sein, Monika Griesinger war nicht einfach so vom Balkon gesprungen.

»Mein Gott, die arme Frau Griesinger«, sagte eine Stimme neben ihm. Heckler sah sich um und wurde erst jetzt gewahr, dass sich um den traurigen Fund ein Grüppchen Anwohner versammelt hatte. Die Stimme gehörte zu einem Mann um die fünfzig, der einen grauen Arbeitskittel trug. Vielleicht der Hausmeister, dachte Heckler, ich muss schnell handeln.

»Haben Sie einen Schlüssel zur Wohnung der Toten?«, wandte er sich an den Mann, »ich brauche den Ausweis ... wegen des Totenscheines.« Die Rettungsassistenten sahen Heckler verwundert an, aber der dachte in diesem Moment tatsächlich daran, den Totenschein selbst auszustellen. Er hatte dafür seine Gründe. Der Mann im grauen Kittel nickte.

»Dann kommen Sie!« Es klang wie ein Befehl und er zog den Mann rasch von der Gruppe weg.

Sie fuhren in den achten Stock hinauf und der Hausmeister schloss die Wohnungstür auf. Heckler hatte genau darauf geachtet, ob irgendwelche Spuren am Schloss vorhanden waren, konnte jedoch nichts feststellen. In der Wohnung fand er zunächst nichts Außergewöhnliches. Die Balkontüre stand offen, er trat auf den Balkon hinaus und sah nach unten. Dort stand das Grüppchen der Neugierigen, einige schauten und zeigten nach oben, als sie ihn entdeckt hatten. Er bemerkte den verbogenen Handlauf des Balkons im darunter liegenden Stockwerk, die Polizei würde das untersuchen.

Dann fand er die Handtasche Monika Griesingers und durchsuchte sie rasch. Sein Atem stockte und sein Herzschlag wurde hart, als er die Diskette entdeckte. Der Mann im grauen Kittel schaute ihm interessiert über die Schulter. Unter einem Vorwand schickte er den Hausmeister zu den Rettungsassistenten hinunter und nahm sich die Handtasche gründlich vor. Das Ergebnis war enttäuschend. Neben einigen Schlüsseln blieb die Diskette das einzig Bemerkenswerte in dieser Handtasche. Rasch ließ er die Diskette verschwinden und nahm den Ausweis heraus. Dabei sah er sich die Schlüssel genauer an. Es gab zwei Schlüsselringe und einen einzelnen langen Schlüssel mit zweiseitigem Bart.

Wahrscheinlich für den Safe, überlegte Heckler und steckte ihn ohne weiteres Nachdenken ein. Dann nahm er die Schlüsselringe und prüfte rasch, welcher Schlüssel zur Wohnungstüre passte. Diesen Ring legte er zurück und ließ den anderen Ring, der zwei moderne Sicherheitsschlüssel enthielt, in seine Hosentasche verschwinden. Er sah sich noch in der Wohnung um, öffnete sämtliche Schreibtischschubladen, konnte aber nichts Besonderes entdecken. Anschließend setzte er sich an den Tisch im Wohn-Essraum und begann, den Totenschein auszufüllen. Erst jetzt fiel sein Blick auf ein leeres Glas und die Medikamentenpackung, die neben dem Glas lag: es war ein Beruhigungsmittel. Allerdings fehlte nur eine Tablette, was die Vermutung, Monika Griesinger sei unter Drogen gesetzt worden, zusammenbrechen ließ. Überhaupt, es gab keinerlei Hinweise, dass noch jemand in der Wohnung gewesen war. Weil Heckler das Schicksal von Thomas Bernstein vor Augen hatte, war er fest davon überzeugt, dass auch Frau Griesinger Opfer eines heimtückischen Mordanschlages geworden war. Dieses Mal existierte kein Abschiedbrief.

»Sie schon wieder!«

Stübers Auftreten geschah wie stets ohne Begrüßung und sehr ruppig. Warum er so rasch am Ort des Geschehens erschienen war, blieb Heckler verborgen.

»Diesmal mit Totenschein?«

Heckler meinte, ein niederträchtiges Grinsen wahrzunehmen, aber er war sich nicht sicher. Dagegen spürte er ganz deutlich, dass sein Blutdruck hochschnellte und er sich zusammennehmen musste, um nicht unverschämt oder gar handgreiflich zu werden. Dann fing er sich wieder und beschränkte sich auf eine sehr direkte, aber durchaus ernst gemeinte Antwort.

»Ja und ich tue das, um die Ermittlungen diesmal gleich in die richtigen Bahnen zu lenken, Herr Stüber, das spart uns viel Zeit!«

»Wenn wir hier fertig sind«, entgegnete Stüber, »liegt kein Staubkorn mehr an seinem Platz, glauben Sie mir, wir kriegen raus, was sich hier abgespielt hat.«

Heckler stellte den Totenschein aus, kreuzte »nicht natürlicher Tod« an und notierte: »Verdacht auf Fremdeinwirkung.« Damit war die Staatsanwaltschaft und auch die Gerichtsmedizin in der Pflicht. Danach verließ er die Wohnung, nicht ohne vorher Stüber zu fragen, wie weit die Ermittlungen im Mordfall Thomas Bernstein gediehen wären.

»Wir arbeiten daran«, brummte Stüber. Mehr gab er nicht preis.

Die Rettungsassistenten warteten bereits im Fahrzeug und sie fuhren schweigend zur Wache zurück. Heckler hatte sich die ganze Zeit zusammengenommen, aber jetzt wurde ihm wieder übel, er brachte beim anschließenden Frühstück keinen Bissen herunter. Lediglich einen Becher Tee konnte er zu sich nehmen. Monika Griesinger tot! Das hätte nicht geschehen dürfen.

Den ganzen Tag über bewegte er sich fast mechanisch, er funktionierte einfach nur, wie ein Notarzt zu funktionieren hatte. Gott sei Dank hatte er keine schwierigen Einsätze, er wäre auch nicht in der Lage gewesen, einen klaren Gedanken zu fassen. Immer wieder hatte er das Bild des entstellten Körpers vor sich und doch schien es, als hätte der Tod von Monika Griesinger nichts mit ihm zu tun. Er war unfähig, seine Gefühle wahrzunehmen, alles war weit weg, als gehörte es nicht zu ihm. Dieser Schutzmechanismus ermöglichte es immerhin, dass er sich mit Mühe durch die Frühschicht schleppte.

Zu Hause, nach Dienstschluss, brach die Fassade zusammen. Der Druck in Brust und Kopf wurde unerträglich, Erstickungsgefühle stellten sich ein. Es dauerte lange, eine oder zwei Stunden, bis er schließlich herausfand, was ihn plagte, und er es nicht länger schaffte, das niederdrückende Gefühl zu verdrängen: Er fühlte sich schuldig. Schuldig am Tod einer Frau, die ihr Leben lang einer guten Sache gedient hatte, sich aufgeopfert hatte, selbst unschuldig war am Tod der beiden Männer und am Ende vor den Trümmern dessen stand, was sie einmal mit aufgebaut hatte. Heckler zweifelte keinen Moment daran, dass der Tod von Monika Griesinger ähnlich wie der von Thomas Bernstein ein perfide inszenierter Selbstmord war, der durch seine, Hecklers, Aktivitäten verursacht worden war.

Die Schuldgefühle lähmten ihn. Er saß regungslos im Sessel und brütete dumpf vor sich hin, noch als der Tee längst kalt war. Alles, was er sich vorgenommen hatte zu erledigen, wäre mit einer unendlichen Kraftanstrengung verbunden gewesen. Also unternahm er gar nichts und verharrte wie blockiert in seinem Sessel. Es war bereits dämmrig, als ihn der Anruf von Jenny Lacroix aus seiner Lethargie befreite. Immerhin war er in der

Lage, Jenny die traurigen Ereignisse des Tages zu schildern. Sie kannte ihren Freund mittlerweile recht gut und hatte ein feines Gespür dafür, wenn es ihm wirklich schlecht ging. Und jetzt machte sie sich Sorgen um Andreas Heckler, denn es stand nicht gut um ihn. Sie machte sich solche Sorgen, dass sie spontan beschloss, übers Wochenende zu kommen, am Abend des folgenden Tages, Samstag, würde sie es einrichten können. Nach dem Telefonat war es Heckler etwas leichter, die Schwere kehrte jedoch bald zurück. An Schlaf war nicht zu denken.

30.

Die Nacht ging vorbei und der nächste Tag auch. Heckler war zum Frühdienst erschienen, wie gewohnt, blieb aber still und in sich gekehrt. Seine Arbeit erledigte er mechanisch, er konnte sich später nicht einmal mehr an die einzelnen Einsätze erinnern. Die Rettungsassistenten bemerkten, dass sich etwas verändert hatte, hatten aber nicht den Mut zu fragen, was es denn sei.

Jenny Lacroix leistete ihm Gesellschaft am Wochenende. Sie war einfach da, was Heckler als ungemein erleichternd empfand, auch wenn er nicht in der Lage war, über seine zunehmende innere Leere zu sprechen. Jenny versuchte nach Kräften, ihm die Schuldgefühle zu nehmen, aber es gelang ihr nicht wirklich. Sie versuchte es durch Argumente, durch gefühlsbetonte Äußerungen oder einfach nur durch liebevolle Zuwendung. Der Erfolg währte immer nur kurz. Nur einmal, als sie erwähnte, dass die mutmaßlichen Mörder von Frau Griesinger die Diskette in der Handtasche der Sekretärin sicher nicht übersehen hätten, stutzte Heckler. Aber die Überlegung, dass die »perfekten« Mörder von Thomas Bernstein einen solchen Fehler nicht begehen würden, half nichts. Andreas Heckler fühlte sich nach wie vor schuldig am Tod von Frau Griesinger. Und am Tod eines Menschen schuldig zu sein war ein verdammt schlimmes Gefühl.

Jenny fuhr am Sonntagabend beunruhigt nach Hause. Sie hatte Heckler das Versprechen abgenommen, dass er sie am Dienstagabend besuchen würde. Die Frühschicht war dann zu Ende und am Mittwoch begannen die Tage mit Spätschicht. Bei diesem Schichtwechsel hatte er also fast 24 Stunden frei. Während der nächsten zwei Tage schleppte sich Heckler so dahin. Er war apathisch, brachte keinerlei Initiative auf, zog sich zurück und gab sogar den geliebten Sport auf. Die Rettungsassistenten machten sich ernsthaft Sorgen.

Die Wende kam, als er am Dienstag zwei Stunden vor Dienstschluss einen Anruf von Stüber erhielt. Wie gewohnt kam Stüber ohne Einleitung zur Sache: Heckler solle aufs Präsidium kommen, er benötige in der Sache »Griesinger« noch seine Aussage fürs Protokoll. Seine depressive Apathie war nicht so tief, dass er nicht den Widerspruchsgeist gespürt hätte, den Stüber bei ihm zu wecken pflegte. Er empfand eine gewisse Lust an der Widerrede.

»Ich habe Ihnen neulich alles gesagt, Herr Stüber.«

»Mag sein. Trotzdem möchte ich die Angelegenheit noch einmal durchgehen – auch in Ihrem Interesse.«

»Wie bitte?«

»Nun, es gibt da gewisse Ungereimtheiten, die ...«

»Ungereimtheiten?«, fiel Heckler ihm ins Wort. »Was für Ungereimtheiten?«

»Kommen Sie bitte her, das kann ich Ihnen am Telefon nicht erläutern, Herr Doktor.«

Stüber klang sehr bestimmt, so, als duldete er keinerlei Widerspruch. Heckler schwankte zwischen Nachgeben und Aufbegehren. Schließlich gab er nach, wohl eher aus Neugier.

»Okay, wann?«

»Heute, spätestens morgen.«

»Dann morgen Vormittag.«

»Ich erwarte Sie.«

Stüber war schon ein merkwürdiger Kerl. Obwohl ihn das Gespräch aufgeregt hatte, spürte Heckler so etwas wie Respekt vor dem Leiter der Mordkommission. Und er bemerkte, dass die Aufregung ihn aus seiner dumpfen Lethargie riss. Stübers Anruf hatte einen Adrenalinschub bewirkt, der ihm in gewisser Weise gut tat. Jedenfalls befreite ihn dieser Umstand von seiner depressiven Passivität, die all seine Aktivitäten gelähmt hatte.

Er nahm sich vor, nicht unvorbereitet zum Gespräch – oder sollte man sagen: Verhör? – zu erscheinen. Und es gab eine Menge vorzubereiten! Endlich arbeitete sein Verstand wieder einigermaßen, jedenfalls so, dass er klare Gedanken fassen konnte. Und er spürte wieder eine gewisse Lust, den ungeklärten Dingen auf den Grund zu gehen. Als erstes versuchte er, die Halter der beiden Fahrzeuge in Erfahrung zu bringen, deren Nummern er sich notiert hatte. Über die Rettungsstelle und den direkten Draht zur Polizei erhielt er die Namen. Beim ersten Namen pfiff er durch die Zähne: »So was habe ich vermutet«, murmelte er vor sich hin.

»Was haben Sie vermutet?«, fragte ihn der Schichtführer der Rettungsstelle.

»Ach nichts und vielen Dank für die Ermittlung der Fahrzeughalter.«

Der Halter des dunklen BMW, den Heckler vor über einer Woche im Schatten des Gebäudes von Repropharm entdeckt hatte, war die Pharma-Großhandel Offermanns GmbH! Das passte. Schon setzte sich Hecklers Phantasie in Bewegung, in der Offermanns als maffiöser Drahtzieher internationaler Medikamentenfälscher auftauchte. Die Lösung kam in greifbare Nähe und er überlegte bereits, wie er weitere Beweise gegen diesen Mann sammeln könnte. Doch dann erinnerte er sich daran, dass Bernstein selbst in einem Schreiben an Offermanns gebeten hatte, auch zukünftig Präparate von Repropharm »zu berücksichtigen«, im Klartext: dort zu kaufen. Insofern war eine geschäftliche Verbindung zwischen Offermanns und der Repropharm sicher, ja sogar gewünscht. Dennoch, warum Offermanns ausgerechnet am Sonntagabend vor dem Abtransport der Abfüllanlagen vor Ort gewesen war, erschien Heckler weiterhin höchst suspekt. Es musste schon gewichtige Gründe geben, wenn man sich an einem Sonntag zehn Stunden durch die Republik kutschieren ließ. Und außerdem: War es wirklich Offermanns selbst gewesen? Er hatte ja lediglich das Fahrzeug gesehen.

Der Name des zweiten Fahrzeughalters sagte ihm absolut nichts. Das Kennzeichen hatte er ja aus der Beobachtung des Rettungsassistenten mit den Buchstaben »DD« und seiner Beobachtung mit den Zahlen »505« zusammengesetzt. Er ging wieder zurück zum Schichtführer und bat ihn nachzufragen, um welchen Fahrzeugtyp es sich handelte. Als er die Antwort erhielt, wusste er, dass die Beobachtung des Rettungsassistenten falsch gewesen sein musste. Auf die Nummer war ein VW zugelassen und keine schwere Mercedes-Limousine.

Bevor er die Rettungsstelle verließ, erledigte er noch ein Telefonat. Seine Intuition war gelegentlich bemerkenswert und auch jetzt hatte sie sich als richtig erwiesen. Dr. Olaf Willmann bestätigte, dass er nicht nur van Gemmeren behandelt habe, sondern dass Monika Griesinger ebenfalls seine Patientin gewesen war. Kurze Zeit später saß er Willmann gegenüber, der sich am Dienstagnachmittag anschickte, Hausbesuche zu erledigen. Willmann wirkte niedergeschlagen; er war in einem Zustand, den Heckler während den letzten fünf Tagen ebenfalls erfahren hatte.

»Wissen Sie«, sagte Willmann, »wenn man Patienten seit über zwanzig Jahren kennt und sie auf diese tragische Weise verliert, dann ...« Er ließ offen, was dann war. Vielleicht konnte er die Sinnentleerung seines ärztlichen Daseins auch nicht beschreiben, die ein Stück weit durch die unbegreiflichen Todesfälle eingetreten war. Heckler sagte nichts und Willmann fuhr fort: »Natürlich war sie depressiv, wer wäre das nicht gewesen, aber ich hätte nie gedacht, dass sie ...«

Ohne dass Heckler sein Anliegen formuliert hatte, war Willmann auf Frau Griesinger zu sprechen gekommen. Er schaute gedankenverloren aus dem Fenster und wandte sich dann wieder seinem Gesprächspartner zu: »Nach der Beerdigung Ihres ...« Er sah Heckler fast hilflos an.

»Thomas Bernstein, das war der Geschäftsführer von MedicAid«, half ihm Heckler.

»Ach ja, richtig. Also, nach der Beerdigung, das war, lassen Sie mich mal nachdenken, ja, am letzten Donnerstagnachmittag, kam sie in meine Sprechstunde. Sie war nur noch ein Schatten ihrer selbst. Wenn Sie sie früher gekannt hätten! Eine stolze und selbstständige Frau und doch voller Bescheidenheit.« Willmann hielt inne und sah wieder aus dem Fenster.

»Was wollte sie denn?« Hecklers Interesse wuchs.

»Sie hatte seit Tagen nicht mehr richtig geschlafen und wollte einfach ihre Ruhe«, sagte Willmann. Heckler kam nicht auf die Idee, dass man das auch als passiven Suizidwunsch verstehen konnte, wie er bei vielen Depressiven vorhanden ist.

»Ich habe ihr nur die kleinste Packung verschrieben.« Es klang wie ein Geständnis.

Jetzt erst merkte Heckler, dass sein Kollege glaubte, Monika Griesinger habe sämtliche Tabletten aus der Packung mit dem Beruhigungsmittel auf einmal geschluckt.

»Sie hat nur eine Tablette genommen, am Donnerstagabend.«

Willmann sah auf und war Heckler in diesem Moment dankbar. Es entlastete ihn augenblicklich, dass die Verordnung des Beruhigungsmittels nicht die Ursache für Monika Griesingers Tod war. Trotzdem war sie Jahrzehnte seine Patientin gewesen und er fühlte sich verantwortlich. Es war vielleicht nicht nur die Verantwortung, die ihn drückte, sondern auch der Verlust, der ihn schmerzte. Heckler musste daran denken, dass er selbst vor Jahren eine vielversprechende Karriere als Hausarzt aufgegeben hatte. Bislang hatte er immer geglaubt, es wäre deshalb geschehen, weil er sich ungern festlegte. Jetzt aber merkte er, dass er mit Verlusterlebnissen schlecht umgehen konnte.

»Hat Frau Griesinger irgendwelche Hinweise gegeben?« Hecklers Frage bezog sich eigentlich auf die Ereignisse der letzten zwei Wochen, Willmann fasste sie anders auf.

»Nein, wo denken Sie hin, dann hätte ich ihr doch kein Beruhigungsmittel verordnet!«, sagte er in einem Ton, aus dem die sanfte Depressivität gewichen war. Heckler entschuldigte sich, wollte die Gelegenheit jedoch nutzen, um weitere Informationen zu erhalten.

»Wissen Sie, ob Frau Griesinger ... Freunde hatte?«

Willmann erwies sich als gut informiert. Wenn man einen Menschen über zwanzig Jahre kannte, wusste man mit der Zeit einiges über ihn. Hausärzte waren manchmal wie Beichtväter, sie unterlagen ja auch der Schweigepflicht. Monika Griesinger war allein stehend, keine Angehörigen. Früher habe sie wohl einen Partner gehabt, vermutete Willmann, nicht jedoch in den letzten Jahren. Eine sehr gute Freundin sei vor zwei Jahren an Krebs verstorben. Frau Griesinger habe eine Reihe von Bekannten, keine näheren Freunde, sei kulturell interessiert gewesen und habe sich ab und zu eine größere Reise gegönnt. Ansonsten habe sie relativ bescheiden gelebt, wer jetzt das ganze Geld erbe, wisse er nicht.

»Geld?« Heckler wurde hellhörig.

»Na ja, besonders reich war sie sicher nicht. Sie hat wohl nicht übermäßig viel verdient, lebte aber sehr bescheiden. Einmal sagte sie scherzhaft: ›Was soll ich bloß mit dem ganzen Geld machen? Ich glaube, das bekommt die Firma nach meinem Tod zurück.‹« Willmann schüttelte den Kopf über so viel Firmentreue.

 Heckler beschloss herauszufinden, wie es um die Vermögensverhältnisse von Frau Griesinger stand und wer Nutznießer ihres Todes sein würde. Er bedankte sich bei seinem Kollegen für die Auskünfte, der bedankte sich seinerseits bei Heckler. Offensichtlich hatte Willmann das Gespräch gut getan.

Eigentlich war Heckler jetzt mit seiner Freundin verabredet und wollte deshalb nach Aachen fahren. Er rief sie an und sagte den Termin ab. Als Begründung nannte er den Termin mit Stüber am Mittwochvormittag. Jenny bemerkte sofort, dass es ihrem Freund besser ging und ihre Sorgen nicht mehr begründet waren. Deshalb nahm sie die Absage gelassen hin. Sie würden ein paar Tage miteinander verbringen, wenn Hecklers Spätschicht am kommenden Sonntag zu Ende gehen würde. Jetzt ging er daran, die anstehenden Aufgaben zu sortieren. Er empfand es als ausgesprochen angenehm zu erleben, wie seine Lebensgeister langsam zurückkehrten. Erstmals genoss er wieder die Tee-Zeremonie. Zwar war er noch nicht wieder der Alte, aber der Forscherdrang als eine seiner Triebfedern meldete sich zaghaft zurück. Außerdem war er es Monika Griesinger schuldig, dieser bewundernswerten und bescheidenen Frau. Dabei wurde ihm bewusst, dass seine Beweggründe jetzt nicht mehr so sehr bei Juliane Bernstein lagen, um deretwillen er sich ja auf die Geschichte eingelassen hatte. Juliane, beim Gedanken an sie ging ihm ein Stich durch die Brust und die Traurigkeit der letzten Tage drohte ihn wieder zu überschwemmen. Er überwand den Anflug von Melancholie und nahm sich vor, Juliane später anzurufen. Warum hatte sie sich eigentlich nicht mehr gemeldet?

Anschließend nahm Heckler einen Briefbogen, beschrieb ihn recht eng und ausnahmsweise handschriftlich. Er ordnete systematisch sämtliche Punkte, die er klären wollte. Sein Aktivismus hatte wieder einen Grad erreicht, bei dem er nicht daran dachte, die Aufklärung bestimmter Dinge der Polizei zu überlassen. Außerdem traute er Stüber noch nicht so recht, obwohl der vermutlich ein guter Polizist war. Menschlich hatte er jedoch seine Schwächen ...

Bevor er morgen zu Stüber ging, musste er unbedingt mit Mühlbach, dem Gerichtsmediziner, sprechen. Wenn er sich Informationen über das Obduktionsergebnis von Monika Griesinger besorgte, hatte er zumindest den gleichen Informationsstand wie Stüber, Waffengleichheit sozusagen. Dann musste er mehr Informationen über die Repropharm sammeln, auch über die geschäftlichen Verbindungen der Offermanns GmbH. In dieser Angelegenheit telefonierte er lange mit seinem Freund in Berlin und später noch mit Martin Preuss, der ein bisschen maulte, weil er zurzeit sehr viel zu tun habe. Als Heckler dem Journalisten jedoch den Köder »illegale Medikamentenproduktion« hinwarf, schnappte Preuss sofort zu und hörte sich an, was Heckler zu berichten hatte. In derselben Angelegenheit sprach Heckler dann mit dem befreundeten Werksarzt des BioTech-Konzerns in Leverkusen, der auf Anhieb nicht sagen konnte, ob bestimmte Medikamente des Konzerns in Lizenz oder im Auftrag bei anderen Firmen hergestellt oder abgefüllt würden. Er versprach, sich zu erkundigen.

Heckler notierte, dass er mit dem »falschen Zeugen« sprechen, seinen PC und die Diskette zur Entschlüsselung der MedicAid-Daten zu Gernot nach Aachen bringen, die Medikamente, die er aus dem Lieferwagen der Repropharm entwendet hatte, untersuchen lassen, die Lieferscheine, oder besser: die Rechnungen der Offermanns GmbH an die MedicAid einsehen, die Vermögensverhältnisse von Monika Griesinger und von Thomas Bernstein klären und dem geheimnisvollen Eindringling auf die Spur kommen wollte, der am letzten Mittwoch seinen PC durchstöbert hatte. Einige dieser Punkte würde er ohne fremde Hilfe nicht klären können, was ihn nicht weiter beunruhigte. Aber gerade der letzte Punkt bereitete ihm Kopfschmerzen und veranlasste ihn, seine Wohnung zum wiederholten Male gründlich nach Spuren abzusuchen, vergeblich. Er wunderte sich, dass sein »unsichtbarer Gegner«, wie er den Eindringling ab jetzt nannte, keinen weiteren Versuch unternommen hatte, zumindest soweit er es erkennen konnte. Insbesondere die Diskette mit der Steuerdatei wäre aus Hecklers Sicht ein lohnendes Ziel gewesen. Als er über diesen Teil der Geschichte nachdachte, beschlich ihn wieder Angst. Angst, die in der Depressivität der letzten Tage scheinbar untergegangen war. Aber mit dem Gefühl der Angst konnte er wesentlich besser umgehen als mit dem Gefühl der alles lähmenden, depressiven Sinnentleerung.

Juliane Bernstein war telefonisch nicht zu erreichen. Er sprach ihr eine Nachricht auf die Mailbox und entschuldigte sich dafür, dass er sich so lange nicht gemeldet hatte. Es war spät geworden und das letzte, sehr lange Telefonat an diesem Abend führte Heckler mit seiner Freundin Jenny Lacroix. Es war wie eine Befreiung für ihn, dass er in der Lage war, über das zu sprechen, was sich in den letzten Tagen ereignet hatte, sich zu öffnen und all das, was er in wiederkehrenden Selbstbezichtigungen in der Tiefe seiner Seele versenkt hatte, wie einen Schatz zu heben. Danach hatte er es geschafft, er hatte die Depression überwunden. Als letzte Handlung des Tages zeriss Heckler den Zettel mit den zu erledigenden Aufgaben in tausend kleine Stücke. Er wusste jetzt, was er zu tun hatte. Der Schlaf war erstmals wieder tief und erholsam.

31.

Dr. Georg Mühlbach war äußerst redselig, als Heckler ihn am anderen Morgen aufsuchte, um mehr über den Tod von Monika Griesinger zu erfahren. Mühlbach wunderte sich nicht weiter, da er dem Notarzt ein legitimes Interesse zugestand, die Todesumstände einer Person zu erforschen, deren Totenschein er ausgestellt hatte. Außerdem war er gewarnt, Hecklers scharfe Beobachtungsgabe hatte sich aus gutem Grunde in der Gerichtsmedizin herumgesprochen.

»Wie man es auch drehen und wenden mag, Herr Kollege, keinerlei Hinweise auf Fremdeinwirkung«, war Mühlbachs Resümee, »und glauben Sie mir, wir haben diesmal an alles, wirklich an alles gedacht!«

Heckler erwiderte nichts. Er zweifelte nicht daran, dass die Gerichtsmediziner sich alle erdenkliche Mühe gegeben hatten, aber genauso zweifelte er daran, dass Monika Griesinger freiwillig vom Balkon gesprungen war. Mühlbach bemerkte Hecklers skeptischen Blick, war jedoch gut vorbereitet.

»Unsere umfangreiche Literaturrecherche hat ergeben«, dozierte er, »dass es keinen einzigen Fall in der Weltliteratur gibt, wo letztlich nicht doch irgendwelche Spuren entdeckt worden sind, die den Widerstand des Opfers beweisen. Hingegen ist die Spurenlage im Fall Griesinger eindeutig: Suizid, kein Zweifel.«

Es stellte sich heraus, dass vorgestern eine Besprechung der Gerichtsmediziner mit den Beamten der Spurensicherung stattgefunden hatte, in der die Ergebnisse beider Gruppen verglichen worden waren. Es habe keinerlei Differenzen gegeben, der Fall sei eindeutig. Heckler konnte es nicht glauben. Die rechtsmedizinische Weltliteratur mochte ein Argument sein, doch publizieren konnte man nur Dinge, die man auch gefunden hatte. Wo keine Spuren entdeckt worden waren, konnte auch keine wissenschaftliche Arbeit darüber geschrieben werden, das war einleuchtend. Heckler war enttäuscht, verzichtete aber darauf, die Ergebnisse der Gerichtsmedizin offen in Frage zu stellen. Als er sich zum Gehen wandte, bemerkte er ein Zögern bei Mühlbach.

»Ja, Herr Kollege?«

»Eigentlich geht es mich ja nichts an, aber ...«, Mühlbach überlegte, wie er es ausdrücken sollte, »die Spurensicherung hat Ihre Fingerabdrücke auf der Handtasche von Frau Griesinger gefunden.«

»Natürlich, ich habe in der Handtasche nach dem Ausweis gesucht.«

»Ja schon, aber die Beamten meinten, dass die Verteilung der Spuren darauf hindeutet, dass die Handtasche gründlichst durchsucht wurde, und nicht nur die Handtasche.«

Heckler wusste nicht so recht, warum Mühlbach ihn gewarnt

hatte. Er war ihm jedenfalls dankbar und hatte plötzlich eine Ahnung, warum Stüber ihn ins Präsidium bestellt hatte.

»Ich habe mich ein wenig umgesehen, das stimmt«, antwortete Heckler. Er sah keinen Grund, die Wahrheit für sich zu behalten.

Was er aber entdeckt und eingesteckt hatte, verriet er selbstverständlich nicht. Auf dem Weg ins Polizeipräsidium legte sich Heckler zurecht, was er Stüber antworten würde. Inzwischen war er sich sicher, womit Stüber ihn konfrontieren wollte. Diese Sicherheit ließ ihn ruhig werden, ja, er fieberte diesem Gespräch geradezu entgegen.

Stüber blickte ausnahmsweise hoch, als Heckler den Raum betrat und bedeutete ihm mit einem Nicken, Platz zu nehmen. Dann wandte er sich wieder den Unterlagen auf seinem Schreibtisch zu und ließ seinen Besucher ein wenig schmoren. Erst nachdem er sich die nächste Zigarette angezündet hatte, begann er das Gespräch, wie immer ohne Einleitung und direkt auf den Punkt kommend.

»Was haben Sie bei Frau Griesinger gefunden?«

Heckler war zwar auf verschiedene Fragen vorbereitet, nicht aber auf diese. So geriet er ein wenig ins Stocken und antwortete nicht sehr überzeugend: »Nichts, ich habe mich nur ein wenig umgesehen.«

Stüber fixierte ihn lange, dann stellte er die Frage, die Heckler auch erwartet hatte: »Und, was haben Sie gesucht?«

Erst jetzt merkte Heckler, dass er durch die unerwartete Reihenfolge der Fragen zugegeben hatte, Monika Griesingers Appartement durchsucht zu haben, jedenfalls Teile davon. Eigentlich hatte er beabsichtigt, diese Tatsache nicht zu erwähnen. Stüber war schon ein raffinierter Hund. Jetzt half nur noch leugnen.

»Den Ausweis, wegen des Totenscheines.«

»Herr Krüger vermisst Schlüssel.«

Auf diesen Punkt war Heckler gut vorbereitet und zuckte nur unbeteiligt mit den Schultern. Stüber insistierte: »Er benötigt dringend den Safeschlüssel.«

»Aber er hat doch ...« Das »einen« schluckte Heckler noch herunter, aber es war zu spät. Stüber lächelte unmerklich.

»Sie wollten sagen, dass Herr Krüger einen eigenen Schlüssel hat, ja?«

An dieser Stelle entschloss sich Heckler zur Wahrheit, jedenfalls zum Teil. »Natürlich, Frau Griesinger hat es mir doch erzählt. Das muss der Schlüssel von Herrn Bernstein sein.«

»Wissen wir längst. An jenem Montagmorgen, als Bernstein aus der U-Haft entlassen worden war, hat der Hausmeister der MedicAid auf Bitten Krügers den Schlüssel und weitere Unterlagen bei ihm abgeholt. Er war wahrscheinlich der Letzte, der Bernstein lebend gesehen hat.«

Wieder einmal war Heckler um einige Phantasien ärmer. Er
hatte schon überlegt, wie Krüger an Bernsteins Schlüssel gekommen war, dabei war die Erklärung sehr einfach. Allerdings hatte Frau Griesinger davon offensichtlich nichts gewusst, sonst hätte sie es Heckler letzten Mittwoch mitgeteilt.

»Sie haben mit Frau Griesinger gesprochen?«

»Ja, sie hatte darum gebeten.«

»Worum ging es?«

Heckler berichtete wahrheitsgemäß über das Gespräch vom letzten Mittwochabend. Nur ließ er, »aus taktischen Gründen«, wie er für sich rechtfertigte, ein paar Dinge aus, zum Beispiel die Schlüsselgeschichte und natürlich die Sache mit der Diskette, die aus dem Safe der MedicAid stammte. Stüber hörte sich den Bericht an, gab am Ende einen undefinierbaren Grunzlaut von sich und schwieg. Er konnte schweigen, denn zu seiner Art gehörte es, einen Gesprächspartner durch Schweigen zu verunsichern.

Die meisten hielten längeres Schweigen nicht aus. Heckler fing an, nervös auf seinen Stuhl hin- und herzurutschen. Stüber schien alle Zeit der Welt zu haben. Genüsslich zündete er sich die nächste Zigarette an und beobachtete Heckler aus den Augenwinkeln. Dann fing er an, scheinbar sinnlos in den Papieren auf seinem Schreibtisch herumzukramen. Unvermittelt setzte er das Gespräch fort.

»Der Staatsanwalt möchte verwertbare Ergebnisse.« Ohne dass er es näher erklärte, meinte Stüber den Fall Thomas Bernstein, und Heckler verstand. »Die Hinweise aus der Gerichtsmedizin reichen ihm nicht. Wenn es nicht weitere Erkenntnisse gibt, wird er das Verfahren demnächst einstellen. Er glaubt nicht an Mord.«

Heckler sagte nichts, aber er spürte, wie sich in seinem Innern ohnmächtige Wut zu entwickeln begann. Mit dem Gefühl kam die Erinnerung. Die Erinnerung daran, wie vor anderthalb Jahren im Fall des ermordeten Unternehmers Klaus Presser das Verfahren ebenfalls eingestellt worden war, allerdings nur kurzzeitig, weil Heckler zusammen mit seinem Freund, dem Gerichtsmediziner Bernhard Haller, hartnäckig Indizien gesammelt hatte. Zugegebenermaßen, damals war seine Triebkraft das Verlangen nach der schönen Witwe des Toten gewesen. War es jetzt nicht ähnlich? Seinerzeit hatte er die Begierde fast mit dem Leben bezahlt.

»Wie bitte?« Heckler war so tief in die Erinnerung versunken, dass er Stübers nächste Frage gar nicht wahrgenommen hatte. Der hatte ihn gefragt, wie er zu Juliane Bernstein stehe. Bevor Stüber die Frage wiederholen konnte, wurden sie durch Hecklers Handy unterbrochen.

»Gehen Sie ruhig ran«, sagte Stüber mit ungewohnter Freundlichkeit.

»Ja? ... Juliane! ... Ja, ich dich auch ... Nein, im Moment nicht, ich bin gerade bei ... okay, ja das geht ... gegen eins ... bis dann!« Heckler hatte sich bemüht, das Gespräch sehr kurz zu halten, doch es war lang genug, um Stüber den Charakter seiner Beziehung zu Juliane Bernstein zu verraten. Wieder schien sich im Gesicht des Kommissars die Andeutung eines zufriedenen Grinsens abzuzeichnen. Die Antwort auf seine letzte Frage hatte er damit erhalten.

»Das Motiv, Herr Doktor, das Motiv!?«

Heckler zuckte mit den Schultern, auch auf diese Frage hatte er sich bereits eine Antwort zurechtgelegt. Das heißt, er hatte sich entschlossen, seine Vermutung, dass es um illegale Geschäfte im Zusammenhang mit dem Kauf von Medikamenten gehen könnte, nicht preiszugeben.

»Keine Ahnung, was vermuten Sie?«, wandte er sich an Stüber.

»Geld?« Stüber tat ebenfalls unwissend.

Damit war klar, dass sie sich irgendwie auf ein Motiv »verständigt« hatten. Heckler musste anerkennen, dass Stüber einen ausgezeichneten Riecher hatte. Warum vertraute er ihm nicht? Es würde die Dinge einfacher machen. Die Zeit ist noch nicht reif, dachte Heckler, vielleicht später, wenn ich mehr weiß.

»Was sagt denn Frau Bernstein?«, blieb Stüber am Ball.

»Sie weiß nichts«, sagte Heckler rasch, »ich denke, dass sie ihren Bruder nicht wirklich kannte, vielleicht früher einmal.«

»Hm.«

Es entstand eine längere Gesprächspause. Stüber fing wieder an, in seinen Unterlagen herumzuwühlen, aber er wirkte nicht mehr so abweisend wie zuvor.

»Was glauben Sie?«

Heckler überlegte, ob Stüber das wirklich interessierte, was er glaubte.

»Was ich glaube? ... Ich denke an die Begehrlichkeiten, die entstehen, wenn es um dreistellige Millionenbeträge geht. Aber das ist Ihr Job, die Beteiligten daraufhin zu durchleuchten.«

»Das haben wir getan, und zwar verdammt gründlich!«

»Und?«

Heckler hatte bemerkt, dass der sonst so emotionslos wirkende Leiter der Mordkommission etwas in Wallung geraten war. Offensichtlich hatte er ihn an einem empfindlichen Punkt getroffen, an seiner Berufsehre.

»Nichts! Alle sauber, keine verborgenen Konten, keine geheimen Geldströme, nichts.«

»Und die Lieferanten der Hilfsgüter?«

»Halten Sie uns für Anfänger?«, schnauzte Stüber. Jetzt war er wieder der mürrische und unfreundliche Kommissar, wie Heckler ihn kennen gelernt hatte. Weitere Informationen würde er aus ihm nicht herausbekommen. Eines interessierte ihn aber noch brennend.

»Wann geht die Information an die Presse?«

»Morgen«, sagte Stüber, »aber nur die Geschichte mit van Gemmeren, mehr nicht.«

Als Heckler vor dem Präsidium in der herrlichen Frühlingsluft stand und über das Gespräch nachdachte, kam ihm die Phantasie zweier Sportler, die beim Kräftemessen ein leistungsgerechtes Unentschieden erzielt hatten. Zwar ärgerte er sich ein wenig, dass er mehr Informationen preisgegeben hatte, als er wollte, aber für Stüber galt dasselbe. Irgendwie fing er an, den merkwürdigen Kommissar zu mögen, jedenfalls hatte Stüber einen ausgezeichneten Instinkt und war äußerst gründlich, aber er hatte nichts herausbekommen. Das war für Heckler Ansporn, seine eigenen Anstrengungen zu verstärken und das, was er sich gestern Abend auf einem Zettel notiert hatte, anzugehen. Er war es Monika Griesinger und Juliane Bernstein schuldig. Ein weiterer Grund, der ihm allerdings kaum bewusst war, hatte sich aus dem Gespräch mit Stüber ergeben: Er könnte es nie und

nimmer akzeptieren, wenn das Verfahren im Fall »Thomas Bernstein« eingestellt würde und die Mörder ungeschoren davonkämen. Dass es bei Bernstein um Mord ging, daran zweifelte er nicht den Bruchteil einer Sekunde. Es ging nicht nur darum, der Gerechtigkeit zum Sieg zu verhelfen, sondern auch darum, die Allmacht staatlicher Institutionen nicht einfach hinzunehmen, die eigene Ohnmacht nicht spüren zu müssen. In dieser Beziehung glich Andreas Heckler ein bisschen Michael Kohlhaas.

32.

In den folgenden Tagen konnte Heckler das Gefühl nicht mehr los werden, dass er beobachtet wurde. Aber so sehr er sich anstrengte, es gelang ihm nicht, irgendjemanden zu entdecken. Seit dem Gespräch mit Stüber war dieses Gefühl jedoch stärker geworden. Manchmal waren es unscheinbare Passanten, die seine Aufmerksamkeit erregten, dann wieder Fahrzeuge, die einige Zeit hinter ihm herfuhren, schließlich aber doch abbogen. Er begann, seltsame Manöver zu vollführen: ohne Blinker die Fahrtrichtung zu wechseln, fast bei Rot über Ampeln zu fahren, kurz vor Weiterfahrt aus der U-Bahn zu stürzen und Ähnliches. Erst als er eine Einbahnstraße in falscher Richtung befuhr, wurde ihm sein merkwürdiges Verhalten bewusst. Doch viel später, als die Geschichte sich ihrem Ende zuneigte, musste er feststellen, dass er sich all das doch nicht eingebildet hatte.

An diesem Mittwochvormittag jedoch stellte er seine Wohnung zum dritten oder vierten Mal auf den Kopf. Ohne Ergebnis. Er schraubte sogar das Telefon auseinander, nahm das Gehäuse des PCs ab und zerlegte elektrische Geräte. Schließlich gab er auf und machte sich auf den Weg. Monika Griesingers Schlüssel und die Diskette, die sie aus dem Safe ihrer Firma »entliehen« hatte, nahm er diesmal mit. Warum seine »unsichtbaren Gegner« sich bisher nicht für die Diskette interessiert hatten, verstand er nicht. Auf die einfachste Erklärung kam er nicht: Vielleicht brauchten sie die Diskette gar nicht, weil sie deren Inhalt sowieso kannten. Jetzt konzentrierte er sich auf das bevorstehende Treffen mit Juliane, er wollte die verkorkste Beziehung klären.

Juliane Bernstein trug ein dunkles Kostüm mit weißer Bluse, einfach, aber sehr geschmackvoll. Andreas Heckler war unverändert fasziniert vom Anblick ihrer Erscheinung, die Sicherheit und Wärme ausstrahlte, aber auch etwas Verführerisches hatte. Er war mit einem beklemmenden Gefühl zum Treffen in das Lokal in der Nähe ihres Hotels gegangen. Als er aufstand, um sie zu begrüßen, wuchs die Beklemmung und schnürte ihm den Hals zu. Er brachte keinen Ton heraus.

»Schön, dich zu sehen«, sagte sie. Die Umarmung war herzlich und lange, als hätten sie sich eine Ewigkeit nicht gesehen. Dabei war die Beerdigung ihres Bruders erst eine knappe Woche her. Heckler spürte ihren Körper und wusste, dass er sie immer noch begehrte. Er wollte ihr so viel erklären, blieb aber in Belanglosigkeiten hängen. Erst nach dem Essen fand er den Mut, über das Gefühlschaos zu sprechen, welches sie beide angerichtet hatten.

»Es tut mir leid, Juliane, ich hätte nicht ...«

»Ich dachte, ich bedeute dir etwas«, sagte Juliane mit leiser, trauriger Stimme.

Der Kloß in seinem Hals wurde größer und rutschte tiefer.

»Aber ja, ich mag dich, ich ...«

»Ja?«

»Ja! Und das meine ich ernst. Aber vielleicht habe ich ... ich weiß nicht, ich wollte dich einfach«, gestand er dann ein. Solche Momente reifer Selbsterkenntnis waren in Hecklers Leben eher selten.

»Vielleicht war es ... zu früh für uns?«

Julianes Erklärung war einfach und tröstlich, Heckler nickte. Das quälende Gespräch stockte an dieser Stelle, weitere Erklärungen fanden sie nicht. Schließlich wandten sie sich den aktuellen Dingen zu, was sie aus ihrer Befangenheit erlöste, auch wenn die Themen nicht erfreulich waren. Juliane hatte von Monika Griesingers Tod erfahren, was sie bestürzt und traurig machte.

Heckler erwähnte nicht, dass er nicht davon überzeugt war, dass es sich tatsächlich um Selbstmord handelte. Dann kamen sie auf Julianes Bruder zu sprechen und er berichtete, dass die Polizei noch keinen Schritt weitergekommen sei. Juliane nahm es resigniert zur Kenntnis und meinte, wenn die Todesumstände eines Tages geklärt seien, mache das ihren Bruder auch nicht wieder lebendig. Es schien ihr egal zu sein, ob man ihren Bruder umgebracht hatte und ob es gelingen würde, den oder die Mörder zu fassen. Sie wollte den Rest der Woche dazu nutzen, den Nachlass ihres Bruders endgültig zu regeln, die Wohnung aufzulösen und über einen Makler zum Verkauf anzubieten. Danach würde sie wohl nicht wieder nach Düsseldorf kommen. Heckler witterte eine letzte Chance, im Nachlass von Thomas Bernstein den Hinweis auf die Mörder oder das Motiv zu finden, außerdem interessierten ihn die finanziellen Verhältnisse des Toten: Irgendetwas musste die Spurensicherung übersehen haben.

»Ich würde dir gern helfen.«

»Danke.« Juliane ahnte nichts von seiner doppelbödigen Motivation. Was ihren Bruder betraf, hätte sie Hecklers Beweggründe, ihr zu helfen, nicht akzeptiert. Sie vereinbarten, sich morgen Vormittag in Thomas Bernsteins Wohnung zu treffen. Dann musste er sich beeilen, um rechtzeitig zur Spätschicht zu erscheinen.

Das einzig Bemerkenswerte während der nächsten acht Stunden war ein Anruf von Axel Niemeyer, Werksarzt bei BioTech in Leverkusen. Er hatte seinen Auftrag prompt erledigt. Von den Aufträgen, die Heckler gestern Abend an verschiedene seiner Freunde verteilt hatte, war dies auch der Einfachste gewesen. Nein, die drei Medikamente, deretwegen Heckler angefragt habe, würden ausschließlich von seiner Firma hergestellt, keine Lizenzproduktion. Allerdings sei die Nachfrage nach dem neuen AIDS-Mittel zur Zeit riesengroß, insbesondere auf dem Exportmarkt. Auch eines der Antibiotika werde derzeit in Massen produziert, weltweit, in sämtlichen Produktionsstätten des Konzerns, weil es seit der Milzbrand-Hysterie in einigen Ländern geradezu gehortet werde. Gelegentlich lasse BioTech tatsächlich Medikamente im Auftrag verpacken, ob es im vorliegenden Fall einen solchen Auftrag gegeben habe, müsse er noch herausbekommen. Tatsächlich habe der Konzern nach der Wende zwei ostdeutsche Pharmafirmen aufgekauft, wohl eher, um sich Konkurrenz von Leib zu halten. Eine Firma sei inzwischen liquidiert worden, die andere habe nur noch Vertriebsfunktion. Von einer Firma namens Repropharm habe in Leverkusen keiner je etwas gehört. Er würde sich weiter erkundigen und sich wieder melden.

Nach dem Gespräch spürte Heckler, dass er auf der richtigen Spur war. Er wusste es einfach, auch wenn die letzte Bestätigung fehlte. Deshalb überlegte er, wie er diesen Riesenbetrug, der sich da abzeichnete, aufdecken konnte. Vordringlich mussten die Medikamente analysiert werden, die Heckler in Berlin eingesteckt hatte. Natürlich hätte er einen solchen Auftrag an irgendein pharmazeutisches Institut oder an den BioTech-Konzern selbst geben können, aber das Ganze musste vertraulich geschehen, und bevor die Beweise nicht unumstößlich waren, wollte er keine schlafenden Hunde wecken. Deshalb hatte er Axel Niemeyer auch nicht über die Hintergründe informiert.

Bernhard Haller war etwas überrascht, als Heckler ihn während des Dienstes anrief. Noch mehr verwunderte ihn die Bitte seines alten Studienfreundes.

»Geht das nicht inoffiziell, so unter der Hand?«

»Du bist gut, Hecki, irgendwie muss ich das ja begründen und in irgendeiner laufenden Untersuchung ›unterbringen‹. Wir schicken solche Untersuchungen immer an ein spezielles Institut, die wollen natürlich genaue Angaben, worum es geht.« Haller war normalerweise nicht zimperlich.

»Du machst das schon«, war Hecklers aufmunternder Kommentar.

»Darf man auch erfahren, worum es eigentlich geht? Immer noch dieser ... wie hieß der doch, van Gemmeren?«

»Ja, Bernie, immer noch dieser van Gemmeren. Der ist übrigens tatsächlich an einem Herzinfarkt gestorben, der Schädel wurde ihm erst nachträglich eingeschlagen«, klärte Heckler den Freund auf. Schließlich war der entscheidende Tipp vor fast drei Wochen von Haller gekommen, als er die digitalen Photos gesehen hatte. Morgen würde es in der Zeitung stehen.

»Na bitte, hab' ich doch gleich gesagt, dass das Leichenschändung war, die Schläge auf den Schädel.« Haller schien sehr zufrieden mit sich, hatte sich doch seine Vermutung bestätigt. Das entfachte sein Interesse erneut.

»Und was hat das jetzt mit den Medikamenten zu tun?«

»Mensch, Bernie, diese Hilfsorganisation kauft jährlich Medikamente im Wert von zig Millionen für den Export! Da liegt es doch nahe ...« Heckler ließ offen, was denn so naheliegend war.

»Okay, mein Lieber, ich mach's, aber ...«

»Du bist ein Schatz, Bernie«, unterbrach ihn Heckler und machte ein schmatzendes Geräusch vor der Telefonmuschel, »und grüß Iris von mir!« Vielleicht war es an der Zeit, sich einmal mit der Staatsanwältin Iris Braun zu beraten. Er hätte sie sowieso gern wiedergesehen. Irgendwie beneidete er seinen Freund um diese attraktive Partnerin, vielleicht war es auch die alte Konkurrenz aus Studententagen.

Später, zu Hause, verpackte Heckler sorgfältig je fünf Tabletten aus den drei Medikamentenschachteln, die er bei Repropharm »mitgenommen« hatte, und adressierte das Päckchen an Bernhard Haller. Jetzt erst bemerkte er, dass er im Gespräch mit ihm einen Zusammenhang zwischen den Medikamenten und van Gemmerens Tod hergestellt hatte, ein Zusammenhang, der keineswegs erwiesen war. Zwar verdichteten sich die Anzeichen, dass die Offermanns GmbH illegale Geschäfte getätigt hatte, aber das bedeutete nicht automatisch, dass van Gemmeren oder Bernstein oder ein anderer Mitarbeiter der MedicAid davon gewusst hatten.

Aber da war dieses Schreiben von Thomas Bernstein an Offermanns bezüglich der Repropharm, irgendeinen Zusammenhang musste es also geben! Warum sollte Bernstein sonst ein Interesse daran gehabt haben, die Präparate dieser Firma über Offermanns zu kaufen?

33.

Andreas Heckler bemühte sich intensiv, am Donnerstagmorgen seine imaginären Verfolger abzuschütteln. Er war sich nicht sicher, ob ihm das gelungen war, da er auch heute keinen realen Verfolger entdecken konnte. Die Adresse im Düsseldorfer Stadtteil Rath gehörte zu einer trostlosen Siedlung von Mietshäusern aus den Fünfzigerjahren, schnell und billig im Nachkriegsdeutschland hochgezogen. Heckler dachte an die Plattenbauten der ehemaligen DDR, ein großer Unterschied bestand da nicht. Entsprechend heruntergekommen war der Hausflur, den Heckler jetzt betrat. Er entdeckte den Namen, den er suchte, nicht auf den Klingelschildern und so stieg er langsam Stockwerk für Stockwerk nach oben, um die Türschilder zu studieren. Im vierten Stock schließlich stand er vor einer Türe, auf der, ganz klein, unter dem eigentlichen Namen ein Zweiter stand: Stojkovic. Das war der Name des Zeugen, der Thomas Bernstein in der U-Bahn erkannt haben wollte und der seine Aussage später zurückgezogen hatte, weil er sich geirrt habe. Immerhin hatte diese Aussage Thomas Bernstein zu einem, wenn auch recht kurzen, Erlebnis der Freiheit verholfen – mit fatalem Ende.

Die Klingel funktionierte nicht, aber die Tür war ohnehin nur angelehnt. Heckler klopfe und machte sich durch ein lautes »Hallo!« bemerkbar. Nach einiger Zeit näherten sich schlurfende Schritte und ein misstrauischer, ungepflegt wirkender, etwa sechzigjähriger Mann im Arbeitskittel blickte durch den Türspalt.

»Herr Stojkovic?«

Der Mann schüttelte nur stumm den Kopf. Er stank nach Zigarrenrauch. Dann sagte er: »Die Familie Nemec ist letzte Woche ausgezogen.« Das war der Name auf dem Türschild.

»Und Stojkovic, hat der auch hier gewohnt?«

Der Mann hob die Schultern und fingerte einen Zigarrenstummel aus der Tiefe seines schmuddeligen Kittels. Umständlich versuchte er, den Stummel in Brand zu setzen. Es dauerte sehr lange, bis Heckler das Schweigen des Mannes richtig interpretierte. Als er einen Zwanzig-Euro-Schein aus dem Portemonnaie zog, war der Bann gebrochen. Der Mann, der sich als Hausmeister herausstellte, steckte den Schein mit unglaublicher Behändigkeit ein und konnte plötzlich reden. Die Nemecs hätten viele Jahre hier gewohnt, seien ehrbaren Berufen nachgegangen, einfache Leute wie alle hier, hätten sich etwas zusammengespart, für das Leben »da unten« würde es reichen.

»Kosovo oder Serbien, was weiß ich«, erklärte der Mann, als Heckler ihn fragte, was er mit »da unten« meinte.

»Und Stojkovic, wer ist das?«, kam Heckler auf den eigentlichen Grund seines Besuches zu sprechen.

»Keine Ahnung, auch weg. Der hat einen oder zwei Monate hier gewohnt, ich hab' ihn nur einmal gesehen, ziemlich junger Kerl. Ich dachte, die Nemecs verdienen sich ein paar Euro nebenher durch Untermieter, jetzt, wo ihre Tochter aus dem Hause ist.«

»Und Sie wissen natürlich nicht, wo ich Herrn Stojkovic finden könnte?«

Auch der Wink mit einem weiteren Schein half nichts, der Hausmeister wusste es wirklich nicht. So stieg Heckler wieder die Stufen hinunter und dachte darüber nach, warum der Zeuge verschwunden war. Im Hausflur hielt er erneut inne und musterte die Briefkästen. Der Kasten von Nemec stand leicht offen und Heckler sah den Inhalt durch. Es war nur Reklame. In dem Moment hörte er eine Stimme hinter sich und fuhr erschrocken herum.

»Darf ich Ihnen das für Herrn Stojkovic gleich mitgeben?« Es war der Postbote, der dem verdutzten Doktor einen Brief in die Hand drückte, adressiert an »Herrn Miroslav Stojkovic c/o Nemec«. Heckler murmelte nur: »Danke« und steckte den Brief ein. Dann wartete er, bis der Postbote verschwunden war, und entfernte sich rasch. Draußen sah er sich hastig um, ging dann schnellen Schrittes zu seinem Wagen, den er vorsichtshalber einige Querstraßen entfernt geparkt hatte. Wiederholt schaute

er in alle Richtungen, öffnete dann mit zitternden Fingern den Brief und stellte fest, dass es sich um Kontoauszüge handelte. Der Zeitraum umfasste etwa den letzten Monat bis zu dem Datum, wo das Konto aufgelöst worden war und eine Schlussabrechnung erfolgte. Das war letzte Woche gewesen. Heckler überflog die Buchungsposten und staunte nicht schlecht. Bereits der alte Saldo wies eine stattliche Höhe von fast zwanzigtausend Euro aus, an größeren Posten fielen ihm zwei Bareinzahlungen von ungefähr fünfzehntausend Euro auf, eine vor vier Wochen, die zweite vor etwa zehn Tagen. Der Endstand des Kontos betrug demnach fast fünfzigtausend Euro, eine stolze Summe für
jemanden, der in diesen Wohnverhältnissen gelebt hatte.

»Das gibt's doch nicht!«, murmelte Heckler.

Das gesamte Geld war zuletzt an eine Bank im Ausland überwiesen worden, wohin, das ging aus dem Auszug nicht hervor, da stand nur »Auslandsüberweisung«, ein Beleg war nicht angeheftet. Er prüfte die Datumsangaben und stellte fest, dass der erste Betrag kurz nach van Gemmerens Tod und die zweite Einzahlung nach dem Tod von Thomas Bernstein verbucht war. Die Schlussfolgerung lag auf der Hand: Stojkovic war ein gedungener Mörder, ein Auftragskiller. Die Auflösung des Falles erschien Heckler plötzlich ganz einfach. Für einen oder vielleicht zwei Auftragsmorde war die Summe von dreißigtausend Euro vielleicht niedrig, aber im Kosovo oder in Serbien oder wo dieser Stojkovic herstammen mochte, war ein Menschenleben noch viel weniger wert. Die falsche Zeugenaussage machte jetzt einen Sinn: sie diente tatsächlich dazu, Thomas Bernstein aus der U-Haft zu holen, um ihn anschließend beseitigen zu können. Nun musste nur noch geklärt werden, wer den Auftrag erteilt hatte.

Heckler war von seiner Phantasie so beflügelt, dass er all die Widersprüche, die gegen diese Theorie sprachen, zunächst ignorierte: So fehlte immer noch das Motiv für den Mord an Bernstein. Dann war es höchst ungewöhnlich, dass Auftragskiller ihr »Honorar« brav auf der Bank einzahlten. Und der Tod von Monika Griesinger, wie passte der in diese Theorie? Die Auslandsüberweisung war vor dem Fenstersturz geschehen und Heckler zweifelte nicht daran, dass dieselben Leute ihre Hand im Spiel gehabt hatten wie bei Thomas Bernstein. Überhaupt, ein Einzelner konnte die kunstvoll ausgeführten »Selbstmorde« nicht arrangiert haben, es war nicht die Methode eines mutmaßlichen Killers aus dem Osten. Und dann war da noch das schwerwiegendste Argument, welches gegen Hecklers Theorie sprach: Stüber hatte alle Beteiligten »durchleuchtet.« Selbst wenn Stüber Defizite im Umgang mit seinen Mitmenschen haben mochte, seinen Job verstand er. Aber hatte er auch das Bankkonto des Zeugen überprüft? Wahrscheinlich nicht. Heckler musste unbedingt mit Stüber sprechen.

All die Dinge, die gegen seine Theorie sprachen, wurden Heckler erst so nach und nach bewusst, als er auf dem Weg zu Bernsteins Wohnung war. Langsam erkannte er, dass sie wesentliche Schwächen hatte. Dennoch blieb die Tatsache, dass der Zeuge tatsächlich verschwunden war und dass er zwei größere Summen erhalten und zuletzt viel Geld ins Ausland transferiert hatte. Der Weg des Geldes müsste sich doch nachvollziehen lassen, überlegte Heckler. Aber an dieser Stelle musste solide Polizeiarbeit einsetzen und nicht die eines Laiendetektivs. Trotzdem dachte er darüber nach, wie er vielleicht eine Bankangestellte bezirzen könnte, verwarf den Gedanken allerdings rasch wieder. So blieb nichts anderes übrig, als die Ergebnisse seiner diversen Aufträge abzuwarten und das gesammelte Material der Polizei zu übergeben. Stüber würde es ihm schon verzeihen, dass er den Brief an Stojkovic eingesteckt hatte. Aber sicher war er da nicht.

34.

Die Erinnerung drohte sich schwer auf Hecklers Brust zu legen, als er die Treppen zur Wohnung von Thomas Bernstein hochstieg, um Juliane dort zu treffen. Die Tür war nur angelehnt und Juliane Bernstein saß im Flur auf einem Stapel Umzugskartons. Sie hatte den Kopf auf beide Arme gestützt und blickte hoch, als Heckler eintrat. Er sah, dass sie geweint hatte.

»Schau dir das an!«, sagte sie ohne Begrüßung und deutete

hinter sich. In ihrer Stimme schwang Wut und Verzweiflung. Heckler verstand nicht und warf einen Blick in die Wohnung. In allen Räumen herrschte Chaos, Schubladen waren aufgezogen, Schranktüren standen offen, Teppiche hochgeschlagen, Bilder abgehängt. Der Inhalt von Kommoden und Schränken lag verstreut am Boden. Er wunderte sich über die Unordnung, dachte aber daran, dass sie die Wohnung ausräumen wollte. Dafür hatte er ihr seine Hilfe angeboten.

»Was ist denn?«, wandte er sich an Juliane.

Sie stand auf, kam auf ihn zu und umarmte ihn so fest, dass er ihre Verzweiflung fühlen konnte und wusste, dass etwas geschehen war. Gleichzeitig spürte er ihren Körper und den dezenten Duft ihres Parfums. Gedanken der Begehrlichkeit gestatte er sich jedoch nicht.

»Die haben alles durchwühlt, diese ... Schweine!«

»Die Spurensicherung?«

Sie sah ihn verständnislos an. »Nein, wo denkst du hin!«

Endlich verstand Heckler, dass die Wohnung von Einbrechern gründlich auf den Kopf gestellt worden war. Sie hatten sich keinerlei Mühe gegeben, diese Tatsache in irgendeiner Weise zu verbergen.

»Hast du die Polizei ... benachrichtigt?«

Juliane nickte. »Stüber schickt einen seiner Mitarbeiter.«

Heckler dachte nach. Juliane hatte Stüber angerufen. Es konnte natürlich auch ein ganz »normaler« Einbruch sein, andererseits glaubte er schon längst nicht mehr an Zufälle. Die Wohnungstür war nicht beschädigt und die Systematik der Durchsuchung sprach dagegen. Die Eindringlinge hatten etwas gesucht, daran zweifelte Heckler nicht. Ob sie es gefunden hatten, daran zweifelte er angesichts des unbeschreiblichen Chaos schon.

Ohne weiter zu überlegen nahm er an, es müsse sich um dieselben Leute handeln, die Thomas Bernstein auf dem Gewissen hatten. In der Konsequenz hieße das: Thomas Bernstein »besaß« sogar noch als Toter etwas, das seinen Mördern gefährlich werden konnte, ja, vermutlich das Motiv für den Mord darstellte. Beim ersten Mal konnten sie nicht danach suchen, weil sonst der Selbstmord nicht glaubhaft gewesen wäre oder sie hatten das belastende Indiz woanders vermutet. Jetzt hatten sie hier danach gesucht und wahrscheinlich nichts gefunden. Wenn diese Theorie stimmte, war Juliane in Gefahr, denn die Gauner würden nicht aufgeben. Heckler atmete tief durch.

»Was denkst du?« Julianes Frage riss ihn aus seinen Gedanken.

»Ich frage mich«, antwortete er, »was sie gesucht haben.«

»Du meinst ... die haben was Bestimmtes gesucht?« Juliane war blass geworden.

»Ja, natürlich. Hast du eine Ahnung?«

Sie schüttelte den Kopf und sagte leise: »Ich habe immer mehr das Gefühl, dass sich Thomas' Leben von meinem weit entfernt hatte, nur, ich hab' es nicht gemerkt.« Es lag so viel Traurigkeit, Enttäuschung und Bitterkeit in dieser Feststellung, dass Heckler zu ihr ging, sie lange festhielt und ihr sanft übers Haar strich.

»Du quälst dich, lass es gut sein«, tröstete er sie, »Thomas war erwachsen, versteh das doch.«

Juliane löste sich sanft aus seiner Umarmung und schnäuzte die Nase.

Im Grunde war Heckler ja mit demselben Anliegen gekommen wie die Einbrecher. Er hatte angenommen, dass der Schlüssel zur Aufklärung der Geschichte in der Wohnung lag. Trotz oder wegen des Einbruches wollte er seinem Ziel näher kommen.

»Fehlt denn was?«, fragte er Juliane.

»Weiß nicht, ich habe neulich zwar alle seine persönlichen Sachen durchgesehen, aber jetzt, bei dem Chaos ...« Sie breitete hilflos die Arme aus und hob die Schultern.

»Wenn wir wüssten, worum es geht, dann wüssten wir auch, wonach wir suchen könnten«, stellte Heckler fest. Juliane sah ihn überrascht und etwas entsetzt an.

»Keine Ahnung, ich weiß es wirklich nicht, Andreas«, sagte sie dann.

»Aber irgendeinen Grund muss es ja geben. Thomas war vielleicht in ... bestimmte Geschäfte ...« Eigentlich hatte er »illegale Geschäfte« sagen wollen, aber er war sich bewusst, dass er Juliane damit sehr weh tun würde. Überhaupt war jede Andeutung, dass ihr Bruder nicht ganz unschuldig gewesen sein könnte, eine Kränkung, eine Verletzung ihrer unverändert vorhandenen Muttergefühle. Sie sah ihn sehr traurig an.

»Entschuldige, Juliane, aber ich glaube, es ist an der Zeit, den Dingen ins Auge zu sehen.«

»Was weißt du, Andreas? Bitte sag es mir, ich ertrage die ... Wahrheit.«

Juliane Bernstein richtete sich auf, so als wollte sie den Ballast der letzten Zeit abschütteln.

»Nicht viel«, wich er aus, »ich wollte, ich wüsste mehr. Vielleicht geht es um die Lieferung von Medikamenten. Wir sollten versuchen, in Thomas' Unterlagen Hinweise zu finden.«

»Ich verstehe«, erwiderte sie, »du meinst, er hat ... Geld genommen?«

»Juliane, ich weiß es nicht. Gibt es denn gar nichts, was dir aufgefallen ist? Hast du einen Überblick über sein Vermögen? Gibt es ein Testament?«

»Nein, ich habe die ganzen Bankgeschichten mit Dr. Gernsbach durchgesehen ...«

»Gernsbach?«

»Ja, er hat sich angeboten, die Erbschaftsangelegenheiten zu regeln. Es gibt kein eigentliches Testament, aber es gibt vertragliche Regelungen, die bei Thomas' Scheidung vereinbart wurden. Seine Tochter erhält neben dem laufenden Unterhalt so viel Geld, dass ein Studium vollständig finanziert wird. Das Geld wird treuhänderisch verwaltet und nach einem bestimmten Modus ausbezahlt, so ähnlich wie bei einer Rente. Seine geschiedene Frau hatte ihren Anteil bereits damals erhalten und erhält jetzt nichts und den Rest erbe ich.«

»Und wie hoch ist das Vermögen?«

»Der Großteil steckt in dieser Wohnung, die gut eine halbe Million wert ist. Ansonsten hatte er einige Papiere und zwei Sparverträge, alles in allem noch einmal dreihunderttausend Euro. Dr. Gernsbach hat zusammen mit der Bank eine Aufstellung gemacht.«

»Lebensversicherungen?«

»Ja, zur Abdeckung des Risikos für die Ausbildung seiner Tochter, etwa hundertzwanzigtausend.«

»Das ist alles?« Heckler hatte starke Zweifel.

»Gernsbach hat wirklich sehr genau gearbeitet, er konnte es auch nicht glauben. Aber wir haben alles gründlich durchgesehen: keine weiteren Konten oder Papiere, keine Bankfächer, nichts. Außerdem«, Juliane sah Heckler an, als müsse sie ihren Bruder verteidigen, »hat er nicht so wahnsinnig viel verdient. Wenn ich das von unseren Eltern ererbte Vermögen abziehe und Thomas' Verdienst zu Grunde lege, dann sind die Zahlen plausibel, davon verstehe ich was.«

Als Geschäftsführerin eines großen Museums konnte sie sicher mit Zahlen umgehen. Wenn Thomas Bernstein also Geld beiseite geschafft haben sollte, dann so, dass es nirgendwo offiziell aufgetaucht war. Dies bedeutete aber auch, dass das Geld noch irgendwo lag. Juliane schien Hecklers Gedanken erraten zu haben.

»Weißt du«, fuhr sie fort, »wenn Thomas tatsächlich korrupt gewesen sein sollte, dann möchte ich gar nicht wissen, wo er vielleicht Geld deponiert hat. Aber ich glaube das nicht, Andreas. Vielleicht hat er sich aus Gutmütigkeit in irgendwelche Dinge hineinziehen lassen, er konnte schon früher nicht Nein sagen. Was ich mir auch vorstellen kann, ist, dass er wegen seiner ... Homosexualität erpresst wurde. Ich glaube, er hatte Angst, die Arbeit zu verlieren oder zumindest van Gemmerens Nachfolge nicht antreten zu können.«

»Diese Angst hatte er, das stimmt, Richie hat das erzählt. Aber du hast ja selbst gehört, dass Thomas sich angeblich outen wollte, er wäre an diesem Punkt dann nicht mehr erpressbar gewesen.«

»Vielleicht war das ja der Grund, sie hatten ihn nicht mehr in der Hand.«

Das Gespräch wurde durch lautes Klopfen unterbrochen. Ein Mitarbeiter der Mordkommission stand mit den Leuten von der Spurensicherung vor der Tür. Heckler bemerkte, dass es ein anderes Team war, Stüber schien also die undichte Stelle bei der Spurensicherung gestopft zu haben.

»Mein Gott«, war der einzige Kommentar des Beamten beim Anblick der Wohnung. Nach einem raschen Überblick und einigen Fragen rief er seinen Chef an. Anschließend wurde alles fotografiert, Spuren oder vermeintliche Spuren gesichtet, geprüft, analysiert, eben die ganze Routine des Apparates.

»Wenn Sie nichts vermissen, dann ...«, sagte der Beamte schließlich und schickte seine Leute fort. »Sollte Ihnen noch etwas auffallen, rufen Sie uns bitte an.«

»Was war das denn?« Heckler hatte als Erster die Sprache wiedergefunden, als der Kriminalbeamte gegangen war.

»Und nun?«

»Packen wir ein!« Juliane Bernstein seufzte gottergeben.

Sie fingen an, die Gegenstände in Umzugskartons zu verstauen, Kleidung getrennt von der übrigen Einrichtung. Da Juliane die Kleidung einer gemeinnützigen Organisation geben wollte, bot sie Heckler an, Kleidungsstücke, die ihm gefielen, vorher an sich zu nehmen. Er lehnte jedoch ab. Zum einen hatte Thomas Bernstein zwar seine Größe, aber offensichtlich nicht seine Figur gehabt. Zum anderen hätte er es pietätlos gefunden, sich am Tod eines Menschen in irgendeiner Form zu bereichern. Fast schien es ihm, dass Juliane ein wenig traurig war, weil er nichts annehmen wollte.

»Aber diesen Gürtel, Andreas, den darfst du schon nehmen. Du würdest mir einen ... Gefallen tun«, sagte sie mit gesenktem Kopf, als schämte sie sich. Sie hatte aus einer Plastiktüte, die im Flur gelegen hatte, einen breiten, dunkelbraunen Ledergürtel mit einer wunderschönen Edelstahlschnalle hervorgezogen.

Der Gürtel gefiel Heckler, er ließ ihn durch die Finger gleiten und sagte dann: »Ja, gern, wenn du möchtest.« Er nahm den Gürtel, rollte ihn zusammen und legte ihn neben den Ausgang.

»Woher kommt das?«, wollte er mit Blick auf die Plastiktüte wissen.

Juliane zögerte, dann gestand sie: »Das sind die Sachen, die ich von der Polizei jetzt zurückbekommen habe. Der Gürtel war ein Geschenk von mir ...«

Heckler musste schlucken. Aber dafür, den Gürtel wieder zurückzugeben, war es zu spät. Der Gedanke, einen Gürtel zu besitzen, den Julianes Bruder während seiner Ermordung getragen hatte, bereitete ihm Magendruck. Vielleicht würde sich das später geben.

Sie arbeiten fast verbissen nebeneinander her, bis Heckler

am Nachmittag zum Dienst musste. Juliane verließ mit ihm die Wohnung, sie habe noch einen Termin mit Dr. Gernsbach und Herrn Krüger von der MedicAid, der Wirtschaftsprüfer habe seinen Schlussbericht vorgelegt, das solle besprochen werden, sagte sie. Heckler erinnerte sich an den Vorwurf überhöhter Einkaufspreise und versicherte Juliane, dass ihr Bruder die Medikamente günstig eingekauft habe, da habe er sich mittlerweile erkundigt. Sie verabschiedeten sich, nachdem sie vereinbart hatten, sich am nächsten Morgen wieder zu treffen, um die Arbeit fortzusetzen.

»Ich hol' dich ab«, sagte Heckler, bevor sie sich trennten.

35.

Der Notarzt wurde an diesem Abend so oft gerufen, dass Heckler kaum Zeit hatte, über die Geschehnisse des Vormittags nachzudenken, geschweige denn, die Möglichkeit gehabt hätte, seine Freunde in Berlin und Leverkusen anzurufen. Er fand nicht einmal Zeit, die Artikel über die Ermittlungsergebnisse im Fall »van Gemmeren« zu lesen, obwohl die Zeitungen voll davon waren und ausführlich über die erstaunliche Wendung des Falles berichteten. Als das Notarztteam nach einem Einsatz in der Innenstadt am noblen Gebäude des Privatbankhauses »Brunkhorst & Co« vorbeikam, registrierte es Heckler kaum. Erst als er nach getaner Arbeit müde im Bett lag, fiel es ihm ein: Der Chef des Bankhauses, Henning Bengsen, war Mitglied im Stiftungsrat der MedicAid. Mit der Erinnerung stellte sich bereits im Halbschlaf die Assoziation einer schwarzen Limousine ein, wie sie Banker zu fahren pflegten. Morgen musste er unbedingt prüfen, ob der zweite Buchstabe jenes Autokennzeichens, welches er nicht hatte zuordnen können, vielleicht ein »B« statt eines »D« war. Aber daran erinnerte er sich am nächsten Morgen nicht mehr.

Während sich Heckler zusammen mit Juliane Bernstein daran machte, die Wohnung von Thomas Bernstein weiter auszuräumen, versuchte er immer wieder seine Freunde zu erreichen.

Dies stellte sich als schwieriges Unterfangen heraus, weil alle arbeiteten und der Freitag für viele ein anstrengender Tag war, musste doch einiges vor dem Wochenende noch erledigt werden. Endlich gelang es ihm Axel Niemeyer, den Werksarzt, ans Telefon zu bekommen.

»Ich hätte dich ohnehin angerufen, Andreas«, begann Axel, »du musst dich geirrt haben. Unsere Firma produziert die Medikamente, die du genannt hast, ausschließlich selbst, keine Lizenzvergabe. Tatsächlich wurden bis vor einem Jahr einige unserer Medikamente in einem Tochterbetrieb im Osten abgefüllt, der Name war »Pharmacia International« oder so ähnlich, aber mit einer Repropharm hat unser Werk nie zusammengearbeitet. Allerdings räumen unsere Experten ein, dass die Pharmacia möglicherweise Subunternehmen beauftragt hatte.«

»Wieso hatte?«, wollte Heckler wissen.

»Weil die Pharmacia vor einem Jahr, sagen wir mal, aufgehört hat zu existieren.« Niemeyer beließ es bei dieser Andeutung und setzte hinzu: »Ich musste ganz schön rumfragen im Konzern und bin mit meiner Neugier nicht gerade auf Gegenliebe gestoßen. Fand ich merkwürdig.«

Heckler bedankte sich und versicherte, dass sie sich bald einmal treffen sollten. Axel Niemeyer war eigentlich ein ganz netter Kerl.

Nach zwei Stunden machten sie eine Pause, Juliane hatte Tee bereitet. Während sie einige Kekse knabberten, sagte sie unvermittelt: »Du hattest Recht, Andreas.«

»Womit hatte ich Recht?«

»Na, mit den Preisen für die Medikamente! Der Wirtschaftsprüfer hat, nach Stichproben bei anderen Anbietern, festgestellt, dass Thomas doch günstig eingekauft hat bei dieser ...«

»Offermanns GmbH«, ergänzte Heckler.

»Richtig, so heißt diese Firma, die wohl den allergrößten Teil der Medikamente in den letzten Jahren geliefert hat, so eine Art Großhändler. Herr Krüger hat sich quasi bei mir entschuldigt, dass dieser Verdacht überhaupt geäußert worden ist.«

Heckler nickte. Vielleicht hatte Thomas Bernstein tatsächlich nichts gewusst, aber dass Offermanns dunkle Geschäfte gemacht hatte, das stand für ihn fest. Allerdings wollte er die

Ergebnisse der weiteren Recherchen abwarten, ehe er Juliane einweihte. Sie wandten sich wieder ihrer Arbeit zu, keiner von beiden sprach dabei. Gelegentlich unterbrachen sie sich, um einige Sätze miteinander zu wechseln. Juliane war einverstanden, dass Heckler die geschäftlichen Unterlagen ihres Bruders, soweit sie sich nicht bei Dr. Gernsbach befanden, noch einmal durchsah, sie dann sorgfältig einpackte und besonders kennzeichnete. Juliane las die private Korrespondenz ihres Bruders, erläuterte Heckler das eine oder andere und steckte die Briefe in eine Reisetasche, zusammen mit weiteren persönlichen Gegenständen. Alles in allem fanden sie nichts, aber auch gar nichts, das ihnen eine Erklärung für den Mord an Julianes Bruder gegeben hätte.

Letztlich war Heckler mit dem Ergebnis des Vormittags trotzdem zufrieden, denn er konnte noch zwei wichtige Telefonate führen: Sein Berliner Freund, Hermann Barth, hatte festgestellt, dass die Repropharm GmbH vor etwa zehn Tagen aus dem Handelsregister gelöscht worden war. Die Firma sei vor sechs Jahren gegründet worden, mit sehr wenig Eigenkapital, die Namen der Gesellschafter, die er sich vorsichtshalber notierte, sagten Heckler nichts, es waren zwei Allerweltsnamen sowie ein »Institut für Pharmazeutische Entwicklung.« Diese Gesellschafter stammten den Adressen nach alle aus den neuen Bundesländern. Vor fünf Jahren sei ein weiterer Gesellschafter aus dem Westen dazugekommen, allerdings mit verschwindend geringem Kapitalanteil, ein gewisser Offermanns.

»Dachte ich mir's doch.« Heckler klang sehr zufrieden.

»Was dachtest du?«

»Offermanns ist ein Gauner«, sagte Heckler nur.

»Du kennst ihn?«, wollte sein Freund wissen.

»Noch nicht«, brummte Heckler. Aber es wurde höchste Zeit, dass er ihn kennen lernte.

»Da ist noch was«, fuhr Barth fort, »die Büros der Repropharm sind schon komplett ausgeräumt, ich war dort, nicht mal ein Namensschild erinnert mehr an die Firma.«

Das kannte Heckler bereits aus jenem Ort in der Mark Brandenburg, wo die Abfüllanlagen der Repropharm praktisch über Nacht verschwunden waren.

»Scheint eine ziemlich windige Firma gewesen zu sein«, resümierte sein Freund, »nebenan ist ja das Büro von BioTech, aber die haben angeblich keine Ahnung, wo ihre Nachbarn abgeblieben sind.«

»Wieso angeblich?«

»Weil die Sekretärin mir zuerst sagte, dass ein Herr Soundso von BioTech, den Namen habe ich vergessen, öfters mal drüben im Büro der Repropharm gewesen sei, geschäftlich. Aber dann kam dieser Herr und meinte, er habe keine Ahnung.«

Heckler bedankte sich fast überschwänglich und dachte anschließend darüber nach, warum in Leverkusen von einer ge-
schäftlichen Verbindung zwischen BioTech und der Repropharm nichts bekannt war, wo doch eine solche Verbindung auf regionaler Ebene offensichtlich bestanden hatte.

Eine weitere Information kam von Martin Preuss: Der befreundete Journalist hatte umfangreich recherchiert, das Ergebnis konnte sich wie stets sehen lassen. Alleiniger Gesellschafter der Offermanns GmbH war seit einem Monat Wilhelm Offermanns. Er hatte nicht nur die Anteile von Roland Peters übernommen, sondern auch die Anteile des Bankhauses Brunkhorst & Co, das 35 Prozent des Kapitals gehalten hatte. So schlossen sich also die Kreise. Bengsen, Chef von Brunkhorst und Mitglied des Stiftungsrates von MedicAid, war mit seiner Bank an der Offermanns GmbH beteiligt gewesen und hatte gemeinsam mit Peters dafür gesorgt, dass Offermanns Aufträge bekam.

»Von der rechten in die linke Tasche«, kommentierte Heckler die Erkenntnisse.

»Kannst du mich endlich mal aufklären?«

»Klar, Martin, du kriegst deine Story. Ab Sonntagabend bin ich für einige Tage bei Jenny. Treffen wir uns Montagvormittag?«

Preuss war etwas brummig, weil er ein ungeduldiger Mensch war, und zwar vor allem dann, wenn seine journalistische Neugier entfacht worden war.

Es fiel ihm schwer, noch drei Tage zu warten, aber nach Hecklers Zusicherung, dass es um »eine ganz große Sache« gehe, war er zunächst einmal beruhigt. Nach dem Gespräch wusste Heckler wieder, was ihm gestern Abend durch den Kopf gegangen war: Er wollte sich später darum kümmern, wem das Düsseldorfer Kennzeichen »B 505« gehörte.

Juliane hatte gehört, dass Heckler telefoniert hatte und schaute ihn an. Sie schien ihre Zurückhaltung aufzugeben und fragte sehr direkt: »Es geht um diesen Offermanns, nicht?«

»Ja, es kann gut sein, dass der hinter allem steckt. Ich brauche die Lieferscheine oder, noch besser, die Rechnungen.« Heckler hatte das mehr zu sich selbst gesagt.

»Ich könnte Dr. Gernsbach bitten oder Herrn Krüger«, schlug

Juliane vor. »Soweit ich das mitbekommen habe, hatte Krüger die Unterlagen gestern dabei. Ich frage ihn am Sonntag.«

»Am Sonntag?«

Juliane schien verlegen. »Ja, ich treffe ihn am Sonntagabend, er hat mich zum Essen eingeladen.«

»Warum das denn?«

»Warum nicht?«

Sie schwiegen beide. Es war ein kurzer Dialog gewesen, der aber zeigte, dass sie die Emotionen zwischen ihnen an dieser Stelle nur mühsam kontrollieren konnten, dass Zuneigung einerseits und Kränkung, Eifersucht, Enttäuschung sowie trotzige Abgrenzung andererseits ganz dicht beieinander lagen. Juliane war aber nicht die Frau, die diese Dinge im Unklaren ließ.

»Als du in Berlin warst, habe ich Herbert Krüger schon einmal getroffen. Er hat mit viel von Thomas erzählt, natürlich aus der Sicht der Firma. Trotzdem, ich fand es ungeheuer wichtig für mich. Es war, als würde ich Thomas neu kennen lernen, als würde ich all die Information erhalten, die er selbst mir in den letzten Jahren nicht gegeben hat. Das hat mir sehr geholfen, auch die Tatsache, dass Thomas in der MedicAid absolut anerkannt war, er war beliebt bei den Mitarbeitern, galt bei den Partnern der Organisation als kompetent und überhaupt ...« Juliane wischte sich über die Augen.

»Und das hat Krüger alles erzählt?«

»Ja, und noch viel mehr, zum Beispiel, dass er sicher sei, dass Thomas sich nichts zu Schulden kommen ließ und dass er seinen Tod zutiefst bedauere und sich die ganzen Vorgänge gar nicht erklären könne.«

»Hast du Krüger denn von der ... Mordtheorie erzählt?«

»Nein, habe ich nicht.«

»Aber warum war sich Krüger dann sicher, dass Thomas keine Schuld hatte? Vor zehn Tagen galt ja van Gemmerens Tod noch als Mord und der ›Selbstmord‹ von Thomas als Eingeständnis des mutmaßlichen Mörders.«

Juliane überlegte einen Moment. »Ich glaube«, sagte sie dann, »Herbert Krüger hat von Anfang an genau wie ich an die Unschuld von Thomas geglaubt. Ich finde ihn ... sympathisch.«

Diese Feststellung ärgerte Heckler und ließ ihn aggressiver werden. »Frag Krüger doch mal, wo er letzten Montag vor drei Wochen, vor zwei Wochen und am letzten Freitag gewesen ist!«

Juliane sah ihn wütend an, Heckler nahm es mit Erstaunen wahr. Allerdings war sein Einwurf auch unverschämt gewesen, denn er hatte Krüger so in Zusammenhang mit dem Todeszeitpunkt aller drei Toten in diesem verwirrenden Fall gebracht.

»Du bist ja verrückt! Was hast du gegen Krüger? Du kennst ihn doch gar nicht! Außerdem, wenn dich das beruhigt, Herr Krüger war an beiden Montagen gar nicht in der Stadt, sondern weit weg.«

»Wo denn?«

»In ...« Juliane hielt inne, sah Heckler fest in die Augen und lächelte unmerklich. »Du bist eifersüchtig, wer hätte das gedacht«, stellte sie dann fest.

Es abzustreiten hätte nichts genutzt. Juliane hatte den Nagel so sehr auf den Kopf getroffen, dass Heckler rot wurde. Das war ihm schon sehr lange nicht mehr passiert. Er blickte zu Boden und murmelte: »Entschuldige.«

Juliane nahm ihn in den Arm und flüsterte ihm ins Ohr: »Wenigstens bedeute ich dir etwas.«

Ob es die Geborgenheit in Julianes Armen, ihre körperliche Nähe oder der Inhalt ihrer Äußerung war, Heckler wusste es nicht, die Spannung war jedenfalls gewichen. Er bat sie noch, Krüger nicht in die wahren Umstände bezüglich des Todes ihres Bruders einzuweihen, die Polizei wolle das »aus ermittlungstaktischen Gründen« noch zurückhalten.

Als er später zum Dienst fuhr, hatten sie die Wohnung fast leer geräumt, den morgigen Samstagvormittag würden sie noch benötigen. Während der Fahrt dachte er darüber nach, warum Krüger von Bernsteins Unschuld so überzeugt war. Heckler war es nämlich nicht.

36.

Die Spätschicht am Freitag und Samstag war bei den Notärzten nicht gerade beliebt. Nicht weil man viel arbeiten musste, sondern weil die Art der Einsätze sehr oft unangenehm war. Entweder waren es Betrunkene, die den Notärzten letztlich nur die Zeit stahlen, oder es waren hässliche Dinge, Unfälle mit jungen Menschen, die auf dem Heimweg von der Disco passierten, oder Gewalttaten, bei denen sich der unter der Woche angestaute Frust explosionsartig entlud. Als Andreas Heckler gegen Mitternacht zu Hause vor dem Fernseher bei einem Bier entspannte, stellte er fest, dass er Gott sei Dank von solchen Einsätzen verschont geblieben war. Mit seinen Recherchen jedoch war er nicht weitergekommen.

Juliane Bernstein überraschte ihn am nächsten Tag mit der Nachricht, dass die Beerdigung von Monika Griesinger am Montag stattfinde, was Heckler sofort in einen heftigen Zwiespalt stürzte. Allmählich hatte er große Sehnsucht nach Jenny und den Freunden in Aachen. Und seine Tochter Lydia hatte er lange nicht mehr gesehen. Auf der anderen Seite empfand er es als Verrat, nicht an der Beerdigung teilzunehmen. Er verschob die Entscheidung.

Sie hatten es geschafft: Die Wohnung von Thomas Bernstein war leer. Heckler war enttäuscht, weil sie nicht den kleinsten Hinweis gefunden hatten, der ihnen einen Schritt weitergeholfen hätte. Am Montag sollten die Möbel abgeholt und über eine Firma, die auf Wohnungsauflösungen spezialisiert war, zum Verkauf angeboten werden. Juliane wollte einige Stücke selbst behalten, sozusagen als Erinnerung. Heckler hatte es erneut abgelehnt, irgendetwas für sich zu nehmen. Dabei dachte er an Bernsteins Ledergürtel, der jetzt bei ihm zu Hause im Kleiderschrank hing, und bekam erneut Magendrücken. Der antike Sekretär im Arbeitszimmer war ein wunderschönes und wertvolles Stück, das hätte ihm schon gefallen. Aber genau dieses Stück werde in ihrem Arbeitszimmer im Museum einen Ehrenplatz erhalten, hatte Juliane gesagt. Der Abschied fand in einer merkwürdigen Stimmung statt, weil unklar war, ob sie sich am Montag bei der Beerdigung von Monika Griesinger noch mal sehen würden. Anschließend werde sie heimfahren, gab Juliane zu verstehen, als sei diese Beerdigung die allerletzte Möglichkeit, sich noch einmal zu sehen. Er hielt sie lange im Arm, bevor sie sich irgendwann sanft löste und sich im Gehen noch mehrmals umsah und ihm zuwinkte. Während des anschließenden Dienstes wollte diese merkwürdige Stimmung nicht weichen und Heckler drohte, in Melancholie zu versinken.

Gegen 22 Uhr gab es einen Einsatz, den Heckler für den Rest seines Lebens nicht mehr vergessen würde ... Er hatte stets gehofft, niemals den Alptraum eines Familiendramas erleben zu müssen. Der Notarzt war alarmiert worden, weil die Nachbarin, die die Familie gefunden hatte, nicht sicher gewesen war, ob das Kind noch lebte. Aber von der dreiköpfigen Familie hatte niemand überlebt. Ein verzweifelter und betrunkener Familienvater hatte im Schlaf seine dreijährige Tochter erdrosselt und die Frau im Ehebett erschlagen. Anschließend hatte er sich im Keller erhängt. Die Nachbarin hatte gegen 21 Uhr einen lauten Streit gehört und sich nichts weiter dabei gedacht, das war in letzter Zeit häufiger vorgekommen. Die ungewöhnliche Stille im Reihenhaus nebenan hatte sie veranlasst, nach knapp einer Stunde bei den Nachbarn zu klingeln. Als in dem hell erleuchteten Haus niemand öffnete, hatte sie den bei ihr deponierten Schlüssel geholt und das entsetzliche Ende der jungen Familie entdeckt. Heckler sah sofort, dass er niemandem mehr helfen konnte. Die Ehefrau war mit einem Zimmermannshammer erschlagen worden. Heckler wurde bei dem Anblick fast übel, der Täter musste mit aller Kraft zugeschlagen haben. Was ihn jedoch bis ins Mark traf, war der Anblick des toten Kindes, obwohl der Ausdruck des Kindergesichtes fast friedlich wirkte. Als er sich abwandte, hatte er Tränen in den Augen. Für den Familienvater im Keller hatte er keinerlei Gefühl, er registrierte dessen Tod fast sachlich. Von der Nachbarin erfuhr er, dass der Mann seinen Job verloren und mehr und mehr Alkohol getrunken habe. Es habe dann häufig Streit gegeben, und als die Frau gedroht habe, sich scheiden zu lassen und mit der Tochter zu ihrer Mutter zu ziehen, sei der Konflikt eskaliert. Dabei sei der Mann herzensgut und ein rührend um das Kind besorgter Vater gewesen, wenn er nüchtern war.

Bis weit nach Mitternacht lag Heckler mit offenen Augen im Bett und starrte in die Dunkelheit. Bei geschlossenen Augen wurden die schrecklichen Bilder, die ihn nicht mehr verlassen

wollten, intensiver. Irgendwann sank er in einen Halbschlaf, das Bild der Frau mit dem eingeschlagenen Schädel verschmolz mit dem Bild des toten van Gemmeren. Er schreckte hoch und dachte, dass sich die Bilder sehr ähnlich waren. Dann begann er darüber nachzugrübeln, ob die Tätigkeit als Notarzt das Richtige für ihn sei oder ob er nicht besser einen anderen Job suchen sollte.

Am Sonntagmorgen erwachte er viel zu früh; er fühlte sich völlig erschlagen. Wenn er sich nicht zum Joggen verabredet hätte, das erste Mal wieder seit über zwei Wochen, wäre er apathisch im Bett liegen geblieben. So war er froh, mit seinen beiden Bekannten die frische Luft genießen zu können und sich ein wenig ablenken zu lassen. Die Temperaturen waren gesunken, aber durch die Wärme der letzten Tage waren Forsythien, Krokusse und allerlei Ziergewächse aufgeblüht. Er kannte sich, was Pflanzen betraf, überhaupt nicht aus, konnte sich aber an den bunten Farben freuen, die zunehmend das triste Graubraun des Winters verdrängt hatten. Nach dem Sport fiel er ins Bett und hatte sich bis Dienstbeginn einigermaßen erholt. Zuvor packte er die Wochenendtasche und lud seinen PC ein. Die Diskette, die er von Frau Griesinger erhalten hatte, und die Schlüssel, die er in ihrer Wohnung an sich genommen hatte, trug er seit einigen Tagen stets bei sich.

Nach dem Entsetzen, das er während seines gestrigen Dienstes erlebt hatte, war das Schicksal an diesem Sonntagabend gnädig. Nur einmal meldete sich ein unangenehmes Gefühl, als er daran dachte, dass Juliane Bernstein gerade mit Herbert Krüger zu Abend essen würde. Das ärgerte ihn dann doch. Wie stets in den letzten Tagen beobachtete Heckler den nachfolgenden Verkehr im Rückspiegel. Es war gegen halb zwölf und er war auf dem Weg nach Aachen. Nach einiger Zeit hatte er das Gefühl, dass ihm zwei Lichter folgten. Er war sich nicht ganz sicher, vollführte einige Manöver, fuhr mal schneller, mal langsamer. Die Lichter blieben in deutlichem Abstand hinter ihm. Also hatte er sich nicht getäuscht: Er wurde beobachtet. Als er von der A57 auf die A52 abbog, wollte er seine Verfolger loswerden. Nach dem Ende des Wochenendfahrverbotes waren jetzt einige Lastwagen unterwegs. Er setzte sich vor einen LKW und verlangsamte das Tempo. Das Fahrzeug, in dem er seine Verfolger vermutete, überholte nicht. Heckler wurde es zusehends ungemütlich, er musste jetzt handeln. Er fuhr noch langsamer, sodass der LKW hinter ihm dicht auffuhr und bereits die Lichthupe betätigte. In diesem Moment schaltete er die Warnblinker an und lenkte seinen Wagen auf den Standstreifen. Das verdächtige Fahrzeug war in etwa hundert Meter Abstand gefolgt, schien abzubremsen, beschleunigte dann aber zügig und fuhr an Heckler vorbei. Es war ein grauer Ford mit defekter Kennzeichenbeleuchtung. Seine Rechnung war also nicht aufgegangen: er konnte sich das Kennzeichen nicht notieren. Schemenhaft hatte er zwei Personen wahrgenommen. Heckler stieg aus und öffnete die Motorhaube. Es konnte ja sein, dass er weiter beobachtet wurde, und er wollte seine Verfolger nicht merken lassen, dass er sie entdeckt hatte. Nach einiger Zeit setzte er sich wieder ans Steuer und fuhr weiter. Dabei zitterten seine Hände und ihm war flau im Magen. Es war fast Mitternacht und er fühlte sich hilflos. Was sollte er denn machen, wenn die Kerle es auf ihn abgesehen hatten? Kurz vor dem Aachener Kreuz glaubte er, den Ford auf einem Parkplatz erkannt zu haben. Das Fahrzeug war jedoch zu weit entfernt. Ängstlich sah er immer wieder in den Rückspiegel, konnte aber nichts Verdächtiges entdecken.

Nachdem Jenny Lacroix vor einigen Tagen überzeugt gewesen war, dass Heckler die Depression überwunden hatte, merkte sie jetzt sofort, dass ihr Freund bedrückt wirkte. Sie gab keine Ruhe, bis er jedes Detail der letzten Tage berichtet hatte. Sie erfuhr alles, bis auf die Tatsache, dass er sich in Juliane Bernstein verliebt hatte. Hatte? Er war sich über den Charakter dieser Beziehung selbst nicht im Klaren. Ganz entgegen ihrer Art hörte sie still zu, stellte nur wenige Fragen. Als er vom gestrigen Einsatz erzählte, setzte sie sich neben ihn und hielt ihn ruhig im Arm. Im Gefühl der Sicherheit dieser Geste fand Heckler endlich die Tränen, die er sich gestern in der erzwungenen Distanziertheit seiner Rolle als Notarzt nicht erlaubt hatte.

»Wie bei der MedicAid«, sagte Jenny nach einer Weile.

»Was ist?«

»Diese schlimme Familiengeschichte wie vor drei Wochen, erst ein Toter mit eingeschlagenem Schädel, dann ein Erhängter.«

Heckler starrte seine Freundin an. Jenny fuhr fort: »Fehlt nur noch ...« Sie brach ab.

»Natürlich«, murmelte Heckler, »da gibt es jemanden, der Alkohol trinkt.« Plötzlich *wusste* er, dass Detlef Braun Jan van Gemmeren erschlagen hatte, und er wusste, warum sich das Bild von der toten Frau und das von van Gemmeren letzte Nacht vermischt hatten.

Gegen drei Uhr gingen sie zu Bett, kuschelten sich eng aneinander und schliefen am Montagfrüh sehr lange.

37.

Die Tage von Montag bis Mittwoch bis zum Beginn der Nachtschicht waren zwar erholsam, dennoch wollte eine innere Spannung nicht weichen. Heckler schaute häufiger aus dem Fenster, sah sich auf der Straße um und beobachtete vor allem Fahrzeuge, in denen zwei Männer saßen. Jenny machte sich darüber lustig, sie hielt das für übertrieben.

»Wer soll dich denn beschatten?«, hatte sie gefragt. Heckler hatte darauf keine Antwort gegeben.

Sie trafen viele Freunde, unternahmen dies und das und fühlten sich wohl. Den Montagnachmittag verbrachte Heckler mit seiner Tochter Lydia. Er freute sich, sie mal wieder allein sehen zu können. Es wurde ein richtig gutes Gespräch über ihr Studium, ihre Zukunftspläne und, darüber staunte Heckler am meisten, sogar über ihren Freund Richard. Mit ihren klaren Vorstellungen überraschte sie ihren Vater, und er beneidete sie um diese Klarheit. Bei ihm selbst waren die Dinge nie so klar gewesen. Nur die Überlegung, den Studienort zu wechseln, quittierte er mit einem Stirnrunzeln. Er würde sie vermissen, wenn sie weit weg zöge.

Später brachte Heckler die Diskette der MedicAid mit der Steuerdatei zu Gernot. Der war recht brummig und wurde erst nach zwei Selbstgebrannten und der Zusicherung Hecklers, er wolle einen neuen PC bei ihm kaufen, zugänglicher. Bis Mittwochnachmittag brauche er schon, brummte er, schließlich müsse er »irgendwie« die Software des bekanntesten Produzenten für Betriebswirtschaftsprogramme »herunterladen«. Wo und wie, das blieb sein Geheimnis. Dass Heckler ihn dann noch bat, seinen alten PC auf mögliche Manipulationen zu durchforsten, nahm Gernot gelassen hin. Das war eine seiner Spezialitäten.

Abends kam Martin Preuss zur alten Mühle, diesen Abend hatte sich Heckler ganz für ihn reserviert. Der April zeigte sich von seiner hässlichsten Seite, weshalb das Kaminfeuer nicht nur den Raum erwärmte, sondern auch die Gemüter erhellte. Die Freunde besprachen in aller Ausführlichkeit, was sie über die Firma Offermanns, die Repropharm und die diversen Verbindungen wussten. Dabei wurde deutlich, dass eine Verbindung zu den Vorgängen bei der Hilfsorganisation MedicAid zwar sehr wahrscheinlich, aber keineswegs bewiesen war. Ihr Wissen über Offermanns zu früh preiszugeben, könnte auch bedeuten, die Mörder von Thomas Bernstein und Monika Griesinger zu warnen, die dann weitere Spuren verwischen oder einfach verschwinden konnten. Dennoch war Eile geboten, denn die Tatsache, dass die Repropharm in aller Hast eliminiert worden war, deutete darauf hin, »dass die Vögel ausfliegen« wollten, wie Martin Preuss meinte. Sie kamen überein, dass Preuss mit den Rechercheergebnissen an ein großes Nachrichtenmagazin herantreten sollte, in dem schon häufiger Artikel von ihm erschienen waren. Heckler bat ihn, noch zwei Tage zu warten, bis Gernot mit Hilfe der Steuerdatei entschlüsselt hatte, welche Daten sich auf Bernsteins Diskette und Sicherungs-CD befanden, ferner würden sie das Ergebnis der Medikamentenprüfung ebenfalls

Mitte der Woche erhalten. Außerdem sollte Heckler der Polizei diese Erkenntnisse mitteilen, denn die Firma Offermanns auszuheben, das war nun wirklich Sache der Polizei. Sie waren mit der Strategie ihres Vorgehens sehr zufrieden.

Am nächsten Tag nahm sich Jenny die Zeit, mit ihm gemeinsam einen ausgedehnten Stadtbummel zu machen. Auch wenn es Heckler wesentlich besser ging, er war immer noch auf der Hut und hielt nach unsichtbaren Gegnern Ausschau. Immer dann, wenn er glaubte, verfolgt zu werden, waren seine Verfolger verschwunden oder entpuppten sich als harmlose Passanten oder

Autofahrer. Vorsichtshalber notierte er sich ein paar Autonummern. Vielleicht hatte auch Stüber veranlasst, dass er beobachtet wurde? Schon der Gedanke machte Heckler rasend. Jenny wusste nicht so recht, was sie von der Sache halten sollte. Sein Verhalten kam ihr recht merkwürdig vor.

Den Dienstagabend verbrachten sie mit Iris Braun und Bernhard Haller. Die Geschehnisse der letzten Wochen wurden ausgeklammert, nicht bewusst, eher in einer Art stiller Absprache. Heckler hatte sich aber zu Beginn des Abends versichert, dass Iris Braun mit Detlef Braun, dem Hausmeister der MedicAid, nicht verwandt war. Andere Dinge erschienen wichtiger. So konnte Iris Braun von den Geschichten der Studienfreunde nicht genug bekommen, Geschichten von zwei spätpubertären Lausbuben, die sie damals gewesen und die sie tief in ihrer Seele bis heute geblieben waren. Der Abend endete damit, dass sich Heckler und Jenny mit Iris Braun duzten. Er hätte nie geglaubt, dass er sich jemals mit einer Staatsanwältin duzen würde, und er hätte auch nie geglaubt, dass es so hübsche Staatanwältinnen gab.

Es war Jenny, die am Mittwochnachmittag Hecklers Verfolger entdeckte. Sie waren in die Stadt gefahren, hatten irgendwo eine Parklücke gefunden und wollten einige Besorgungen machen, bevor Heckler zu Gernot ging. Als sie die Einkaufstüten zum Wagen brachten, bemerkte Jenny den grauen Ford, der an derselben Stelle stand wie vor gut einer Stunde. Das wäre ihr nicht weiter aufgefallen, hätten in dem Fahrzeug nicht unverändert zwei Männer gesessen, die scheinbar nichts weiter taten, als da zu sitzen.

»Dreh dich nicht um!«, sagte sie zu Heckler.

Der Ernst in ihrer Stimme stand in merkwürdigem Gegensatz zu dem leicht spöttischen Verhalten, das sie gezeigt hatte, wenn er sich in den letzten Tagen immer wieder umgedreht hatte. Er wusste sofort, um was es ging.

»Ein grauer Ford?«, fragte er.

»Ja, mit zwei Männern drin.«

»Hast du die Kamera mit?«

»Ja, hab' ich.«

Jenny hatte in ihrem Wagen meist eine kleine Digitalkamera liegen, weil sie häufig Kunstgegenstände, Muster oder einfach nur Ideen für ihre kreative Arbeit fotografierte. Sie legten ihre Einkäufe in den Wagen und Jenny nahm die Kamera. Heckler ging auf der anderen Straßenseite an dem Ford vorbei, während Jenny aus einem Hauseingang heraus Fotos machte, als die Männer abgelenkt waren.

»Und?«, fragte Heckler, als sie sich in einem Café gegenübersaßen und in ihren Milchkaffees rührten.

Sie betrachteten die Fotos auf dem kleinen Monitor der Kamera.

»Ich weiß nicht, die Entfernung war ziemlich groß und die Kamera ist nicht sehr gut. Aber ich hab' das Kennzeichen.«

»Man kann die Bilder sicher vergrößern. Du bist echt Klasse!«

»Ich weiß.«

Koketterie war dem Ernst der Lage nicht angemessen. Es war offensichtlich, dass Heckler tiefer in die Sache hineingerutscht war, als er es jemals gewollt hatte. Außerdem hatte ihn Jenny immer wieder gewarnt und sie hatte damals, vor anderthalb Jahren, gesagt, dass sie eine solche Geschichte nicht noch einmal durchhalten würde.

»Hecki?« Ihre Stimme klang sanft, aber bestimmt.

»Ja, Jenny?«

»Du gehst morgen zur Polizei, ja?«

»Ja, meine Liebe, spätestens übermorgen.«

Ihr gefiel es überhaupt nicht, dass Heckler sich ein Hintertürchen offen lassen wollte. Er setzte hinzu: »Vielleicht sind das ja Polizisten, die auf mich ... aufpassen.«

»Und warum, bitteschön, sollte dich die Polizei beobachten, hast du was ausgefressen? Dann beichte mal schön!«

»Ehrenwort, nein!« Zumindest hatte er nichts strafrechtlich Relevantes ausgefressen, das amouröse Abenteuer mit Juliane Bernstein klammerte er aus seinem Ehrenwort aus. Nein, es gab tatsächlich keinen ersichtlichen Grund, warum ihn die Polizei beobachten sollte, obwohl er Stüber so was zutrauen würde. Andererseits, und das sprach für eine Polizeiaktion, die Beschattung war nicht gerade perfekt organisiert, einem einigermaßen wachen Bürger musste sie irgendwann auffallen. Vielleicht

glaubte Stüber, dass er ihm wesentliche Dinge vorenthalten hatte? Genau genommen hatte er das ja auch.

»Die Typen da«, Heckler zeigte mit dem Daumen über die Schulter nach draußen, »sollen nicht mitkriegen, wenn ich zu Gernot gehe, lässt sich das irgendwie arrangieren?«

»Klar doch.« Jenny war stets dabei, wenn es galt, anderen ein Schnippchen zu schlagen. Anderen, die es ihrer Meinung nach verdient hatten. »Allerdings«, fuhr sie fort, »frage ich mich, warum die die ganze Zeit im Auto saßen.«

Eine der möglichen Erklärungen verdarb Heckler etwas die Laune: »Es könnte sein, dass sie Helfer haben.«

»Das kriegen wir raus!« Jenny erläuterte ihre Strategie.

Sie gingen zum Wagen zurück und fuhren los. Jenny bog auf die Hauptstraße ein, hielt an und ließ Heckler rasch aussteigen. Als sie davonfuhr, bemerkte er zufrieden, dass die Kopfstütze des Beifahrersitzes mit Schal und Kappe von hinten tatsächlich wie ein Mitfahrer aussah. »Anfänger«, entfuhr es ihm, als wenige Sekunden später der graue Ford an ihm vorbeischoss, in dem jetzt drei Personen saßen. Er hatte sich in die Nische eines Geschäftseinganges gedrückt und war sicher, dass sie ihn nicht gesehen hatten.

Gernot erschien etwas brummig, was Heckler nicht weiter irritierte, da es eigentlich der Normalzustand war. Gernots Laune war jedoch darauf zurückzuführen, dass er nicht alle Daten entschlüsselt hatte, und das ärgerte ihn. Allerdings war das, was er bis zu diesem Zeitpunkt herausbekommen hatte, schon sehr aufschlussreich.

»Was willst du wissen?«, wandte er sich an Heckler. Die Frage war rhetorisch, denn Gernot war längst dabei, wie ein Besessener durch die verschiedenen Menüpunkte der illegal beschafften Software zu hasten. Dabei zog er immer neue Fenster auf, brummte irgendwelche unverständlichen Dinge und grunzte zuletzt zufrieden vor sich hin. Dann lehnte er sich zurück, verschränkte die Arme vor dem beträchtlichen Bauch und hielt einen für seine Verhältnisse unglaublich langen Vortrag.

»Diese Organisation ist im Grunde ein Großunternehmen. Was die mit wenigen Beschäftigten umsetzen, da kann unsereins nur neidisch werden! Das Ganze ist perfekt organisiert, alles transparent, keine dunklen Stellen. Warenwirtschaft, Rechnungswesen, Personalwesen, Buchführung, alles drin und gut strukturiert. Du kriegst jede Information: von den Lieferscheinen über die Spendenlisten und die Personaldaten bis hin zu Dienstreiseabrechnungen oder Exportlisten. Also, da bleibt kein Wunsch offen, jedenfalls soweit es die Information auf der CD betrifft, das ist wohl die offizielle Datensicherung.«

»Und inoffiziell?«

»Na ja, diese Diskette, keine Ahnung, wie die zu Stande gekommen ist.«

»Was ist denn damit?«

Wenn Gernot etwas nicht leiden konnte, dann war es Ungeduld. Und Heckler war bei den Andeutungen Gernots zunehmend ungeduldig geworden.

»Nur die Ruhe, man tut ja, was man kann! Alles, was ich bis jetzt dazu sagen kann, ist, dass es da einige Dateien gibt, die mit denen auf der CD identisch sind, und zwei Dateien, die zwar genauso groß sind, aber andere Zahlen enthalten. Das Dumme ist nur, ich hab' keine Ahnung, was die Zahlen bedeuten. Das können Gehaltszahlungen, Spesenabrechnungen oder sonst was sein.«

Gelegentlich hatte Heckler Ideen, die selbst Fachleute in Erstaunen versetzten und die rückschauend betrachtet ins Schwarze getroffen hatten.

»Können wir mal die Lieferungen der Firma Offermanns GmbH anschauen?«

Wenn Gernot überrascht war, dann ließ er es sich nicht

anmerken. Bald hatte er die gewünschten Listen auf dem Bildschirm, einmal als Übersicht mit den Summen der letzten achtzehn Monate, zum anderen als Einzellieferungen en détail. Nachdem er die Liste der Rechnungssummen ausgedruckt hatte, ersetzte Gernot die zugehörige Datei durch die gleich große Datei auf der CD. Es dauerte einen Moment, dann pfiff er durch die Zähne.

»Donnerwetter! So eine Art doppelte Buchführung würde ich sagen.«

Nach einem systematischen Vergleich der Zahlen stellten sie fest, dass die Rechnungsbeträge auf der Diskette niedriger lagen, nicht bei jeder Lieferung, aber bei den meisten. Heckler spürte, dass sie der Lösung ganz nahe waren. Es war die prickelnde Spannung des Jägers kurz vor dem Abschuss.

»So, und jetzt schau mal nach, ob diese Medikamente geliefert wurden, wenn der Betrag auf der Diskette niedriger liegt!«

Heckler schrieb die Namen der drei Medikamente, die er in Berlin aus dem Lieferwagen der Repropharm entwendet hatte, auf einen Zettel. Dann gingen sie Lieferung für Lieferung durch und stellten fest, dass Hecklers Vermutung richtig war: Jedes Mal, wenn eines oder mehrere dieser Medikamente geliefert worden war, lag die Rechnungssumme niedriger als auf der CD mit der »offiziellen« Datensicherung.

»Diese Gauner!«, sagte Heckler nur und schüttelte den Kopf.

Es gab zwei Erklärungen: Entweder hatte Bernstein herausbekommen, dass Offermanns dunkle Geschäfte machte, und hatte Beweise gesammelt, etwa indem er sich über die internen Preise der Repropharm informierte. Oder, was natürlich viel wahrscheinlicher war, er steckte mit Offermanns unter einer Decke. Es bedurfte wenig Phantasie zu vermuten, dass die Differenz aus den Rechnungsbeträgen der »Gewinn« aus dem illegalen Geschäft war. Und der war beträchtlich. Überschlagsweise ergab sich fast eine halbe Million Euro für die letzten anderthalb Jahre! Wenn sie tatsächlich gemeinsame Sache gemacht hatten und der Betrug, so wie es aussah, etwa sieben Jahre gut gegangen war, dann konnte Thomas Bernstein fast zwei Millionen Euro beiseite geschafft haben. Eine beträchtliche Summe, die im offiziellen Vermögen von Thomas Bernstein aber keinen

Niederschlag gefunden hatte. Wenn man unterstellte, dass es sich tatsächlich so verhalten hatte, dann gab es nur eine Schlussfolgerung: Irgendwo mussten fast zwei Millionen Euro versteckt sein! Heckler wurde bei dem Gedanken schwindelig.

»Und die andere Datei?«, unterbrach Gernot Hecklers Gedanken.

»Keine Ahnung.«

»Also Fleißarbeit«, sagte Gernot und machte damit deutlich, dass er dazu eigentlich keine Lust hatte. Erst als Heckler ihn an den Kauf des neuen PC erinnerte, stellte Gernot in Aussicht, dass er es bis in einer Woche schaffen könnte.

»Die neueste Virensoftware kriegst du dann gratis!« Gernot grinste zum ersten Mal an diesem Nachmittag.

»Was soll das heißen?«

»Hab' deine alte Kiste gecheckt«, Gernot deutete mitleidig auf Hecklers alten PC, »übler Virus, den du da eingefangen hast.«

»Virus? Hab nichts gemerkt, hat alles funktioniert.«

»Das ist genau der Punkt, Hecki, dein PC wird gläsern. Den Virus kannte ich auch noch nicht und ich kenne eigentlich alle Viren!«

Heckler ahnte Schlimmes und übte sich in Geduld.

»Im Hintergrund läuft eine Protokolldatei, in der jeder Programmablauf aufgezeichnet wird. Das perfide ist, jedes Mal, wenn du ins Internet gehst, schickt das Virusprogramm diese Protokolldatei scheibchenweise als E-Mail weg, unmerklich, im Verborgenen!«

»Und, was kann der Empfänger einer solchen E-Mail damit anfangen?«

»Er weiß, womit du dich beschäftigst, welche Programme du aufrufst und wie die Dateien heißen, die du erzeugst oder verwendest.«

»An die Daten selbst kommen die aber nicht ran, oder?«

»Theoretisch ja, aber die Übertragung würde viel zu lange dauern, das fällt auf. Aber so eine kurze Protokolldatei ... Na ja, um an die Daten selbst ranzukommen, müssten die dann schon bei dir einbrechen.«

Plötzlich wusste Heckler, wann der Virus in seinen PC gekommen war. Gott sein Dank hatte er den Computer seit jenem

Mittwochabend, als er von Monika Griesinger gekommen war, kaum noch genutzt. Und er wusste jetzt, dass er vor einem erneuten Einbruch auf der Hut sein musste.

»Kommst du an die E-Mail-Adresse ran?«, wollte er von Gernot wissen.

»Das waren Profis, die diesen Virus programmiert haben, die Adresse ist verschlüsselt, gib mir noch etwas Zeit.«

38.

So sehr er sich mühte, Heckler konnte auf der Rückfahrt nach Düsseldorf seine Schatten nicht ausmachen. Ihre Fotos hatte Jenny auf dem PC vergrößert und ausgedruckt. Weil die Bilder aus relativ großer Distanz aufgenommen worden waren, waren die Vergrößerungen etwas verschwommen, reichten aber für eine Identifizierung aus. Er würde heute Abend das Kennzeichen des Fahrzeugs abfragen, vielleicht konnte er Stüber damit konfrontieren. Mit Martin Preuss hatte er darüber gesprochen, was bei Gernots Computer-Hackerei herausgekommen war, es fehlte nur noch das Ergebnis der Medikamentenprüfung, das hatte sich leider etwas verzögert. Danach wollte Preuss seinen Artikel fertig schreiben und Heckler konnte die Ergebnisse der Polizei übergeben. Bei dem Gedanken, dass der ganze Spuk spätestens am Freitag vorbei sein würde, ging es ihm richtig gut.

Hecklers Theoriegebäude bekam erste Risse, als er Zeit fand, während des Nachtdienstes über die Leitstelle den Halter des grauen Ford zu ermitteln. Es war irgendein Allerweltsname, das Kennzeichen war nicht als gestohlen gemeldet. Natürlich konnte jemand mit einer Dublette herumfahren. Eines war jedoch klar und das irritierte Heckler beträchtlich, es konnte vermutlich kein Polizeifahrzeug sein, denn für Zivilfahrzeuge der Kripo ließen sich die Halter auf diesem Wege nicht ermitteln. Die Erkenntnis irritierte ihn nicht nur, sie schürte seine Angst, die seit der Manipulation an seinem PC vorhanden gewesen war, auch wenn er es sich nicht eingestanden hatte. Wer hatte ein Interesse, ihn zu beschatten? Vielleicht irgendein Privatdetektiv? Wer sollte denn jemanden seinetwegen beauftragt haben und, vor allem, aus welchem Grunde? Aber wenn er ehrlich war, gab es schon Gründe: In den letzten drei Wochen hatte er, außer seine normale Arbeit zu erledigen, eigentlich nichts anderes getan, als seine Nase in die Angelegenheiten anderer Leute gesteckt. Er dachte an den Einbruch in Bernsteins Wohnung. Nein, die Geschichte war noch nicht zu Ende ... Bernstein musste etwas besessen haben, das seinen Mördern gefährlich werden konnte. Und dieses »Etwas« gab es immer noch. Vielleicht vermuteten die Gauner dies ja bei ihm oder bei Juliane Bernstein? Dann waren sie beide in Gefahr. Heckler verdrängte den Gedanken schnell wieder.

Die nächsten Tage waren ein Wechselbad der Gefühle, Erkenntnisse und Theorien gerieten beträchtlich ins Wanken: Das Ergebnis der Medikamentenprüfung war bemerkenswert, ja, es stimmte Heckler zunächst euphorisch. Eines der Medikamente, das Mittel gegen Malaria, war vom Original nicht zu unterscheiden. Beim zweiten Medikament, dem Antibiotikum mit der weltweiten Nachfrage, gab es zwei Abweichungen vom Originalpräparat: Die Kapsel war minderwertig, weil nicht magensaftbeständig und, was viel gravierender war, der Reinheitsgrad war deutlich geringer. Dies bedeutete, dass die effektive Dosis nur etwa bei 75 Prozent der auf der Packung angegebenen Wirkstoffmenge lag und dies konnte im Einzelfall bedeuten, dass Menschen nicht die notwendige Dosis erhielten. Die Analyse des dritten und letzten Medikamentes erbrachte die größte Überraschung. Der Wirkstoff dieses Präparates, eines der modernsten Mittel gegen AIDS, war im Original innerhalb einer einzelnen Kapsel in zahlreiche kleine Kügelchen von einem halben Millimeter verpackt, den so genannten »Pellets«. Diese »Verpackung in der Verpackung« hatte den Sinn, dass der Wirkstoff im Dünndarm möglichst gleichmäßig verteilt wurde und auf diese Weise vollständig in den Körper aufgenommen werden konnte. Beim Präparat der Repropharm fehlten diese Pellets, der Wirkstoff war einfach nur in eine Gelatinekapsel gepackt worden.

»Und was bedeutet das jetzt?«, fragte Heckler seinen Freund Bernhard Haller, der ihm diese Ergebnisse erläuterte.

»Das bedeutet, dass die Wirkstoffaufnahme und damit die

Wirkung sehr schwanken kann, was gerade bei der AIDS-Therapie unbedingt vermieden werden sollte.«

»Warum fehlen diese Kügelchen, diese ...?«

»Pellets. Wahrscheinlich, weil deren Herstellung aufwändig ist und einiger Spezialgeräte bedarf«, vermutete Haller, »vielleicht fragst du einfach mal bei BioTech in Leverkusen nach.«

Das hatte Heckler sowieso vorgehabt, Axel Niemeyer wollte ihm ja noch ein paar Information geben.

»Übrigens«, fuhr Haller fort, »die Leute in dem Institut, die diese Untersuchung gemacht haben, sind ziemlich beunruhigt

wegen der Ergebnisse.«

»Ja?«

»Wenn du mich fragst, mein Lieber, dann gibt das einen Riesenskandal!«

»Soll es ja auch.«

Dieses Gespräch hatte am Donnerstagmittag stattgefunden, als Heckler sich einigermaßen von der ersten Nachtschicht erholt hatte. Zwei Dinge waren es, die ihn nun beschäftigten. Einmal überlegte er, wie er Detlef Braun zu einem Geständnis bringen könnte, zum anderen wollte er die Firma Offermanns näher kennen lernen, dort lag ja wohl der Schlüssel der ganzen Geschichte. Ohne weiter zu überlegen, machte er sich auf den Weg zu Offermanns. Er hätte durchaus darüber nachdenken können, mit welch gravierenden Folgen ein ähnliches Vorgehen vor anderthalb Jahren geendet hatte, als er die Firma Intertronic gestürmt und diese Unüberlegtheit fast mit dem Leben bezahlt hatte. Aber an bestimmten Stellen war seine Lernfähigkeit eben begrenzt.

Jetzt verlief alles Gott sei Dank ganz anders. Die Sekretärin bedauerte, dass Herr Offermanns nicht anwesend sei, sie wisse auch nicht, wo er sei und wann er zurückkomme. Als Heckler unter scharfem Protest der Sekretärin einfach in Offermanns Büro vordrang, fand er tatsächlich niemanden, entschuldigte sich und zog wieder von dannen. Auf der Rückfahrt überlegte er, was ihn irritiert hatte. Es war das Verhalten der Sekretärin gewesen, die extrem nervös gewirkt hatte. Später telefonierte er mit Martin Preuss und erläuterte ihm die Ergebnisse der Medikamentenprüfung.

»Jetzt ist er fällig«, knurrte Preuss und meinte damit Offermanns.

»Wenn er überhaupt noch da ist«, antwortete Heckler. Zu diesem Zeitpunkt wusste er nicht, wie Recht er mit dieser Bemerkung hatte.

Ein langes Telefonat mit Juliane Bernstein löste bei Heckler sehr zwiespältige Gefühle aus. Da war immer noch die Liebesbeziehung, die nach Erfüllung drängte. Auf der anderen Seite schien sie merkwürdig distanziert und betont sachlich. Irgendwann würde sie noch Mal nach Düsseldorf kommen, wenn der Verkauf von Thomas' Wohnung anstand, ansonsten versuche sie, sich wieder auf ihr eigenes Leben zu konzentrieren. Aber sie lud ihn ein, sie doch in Wiesbaden zu besuchen. Als sie über die möglichen Verstrickungen ihres Bruders in die Medikamentenaffäre sprachen, wirkte Juliane fast desinteressiert.

»Weißt du, Andreas, wenn Thomas sich daran beteiligt hat und Geld genommen hat, dann ist er dafür selbst verantwortlich. Es schmerzt mich und mein Fehler war es, ihn nie in die Eigenverantwortung entlassen zu haben. Wenigstens nach seinem Tod möchte ich diese Verantwortung abgeben. Ändern kann ich sowieso nichts mehr.«

Hecklers Überlegung, ob vielleicht irgendwo Geld versteckt war, das berüchtigte Nummernkonto in der Schweiz beispielsweise, schien Juliane ebenfalls nicht weiter zu beschäftigen. Sie wolle das Geld nicht, und wenn es irgendwo auftauche, gehöre es ihr ja sowieso nicht. Nach dem Gespräch war Heckler sehr bewegt, konnte aber seine widersprüchlichen Gefühle kaum ordnen, blieb mit dem Wunsch zurück, die Beziehung zwischen ihnen doch noch zu klären. Schon dachte er darüber nach, wann er Zeit hätte, nach Wiesbaden zu fahren. Er verstand nicht, warum Juliane mit einem Mal nicht mehr an der Aufklärung der Geschichte interessiert war. Als sie zum ersten Mal darüber gesprochen hatten, daran erinnerte er sich genau, hatte er bei ihr ein unbändiges Interesse wahrgenommen, den Dingen auf den Grund zu gehen. Eine Neugier, die sie beide teilten und die jetzt bei Juliane verschwunden war. Warum?

Irgendwann legte Heckler die Gegenstände vor sich auf den Schreibtisch, die er immer noch bei sich trug: die Schlüssel von

Monika Griesinger und die Diskette, die Juliane Bernstein damals Dr. Gernsbach übergeben hatte und die sie später wieder von ihm zurückbekommen hatte. Gernot hatte die Kopie erhalten, die Heckler vorher angefertigt hatte. Gerade als er die Diskette wegwerfen wollte, kam ihm eine andere Idee. Er steckte sie in einen Umschlag und adressierte sie an Gernot mit dem Hinweis, dass es sich um ein Duplikat handelte, sicherheitshalber.

Aber die Schlüssel, Safeschlüssel und andere Schlüssel, vermutlich für die Geschäftsräume der MedicAid, was sollte er mit

den Schlüsseln anfangen? Er steckte sie wieder ein und beschloss, die Schlüssel in einem Schließfach bei seiner Bank zu deponieren und später, wenn Gras über die Sache gewachsen war, anonym zurückzusenden.

Axel Niemeyer war nicht zu erreichen. Es war, als jage Heckler ein Phantom. Er versuchte es immer wieder in der Firma, dort hieß es, er sei in einer Besprechung oder außer Haus. Auch zu Hause konnte er ihn an diesem Abend nicht erreichen.

Am späten Freitagvormittag schließlich ging Heckler zur Polizei. Es waren lange nicht alle Fragen geklärt, aber die Kripo sollte auch noch etwas zu tun haben, er wollte ihr die Arbeit ja nicht ganz abnehmen. Außerdem hatte er keine Lust mehr. Er hatte sich Juliane zuliebe auf die Geschichte eingelassen, aber sie selbst hatte deutlich gemacht, dass sie der Ausgang der Ermittlungen nicht mehr interessierte. Warum sollte er sich also weiter damit belasten und sich über Dilettanten ärgern, die ihn verfolgten? Er hatte einen groß angelegten Medikamentenschwindel aufgedeckt, das reichte als Dienst an der Menschheit.

39.

Stüber schaute nicht hoch, als Heckler das verrauchte Büro betrat, er bot ihm auch keinen Stuhl an.

»Offermanns ist ...«, weiter kam Heckler nicht. Eigentlich wollte er, ganz in Stübers Manier, ohne Anrede und ohne Einleitung auf sein Ziel zugehen, aber sein Handy hatte ihn unterbrochen. Jetzt sah Stüber auf und nickte. Während des folgenden Telefonats wurde Heckler zunehmend stiller, sagte mehrmals »Ja, ich verstehe« und beendete das Gespräch mit »Bis dann, tschüss.« Er musste so blass ausgesehen haben, dass Stüber ihm sogleich einen Stuhl anbot und fast leutselig wurde.

»Was kann ich für Sie tun, Doktor?«

Heckler hatte Mühe, seine Gedanken einigermaßen zu sortieren. Das gelang ihm nur unvollständig, aber er war immerhin in der Lage, das Gespräch ganz anders zu führen, als er es sich vorher zurechtgelegt hatte. Er zog die Fotos seiner Verfolger aus der Tasche und legte sie vor Stüber auf den Schreibtisch. Der hob fragend die Augenbrauen. Vielleicht hatte sich die Sache auch erledigt, denn Heckler hatte in den letzten zwei Tagen niemanden mehr ausmachen können, der ihn beschattete. Entweder waren sie geschickter geworden oder sie hatten die Überwachung abgebrochen.

»Meine Schatten«, sagte Heckler, mehr nicht.

Stüber betrachtete die Fotos und grinste unmerklich, wie es Heckler schon mehrfach bei ihm beobachtet hatte.

»Wer soll das sein?«, wollte er dann wissen.

»Das wissen Sie doch besser als ich, Herr Kriminalhauptkommissar.«

Stüber überhörte die Patzigkeit in Hecklers Ton und rief einen Mitarbeiter.

»Check das mal, ob das unsere Leute sind.«

Jetzt erst wusste Heckler, dass Stüber mit der Beschattung tatsächlich nichts zu tun hatte. Ihm wurde mulmig. Er musste wieder an die Unbekannten denken, die seinen Computer manipuliert hatten.

»Was war mit Offermanns?«

Stüber hatte nicht vergessen, womit Heckler das Gespräch eröffnet hatte. Er durfte Stüber nicht unterschätzen und überlegte fieberhaft, was er antworten sollte. »Offermanns war der Hauptlieferant für die MedicAid, ich glaube da liegt das Motiv«, sagte er dann vage.

»Wissen wir, haben wir geprüft, die Bücher sind sauber.«

Plötzlich hatte Heckler eine Idee, worüber er mit Stüber sprechen konnte, auch wenn er den Zorn des Kommissars auf sich ziehen würde.

»Dieser Zeuge, der sich geirrt hatte, dieser ... Stojkovic, ist verschwunden.«

In der Tat weckte diese Bemerkung bei Stüber starkes Interesse. Heckler berichtete wahrheitsgemäß und übergab den Umschlag mit der Kontoabrechnung, den er vorsorglich mitgenommen hatte. Stüber sah die Auszüge mit gerunzelter Stirn durch,

»Und warum haben Sie mir das nicht schon neulich erzählt, hm? Ab jetzt, Herr Doktor, arbeiten Sie mit uns zusammen. Und sie überlassen uns bestimmte Dinge! Warum hat Sie der Stojkovic überhaupt interessiert?«

»Ich wollte Frau Bernstein helfen«, sagte Heckler ganz offen, »sie hat von Anfang an nicht an den Selbstmord ihres Bruders geglaubt.«

»Immerhin«, brummte Stüber, »haben Sie einiges rausgekriegt.«

So viel Anerkennung hätte Heckler von dem verschlossenen Kommissar gar nicht erwartet. Kurz darauf kam der Mitarbeiter mit den Fotos zurück, legte sie Stüber wieder auf den Tisch und schüttelte den Kopf.

»Verdammt noch mal, dann kriegt gefälligst raus, was da läuft, und hol die anderen!«, brüllte Stüber und, ruhiger, zu Heckler gewandt: »Ich rufe Sie an.«

Damit war die Audienz beendet. Im Hinausgehen stieß Heckler fast mit drei Kripobeamten zusammen, die in Stübers Büro eilten und die Tür hinter sich zuzogen. Die Sekretärin schien gerade Mittagspause zu haben, weshalb Heckler noch einen Moment im Vorzimmer stehen blieb und ein paar Gesprächfetzen aufschnappte. Stüber tobte und brüllte irgendetwas von »stümperhafter Recherche« und »Anfänger.« Dann wurde seine Stimme leiser und Heckler konnte nichts mehr verstehen. Offensichtlich hatte Stüber die Geschichte mit Stojkovic mächtig in Wallung gebracht.

Unter normalen Umständen hätte Heckler mit dem Ergebnis des Gespräches sehr zufrieden sein können. Das Problem war nur, dass er sein eigentliches Anliegen gar nicht zur Sprache gebracht hatte. Schuld war ein Anruf, der von Axel Niemeyer gekommen war. Sein Kollege hatte ihm mitgeteilt, dass es doch eine Geschäftsbeziehung zwischen BioTech und der Firma Repropharm gegeben habe. Die Repropharm habe tatsächlich im Auftrag des Konzerns Medikamente abgefüllt. Die Geschäftsbeziehung sei jedoch beendet, weil die Repropharm aufgelöst worden sei. Heckler hatte wegen der Anwesenheit Stübers darauf verzichtet nachzufragen, warum die von der Repropharm abgefüllten Präparate, jedenfalls zwei der drei Medikamente, von geringer Qualität waren. Es wäre geradezu skandalös, wenn BioTech AIDS-Präparate minderer Qualität für den Export herstellte, nur weil es billiger war. Eine derartige Blöße konnte sich der weltweit operierende Großkonzern nicht geben. Den Widerspruch jetzt zu klären war nicht möglich gewesen, denn Niemeyer hatte ihm mitgeteilt, dass er gerade zu einem 14-tägigen Lehrgang ins Ausland aufbreche und erst danach wieder zu erreichen sei. Das Gespräch mit Niemeyer hinterließ einen merkwürdigen Nachgeschmack. Irgendetwas hatte nicht gestimmt, Heckler wusste nur nicht, was es war.

Während der nächsten Tage war es wie immer in der Nachtschicht: Die Müdigkeit nahm ständig zu und wurde quälend. Wenn er sich dann an den anderen Rhythmus gewöhnt hatte, waren die fünf Nächte auch schon vorbei. Diesmal würde er anschließend zehn Tage freimachen, schichtfrei und ein paar zusätzliche Urlaubstage. Wenn Jenny Zeit hatte, würden sie spontan eine Kurzreise in den Süden unternehmen, Portugal oder so. Aber noch war es nicht soweit, ihm standen drei weitere Nächte bevor. Heckler zwang sich, Dinge zu erledigen, die schon lange der Erledigung harrten. Dabei versuchte er, die Gedanken zu verdrängen, die ihn missmutig stimmten. Das Ganze war wie eine Seifenblase geplatzt, so jedenfalls dachte er. Natürlich blieb die Frage offen, warum die Präparate der Repropharm, wenn sie offiziell im Auftrag von BioTech abgefüllt worden waren, minderwertig waren. Wie auch immer, das kam als Motiv für den Mord an Thomas Bernstein nicht mehr in Frage, es sei denn, Bernstein hatte die Qualitätsmängel gekannt und vielleicht damit gedroht, sie öffentlich zu machen. Aber das hieße ja, dass der Konzern selbst dahintersteckte. Heckler verwarf diese abenteuerliche Theorie sofort wieder. Als er später mit Martin Preuss telefonierte, war er überrascht, dass der Journalist wegen der neuesten Entwicklung nicht enttäuscht war.

»Das ist und bleibt eine Sauerei«, stellte Preuss fest, »egal, wer letztlich dafür verantwortlich ist, die Repropharm, Offermanns, der Konzern selbst oder alle zusammen! Da sind so viele Ungereimtheiten, das sollen die Vertreter der diversen Firmen erstmal der Öffentlichkeit erklären. Der Artikel kommt am Dienstag.«

Bis zum Beginn des Nachtdienstes musste Heckler immer wieder an Detlef Braun denken. Wie konnte er ihn zu einem Geständnis bringen? Er war nach wie vor überzeugt, dass Braun van Gemmeren im Affekt den Schädel eingeschlagen hatte. Detlef Braun war gefeuert worden, und als er an jenem Montagmorgen immer noch da gewesen war, könnte der Streit eskaliert sein.

Van Gemmeren hatte einen Herzinfarkt erlitten, während Braun im Keller eine Eisenstange gesucht und anschließend seinem Chef den Schädel eingeschlagen hatte, der zu diesem Zeitpunkt freilich bereits tot gewesen war. Ja, so konnte es sich zugetragen haben. Darüber mit dem Hausmeister zu sprechen wäre eine Möglichkeit. Aber die Mitarbeiter von MedicAid waren allesamt von der Polizei in die Mangel genommen worden und wenn Braun das durchgestanden hatte, dann würde er ihm gegenüber schon gar nicht umfallen. Vielleicht sollte er nun tatsächlich mit Stüber zusammenarbeiten und ihm vom Streit zwischen Braun und van Gemmeren berichten? Mit derlei Gedanken verbrachte Heckler die folgende Nacht, war aber bis zum Morgen mit seinen Überlegungen keinen Schritt weitergekommen.

Am Samstagmorgen um halb acht stand er an der Rückseite des Wohnblocks und schaute zum achten Stock empor. Von dort oben war Monika Griesinger vom Balkon gestürzt worden. Eine Gewissheit, für die es allerdings bis jetzt keinerlei Beweise gab. Warum er im Anschluss an den Nachtdienst diesen Umweg gemacht hatte, wusste Heckler selbst nicht. Vielleicht hatte er nach über zwei Wochen immer noch Schuldgefühle? Der Nachtdienst war nicht sehr anstrengend gewesen, dennoch war er müde und sollte eigentlich schlafen.

»Sind Sie nicht der Notarzt?«, sprach ihn jemand von hinten an.

Heckler erkannte den Hausmeister, der ihm damals die Wohnung von Monika Griesinger aufgeschlossen hatte.

»Traurige Geschichte«, murmelte Heckler.

»Sie kannten Frau Griesinger, nicht wahr?«

»Wie kommen Sie da drauf?«

»Ich dachte, weil ich Sie zwei Tage vorher gesehen habe.«

Es klang nicht vorwurfsvoll, eher wie eine sachliche Feststellung. Offensichtlich hatte ihn der Hausmeister beobachtet, als er Monika Griesinger am Mittwochabend, nach der Rückkehr aus Berlin, aufgesucht hatte.

»Ja, wir haben über ihren toten Chef gesprochen, ich habe damals den Einsatz geleitet«, sagte Heckler wahrheitsgemäß.

Der Hausmeister nickte. Er schien Monika Griesinger gemocht zu haben. »Sie war eine feine Frau«, sagte er, »aber die Sache mit ihrem Chef und der Selbstmord von diesem ... Geschäftsführer, das war zu viel für sie.« Er schüttelte betrübt den Kopf.

Heckler entschloss sich zu einer sehr direkten Frage: »Glauben Sie, es war Selbstmord?«

»Was denn sonst?«, kam die Antwort prompt. »Außerdem ... der Meyer hat es ja gesehen!«

»Wie bitte?« Heckler glaubte, sich verhört zu haben, »Wer ist Meyer?«

»Der Taxifahrer, er wohnt hier im Erdgeschoss.« Der Hausmeister zeigte auf den gegenüberliegenden Wohnblock.

»Ja und, was hat er gesehen?«

»Na ja, wie Frau Griesinger über die Balkonbrüstung gestiegen ist und dann ...«

»Und das hat er Ihnen einfach so erzählt, wann war das, ich meine, wann will er das denn beobachtet haben?«

Der Hausmeister spürte Hecklers plötzliche Aufgeregtheit und fühlte sich in seiner Haut zunehmend unwohl. Er war unsicher, ob er das, was jetzt kam, überhaupt erzählen durfte, aber Heckler ließ ihm keine Chance, er bohrte weiter.

»In der Nacht, so um zwei, hat er das beobachtet.«

»Und warum hat er der Polizei nichts erzählt?«

»Der hat doch gepennt, hat von der ganzen Aufregung am Freitagmorgen nichts mitgekriegt!«

Heckler verlor die Geduld. Warum musste er dem Mann jede Information aus der Nase ziehen? Mein Gott, ging das nicht etwas flüssiger?

»Nun erzählen Sie mal die ganze Geschichte, sonst könnte sich die Polizei ...«

Der Hinweis auf die Staatsmacht bewirkte wahre Wunder und Heckler erfuhr die erstaunliche Geschichte des Taxifahrers Meyer, der in der Nacht von Donnerstag auf Freitag vor zwei

Wochen nach Rückkehr von der Arbeit beobachtet haben wollte, wie Monika Griesinger über die Brüstung des Balkons geklettert sei, sich noch einen Moment am Geländer festgeklammert habe und dann in die Tiefe gestürzt sei. Heckler war empört über diesen Mann, der sich anschließend einfach schlafen gelegt hatte.

»Der war doch wieder besoffen«, vermutete der Hausmeister, »deshalb hat er am Morgen auch nichts mitgekriegt. Und wenn er der Polizei was erzählt hätte, wer weiß ... Der hat Schiss wegen seinem Lappen, ein Säufer als Taxifahrer, wo gibt's denn so was?«

»Und Ihnen hat er das alles erzählt?«

»Was glauben Sie, was mir die Leute alles erzählen? Außerdem war er da auch wieder besoffen.« Der Hausmeister zuckte mit den Schultern. »›Davon wird sie auch nicht wieder lebendig, wenn ich jetzt zur Polizei gehe‹, hat er gesagt.«

Monika Griesinger hatte Selbstmord begangen, die Gerichtsmediziner und die Spurensicherung hatten also Recht. Heckler lag im Bett und fand nicht in den Schlaf. Eine Geschichte nach der anderen erwies sich als Seifenblase, sein ganzes Theoriegebäude war eingestürzt. Plötzlich war er nicht mehr sicher, ob Thomas Bernstein nicht auch Selbstmord begangen hatte. Die Erkenntnisse der Gerichtsmedizin waren Hinweise, aber keine Beweise für einen Mord. Und die vage Erinnerung eines merkwürdigen Geruches, das war nicht der Hauch eines Beweises. An dieser Stelle fasste Heckler einen Entschluss; einen Entschluss, der in diesem Moment klar und deutlich vor seinem inneren Auge stand: Er beschloss nämlich, sich aus der ganzen

Geschichte zurückzuziehen, sich nicht mehr darum zu kümmern, nicht weiter zu recherchieren und mit niemandem mehr darüber zu sprechen. Sollte jemand anders Detlef Braun zu einem Geständnis überreden, er würde es jedenfalls nicht tun. Schluss, aus, fertig!

40.

Mit seiner radikalen Entscheidung ging es Andreas Heckler besser. Er fing an, sich wieder für andere Dinge zu interessieren, machte einen langen Spaziergang, genoss die Frühlingsluft, inzwischen war es Anfang Mai, verabredete sich zum Sport und sondierte das Last-Minute-Angebot für Lissabon. Ob er mit Jenny dorthin fliegen konnte, würde sich im Laufe des Montags entscheiden. In der Nacht, der letzten in diesem Nachtdienstblock, stellte sich eine Vorfreude ein, die Heckler fast euphorisch stimmte. Er würde die nächsten zehn Tage weit weg sein, mit oder ohne Jenny, die Seele baumeln und es sich so richtig gut gehen lassen, man gönnte sich ja sonst nichts. Auch die kurzfristige Bitte seines Kollegen, ob dieser ein halbes Stündchen später zur Ablösung kommen dürfe, tat seiner Euphorie keinen Abbruch und er stimmte gut gelaunt zu.

Der Einsatz kam zehn Minuten zu früh. Normalerweise wäre der Tagdienst bereits zuständig gewesen, aber der kam ja mit Hecklers Zustimmung etwas später. Als die Besatzung des Notarztwagens unterwegs die genaue Adresse erhielt, war Hecklers euphorische Stimmung wie weggeblasen: Es war exakt fünf Wochen her, dass sie, genau wie jetzt, zur Villa van Gemmeren gerufen worden waren. Damals hatte die unglückselige Geschichte ihren Ausgang genommen, eine Geschichte, die Heckler im Moment mit aller Macht zu vergessen suchte. Warum nur war heute der Notarzt gerufen worden? Drei Mitarbeiter von MedicAid waren bereits tot ... Vor dem Eingangsportal stand Herbert Krüger und winkte. Heckler stieg mit klopfendem Herzen aus und war auf das Schlimmste gefasst.

»Der Hausmeister ... er dreht durch!«, rief Krüger. Jetzt erst erkannte er Heckler und sagte: »Oh, Herr Doktor Heckler, tut mir leid, dass ich Sie bemühen musste.«

Als Heckler die Situation überblickte, fiel eine Zentnerlast von ihm. Detlef Braun lag auf der Couch seiner kleinen Dienstwohnung im Souterrain der Villa, gestikulierte wild, brabbelte wirres Zeug und war völlig durchgeschwitzt. Gelegentlich griff er in die Luft und suchte imaginäre, kleine Wesen einzufangen oder sie mit einer fahrigen Handbewegung von der Decke zu schnippen. Als Heckler den Raum betrat, richtete er sich mit weit aufgerissenen Augen auf, starrte Heckler an und stammel-

te: »Alle tot, ich hab' sie ... alle ... erschlagen.«

Die Diagnose stellte der erfahrene Notarzt sofort. Braun hatte offensichtlich versucht, weniger Alkohol zu trinken und war über das Wochenende in einen Verwirrtheitszustand geraten, im Fachjargon als Alkohol-Entzugsdelir bekannt. Das war zwar ein lebensbedrohliches Krankheitsbild, aber mit den heutigen Möglichkeiten bestand eigentlich keine Gefahr. Heckler begann sofort mit der Behandlung und gab Braun, da er in der Lage war zu schlucken, zwei Tabletten Distraneurin, das Mittel der Wahl bei Entzugserscheinungen. Dann wies er die Rettungsassistenten an, Braun nach oben zu tragen, in der Eingangshalle auf einer Trage festzuschnallen und zum Wagen zu bringen.

Es kam wie ein Flashback: Heckler war plötzlich wieder mittendrin. Die Distanz, die er in den letzten zwei Tagen gewonnen hatte, war dahin. Warum er Monika Griesingers Schlüssel noch in der Tasche hatte und sie nicht ins Bankschließfach gebracht hatte, wusste er selbst nicht. Eine günstigere Gelegenheit würde er nicht mehr bekommen. Er schickte Krüger unter einem Vorwand zum Notarztwagen und ging blitzschnell in van Gemmerens Büro. Dort stellte er fest, dass die Tür des Safes leicht offen stand. Mit zitternden Fingern schloss er das Spezialfach im Innern des Safes mit Monika Griesingers Schlüssel auf und war maßlos enttäuscht: Es war leer! Überhaupt war das ganze Zimmer aufgeräumt und roch nach Bohnerwachs. Nein, hier gab es nichts mehr zu entdecken. Rasch trat er in den Flur, wo kurz darauf Krüger erschien und sich wunderte, dass der Arzt immer noch dabei war, seinen Notfallkoffer zu ordnen.

»Zufall, dass ich so früh gekommen bin«, sagte Krüger, »ich

muss nach Rostock, die Verschiffung einer größeren Hilfslieferung überwachen. Kommen Sie doch mal vorbei, wenn ich wieder zurück bin, wahrscheinlich am Mittwoch. Und wegen Herrn Braun, also, ich denke, wir werden einen neuen Hausmeister suchen, das musste ja so kommen. Herr van Gemmeren hat immer beide Augen zugedrückt.«

Heckler bedankte sich artig für die Einladung und verabschiedete sich. Im Notarztwagen sah er, dass Detlef Braun schon etwas ruhiger geworden war, aber immer noch wirres Zeug murmelte. Als Heckler seinen Patienten schließlich in der Notaufnahme des städtischen Klinikums ablieferte, konnte man sich mit Detlef Braun fast schon wieder vernünftig unterhalten. Gelegentlich wirkte Distraneurin Wunder. Heckler war einen Moment mit Braun allein, weil die Rettungsassistenten das Fahrzeug wieder herrichteten. Ohne Umschweife kam er zur Sache.

»Wen haben Sie erschlagen?«, fragte er Braun.

Der sah ihn überrascht und noch leicht verwirrt an, antwortete dann aber so, dass es deutlich zu verstehen war: »Den Chef.«

»Wer weiß davon?«

»Monika ... ich hab es Monika erzählt.«

»Wann haben Sie es ihr erzählt?«

»Nach der Beerdigung, ich ...«

Der lichte Moment war vorbei, Braun murmelte wieder irgendwelche unverständlichen und phantastischen Dinge. Heckler hatte es die ganze Zeit geahnt. Nicht nur, dass er ein Geständnis gehört hatte, auch das Motiv für Monika Griesingers Freitod war sichtbar geworden. Braun hatte sie mit seinem Geständnis in einen Loyalitätskonflikt gestürzt, es musste eine Beziehung zwischen den beiden gegeben haben. Obwohl das Geständnis juristisch keinerlei Wert hatte, war Heckler völlig sicher, dass es der Wahrheit entsprach, was Braun in diesem kurzen Moment gebeichtet hatte. Detlef Braun würde sich später nicht mehr daran erinnern.

Die Geschichte hatte eine andere Dimension bekommen, was den Tod van Gemmerens und den von Monika Griesinger betraf, eine fast banale Dimension, die im Bereich zwischenmenschlicher Beziehungen und Konflikte lag. Meistens war es doch so, dass die kompliziertesten Dinge sich später als Variante der üblichen menschlichen Grundkonflikte herausstellten. Stets ging es um Enttäuschung, Liebe und Hass, Kränkung, Anerkennung oder Ablehnung, Unterwerfung oder Auflehnung, um Versorgung oder Selbstständigkeit. Die Geschichte der Mitarbeiter der MedicAid machte da keine Ausnahme. Oder doch? Der Tod von Thomas Bernstein ergab keinen Sinn in dieser banalen Dimension.

Als sich Andreas Heckler anderthalb Stunden später als geplant umzog, um sich auf den Heimweg zu machen, seine Sachen zu packen und anschließend zu Jenny Lacroix nach Aachen zu fahren, erinnerte er sich an seinen Entschluss, sich aus der ganzen Affäre herauszuhalten. Zwei Hausmeister hatten der Geschichte eine Wendung gegeben: der eine, weil er in seinem Wohnviertel eine Art Beichtvater war; der andere, weil er mit Verlusterlebnissen nicht umgehen konnte und zum Alkoholiker geworden war. Er konnte Stüber die Geschichte mit Detlef Braun erzählen. Was Stüber daraus machen würde, war seine Sache. Heckler nahm die ärztliche Schweigepflicht sehr ernst, Kapitalverbrechen waren durch die Schweigepflicht jedoch nicht gedeckt. Also entschied er sich, Stüber später anzurufen, und die ganze Angelegenheit dann zu vergessen. Das Schlafbedürfnis stellte sich ein, als er das gleichförmige Brummen des Motors spürte. Es spielte keine Rolle, ob er eine Stunde früher oder später in Aachen ankam. Auf dem nächsten Autobahnparkplatz klappte er deshalb die Lehne des Autositzes zurück und war in weniger als einer Minute eingeschlafen ...

Es dauerte recht lange, bis Heckler merkte, dass der Alptraum, den er gerade angefangen hatte zu träumen, kein Alptraum war, sondern Realität. Ein Vermummter hielt ihm eine schwere Pistole an die linke Schläfe und ein zweiter Vermummter, der auf dem Beifahrersitz saß, begann, ihn zu durchsuchen.

»Halt die Klappe, dann passiert dir nichts«, hörte er eine dumpfe Stimme an seinem Ohr.

Heckler war viel zu verwirrt, um irgendetwas zu unternehmen. Sie filzten alles gründlich, auch Reisetasche und Jacke auf dem Rücksitz.

»Und jetzt runter! Wehe du hebst den Kopf, dann blasen wir dir das Hirn weg!«

Heckler machte sich fast in die Hose vor Angst und folgte der Aufforderung. Erst als sich ein Wagen mit heulendem Motor entfernte, traute er sich, vorsichtig den Kopf zu heben. Weit vorn erkannte er einen schwarzen Audi, der mit hoher Geschwindigkeit den Parkplatz verließ. Den ersten Impuls, nämlich die Verfolgung aufzunehmen, unterdrückte Heckler Gott sei Dank. Stattdessen versuchte er festzustellen, was die Kerle, die er für schlichte Straßenräuber hielt, mitgenommen hatten. Er kam nicht sofort darauf, erst, als er alles gründlich durchgesehen hatte, war er sicher: Es fehlten lediglich die Schlüssel von Monika Griesinger. Sie hatten nicht einmal Geld mitgenommen. Es hatte sich also doch nicht um einfache Straßenräuber gehandelt! Offensichtlich hatte er keine Chance, sich aus der Geschichte zurückzuziehen, seine Gegner erlaubten ihm das einfach nicht. Heckler stieg aus und lief eine ganze Weile auf dem Parkplatz auf und ab. Die frische Luft tat ihm gut, bahnbrechende Ideen kamen ihm nicht, aber seine Wut kühlte etwas ab.

Kurz vor dem Aachener Kreuz gab es einen Stau. Die Ursache war ein Verkehrsunfall, der schlimm aussah. Ein Fahrzeug hatte sich überschlagen und lag völlig demoliert in der Böschung. Weitere Fahrzeuge schienen nicht beteiligt. Polizei und Rettungsdienst waren gerade eingetroffen. Hecklers Herz schlug bis zum Hals, als er glaubte, den Unfallwagen zu erkennen. Auch wenn es sich um die beiden Männer handeln sollte, die ihn vor einer halben Stunde überfallen hatten, seiner Pflicht zur Hilfeleistung musste er genügen.

Gerade als er sich anschickte auszusteigen, näherte sich ein Notarztwagen und einer der Polizisten bedeutete ihm, weiterzufahren. Immerhin konnte er erkennen, dass mindestens zwei Personen verletzt waren, eine Person lag am Straßenrand, die andere war im Fahrzeug wahrscheinlich eingeklemmt. Aus Richtung Würselen näherte sich der Rettungshubschrauber und die Autobahn wurde abgesperrt.

Langsam fuhr Heckler weiter und überlegte, was er tun konnte. Nachdem er die Autobahn verlassen hatte, suchte er die nächste Telefonzelle auf. Er kam sich vor wie in einem schlechten Film, als er ein Taschentuch über die Muschel legte und die Polizei anonym darauf hinwies, dass die Verunfallten am Aachener Kreuz zwei Gauner seien und man bei ihnen eine Pistole, Masken und Schlüssel finden werde.

Als er bei Jenny Lacroix in der alten Mühle ankam, wollte er sich erst einmal ausschlafen. Sie bemerkte jedoch, dass etwas passiert war. Und wie immer gab sie keine Ruhe, bis Heckler alles erzählt hatte. Obwohl er sein Versprechen, sich aus der Geschichte herauszuhalten, nicht eingelöst hatte, machte sie ihm keinen Vorwurf.

Allerdings hätte sie der Polizei keinen anonymen Hinweis gegeben, sondern es mit der Wahrheit versucht. In einem waren sie sich aber einig: in den kommenden zehn Tagen wollten sie alles hinter sich lassen, was in den letzten Wochen an ihren Kräften gezehrt hatte. Als sein Handy ging, hätte Heckler die guten Vorsätze in die Tat umsetzen können, aber er konnte es einfach nicht lassen.

»Können Sie mir erklären, warum sich der Werkschutz von BioTech für Sie interessiert?«, begann Stüber, wie gewohnt ohne Umschweife.

»Wie bitte?«

»Na, Ihre Schatten, das sind Leute vom Werkschutz! Finden Sie nicht, Herr Doktor, es wäre an der Zeit, einiges zu erklären?«

Hecklers Schlagfertigkeit hatte durch diese Nachricht erheblich gelitten. Er brachte keinen Ton heraus.

»Hängt das vielleicht mit Offermanns zusammen?«, insistierte Stüber.

»Ja, ich weiß nicht ... kann schon sein, ich ...«

»Herr Doktor, Sie sollten mir endlich sagen, was Sie wissen!«

»Vielleicht hat Offermanns illegal Medikamente geliefert«, sagte Heckler. Stüber hatte ihn mit der Mitteilung derart überrumpelt, dass Heckler wiederum, ohne es verhindern zu können, ein Stückchen von seinem Wissen preisgegeben hatte.

»Interessant, was wissen Sie darüber?«

»Nichts«, log Heckler. Inzwischen hatte er seine Fassung wiedergewonnen und verriet nichts, schon aus Prinzip. »Über die Medikamentenlieferungen habe ich mit einem befreundeten Werksarzt des BioTech Konzerns gesprochen. Warum das den

Werkschutz auf den Plan gerufen hat, ist mit schleierhaft. Vielleicht ist an meiner Vermutung doch was dran.«

»Kann gut sein, Doktor, denn Offermanns selbst ist verschwunden.«

41.

Stüber hatte aufgelegt und Heckler war so perplex, dass er völlig vergessen hatte, ihm von Detlef Braun zu berichten. Auch jetzt dachte er nicht an Braun, denn seine Gedanken begannen, sich im Kreis zu drehen. Offermanns – verschwunden! Das war die Erklärung dafür, dass die Sekretärin vor vier Tagen bereits so merkwürdig nervös gewesen war. Aber welchen Grund hatte Offermanns abzutauchen? Jetzt, wo die Repropharm liquidiert und die Abfüllanlagen beseitigt worden waren. Und die letzten illegal hergestellten Medikamente waren gerade im Begriff, nach Übersee verschifft zu werden. Eigentlich war doch alles vorbei. Warum verschwand Offermanns gerade jetzt? Heckler hätte Stüber den Tipp geben können, sich die Exportgüter von MedicAid im Rostocker Hafen etwas näher anzusehen, denn er zweifelte nicht daran, dass die Medikamente dorthin gebracht worden waren. Aber noch zögerte er, mit dem Kommissar zusammenzuarbeiten.

An diesem Vormittag hatten sich so viele Dinge ereignet, dass an Schlaf nicht zu denken war. Heckler wälzte sich hin und her, war machtlos, die Bilder der letzten Stunden tauchten immer wieder vor seinem geistigen Auge auf: da war Detlef Braun mit seinem wertlosen Geständnis, das er im Delirium gemacht hatte; die maskierten und bewaffneten Männer, die es auf die Schlüssel der MedicAid abgesehen hatten, und der schreckliche Unfall, in den vermutlich dieselben Männer verwickelt waren. Und da war der verschwundene Herr Offermanns, für Heckler ein Phantom, denn er hatte ihn nie persönlich kennen gelernt. Schließlich stand Heckler auf und machte sich auf den Weg in die Stadt. Er konnte niemanden ausmachen, der ihn verfolgte.

Gernot war ausgesprochen missgelaunt, weil er um seine

wohlverdiente Mittagspause gebracht worden war, in der er ein Nickerchen zu halten pflegte. Auch wenn dieser Schlaf nur kurz war, reagierte Gernot auf den Entzug dieser Wohltat sehr gereizt. Erst als Heckler sich anschickte, seine Ankündigung, einen neuen PC zu kaufen, in die Tat umzusetzen, wurde Gernot zugänglicher. Nachdem die Konfiguration des neuen Computers geklärt war, kamen sie zur Sache.

»Die betreiben ja einen regen Export mit allerlei Gerät«, meinte Gernot, »also die Daten, die ich letzte Woche nicht zuordnen konnte, das sind Ausfuhrlisten. Soweit ich das verstanden habe, werden die Hilfslieferungen für den Export in Containern zusammengefasst. So ist das jedenfalls verbucht, eben die Kosten pro Container.«

»Und wo liegt der Unterschied?«, wollte Heckler wissen. Er erinnerte sich daran, dass es ja eine Diskrepanz gab zwischen den »offiziellen« Daten und denen auf der Diskette aus Thomas Bernsteins Computer.

»Die Container-Preise sind verschieden«, stellte Gernot fest.

»Wie, verschieden?«

»Auf der Diskette liegen die Container-Kosten teilweise höher als auf der CD, aber frag mich nicht, was das zu bedeuten hat.«

Was machte das für einen Sinn, wenn die offiziell ausgewiesenen Exportkosten niedriger lagen, als es Thomas Bernstein in seiner privaten Buchführung dokumentierte? Es machte keinen Sinn, jedenfalls keinen, den Heckler hätte erkennen können.

»Und dann«, fuhr Gernot fort, »ist da noch das Duplikat, das kam heute mit der Post.«

Heckler erinnerte sich daran, dass er die Diskette, die Juliane Bernstein von Dr. Gernsbach wiederbekommen hatte, am Freitag Gernot geschickt hatte, sicherheitshalber.

»Ja, und?«

»Schau mal«, Gernot war jetzt ganz in seinem Element, »das ist gar kein Duplikat der Diskette, die du mir gegeben hast, das ist eine Kopie der Daten auf der CD, jedenfalls soweit diese Dateien eben auf den Disketten vorhanden sind.«

»Wenn ich das richtig sehe«, versuchte Heckler den komplizierten Sachverhalt zusammenzufassen, »ist die Diskette, die du heute mit der Post bekommen hast, eine teilweise Kopie der CD mit der ›offiziellen‹ Datensicherung?«

Gernot nickte bedächtig. Dann erklärte Heckler ihm, wie er die Disketten erstellte hatte. Jetzt schüttelte Gernot ebenso bedächtig den Kopf: »Unmöglich, du kannst nicht mit denselben Befehlen zwei verschiedene Kopien machen. Da hast du die Disketten verwechselt!«

Heckler starrte ihn mit offenem Mund an. Eine Verwechslung war ausgeschlossen, die zweite Diskette hatte Juliane Bernstein ja sofort Dr. Gernsbach gegeben und der hatte sie bei seiner Bank deponiert. So langsam kam Heckler die Erkenntnis, dass irgendjemand die Diskette auf ihrem langen Weg von Thomas Bernsteins Computer bis zu Gernot »ausgewechselt« oder »bereinigt« haben musste. Dr. Gernsbach? Nein, dem freundlichen Anwalt aus der renommierten Kanzlei traute er das nicht zu. Wer es auch immer gewesen sein mochte, die Manipulation bestätigte, welch entscheidende Rolle die Diskette spielte, und zwar diese beiden Dateien, die Gernot identifiziert hatte. Während die erste Datei vermutlich die Betrügereien von Offermanns und von Thomas Bernstein dokumentierte, blieb die Bedeutung der Datei mit den Exportlisten und den Kosten für die Container völlig offen.

»Donnerwetter!«, murmelte Heckler.

»Das passiert schon mal, mach dir keinen Kopf deswegen«, grinste Gernot. Er meinte natürlich die angebliche Verwechslung, die er Heckler zuschrieb.

»Was ist mit der E-Mail-Adresse?«

Gernot kniff die Augen zusammen, griff unter den Tisch und schenkte zwei Gläser Selbstgebrannten ein. Obwohl Heckler nach dieser Nachtschicht, der Geschichte mit Detlef Braun, dem Überfall auf ihn und dem Autobahnunfall am Rande dessen war, was ein Mensch zu verkraften in der Lage war, und jetzt keinerlei Lust auf hochprozentige Alkoholika hatte, wusste er instinktiv, dass er das Angebot Gernots nicht ablehnen durfte. Man konnte Gernot nicht als Alkoholiker bezeichnen, seine Abhängigkeiten lagen an ganz anderer Stelle. Im Grunde war er mit seinem Lebensentwurf gescheitert, das Studium, das heißt diverse Studien, nicht beendet, Partnerbeziehungen seit langer Zeit aufgegeben und sich auf ein eingeengtes Leben zurückgezogen. Aber in diesem engen Segment der Elektronik- und PC-Branche war er einsame Spitze. Außerdem war Gernot der beste Hacker weit und breit. Er wusste sehr genau zwischen legalen und illegalen Dingen in der Welt des Internets zu unterscheiden. Was jetzt kam, war absolut illegal.

»Die Adresse ist nichts als ein Briefkasten, dann kommt ein zweiter Briefkasten, dann noch einer und dann ...« Gernot machte eine ausladende Bewegung mit der rechten Hand, »ab ins Ausland, da komm ich nicht dran, jedenfalls noch nicht.«

»Wie hast du das denn festgestellt?«

Gernot sah Heckler etwas mitleidig an und ließ sich herab, die Grundvorgänge eines E-Mail-Systems zu erläutern.

»Dein Provider, also der, der dir den Internetzugang ermöglicht, sammelt alle E-Mails in einem riesigen Briefkasten, dem Server. Von dort gehen die Mails an andere Server und dort holen sich die Adressaten die Briefchen ab, ganz einfach. Dann gibt's aber auch eine automatische Weiterleitung von Mails an irgendeine andere Adresse.«

»Und woher weiß man, dass eine Mail weitergeleitet wird?«

Gernots Blick wurde noch mitleidiger. »Man weiß es nicht.«

Wie er es trotzdem herausgefunden hatte, verriet Gernot nicht. Letztlich hatte er sich auf die Server und in die Kundenkarteien diverser Provider gehackt. Er schrieb zwei Namen und die dazugehörigen Adressen auf einen Zettel und schob ihn Heckler zu. Dann legte er Wert auf die Feststellung, dass er alle Daten sofort löschen würde, überhaupt, mit einem Bein stehe er schon im Knast.

»Wenn ich das richtig sehe, Gernot, dann hat jemand meinen PC angezapft und schickt E-Mails mit Systeminformationen über drei Ecken ins Ausland, richtig?«

»Du hast es kapiert.«

»Das Ganze hat den Sinn, dass man die Spur der Mails kaum verfolgen kann, ja?«

»Sagen wir mal«, Gernot füllte noch einen Klaren nach, »man kann es normalerweise nicht.«

Das »man« hatte er betont, womit er klarstellte, dass das, was man »normalerweise« nicht konnte, für ihn sehr wohl möglich war. Heckler betrachtete die Adressen, es waren Allerweltsnamen. Er bedankte sich bei Gernot, der ihm zum Schluss noch einen Selbstgebrannten aufnötigte.

In der alten Mühle legte sich Heckler sofort ins Bett. Nicht nur die Wirkung des Selbstgebrannten, auch die letzten 24 Stunden mit den turbulenten Ereignissen und ohne Schlaf forderten ihren Tribut. Als Jenny ihm gestand, dass aus dem geplanten Kurzurlaub wohl nichts werden würde, nahm er es kaum noch war. Anschließend schlief er vierzehn Stunden ohne Unterbrechung.

42.

Die Realität kehrte in kleinen Schritten zurück. Alles, was in den letzten Wochen geschehen war, schien an diesem herrlichen Frühlingsmorgen Vergangenheit. Vergangenheit, die nichts mit ihm zu tun hatte; die er zwar kannte, zu der er aber keinen emotionalen Bezug zu haben schien. Die Schönheit dieses Maitages erwies sich jedoch bald als wechselhaft und trügerisch, so wie die Erlebnisse der vergangenen Tage. Der erste, schmerzliche Schritt war die Erinnerung an das, was Jenny gestern Abend gesagt hatte, dass sie nämlich wegen der Vorbereitung einer Ausstellung nun doch keinen Urlaub machen könne. Er stand auf und suchte Jenny. Sie arbeitete bereits in der Werkstatt und gab einigen Ausstellungsstücken den letzten Schliff.

»Na, von den Toten auferstanden?«, begrüßte sie ihn gut gelaunt und küsste ihn recht intensiv.

»Das hätte gestern gepasst.« Es war gerade 24 Stunden her, dass ihm jemand eine Pistole an den Kopf gedrückt hatte. Bei der Erinnerung glaubte er, noch immer den Druck des Laufes an der linken Schläfe zu spüren.

»Komm, lass uns frühstücken!«

Während des Frühstücks blätterte er hastig die Tageszeitung durch, der Bericht stand im Regionalteil: »Schwerer Unfall am Aachener Kreuz«. Aus noch ungeklärter Ursache sei ein Audi mit zwei Insassen ins Schleudern geraten und habe sich mehrfach überschlagen. Dabei sei einer der Männer aus dem Auto geschleudert worden, der andere im Fahrzeug eingeklemmt gewesen. Während der eine noch in Lebensgefahr schwebe, habe der Fahrer wie durch ein Wunder nur leichte Verletzungen davongetragen.

Dieser habe berichtet, dass ein dunkler Geländewagen den Unfall verursacht habe. Die Polizei suche dringend den Fahrer dieses Wagens, dessen rechter hinterer Kotflügel beschädigt sein müsse. Ferner solle sich doch ein Zeuge melden, der wahrscheinlich als erster angehalten habe, um erste Hilfe zu leisten. Nach

Eintreffen der Rettungsdienste sei er vermutlich weitergefahren.

»Ich hab' es auch gelesen.« Jenny kaute nachdenklich ihr Müsli. »Die müssen doch nach deinem Hinweis die Pistole und die Masken gefunden haben, darüber steht aber nichts in der Zeitung.«

»Wahrscheinlich ›ermittlungstaktische Gründe‹, wie es immer so schön heißt.«

»Und wenn sie tatsächlich nichts gefunden haben?«

»Dann«, schloss Heckler messerscharf, »hat jemand diese Dinge zuvor ... entfernt.« Plötzlich fiel ihm der freundliche Helfer ein, der sich als Zeuge melden sollte. Die Sache wurde immer unheimlicher.

»Andreas, geh zu diesem Stüber, auch wenn du ihn nicht ausstehen kannst, und erzähl ihm alles, ja? Bitte, tu mir den Gefallen!« Jenny war es bitterernst.

»Okay, meine Liebe, ich tu dir den Gefallen. Stüber ist übrigens gar nicht so übel wie ich anfangs dachte.«

»Umso besser. Wann fährst du?«

Heckler wollte am Vormittag bei Gernot den neuen PC abholen, das Gerät aber aus gutem Grunde noch bei Jenny deponieren und anschließend nach Düsseldorf zurückfahren. Inzwischen hatte er den Wunsch, mit Stüber einmal ausführlich zu sprechen. Danach hätte er immer noch die Möglichkeit, eine gute Woche Urlaub zu machen, allein. Jenny wäre ihm nicht böse, denn in der Vorbereitungszeit von wichtigen Ausstellungen war sie kaum ansprechbar, mitunter sogar ungenießbar.

Gernot machte einen aufgeräumten Eindruck und half Heckler, den neuen PC im Auto zu verstauen. Das alte Gerät nahm Heckler ebenfalls wieder mit.

»Bevor ich's vergesse«, verriet Gernot, »ich hab' dir die Software und die Daten dieser Hilfsorganisation auf den neuen PC überspielt. Du solltest das aber bald wieder löschen, nur so als Tipp, ist eben illegal. Auf meinem PC sind alle Spuren beseitigt ...« Sein Grinsen verriet, dass er irgendwo doch noch eine Kopie der Daten abgelegt hatte.

In der alten Mühle verstaute Heckler die neuen Geräte in Jennys Werkstatt und machte sich dann genüsslich an die Lektüre des heute erschienenen Nachrichten-Magazins, in dem Preuss' Artikel abgedruckt war. Er trug die Überschrift: »Hilfreiche Geschäfte – Billig-Medikamente für die Dritte Welt?« Zunächst wurden die Fakten geschildert: Anlässlich einer Prüfung seien bei zwei von drei Medikamenten erhebliche Qualitätsmängel festgestellt worden und diese Medikamente seien von einer Firma namens Repropharm abgefüllt und verpackt worden. Diese Medikamente würden üblicherweise von BioTech hergestellt, über ein Auftragsgeschäft an die Repropharm gäbe es unterschiedliche Darstellungen von Seiten des Konzerns. Möglicherweise seien die Präparate illegal abgefüllt worden. Die Firma Repropharm sei vor zwei Wochen in aller Eile liquidiert worden.

Ferner wurde über eine Beteiligung der Firma Offermanns GmbH in Düsseldorf berichtet, die Hauptlieferant für die MedicAid gewesen sei. Da Offermanns selbst Gesellschafter bei Repropharm gewesen sei und Offermanns persönlich im Produktionsbetrieb der Repropharm gesehen worden sei, bestehe zweifellos eine Verbindung. Schließlich wurde daran erinnert, dass drei Mitarbeiter der MedicAid tot seien. Ein Zusammenhang zwischen den Todesfällen und den betrügerischen Machenschaften um die Export-Medikamente könne derzeit (noch) nicht belegt werden, sei jedoch sehr wahrscheinlich.

»Große Klasse«, bemerkte Jenny, die Heckler über die Schulter geschaut hatte, »Martin ist doch ein verdammt guter Journalist.«

Martin Preuss hatte für ähnliche Recherchen schon einmal einen Preis erhalten. Eine späte Genugtuung für einen Alt-68er, dem man früher stets unterstellt hatte, dass er nur aus ideologischen Gründen solche Dinge ans Licht der Öffentlichkeit zerre.

Es war früher Nachmittag, als sich Jenny Lacroix und Andreas Heckler liebevoll verabschiedeten. Sie hatten wenig Zeit füreinander gehabt, das würden sie nachholen. Auf dem Weg nach Düsseldorf fiel Heckler noch rechtzeitig ein, dass er vergessen hatte, sich von Gernot eine Rechnung für die Steuer geben zu lassen. Also fuhr er wieder durch die Innenstadt und hielt bei Gernots Laden. Die Szene, die er jetzt beobachten konnte, ließ ihn wie angewurzelt im Wagen verharren: Gernot lehnte in der Türe seines Ladens, ein jüngerer Mann stand schräg vor ihm, zwei andere trugen einige Kartons aus dem Innern zu einem grauen Lieferwagen mit städtischer Nummer.

»Steuerfahndung oder Kripo«, dachte Heckler.

Der Jüngere gab Gernot ein Blatt Papier, dann fuhren alle mit dem Lieferwagen weg. Gernot machte eine obszöne Geste mit dem ausgesteckten Mittelfinger der rechten Faust und verschwand in seinem Laden. Heckler wartete noch gut eine Viertelstunde und betrat dann das Geschäft. Gernot war dabei, wieder Ordnung zu schaffen.

»Hallo Gernot, was war das denn?«

»Bullen«, brummte Gernot.

»Und, was wollten die?«

»Wenn ich das wüsste, haben nichts verraten, ›Gefahr im Verzug‹ und ähnlicher Quatsch.« Gernot war stinksauer und nahm kein Blatt vor den Mund. »Mann, sind das Ärsche, haben einfach meinen PC mitgenommen, es läge eine Anzeige vor.«

»Ich könnte dir einen Rechtsanwalt empfehlen.«

Das war der falsche Rat. Gernot gehörte zu den Menschen, die von Rechtsanwälten wenig, um nicht zu sagen gar nichts, hielten.

»Spinnst du?« Gernot grinste plötzlich. »Die werden nichts finden, die Klugscheißer.«

Heckler ließ Gernot Zeit, viel Zeit, das hatte er im Umgang mit ihm gelernt. Diese Taktik erwies sich als richtig.

»Machen wir uns nix vor, Hecki, es geht um deine Daten. Irgendjemand geht das auf die Eier, dass ich die E-Mail-Spur verfolgt habe. Leider hab' ich nicht sofort gemerkt, dass die

Brüder einen eigenen Server ins Netz gehängt haben, der letzte Briefkasten in der Kette, vermute ich. Die haben spitzgekriegt, dass da einer bei Ihnen herumhackt. Als ich das gecheckt hatte, war es bereits zu spät. Also echt clever gemacht, irgendwelche Protokolle im Hintergrund.«

Gernot war untröstlich, dass ihm ein solcher Fehler unterlaufen war.

»Und diese Leute haben die Polizei verständigt?«

»Hm, vielleicht gehört der Server ja selbst den Bullen, sonst wüsste ich nicht, wie die auf mich gekommen sind, so leicht mache ich's denen nicht. Aber Vorsicht, das müssen abgezockte
Profis sein!«

Wenn Gernots Vermutung zutraf, dann hatte die Polizei selbst eine Art Lauschangriff auf Heckler gestartet und seinen PC manipuliert. Dafür bedurfte es einer Genehmigung und die gab es nur, wenn der Anlass gravierend genug war und erhebliche Verdachtsmomente vorlagen. Andererseits, wenn die Geschichte mit den polizeilichen Ermittlungen gar nichts zu tun hatte, dann musste es sich um Verbrecher handeln, allerdings um technisch hoch qualifizierte Verbrecher mit einem gutem Draht zur Polizei. Auf einen vagen Verdacht oder gar eine anonyme Anzeige hin würde nie eine Hausdurchsuchung veranlasst werden, schon gar nicht so gezielt wie jetzt bei Gernot. Das Schlimmste für Heckler war, dass er nicht wusste, worum es eigentlich ging. Die Geschichte mit den Medikamenten reichte als Erklärung nicht aus.

Außerdem hatten die Eindringlinge an jenem Mittwochabend noch nicht wissen können, dass Heckler sich mit der Repropharm beschäftigte. Nein, die Gründe lagen woanders und das Wahrscheinlichste war, dass es sich um eine verdeckte Polizeiaktion handelte. Heckler schäumte vor Wut. Als er nach einer Stunde Fahrt die Stufen zu Stübers Büro erklomm, war sie zwar etwas abgekühlt, aber keineswegs verraucht. Die sichtliche Entschlossenheit des Arztes bewog Stüber zu einer fast überschwänglichen Begrüßung.

»Oh, Herr Doktor, nehmen Sie doch Platz.«

Heckler blieb stehen und legte los: »Was haben Sie sich eigentlich dabei gedacht?«

Stüber sah ihn lange an, dann zuckte er mit den Achseln. »Ich hab' mir gar nichts gedacht, Herr Heckler, das hat der Oberstaatsanwalt getan!«

»Aber ... aus welchem Grunde um Himmels willen?«

»Weil keine eindeutigen Anhaltspunkte für Fremdverschulden vorliegen. Was die Gerichtsmediziner herausgefunden haben, reicht dem Staatsanwalt nicht.«

Wichtige Gespräche in Stübers Manier ohne Einleitung zu beginnen hatte sich als Fehler erwiesen. Es war eben nicht gut, wenn man sich einem erfahrenen Kripo-Mann gegenüber von

Emotionen leiten ließ. Heckler bemerkte zu spät, dass sie über völlig verschiedene Dinge gesprochen hatten. Stüber hatte es ebenfalls gemerkt.

»Weshalb sind Sie eigentlich gekommen?«

»Lassen Sie mich immer noch überwachen? Mein PC wurde angezapft!«

»Was soll der Unsinn? Ich habe Sie noch nie überwachen lassen! Und was ist mit Ihrem PC?«

Stüber schüttelte energisch den Kopf. Heckler hatte sich ein weiteres Mal verrannt und steckte in der Sackgasse. Er konnte Stüber unmöglich von Gernots Aktivitäten erzählen, weil er Gernot damit gefährden würde, falls die Polizei tatsächlich mit der PC-Manipulation nichts zu tun hatte. Beim derzeitigen Stand der Dinge konnten sie Gernot nichts beweisen. Trotzdem entschloss sich Heckler, Stüber ein wenig mehr Vertrauen entgegenzubringen.

»Auf meinen PC wurde ein Virus installiert, so eine Art Überwachungsprogramm.«

»Und das sollen wir gewesen sein? PC-Viren gibt es wie Sand am Meer, das wissen Sie doch! Außerdem, Herr Doktor Heckler«, Stüber fixierte den wütenden Besucher scharf, »habe ich es nicht nötig, auf diese Weise zu ermitteln.«

Heckler wusste nicht warum, aber er glaubte dem Kommissar. Dann erzählte er Stüber, dass er das Gefühl hatte, man sei am Abend der Rückkehr aus Berlin in seine Wohnung eingebrochen. Der Kommissar hörte aufmerksam zu und machte sich Notizen.

»Wenn das eine Polizeiaktion war, dann sind da ganz andere

am Werk, Staatsschutz, BKA, was weiß ich. Aber davon wüsste ich.«

»Von was haben Sie denn vorhin gesprochen?«, wandte sich Heckler an Stüber, der ihn erstaunt ansah.

»Das Ermittlungsverfahren in Sachen Thomas Bernstein wurde eingestellt. Ich dachte, Sie wüssten das.«

Heckler fiel aus allen Wolken. Er erinnerte sich plötzlich an die Situation, als vor anderthalb Jahren das Verfahren im Todesfall des Unternehmers Klaus Presser ebenfalls eingestellt worden war, und zwar auf Anweisung von oben.

»Wie damals«, Heckler hatte das leise zu sich selbst gesagt.

»Wie bitte?«

»Damals in Aachen, der Fall Presser.«

»Hm ja, ich habe die Akten gelesen.«

Heckler hob erstaunt den Kopf. Stüber hatte seine Hausaufgaben gemacht, zweifellos. Er sollte ihn wirklich nicht unterschätzen.

»Dann kennen Sie ja meine Hartnäckigkeit.«

»Wenigstens in diesem Punkt, Doktor, haben wir etwas gemeinsam.«

»Und Sie lassen sich das bieten, ich meine, diese Anweisung von oben?«

»Die kam nicht von oben, die kam von ganz oben, aus dem Ministerium, wird gemunkelt. Und, bei aller Liebe, meine Pension opfere ich nicht einer Gerechtigkeit, an der ich mir die Zähne ausbeiße. Offiziell sind die Ermittlungen also eingestellt, trotzdem, wenn sich neue Gesichtspunkte ergeben, lassen Sie es mich wissen.«

»Okay. Da ist noch etwas ...«

»Ja?«

Heckler hatte sich entschlossen, dem ansonsten so wortkargen und mürrischen Kommissar die Geschichte mit Detlef Braun und dem Überfall auf dem Weg nach Aachen zu erzählen. Allerdings erwähnte er die Sache mit Monika Griesingers Schlüssel nicht. Obwohl das alles erst gestern passiert war, kam es ihm so vor, als lägen die Ereignisse bereits Wochen zurück. Stüber staunte nicht schlecht, machte Heckler jedoch keine Vorwürfe, nicht einmal, als er seinen anonymen Anruf bei der Aachener Polizei beichtete. Der Kommissar blieb sehr ernst und rief einen Mitarbeiter. Dieser solle sich mit den Kollegen in Aachen in Verbindung setzten und die Identität der Unfallopfer klären und vor allem nachfragen, ob eine Pistole und Masken oder dergleichen gefunden worden seien.

»Sag wir hätten einen anonymen Hinweis bekommen.«

Heckler war Stüber dankbar, dass der Kommissar offensichtlich bemüht war, ihn aus der Sache herauszuhalten.

»Übrigens, Herr Doktor Heckler, wir hatten Offermanns schon länger im Visier.« Stüber kramte zwischen den zahllosen Papieren auf seinem Schreibtisch das Nachrichtenmagazin mit Preuss' Artikel hervor und klopfte mit dem Handrücken ein paar Mal darauf. »Das da«, fuhr er fort, »ist eine beachtliche journalistische Arbeit, Gratulation. Aber ich hätte es besser gefunden, wenn wir von Anfang an in dieser Sache zusammengearbeitet hätten. Herr Preuss hat doch im Wesentlichen Ihre Erkenntnisse verarbeitet, stimmt's?«

Heckler nickte, ein bisschen stolz war er schon. Und ob er wollte oder nicht, die Anerkennung des Kriminalhauptkommissars tat ihm gut.

»Sie haben mir die Zusammenarbeit nicht gerade leicht gemacht, Herr Stüber.«

»Sie mir auch nicht, Herr Heckler.«

Beide waren Sturköpfe und das wussten sie. Es entstand eine kurze Pause, in der jeder ein kleines Lächeln riskierte.

»Was ist jetzt mit Offermanns?«

Statt einer Antwort zog Stüber die Tageszeitung hervor und schlug den Regionalteil auf. »Großhändler spurlos verschwunden«, lautete die Schlagzeile. Heckler überflog den Artikel und wusste danach, dass der unter Betrugsverdacht stehende Pharma-Großhändler Offermanns sich der bevorstehenden Verhaftung offensichtlich durch Flucht entzogen hatte.

»Und, hatte ihn jemand gewarnt?«

»Anzunehmen, aber Genaueres weiß ich nicht, das machen die Kollegen vom Dezernat für Wirtschaftskriminalität.«

»Um was ging es denn da?«

»Betrügereien im großen Stil, sehr geschickt eingefädelt, die Medikamentengeschichte könnte ein Teil davon sein. Soweit ich weiß, wurde der Betrieb gestern auf den Kopf gestellt. Man hat versprochen, mir die Ermittlungsergebnisse mitzuteilen. Aber die Auswertung der Akten wird noch Tage oder sogar Wochen dauern.«

»Es gibt eine Verbindung zwischen Thomas Bernstein, Offermanns und dieser windigen Pharma-Firma, der Repropharm«, Heckler wies mit dem Zeigefinger auf das Magazin.

»Und die wäre?«

»Ein Brief von Bernstein an Offermanns, worin er empfiehlt, auch weiterhin die Produkte der Repropharm zu kaufen.«

»Ich glaube, Bernsteins weiße Weste wird noch ganz schön
leiden«, sagte Stüber in dunkler Vorahnung. Er hatte gar nicht gefragt, wie Heckler an den Brief gekommen war.

Das Gespräch war eigentlich zu Ende, als der Mitarbeiter zurückkam, der in Aachen nachfragen sollte.

»Unbescholtene Bürger, zwei Geschäftsleute auf Dienstfahrt, wurden vermutlich abgedrängt. Der Unfallverursacher hat Fahrerflucht begangen. Der eine schwebt immer noch in Lebensgefahr, dem anderen geht es gut. Und Pistolen oder Verkleidungskram wurden nicht gefunden. Die Kollegen meinten, ob bei uns auch dieser Verrückte angerufen hätte ...«

»Danke«, unterbrach Stüber den Bericht und sagte zu Heckler gewandt: »Wir kümmern uns um diesen Herrn Braun, und Sie, Doktor, tun mir einen Gefallen und melden sich sofort, falls irgendetwas ...«

Stüber gab ihm seine persönliche Handynummer und mahnte ihn eindrücklich zur Vorsicht.

»Fragen Sie doch mal nach«, sagte Heckler im Hinausgehen, »für welche Firma diese beiden Geschäftsleute unterwegs waren.«

43.

In wichtigen Gesprächen ging es Heckler oft so, dass ihm hinterher Dinge einfielen, die er einfach vergessen hatte anzusprechen. So auch jetzt, als er bei einer Tasse Tee den späten Nachmittag ausklingen ließ. Stüber deshalb noch einmal zu belästigen, fand er unnötig. Warum der Werkschutz der Firma BioTech ihn observiert hatte, kümmerte ihn im Moment auch herzlich wenig, er zweifelte, ob Stüber den Grund kannte. Jedenfalls waren die Schatten des Werkschutzes seit einer Woche verschwunden. Heckler hatte durchaus Vermutungen, warum sie ihn observiert hatten: Der Konzern konnte kein Interesse daran haben, irgendwelche Betrügereien mit seinen Produkten öffentlich zu machen, egal, wer dahintersteckte. Wenn die Leute erst einmal anfingen zu reden ... irgendetwas blieb immer hängen,

ein Schaden für das Image war es allemal.

Je länger Heckler über das merkwürdige Gebaren des Konzerns nachdachte, desto sicherer war er, dass man Axel Niemeyer eine falsche Auskunft gegeben hatte. Zuerst das strikte Leugnen einer Geschäftsbeziehung zur Repropharm, dann die Bestätigung eben dieser Beziehung. Vermutlich wollte man ihn, Heckler, ruhig stellen, damit er seine Nase nicht weiter in diese Angelegenheit steckte. Wenn es einen offiziellen Auftrag an die Repropharm gegeben hätte, dann wäre das im Berliner Büro des Konzerns doch bekannt gewesen! Dort hatte sein Freund ja ähnlich widersprüchliche Auskünfte erhalten: Während die Sekretärin bestätigt hatte, dass der Büroleiter Kontakte zur Repropharm gepflegt habe, hatte eben dieser Büroleiter das später dementiert.

Wie immer, wenn es ihm gelang, seine Gedankengänge einigermaßen systematisch zu ordnen, ergaben sich neue Einsichten. »Mein Gott, bin ich denn blind ...?«, fragte sich Heckler. Er hatte bisher nicht überlegt, wie die Repropharm an die Wirkstoffe der Medikamente gekommen war. Es handelte sich ja um hoch komplexe Stoffe, die man nicht in irgendeiner Waschküche oder einem Hinterhoflabor herstellen konnte. Nein, das konnte wahrscheinlich nur der Konzern selbst. Also musste jemand an einer bestimmten Stelle des Produktionsprozesses die Substanzen abgezweigt haben, und das war gewiss nicht einfach. Da bedurfte es einiger Helfershelfer und einer ausgefeilten Logistik.

Heckler bekam das unangenehme Gefühl, dass das lediglich die Spitze des Eisbergs war. Neben der Repropharm konnte das

Berliner Büro des Konzerns diese Spitze gebildet haben, und zwar in Person des Büroleiters, der mit der Repropharm plötzlich nichts mehr zu tun haben wollte. Das unangenehme Gefühl verstärkte sich bei dem Gedanken an Axel Niemeyer, den er dringlichst sprechen musste. Vielleicht hatten sie ihn gezwungen, eine falsche Auskunft zu erteilen. Heckler versuchte, die aufkeimende Ungewissheit zu unterdrücken, schaffte es aber nicht. Plötzlich hatte er Zweifel, ob Niemeyer wirklich an einem Auslandslehrgang teilnahm.

Axel Niemeyer wohnte in Neuss, Heckler fand das Haus ohne Schwierigkeiten. Es war ein gehobenes Wohngebiet mit Eigen-
tumswohnungen und kleinen Doppelhäusern. Heckler fuhr langsam die Tempo-30-Straße entlang und hielt etwa fünfzig Meter hinter Niemeyers Doppelhaushälfte an. Nicht schlecht, dachte er, Werksarzt wäre vielleicht die Alternative. Ob er allerdings nach dieser Affäre in Deutschland jemals einen Job als Werksarzt bekommen würde, darüber zerbrach er sich jetzt nicht den Kopf. Gewarnt durch die zurückliegenden Ereignisse, zwang er sich zur Ruhe und wartete erst einmal ab. Dies erwies sich als klug, denn nach etwa einer Viertelstunde belebte sich hinter ihm die Szene. Im Rückspiegel erkannte er den grauen Ford, der vor Niemeyers Haus angehalten hatte. Zwei Männer stiegen aus und gingen rasch zum Haus, trotz der Entfernung erkannte Heckler Axel Niemeyer als einen der beiden. Weiter passierte nichts außer, dass die Dämmerung kam und im Erdgeschoss Lichter angingen. Im Schutz der hereinbrechenden Dunkelheit ging Heckler mit hochgeschlagenem Kragen auf das Haus zu und sah sich nach allen Seiten um. Er kam sich lächerlich vor, wie ein drittklassiger Detektiv in einem Groschenroman. Auf der Seite des Hauses pirschte er sich an ein erleuchtetes Fenster heran und entdeckte die beiden Männer. Sie saßen vor dem Fernseher, hatte die Beine hochgelegt und tranken Bier. Das Ganze wirkte so unglaublich friedlich, dass Heckler an seiner Wahrnehmung zweifelte. Hin und wieder wechselten die beiden ein paar Worte, die er nicht verstehen konnte. Sie wirkten wie alte Bekannte.

Auf der Heimfahrt arbeitete es heftig in Hecklers Hirn: Der graue Ford war zweifellos das Fahrzeug des Werkschutzes, aber den Mann hatte er nie zuvor gesehen. Was ihn wirklich irritierte, war die Tatsache, dass Axel Niemeyer gelogen hatte und sich offensichtlich mit diesem Werkschutzmann gut verstand. Es entbehrte jeder Logik, dass Niemeyer etwas mit den Vorgängen zu tun haben sollte, dennoch beschloss Heckler, ihm gegenüber Vorsicht walten zu lassen ... Er schaffte es gerade noch nach Hause, dann fielen ihm die Augen zu. Die letzten Nachtdienste steckten ihm noch in den Knochen.

Am Mittwochvormittag räumte er auf, innerlich und äußerlich. Die äußere Ordnung herzustellen war wesentlich einfacher,

als Ordnung im Chaos seiner Gedanken zu schaffen. Aber er zwang sich, Hausputz, Wäschewaschen und Einkaufen zu erledigen und sich durch diese realitätszugewandten Arbeiten gegen die anbordenden, teilweise sehr wilden Phantasien zu wehren. Er arrangierte einige Dinge in seiner Wohnung und besonders in seinem Arbeitszimmer so, dass es keinem noch so professionellen Eindringling gelingen würde, Spuren einer Durchsuchung zu vermeiden. Nur einmal geriet er ins Grübeln, als er vor dem geöffneten Kleiderschrank stand und Thomas Bernsteins Ledergürtel betrachtete, dieses wunderschöne Geschenk von Juliane. Es würde noch eine Zeit lang dauern, bis er den Gürtel tragen konnte.

Heckler spürte, wie sein Widerspruchsgeist wuchs. Auch wenn er nicht wusste warum, er war und blieb davon überzeugt, dass Thomas Bernstein ermordet worden war. Die Einstellung des Ermittlungsverfahrens rief seinen Zorn hervor. Er kannte dieses »Jetzt erst recht« nur zu gut und wusste, dass er Gefahr lief, wie ein trotziges Kind mit dem Kopf durch die Wand zu wollen. Offermanns war inzwischen Objekt polizeilichen Interesses geworden, darum brauchte er sich nicht mehr zu kümmern, Stüber hatte alle notwendigen Informationen, irgendwann würden sie Offermanns schon schnappen. Aber Thomas Bernsteins Mörder, was war mit dem? Auch wenn Offermanns vielleicht sogar der Auftraggeber war, er selbst hatte sich die Finger sicher nicht schmutzig gemacht.

Beim Aufräumen war Heckler der Zettel mit den Namen der Gesellschafter der Repropharm in die Hände gefallen, ebenso die Notiz von Gernot mit den Namen und Adressen der E-Mail-

»Briefkästen«. Er studierte die nichtssagenden Namen und Adressen. Dann stutzte er. Obwohl auf jedem Zettel andere Namen standen, fiel ihm auf, dass auf beiden Zetteln einmal Magdeburg als Wohnort genannt wurde. Beide Adressen hatten nichts miteinander zu tun, Heckler war aber weit davon entfernt, an einen Zufall zu glauben. Vielleicht gab es eben doch eine Verbindung zwischen der Repropharm und den »Profis«, die bei ihm eingedrungen waren und den Virus im PC installiert hatten.

Magdeburg. Der Namen der Stadt hatte sich eingeprägt und beherrschte Hecklers Gedanken. Es konnte doch nicht so schwer sein herauszufinden, wer oder was hinter diesen Adressen steckte! Außerdem könnte er ... ja, ein Besuch bei seiner Mutter rechtfertigte den Ausflug in die sachsen-anhaltinische Hauptstadt. Unterwegs, auf der Autobahn Richtung Hannover, hätte er sich ohrfeigen können, aber da war er bereits drei Stunden gefahren und schon fast am Ziel. Inzwischen hatte er seine Mutter telefonisch mit der Nachricht überrascht, dass er sie besuchen wolle und eine oder zwei Nächte bleiben würde. Der Anruf bei Jenny Lacroix verlief weniger friedlich: Sie war enttäuscht, dass Heckler sich nicht wenigstens ein paar Tage Urlaub gegönnt hatte. Ansonsten bereitete sie ihre Ausstellung vor und war kaum ansprechbar.

»Aber ich kann mich doch auch bei meiner Mutter erholen«, hatte er eingewandt.

»Das glaub' ich dir nicht!«, hatte Jenny geantwortet. »Bisher hattest du immer ein Problem mit deiner Mutter.« Den wahren Grund für seine Reise hatte er verschwiegen.

Heckler achtete wie ein Luchs auf den nachfolgenden Verkehr. Er hatte absolut keine Lust, etwas Ähnliches wie vor zwei Tagen zu erleben. Aber so sehr er sich mühte, er konnte keinen Verfolger entdecken. Im Raum Hannover fuhr er äußerst umständlich zu seiner Mutter, um sicherzugehen, dass er eventuelle Verfolger abgeschüttelt hatte.

Wie stets verlief das Wiedersehen herzlich, Heckler vermied alle kritischen Themen und ging früh zu Bett. Kurz vor dem Einschlafen ging ihm durch den Kopf, wie idiotisch das Ganze war ...

44.

Am Donnerstagmorgen hielt Heckler an der Börde, der letzten Autobahnraststätte vor Magdeburg, und kaufte sich einen Stadtplan. Beim Näherkommen sah er zum ersten Mal die inzwischen sanierten Plattenbauten, die er bei früheren Berlinfahrten nur aus der Ferne als Wohnburgen wahrgenommen hatte. Überrascht stellte er fest, dass dieses Bild, welches seine bisherige Vorstellung über Magdeburg geprägt hatte, keineswegs repräsentativ war. Die Stadt war inzwischen zu einem modernen Zentrum geworden, auch wenn die Schatten der Vergangenheit sofort sichtbar wurden, wenn man auf Nebenstraßen geriet.

Weil er sehr früh losgefahren war, stand er bereits um halb elf vor einer abgewirtschafteten Villa aus den dreißiger Jahren. Mit Hilfe des Stadtplanes hatte er die Straße in der Nordweststadt rasch gefunden. Zwischen Laubenkolonien und Siedlungshäuschen aus den zwanziger oder dreißiger Jahren standen einzelne Stadtvillen, die die Zeit des realen Sozialismus irgendwie überstanden hatten.

Allerdings waren viele dieser Bürgerhäuser renovierungsbedürftig oder wurden zum Verkauf angeboten. Am Gartentor des etwa zweitausend Quadratmeter großen Grundstückes entdeckte Heckler das Schild eines Maklers mit dem Verkaufshinweis. An den Klingeln standen zwei Namen: »Dr. Zeidler« und »Institut für Pharmazeutische Entwicklung«! Er wunderte sich nicht über diese Entdeckung, denn beide Namen waren im Handelsregister als Gesellschafter der Repropharm eingetragen, das Institut allerdings mit einer Berliner Adresse. Vielleicht leitete dieser Zeidler ja das Institut?

Auch auf wiederholtes Klingeln rührte sich nichts.

»Da werden Sie kein Glück haben!«, meldete sich eine forsche Stimme hinter ihm. Als Heckler sich erstaunt umdrehte, blickte er in das freundliche Gesicht einer Frau, er schätzte sie auf Ende vierzig, die unschwer als Postbotin zu erkennen war. Sie radelte von Haus zu Haus und hatte hinter Heckler angehalten, um Briefe einzuwerfen.

»Alles Reklame«, erklärte sie.

»Wieso habe ich kein Glück?«, wollte Heckler wissen.

»Weil der Zeidler vor vier Wochen abgehauen ist.«

»Wie, abgehauen?«

»Na ja, irgendeine Insel, ich glaube Mallorca oder Ibiza, eine dieser Rentnerinseln eben!«

»Ach, der ist schon Rentner?«

Die Postbotin schaute Heckler prüfend an. Mit ihrem ovalen Gesicht, den rötlichen Locken und der randlosen Brille wirkte sie eher wie eine Intellektuelle und nicht wie eine Postbotin. Die Freundlichkeit war für einen Moment aus ihrem Gesicht gewichen.

»Was wollen Sie denn von Zeidler?«

Heckler geriet etwas ins Stocken, den wahren Grund konnte er nicht nennen. Aber um kleine Notlügen war er ja nie verlegen. Die Geschichte einer entfernten Erblasserin erschien ihm geeignet.

»Wissen Sie, Herr Dr. Zeidler hatte eine Großtante in Westdeutschland, die ist jetzt verstorben und da ...«

»Manche fallen immer auf die Füße«, unterbrach ihn die Postlerin. Sie klang jetzt verärgert.

»Es ist nicht viel, aber ich brauch' eine Unterschrift«, log er weiter.

»Wenn ich die Erbschaft kriege, bekommen Sie jede Unterschrift.«

Heckler überlegte, wie ernsthaft dieses Angebot gemeint war. Die Postbotin schien Zeidler gekannt zu haben.

»Wie meinten Sie das, ›Manche fallen immer auf die Füße‹«?

Die Frau mit den rötlichen Locken blickte sich nach allen Seiten um. Sie vertraute Heckler, er hatte aus ihm unerfindlichen Gründen bei Frauen einen beträchtlichen Vertrauensvorschuss. Außerdem hatte sie ihn als »Wessi« identifiziert, das machte ihn weniger verdächtig.

»Nu, der hätte doch längst in den Knast gehört, der Zeidler!«

Wieder sah sie sich um, Heckler spürte, dass sie Angst hatte.

»Die Leute sagen, dass dieses Institut da«, dabei zeigte sie mit dem Daumen Richtung Villa, »von der Stasi war!«

Heckler bekam Gänsehaut, langsam über den Rücken bis zu den Armen. Die Frau wusste mehr.

»Was haben die gemacht, ich meine, woher wissen Sie das?«

»Ich weiß gar nichts«, sagte die Frau rasch, »kommen Sie wirklich wegen einer Erbschaft?«

Er ärgerte sich, dass er durch die Notlüge sein wahres Anliegen nicht äußern konnte, er wäre sonst unglaubwürdig und die Frau würde das Vertrauen verlieren. Er entschloss sich zu einer Gratwanderung.

»Ja, und auch wegen Zeidlers Beteiligung an einer Firma, die Pleite gegangen ist.« Die nächste Lüge. Aber damit rückte er Zeidler in ein schiefes Licht und identifizierte sich mit der anderen Seite, zu der vermutlich die Postbotin zumindest ideell zählte.

»Das sieht dem Gauner ähnlich.«

Die Reaktion der Frau zeigte, dass er richtig lag. Vorsichtig bohrte er weiter.

»Was hat er denn nun auf dem Kerbholz, der Zeidler? Ich meine, wenn er in Straftaten verwickelt war, kriegt er die Erbschaft nicht.« Stimmte auch nicht, half aber der Kommunikation auf die Sprünge.

»Wenn Sie das wirklich interessiert, dann sollten wir uns nach Dienstschluss treffen. Ich bring' Sie zu jemand, der hat ziemlich viel erlebt.«

Sie verabredeten sich für den Nachmittag an der Hauptpost. Die Postbotin radelte weiter und winkte ihm aus einiger Entfernung zu. Sie war schon äußerlich eine bemerkenswerte Erscheinung und Heckler konnte sich des Eindrucks nicht erwehren, dass sie nicht immer Postbotin gewesen war.

Bis zum Nachmittag blieb noch viel Zeit. Diese Zeit wollte er möglichst nutzbringend gestalten. Zunächst rief er den Makler an, heuchelte Interesse an der Villa und bestand auf eine spontane Besichtigung, die in einer Stunde stattfinden sollte. Wegen der Andeutung einer Stasi-Tätigkeit von Dr. Zeidler hatte sich Heckler vorsorglich unter falschem Namen gemeldet, man konnte nie wissen. In der Zwischenzeit fuhr er zu der Adresse, die Gernot als zum E-Mail-Briefkasten gehörig identifiziert hatte. Es überraschte ihn nicht weiter, dass diese Adresse nicht existierte, das heißt, sie existierte schon, es handelte sich aber um ein unbebautes Grundstück in einem heruntergekommenen Gewerbegebiet eines der nördlichen Außenbezirke an der Elbe.

Zweimal war er quer durch die Stadt gefahren, stellte jetzt den Wagen in der Stadtmitte ab und nahm ein Taxi. Der Makler musste seine wirkliche Identität nicht anhand der Autonummer erfahren.

Außerdem würde ihn sein nicht gerade repräsentativer Mittelklassewagen kaum als zahlungskräftigen Kaufinteressenten ausweisen. Er schaffte es gerade noch, rechtzeitig zum Besichtigungstermin in der Villa Zeidler zu sein. Der Makler erwartete ihn schon, er wirkte anfangs ausgesprochen misstrauisch; vielleicht war er es auch von Natur aus.

Die Villa war leer geräumt, in einigen Abstellräumen standen noch wertlose Dinge. Auch die Kellerräume waren erstaunlich sauber, offensichtlich entrümpelt und gereinigt. An einigen Stellen zeichneten sich die Umrisse von Schränken und Regalen ab, die hier über Jahre gestanden haben mussten. Heckler fand es an der Zeit, sich als potenter Interessent darzustellen und erfand wieder einmal eine Geschichte, die den Makler zusehends freundlicher stimmte, ja, ihn zuletzt in einen fast unterwürfigen Menschen verwandelte. Heckler gab vor, im Auftrag einer reichen Erbtante zu handeln. Das Objekt sei höchst interessant, er wolle mit dem Besitzer Kontakt aufnehmen. Der Makler wirkte augenblicklich reservierter. Alle Verhandlungen könne er selbst führen, er habe uneingeschränkte Vollmacht. Heckler blieb hartnäckig, fingierte im Nebenraum ein Telefonat mit dem Handy. Danach bedauerte er, dass die besagte Erbtante den Besitzer persönlich kennen lernen wolle, das sei Bedingung. Angesichts des fetten Köders wand sich der Makler hin und her und gab schließlich nach. Er könne sich gut vorstellen, dass Herr Dr. Zeidler zum Abschluss des Vertrages nach Deutschland kommen würde.

»Ach, wo hält er sich denn auf?« Hecklers Frage klang harmlos, fast beiläufig.

Er genieße den wohlverdienten Ruhestand auf Sardinien, habe sich ein altes Bauerhaus, ein »Stazzo«, gekauft und wolle dort leben. Die Adresse kenne er noch nicht, aber Zeidler sei über Handy erreichbar. Heckler beging nicht den Fehler, nach der Nummer zu fragen. Stattdessen versuchte er, den Aufenthaltsort Zeidlers einzukreisen.

»Vor Jahren war ich mal auf Sardinien, der Norden ist am schönsten.«

Ja, Zeidler habe sich irgendwo im Norden der Insel niedergelassen, Briefe gingen postlagernd nach Palau oder wie der Ort hieß. Heckler war hoch zufrieden mit dem Gesprächsergebnis und ließ durchblicken, dass er seine Tante überzeugen werde, sich die Villa selbst anzusehen. Danach ließ er sich vom Makler am Maritim Hotel in der Nähe des Bahnhofs absetzen. Er betrat rasch das Hotel und beobachtete von der Lobby aus, wie der Makler in seinem schwarzen Daimler wegfuhr.

Um zu verdauen, was er an diesem Vormittag erfahren hatte, gönnte sich Heckler einen Capuccino im Restaurant des Nobelhotels. Von dort konnte er die Straße vor dem Hotel überblicken. Aber Otto von Guericke mit seinen »Magdeburger Halbkugeln«, Namensgeber eben dieser Straße, war aus Hecklers vagen Erinnerungen an den Physikunterricht verbannt. Ihn beschäftigten andere Fragen.

Zeidler hatte offensichtlich alle Zelte abgebrochen, zeitgleich mit der Liquidierung der Repropharm, und sich nach Italien abgesetzt. Allerdings hatte er Zweifel an der Version des Maklers. Nun, über Zeidler würde er in ein paar Stunden mehr erfahren. Wenn es stimmte, dass Zeidler für die Staatsicherheit der DDR gearbeitet hatte, dann hatte die Geschichte eine erstaunliche Wendung erfahren. Gleichzeitig hatte sie eine Dimension angenommen, die Heckler erschrecken ließ.

Die Zeit bis zum Dienstschluss der Postlerin – er hatte ganz vergessen, nach ihrem Namen zu fragen – verbrachte er damit, in der Magdeburger Innenstadt ein wenig zu bummeln. Auch dreizehn Jahre Nach-Wende-Zeit hatten es nicht vermocht, die Spuren der vierzigjährigen DDR-Geschichte zu beseitigen. Wie in vielen Großstädten der ehemaligen DDR waren die Bauaktivitäten zwar enorm, aber zwischen »sanierter Platte«, den typischen Wohnbunkern aus Fertigbetonplatten, und nobelsten Geschäftshäusern und Eigentumswohnungen klaffte ein Graben, der unübersehbar Altes und Neues trennte. Es würde noch Jahre dauern, diesen Graben zuzuschütten. Noch länger würde es dauern, die Gräben im Innern der Menschen zu überwinden.

Vor der Hauptpost, die eher einem frühgotischen Sakralbau

glich, musste er nicht lange warten. Im Strom der nach Dienstende hervorquellenden Mitarbeiter erkannte Heckler die Frau mit den rötlichen Locken sofort.

»Ich heiße Vera, sagen Sie einfach Vera zu mir.«

Er stellte sich vor, fühlte sich aber irgendwie beklommen. Sie nahmen den Wagen und Vera dirigierte ihn nach Cracau, einem Stadtteil auf der anderen Seite der Elbe, wo Heckler noch unmittelbarer mit der sozialen Realität der ehemaligen DDR konfrontiert wurde, obwohl auch hier zwischen den alten, schmucklosen Mietshäusern mit ihren heruntergekommenen schmutzig-braunen Fassaden bereits viele sanierte oder neu hochgezogene Wohnblocks zu finden waren.

»Below weiß Bescheid«, sagte Vera, »vielleicht ist er schon da.«

Sie betraten eine Kneipe, die gut gefüllt und genauso verraucht war. Obwohl es noch nicht einmal fünf Uhr war, schienen einige der Gäste schon reichlich angeheitert. Below saß an einem Tisch mit zwei anderen Männern in abgewetzten schwarzen Lederjacken. Als er Heckler und Vera kommen sah, nahm er sein Bier und ging mit den Neuankömmlingen an einen der wenigen noch freien Tische. Below grüßte Heckler mit einem kurzen, scheuen Blick, stellte sich nicht vor. Heckler versuchte den Mann einzuschätzen. Er mochte Anfang sechzig sein, hatte struppiges, ergrautes Haar, einen Dreitagebart, seine Kleidung war schäbig und er wirkte unsicher. Das faltige Gesicht und die tief liegenden Augen ließen ihn wie einen Greis erscheinen. Die Augen mochten einmal sehr lebhaft gewesen sein, jetzt verlor sich ihr Blick während des Gesprächs immer wieder in der Ferne.

»Es geht um den Zeidler, du weißt schon«, eröffnete Vera das Gespräch. Heckler bestellte eine Runde Pils und wartete. Was immer der Mann zu sagen hatte, er brauchte Zeit.

»Warum wollen Sie das wissen?«, wandte sich Below jetzt an Heckler.

»Ich muss Zeidler wegen einer Erbschaftsangelegenheit ausfindig machen. Aber wenn er Straftaten begangen hat, geht er leer aus«, erklärte Heckler.

»Straftaten?« Below schüttelte den Kopf. »Für das, was Zeidler angerichtet hat, ist die Bezeichnung ›Straftaten‹ eine Verharmlosung.«

Below trank sein Bier in einem Zug leer, als die Bedienung mit dem Nachschub kam. Dann beugte er sich nach vorn und senkte die Stimme.

»Die haben uns doch ständig irgendwelches Zeug gespritzt, von dem man völlig irre wurde!«

Below machte mit dem Zeigefinger eine kreisende Bewegung vor seiner Stirn. »Menschenversuche waren das, sonst nichts.«

Während der nächsten zwei Stunden musste Heckler einige Runden Pils bestellen, nicht nur weil Below durstig war. Er hatte das Gefühl, das, was er zu hören bekam, nur so ertragen zu können. Vera hielt mit, erst in der letzten Runde setzte sie aus.

Anfang der achtziger Jahre hatte Below »rübermachen« wollen. Dabei war er verraten und von der Stasi wegen Republikflucht verhaftet worden. Er erwähnte nicht, warum er für die Stasi von besonderem Interesse gewesen war. Man hatte ihn in einem speziellen Gefängnis inhaftiert, in der Nähe der Zentrale in Ostberlin.

Dort wurden offensichtlich Substanzen daraufhin getestet, ob sie die Inhaftierten gefügiger machten. Manche der Inhaftierten seien völlig durchgedreht, einige auch gestorben. Immer wenn es in der Nachbarzelle plötzlich ruhig geworden sei, habe er gewusst, dass wieder jemand verreckt sei. Beweise gebe es keine, weil jeder Häftling strengstens isoliert gewesen sei. Die Spritzen hätten entweder eine betäubende oder eine aufputschende Wirkung gehabt, er habe einige »Filmrisse« erlebt, teilweise über Tage hinweg. Es sei schlimmer als die Hölle gewesen. Er habe nur überlebt, weil er eine ausgesprochen zähe Konstitution habe, jedenfalls früher.

»Und, was hat Zeidler damit zu tun?« Heckler hatte Mühe, Worte zu finden. Er ahnte sehr wohl, welche Rolle Zeidler gespielt hatte.

»Der? Der war doch der Chef vom Ganzen! Da gab es ein Institut in der Nähe des Stasi-Knasts. Zeidler hat die Versuche geleitet, trat jedoch nie selbst in Erscheinung, aber sein Name fiel immer wieder, wenn die Wachleute miteinander sprachen.

Sie hatten Angst vor ihm. Ein paar Mal habe ich seine Stimme gehört, nur seine Stimme, weil uns die Augen stets verbunden wurden, wenn hoher Besuch kam ...«

»Woher wissen Sie denn, dass es Zeidler war?«

»Weil ich ihm später zufällig begegnet bin, nach der Wende, hier in Magdeburg. Diese Stimme vergesse ich nicht mehr, die würde ich unter Tausenden heraushören!«

Belows Geschichte war noch nicht zu Ende. Nach drei Jahren Stasi-Gefängnis sei er dann nach Bautzen verlegt worden. Sämtliche Unterlagen der Sonderhaft seien vernichtet und das Gefängnis in Berlin etwa zwei Jahre vor der Wende aufgelöst worden.

Offiziell habe dieser Knast nie existiert, berichtete Below. Nach der Wende habe er versucht, zu seinem Recht zu kommen, sei jedoch chancenlos gewesen, keinerlei Beweise. Wegen der vier Jahre Bautzen sei er als politischer Häftling anerkannt und beziehe eine kleine Rente, die nicht zum Leben reiche. Als er bei dem zufälligen Zusammentreffen Zeidler mit der Vergangenheit konfrontiert habe, habe dieser alles geleugnet und mit der Polizei gedroht.

»Ein paar Tage später bin ich auf der Straße brutal zusammengeschlagen worden, da wusste ich Bescheid.«

Below kam ins Reden. Er hegte kein Misstrauen mehr, wurde fast zutraulich, die Wirkung des Alkohols tat ihr Übriges. Allerdings war der Inhalt von Belows Erzählungen ein Alptraum unvorstellbaren Ausmaßes. Heckler hatte sich den Repressionsapparat der Staatssicherheit lange nicht so niederträchtig vorgestellt.

»Wenn Zeidler hier wieder auftaucht, dann leg' ich ihn um«, gestand Below, nicht mehr ganz nüchtern. »Und wenn du das Schwein triffst«, wandte er sich an Heckler, »sei bloß vorsichtig, der Kerl ist gefährlich.«

Vor der Kneipe sagte Vera: »Du kannst bei mir schlafen, auf der Couch.«

Er wäre auch nicht mehr in der Lage gewesen, Auto zu fahren.

Sie saßen noch bis Mitternacht am Küchentisch in Veras kleiner Wohnung im vierten Stock eines heruntergekommenen

Wohnblocks. Immerhin konnte man vom Küchenfenster über die Elbe blicken und die Silhouette des Doms mit seinen zwei Türmen erkennen – unter anderen Umständen ein traumhafter Blick. Below hatten sie in der Kneipe zurückgelassen, Heckler hatte ihm reichlich Geld für die Zeche gegeben.

»Besser er säuft, früher hat er Faustan geschluckt. Als er aus Bautzen kam, war er von dem Zeug abhängig, völlig willenlos. Du hättest ihn in seiner Jugend erleben sollen! Ich hab' ihn in der Schule immer angehimmelt, ein Bild von einem Jüngling, aber er war drei Klassen über mir, keine Chance. Und heute nur noch ein Schatten seiner selbst, ein Jammer.«

»Wie alt bist du?«, fragte Heckler mit plötzlichem Interesse.

»52, warum?«

»Dann ist Below ja erst 55.«

»Stimmt.«

»Mein Gott, das ...«

»Komm, nu werd nich sentimental, das war die Realität bei uns! Da wurden viele niedergemacht, bis sie sich selbst nicht mehr leiden konnten! Und die Verantwortlichen kamen wie immer ungeschoren davon. Wie war das denn nach dem Zweiten Weltkrieg, hm? Da gab's plötzlich nur noch Widerstandskämpfer und keine Nazis mehr. So isses heute wieder, keiner will's gewesen sein, kennt man doch! Und so Leute wie Zeidler fallen eben immer wieder auf die Füße.«

»Hast du den eigentlich mal zu Gesicht bekommen, den Zeidler?«

»Nur zweimal, ganz kurz, aber glaub mir, die Visage hab' ich mir eingeprägt!«

Später erfuhr Heckler noch, dass Vera eigentlich Lehrerin war. 1981 war sie gefeuert worden, wegen allzu kritischer Äußerungen. Sie hatte sich dann mit lausigen Jobs durchschlagen müssen. Nach der Wende hatte sie versucht, als Lehrerin wieder Fuß zu fassen, vergebens. Während viele der linientreuen DDR-Lehrer übernommen worden seien, habe man sie mit dem Hinweis auf fehlende Berufspraxis abgelehnt. Sie sei heilfroh, vor fünf Jahren den Job bei der Post bekommen zu haben.

Als Heckler auf der schmalen Couch lag, konnte er nicht einschlafen. Es lag nicht daran, dass die Couch durchgesessen war, sondern daran, dass die Erfahrung des heutigen Abends ihn sehr bewegt hatte ... Erst nach Stunden fiel er in einen unruhigen Schlaf.

45.

Auf dem Küchentisch lag ein Zettel von Vera, sie sei schon zur Arbeit gegangen, mit vielen Grüßen, weiter nichts. Heckler fühlte sich wie gerädert. Er hatte schlecht geschlafen und zu viel getrunken. Der gestrige Abend erschien unwirklich, wie das Kapitel eines Buches, das er irgendwann einmal früher gelesen hatte. Er schrieb Vera etwas auf die Rückseite des Zettels, bedankte sich und hinterließ seine Handynummer. Er kam sich schäbig vor, weil er Vera nicht über seine wahre Identität aufgeklärt hatte.

Kein Mensch beachtete ihn, als er die wenigen hundert Meter zu seinen Wagen ging. Unrasiert, blass und mit tiefen Ringen unter den Augen hob er sich von vielen Bewohnern kaum ab, bei denen die Segnungen der politischen Wende letztlich zur Arbeitslosigkeit geführt hatten und die diese bittere Lebenserfahrung mit Alkohol betäubten. An seinem Wagen waren beide Rückspiegel abgebrochen und der Lack auf einer Seite durch mehrere Kratzer mit einem scharfkantigen Gegenstand beschädigt worden. Sein Fehler war lediglich, dass er ein Düsseldorfer Kennzeichen hatte. Heckler brachte es nicht einmal fertig, böse zu sein.

Unterwegs nach Hannover blieb er sehr nachdenklich. Gelegentlich redete er mit sich selbst, kurze Sätze des ungläubigen Staunens. Es dauerte lange, bis er wieder einigermaßen vernünftig denken konnte und überlegte, was das alles mit dem Mord an Thomas Bernstein zu tun hatte: Zeidlers Menschenversuche lagen mehr als zwölf Jahre zurück. Was war passiert, dass dieser Verbrecher sich nach all den Jahren, in denen er unbehelligt in Magdeburg gelebt hatte, absetzen musste? Hatte er seine Stasi-Vergangenheit verheimlicht und Bernstein war ihm auf die Schliche gekommen? Aber wenn Zeidler als Auftraggeber hinter dem Mord stand, weshalb sollte er dann verschwinden, wenn Bernstein aus dem Weg geräumt war? Nein, die Dinge mussten komplizierter sein, als es durch einfache Antworten erklärt werden konnte. Das einzige Bindeglied zwischen Bernstein und Zeidler war die Repropharm, die Bernstein in seinem Brief an Offermanns lobend erwähnt hatte. Wenn man es genau betrachtete, war dieser Brief völlig unsinnig. Bernstein brauchte Offermanns gar nicht empfehlen, die Präparate der Repropharm weiterhin zu berücksichtigen, weil Offermanns als Teilhaber der Repropharm sowieso ein Interesse daran hatte. Das Empfehlungsschreiben machte nur dann einen Sinn, wenn Bernstein gar nicht wusste, dass Offermanns zu den Gesellschaftern der Repropharm gehörte.

Aber das würde wiederum bedeuten, dass Bernstein durch jemand anderen als Offermanns auf die Repropharm aufmerksam geworden war. Und es würde bedeuten, dass seine bisherige Theorie, dass Bernstein und Offermanns gemeinsame Sache gemacht hatten, nicht stimmen konnte. Je länger Heckler darüber nachdachte, desto komplizierter erschienen die Dinge, desto weniger sah er klar.

Natürlich hätte Hecklers Mutter gern gewusst, warum ihr Sohn sie am Vorabend angerufen hatte, um zu erklären, dass er woanders übernachten würde. Aber sie hatte inzwischen gelernt zu akzeptieren, dass man einem Sohn mit Mitte 40 zugestehen musste, Erklärungen zu seiner persönlichen Lebensführung schuldig zu bleiben. Sie sagte also nichts, konnte den Vorwurf im Blick aber nicht unterdrücken, als ihr Sohn gegen Mittag auftauchte, ein erbärmliches Bild bot, sich nach dem Mittagessen ins Bett legte und über drei Stunden schlief. Immerhin hatte sie sich gefreut, als er ihr Essen mit wahrem Heißhunger verschlungen hatte. Sie konnte ja nicht wissen, dass er seit über 24 Stunden nichts Vernünftiges mehr zu sich genommen hatte.

Als Heckler an diesem späten Freitagnachmittag erwachte, stellte er fest, dass er kein Konzept und keine Ideen hatte. Auf den Weg nach Magdeburg hatte er sich ganz spontan und ohne darüber nachzudenken gemacht. Er hatte gehofft, eine Querverbindung zwischen der Repropharm und seinen unsichtbaren Gegnern zu finden. Erfahren hatte er eine ganze Menge, aber für diese Verbindung gab es bis jetzt keinerlei Beweise. Lediglich sein Gefühl, dass hier noch ganz andere mitmischten, hatte sich verstärkt. Gleichzeitig verwirrte ihn dieses Gefühl, weil er nicht wusste, worum es eigentlich ging. Die Entscheidung, wie er die nächsten noch freien Tage verbringen sollte, wurde Heckler abgenommen. Auf seinem Handy meldete sich Juliane Bernstein mit der überraschenden Mitteilung, dass sie morgen nach Düsseldorf käme, weil sich mit der Wohnung ihres Bruders eine Lösung abzeichnete.

»Klar hab' ich Zeit«, hörte sich Heckler sagen, »am Samstag- oder Sonntagabend, geht's da?«

Sie verabredeten sich für Sonntagabend in einem stadtbekannten italienischen Restaurant. Immerhin hatte Juliane Bernsteins Anruf zur Folge, dass Hecklers Phantasien über einen Kurztrip nach Sardinien ein jähes Ende nahmen. Dennoch stellten sich immer wieder Szenen vor seinem inneren Auge ein, in denen er Zeidler zur Strecke brachte. Meistens verrauchte Ärger oder Wut bei Heckler sehr schnell, aber wenn er an Zeidler dachte, spürte er ein tiefes, anhaltendes Gefühl des Zorns und der Verachtung.

Den Rest des Abends lief er ziellos durch die Innenstadt von Hannover. Er verband nichts Persönliches mit dieser Stadt, seine Mutter war erst vor einigen Jahren in die Region gezogen. Am Freitagabend war in der sonst eher nüchtern und geschäftsmäßig wirkenden Fußgängerzone einiges los. Als er schließlich ein Internet-Café entdeckte, war der weitere Verlauf des Abends geklärt.

Die nächsten drei Stunden versank er in der vierzigjährigen DDR-Geschichte und ihren schlimmsten Auswüchsen: der Staatssicherheit. Beim Stichwort »Stasi« erhielt er über seine Lieblingssuchmaschine etwa 37.000 Treffer und fand sehr schnell die wirklich wichtigen Seiten, beispielsweise über www.ddr-suche.de. Je länger er sich vertiefte, desto unfassbarer erschien die Information, die erbarmungslos auf ihn einstürmte. Am Ende waren es Lehrstunden in deutscher Nachkriegsgeschichte, die er zwar oberflächlich gekannt hatte, die ihm aber in ihrer wahren Dimension erst jetzt aufging.

Nicht der Alptraum dessen, was die Stasi angerichtet und täglich praktiziert hatte, war für Heckler das Problem, sondern die

Tatsache, dass dieser Alptraum mit der politischen Wende 1989 nicht vorbei gewesen war und jetzt, dreizehn Jahre später, irgendwie in sein Leben schwappte. Aber was hatten van Gemmerens Tod, der Mord an Thomas Bernstein und der Selbstmord von Monika Griesinger damit zu tun? Vielleicht gar nichts. Und vor allem, was hatte die Beschattung durch den Werkschutz von BioTech damit zu tun? Wahrscheinlich auch nichts. Und seine »unsichtbaren Gegner«? Bei diesem Gedanken zuckte Heckler zusammen. Bisher hatte er stets angenommen, dass seine »unsichtbaren Gegner« und der Werkschutz ein und dieselben waren. Erst jetzt wurde ihm bewusst, dass seine Beschatter und diejenigen, die den »Lauschangriff« auf seinen PC gestartet hatten, aus verschiedenen Lagern stammen konnten. Diese Erkenntnis war äußerst unangenehm und er spürte, wie die untergründige Angst, die er seit Wochen mit sich herumschleppte, wieder aufstieg und übermächtig zu werden drohte. Er knöpfte sein Hemd auf, schloss die Augen, lehnte sich zurück und konzentrierte sich auf eine ruhige Atmung.

Plötzlich hatte er eine verrückte Idee: Der Überfall auf ihn und der Unfall am Aachener Kreuz waren jetzt gerade mal fünf Tage her. Bei den Unfallopfern, von denen er annahm, dass sie kurz zuvor den Überfall inszeniert hatten, war nichts gefunden worden, keine Pistole, kein Safe-Schlüssel. Angeblich war der Wagen gerammt worden und die Polizei suchte den Zeugen, der als erster angehalten hatte. Was war, wenn der Unfall bewusst herbeigeführt worden war und der angebliche Ersthelfer die fehlenden Gegenstände an sich genommen hatte? Wenn es so war, dann agierte im Hintergrund eine mächtige Organisation. Heckler schauderte.

»Da kann einem schon übel werden, was für ein Schrott manchmal rüberkommt. Geht mir auch so. Sonst alles klar?«, hörte Heckler die Stimme seines Nachbarn, wie durch Watte.

»Ja, ja, kann man wohl sagen«, murmelte Heckler, wobei er etwas ganz anderes meinte. Aber sein Nachbar, wahrscheinlich ein Profi-Surfer, hatte sich längst wieder neuen Internet-Seiten zugewandt.

Am Samstagmorgen reichte es immerhin zu einem ausgiebigen Frühstück mit seiner Mutter. Seit langer Zeit kam wieder ein richtiges Gespräch zustande. Heckler stellte fest, dass sie alt geworden war. Sie lebte in einer anderen Welt als er. Die Informationen, die sie austauschten, nahmen sie zur Kenntnis, ohne sich wirklich in den anderen hineinversetzen zu können. Er achtete sehr darauf, die alten Konflikte nicht aufbrechen zu lassen, weil er inzwischen wusste, dass sie bestimmte Dinge nicht mehr miteinander würden klären können. Zum ersten Mal tat sie ihm leid. Sein eigenes Altwerden wünschte er sich anders. Der Abschied war ungewöhnlich herzlich und auf der Rückfahrt spürte er eine Trauer, die ihm ganz neu war.

Am frühen Nachmittag tat Heckler das, was er in den letzten Wochen bereits mehrfach gemacht hatte: Er suchte in seiner Wohnung nach Spuren. Fast war er enttäuscht, weil alle zufällig erscheinenden Arrangements unverändert waren, auch in den Schubladen seines Arbeitszimmers. Es war definitiv niemand in der Wohnung gewesen. Er schüttelte den Kopf über seine paranoiden Befürchtungen, die er nicht los wurde. Vielleicht hatte er sich manches nur eingebildet?

Heckler lechzte nach Bewegung, Joggen half ihm manchmal, seine Gedanken zu ordnen, sozusagen zurechtzurütteln. Inzwischen war es Anfang Mai und er war nicht der Einzige, denn Legionen von Joggern und Walkern nutzten den lauen Nachmittag in den Rheinwiesen. Eigentlich war Heckler ein kommunikativer Mensch, aber heute war er dankbar dafür, anonym in die Masse eintauchen zu können. Fast hätte er den etwas älteren, aber sehr drahtigen Mann übersehen, der mit zwei jüngeren Begleitern vor ihm lief. Sie hatten etwa dasselbe Tempo und Heckler überlegte, was seine Aufmerksamkeit erregt hatte. Er schloss etwas dichter auf und einer der Jüngeren drehte sich zu ihm um, mehrfach, zwischendurch auch der andere. Dann verlangsamte das Grüppchen sein Tempo und ließ Heckler passieren. Im Vorbeilaufen erkannte Heckler den Mann mit dem klar geschnittenen Gesicht, den grau melierten, kurzen Haaren und dem markanten Schnauzbart. Es war Karl Beißwenger.

46.

»Beißwenger?« Heckler war stehen geblieben. Sofort waren die beiden jüngeren Männer neben ihm und hielten die Hände griffbereit in Hüfthöhe.

»Ist okay. Hallo, Doktor Heckler!«

Karl Beißwenger und Andreas Heckler waren sich vor anderthalb Jahren in Aachen begegnet. Damals war Beißwenger der einzig vernünftige Polizist in einer Affäre um Mord, Korruption und Drogengelder gewesen. Man hatte versucht, Beißwenger auf elegante Art und Weise durch die Beförderung zum Leiter der Sonderkommission »Organisiertes Verbrechen« hier in Düsseldorf kaltzustellen. Trotzdem hatte Heckler weiter mit ihm zusammengearbeitet und gemeinsam mit Hecklers Freunden hatten sie schließlich die Gauner entlarvt. Freilich war nicht alles so glatt gegangen, wie sich die Beteiligten das damals gewünscht hatten. Beißwenger musste zu guter Letzt Heckler das Leben retten, weil dieser nicht nur einer schönen Frau auf den Leim gegangen war, sondern in seiner gelegentlich ungestümen Art ein nicht unbeträchtliches Chaos angerichtet hatte.

Sie setzten sich auf eine der zahlreichen Bänke, die Bodyguards hielten diskret Abstand. Es war Hecklers Chance, Beißwenger für die Ereignisse der letzten Wochen zu interessieren. Wenn der erst einmal Blut geleckt hatte, das wusste Heckler, dann würde er unerbittlich an dem Fall arbeiten. Warum hatte er nicht schon früher daran gedacht, Beißwenger anzusprechen? Was da passiert war, konnte möglicherweise in Beißwengers Ressort fallen.

Der Small Talk war rasch beendet, Beißwenger spürte Hecklers Drängen.

»Drei Tote und ich weiß nicht, worum es geht«, begann Heckler. Es klang wie ein Geständnis.

»Hatten wir das nicht schon?« Beißwenger schien nicht gerade darauf gewartet zu haben, Hecklers Beichtvater zu werden.

»Nein, diesmal ist es anders, glauben Sie mir.«

Dann erzählte er die Geschichte, ausnahmsweise die ganze Geschichte, vom Anfang mit dem toten van Gemmeren bis zum vorläufigen Ende mit dem Stasi-Mann, der sich abgesetzt hatte.

Beißwenger, der zuerst noch ironische Bemerkungen gemacht hatte, wurde zusehends ernster. Seine Bodyguards durften abwechselnd joggen. Als Heckler fertig war, ging Beißwenger alles noch mal von vorn durch, akribisch und im Detail. Seine Mitarbeiter hatten ihm ein kleines Diktiergerät gebracht und er sprach das Wichtigste auf Band. Das ganze Procedere dauerte fast zwei Stunden, mittlerweile war es merklich kühler geworden. Beißwenger hatte einige Namen auf einen Notizblock geschrieben und wies einen der Mitarbeiter an, die Personen zu überprüfen.

»Das hätten Sie alles Stüber erzählen können, mein lieber Doktor.«

»Wahrscheinlich haben Sie Recht, aber mein Verhältnis zu Stüber war zumindest am Anfang, sagen wir, etwas unterkühlt.«

»Na ja, ich hab' die Geschichte in der Zeitung gelesen. Trotzdem, Stüber ist ein verdammt guter ›Bulle‹, auch wenn er menschlich ... so seine Schwächen hat.«

»Jetzt sind Stüber die Hände gebunden, das Ermittlungsverfahren wurde auf Anweisung aus dem Justizministerium eingestellt.«

»Was?« Beißwenger blickte Heckler überrascht an. »Das stinkt ja zum Himmel! Egal, ob das ein Fall für die Mordkommission oder für uns ist, so kann man das nicht unter den Tisch kehren!«

Heckler grinste zufrieden in sich hinein. Beißwenger hatte angebissen. Und die Tatsache, dass das Ermittlungsverfahren auf Anweisung »von oben« eingestellt werden musste, war für ihn geradezu ein Ansporn. Heckler hatte Beißwengers Geradlinigkeit und seinen analytischen Verstand schon früher bewundert. Und dieser Verstand begann jetzt zu arbeiten.

»Die Geschichte mit den Medikamenten ist der einfachere Teil. Der BioTech-Konzern möchte verhindern, dass noch mehr an die Öffentlichkeit kommt, deswegen haben die ihren Werkschutz darauf angesetzt. Sie möchten nur das Leck stopfen und haben kein Interesse an einer öffentlichen Strafverfolgung. Wo geredet wird, bleibt was hängen. Der Schaden fürs Image des Konzerns ist nach dem Artikel von Preuss jetzt schon beträchtlich, der materielle Schaden sowieso nicht mehr zu reparieren.

Worüber ich mich wundere, ist die Unverfrorenheit, mit der die Werkschützer vorgehen. Das könnte den Staatsanwalt interessieren. Sie, Doktor, sind ins Visier der BioTech-Leute geraten, weil Ihr Kollege, dieser Werksarzt, ein bisschen zu neugierig war. Die haben ganz schnell rausgekriegt, dass Sie der Auftraggeber waren und wollten einfach sehen, wieweit Sie in die Sache verwickelt sind und was Sie tatsächlich wissen. Vielleicht hat BioTech auch die Liquidation von Repropharm betrieben, da steckt nämlich Methode dahinter. Zuerst verkauft Peters seine Anteile an die Offermanns GmbH, dann wird die Repropharm eliminiert und schließlich verschwindet Offermanns von der Bildfläche. Wahrscheinlich hat der Werkschutz alle Medikamente aus der Repropharm-Produktion inzwischen aufgetrieben, vermutlich sogar aufgekauft und dann vernichtet.«

»Und was hat der Tod van Gemmerens damit zu tun? Die Beteiligten konnten ja nicht ahnen, dass Detlef Braun van Gemmeren erschlagen würde«, wandte Heckler ein.

»Dieser Bernstein muss von der Sache gewusst haben, ob er beteiligt war oder nicht. Und als er irrtümlich in Untersuchungshaft geraten war, drohte er, den ganzen Schwindel auffliegen zu lassen. Ich denke, der hat einfach nur die Nerven verloren.«

Einer der Bodyguards kam zurück und nahm Beißwenger auf die Seite. Er übergab einige Notizblätter und sprach längere Zeit halblaut mit seinem Chef. Dann wandte sich Beißwenger wieder an Heckler.

»Unsere Zentrale hat einiges herausbekommen. Hinter Offermanns sind die Kollegen von der ›Wirtschaftskriminalität‹ her, die Fahndung wurde ausgeweitet, inzwischen sogar über Interpol. Dann dieser Roland Peters, der war vor Jahren mal im Visier der Steuerfahnder. Er hat damals, ohne zu murren, über eine Million Steuern nachgezahlt. Peters-Consulting hat ihre Finger überall drin, wo spekulative Gewinne in der Luft liegen. Die Leute von Peters gelten in der Branche als wenig seriös. Wie der in den Stiftungsrat der MedicAid gelangen konnte, ist mir schleierhaft. Überhaupt, dieser Stiftungsrat, das scheint ja ein illustres Gremium zu sein. Bengsen zum Beispiel, Henning Bengsen, Vorstandschef des Bankhauses Brunkhorst & Co. Das ansonsten renommierte Bankhaus war vor zwei Jahren in die

Schusslinie geraten wegen des Verdachts der Geldwäsche. Damals wurde ein Vorständler gefeuert. Man munkelte von einem Bauernopfer, um den Chef rauszuhalten. Über die Mitarbeiter der MedicAid haben wir auf die Schnelle nichts in Erfahrung bringen können. Die scheinen alle ›sauber‹ zu sein, wenn man mal davon absieht, dass van Gemmeren vor fünfzehn Jahren einen größeren Geldbetrag bezahlt haben soll, damit die Eltern eines Jungen ihre Anzeige wegen sexueller Belästigung zurücknahmen.«

Beißwenger machte eine Pause und las weiter in den Notizen, die ihm sein Mitarbeiter gebracht hatte.

»Und das haben Sie alles heute, am Samstag, in Erfahrung gebracht?«, staunte Heckler.

»Sie unterschätzen die Möglichkeiten einer Sonderkommission, lieber Doktor«, antwortete Beißwenger mit einem feinen Lächeln. Schließlich fuhr er fort. »Das war noch nicht alles. Die beiden Männer, die am letzten Montag beim Aachener Kreuz verunglückt sind, sollen tatsächlich im Auftrag des BioTech-Konzerns unterwegs gewesen sein; BioTech dementiert jedoch, die beiden beauftragt zu haben. Übrigens«, Beißwenger wurde sehr ernst, »der eine ist seinen Verletzungen erlegen, während der andere wahrscheinlich Anfang kommender Woche aus dem Krankenhaus entlassen wird.«

»Einer ist tot?«

»Ja, bedauerlicherweise. Dem anderen werden wir ein wenig auf die Finger sehen. Mal schauen, wer sich noch für den Mann interessiert, wenn es der Werkschutz von BioTech sein sollte, kriegen wir das raus.«

»Was hat denn der Werkschutz mit dem Mord an Bernstein zu tun?«

»Nichts, so weit würden die in keinem Fall gehen«, antwortete Beißwenger, »es sei denn, irgendetwas oder irgendjemand ist aus dem Ruder gelaufen.«

Es entstand eine längere Gesprächspause. Heckler erinnerte sich an Beißwengers einleitende Worte.

»Und was ist der schwierigere Teil?«, wollte er wissen.

Beißwenger antwortete nicht sofort, er schien seine Worte abzuwägen.

»Da mischt noch jemand mit. Jemand, der über erstaunliche Fähigkeiten verfügt, der perfekt im Hintergrund agiert, den man nicht sieht, allenfalls spürt.«

»Und, wer soll das sein?«

»Keine Ahnung. Übrigens, alle Achtung, Ihre Recherche über diesen Doktor Zeidler ist wirklich gut. Aber diese Stasi-Geschichte ist zu einfach, um als Lösung in Frage zu kommen. Wir überprüfen Zeidler gerade, aber ich glaube nicht, dass da viel herauskommt. Ich vermute, die Leute, nach denen wir suchen, haben Zeidler unter Druck gesetzt und der ging den Weg des geringsten Widerstandes: Er verschwand.«

»Dann bleibt nur der große unsichtbare Unbekannte.« Heckler klang enttäuscht.

»Was haben Sie erwartet, Doktor, dass ich Kaninchen aus dem Hut zaubere?«

»Entschuldigen Sie, ich glaube, die Geschichte beschäftigt mich mehr, als ich ...«

»Das kenne ich von Ihnen. Und ich kenne das Problem, wenn Sie die Geduld verlieren und sich zu sehr einmischen. Wer immer hinter der ganzen Sache steckt, ist gefährlich. Das sind nicht nur Profis, die sind auch perfekt organisiert. Dieses Mal, Heckler, werde ich vermutlich keine Chance haben, Ihnen das Leben zu retten.«

»Also ist es Ihr Fall?«

»Das hab' ich nicht gesagt. Aber es gibt Hinweise auf organisierte Kriminalität. Allerdings, und das beunruhigt mich, kommt mir das Strickmuster nicht bekannt vor. Die meisten Organisationen haben ihre Handschrift, die man als Erfahrener recht schnell erkennt. Eine der üblichen Organisationen kommt nicht in Frage, soweit würde ich mich festlegen. Das Kernproblem ist, dass wir nicht wissen, welches Geschäft ›unsere‹ Organisation betreibt. Wir werden die Beteiligten in den nächsten Tagen mit Hilfe des Bundeskriminalamtes erneut gründlich durchleuchten. Vielleicht kommen wir dann weiter.«

Einer der beiden Mitarbeiter brachte offensichtlich neue Informationen und wollte Beißwenger auf die Seite nehmen. Der winkte den Mann jedoch heran und bat ihn, offen zu sprechen. Die Taktik, Heckler von vornherein einzubeziehen und ihm keine

Informationen vorzuenthalten, mochte als vertrauensbildende Maßnahme einen Sinn machen. Beißwenger hatte eine enorme Menschenkenntnis und ein beachtliches Gedächtnis. Er erinnerte sich nur zu gut daran, dass Heckler sich seinerzeit zu unüberlegten Handlungen hatte hinreißen lassen. Ähnliches galt es in diesem Fall unter allen Umständen zu verhindern. Also versuchte Beißwenger, Hecklers Neugierde wenigstens teilweise zu befriedigen.

»Dieser Doktor Zeidler hat tatsächlich für die Staatssicherheit der DDR gearbeitet«, wusste der Mitarbeiter zu berichten, »allerdings nicht offiziell. Er hat ein Pharmazeutisches Institut geleitet, das früher in Berlin-Lichtenberg ansässig war. Dieses Institut lag in unmittelbarer Nachbarschaft zum Zentralen Medizinischen Dienst der Stasi. Zeidler soll gute Kontakte zu den Spitzen des ZMD unterhalten haben, insbesondere zum Leiter des Haftkrankenhauses in Hohenschönhausen, einem Oberst Schilling, Dr. Johann Schilling. Auf eine Sonderhaftanstalt der Stasi in der Nähe der Zentrale in der Normannenstraße gibt es Hinweise, aber man findet nichts Genaueres. Wenn es sie tatsächlich gab, dann unterlag diese Einrichtung allerhöchster Geheimhaltung und ist wahrscheinlich vor der Wende aufgelöst worden. Dieses Institut des Doktor Zeidler nannte sich dann nach der Wende ›Institut für Pharmazeutische Entwicklung‹ und wurde nach Magdeburg verlegt. Zeidler trat danach überhaupt nicht mehr in Erscheinung.«

»Vielen Dank, gute Arbeit.« Beißwenger nickte seinem Mitarbeiter anerkennend zu. »Wir sind gleich fertig. Kommen Sie, Heckler, wir laufen noch ein wenig, es ist kühl geworden.«

Die letzten zwei Stunden waren unglaublich schnell vergangen, erst jetzt bemerkte Heckler die hereinbrechende Dämmerung, die trotz der frühlingshaften Tagestemperaturen eine empfindliche Kühle mit sich gebracht hatte. Beißwenger setzte das Gespräch im Laufen fort, er hatte trotz seiner fünfundfünfzig Jahre eine beachtliche Kondition.

»Zeidler ist nicht unser Mann«, stellte Beißwenger fest, »aber er könnte etwas wissen. Wir werden versuchen, ihn auf Sardinien aufzutreiben.«

Eine Weile liefen sie schweigend nebeneinander her, die Bodyguards in etwa zehn Metern Abstand. Das erste Mal, dachte Heckler, dass ich mit Personenschutz jogge.

Beißwenger blieb stehen.

»Fast hätte ich's vergessen, Doktor. Wir würden Ihre Wohnung gern nach Wanzen absuchen, haben Sie was dagegen?«

»Nein, ich ... aber ...«

»Keine Sorge, wir erledigen das diskret. Ein Mitarbeiter vom ›Hausgeräte-Service‹ wird sich am Montag melden, Sie sind doch da?«

»Ja, aber ich wollte eigentlich ...«

»Gut. Seien Sie bitte vorsichtig bis Montag. Und noch etwas: Wir würden Ihren PC gern durch einen unserer Spezialisten, sagen wir, ›präparieren‹, um zu sehen, wohin die E-Mails gehen, die der Virus in Ihrem PC versendet. Geht das?«

»Ja, schon ...«

»Wird etwas dauern, Mitte oder Ende nächster Woche.«

Beißwenger verabschiedete sich, nicht ohne Heckler noch einmal eindrücklich zu warnen.

»Okay, Sie unternehmen nichts, Doktor Heckler, ich melde mich.«

Sie verabschiedeten sich und Heckler nahm sich ganz fest vor, Beißwengers Rat zu beherzigen. Allerdings, und darüber dachte Andreas Heckler in diesem Moment nicht nach, konnte man einen Rat nur dann beherzigen, wenn man der Situationen gewahr wurde, für die der Rat galt. Das sollte sich schon bald als Problem erweisen.

Heckler lief zu seinem Wagen zurück und fuhr nach Hause. Ihn fröstelte. Nach einem heißen Bad und einem ebenso fürstlichen wie späten Abendessen aus dem Vier-Sterne-Fach seines Kühlschranks lehnte er sich erschöpft, aber zufrieden im Sessel zurück, um den Spätfilm im Ersten zu sehen. Gegen halb zwei fiel er ins Bett, ohne sich an irgendetwas über den Inhalt des Filmes zu erinnern. Bevor er einschlief, dachte er, was es doch für ein glücklicher Zufall gewesen war, dass er Beißwenger getroffen hatte. Der allerletzte Gedanke galt jedoch dem kommenden Abend und Juliane Bernstein.

47.

Wenn sich schon sämtliche Pläne für einen Kurzurlaub zerschlagen hatten, wollte Heckler wenigstens den Sonntag so gut wie eben möglich genießen. Bereits bei der Lektüre der Tageszeitungen der letzten Tage fand seine ansonsten durchaus vorhandene Genussfähigkeit ein Ende. Eigentlich hatte er erwartet, etwas über das Geständnis Detlef Brauns in Sachen »Totschlag« oder besser »versuchten Totschlags« an van Gemmeren zu lesen. Aber da war nichts, keine noch so kleine Notiz. Stüber hätte mit Sicherheit den erfolgreichen Abschluss des Falles »van
Gemmeren« der Presse mitgeteilt. Irgendetwas musste schief gelaufen sein.

Heckler erinnerte sich sehr wohl der Warnungen der Kommissare Stüber und Beißwenger. Aber was konnte daran gefährlich sein, wenn er sich im Krankenhaus nach Detlef Braun erkundigte? Und da er telefonisch natürlich keine Auskünfte erhielt, sprach er eben persönlich vor, Interesse eines Notarztes am Wohlergehen seines Patienten. Nach einigem Hin und Her, es war ja schließlich Sonntag, hatte er alles Wissenswerte in Erfahrung gebracht. Doch diese Informationen verwirrten Heckler mehr, als dass sie ihn beruhigt hätten. Detlef Braun war vorgestern entlassen worden, er hatte, dank der raschen Hilfe des Notarztes Dr. Heckler, das beginnende Alkohol-Entzugsdelir schnell überstanden. Herr Braun sei nach der Entgiftung zu einer weiteren Therapie motiviert gewesen und habe mit Unterstützung seines Arbeitgebers einen Therapieplatz in einer Klinik irgendwo in der Eifel erhalten. Ja, Herr Braun habe häufiger Besuch gehabt, vermutlich Arbeitskollegen. Einmal seien mehrere Herren gekommen, auf der Station sei von Polizei und Rechtsanwalt die Rede gewesen. Aber derlei erlebe man oft bei Alkoholikern, wer wisse denn, was die alles im Suff angerichtet hätten?

Heckler wusste, was Detlef Braun im Suff angerichtet hatte. Er zögerte einen Moment, Stüber anzurufen. Dann tat er es doch, Sonntag oder nicht. Vorher legte er sich zurecht, welche Informationen er Stüber geben wollte. Eigentlich hatte er sich ja vorgenommen, mit ihm ab jetzt zusammenzuarbeiten. Dennoch hielt er es für verfrüht, ihm vom Zusammentreffen mit Beißwenger und dessen Interesse an der Sache zu berichten. Stüber meldete sich sofort, wortkarg wie immer, aber ohne Vorwurf.

»Was ist mit Detlef Braun? Ich war ein paar Tage weg und entdecke nichts über Braun in der Zeitung!« Natürlich hätte er Stüber berichten können, dass er soeben im Krankenhaus nachgefragt hatte, das verschwieg er aber.

»Nichts ist mit Braun, kein Geständnis. Ganz einfach.«

»Aber Braun war fertig, der hat doch nur darauf gewartet, sich durch ein Geständnis entlasten zu können!«

»Mag sein. Aber bevor Braun vernehmungsfähig war, meldete sich dieser Rechtsanwalt und bestand darauf, anwesend zu sein. Vorher hatte der sich natürlich mit Braun abgesprochen.«

»Und jetzt?«

»Nichts, das heißt abwarten. Braun befindet sich in einer Suchtklinik in der Eifel, in der Nähe von Daun glaube ich. Wenn die Therapie erfolgreich ist, wird er früher oder später sein Geständnis ablegen. Zunächst üben wir uns eben in Geduld.«

Heckler wollte das Gespräch schon beenden, als ihm noch etwas einfiel. »Wie heißt denn der Rechtsanwalt?«

»Dr. Gernsbach.«

»Gernsbach?! Wer hat den denn beauftragt?«

»Keine Ahnung, ich glaube, es war Brauns Arbeitgeber. Braun sei außerdem schon früher einmal sein Mandant gewesen.«

»Vielen Dank«, murmelte Heckler, »und entschuldigen Sie die sonntägliche Störung.«

»Schon gut«, sagte der mürrische Kriminalhauptkommissar zu Hecklers Überraschung.

Andreas Heckler war unglaublich enttäuscht. Er hatte gehofft, wenigstens den Fall »van Gemmeren« ad acta legen zu können. Er war sicher gewesen, dass dieser gelöst war. Und nun hatte Detlef Braun sein Geständnis vor dem Kommissar nicht wiederholt. Gernsbach hat es verhindert, dachte Heckler. Braun, der noch im Delirium gelegen hatte, konnte Gernsbach nicht gerufen haben. Und wenn Gernsbach von der MedicAid beauftragt worden war? Das war zumindest ein Widerspruch, denn Krüger hatte ja angedeutet, man müsse sich wohl einen neuen Hausmeister suchen. Nein, die Dinge wurden immer komplizierter statt einfacher. Heckler verlor den Überblick, eigentlich hatte er ihn schon lange verloren.

Beim Gedanken an den freundlichen und hilfsbereiten Rechtsanwalt fiel Heckler die Diskette ein. Die Diskette, die auf dem Weg von Thomas Bernsteins Computer in das Bankschließfach der Anwaltskanzlei oder auf dem Rückweg über dieselben Beteiligten »gesäubert« worden war. Als er daran dachte, dass außer Gernsbach nur Juliane Bernstein beteiligt war, erschrak er. Er verwarf den Gedanken sofort wieder und erfand zig Personen, durch deren Hände die Diskette gegangen sein konnte. Jeder hätte die Möglichkeit gehabt. Und gegenüber Gernsbach
würde er ab jetzt besonders auf der Hut sein.

Den Rest des Nachmittags zwang er sich, brachliegende Kontakte aufzufrischen. Die Aktivitäten der letzten Wochen hatten dazu geführt, dass er seine persönlichen Beziehungen vernachlässigt hatte. Er hatte sich mal wieder zu tief in eine Sache verbohrt. In solchen Situationen schaffte er es nicht mehr, über den Tellerrand hinauszuschauen, seine Wahrnehmung engte sich in gewisser Weise ein.

Jetzt telefonierte er unentwegt, sprach mit Freunden und Bekannten über Gott und die Welt, traf hier und da Verabredungen oder bekundete zumindest Interesse an solchen. Dennoch war er nur mit halbem Herzen an den Gesprächen beteiligt, obwohl er den Kontakt gesucht hatte. So dauerte es lange, bis er verstand, dass Lydia, seine Tochter, ihn zusammen mit Richard besuchen wollte.

»Schön, ich freue mich, Liebes.« Danach überlegte er, wer Richard war. Natürlich fiel es ihm sofort ein. Es war die Eifersucht auf den Freund von Lydia, die sein Gedächtnis getrübt hatte.

Schließlich bereitete er sich auf das abendliche Treffen mit Juliane Bernstein vor. Ungewöhnlich lange verbrachte er im Bad, fast genauso lange stand er vor dem Kleiderschrank und legte verschiedene Kombinationen zurecht, verwarf die meisten wieder und entschied sich dann für etwas Legeres. Soviel Zeit hatte er schon lange nicht mehr zum Aussuchen von Kleidungsstücken aus seiner nicht gerade umfänglichen Garderobe benötigt. Daraus zog er den einzig richtigen Schluss: Die Geschichte mit

Juliane Bernstein war noch lange nicht vorbei. Er dachte an die verunglückte Liebesnacht und spürte ein starkes Verlangen, das Versäumte nachzuholen.

Nachdem er minutenlang vor dem offenen Kleiderschrank stehend fantasiert hatte, kehrte er mit einem Ruck in die Realität zurück. Den Impuls, Thomas Bernsteins Ledergürtel anzulegen, unterdrückte er gerade noch. Dennoch betrachtete er den Gürtel versonnen, weil er sich Juliane durch dieses Erinnerungsstück näher fühlte. Es war eine feine Handarbeit, die breite Gürtelschnalle aus mattem Edelstahl erschien ebenso schlicht wie elegant, die stabilen Nähte der Lederlasche am Schnallenende waren sorgsam von Hand genäht worden, das zeigte der etwas unregelmäßige Verlauf der einzelnen Stiche. Die beiden Längsnähte entlang des Riemens wiesen demgegenüber die regelmäßige Textur einer maschinellen Bearbeitung auf und hatten einen um Nuancen dunkleren Farbton. Vielleicht hatte Juliane eine andere Schnalle einsetzen lassen? Wenn er daran dachte, würde er sie fragen. Noch fand er es zu früh, den Gürtel zu tragen.

Auf dem Weg zum italienischen Restaurant in der Altstadt spürte Heckler wieder jenes Herzklopfen, an das er sich aus den ersten Tagen der Bekanntschaft mit Juliane Bernstein erinnerte. Er musste die Beziehung zu ihr klären, jetzt, heute Abend. Vor dem Eingang sah er sich um und entdeckte das Taxi, aus dem Juliane stieg.

Ihre Erscheinung nahm ihn gefangen, fast wie beim ersten Mal, als sie sich zum Frühstück getroffen hatten. Sie trug ein modisches Kostüm in gedecktem Farbton, der Tod ihres Bruders war jetzt etwa einen Monat her. Das wellige Haar trug sie offen, der leichte Mantel lag lässig über dem linken Arm. Die obersten Knöpfe ihrer weißen Bluse standen offen und Heckler erblickte nicht nur die auf die Ohrhänger mit grünen Steinen abgestimmte goldene Halskette, sondern auch einen zwar dezenten, aber wirkungsvollen Ausschnitt. Sie wirkte elegant und ungezwungen.

»Schön dich zu sehen, Andreas.«

Sie drückte ihn fest an sich, was mit Handtasche und Mantel nicht so einfach war, küsste ihn auf beide Wangen und, mit einem kleinen Zögern, flüchtig auf den Mund.

»Ich ... freue mich auch.« Seine Stimme war plötzlich heiser, in solchen Situationen fand er seine Ausdruckweise mehr als platt.

»Komm, lass uns reingehen, ich habe einen Bärenhunger!«

Sie lachte und wirkte fast unbeschwert, die Schatten der Vergangenheit schienen weit weg. Er war begriffsstutzig stehen geblieben und sie zog ihn Richtung Eingang.

»Ja, natürlich, entschuldige.«

Es war schon seltsam. Nichts hatte er sich mehr gewünscht, als sie so unbeschwert zu erleben, so, wie sie sein konnte, wenn die Traurigkeit verflogen war. Dennoch fühlte er sich merkwürdig gehemmt, der Kloß in seinem Hals blieb mindestens eine Stunde hartnäckig da, wo er war. Erst so nach und nach wurde er freier und entsann sich der Tatsache, dass er eine bezaubernde Tischpartnerin hatte. Danach wurde es ein offenes und lebhaftes Gespräch, wobei sie beide die sensiblen Themen sorgfältig vermieden.

Im Laufe des hervorragenden Essens war es wohl der nicht geringen Rotweinmenge zuzuschreiben, dass auch diese Hemmung allmählich schwand. Sie sprachen, zum ersten Mal, über ihre Beziehung.

»Ich wollte dich schon lange fragen, ob du eine Freundin hast?«

Juliane sah ihn fest an. Heckler wusste nicht, warum, aber er antwortete der Wahrheit entsprechend. Eigentlich hatte er seine Beziehung zu Jenny Lacroix nicht erwähnen wollen.

»Ja«, sagte er nur, »und du?«

»Ich hatte, ist schon ein Weilchen her ... Erzähl von deiner Freundin!«

Das Gespräch nahm eine ganz andere Wendung, als es Heckler vorhergesehen hatte. Einerseits war er erleichtert, es tat ihm gut, mit offenen Karten zu spielen.

Andererseits spürte er wie die erotische Spannung, die ihn fasziniert hatte, gewichen war. Eine Zeit lang sprachen sie über ihre bisherigen Beziehungen mit erstaunlicher Offenheit. Dann kam der empfindliche Punkt.

»Was war eigentlich mit uns beiden? Ich meine am Tag von Thomas Beerdigung. Weißt du, ich ...«, Juliane Bernstein wurde ein klein wenig verlegen, »habe so etwas bei mir selbst noch nicht erlebt, der Wunsch, dich haben zu wollen, war so übermächtig. Es war mir später ... peinlich.«

»Schade«, sagte Heckler enttäuscht.

Juliane griff nach seinen Händen. »Nein, so war das nicht gemeint. Im Grunde bin ich furchtbar konservativ erzogen worden, und den Gefühlen freien Lauf zu lassen habe ich mir nie zugestanden. Ich weiß nur, dass ich ein starkes Bedürfnis hatte. Es war kein ... sexuelles Bedürfnis, ich habe dich an diesem Abend einfach gebraucht. Als ich gegangen war ...« Juliane brach

ab und nestelte ein Taschentuch aus ihrer Handtasche.

»Nach der Beerdigung von Thomas kam das Verlassenheitsgefühl, dieses verdammt schlimme Gefühl, das ich bisher nur einmal erlebt habe, vor vielen Jahren, nach dem plötzlichen Tod meiner Eltern. Damals gab es nichts, was mir irgendwie Sicherheit oder Selbstvertrauen gegeben hätte. In meiner Verzweiflung habe ich mich an Thomas geklammert. Ich dachte immer, ich müsste ihn wie eine Mutter umsorgen. Heute glaube ich, dass ich ihn genauso gebraucht habe wie er mich. Meine Sorge um ihn hatte etwas sehr Egoistisches.«

»Und nach dem Tod von Thomas hast du dich an mich geklammert?«

»Ja, so war das wohl. Bist du mir böse?«

»Wie könnte ich, Juliane?«

Er tupfte ihr sanft die Tränen ab und sprach ganz offen über seine Gefühle ihr gegenüber, über die Gefühle von Anfang an. Juliane hörte ihm zu, lächelte etwas verlegen, fand es aber schön, begehrenswert zu sein, auch wenn sie das noch nicht so zugeben mochte.

»Dann war dieser Moment der Beklemmung«, bekannte Heckler, »es hatte nichts mit Jenny zu tun, es war das Gefühl, etwas Unredliches zu tun, nicht sündhaft, sondern unredlich. Ich war im Begriff, etwas zu nehmen, was mir nicht zustand. Es ist nicht die Begierde, für die ich mich zu entschuldigen hätte, ich weiß nicht, was es war.«

»Weißt du, dass wir nicht ... es nicht getan haben, hat mich nicht gestört. Schlimmer waren die Gedanken, alles könnte nur vorgetäuscht gewesen sein ...«

»Nein, Juliane, das darfst du nicht denken, weil es nicht so war!«

»Ich weiß, jedenfalls jetzt weiß ich es.« Sie bedachte ihn mit einem Lächeln, das ihn vollkommen in ihren Bann zog.

Als Heckler später neben Juliane im Bett ihres Hotelzimmers lag und sie sich geliebt hatten, erschien es ihm wie die natürlichste Sache der Welt. Sie hatten es beide gewollt, wie zwei neugierige Kinder. Ohne die Hypothek der düsteren Ereignisse der letzten Wochen hatten sie es fertig gebracht, ihren Gefühlen nachzugeben.

Ebenso natürlich war es, dass Heckler später nach Hause fuhr
und nicht bis zum Morgen blieb. Beiden war bewusst, dass der erotische Teil ihrer Beziehung mit diesem Höhepunkt abgeschlossen war und als Episode in ihre Biographien eingehen würde. Sie bereuten es nicht, das Kapitel auf diese Weise abgeschlossen zu haben.

48.

Heckler blieb lange im Bett liegen, so, als könnte er auf diese Weise die Gefühle der vergangenen Nacht lebendig halten. Irgendwann ging das Telefon und entriss ihm die Traumreste.

»Hausgeräte-Service«, meldete sich eine Männerstimme, »Sie haben uns angerufen.«

»Ach ja, natürlich. Wann kommen Sie?« Heckler hatte einen Moment gezögert und sich dann sofort an Beißwengers Ankündigung erinnert.

»In etwa einer Stunde, ist das in Ordnung?«

»Ja, selbstverständlich, ich bin da.«

Der Mann war pünktlich, seine Tarnung perfekt. Während er Heckler über irgendwelche Macken der Waschmaschine befragte, hantierte er mit elektronischen Geräten und einem kleinen Laptop, den er seiner Werkzeugtasche entnommen hatte. Zwischendurch sprach er belangloses Zeug, von wegen dass die Waschmaschinen heute auch nicht mehr die Qualität hätten wie früher. Dabei lärmte er mit irgendwelchen Werkzeugen. Plötzlich legte er den Zeigefinger an die Lippen, redete aber weiter Unverfängliches. Inzwischen hatte er Kopfhörer aufgesetzt und hielt ein kleines Gerät in der Hand, das wie die Miniaturausführung eines Metalldetektors aussah, sicherlich aber ganz anders funktionierte. Heckler verstand nichts davon. Dann deutete der Mann auf das Küchenradio und gab Zeichen, es anzuschalten. Mit geübten Griffen schraubte er den Deckel einer unbenutzten Telefondose ab und zog ein kleines schwarzes Ding hervor, das einer überdimensionalen Kaulquappe glich. Ein ähnlicher Vorgang wiederholte sich im Wohnzimmer, dort war es unter dem Deckel einer Verteilerdose.

»So«, sagte der Mann mit der zufriedenen Miene des geübten Wanzenjägers, »wir können jetzt reden, die Dinger wären erstmal eliminiert. Weitere noch aktive Sender gibt es nicht.«

Dann ging er systematisch alle Räume durch und prüfte dieses oder jenes Versteck. Dabei scheute er sich nicht, Gegenstände auseinanderzunehmen. Heckler hatte das ja auch schon getan, merkte aber jetzt erst, wie laienhaft seine Versuche gewesen waren, verglichen mit der professionellen Vorgehensweise des Mitarbeiters der Sonderkommission. Als Ergebnis der Suche fanden sich zwei weitere Minisender, deren Batterien aber erschöpft waren, die also nicht mehr sendeten.

»Die Wanzen nehme ich mit und lasse sie gründlich untersuchen. Aus dem Ladezustand der Batterien können wir darauf schließen, wann die Dinger eingebaut worden sind. Ich schätze vor ungefähr vier Wochen, aber das können wir nach der Untersuchung relativ genau sagen.«

Der Mann hielt inne, betrachtete seinen Fang und bemerkte anerkennend: »Modernste Technik, voll digital, das Spielzeug bekommen nur wenige in die Hände.«

Es klang so, als bewundere er Heckler, weil dieser eine so wichtige Person zu sein schien, dass man modernste Technik eingesetzt hatte.

»Wer beispielsweise?«, wollte Heckler wissen.

»Bedaure, das wissen wir bis jetzt leider nicht. Keine Ahnung, ich kenne die Dinger nur vom Hörensagen. Aber wir kriegen das raus. Der Chef wird Sie informieren.«

Als der Mitarbeiter Beißwengers in seinem grünen Lieferwagen mit der passenden Aufschrift »Hausgeräte-Service – Tag & Nacht« weggefahren war, wurde Heckler nach und nach bewusst, dass er tatsächlich ins Fadenkreuz von Profis geraten war. Er hatte seine Wohnung immer und immer wieder abgesucht und nichts entdeckt, das fand er recht beängstigend. Aber offensichtlich war er doch nicht paranoid, das war das einzig Beruhigende. Viel schlimmer war, dass er sich schutzlos ausgeliefert fühlte, weil sie jeden seiner Schritte kannten und wussten, was in den letzten Wochen in seiner Wohnung gesprochen worden war. Und dieses Wissen gab seinem unsichtbaren Gegner eine Überlegenheit, die Heckler hilflos machte und ihm das Gefühl eines Alptraums vermittelte.

An der frischen Luft ging es ihm langsam besser. Nach einer gewissen Zeit kehrten seine Gedanken dorthin zurück, wo sie die letzten zwölf Stunden gewesen waren: zu Juliane Bernstein. Dabei fiel ihm ein, dass sie gar nicht darüber gesprochen hatten, was sich in den letzten Tagen alles ereignet hatte, und das war, zumindest was ihn betraf, eine ganze Menge gewesen. Vielleicht war es gut so, wenn Juliane nicht alle Details kannte, das hätte sie nur unnötig beunruhigt. Schließlich hatten viele Dinge mit Juliane gar nichts zu tun, oder doch? Es konnte doch sein, dass Juliane, ebenso wie er, beobachtet worden war oder sogar weiterhin beobachtet oder abgehört wurde? Vor noch nicht allzu langer Zeit war er ja davon überzeugt gewesen, dass die »unsichtbaren Gegner« nach etwas suchten, das sie bei Thomas Bernstein vermutet hatten, im Zweifelsfall etwa zwei Millionen Euro. Nein, das waren nur Hypothesen, durch nichts untermauert. Heckler verdrängte den Gedanken, Juliane könnte in Gefahr sein. Er würde ihr nur von der Einstellung des Ermittlungsverfahrens berichten und von Detlef Brauns Geständnis, auch wenn dieses Geständnis noch nicht in offizieller Form vorlag. Zumindest waren damit die letzten Zweifel beseitigt, Thomas Bernstein könnte mit dem Tod van Gemmerens doch etwas zu tun gehabt haben. Das würde für Juliane ein Trost sein, wenn sie heute Abend nach Wiesbaden zurückfuhr. Vorher wollte sie sich noch melden.

Heckler fasste einen erneuten Entschluss. Er stand wieder in seiner Wohnung und versuchte, das Chaos zu beseitigen, welches die Wanzensuche hinterlassen hatte. Da er in Düsseldorf nichts weiter ausrichten konnte und klugerweise auch nicht wollte, beschloss er, die restlichen freien Tage bei Jenny zu verbringen, auch auf die Gefahr hin, dass sie wenige Tage vor Eröffnung ihrer Ausstellung keine Zeit für ihn hatte. Trotz oder gerade wegen der vergangenen Nacht zog es ihn zu Jenny. Er würde ein paar ruhige Tage verbringen, Freunde besuchen, seine Tochter Lydia treffen und ein gutes Buch lesen. Lydia konnte ihren Besuch in Düsseldorf ja auf einen späteren Zeitpunkt verschieben. Außerdem gab es einen weiteren Grund: Er musste seine Computer abholen, den neuen, weil er ihn brauchte, den alten, damit ein Mitarbeiter von Beißwenger ihn präparieren konnte.

Zu seinem Erstauen war Jenny hocherfreut, warnte ihn aber vor, sie würde vermutlich ungenießbar sein.

»Dann schlafe ich eben im Gästezimmer«, konterte er.

»Tu, was du nicht lassen kannst!«, ermunterte ihn Jenny.

»Dann bis morgen«, beendete er das kurze Gespräch und küsste die Telefonmuschel.

Heckler hatte häufig Schwierigkeiten, nichts zu tun, sich nur zu entspannen, das gute Buch einfach aufzuschlagen und darin zu lesen. Es lag noch ein halber Tag vor ihm, den er nicht scheinbar nutzlos verstreichen lassen wollte. Ein paar unverfängliche Dinge ...

Als erstes rief er Axel Niemeyer an. Nur so.

»Weißt du, ich musste den Lehrgang im Ausland absagen, wir hatten plötzlich sehr viel zu tun. Terminsachen.«

»Das kann ich mir vorstellen«, antwortete Heckler. Niemeyer fragte nicht nach, wie das wohl gemeint sei.

»Und stell dir vor, ich bin befördert worden, stellvertretender Leiter des Werksärztlichen Dienstes!«

»Gratuliere, Axel. Das müssen wir feiern!«

»Klar, aber im Moment hab' ich noch wahnsinnig viel damit zu tun, mich in die neue Tätigkeit einzuarbeiten. Wir holen das nach, ja? Ich melde mich.«

Rausschmiss oder Beförderung, dachte Heckler und verabschiedete sich. Er konnte es Niemeyer nicht einmal verdenken, dass er sich opportunistisch verhalten hatte. Sich an die Kette legen zu lassen, dafür gab es eben eine Belohnung. Stellvertretender Leiter eines der größten werksärztlichen Dienste Deutschlands ... das war schon etwas.

Als nächstes rief er bei MedicAid an und verlangte Herbert Krüger. Warum er das tat, wusste er selbst nicht. Krüger war sehr freundlich und keineswegs überrascht.

»Ich soll mal vorbeischauen, sagten Sie neulich«, begann Heckler.

»Ja natürlich, wann immer Sie wollen.«

»Hat in Rostock alles geklappt?«

»Gott sei Dank ja, trotz der Aufregungen der letzten Zeit gehen unsere Hilfslieferungen wenigstens pünktlich raus.«

»Darf ich den Grund Ihrer ... Einladung wissen?«

»Selbstverständlich, Herr Doktor Heckler. Ich befürchte, wir erscheinen nach den traurigen Ereignissen in einem merkwürdigen Licht und ich möchte dieses Bild korrigieren. Schließlich haben wir über Jahre hin gute Arbeit geleistet und haben nicht umsonst einen hervorragenden Ruf.«

»Ich glaube, ich kann die Dinge voneinander trennen.«

»Das würde mich freuen. Ja, und dann hatte ich noch einen Gedanken. Den möchte ich Ihnen aber persönlich erläutern.«

»Sie machen mich neugierig.«

»Halb so aufregend, aber besser geeignet für ein persönliches Gespräch.«

»Gut. Nächsten Montag, so gegen 15 Uhr, ginge das?«

Es ging. Auch wenn es »halb so aufregend« sein mochte, Andreas Heckler war nach diesem Telefonat aufgeregt. Was konnte es so Wichtiges geben, dass der augenblickliche Geschäftsführer von MedicAid ihn persönlich sprechen wollte? Heckler hatte keine Ahnung, er spürte nur den Vorteil, den er dadurch hatte. Er würde aus einer unverfänglichen Position heraus vieles ansprechen können. Irgendetwas mussten die Ereignisse ja mit MedicAid zu tun haben.

Das nächste Telefongespräch führte er mit Rechtsanwalt Dr. Gernsbach und gab vor, einen juristischen Rat wegen Detlef Braun zu benötigen. Gernsbach schien nicht überrascht

»Wissen Sie, die ärztliche Schweigepflicht ist für mich ein hohes Rechtsgut, Herr Gernsbach. Aber es gibt Situationen ...«

Heckler brach ab. Sein Ziel war es gewesen herauszubekommen, wieviel Gernsbach wusste.

»Auch mir gegenüber, verehrter Herr Doktor, besteht diese Schweigepflicht, selbst wenn Herr Braun mein Mandant ist.«

Aha, dachte Heckler, clever, er blockt von vornherein ab.

Gernsbach fuhr fort: »Dass Herr Braun schwer krank ist, weiß ich natürlich, das ist ein offenes Geheimnis. Aber Gott sei Dank hat er sich ja in Behandlung begeben.«

»Dann bin ich ja beruhigt. Wissen Sie, für einen Arzt ist es immer enttäuschend, wenn jemand den körperlichen Entzug überstanden hat, die notwendige Suchttherapie aber nicht stattfindet. In welcher Klinik befindet sich Herr Braun denn?«

Fehlanzeige. Gernsbach ließ sich nichts entlocken und Heckler scheute sich, weiterzubohren, er wollte keinen Verdacht erregen.

Auch wenn das Ergebnis der drei Telefonate recht unterschiedlich war, durch diese Aktivitäten hatte sich Heckler etwas beruhigt. Und nachdem er in der vergangenen Nacht viel bekommen hatte, nur eben zu wenig Schlaf, holte er Letzteres jetzt nach. Ein Nachmittagsschlaf konnte sehr erholsam sein, wenn er nicht zu lange dauerte. Nach anderthalb Stunden fühlte sich Andreas Heckler so benommen, dass er liegen blieb und versuchte, weiterzudösen.

Das Piepsen seines Handys beendete diesen Zustand. Es war eine SMS eingegangen, er las sie und war enttäuscht darüber, dass jetzt auch schon Werbung für einen Pizza-Service per SMS kam. Überhaupt ärgerten ihn alle Dinge, gegen die er sich nicht wehren konnte, die seine Selbstbestimmung irgendwie einengten.

Weil er nun schon einmal richtig wach war und er seinen momentanen Ärger los werden wollte, schlug er die Telefonnummer des Pizza-Service nach und wollte sich beschweren. Schließlich kostete eine SMS ja Geld.

Nein, wie er denn darauf komme, sie würden keine Werbung per SMS versenden. Wäre aber eine gute Idee. Bisher würden die Provider dieses Recht für sich allein beanspruchen. Heckler schüttelte den Kopf. Dann las er die SMS noch einmal durch, weil er sicher war, dass er sich nicht geirrt hatte:

»PIZZA PRONTO – ganz in ihrer Nähe. Garantiert in 30 Minuten.«

Dann endlich fiel der Groschen: Er hastete aus dem Haus, lief einige Querstraßen weiter und schaffte es gerade noch, dreißig Minuten nach Eingang der SMS den Pizza-Service »PRONTO« zu erreichen.

»Eine kleine Margherita zum hier essen.«

In der Wartezeit versuchte er, die SMS zu beantworten. Er versuchte es mehrfach, musste aber feststellen, dass ständig die Meldung »Fehler beim Versenden« kam. Das wunderte ihn nicht weiter. Er wartete.

»Pizza Margherita!«

Heckler holte die Pizza am Tresen und wollte sich damit setzen.

»Ihr Bon!«, sagte der Junge hinterm Tresen und schob den Kassenzettel rüber.

Erst als Heckler die halbe Pizza mit wenig Appetit, aber zunehmender Ungeduld verspeist hatte, bemerkte er die Nachricht auf der Rückseite des Kassenbons: »Pizza essen. Danach kleiner Park gegenüber.«

Heckler zerknüllte der Kassenbon, steckte ihn ein und aß in Ruhe seine Pizza auf.

49.

Mittlerweile war es dämmrig geworden. Heckler überquerte die Straße und setzte sich auf eine Bank in der kleinen Grünanlage, die in den frühen Abendstunden im Wesentlichen dazu diente, die vierbeinigen Lieblinge vor dem Schlafengehen zu entleeren.

»Entschuldigen Sie das kleine Verwirrspiel, aber wir mussten sicher gehen, dass Sie nicht beobachtet werden«, begrüßte ihn Beißwenger und setzte sich neben ihn.

»Schon gut.« Heckler übte sich in Geduld. Beißwenger würde seine Gründe haben.

»Ich möchte Ihnen gegenüber ganz offen sein, Doktor. Sie

sind da in eine Sache hineingeschliddert, deren Tragweite noch nicht einmal ich ahne. Aber eins ist mir nach dem Bericht meines Mitarbeiters, übrigens eines der besten Mikroelektroniker, die wir haben, klar geworden: Sie sind ein Zielobjekt und das auf allerhöchstem Niveau.«

»Nehmen Sie es mir nicht übel, für mich klingt das alles sehr vage. Könnten Sie vielleicht etwas deutlicher werden?« Mit Hecklers Geduld war es vorbei.

»Ich wollte, ich könnte«, Beißwenger seufzte, »im Moment versuche ich, zwei Möglichkeiten abzuwägen.«

»Und die wären?«

»Möglichkeit eins: Sie sind, aus welchen Gründen auch immer, in die Schusslinie eines Geheimdienstes geraten. Möglichkeit zwei: Eine kriminelle Organisation hat Zugang zu technischem Material westlicher Geheimdienste.«

Heckler verschlug es die Sprache. Das war also die Dimension, die er bestenfalls geahnt hatte. Aber er war sich keiner Schuld bewusst. Gut, er hatte ein bisschen herumgeschnüffelt, aber doch nicht ernsthaft. Es konnte nicht wirklich um den Medikamentenbetrug gehen, den er aufgedeckt hatte.

»Eine Eilanfrage beim BKA hat nichts ergeben, die Antwort des BND steht noch aus, die Herren lassen sich immer ein wenig mehr Zeit.«

Es entstand eine Pause, in der sich Heckler bemühte, einen einigermaßen klaren Gedanken zu fassen.

»Was, um alles in der Welt, macht mich denn so interessant?«

»Wenn ich das wüsste, wäre mir wesentlich wohler, das dürfen Sie mir glauben. Bis jetzt weiß ich nur eines: Es ist ein Fall für uns, wir werden intensiv an der Sache dranbleiben. Es sei denn, aber das glaube ich nicht, dass doch der Staatsschutz dahintersteckt, dann sind wir draußen.«

»Was macht Sie denn so sicher, ich meine, dass es ein Fall für Sie ist?«

»Mein Gefühl, Doktor. Darauf konnte ich mich bisher ganz gut verlassen.«

Heckler fand es mehr als erstaunlich, dass der ansonsten so analytisch-nüchterne Beißwenger an einer so entscheidenden Stelle nur seinem Gefühl vertraute, andererseits machte ihn das sehr menschlich. Mit seinen, Hecklers, Gefühlen sah es ganz anders aus.

»Ich fühle mich hilflos«, gestand er.

»Versteh' ich, aber momentan besteht keine Gefahr. Wer abhört und observiert, möchte Informationen und die bekommt er nur, wenn die Informationsquelle weitersprudelt. Wenn diese Leute es auf Sie abgesehen hätten, dann hätten sie das längst erledigt. Und das, verehrter Doktor, legt für mich den Schluss nahe, dass es gar nicht um Sie geht, sondern um jemand anderen und Sie nur als Kontaktperson interessant sind.«

»Wie soll ich mich verhalten? Ich wollte morgen für ein paar Tage nach Aachen fahren.«

»Tun Sie das, überhaupt, bewegen Sie sich ganz normal! Aber noch mal meine eindrückliche Warnung: Unternehmen Sie nichts, recherchieren Sie nicht, machen Sie nichts Außergewöhnliches, treffen Sie keine wichtigen Entscheidungen! Also, auch wenn's schwer fällt: ›Business as usual‹ und das so unauffällig wie möglich.«

Heckler nickte, nach den letzten Erkenntnissen hatte er auch keinerlei Lust mehr, seine Nase in irgendwelche ungeklärten Angelegenheiten zu stecken, er hatte viel zu viel Angst.

»Noch etwas«, fuhr Beißwenger fort, »wir würden die Wanzen gern wieder an den Platz in ihrer Wohnung bringen, wo wir sie gefunden haben. Unsere Gegner sollen nicht merken, dass wir sie entdeckt haben. Sie werden die Wanzen möglicherweise ersetzen wollen, weil sie nicht mehr senden. Wir haben nämlich die Batterien auf elektronischem Wege entleert.« Beißwenger grinste, wurde aber sofort wieder ernst. »Können wir einen Zweitschlüssel bekommen?«

Heckler stimmte wortlos zu. So langsam war ihm alles egal.

»Übrigens«, Beißwenger war noch nicht am Ende, »haben wir Hinweise, dass die Leute, die Sie überfallen haben, vorausgesetzt, es waren dieselben wie die Verunglückten am Aachener Autobahnkreuz, im Auftrag des Werkschutzes von BioTech gehandelt haben. Der Überlebende, der heute aus dem Krankenhaus entlassen wurde, hatte ein, sagen wir, ›konspiratives Treffen‹ mit dem stellvertretenden Leiter des Werkschutzes, wir haben das observiert. Der Mann wurde vom Werkschutz sofort aus dem Verkehr gezogen, sechswöchiger Sonderurlaub in Südostasien. Wir schauen gerade in der Personalkartei des Konzerns nach, ob der Mann offizieller Mitarbeiter war.«

»Aber da ging es um was anderes, nehme ich an.« Hecklers Verstand fing nach dem Schreck langsam wieder an zu arbeiten.

»Ja, höchstwahrscheinlich. Die Werkschutzleute haben bei Ihnen wahrscheinlich Unterlagen über die Repropharm vermutet. Als sie dann den Safe-Schlüssel fanden, nahmen sie an, dass der vielleicht zu einem Schließfach gehört und dort möglicherweise Unterlagen zu finden seien.«

»Ziemlich spekulativ, finden Sie nicht? Trotzdem, wenn man annimmt, dass den Werkschützern die Schlüssel gezielt wieder abgenommen wurden, und zwar auf eine sehr brutale Art und Weise, dann bedeutet das doch, dass der Überfall auf mich beobachtet wurde und die unbekannten Dritten genau wussten, was die Werkschutzleute mir abgenommen haben!«

»In der Konsequenz: ja«, stellte Beißwenger fest, »aber ich glaube, dass diese Werkschutzleute den anderen einfach nur in die Quere gekommen sind. Der Denkzettel, den Sie dafür erhalten haben, fiel allerdings etwas grob aus. Machen wir uns nichts vor, das sind Leute von ganz anderem Kaliber als diese Laiendetektive vom Werkschutz.«

»Mein Gott«, war alles, was Heckler herausbrachte. Das Ausmaß, in dem er observiert worden war, wurde immer erschreckender.

»Glauben Sie, man beobachtet mich noch immer?«, fragte Heckler ängstlich.

»Jedenfalls nicht lückenlos. Aber wir kriegen das raus. Wundern Sie sich nicht, wenn Sie in den nächsten Tagen das Gefühl haben, beschattet zu werden oder sogar Leute entdecken. Das sind unsere Leute.«

Heckler sagte nichts, es beruhigte ihn jedoch ungemein, Beißwengers Leute in seiner Nähe zu wissen. Er konnte sich nicht erinnern, jemals solche Angst gehabt zu haben.

Mit einer konkreten Bedrohung konnte er irgendwie umgehen, aber die unsichtbare Bedrohung durch perfekt organisierte Profis verursachte Ängste, die im Hintergrund als ständiger

Druck zu spüren waren, nicht konkret und nicht fassbar, aber nachhaltig.

»Bleiben Sie noch ein paar Minuten sitzen.« Beißwenger stand auf. »Ich melde mich.«

Auf dem Heimweg blieben Hecklers Gedanken bei Juliane Bernstein hängen, die ihn nicht hatte erreicht können. Obwohl Beißwenger gute Gründe für das Treffen gehabt hatte, ärgerte sich Heckler jetzt, dass dadurch ein persönliches Gespräch mit Juliane nicht mehr zu Stande gekommen war. Aber zu seiner Freude hatte sie auf den Anrufbeantworter gesprochen, dass sie am nächsten Wochenende wieder kommen müsse, wegen der Wohnung ihres Bruders. Unter dem Eindruck des Gesprächs mit Beißwenger vermochte er plötzlich eine lang gehegte Befürchtung nicht mehr zu verdrängen: Könnte nicht Juliane Bernstein die eigentliche Zielperson sein und er, so wie es Beißwenger vermutet hatte, lediglich als Kontaktperson in die Schusslinie geraten sein?

Der Gedanke beschäftigte ihn den Rest des Abends, obwohl es eine gewisse Beruhigung war, zu wissen, dass Beißwenger im Hintergrund wachte. Seine böse Vorahnung erfüllte sich, als Juliane Bernstein gegen Mitternacht anrief. Heckler hatte schon im Bett gelegen, aber nicht in den Schlaf gefunden. Juliane entschuldigte sich nicht einmal für die späte Störung, was zeigte, wie aufgewühlt sie war.

»Stell dir vor, Andreas, bei mir ist eingebrochen worden. Ein paar belanglose Gegenstände sind weg, und Geld, aber ich hatte sowieso nie viel im Haus. Die Kripo war hier und meinte, zurzeit würden unglaublich viele Wohnungen aufgebrochen, es sei schon die fünfte Meldung an diesem Wochenende im Stadtteil.«

Heckler versuchte, Juliane zu trösten, aber die Neugier siegte.

»Was glaubst du, ein normaler Einbruch oder ...?«

»Du meinst, ob das mit dem ... Tod meines Bruders zusammenhängt und mit dem Einbruch in Düsseldorf?«

»Ja, könnte doch sein.«

»Die Kripoleute sagten, es gäbe eine Einbruchserie im Viertel und das Vorgehen wäre typisch. Es seien keine Profis, weil sie die wirklich wertvollen Stücke gar nicht mitnähmen. So war das auch bei mir. Aber ärgerlich ist das allemal.«

Juliane Bernstein machte eine Pause und fuhr dann mit leiser Stimme fort: »Es tut mir gut, deine Stimme zu hören, Andreas, ich hätte dich vorhin so gebraucht.«

Sie redeten noch eine ganze Weile miteinander, was für beide wohltuend war.

Später grübelte Heckler lange darüber nach, was die Einbrecher wohl gesucht hatten. Natürlich war er davon überzeugt, dass es dieselben Einbrecher waren, die vor einigen Wochen Thomas Bernsteins Wohnung auf den Kopf gestellt hatten. Der scheinbar banale Einbruch jetzt war nur vorgetäuscht. Er musste unbedingt mit Beißwenger darüber reden, Juliane brauchte den Schutz der Sonderkommission ...

Am nächsten Morgen entfloh Andreas Heckler dem Düsseldorfer Alptraum in der naiven Vorstellung, alles hinter sich lassen zu können, wenn er ein paar Tage wegfuhr. Jennifer schloss ihn herzlich in die Arme, er solle sich in der alten Mühle wie zu Hause fühlen und sie gar nicht beachten. Die Vernissage im Ludwig-Forum war für Samstag geplant, die letzten Tage seien erfahrungsgemäß kritisch. Heckler versprach, sich unauffällig im Hintergrund zu halten. Nein, so sei das nicht gemeint gewesen, sagte Jenny.

»Eigentlich ist es schön, dass du da bist trotz des ganzen Vorbereitungsstresses.«

Sie lächelte und küsste ihn auf den Mund.

»Und nun entschuldige mich. Bis heute Abend!«

Heckler sinnierte über die Beziehung zu Jenny, während er sich ein zweites Frühstück bereitete. Auch wenn er vorletzte Nacht mit Juliane Bernstein geschlafen hatte, sein Verhältnis zu Jenny hatte das nicht berührt. Immerhin war er selbstkritisch genug zu überlegen, ob er nicht dabei war, sich zu belügen. Nein, der erotische Aspekt in der Beziehung zu Juliane war geklärt und die anderen Aspekte stellten aus seiner Sicht keine Gefährdung der Beziehung zu Jenny dar. Jenny und er hatten nie über Treue gesprochen. Heckler glaubte, dass jeder von ihnen stillschweigend davon ausging, dass der andere die Grenze erkennen und respektieren werde. Ansonsten hegten sie keine gegenseitigen Besitzansprüche.

Als er genussvoll kauend aus dem Fenster auf das satte Maigrün der sanft gewellten Hügel der Voreifel blickte, fragte er sich, ob Jenny und er sich nicht doch mehr Nähe vorstellen könnten. Er nahm sich vor, das Thema anzuschneiden, obwohl sie bereits mehrfach darüber gesprochen hatten, immer mit dem Ergebnis, dass alles so bleiben sollte wie bisher. Aber diesmal war es anders, Heckler spürte es. Dass er vielleicht einfach nur Schutz suchte, kam ihm nicht in den Sinn.

50.

Die Ruhe, zu der er sich zwang, war trügerisch. Heckler hatte sich den neuen Roman von Martin Walser vorgenommen, die Lektüre sollte ihn ablenken und entspannen. Er räkelte sich wohlig auf der Chaiselongue, schlürfte unendliche Mengen Tee und dezimierte Jennys Plätzchenvorrat. Nach fünfzig Seiten war es vorbei. Immerhin hatte er so lange benötigt, um festzustellen, dass er ständig andere Gedanken im Kopf hatte und viele Absätze mehrfach lesen musste, weil er sonst gar nichts behalten hätte. Als er seinen neuen PC aufgebaut hatte und hochfuhr, hatte er kein schlechtes Gewissen. Er würde sämtliche Versprechen, die er gegenüber den Kriminalkommissaren abgegeben hatte, einhalten. Aber ein bisschen auf dem PC herumzuspielen, das sollte nun wirklich erlaubt sein. Vorher nahm er Jennys Fernglas, lief die dreihundert Meter bis zum Waldrand, erklomm einen Hochsitz und peilte die Lage. Außer einigen Bauern mit ihren Traktoren konnte er absolut nichts entdecken.

Die nächsten Stunden verbrachte Andreas Heckler damit, sich durch die unendlich vielen Daten der MedicAid zu wühlen. Gernot hatte das Programm mit dem entsprechenden Datenbestand ja auf seinem neuen Rechner installiert. Beim Anblick der beiden Disketten aus Bernsteins Computer, dem Original und der »gereinigten« Kopie, und der CD mit der Datensicherung der MedicAid fiel Heckler ein, dass er darüber mit Beißwenger nicht gesprochen hatte. Ob er es einfach nur vergessen oder ob ihm sein Unbewusstes einen Streich gespielt hatte, weil das, was er tat, ja vollkommen illegal war, fand er letztlich unerheblich. Er würde Beißwenger die Datenträger übergeben, die Spezialisten der Sonderkommission würden sie schon entschlüsseln. Ob er auch die Diskette mit der Steuerdatei, die er von Monika Griesinger erhalten hatte, übergeben sollte, darüber musste er noch nachdenken. Vielleicht benötigte er diese Diskette noch und sie zu kopieren war nicht möglich. Gernot hatte ihn ausdrücklich davor gewarnt. Ein spezieller Kopierschutz würde die Steuerdatei vermutlich unbrauchbar machen.

Es dauerte eine Weile, bis Heckler sich im Programm zurecht fand. Aber dann befriedigte er seinen Wissensdurst nach

Herzenslust. Die Organisation der MedicAid wurde für ihn immer durchsichtiger, in personeller, finanzieller und verwaltungstechnischer Hinsicht. Zunächst vollzog er nach, wofür die Organisation ihr Geld ausgab. Die Gehälter waren moderat, das erstaunte Heckler. Nicht einmal die Stiftungsräte erhielten besonders hohe Sitzungsentschädigungen. Die bei weitem größten Geldbeträge wurden für Hilfslieferungen oder direkte Auslandszahlungen in verschiedene Projekte ausgegeben. So konnte man es ja auch erwarten von einer Hilfsorganisation. Heckler staunte über die Höhe der Gelder, obwohl er wusste, dass die MedicAid jährlich einen dreistelligen Millionenbetrag umsetzte. Nach einiger Zeit hatte er die Strukturen durchblickt: Die meisten Transaktionen wurden über das Bankhaus Brunkhorst & Co. abgewickelt, für die Hilfsgüter, vorwiegend aus dem medizinischen Bereich, gab es wenige Hauptlieferanten: Für Medikamente die Offermanns GmbH und für medizinisches Gerät zwei, drei andere Firmen. Vor allem die Geräte, darunter ganze Operationssäle, wurden über den Ostseehafen Rostock exportiert, von einer Firma namens »Eurex International«. Heckler vermutete Kostengründe, weshalb die Waren über Rostock und nicht über Hamburg oder Bremerhaven verschifft wurden.

Beim Stöbern in gebuchten Rechnungen entdeckte Heckler mehrfach Zahlungen an die »Peters-Consulting«. Diese Zahlungen waren zumeist mit dem Vermerk »Organisationsgutachten Projekt ...« versehen. Die Beträge erschienen hoch, wenngleich nicht überzogen. Da diese Zahlen einer quasi öffentlichen Kontrolle unterlagen, war Heckler überzeugt, dass sie stimmten und die Höhe der Honorare vertretbar war. Er versuchte, weitere

Namen aus dem Stiftungsrat in der Liste der Zahlungsanordnungen zu entdecken, fand aber nichts. Also blieben zwei Namen, die zumindest finanziell mit der MedicAid verquickt waren und gleichzeitig über den Stiftungsrat eine gewisse Kontrolle ausübten: Peters mit seiner Consulting und Bengsen, der Chef des Bankhauses Brunkhorst. Die wirtschafteten in die Tasche ihrer eigenen Betriebe, sauber war das nicht, bot aber sicher keine Erklärung für die ganze Tragweite dessen, was sich ereignet hatte. Allerdings durfte man nicht vergessen, dass Peters und Bengsen bis vor kurzem Mehrheitsgesellschafter der Offermanns GmbH gewesen waren und das sinkende Schiff kurz vorher verlassen hatten. Das konnte kein Zufall gewesen sein. Irgendetwas mussten sie gewusst oder geahnt haben. Oder hatten sie Offermanns bewusst ans Messer geliefert? All das waren Spekulationen, die durch die nüchternen Zahlenkolonnen der peniblen Buchführung der MedicAid nicht belegt werden konnten.

Heckler versuchte dann, die Diskrepanzen zwischen den offiziellen Zahlen und den Zahlen auf der Diskette, die er von Bernsteins PC kopiert hatte, nachzuvollziehen, so, wie es ihm Gernot erklärt hatte. Als er es nach einer weiteren Stunde geschafft hatte, war er mächtig stolz. Neue Erkenntnisse ergaben sich freilich nicht. Immer wenn in einer Medikamentenlieferung der Offermanns GmbH eines jener drei Medikamente enthalten war, die von der Repropharm illegal und qualitativ minderwertig abgefüllt worden waren, war der »offizielle« Rechnungsbetrag deutlich höher als der »inoffizielle« Betrag auf Bernsteins Diskette. Die Differenzen summierten sich auf über eine halbe Million Euro allein im letzten Jahr. Angenommen, Bernstein und Offermanns hatten gemeinsame Sache gemacht, ergaben sich tatsächlich über zwei Millionen Euro für Thomas Bernstein aus den letzten sieben Jahren. Ging es um dieses Geld? Suchten die unsichtbaren Gegner diese zwei Millionen? Heckler hielt es für denkbar, aber bestenfalls für die halbe Wahrheit.

Dann war da noch die Geschichte mit den Container-Preisen. Die »Eurex International« in Rostock besorgte die Container und stellte sie in Rechnung. Und diese Rechnungssummen lagen in unregelmäßigen Abständen niedriger als auf Bernsteins

Diskette. Das hatte Gernot herausgefunden, Heckler konnte es nachvollziehen, aber auch jetzt ergab sich keinerlei Sinn. Er entdeckte kein System, keinen Rhythmus, auch die Inhaltslisten für die Container zeigten keinerlei Besonderheiten oder Muster. Die Containerpreise errechneten sich offensichtlich aus Größe und Gewicht. Es gab kleine und große Container, aber auch die hatten jeweils unterschiedliche Preise, sodass Heckler annahm, dass neben der Größe eben das Gewicht des einzelnen Containers eine Rolle spielen musste. Und er fand Folgendes heraus: Jedes Mal, wenn ein Unterschied im Rechnungsbetrag

auftrat, handelte es sich um große Container. Wenn man weiterhin das Gewicht als Bezugsgröße für die Preisgestaltung zu Grunde legte, dann bedeuteten unterschiedliche Preise letztlich unterschiedliche Gewichte. Die Containergewichte waren in den Unterlagen leider nicht vermerkt, da musste man vermutlich die Ladelisten der Schiffe kontrollieren. Heckler schüttelte den Kopf, das Ganze ergab keinen Sinn. Er hatte sich verrannt und die Vorstellung, im Rostocker Hafen herumzuschnüffeln, verwarf er ganz schnell, bevor sie richtig aufkam. Aber er würde Beißwenger einen Hinweis geben.

Schließlich entdeckte Heckler in dem modular aufgebauten Programm den Teil, der mit »HR« abgekürzt wurde. Irgendwo fand er dann die Bedeutung von »HR« als »Human Ressources«. Es war die Mitarbeiterkartei. Als Arzt erschrak er ein wenig über die Begriffswahl, musste aber zur Kenntnis nehmen, dass im modernen Personalmanagement Menschen nicht als Menschen, sondern als Ressourcen galten. Die Kartei enthielt für jeden Mitarbeiter die wichtigsten persönlichen Daten wie Geburtstag und -ort, Adresse, Sozialversicherungsnummer, Eintrittsdatum, Ausbildung, Fähigkeiten, Erfahrungen und natürlich die Einsatzdaten der Projektmitarbeiter. Heckler fand diese Daten äußerst spannend, weil auch sämtliche ehemalige Mitarbeiter in der Kartei geführt wurden. Er entdeckte sogar zwei Leute aus seinem weiteren Bekanntenkreis.

Heckler vertiefte sich in die Angaben, die er über die fest angestellten Mitarbeiter der MedicAid fand, die lebenden und die toten. Bei Detlef Braun beispielsweise stand als erlernter Beruf »Elektrotechniker« vermerkt und bei Herbert Krüger »Ingenieur für Kraftwerksbau«. Krüger arbeitete seit acht Jahren für die MedicAid. Er war kaum älter, als Heckler geschätzt hatte. Als besondere Erfahrungen waren die früheren Tätigkeiten bei Entwicklungsprojekten in Ländern wie Ghana, Zimbabwe oder Jemen genannt. Bei vielen Mitarbeitern waren Sprachkenntnisse vermerkt, bei Krüger Englisch, Französisch und Russisch. Ein zweifellos gebildeter und weit gereister Mann. Heckler spürte wieder etwas von dem Neid, den er bei der ersten Begegnung mit Krüger empfunden hatte, als jener im Stile eines Weltmannes auf Juliane Bernstein zugegangen war. Beim Geburtsort Krügers stutzte Heckler kurz, es war Rostock. Aber schließlich war Krüger nicht dafür verantwortlich zu machen, dass er 1953 in der ehemaligen DDR geboren worden war.

Nachdem er fast drei Stunden auf unendlich lange Zahlenkolonnen gestiert hatte, beendete Heckler die PC-Sitzung. Vorher blätterte er noch ein wenig im Verwaltungsteil des Programms, in dem auch die ganzen Dienstreiseabrechnungen hinterlegt waren. Die Herren hatten einige Reisen unternommen, immer im Zusammenhang mit offiziellen Anlässen, meist zu Beginn oder zum Abschluss von Projekten. Bei den fest angestellten Mitarbeitern war es Krüger, der am weitesten herumgekommen war. Kein Wunder, denn die Projektbetreuung vor Ort war ja seine Hauptaufgabe.

Als der PC-Lüfter verstummte, hatte Heckler das Gefühl, die international renommierte Hilfsorganisation MedicAid bis in die Details zu kennen. Objektiv gesehen war er leider keinen Schritt weiter. Was hatte er auch erwartet? Das Rätsel ein für allemal zu lösen? Er fühlte sich durch die Fülle der Daten erschlagen, dennoch war er ganz zufrieden mit sich. In den nächsten Tagen würde er sich erneut mit den Daten befassen. Im Moment war es so, dass er den Wald vor lauter Bäumen nicht mehr sah, dass die Fülle der Einzelinformationen den Blick für die großen Zusammenhänge geraubt hatte. Er musste nur die richtigen Zahlen miteinander in Beziehung setzen, das würde ihn vermutlich einen Schritt weiter bringen.

Gegen halb sieben schneite Jenny herein, scheinbar gar nicht gestresst, drückte ihm einen Kuss auf und wollte wissen, was er den lieben langen Tag so getrieben habe.

»Och, nichts weiter, ein bisschen gelesen, am PC gespielt und entspannt. Was macht dich denn so fröhlich?«

»Galgenhumor, mein Lieber. In Wirklichkeit ging heute alles schief, was nur schief gehen konnte. Die Räume im Ludwig-Forum sind noch nicht fertig, der Druck der Programme hat sich verzögert und ein Künstler hat für die Vernissage abgesagt.«

»Wer denn?«

»Blumberg.«

»Der Kabarettist?«

»Ja, der.«

»Armleuchter!«

Heckler nahm Jenny in den Arm, sie heulte sofort los. Er drückte sie fest an sich, streichelte ihr übers Haar und versicherte, dass sie es gemeinsam schaffen würden. Was Heckler an diesem Abend tatsächlich schaffte war, dass weder Jenny noch er über die Dinge sprachen, die sie derzeit bedrückten. Verdrängen war in der augenblicklichen Situation das Beste. Sie sprachen sogar recht unbeschwert über tausend andere Dinge. Vielleicht ging das auch auf das Konto des Rotweins, um den Jennys gut sortiertes Weinlager schrumpfte.

51.

Der Gang von der alten Mühle zum Waldrand, das Erklimmen des Hochsitzes und der Blick durchs Fernglas war schon fast so etwas wie eine Gewohnheit. An diesem Mittwochmorgen schien die Welt in Ordnung, ein Maitag, der so oder so ähnlich Legionen von Pennälern als Rahmen für üppige Landschaftsbeschreibungen gedient haben mochte. In der Tat war es ein unbeschreiblich schöner Morgen. Heckler hielt es fast eine Stunde auf dem Hochsitz aus und betrachtete die Umgebung, mal ohne, mal mit Fernglas. Dann entdeckte er sie, etwa dreihundert Meter entfernt. Es war ein Grüppchen von drei Mitarbeitern der Telekom. Sie hatten am Rand eines Landwirtschaftsweges eine kleine Baustelle eingerichtet und hantierten mit allerlei Gerätschaften.

Ab und zu verschwand einer von ihnen in einem kleinen Zelt. Davor stand ein Fahrzeug, einer jener typischen Lieferwagen, wie sie die Telekom zu Hunderten besaß. Das Ganze wirkte ausgesprochen friedlich und sehr echt. Heckler hätte auch keinen Verdacht geschöpft, wenn der Lieferwagen nicht eine auffallend hohe Antenne gehabt hätte. Er versuchte herauszubekommen, ob sie ihn bemerkt hatten. Nach einer Weile gab er auf. Wenn sie ihn tatsächlich entdeckt haben sollten, ließen sie es sich nicht anmerken.

Wie selbstverständlich war Heckler davon ausgegangen, dass es sich um Mitarbeiter der Sonderkommission handelte. Warum eigentlich? Weil es Beißwenger angekündigt hatte? Was war, wenn es die Gegenseite war? Auch wenn er sich einigermaßen sicher fühlte, meldete sich wieder die Angst. Letztlich konnte er Freund und Feind nicht unterscheiden und dieser Umstand beunruhigte ihn sehr. Wenn es nicht Beißwengers Leute waren, dann waren diese zumindest in der Nähe, damit versuchte er, sich zu beruhigen, und ging ins Haus zurück.

Jenny war längst weg. Heckler machte sich Frühstück, konnte es aber nicht genießen und war nervös. Auch wenn er sich immer wieder sagte, dass nichts passieren konnte, hielt er die Gefühlsspannung zwischen Angst und Tatendrang kaum aus. Er musste etwas unternehmen. Schließlich fuhr er in die Stadt, einen kleinen Umweg erlaubte er sich. Als er am Telekom-Zelt vorbeikam, sah er keine Menschenseele, offensichtlich befanden sich alle drei Personen, die er zuvor durchs Fernglas hatte erkennen können, in dem kleinen Zelt.

Unter irgendeinem Vorwand betrat er die Kundenbetreuung der Telekom-Niederlassung in der Stadt. Als nach einigen Telefonaten bestätigt wurde, dass in der Nähe der alten Mühle Arbeiten der Telekom stattfänden, war er beinahe enttäuscht. Mit der Möglichkeit, dass es sich um echte Telekom-Leute handelte, hatte er am wenigsten gerechnet. Einerseits beruhigte ihn diese Auskunft, andererseits begann er wieder, darüber nachzudenken, ob er nicht doch paranoid wurde. Die Arbeiten würden noch drei Tage andauern, zu Beeinträchtigungen des Telefonverkehrs komme es nicht, versicherte man ihm.

Ein verwirrter Andreas Heckler versuchte, sich im Café van

der Halst wieder zu sammeln. Dabei kam die Erinnerung daran, wie er vor anderthalb Jahren mit seiner Tochter Lydia hier gesessen hatte und sie nach diesem Wochenende die Entscheidung getroffen hatte, in Aachen zu studieren. Einem Impuls folgend, rief er sie an, erreichte aber nur den Anrufbeantworter. Sicher war Lydia in irgendwelchen Vorlesungen. Er schlug ein abendliches Treffen vor. Auf dem Rückweg zur alten Mühle hätte er die Stelle fast übersehen. Er bremste scharf, als er es bemerkte. Obwohl die Arbeiten der Telekom ja drei Tage dauern sollten, war die kleine Baustelle verschwunden. Das wiederum verun-

sicherte Heckler gewaltig. Plötzlich glaubte er wieder, dass es Beißwengers Leute gewesen sein mussten. Mit der Absicht, sich ein paar ruhige Tage zu machen, war es endgültig vorbei.

Heckler versuchte, seine Freunde für ein abendliches Treffen zu gewinnen, Bernhard Haller, Martin Preuss und Hallers Freundin Iris, die Staatsanwältin. Als es ihm für den folgenden Abend gelang, war er heilfroh. Es würde ihn ablenken und Ablenkung benötigte er im Moment ganz dringend. Vielleicht war es das beste Rezept, mit der im Hintergrund ständig schwebenden Bedrohung umzugehen.

Um die Mittagszeit rief ihn Lydia an und schlug vor, dass sie sich morgen Nachmittag treffen sollten, zum Tee bei ihr, Richard würde auch da sein. Heckler freute sich, obwohl er auf Richards Gegenwart auch hätte verzichten können. Aber er würde sich daran gewöhnen müssen, dass seine erwachsene Tochter nun einen Freund hatte. Und als er an die ersten Semester seines eigenen Studiums zurückdachte, musste er die relativ solide Lebensweise seiner Tochter anerkennen. »Damals, das war eine andere Zeit«, rechtfertigte er im Nachhinein sein fast ausschweifendes Leben zu Beginn des Studiums.

Am frühen Nachmittag saß Heckler da und wusste nichts mit sich anzufangen. Er setzte immer wieder an, in seinem Roman zu lesen, ohne Erfolg. Er hätte es auch lassen können, denn er nahm nichts auf. Nachdem er zum x-ten Mal dieselbe Seite angefangen hatte, gab er auf. Die Natur würde ihn ablenken, also nahm er seine Laufschuhe und begab sich nach draußen. Weit kam er allerdings nicht. Er lief gemächlich, dennoch schlug sein Herz plötzlich bis zum Hals, er bekam Erstickungsgefühle und hatte Schweißausbrüche. Langsam ging er zurück zur alten Mühle und ließ sich erschöpft in einen Sessel fallen. Erst Wochen später erkannte er rückblickend, dass es wohl ein Panikanfall gewesen war. Nicht weit weg von der alten Mühle war er nämlich vor anderthalb Jahren fast Opfer eines Mordanschlages geworden und sein Unterbewusstsein schien sich offensichtlich noch gut daran zu erinnern. Im Moment aber versuchte er diese Erkenntnisse nach Kräften zu leugnen.

Schließlich erlöste ihn das Handy mit einer SMS aus der Starre, die ihn ergriffen hatte. Obwohl es ihm eigentlich schlecht ging, grinste er wegen der SMS. »Onkel Karl«, war da zu lesen, »sendet herzliche Grüße« und eine lange Nummer. Heckler kannte das Spielchen von damals, als Beißwenger, sein Vorname war ja »Karl«, auf diese Weise Kontakt zu ihm aufgenommen hatte. Wie damals fuhr Heckler zur nächsten öffentlichen Telefonzelle und wählte die Nummer und wie er erwartet hatte, meldete sich Beißwenger. Es war fast wie eine Erlösung.

»Habe mich selten so gefreut, Ihre Stimme zu hören«, begrüßte er Beißwenger.

»Was ist los, Doktor?«

»Ich weiß nicht so recht, ich ...«

»Sie haben Angst!?«

Es klang wie eine Frage, war aber eigentlich eine Feststellung. Und diese Feststellung traf ins Schwarze, Heckler erkannte es in diesem Moment.

»Ja«, sagte er nur.

»Verständlich, aber ich glaube, ich kann Sie beruhigen. Wir haben ein Auge auf Sie.«

»Telekom?«

»Wie bitte?«

»Na, das nette kleine Arrangement mit den Leuten von der Telekom!«

Die Gesprächspause, die entstand, bedeutete nichts Gutes. Beißwenger schien nicht zu wissen, wovon Heckler sprach.

»Die Leute haben meine Anweisungen. Wie die ihren Job genau machen, das überlasse ich ihrer Kreativität«, antwortete Beißwenger ausweichend. Andreas Heckler zögerte und wurde unsicher.

»Weshalb wollten Sie mich sprechen?«

»Es gibt zwei, drei Dinge, die ich mit Ihnen noch einmal durchgehen muss. Und dann hatte ich heute interessanten Besuch, aber das ist kein Thema fürs Telefon. Wann kommen Sie wieder nach Düsseldorf?«

»Am Freitag habe ich Frühschicht.«

»Okay, geht's nach dem Dienst? Wir könnten joggen.«

»Ernsthaft?«

»Ernsthaft!«

»Gut, also wann und wo?«

»Nach dem Dienst eben, Rheinauen, wie gehabt.«

Damit war das Gespräch beendet, Beißwenger hatte aufgelegt. Heckler beruhigte sich ein wenig, aber er spürte die Unsicherheit, weil Beißwenger nicht einmal gewusst hatte, mit welcher Tarnung seine Leute arbeiteten. Oder waren es doch nicht Beißwengers Leute gewesen?

Jenny kam für ein halbes Stündchen nach Hause, redete ununterbrochen, beneidete Heckler wegen der ruhigen Tage, die er genießen könne, und schimpfte über alle möglichen Leute, auf die kein Verlass sei. So sei einer der Techniker, ein wichtiger und erfahrener Mann, ausgerechnet jetzt wochenlang weg. Dass er ein Suffkopf sei, sei bekannt, aber müsse der denn ausgerechnet jetzt eine Entwöhnungsbehandlung beginnen? Wenn er noch ein paar Tage weitergesoffen hätte, wäre auch nichts passiert. Dann war Jenny wieder weg.

Andreas Heckler dachte an Detlef Braun, der irgendwo in der Eifel versuchte, die Abhängigkeit vom Alkohol loszuwerden. Vielleicht war der ja auch ein wichtiger Mann. Heckler war sich immer noch sicher, dass Brauns Geständnis der Wahrheit entsprach und er van Gemmeren im Affekt erschlagen hatte. Ob man es tatsächlich als Totschlag werten musste, das sollten die Juristen entscheiden, schließlich war van Gemmeren ja schon tot gewesen.

Heckler hatte keine Lust zu warten, bis Detlef Braun irgendwann geläutert aus seinem Exil zurückkam. Er musste zumindest herausbekommen, in welcher Klinik er sich aufhielt. Natürlich wäre es sinnlos gewesen, die in Frage kommenden Kliniken der Reihe nach anzurufen. Auskünfte über Patienten wurden aus gutem Grunde grundsätzlich nicht erteilt, selbst dann nicht, wenn er als Arzt mit einem Patienten zu tun gehabt hatte. Ja nicht einmal die Frage, ob sich ein bestimmter Patient in der betreffenden Klinik aufhielt, wurde beantwortet, wenn es um die Behandlung von Süchten ging. Nach einigen Telefonaten hatte Heckler jedoch herausgefunden, dass es in der Gegend von Daun nur zwei Suchtkliniken gab. Dann steckte er zwei Karten mit »den allerbesten Wünschen für eine baldige Genesung« in Briefumschläge und adressierte sie sorgfältig an »Herrn Detlef Braun z.Zt.« und die jeweilige Klinik. Er spekulierte darauf, dass der Brief an die falsche Klinik als unzustellbar zurückkäme, als Absender gab er seinen Namen unter Jennys Adresse an. Zufrieden brachte er die Briefe zu Post.

Überhaupt war Andreas Heckler immer dann zufrieden, wenn er etwas unternehmen konnte. Einfach dazusitzen und zu warten, was sich als nächstes ereignen würde, das brachte er einfach nicht fertig. Durch seinen Aktivismus gelang es ihm, mit dem Damoklesschwert, das unsichtbar über ihm schwebte, besser fertig zu werden. Freilich war er sich mittlerweile bewusst, dass er in seinem Aktivitätsdrang äußerst vorsichtig sein musste.

Gegen Abend erschien Jenny, sie wirkte erstaunlich gelöst. Überraschenderweise hatte sie keine weiteren Verpflichtungen.

»Weit bist du mit deinem Buch ja nicht gekommen, mein Lieber. Was machst du eigentlich den ganzen Tag?«

»Mich entspannen«, log Heckler. Von seiner Begegnung mit der Telekom, dem missglückten Joggingversuch, Beißwengers Anruf und den Briefen erwähnte er nichts. Jenny war im Stress, schließlich stand die Eröffnung ihrer bislang wichtigsten Ausstellung kurz bevor, da musste er sie aus allen Belastungen heraushalten. Es wurde ein sehr schöner Abend und Heckler fragte sich, ob seine Phantasie über Jennys Stress wirklich stimmte.

52.

Am nächsten Tag, es war bereits Donnerstag, lief Heckler wie ein Tiger im Käfig in der alten Mühle hin und her. Bald hatte er jeden Winkel des Anwesens mehrmals durchstreift. Er ertappte sich dabei, wie er nach verborgenen Mikrofonen und anderen ungewöhnlichen Dingen Ausschau hielt. Endlich wagte er sich nach draußen und zog dort seine Kreise, zuerst eng um die Mühle, dann immer weiter. Es war eine Art Belastungstraining gegen seine Ängste, die er Beißwenger gegenüber gestern zwar eingestanden hatte, heute jedoch bereits wieder nach Kräften zu verdrängen suchte. Gegen Mittag hatte er im Umkreis von etwa einem Kilometer alles abgesucht und beobachtete die Umgebung intensiv. Als er feststellte, dass er im Begriff war, jede zufällige Regung fast wahnhaft auf sich zu beziehen, brach er sein Unterfangen ab und kehrte ins Haus zurück. Es war ein merkwürdiger Zustand, in dem er sich befand. Einerseits konnte er sich ganz gut von den Auswüchsen seiner überreizten Phantasie distanzieren, andererseits spürte er weiterhin die für ihn unsichtbare Bedrohung, die ja nicht abgenommen hatte. Warum auch? Es hatte sich ja nichts verändert. Er dachte an Below und konnte verstehen, wie es Regimegegnern ergangen war, die jahrelang mit einer existentiellen Bedrohung gelebt hatten und vielleicht nicht überlebt hatten.

Am Nachmittag nahm er den Wagen und fuhr zu Lydia. Fast euphorisch stellte er fest, dass er allein mit seiner Tochter war, Richard war überraschend verhindert. Er mochte ihren Freund schon, dennoch und trotzdem, er hatte Lydia lieber für sich. Bei Tee und Kuchen genoss er den Augenblick, der freilich viel zu kurz war. Kurz deshalb, weil Lydia ihm recht schnell eröffnete, dass sie mit Richard zusammenziehen wolle. Das tat Hecklers guter Stimmung unvermittelt Abbruch.

»Hast du dir das auch gut überlegt?«

Er hätte sich ohrfeigen können, dass ihm nur dieselben platten Fragen einfielen, die die Bedenken aller Eltern dieser Welt in ähnlichen Situationen ausdrückten. Aber sein Gefühl konnte er nicht unterdrücken, da half aller Verstand nichts. Immerhin kannte er jetzt den Grund, warum Lydia beabsichtigt hatte, ihn gemeinsam mit Richard in Düsseldorf zu besuchen. Lydia spürte sein Zögern, sie kannte ihren Vater und hatte nichts anderes erwartet.

»Hey, ich werde 22! Was hast du denn in dem Alter gemacht?«

»Ich ...«, was er wirklich gemacht hatte, mochte er nicht zugeben, »... habe in einem Studentenwohnheim gelebt, da kann man auch mit ... Freunden wohnen.«

»Komm, erzähl nichts! Inzwischen weiß ich mehr als du denkst, wie es damals zugegangen ist! Bernie hat ...«

»Okay, okay.«

Heckler tat gut daran einzulenken. Was sein Freund Bernhard Haller Lydia verraten hatte, wollte er gar nicht wissen. Er würde ihn sich heute Abend zur Brust nehmen, so viel stand fest.

»Aber damals, das waren andere Zeiten, Lydia, weißt du.«

»Quatsch!«

»Wir wollten raus aus dem ganzen bürgerlichen Mief!«

»Mag ja sein, dass das für euch okay war. Aber ich lebe heute und ich möchte so leben, wie ich es für richtig halte! Und im Vergleich zu deiner Lebensweise, damals, ist meine Entscheidung, mit Richard zusammenzuziehen, fast wie der Eintritt ins Kloster!«

Das saß. Um Worte war seine Tochter noch nie verlegen gewesen, das musste sie von ihm geerbt haben. Ob er wollte oder nicht, ihre Schlagfertigkeit ließ ihn grinsen.

»Aber mehr Geld gibt's nicht.« Das letzte Argument waren immer die Finanzen.

Lydia sah ihn trotzig an: »Keine Sorge, wir kommen zurecht.«

Damit war das Thema erledigt. Vielleicht gar nicht so schlecht, dachte Heckler, wenn sie mal die Erfahrung macht. Eine Erfahrung, die er selbst in seinem bisherigen Leben noch nicht gemacht hatte. Er hatte sich stets davor gedrückt, wenn solche Entscheidungen anstanden. Als er sich am späten Nachmittag von Lydia verabschiedete, war der Friede wiederhergestellt. Bernie wollte er allerdings noch zur Rede stellen!

Als er mit dem Auto zurückfuhr, war er noch zu sehr mit den Gedanken bei Lydia, als dass er das unscheinbare Fahrzeug bemerkt hätte, welches ihm in einigem Abstand folgte. Vermutlich hätte ihn das nicht weiter beunruhigt, denn die Verfolger gaben sich nicht sonderlich Mühe, ihre Absicht zu verbergen. Damit hätte Heckler sie eindeutig als Leute von Beißwenger identifiziert. Aber vielleicht war es gut, dass er nicht in die Verlegenheit kam zu überlegen, ob die Beobachter tatsächlich Freunde oder doch Feinde waren.

Als der Abend kam, hätte er auch keine Zeit mehr zum Nachdenken gehabt.

»Es gibt Neuigkeiten.«

Bernhard Hallers Ankündigung machte die anderen neugierig. Der Abend hatte viel versprechend begonnen und Heckler war froh gewesen, die Freunde begrüßen zu können. Fast sehnsüchtig hatte er auf Bernie, Iris Braun und Martin Preuss gewartet. Sie hatten sich ein paar kulinarische Kleinigkeiten zurechtgemacht, nichts Besonderes, improvisiert, aber sehr lecker. Haller hatte mit seiner Ankündigung gewartet, bis Jenny später dazugestoßen war. Alle starrten ihn erwartungsvoll an.

»Ihr seid in zwei Wochen alle eingeladen zur Wohnungseinweihung.«

Die Reaktionen waren sehr unterschiedlich. »Gratuliere!« war der pflichtschuldige Kommentar von Heckler, der es angesichts der idealen Mietwohnung seines Freundes völlig unnötig fand, sich zu verändern. Haller druckste etwas herum.

»Wir ziehen zusammen«, klärte Iris Braun die anderen auf.

»Bravo! Wird ja auch Zeit.«

Heckler wusste nicht so recht, wie Jennys spontaner Kommentar gemeint war, denn Iris Braun und Bernhard Haller waren erst wenige Monate zusammen.

»Wie meinst du das, meine Liebe?«

»Na, dass dieser militante Junggeselle hier unter die Haube kommt!« Dabei zeigte sie mit dem Finger auf Haller.

Nachdem das Herumgeflachse sich noch ein Weilchen fortgesetzt hatte, gab es zu Ehren der beiden ein Gläschen Schampus und alle fanden, dass die Staatsanwältin und der Privatdozent der Gerichtsmedizin ein so schönes Paar waren. Nur Heckler maulte ein bisschen herum.

»Alle ziehen zusammen und ich weiß nichts davon.«

»Alle? Wer denn noch?« Jenny setzte sich auf seinen Schoß und küsste ihn. »Also, Hecki, falls wir mal zusammenziehen sollten, erfährst du es rechtzeitig.«

Alle lachten laut über Jennys Scherz, nur Heckler quälte sich etwas. Dann erst konnte er von den Plänen seiner Tochter berichten.

»Also, ich find' den Richard richtig nett, mit dem würde ich auch zusammenziehen.«

»Untersteh dich!«

»Keine Angst.«

Jenny setzte sich wieder neben ihren Freund und kraulte ihm sanft den Rücken. Das Gespräch wandte sich anderen Dingen zu. Wie nicht anders zu erwarten, landeten sie irgendwann bei den Vorgängen um die MedicAid. Sie beglückwünschten Martin Preuss zu seinem Artikel, der ja nicht unbeträchtlich dazu beigetragen hatte, dass Offermanns als Gauner entlarvt worden war und nun von Interpol gesucht wurde, bis jetzt leider erfolglos. Natürlich wollten alle wissen, was sich in der Zwischenzeit ereignet hatte, es war ja schon eine Weile her, dass sie in dieser Konstellation zusammengesessen hatten. Genau genommen war es sechs Tage nach van Gemmerens Tod gewesen, damals hatten Thomas Bernstein und Monika Griesinger noch gelebt. Vom Überfall auf Heckler hatten die Freunde von Jenny erfahren. In diesem Zusammenhang fanden es alle beruhigend, dass er sich Stüber anvertraut hatte, und als er schließlich über das zufällige Wiedersehen mit Karl Beißwenger berichtete, atmeten die Freunde hörbar auf: Damit sei die Sache in guten Händen, er solle sich mal keine Sorgen mehr machen. Im Grunde hatten sie recht, allerdings nur deshalb, weil Andreas Heckler ihnen wesentliche Fakten vorenthielt. Er fühlte sich nicht wohl dabei, aber in der Abwägung zwischen Jennys Belastbarkeit und dem Vertrauen in seine Freunde entschied er zu Gunsten von Jenny. Jedenfalls glaubte er, dass es zu ihren Gunsten wäre. Nächste Woche, wenn die Eröffnung der Ausstellung gelaufen war und er mit Beißwenger gesprochen hatte, würde er mit ihr reden.

So erfuhren die Freunde nicht, dass Heckler Opfer von Überwachungsspezialisten geworden war, deren Identität keiner kannte. Sie erfuhren auch nichts von den Magdeburger Geschichten, jenem seltsamen Doktor Zeidler, der alle Stürme der politischen Wende überstanden hatte und – zugegebenermaßen etwas fluchtartig und im Grunde unverdient – das Rentnerdasein im fernen Sardinien genoss. Ob es überhaupt irgendeine Querverbindung dieses Alt-Stasis zu den Ereignissen um die Medic-Aid gab, war noch immer völlig unklar.

Stattdessen ging es um die dubiöse Rolle des BioTech-Konzerns, der nach Kräften bemüht war, den Skandal um die minderwertigen Medikamente zu vertuschen. Als Heckler den Freunden berichtete, wie der Konzern beteiligte Mitarbeiter »ruhig stellte«, war Martin Preuss hellwach. Das war sein Thema, der nächste Artikel entstand bereits als Konzept in seinem Kopf. Der »Zwangsurlaub« des Unfallopfers vom Aachener Autobahnkreuz, einem der mutmaßlichen Täter des Überfalls auf Heckler, und die unverhoffte Beförderung des Werksarztes Axel Niemeyer waren zwei Indizien, an denen sich Preuss festbeißen würde. Insgeheim freuten sich alle bereits auf den nächsten Artikel des »gnadenlosen Enthüllungsjournalisten«, wie Jenny ihn nannte.

So sprachen die Anwesenden dieser illustren Runde über vieles, nur nicht über die Ereignisse, die Heckler wirklich bewegten – und auch bedrohten. Bezüglich dieser Dinge hatte Heckler lediglich die Tatsache, dass Detlef Braun ein Geständnis von juristischer Wertlosigkeit abgelegt hatte, preisgegeben. Aber das hätte er wegen der ärztlichen Schweigepflicht eigentlich gar nicht erzählen dürfen.

53.

Heckler schaffte es am Freitag pünktlich zur Frühschicht. Fluchend hatte er sich um fünf Uhr aus dem Bett gequält, Jenny einen Kuss aufgedrückt, was sie mit einem unverständlichen Kommentar quittiert hatte, und sich auf den Weg nach Düsseldorf gemacht. In der Rettungsstelle fühlte er sich fremd, zehn Tage hatten ausgereicht, um Distanz zu gewinnen. Diese Distanz ließ ihn manchmal zweifeln, ob er den richtigen Job machte. Die Anwesenheit von Hansen und Schaffrath brachte ihn schnell auf den Boden der Realität zurück. Die beiden Rettungsassistenten hatten ebenfalls einige Tage schichtfrei gehabt. Der Dienst begann mit dem üblichen Geplänkel, welches dazu diente, die Hackordnung aufs Neue festzulegen.

»Na, Doktor, wer wird heute erschlagen?«

Hansen hatte keinerlei Gespür für Geschmacklosigkeiten. Heckler war nicht in Stimmung und ihm widerstrebte diese Art der Kontaktaufnahme ganz und gar. Er schwieg. Hansen murmelte so etwas wie »Oh Verzeihung, Herr Doktor« und »Man wird ja noch fragen dürfen.« Damit war die Kommunikation für diese Frühschicht beendet.

Der Dienst verlief ruhig, verdächtig ruhig, wie die Ruhe vor dem Sturm. Meistens brach der Sturm erst am Freitagabend los, während der Spätschicht. Am Nachmittag war Heckler äußerst müde, aber gleichermaßen gespannt, was Beißwenger herausgefunden hatte.

Kurz nach Dienstschluss stand ein gähnender Andreas Heckler im Jogging-Dress am Rande der Rheinauen in Oberkassel. Lange musste er nicht warten und schon bald lief er neben Karl Beißwenger und seinen Bodyguards durch die laue Mailuft. Zum x-ten Male schwor er sich, zukünftig regelmäßiger zu joggen, als er merkte, dass der über zehn Jahre ältere Beißwenger eindeutig die bessere Kondition hatte. Der umging das Problem dezent, indem er sich nach einer halben Stunde auf eine der Bänke setzte und Heckler bedeutete, neben ihm Platz zu nehmen.

»Wir kommen nicht so recht vorwärts«, gestand Beißwenger, »auch wenn es Ihnen nicht gefällt, wir müssen alles noch Mal durchgehen.«

Heckler war es recht, einerseits hatte ein Gespräch mit Beißwenger stets etwas Beruhigendes, andererseits konnte er die Gelegenheit nutzen, um die Dinge zu berichten, die er bisher verschwiegen hatte. So erwähnte er erstmals die Geschichte mit der Datensicherung und der Kopie einiger Sicherungsdateien aus Bernsteins PC und er berichtete über die Manipulation der Diskette, die Dr. Gernsbach zurückgegeben hatte. Beißwenger sah Heckler mit hochgezogenen Augenbrauen an, sein Ärger war spürbar.

»Gibt's einen Grund, warum Sie mir das letzte Woche verschwiegen haben?«

»Nein ... ich war einfach durcheinander, überhaupt schafft mich die ganze Geschichte.«

»Okay, dann gehen wir das noch Mal durch – und diesmal bitte *alle* Informationen, über die Sie verfügen!«

Der Ton war schärfer geworden, Beißwenger blieb zwar höflich, aber er ließ Heckler nicht aus den Augen, so, als wollte er ihm keine Chance geben, sich irgendwelche Ausreden einfallen zu lassen. Der so Verhörte gab denn auch alles preis, was er wusste. Alles bis auf jene »Kleinigkeiten«, die ihm unangenehm waren oder von denen er glaubte, dass er ein Recht habe, sie zu verschweigen. So hatte er auch kein schlechtes Gewissen, als er die Diskette mit der Steuerdatei, die er bei Monika Griesinger

mitgenommen hatte, nicht erwähnte und die Liebesnacht mit Juliane Bernstein verschwieg. Das war nun wirklich seine Intimsphäre.

»Und das haben Sie alles allein rausgekriegt, das mit der ›privaten‹ Datensicherung von Bernstein und der Manipulation an der zweiten Diskette?«

»Ja.« Heckler schaute Beißwenger mit dem treuesten Blick an, zu dem er fähig war. Es war legitim, Gernot aus den Ermittlungen der Sonderkommission herauszuhalten.

»Wann können wir die Datenträger bei Ihnen abholen und Ihren PC präparieren?«

»Jederzeit nach der Frühschicht.«

»Gut, der ›Hausgeräte-Service‹ kommt morgen Nachmittag.«

»Am Samstag? Aber ...«

»Klar, Geräte gehen doch immer am Wochenende kaputt.« Beißwenger wurde wieder lockerer und grinste.

»Geht nicht, am Samstag muss ich nach Aachen, Frau Lacroix eröffnet ihre Ausstellung.«

Sie einigten sich auf Dienstagnachmittag. Dann erzählte Heckler vom Einbruch bei Juliane Bernstein in Wiesbaden, worauf Beißwenger sehr ernst wurde.

»Wer weiß von unserem Treffen letzte Woche?«, fragte er dann unvermittelt.

»Nur meine Freunde in Aachen, aber für die lege ich meine Hand ins Feuer! Frau Bernstein habe ich nicht eingeweiht. Aber was hat unser Treffen mit dem Einbruch zu tun?«

»Wahrscheinlich nichts. Aber ...« Beißwenger hielt inne und schien darüber nachzudenken, wieweit er Heckler in seine Überlegungen einweihen konnte. Schließlich gab er sich einen Ruck: »Ich will offen sein. Mein Instinkt sagt mir, dass unsere Gegner, die wir nicht kennen, inzwischen wissen, dass die Sonderkommission ermittelt, das macht sie nervös, gleichzeitig ist das unsere Chance. Außerdem hat man versucht, uns zu täuschen.«

»Wie das denn?« Heckler staunte nicht schlecht.

»Ich habe meine Leute befragt, diese ›Telekom-Baustelle‹ in Aachen, das waren nicht wir. Die offizielle Anfrage bei der Telekom hat zunächst ergeben, dass tatsächlich Arbeiten stattgefunden haben. Daraufhin haben wir diskret die internen Einsatzberichte durchgesehen, die bei allen Außenarbeiten angefertigt werden, und für diese Baustelle gibt es keine Berichte!«

Also hatte Heckler doch Recht gehabt mit seiner Befürchtung. Beißwenger hatte die Sache nicht im Griff! Das ärgerte und ängstigte ihn zugleich, er hielt sich jedoch zurück.

Beißwenger fuhr fort: »Was ich Ihnen jetzt verrate, habe ich offiziell nie gesagt. Also, ich hatte Besuch vom BND, sozusagen als Antwort auf meine Anfrage, ob sie für mich die Beteiligten an der MedicAid Geschichte durchleuchten könnten. Solche Anfragen sind üblich, die meisten Sonderkommissionen haben einen Kontaktmann beim BND. Aber dass der Kontaktmann persönlich vorbeikommt, um das Ergebnis der Anfrage mitzuteilen, ist schon sehr ungewöhnlich. Er habe sowieso in Köln zu tun gehabt, behauptete unser Mann, da sei er eben mal schnell vorbeigekommen.« Beißwenger schüttelte den Kopf.

»Und was war das Ergebnis?«

»Das ist ja das Merkwürdige: Nichts! Alle Mitarbeiter der MedicAid sind sauber, keine besonderen Erkenntnisse.«

»Und Krüger? Ich meine, dass der aus der ehemaligen DDR stammt, könnte doch den Staatsschutz interessieren«, vermutete Heckler.

»Das war früher vielleicht so, vor der Wende. Nein, gerade Krügers Biographie ist völlig unauffällig: Ausbildung als Ingenieur in der DDR, schon länger im Westen, für verschiedene Entwicklungsorganisationen im Ausland tätig, die letzten Jahre eben bei MedicAid. Nein, nein, da ist nichts zu holen.«

»Was beunruhigt Sie dann, Herr Beißwenger?«

»Nur die Tatsache, dass der BND-Mann persönlich vorbeikam, um mitzuteilen, dass alles in Ordnung sei. Er war bemüht, die ganze Angelegenheit herunterzuspielen, das war deutlich zu spüren. Dabei hat er ganz geschickt versucht, mich auszufragen.«

»Hat das alles also doch der Staatsschutz eingefädelt? Wäre ja eine gewisse Beruhigung.«

»Für Sie vielleicht, für uns ganz und gar nicht!«

»Das verstehe ich nicht.«

»Der BND lässt sich normalerweise nicht in die Suppe spucken. Wenn die da irgendetwas am Laufen haben, bekommen wir früher oder später den freundlichen Hinweis, dass wir uns

aus der Sache zurückzuziehen hätten. In diesem Fall nicht! Die lassen uns weiter ermitteln.«

»Was könnte es denn für Gründe geben, Sie nicht einzuweihen?«

»Hm, beispielsweise dass die Sache völlig illegal ist ...«

»Oder wenn die nicht befürchten müssen, dass die Ermittlungen der Sonderkommission Erfolg haben könnten«, warf Heckler ein.

Beißwenger sah ihn überrascht an und es dauerte eine Weile, bis er die richtigen Worte fand. Das passierte ihm nicht oft. »Donnerwetter«, stellte er dann fest, »Sie sind ein scharfer Kopf, Doktor. Ich gebe zu, diese Theorie hat einen gewissen Charme.«

Sie schwiegen eine Weile. Beiden war bewusst, dass der Charme dieser Theorie möglicherweise darin bestand, dass man den Mörder von Thomas Bernstein nie finden würde.

»Egal wer dahintersteckt«, resümierte Heckler, »die suchen etwas, das ihnen gefährlich werden kann. Das Geld aus dem Medikamentenbetrug kann es nicht sein, da geht's um mehr.«

Beißwenger nickte nur, das Gespräch geriet ins Stocken.

»Frau Bernstein ist in Gefahr, aber sie weiß es nicht!«

Der erfahrene Leiter der Sonderkommission blickte hoch und lächelte unmerklich.

»Sie mögen sie, nicht wahr?«

Diesmal nickte Heckler und sagte nichts.

»Wir werden ein Auge auf sie haben.«

Danach verstummte das Gespräch.

»Was ist mit Zeidler?«, griff Heckler nach einer Weile den Faden wieder auf.

Beißwenger seufzte. »Leider geht das nicht so schnell bei den italienischen Kollegen, kein ›kleiner Dienstweg‹, wie ich erhofft hatte, offizielles Amtshilfeersuchen ... Das dauert.«

»Können Sie nicht jemanden nach Sardinien schicken?«

»Nur wenn es konkrete Anhaltspunkte dafür gibt, dass Zeidler wirklich darin verwickelt ist, und die haben wir bisher nicht gefunden.«

»Na ja«, stellte Heckler fest, »wenigstens brauche ich nicht um mein Leben zu fürchten, wenn es eine Angelegenheit des Staatsschutzes ist.«

Hecklers Naivität erschreckte Beißwenger.

»Da wäre ich mir nicht so sicher! Wenn ich an den Unfall am Aachener Kreuz denke ...«

Wieder schwiegen beide.

»Was werden Sie weiter unternehmen?«

»Eine ganze Menge. Aber das, Doktor, werde ich nicht mit Ihnen besprechen, zu Ihrem eigenen Schutz. Das verstehen Sie doch?«

Heckler verstand es, ärgerte sich aber, dass sein Wissensdurst wieder einmal ungestillt blieb.

»Nur eines verrate ich Ihnen: Ich lasse mich ungern an der Nase herumführen und das tut dieser Mann vom BND, das habe ich im Gefühl! Aber nicht mit Karl Beißwenger!«

Der Kommissar stand mit einem Ruck auf und dehnte sich.

»Kommen Sie, wir laufen noch eine Runde.«

Nach Luft ringend erzählte Heckler im Laufen noch davon, dass er sich mit Krüger treffen wollte.

»Krüger ist vermutlich harmlos, aber vielleicht wird er ja auch abgehört. Wir geben Ihnen ein kleines Gerät mit, mit dessen Hilfe wir anschließend feststellen können, ob irgendwelche Sender in der Nähe waren, einen kleinen Wanzendetektor.« Beißwenger hatte keinerlei Mühe, sich nebenher zu unterhalten.

»Können Sie sich vorstellten«, jappste Heckler, »was der von mir will?«

»Der will Sie abwerben«, gab Beißwenger lachend zurück.

Obwohl es ein Scherz war, sollte Beißwenger Recht behalten.

54.

Der Anruf von Juliane Bernstein erreichte Andreas Heckler in dem Moment, als er an diesem Freitagabend seine Wohnung betrat. Sie schlug vor, dass man sich am Samstagabend treffen solle, sie werde erst gegen Mittag in Düsseldorf eintreffen und dann die letzten Verhandlungen wegen der Wohnung ihres Bruders führen. Heckler dachte einen kurzen Moment daran, die Teilnahme an Jennys Vernissage unter irgendeinem Vorwand abzusagen. Er widerstand der Versuchung jedoch.

»Tut mir leid, Jenny eröffnet ihre Ausstellung.«

»Schade«, erwiderte sie enttäuscht, »aber du bist wenigstens ehrlich.«

»Wie wäre es mit Sonntag, nach meinem Dienst?«

»Da fahre ich schon wieder zurück.«

Es schien, als müsse der Abschied tatsächlich telefonisch stattfinden. Heckler wurde traurig, ihn überkam eine plötzliche Leere. So auseinanderzugehen, fand er unwürdig.

»Besuch mich doch mal in Wiesbaden!«

»Wirklich?«

»Ja, wirklich. Auch wenn unsere Beziehung eine Wendung genommen hat, ich mag dich und ich möchte dich als Freund behalten. Als Freund, der in einer der schwierigsten Phasen meines Lebens für mich da war. Melde dich und ...«

»Ja?«

»... danke für alles!«

Sie hatte aufgelegt und Andreas Heckler wischte sich ein paar Tränen aus den Augenwinkeln. Er wusste nicht, ob es Tränen der Trauer oder der Rührung waren. Es geschah nicht oft, dass er eine solche Wertschätzung erfuhr.

Den Rest des Abends verbrachte er mit einem Freund, einem nicht allzu engen Freund, aber eben einem Freund. Er wollte seine sozialen Kontakte unbedingt wieder pflegen, das hatte er sich fest vorgenommen. Sie besuchten eine der Jazz-Kneipen in der Düsseldorfer Altstadt, am Freitagabend war da einiges geboten.

Am Samstagmorgen erschien Dr. Andreas Heckler dann todmüde und mit dunklen Ringen unter den Augen zum Dienst.

Hansen sparte sich die blöden Bemerkungen, die ihm schon auf der Zunge lagen.

Nach dem Ende der Frühschicht hatte Heckler mit zwei Dingen enorme Mühe: Er versuchte auf dem Weg nach Aachen erfolglos die Erinnerung an den Überfall vor zwei Wochen zu verdrängen, und er kämpfte gegen den Schlaf, letzteres erfolgreich. Als er schließlich das Ludwig-Forum betrat, hatte die Vernissage bereits begonnen. Er schlich zu einem Sitzplatz, den Lydia ihm freigehalten hatte. In der folgenden Stunde spürte er Lydias Ellenbogen mehrmals in seinen Rippen. Später leugnete er beharrlich, eingeschlafen zu sein. Es ging ihm ähnlich wie nach der letzten Nachtschicht, als er auf der Autobahn am Steuer kurz eingenickt war.

Beim anschließenden Empfang fühlte er sich wieder fit und genoss es, als Freund der Künstlerin Jennifer Lacroix den zahlreichen Honoratioren vorgestellt zu werden. Es war gegen Mitternacht als Andreas Heckler und Jennifer Lacroix eng aneinandergekuschelt den kurzen Moment körperlicher Nähe genossen, bevor sie beide erschöpft einschliefen. So kann es nicht weitergehen, dachte Heckler noch.

Zum zweiten Mal innerhalb von drei Tagen quälte sich Andreas Heckler kurz nach fünf aus dem Bett. Als er diesmal Jenny einen Abschiedskuss gab, rührte sich nichts, sie schlief tief und fest weiter. Es wurde einer der langweiligsten Sonntagsdienste, die er jemals hinter sich gebracht hatte. Natürlich hätte sich Heckler darüber freuen können, aber wenn gar nichts los war, war ihm das auch nicht recht. Er benötigte in gewisser Weise die Bestätigung, gebraucht zu werden. Einen Vorteil hatte die Situation allerdings: Er konnte sein Schlafdefizit abbauen. Nach Dienstende schlenderte er daher wach und guter Dinge durch Düsseldorfs Innenstadt und gönnte sich eine Riesenportion Eis.

Er war gerade dabei, das angeblich beste Eis in Düsseldorf zu genießen, als er Juliane Bernstein entdeckte. Sie konnte ihn nicht sehen, was in diesem Moment sicher gut war, denn sie ging eingehakt am Arm eines Mannes, den Heckler beim zweiten Hinsehen erkannte: Es war Herbert Krüger. Innerhalb weniger Sekunden brach etwas in Hecklers Innerstem zusammen, etwas, von dem er nicht genau wusste, was es eigentlich war.

Die Beziehung zu Juliane Bernstein war geklärt, es war eine freundschaftliche Beziehung geworden, keine Liebesbeziehung. Juliane hatte das Recht auf andere Männer. Aber musste es ausgerechnet Krüger sein? Heckler erinnerte sich an die Art und Weise, wie Krüger auf Juliane Bernstein reagiert hatte. Das hatte ihn schon beim ersten Mal gestört. Auch wenn sein Verstand es ihm verbieten wollte, Heckler war rasend vor Eifersucht. Krüger hatte kein Recht auf Juliane ... Außerdem, was war davon zu halten, wenn Schadensersatzforderungen in Millionenhöhe im Raum standen, die sich plötzlich in Luft aufgelöst hatten? Ein bisschen schäbig kam er sich schon vor, als er den beiden in sicherem Abstand folgte. Zufrieden stellte er fest, dass es zu keinen weiteren körperlichen Annäherungen kam, die vertraute Art des Umgangs störte ihn jedoch gewaltig. Jedenfalls wirkten Juliane Bernstein und Herbert Krüger so, als würden sie sich schon eine Ewigkeit kennen. Dann verschwanden sie in einem Café. Heckler postierte sich so, dass er den Ausgang im Auge hatte, er dachte gar nicht daran, seine »Observation« aufzugeben. Was hatten die beiden miteinander zu tun? Im Grund überhaupt nichts, aber diese Unbeschwertheit, diese Vertrautheit ... Nach einer halben Stunde war Heckler so weit, dass er an eine Verschwörung glaubte. Nach einer weiteren halben Stunde hatte er die Verschwörungstheorie etwas abgeändert, aber für einen Zufall hielt er es immer noch nicht, es war bestimmt ein abgekartetes Spiel. Als Juliane und Krüger nach anderthalb Stunden das Café verließen, folgte er ihnen bis zu einem Parkhaus und wartete. Es dauerte nicht lange, bis ein dunkelrotes BMW-Coupé mit Wiesbadener Kennzeichen das Parkhaus verließ, am Steuer saß Juliane Bernstein. Auf Krüger wartete er vergebens: Er saß in keinem der Fahrzeuge, die aus dem Parkhaus fuhren, noch verließ Krüger es zu Fuß. Vermutlich gab es einen zweiten Ausgang.

Aus dem Vorhaben, sich an diesem Sonntagabend so richtig zu entspannen, wurde nichts. Getrieben von irrationaler Eifersucht breiteten sich in Hecklers Phantasie Hirngespinste aus, die immer mehr Besitz von ihm ergriffen und die vernünftige Gedankengänge im Ansatz blockierten. Am Ende war er überzeugt, dass Krüger und Juliane Bernstein gemeinsame Sache machten und sich die illegalen zwei Millionen Euro von Thomas Bernstein geteilt hatten. Warum sonst war die Schadensersatzforderung der MedicAid so plötzlich fallen gelassen worden? Natürlich, Juliane hatte das Geld entdeckt und sich mit Krüger geeinigt, eine fifty-fifty-Regelung zu beiderseitigem Vorteil!

Aus, Ende, vorbei, dachte Heckler, das war's dann. Er würde darüber hinwegkommen, aber vorher ... Das Mindeste war, Hauptkommissar Stüber zu informieren. Danach wollte er mit der ganzen Sache nichts mehr zu tun haben und die Geschichte vergessen. Das Gefühl, sich zum zweiten Mal in anderthalb Jahren in einer Frau getäuscht zu haben, war so schmerzlich, dass er es nicht auszuhalten vermochte. Im Grunde ging es um egoistische Motive, denn sein gebeutelter Selbstwert war durch nichts anderes verursacht als durch gekränkte Eitelkeit. Aber von solchen Deutungen war er weit entfernt. An diesem Abend versuchte Andreas Heckler, sich hemmungslos zu betrinken. Wenigstens hatte er eine Kneipe ausgesucht, die unweit seiner Wohnung lag. Um Mitternacht wankte er nach Hause und legte sich angezogen aufs Bett. Nach kurzer Zeit drehte sich die Welt und hörte nicht wieder auf. Nachdem er sich mehrmals übergeben und zwischendurch Unmengen Mineralwasser in sich hineingeschüttet hatte, fühlte er sich etwas besser. »Idiot!«, murmelte er. Nach dieser bahnbrechenden Erkenntnis schlief er endlich ein.

Der nächste Morgen erwies sich als einzige Katastrophe. Das eigentlich magenfreundliche Frühstück landete in der Toilette und in den ersten Stunden hatte er ernsthafte Kreislaufprobleme. Hansen hielt sich zurück, obwohl er und Schaffrath Grund gehabt hätten, Heckler auf seinen erbärmlichen Zustand anzusprechen. Das war schon der zweite Morgen, an dem der Notarzt keine gute Figur machte, eher selbst einen Arzt benötigt hätte. Durch eine gütige Fügung des Schicksals hatten sie nur wenige Einsätze und Heckler konnte sich zwischendurch immer wieder ausruhen. Am frühen Nachmittag wirkte er wieder einigermaßen gesellschaftsfähig und bereitete sich innerlich auf den Besuch bei der MedicAid vor. Es war schon verrückt, dass er sich ausgerechnet heute mit Krüger verabredet hatte, wo er ihn gestern mit Juliane Bernstein »erwischt« hatte. Beide Dinge hatten zwar nichts miteinander zu tun, beschäftigten Heckler jedoch in seinen Gedanken. Wie sollte er Krüger offen gegenübertreten angesichts der gestrigen Beobachtung? Und vor allem: Würde er in der Lage sein, die notwendige Vorsicht walten zu lassen? Seine eifersüchtigen Hirngespinste konnten ihn leicht dazu verführen, alle Vorsichtmaßnahmen über Bord zu werfen. Krüger war harmlos, da war er sich mit Beißwenger einig, aber vielleicht war Krüger selbst Opfer höherer Mächte? Fragen über Fragen, die immer wieder als kleine Störenfriede durch Heckler

Gehirn drängten.

Kurz vor Dienstende erschien ein als Techniker hergerichteter Mitarbeiter der Sonderkommission und versorgte Heckler mit dem »Wanzendetektor«, einem kleinen Gerät, nicht größer als eine Streichholzschachtel.

Als Heckler nach Dienstende in Richtung MedicAid aufbrach, hatte er es mal wieder geschafft, alle Fragen zu verdrängen.

55.

»Frau Zilinsky?«

Es bedurfte keiner hellseherischen Fähigkeiten, um festzustellen, dass der Platz von Monika Griesinger inzwischen von der jungen Nachfolgerin eingenommen worden war. Die junge Frau, sie mochte Ende zwanzig sein, strahlte Heckler an, wie er fand, eine Spur zu aufdringlich.

»Doktor Heckler, nehme ich an? Ich sage Herrn Krüger Bescheid.«

Krüger begrüßte Heckler fast wie einen alten Bekannten.

»Den Dienst als Notarzt stelle ich mir ziemlich hart vor«, meinte Krüger mitfühlend.

»Da mögen Sie Recht haben«, antwortete Heckler unverbindlich.

Es gab Tee und Plätzchen. Der Small Talk zog sich hin und Heckler wurde zusehends ungeduldig. Krüger brauchte lange, um auf den Punkt zu kommen.

»Der Stiftungsrat ein großes Interesse daran, die MedicAid wieder aus den Schlagzeilen zu bringen und die Arbeit so ruhig und effektiv wie früher zu gestalten.«

Heckler wartete ab.

»Es ist ganz einfach, wir brauchen Mitarbeiter. Bis heute konnten wir den armen Herrn Bernstein nicht ersetzen. Auch wenn ich es persönlich sehr bedauere, wir müssen ihn jetzt ersetzen.«

Es entstand eine Pause, Krüger holte Luft für den entscheidenden Satz.

»Haben Sie nicht Lust, für uns zu arbeiten?«

Heckler war auf alles Mögliche gefasst gewesen, nicht aber auf eine solche Offerte. Er wusste nicht so recht, was er antworten sollte.

»Das kommt sehr unvermittelt.«

»Wir schulden Ihnen Dank wegen der Geschichte mit Offermanns. Sie hatten wesentlichen Anteil daran, dass diesem Betrüger, dem wir jahrelang blind vertraut haben, das Handwerk gelegt werden konnte. Der Stiftungsrat hat das auf seiner letzten Sitzung lobend erwähnt. Und dann hatte jemand ganz spontan die Idee, Sie zu fragen.«

»Ich kenne den Stiftungsrat nicht.«

»Nun, wenn Sie sich überlegen würden, für uns zu arbeiten, wäre es sowieso angebracht, Sie dem Rat vorzustellen.«

»Wer ist denn jetzt Nachfolger im Vorsitz?«

Dies war die erste, ganz vorsichtige Frage von Heckler, die seinen Informationshunger stillen sollte. Allerdings war ihm die Frage spontan herausgerutscht, nicht wohl überlegt.

»Es gibt nur einen kommissarischen Vorsitzenden, Herrn Bengsen vom Bankhaus Brunkhorst & Co.«

»In welcher Funktion oder mit welchen Aufgaben sollte ich für die MedicAid arbeiten?«, wollte Heckler dann wissen. Am liebsten hätte er Krüger wegen Bengsen ausgefragt, hütete sich aber. Bengsen, der Name tauchte immer wieder auf.

»Nun, wir brauchen jemanden mit Sachverstand und Erfahrung, der die Projekte medizinisch betreut und deren Fortschritt beurteilen kann. Wenn beispielsweise ein Projektantrag gestellt wird, muss der zunächst fachlich geprüft werden, dann ist der

Abgleich und die Verzahnung mit laufenden Projekten anderer Träger vorzunehmen, Beschaffungen zu klären und so weiter.«

»Das alles wäre völlig neu für mich«, wandte Heckler ein.

»Das ist nicht so entscheidend, Sie werden eingearbeitet, schauen sich einige Projekte vor Ort an, erhalten Kontaktadressen anderer Organisationen, nationaler und internationaler Organisationen. Sie nehmen außerdem an einer tropenmedizinischen Fortbildung teil. Und Sie betreuen die Mediziner und das medizinische Hilfspersonal, das wir hier in Düsseldorf auf den Auslandseinsatz vorbereiten. Letztlich ist es die Position

eines leitenden Mitarbeiters in unserer Zentrale.«

Krüger hielt inne und beobachtete Hecklers Reaktion. Der war jedoch so perplex, dass er zunächst stumm blieb.

»Natürlich verstehen wir«, versicherte Krüger, »dass dieses Angebot für Sie recht plötzlich kommt und erwarten nicht, dass Sie sich sofort entscheiden. Überlegen Sie sich das ein paar Tage. Wir haben gesehen, wie kompetent und verantwortungsbewusst Sie als Arzt handeln, das ist entscheidend.«

Heckler fühlte sich durchaus geschmeichelt. Das Lob wollte er aber etwas schmälern. Dabei dachte er an die drei toten Mitarbeiter der Organisation.

»Für die Mitarbeiter der MedicAid konnte ich leider nicht viel tun, mit Ausnahme von Herrn Braun vielleicht. Wie geht es ihm denn?«

Eine weitere Frage, die Heckler brennend interessierte und die er, wie er glaubte, ganz unauffällig hatte einfließen lassen. Krüger ließ sich, falls er etwas wusste, nichts anmerken.

»Keine Ahnung, ich hoffe, er macht Fortschritte.«

»Ach, ich dachte Sie hätten den Therapieplatz vermittelt?«

»Nein, ich glaube das lief über Dr. Gernsbach. Ihm habe ich auch mitgeteilt, dass wir Braun doch weiterbeschäftigen, wenn er von seiner Sucht geheilt ist.«

»Ich muss über Ihr Angebot nachdenken, Herr Krüger. Wenn ich es richtig sehe, soll ich eigentlich Herrn Bernstein ersetzen, richtig?«

»Könnte man so sehen, wir wollten aber die wirtschaftliche und die medizinische Seite der Organisation in Zukunft stärker trennen.«

»Der arme Herr Bernstein«, sagte Heckler in gedämpftem Ton. Er hielt den Zeitpunkt für gekommen, Krüger mehr zu entlocken: »Das Verfahren wurde ja eingestellt.«

»Welches Verfahren?«

»Hat Ihnen Frau Bernstein nichts darüber erzählt?«

Krüger zögerte einen kurzen Moment, dann schüttelte er den Kopf.

»Nein, wir hatten andere Dinge zu besprechen.«

Obwohl sein Herz plötzlich anfing, heftig zu klopfen, sagte Heckler nichts. Er versuchte, nicht allzu deutliches Interesse zu zeigen, indem er Krüger nur freundlich ansah. Seine Rechnung ging auf, das Ergebnis war jedoch ganz anders, als er erwartet hatte.

»Wir haben die letzten Details wegen der Wohnung vereinbart, aber das hat Frau Bernstein Ihnen sicher berichtet.«

Heckler hatte Mühe, die Fassung zu wahren, und murmelte nur: »Ja, natürlich.«

Zum Glück wurden sie in diesem Moment unterbrochen von einen Mann mittleren Alters, der seinen Kopf zur Türe streckte und Krüger daran erinnerte, dass ein wichtiger Termin anstehe. Er sprach mit dem harten Akzent, der eine slawische oder östliche Herkunft verriet. Das Gespräch war damit beendet.

»Ein neuer Mitarbeiter«, erklärte Krüger, »wir müssen ja irgendwie ... weiterarbeiten.«

56.

Wenn etwas nicht so gelaufen war, wie Heckler sich das vorgestellt hatte, kamen ihm hinterher stets viele Ideen, wie er sich hätte anders verhalten können. Krügers überraschendes Angebot hatte ihn derart aus dem Konzept gebracht, dass er seine ursprüngliche Strategie völlig aufgegeben hatte. So hatte er gar nichts erfahren, wenn man einmal von dem Hinweis auf die Wohnung Thomas Bernsteins absah, deretwegen Krüger mit Juliane Bernstein verhandelt hatte.

Heckler saß zu Hause in der beginnenden Dämmerung, hatte

die Beine hochgelegt und dachte nach. Zum wiederholten Male hatte sein Entschluss festgestanden, sich aus der Geschichte endgültig herauszuhalten. Dann war wieder etwas geschehen, dieses überraschende Angebot Krügers, etwas, was ihn aufgewühlt und aus dem Konzept gebracht hatte. Und so konnte er sich nicht einfach zurückziehen. Je länger er nachdachte, desto stärker drängten sich Phantasien auf, in denen er sich am Schreibtisch seines Arbeitszimmers bei MedicAid sah. Oder er stellte sich vor, wie er von Kontinent zu Kontinent reiste, Projekte irgendwo in Südamerika, in Afrika oder in Asien auf den Weg brachte. Die Phantasien wurden lebhafter, bis er merkte, wie sehr ihm das Angebot Krügers geschmeichelt hatte. Der Gedanke ließ ihn nicht mehr los. Immer wieder versuchte er sich an das Gespräch zu erinnern und jedes Mal stellten sich neue Phantasien ein. Trotzdem, bei jedem Versuch der Erinnerung schwangen Misstöne mit. Es hatte in diesem Gespräch etwas gegeben, das ihn gestört hatte, etwas, das nicht gestimmt hatte.

Es dauerte lange, bis er darauf kam. Krüger hatte sich bedankt, dass er mitgeholfen habe, Offermanns das Handwerk zu legen. Hecklers Name war allerdings nie in den Zeitungen erwähnt worden, im Grunde wussten das nur ein Paar Insider. Krüger hatte die Information aus dem Stiftungsrat bekommen, aber woher hatten die Herren des Stiftungsrates dieses Wissen? Er war sich sicher, dass Stüber die Namen von Informanten nicht preisgab. Also gab es nur zwei Möglichkeiten: Entweder wurde der Stiftungsrat mit Informationen aus dem Polizeiapparat versorgt oder, und die Alternative ließ Heckler erschauern, irgendjemand im Stiftungsrat verfügte über Informationen aus dem Lauschangriff auf ihn oder war sogar selbst der Drahtzieher. Konnte es sein, dass Bengsen hinter allem steckte? Aber warum? Bengsen war Banker ... ging es nur um Geld, um viel Geld?

Natürlich hatte Heckler sich auch darüber aufgeregt, dass Krüger mit Juliane Bernstein etwas verhandelt hatte, von dem er nichts wusste. Nachdem es ihm schon einen Stich versetzt hatte, dass er die beiden gestern zusammen gesehen hatte, fühlte er sich durch die Tatsache noch mehr verletzt, dass Juliane ihm wichtige Dinge vorenthalten hatte. Das mit der Wohnung beispielsweise. Es gab eigentlich nur eine Wohnung, die in Frage kam: die Wohnung von Thomas Bernstein. Was hatten Juliane Bernstein und Krüger wegen dieser Wohnung besprochen? Juliane hatte doch erzählt, dass sie die Wohnung so gut wie verkauft habe. Die Ungereimtheiten häuften sich. Dann war da noch etwas, worüber Heckler allerdings nicht lange nachdenken musste. Der Mann mit dem harten Akzent, der neue Fahrer der MedicAid, war ihm zutiefst unsympathisch. Er konnte nicht sagen warum. Bei Heckler war es so wie bei vielen Menschen: Die ersten Sekunden der Begegnung mit einem unbekannten Menschen entschieden darüber, wie die Sympathielage war, und die war im Falle dieses neuen Mitarbeiters der MedicAid sehr bescheiden. Dieser Mann war, soviel hatte Heckler noch erfahren, als persönlicher Sekretär und Fahrer Krügers eingestellt worden.

Als er Jenny Lacroix anrief, war es bereits stockdunkel. Sie hörte sich geduldig an, was Heckler über diesen denkwürdigen Montagnachmittag zu berichten wusste. Ihre Ausstellung war ein voller Erfolg und es war spürbar, dass sie wieder gelöst war und offen für die Anliegen ihres Freundes.

»Da stimmt doch was nicht!« Mit Jennys Geduld war es schnell vorbei, als Heckler von Krügers Angebot erzählte. »Die wollen dich einkaufen, damit du deine Klappe hältst! Den Stier bei den Hörnern packen oder so ähnlich.«

Jennys traf oft ins Schwarze. Auch wenn Heckler ihre Einschätzung nicht teilte, wurde ihm bewusst, dass er Krügers eigentliche Motivation nicht kannte. Denn so viel war ihm mittlerweile klar, das Angebot hatte nichts damit zu tun, dass er angeblich ein so kompetenter und gestandener Arzt war.

»Ich könnte doch zum Schein darauf eingehen ...«

»Und ich dachte, du bist lernfähig«, unterbrach ihn Jenny fast leidenschaftlich. »Hatten wir nicht abgemacht, dass du die Sache ab jetzt der Polizei überlässt? Andreas Heckler, du bist und bleibst ein Chaot. Ein liebenswerter Chaot«, fügte sie schnell hinzu.

»Was soll schon passieren? Ich kann später immer noch absagen.«

»Du wirst einen Teufel tun, Hecki! Entweder du hakst die Geschichte endgültig ab oder ...«

In der Stille der folgenden Gesprächspause meinte Heckler ein leises Schniefen zu hören.

»Verdammt noch mal, ich mache mir Sorgen«, fuhr sie fort, »lass von mir aus Martin über diesen Stiftungsrat recherchieren, erzähl es Beißwenger, Stüber oder sonst wem, aber halt dich um Gottes willen raus, ja?«

»Ich bespreche es mit Beißwenger, okay?«

»Und du sagst Krüger ab? Bitte!«

Heckler zögerte einen kurzen Moment. Lange genug, um Jenny einen Seufzer zu entlocken. Sie kannte ihren Freund eben zu gut.

»Keine Bange, Jenny, ich werde diesen Job nicht annehmen.«

Nach dem Gespräch überlegte Heckler, wie oft er schon Versprechen nicht eingehalten hatte. Zu oft, wie er fand. Jedes Mal hatte es jedoch einen Grund gehabt, es hatte ein höheres Ziel gegeben, welches ihm die moralische Erlaubnis dafür gab. Und jetzt hatte er Jenny nur versprochen, den Job im Endeffekt nicht anzunehmen.

Obwohl, das musste er zugeben, es ihn durchaus gereizt hätte. Plötzlich fiel ihm ein, wie unvorsichtig er doch gewesen war. Was war, wenn sein Telefon erneut abgehört wurde? Mein Gott, versuchte er sich zu beruhigen, dann wissen die eben noch ein bisschen mehr, als sie ohnehin schon wissen. Jetzt war sowieso nichts mehr zu ändern. Er würde es morgen Nachmittag erfahren, ob er abgehört worden war.

Auf dem Weg ins Badezimmer klingelte sein Handy. Heckler reagierte irritiert. Es war jetzt kurz vor elf und normalerweise rief um diese Zeit niemand mehr an, schon gar nicht auf seinem Handy.

»Below ist verschwunden«, sagte Vera aus Magdeburg.

Heckler erinnerte sich daran, dass er ihr seine Handynummer gegeben hatte, nicht aber seine Adresse. Es war gerade zehn Tage her, dass er eine schlimme Nacht auf ihrer durchgesessenen Couch verbracht hatte. Und jetzt rief sie ihn an. Warum ihn?

»Schön, dass du anrufst.« Eigentlich hatte Heckler fragen wollen, warum sie ausgerechnet ihn anrief, wo sie doch sicher viele Freunde in Magdeburg hatte.

»Ich habe das Gefühl, dass es etwas mit unserem Gespräch neulich zu tun hat. Ich mache mir Sorgen!«

Schon die zweite Frau an diesem Abend, die sich Sorgen machte, allerdings nicht um ihn. Eigentlich hatte er vorgehabt, heute früh ins Bett zu gehen. Stattdessen antwortete er: »Erzähl doch mal!«

»Das ist schnell gesagt. Below hat sich letzten Freitag Geld geliehen und seither habe ich ihn nicht mehr gesehen, zu Hause ist er nicht. Normalerweise sehen wir uns jeden Tag.«

»Vielleicht wollte er einfach mal raus aus dem ganzen Schlamassel.«

»Mag sein, aber das hätte er mir gesagt. Seit unserem Gespräch über die Vergangenheit und diesen Zeidler war Below völlig verändert. Er hat ein paarmal gesagt: ›Diesen Zeidler krieg' ich noch, verlass dich drauf!‹ So aktiv hab' ich ihn die letzten Jahre nicht erlebt.«

»Wieviel hat er sich denn geliehen?«

»Eine ganze Menge!«

»Wieviel?«

»Zweitausend.«

»Zweitausend Euro? Donnerwetter. Das ist wirklich eine ganze Menge. Was glaubst du?«

»Ich glaube, Below ist im Begriff, eine Riesendummheit zu machen. Es hat mit Zeidler zu tun, ich spür' es!«

»Wenn das stimmt, dann ist Below nach Sardinien geflogen«, mutmaßte Heckler.

»Ich trau' es ihm zu, so entschlossen, wie der auf mich gewirkt hat.«

»Aber warum? Er hätte Zeidler längst in Magdeburg, na, sagen wir mal, ›erledigen‹ können.«

»Nein, eben nicht. Da hatte Zeidler seine alten Seilschaften, das hat Below ja am eigenen Leib erfahren. Aber irgendwo, auf einer fernen Insel ... Below hat gespürt, dass Zeidler jetzt in einer schwachen Position ist. Das war doch wie eine Flucht, dass er sich nach Sardinien abgesetzt hat!«

»Mag sein, aber was kann ich tun?«

»Ich weiß nicht, ich dachte, du könntest vielleicht ... Ach, vergiss es!«

Auch Heckler hatte den Gedanken, nach Sardinien zu fliegen, sofort verworfen. Außerdem hatte er erst in drei Wochen wieder schichtfrei.

»Schau doch mal in seiner Wohnung nach!«, schlug Heckler vor.

»Hm, ich kenne den Hausmeister, den könnte ich überreden ...«

»Melde dich wieder, ja?«

Nach diesem Telefonat war an Schlaf nicht zu denken. Below verschwunden! Der hatte sicher keine Schlüsselstellung in der
300 ganzen Geschichte, aber er hatte mit einem der Beteiligten noch eine Rechnung offen. Allerdings war Zeidler, wenn überhaupt, nur am Rande in die Affäre um die MedicAid verstrickt. Oder doch nicht?

Außerdem überlegte Heckler, ob er morgen Beißwenger bitten sollte, die Passagierlisten aller Flüge seit Freitag zu prüfen. Die Sonderkommission hatte da sicher Möglichkeiten ...

57.

»Ich glaube, Sie sollten doch eine neue Waschmaschine kaufen, wir hätten da ein Sonderangebot.«

Den Mann vom »Hausgeräte-Service« kannte Heckler schon. Bis zum Nachmittag war dieser Dienstag einer jener Tage gewesen, die man normalerweise recht schnell vergaß, weil sie zum absoluten Durchschnitt gehörten und sich nichts Bemerkenswertes ereignete. Jetzt prüfte der Mitarbeiter der Sonderkommission das kleine graue Kästchen, welches Heckler gestern beim Gespräch mit Krüger bei sich getragen hatte. Währenddessen lärmte er mit allerlei Werkzeug herum und sprach wieder darüber, dass die Waschmaschinen früher alle viel besser gewesen seien. Das Kästchen, gerade mal so groß wie eine Streichholzschachtel, schloss er an seinen Laptop an und studierte konzentriert die Bildschirmanzeige. Plötzlich legte er den Finger an die Lippen und schrieb irgendetwas auf einen Zettel, den er Heckler hinschob.

»Vorsicht – wir werden abgehört! Kommen Sie in zwanzig Minuten in die Rheinauen.«

Dann murmelte er irgendetwas von einem Ersatzteil, das er bestellen müsse, lärmte noch ein wenig mit seinem Werkzeug und verschwand dann wieder. Das kleine Kästchen hatte er mitgenommen. Heckler hatte ihm, wie verabredet, die Disketten und die CD mit der Datensicherung der MedicAid mitgegeben. Wegen des neuerlichen »Lauschangriffs« konnte der Mitarbeiter der Sonderkommission Hecklers alten PC nicht mehr präparieren, um die Spur der E-Mails, die durch den Virus versandt wurden, verfolgen zu können.

Heckler fühlte sich benommen, so, als hätte man ihm einen heftigen Schlag versetzt. Er war drauf und dran gewesen, die Sache ad acta zu legen. Sollten sich die erfahrenen Kommissare darum kümmern.

Aber irgendjemand hatte offensichtlich etwas dagegen, dass er sich aus der Angelegenheit zurückzog. Was das Schlimmste war, er wurde erneut abgehört, obwohl Beißwengers Leute angeblich über ihn wachten. Die Tatsache, dass unter den Augen einer erfahrenen und spezialisierten Sonderkommission seine unsichtbaren Gegner schalten und walten konnten, erfüllte ihn mit neuer Furcht und er begriff langsam, dass der Alptraum noch nicht zu Ende war.

Nachdenklich legte er seinen Jogging-Outfit an und machte sich auf den Weg nach Oberkassel, auf die andere Rheinseite. Wie oft in ähnlichen Situationen schwankte er zwischen völliger Resignation und aggressivem Aufbegehren. Aus Erfahrung wusste er, dass er Gefahr lief, Fehler zu machen, wenn Ärger und Wut die Oberhand gewannen. Noch war er unentschlossen, als er an der üblichen Stelle aus dem Auto stieg.

Weit und breit konnte er niemanden entdecken und so begann er einfach mit dem Laufen. Er grübelte darüber nach, welche Informationen seine Gegner durch die neuerliche Abhöraktion erhalten hatten. Die neuen Wanzen mussten am Samstag installiert worden sein, als er zur Eröffnung von Jennys Ausstellung nach Aachen gefahren war. Danach hatte er zu Hause eigentlich nur zwei wichtige Telefonate geführt, gestern Abend mit Jenny und Vera. Also wussten seine Gegner, dass er von

Krüger ein Angebot erhalten und überlegt hatte, zum Schein darauf einzugehen. Falls Krüger wider Erwarten doch mit der Sache zu tun hatte, würde Heckler es an dessen Verhalten sofort erkennen, wenn er zum Schein doch auf das Angebot einging. Krüger würde dann irgendwelche Gründe finden, ihn abzulehnen ... Die Idee war bestechend einfach. Er würde in jedem Fall Beißwenger informieren. Dann war da noch das Gespräch mit Vera gewesen. Wer Vera war, konnten seine Gegner nicht wissen, denn nach Magdeburg war ihm sicher keiner gefolgt. Aber sie wussten jetzt, dass ein Mann namens Below vermutlich unterwegs nach Sardinien war, um sich möglicherweise an einem Alt-Stasi namens Zeidler zu rächen. Aber das, davon war Heckler überzeugt, hatte mit den toten Mitarbeitern der MedicAid nichts zu tun.

Nach über einer halben Stunde kam ihm Beißwenger mit nur einem Bodyguard entgegen.

»Tut mir leid, es ging nicht eher«, entschuldigte er sich bei Heckler.

Sie liefen eine ganze Zeit schweigend nebeneinander her. Irgendwann musste Heckler seinen Ärger loswerden.

»Sie haben es nicht im Griff!«, sagte er trotzig.

Beißwenger blieb stehen und musterte Heckler.

»Es setzt Ihnen zu, nicht wahr? Ich habe gedacht, Sie hätten bessere Nerven ...«

Beißwenger hob abwehrend die Hand, als Heckler protestieren wollte.

»Nein, nein, ich kann schon verstehen, wie Ihnen zu Mute ist. Glauben Sie mir, wir ermitteln intensiv in alle Richtungen. Aber was stellen Sie sich vor? Dass wir 24 Stunden am Tag Ihre Wohnung observieren? Außerdem«, Beißwenger lächelte, »zeigt uns die neue Abhöraktion, dass unsere Gegner noch nicht am Ziel sind, will heißen, sie haben bisher nicht die Information bekommen, die sie brauchen.«

Heckler starrte Beißwenger an. So hatte er es noch gar nicht gesehen. Beißwenger fuhr fort.

»Die wissen also doch nicht, dass wir sie entdeckt haben, sonst hätten sie die Wohnung nicht erneut verwanzt. Wir können uns diesem Umstand zu Nutze machen und sie gezielt mit

Fehlinformationen füttern. Diesen Vorsprung müssen wir nutzen, das ist unsere Chance! Halten Sie das durch?«

»Ich glaube schon.«

Beißwenger erläuterte seinen Plan.

»Die benötigen eine Information im Zusammenhang mit Thomas Bernstein. Möglicherweise wurde Bernstein deshalb getötet. Und weil sie bei ihm nichts gefunden haben, vermuten sie diese Information bei Ihnen oder Frau Bernstein. Es kann sich um eine Information handeln, von der Sie, verehrter Doktor, gar nicht wissen, dass Sie sie überhaupt besitzen.«

Heckler war fasziniert vom analytischen Verstand Beißwengers, ohne eigentlich zu verstehen, was dessen Hypothese konkret bedeutete.

»Was schlagen Sie also vor?«, fragte er den Kommissar.

»Wir können nur spekulieren, was unsere Gegner suchen. Wir müssen sie aus der Reserve locken. Sie, Doktor, könnten Frau Bernstein in einem fingierten Gespräch mitteilen, dass Sie aus der Hinterlassenschaft von Thomas Bernstein einen Schließfachschlüssel oder Ähnliches gefunden haben. Dann vereinbaren Sie Zeit und Ort für eine Art Übergabe. Wir observieren das Treffen und greifen im richtigen Moment zu.«

Es hörte sich zugegebenermaßen recht einfach und logisch an. Zu einfach, Heckler hatte Zweifel, er war innerlich immer noch unentschlossen.

»Wir sollen die Lockvögel spielen, ja? Was ist, wenn es schief geht? Bisher hatte ich nicht den Eindruck, dass ...«

»Vergessen Sie nicht, wir bestimmen Zeit und Ort«, unterbrach ihn Beißwenger, »wir sind es, die agieren, unsere Gegner müssen reagieren. Vorher war es umgekehrt. Das verschafft uns den entscheidenden Vorteil!«

»Gut«, stellte Heckler fest, »ich lasse mich drauf ein. Aber mit Frau Bernstein, das regeln Sie bitte!«

Beißwenger sah Heckler etwas überrascht an. Er konnte ja nicht wissen, dass er wütend auf Juliane Bernstein war, weil er sie Sonntagabend zusammen mit Herbert Krüger beobachtet hatte und aus verletzter Eitelkeit heraus Distanz suchte.

»Wenn Sie wollen, meinetwegen«, Beißwenger zuckte mit den Schultern, »wir instruieren Frau Bernstein. Sie wird dann anrufen. Wir geben Ihnen vorher eine Liste von möglichen Zeitpunkten und Örtlichkeiten.«

Der Leiter der Sonderkommission »Organisierte Kriminalität« und der Notarzt joggten weiter in ruhigem Tempo, damit sie sich unterhalten konnten. Aber es dauerte lange, bis einer der beiden wieder das Wort ergriff. Beißwenger schien doch wissen zu wollen, worum es gestern in dem Gespräch bei der MedicAid gegangen war.

»Was wollte Krüger denn von Ihnen? Übrigens, die MedicAid scheint ›wanzenfrei‹ zu sein.«

»Krüger bot mir einen Job an«, antwortete Heckler.

Karl Beißwenger reagierte ähnlich wie Jenny gestern Abend, vielleicht etwas moderater. Heckler berichtete ausführlich den Verlauf des Gespräches. Beißwenger schüttelte den Kopf.

»Das macht doch keinen Sinn! Ohne Ihnen zu nahe treten zu wollen, Doktor, aber da gibt es sicher eine Menge Bewerber, die mehr Erfahrung auf dem Sektor haben, oder?«

»Natürlich«, gab Heckler zu, wenn auch etwas widerwillig. Das Angebot schmeichelte ihm immer noch.

Plötzlich blieb Heckler stehen. Ihm war da ein Gedanke gekommen.

»Der Vorschlag kam eigentlich aus dem Stiftungsrat, Krüger wurde vom Stiftungsrat aufgefordert, mit mir zu sprechen!«

Beißwenger nickte unmerklich: »Das macht Sinn, ja. Wenn dort tatsächlich einer der Hintermänner sitzt, dann versucht der jetzt über Krüger an Sie ranzukommen. Krüger verhält sich natürlich loyal seinen Geldgebern gegenüber.«

»Peters, dieser Consulting-Typ, und Bengsen vom Bankhaus Brunkhorst, das sind die Namen, die immer wieder auftauchen, die sollten Sie noch mal unter die Lupe nehmen!«

»Wir sind gerade dabei, den Stiftungsrat mit allen unseren Möglichkeiten ein zweites Mal zu durchleuchten. Und glauben Sie mir, wenn ich sage ›mit allen Möglichkeiten‹, dann meine ich das auch so.«

Beißwenger schien etwas verärgert darüber zu sein, dass Heckler ihm Ratschläge erteilte, wie er seinen Job machen sollte.

Der Leiter der Sonderkommission war bei Eingeweihten dafür bekannt, dass er gründlich und systematisch arbeitete. Außerdem hatte er den Ruf, sehr tüchtig und absolut integer zu sein.

»Ich könnte zum Schein auf Krügers Angebot eingehen«, bot Heckler an.

Sein Gesprächspartner zeigte sich unentschlossen: »Ich weiß nicht, ob das etwas bringt, aber wenn Sie wollen ...«

Die beiden Männer liefen langsam weiter.

»Erinnern Sie sich an Zeidler und Below?«, nahm Heckler den Faden wieder auf.

Beißwenger nickte, er hatte ein ausgezeichnetes Gedächtnis.

»Below ist möglicherweise unterwegs nach Sardinien«, erklärte Heckler, »meine Informantin aus Magdeburg befürchtet, er könnte sich an Zeidler rächen.«

»Und Sie, was glauben Sie?«

»Nach dem, was Zeidler diesem Mann angetan hat, halte ich das durchaus für möglich.«

»Wir haben noch keine Antwort auf unser Ersuchen um Amtshilfe. Das heißt, die Italiener haben Zeidler bisher nicht gefunden. Ich weiß allerdings nicht, wie intensiv die nach ihm suchen.«

»Below ist wahrscheinlich geflogen, irgendwann nach Freitag.«

»Okay, wir checken sofort die Passagierlisten, da kommen wir ohne weiteres dran.«

Beißwenger hatte verstanden.

»Wenn es zutrifft, schicken wir einen Mann hin«, setzte Beißwenger den Gedanken fort, »ich bin zwar überzeugt davon, dass dieser Zeidler nicht der Drahtzieher ist, aber er scheint einiges zu wissen. Vielleicht hat er sich deshalb aus dem Staub gemacht.«

Wieder liefen sie eine Zeit lang schweigend nebeneinander her. Heckler wollte die Gelegenheit nutzen, um noch einige Überlegungen loszuwerden. Er sprach über den Rechtsanwalt Dr. Gernsbach und seinen Klienten Detlef Braun, dem mutmaßlichen Täter im Fall van Gemmeren. Beißwenger zeigte sich nicht sonderlich interessiert und verwies auf den Leiter der Mordkommission, Kriminalhauptkommissar Walter Stüber.

Immerhin versprach er, sich bald mit Stüber abzustimmen. Etwas interessierter nahm Beißwenger Hecklers Hinweis zur Kenntnis, dass es zwischen Juliane Bernstein und Herbert Krüger zu irgendeiner Vereinbarung wegen einer Wohnung, vermutlich der Wohnung von Thomas Bernstein, gekommen war.

»Sie hören von mir«, verabschiedete sich Karl Beißwenger und verschwand zusammen mit seinem Bodyguard in Richtung Parkplatz.

Andreas Heckler blieb lange Zeit in seinem Wagen sitzen und ließ das Gespräch Revue passieren. Sie hatten zwar über viele Dinge gesprochen, wirklich neue Erkenntnisse hatte es aber nicht gegeben. Den unsichtbaren Gegnern sollte eine Falle gestellt werden, dabei wurde Heckler erneut flau im Magen und er bekam Angst vor seiner eigenen Courage.

An diesem Abend gab es nur noch ein bemerkenswertes Ereignis, es war der Anruf einer empörten Jenny Lacroix. Die Schwierigkeit bestand darin, dass Heckler ihr nicht in aller Offenheit antworten konnte, weil er ja abgehört wurde. In diesem Moment verfluchte er Beißwengers Plan.

»Wenn du wieder mal einem Totschläger Briefe mit meiner Adresse als Absender schickst, dann sag vorher Bescheid! Was soll der Blödsinn?«

Heckler verstand sofort, dass einer der Briefe an Detlef Braun zurückgekommen war. Seine Fragen musste er vage formulieren.

»Welcher Brief ist das denn, wohin ging der?«

»Wie, wohin ging der? Na, an diesen Braun natürlich, zurzeit Eifelland-Klinik in Daun.«

»Das waren Genesungswünsche.«

»Tickst du nicht richtig? Andreas Heckler, ich kenne dich, da steckt doch was dahinter!«

Das Gespräch setzte sich noch eine Zeit lang so fort. Heckler war allerdings bemüht, nicht zu viel zu sagen und keinerlei verwertbare Informationen preiszugeben. Jenny spürte sehr wohl, dass ihr Freund sie hinhielt und beendete das Telefonat reichlich verstimmt. Er war jedoch zufrieden. Das Missverständnis mit Jenny würde er bald aufklären können. Aber er wusste jetzt, wo sich Detlef Braun aufhielt, es musste die andere Klinik, nämlich die »Klinik am Gemündener Maar«, sein. In seinem Kopf reifte ein Plan, wie er an Braun herankommen konnte. Einer seiner Sportpartner war Sozialarbeiter in der städtischen Suchtberatungsstelle. Der kannte alle entsprechenden Kliniken in der Eifel. Heckler wollte auf keinen Fall selbst in Erscheinung treten.

Fast fröhlich bereitete er sich ein spätes Abendessen. Seine Euphorie war jedoch unangemessen und konnte das Grundgefühl der Angst nur mühsam übertünchen.

Vor dem Einschlafen dachte er noch über eine möglicherweise entscheidende Schwäche in Beißwengers Theorie nach.
In einem früheren Gespräch war Beißwenger davon überzeugt gewesen, dass die unsichtbaren Gegner inzwischen von den Aktivitäten der Sonderkommission wussten. Aus der Tatsache, dass Hecklers Wohnung erneut verwanzt worden war, hatte Beißwenger das Gegenteil geschlossen. Was war, wenn die unsichtbaren Gegner mit dem zweiten Lauschangriff genau dies beabsichtigt hatten, nämlich die Ermittler in die Irre zu führen und glauben zu machen, die Sonderkommission könne weiter scheinbar unerkannt agieren? Wie so oft hatte Heckler die Gedanken, die kurz vor dem Einschlafen durch seinen Kopf irrten, am nächsten Morgen vergessen oder verdrängt.

58.

Selten war Andreas Heckler so dankbar, zur Arbeit gehen zu können, wie an diesem Morgen. Er hatte schlecht geschlafen, war häufiger mit dem Gefühl aufgewacht, nicht allein zu sein, erinnerte sich daran, dass irgendwo in seiner Wohnung neue Wanzen versteckt worden waren. In seiner eigenen Wohnung konnte er sich nicht mehr unbefangen bewegen! Gegen Mittag, zwischen zwei Einsätzen, erreichte ihn Juliane Bernstein in der Rettungsstelle. Er fragte sich nicht, woher sie diese Nummer hatte. Das Gespräch war kurz und sachlich. Sie teilte lediglich mit, sie würde versuchen, ihn gegen 19 Uhr zu Hause zu erreichen wegen einer Terminvereinbarung, er wisse ja Bescheid.

Danach bewunderte Heckler die Schnelligkeit von Beißwengers Leuten.

Anschließend rief er den befreundeten Sozialarbeiter an, einen Heiner Trinekens, und erklärte die Geschichte mit Detlef Braun wahrheitsgemäß, bis auf die Tatsache, dass Braun vermutlich seinen Chef erschlagen hatte, und außerdem erfand er einen Hausarzt dazu. Dieser imaginäre Hausarzt und er, Heckler, wollten wissen, welche Fortschritte Braun in der Entwöhnungstherapie mache und wie lange der Patient noch in der Klinik bleiben müsse. Trinekens könne das doch in Erfahrung bringen mit dem Argument, Braun später ambulant weiter zu betreuen. Ansonsten gäben die Suchtkliniken ja keinerlei Informationen heraus. Trinekens wunderte sich, versprach jedoch, die gewünschten Auskünfte einzuholen, er kenne den leitenden Sozialarbeiter der Klinik gut.

Als das Notarztteam zwei Stunden später von einer Reihe von Einsätzen zurückkehrte, fand Heckler bereits einen Zettel vor, er solle Trinekens zurückrufen.

»Bist du sicher«, begann Trinekens, »dass dieser Braun in der ›Klinik am Gemündener Maar‹ behandelt wird?«

Ja, er sei sicher und habe bisher keine gegenteilige Information.

»Dann hat sich dein Patient möglicherweise anders entschieden«, stellte Trinekens fest.

»Wie das denn?«

»Ganz einfach. Er war tatsächlich angemeldet, hat aber kurzfristig abgesagt.«

»Was? Unmöglich, das kann nicht sein!«

»Na ja, ob er selbst abgesagt hat, konnte der Kollege nicht sagen. Jedenfalls haben die Therapeuten am vorgesehenen Aufnahmetag eine Mitteilung aus der Verwaltung der Klinik erhalten, dass Braun nicht komme, ohne weitere Begründung.«

»Ach du Scheiße!«

»Ist er ausgebüchst? Kommt leider öfters vor. Manche kriegen Muffensausen, wenn's ernst wird. Sie tauchen ab und saufen erst mal eine oder zwei Wochen ohne Unterbrechung. Der wird schon wieder auftauchen, aber Therapie ist dann vorerst nicht mehr angesagt!«

»Kann es nicht sein, dass Braun doch dort behandelt wird, inkognito sozusagen?«

»Ach so, ein Promi oder so was? Die wollen manchmal nicht erkannt werden, das ist richtig. Aber in diesem Fall: Fehlanzeige. Meine Information ist absolut zuverlässig.«

Sie verabredeten noch, mal wieder Squash miteinander zu spielen und legten auf.

Heckler war wie vor den Kopf gestoßen: Braun hatte die Behandlung abgesagt! Man konnte es auch ganz anders sehen: Braun war gar nicht in der Klinik angekommen, er war verschwunden! Oder er war kurzfristig in einer anderen Klinik aufgenommen worden. Aber das wäre völlig unüblich, Suchtkliniken hatten in der Regel lange Wartezeiten. Je länger Heckler darüber nachdachte, desto stärker wurde das Gefühl, dass etwas nicht stimmte. Die Geschichte musste schnellstmöglich geklärt werden. Deshalb rief er bei der Mordkommission an und ließ Stüber ausrichten, er würde ihn nachher in einer dringlichen Angelegenheit aufsuchen.

Nur mit Mühe überstand Heckler die folgenden Einsätze, er konnte sich kaum konzentrieren. Immer wieder drängte sich der Gedanke an Detlef Braun in den Vordergrund. In dieser mysteriösen Geschichte verschwanden immer mehr Leute! Mit dem falschen Zeugen, diesem Stojkovic, hatte es angefangen, später Offermanns, dann Zeidler und Below und jetzt Braun. Manche verschwanden aktiv, andere ließ man vielleicht verschwinden. Plötzlich fürchtete Heckler, er selbst könnte der Nächste sein. Als er schließlich Stüber gegenübersaß, fühlte er sich zunächst erleichtert. Stüber sah schlecht aus, hatte vermutlich viel gearbeitet und noch mehr geraucht, sein Schreibtisch war mit Papieren übersät, dennoch musterte er seinen Besucher aufmerksam.

»Detlef Braun ist verschwunden!«, platzte Heckler heraus.

Stüber sah ihn lange an, etwas ärgerlich, so, als wäre Heckler der Typ des lästigen Querulanten.

»In der ›Klinik am Gemündener Maar‹ ist er jedenfalls nicht!«

Stüber antwortete immer noch nicht. Stattdessen rief er nach einem Mitarbeiter, bat ihn, die Akte van Gemmeren zu bringen, und zündete sich eine neue Zigarette an. Dann zog er zwei Blätter aus der Akte und legte sie vor Heckler auf den Tisch; dabei behielt er die Zigarette im Mund. Es waren zwei Bescheinigungen der »Klinik am Gemündener Maar.« In der ersten Bescheinigung wurde die Aufnahme eines Herrn Detlef Braun bestätigt, das Datum lag etwa zehn Tage zurück. Das zweite Dokument datierte von gestern und besagte, die Aufenthaltsdauer von Herrn Braun werde voraussichtlich noch drei Monate betragen. Heckler starrte die Atteste an, als hätte er eine Erscheinung. Dann schüttelte er den Kopf: »Das gibt's doch nicht, irgendjemand lügt da aus welchen Gründen auch immer«, stellte er fest.

Stüber wartete auf eine Erklärung, er wirkte ungeduldig.

»Heute jedenfalls«, klärte Heckler ihn auf, »befand sich Braun nach Aussagen des maßgeblichen Sozialarbeiters nicht in dieser Klinik!«

Stüber wurde blass, nur einen kurzen Moment, aber unverkennbar. Mit mühsam unterdrücktem Ärger rief er zwei Mitarbeiter, gab ihnen Anweisungen und schickte sie wieder weg. Danach lehnte er sich zurück und zündete die nächste Zigarette an der erst halb gerauchten letzten an. Dabei beobachtete er Heckler mit zusammengekniffenen Augen.

»Sie können es nicht lassen, was?«, setzte er nach einiger Zeit das Gespräch fort. Trotz der unverhohlenen Kritik wirkte Stüber nicht so abweisend wie früher.

»Es ärgert mich eben, dass Thomas Bernstein immer noch als der mutmaßlich Mörder von van Gemmeren gehandelt wird«, entgegnete Heckler, »wir waren so dicht dran, die Geschichte war so gut wie aufgeklärt. Dann macht Braun einen Rückzieher und jetzt ist er verschwunden!«

»Wenn ich ehrlich bin, es geht mir genauso auf die Nerven. Hilft aber nichts, wir kamen an Braun nicht heran. Ohne sein Geständnis läuft gar nichts, es gibt keinerlei Beweise oder Indizien, die Braun belasten.«

Auch wenn der Beginn der Bekanntschaft zwischen dem Kommissar und dem Notarzt unter einem schlechten Stern gestanden hatte, spürte Heckler so etwas wie eine menschliche Regung in sich: Stüber hatte es verdammt schwer. Als Ausdruck seines Mitgefühls murmelte Heckler: »Sie rauchen zu viel.«

»Wie bitte?«

»Ach, nichts.«

Die beiden Mitarbeiter betraten kurz hintereinander Stübers Büro. Stüber bedeutete Heckler zu bleiben und forderte seine Leute auf, über die Recherche ihrer Nachfragen zu berichten. Und diese Ergebnisse waren ebenso eindeutig wie alarmierend. Stüber hielt die Augen geschlossen und die Hände im Nacken verschränkt, seine Zigarette brannte diesmal im Aschenbecher ab.

Detlef Braun war definitiv *nicht* in der »Klinik am Gemündener Maar«, er war dort nie eingetroffen. Auch der Chefarzt der Klinik konnte nicht sagen, warum die Behandlung so
kurzfristig abgesagt worden war, er konnte überhaupt nichts sagen. Der zweite Beamte wusste zu berichten, dass eine Mitarbeiterin des Rechtsanwaltes Dr. Gernsbach Herrn Braun persönlich zum Zug gebracht habe und zwar um 7 Uhr 44 an jenem Tag. Sie habe die Fahrkarte besorgt und ihm erklärt, dass er in Wittlich in den Bus nach Daun umsteigen müsse. Dort habe er etwa viertel vor zwölf ankommen sollen. Mit der Klinik sei abgesprochen gewesen, dass sie Herrn Braun am Bahnhof in Daun abholen sollten.

Stübers Gesicht hatte sich während des Rapports dunkelrot verfärbt. Das Donnerwetter brach los, ohne Vorwarnung, so heftig wie ein Sommergewitter. Heckler taten die Mitarbeiter leid, die sich anhören mussten, wie stümperhaft und anfängermäßig sie sich verhalten hätten und wie leicht sich der Hauptverdächtige im Fall van Gemmeren aus dem Staub machen konnte. Sie erhielten von ihrem Chef den Auftrag, die Sache weiter zu recherchieren, der eine sollte die Klinik aufsuchen, der andere Gernsbachs Kanzlei.

»Glauben Sie wirklich, Braun hat sich abgesetzt?«, fragte Heckler, als die Beamten das Büro verlassen hatten.

Stüber zuckte mit den Schultern. »Entweder er hat sich abgesetzt oder man hat ihn verschwinden lassen.«

»Wer sollte daran ein Interesse haben?«

»Doktor, lassen wir doch das Katz- und Maus-Spiel. Ich hatte heute Vormittag eine sehr interessante Unterhaltung mit Karl Beißwenger.«

»Ach so«, sagte Heckler nur. Wieder war er überrascht, wie

schnell Beißwenger die Dinge geregelt hatte. Offensichtlich war das Gespräch der beiden Kommissare der Grund dafür, dass Stüber Heckler gegenüber nicht mehr so abweisend war. Heckler, sozusagen als Klient der Sonderkommission, war in Stübers Achtung und in seinem Interesse gestiegen.

»Vielleicht habe ich einen Fehler gemacht«, bekannte Stüber. Welchen Fehler er eigentlich meinte, sagte er nicht. Es war jedoch nicht schwer zu vermuten, dass er den Umgang mit Heckler meinte. Der zuckte mit den Schultern.

»Wissen Sie«, fuhr Stüber fort, »wenn Braun tatsächlich verschwunden ist, werde ich die Ermittlungen in Sachen Thomas Bernstein wieder aufnehmen, gemeinsam mit Karl Beißwenger, und kein Staatsanwalt dieser Welt wird uns davon abhalten!«

»Ich habe Ihnen das Leben bisher wohl eher schwer gemacht als erleichtert«, stellte Heckler fest. Unerklärlicherweise spürte er plötzlich so etwas wie Sympathie für den merkwürdigen Kommissar. Dessen Unbeugsamkeit imponierte ihm, das war etwas, wo sich ihre Charaktere trafen. Und er wusste, dass Stüber keine Ruhe geben würde, bis der Fall nicht restlos aufgeklärt sein würde.

»Vergessen Sie's.«

Das war eben Stübers Art, er konnte keine Entschuldigung annehmen, noch viel weniger konnte er sich selbst entschuldigen. So war das Zugeständnis, dass er möglicherweise einen Fehler gemacht hatte, schon ein gewaltiger Schritt für Walter Stüber gewesen. Die beiden Männer verabschiedeten sich, kurz, jedoch in der Gewissheit, im anderen zukünftig keinen Gegner mehr sehen zu müssen.

Heckler hastete nach Hause, weil er Juliane Bernsteins Anruf erwartete, um die fingierte Schlüsselübergabe zu vereinbaren. Das Telefon klingelte pünktlich um 19 Uhr. Juliane bemühte sich um einen freundschaftlichen Ton, ihre Anspannung war jedoch deutlich spürbar. Nach ein Paar belanglosen Floskeln berichtete Heckler, dass er in einer der Kisten aus Thomas Bernsteins Wohnung noch einen Schlüssel gefunden habe, den Schlüssel zu einem Bankschließfach, wie der Leiter seiner Bankfiliale vermute. Er habe den Schlüssel vorsichtshalber bei seiner Bank deponiert, wolle ihn Juliane aber bald übergeben.

»Wie wär's am Wochenende? Ich komme sowieso nach Düsseldorf.«

Heckler blickte rasch auf den Zettel mit den möglichen Treffpunkten, die Beißwenger ihm genannt hatte. Es war schon erstaunlich, dass Beißwenger es geschafft hatte, Juliane Bernstein dazu zu bewegen, am kommenden Wochenende nach Düsseldorf zu fahren, was sie ursprünglich nicht vorgehabt hatte.

»Wann kommst du?«

»Am Freitagabend, wahrscheinlich sehr spät.«

Das war ein deutlicher Hinweis, den Samstagtermin zu nehmen.

»Dann könnten wir uns doch am Samstagvormittag zum Brunch treffen und anschließend ein wenig spazieren gehen? Würde mir gut passen, ich habe Spätschicht.«

»Ja, fein, passt mir auch. Ich freu' mich, Andreas.«

»Ich freu' mich auch.«

Sie vereinbarten Zeit und Ort nach Beißwengers Vorgabe. Es war ein Café in der Nähe der Stadthalle; der Spaziergang sollte im nahen Rheinpark stattfinden. Heckler bestätigte die Angaben laut und deutlich, damit die ungebeten Mithörer es auch wirklich merkten. Er überlegte, wie es Beißwengers Leute schaffen würden, Juliane und ihn an einem belebten Samstagmorgen zu schützen. Auf keinen Fall durfte er Juliane seine Angst spüren lassen.

»Wie geht es dir eigentlich?« Julianes Stimme war plötzlich weich geworden, was Heckler völlig irritierte, denn das gehörte nicht zum Protokoll des fingierten Gespräches. Er wusste nicht, was er antworten sollte.

»Besser. Ich bin froh, dass die Geschichte jetzt vorbei ist.«

Eine Lüge in jeder Hinsicht. Es ging ihm im Grunde lausig und die Geschichte war noch längst nicht vorbei. Was hatte er davon, wenn er die unsichtbaren Gegner belog? Nach dem Telefonat dachte er noch lange darüber nach, warum er in diesem Moment nicht gesagt hatte, wie mies es ihm ging, wie schlecht er damit zurechtkam, weiter bedroht zu werden, sich nicht aus der ganzen Sache zurückziehen zu können, sich benutzt zu fühlen, wütend und enttäuscht zu sein und das Gefühl zu haben, ständig gegen eine unsichtbare Wand zu laufen. Ob sie sich nun trafen, um die unsichtbaren Gegner aus der Deckung zu locken oder nicht, er würde Juliane in jedem Fall fragen, was sie eigentlich mit Herbert Krüger zu schaffen hatte.

59.

Andreas Heckler sehnte den Samstag herbei. In seiner Naivität dachte er, dass dies der Zeitpunkt wäre, nachdem der ganze Spuk vorbei sein würde. Es war ein merkwürdiger Zustand des Gespaltenseins, einerseits hatte er eine Heidenangst, es könnte etwas schief gehen, andererseits war er unglaublich gespannt, wer sich als die bis jetzt unsichtbaren Gegner entpuppen würde. Dass der Samstag in jedem Fall diese Erkenntnis bringen würde, daran hatte er keine Zweifel.

Bis Samstag waren es noch zwei Tage.

Der heutige Donnerstag Ende Mai war einer jener Tage, für die es sich nicht lohnte, irgendwelche Tagebucheinträge vorzunehmen, wenn Heckler Tagebuch geführt hätte. Bis zu dem Zeitpunkt, als er nach einem Einsatz auf dem Rückweg zur Rettungsstelle zufällig an jener Anwaltskanzlei vorbeikam, an der auch Dr. Gernsbachs Name prangte. Es war schon merkwürdig, dass dies genügte, um bei Heckler weitreichende Assoziationen in Gang zu setzen. Er hatte zwar irgendwann beschlossen, gegenüber Gernsbach vorsichtig zu sein, aber nie daran gedacht, dass der Rechtsanwalt vielleicht einer der Hauptfiguren sein könnte. Eigentlich glaubte er daran auch jetzt nicht. Dennoch fügten sich sämtliche Ungereimtheiten vor Hecklers innerem Auge aneinander, wie die Perlen auf einer Schnur und diese Schnur wurde lang und länger.

Es war Gernsbach, der die Diskette mit Bernsteins »privater« Datensicherung erhalten und manipuliert zurückgegeben hatte. Angeblich hatte er sie in einem Bankschließfach deponiert, das war eine Behauptung, die nicht stimmen musste, denn im Schließfach war die »Säuberung« der Daten wohl kaum möglich gewesen, das musste davor oder danach passiert sein. Wie auch immer, es geschah, solange die Diskette in der Obhut von Gernsbach gewesen war. Und Gernsbach hatte den Zeugen präsentiert, dessen Aussage dazu geführt hatte, dass Thomas Bernstein aus der U-Haft entlassen worden war, er hatte gewusst, dass und wann Bernstein das Gefängnis verließ! Wenige Stunden später war Bernstein tot, ermordet. Außerdem hatte Gernsbach die MedicAid bei anderen Gelegenheiten vertreten, er verfügte daher über viele Insider-Informationen. Er kannte Mitglieder des Kuratoriums, kurzum, er musste ein enormes Wissen über die MedicAid besitzen. Merkwürdig war auch, dass sich der Vorwurf, Bernstein habe überteuert eingekauft, plötzlich in Luft aufgelöst hatte. Das geschah auch durch Gernsbachs Hilfe. Der smarte Rechtsanwalt wickelte auch Bernsteins Nachlass ab, was ihm weitere Einblicke gewährte. Er hatte das Vertrauen von Juliane Bernstein erschlichen. Heckler erinnerte sich an Julianes Aussage, Gernsbach sei sehr nett und kümmere sich intensiv um die Angelegenheit. Julianes ausgedehnte Termine bei Gernsbach hatten ihn eifersüchtig gemacht.

Und dann, der Knackpunkt sozusagen, war da das Verschwinden von Detlef Braun. Zunächst hatte Gernsbach verhindert, dass Braun sein Geständnis wiederholte, stattdessen hatte er sogar geleugnet, mit van Gemmerens Tod in irgendeiner Weise zu tun zu haben. Dann sorgte er dafür, dass Braun in einer Suchtklinik untergebracht wurde, wo er nie eingetroffen war! Gernsbach war der Einzige, der die Reiseverbindungen kannte und daher wusste, dass Braun in Wittlich umsteigen musste. Für Heckler bestand kein Zweifel, dass Braun in Wittlich verschwunden war, er sollte dort in den Bus steigen, war in Daun aber nie angekommen. Eine Mitarbeiterin der Anwaltskanzlei hatte Braun persönlich zum Zug gebracht, aus Düsseldorf abgefahren war er also. Gernsbach hätte die Möglichkeit gehabt, Braun in Wittlich aus dem Verkehr ziehen zu lassen. Vielleicht hatte Gernsbach auch einen Mitarbeiter der »Klinik am Gemündener Maar« bestochen, damit er falsche Aufenthaltbescheinigungen ausstellte.

Je länger Heckler darüber nachdachte, desto sicherer wurde er, dass Rechtsanwalt Dr. Gernsbach in die Geschichte verstrickt war. Ob er tatsächlich der Drahtzieher im Hintergrund war oder selbst nur Befehlsempfänger höherer Mächte, war letztlich unerheblich. Der Rechtsanwalt hatte Dreck am Stecken und Heckler überlegte schon, wie er ihn zur Strecke bringen könnte. Den Gedanken verwarf er jedoch recht schnell wieder, als er über die unsichere Beweislage nachdachte. Es würde nur unnötig Unruhe und Ärger verursachen, Gernsbach zur Rede zu stellen. Außerdem konnte es gefährlich ein, wenn er an die Geschichte vor anderthalb Jahren dachte. Damals hatte das ungestüme Auftreten in einer ähnlichen Situation ihn beinahe das Leben gekostet. Dennoch, er würde Beißwenger oder Stüber informieren, damit sie Gernsbach in die Zange nehmen sollten.

Außerdem musste er Juliane zur Vorsicht gegenüber Gernsbach mahnen.

Dann passierte doch noch etwas, das Heckler wirklich in Aufregung versetzte. Es war schon gegen Ende des Dienstes, als Stüber unvermutet anrief. Der sagte nur: »Einen Moment bitte«, worauf Heckler nach einer kurzen Pause Beißwengers Stimme vernahm.

»Wenn Sie überrascht sind, lassen Sie es sich nicht anmerken. Können Sie reden?«

Die Rettungsassistenten hatten am Fahrzeug zu schaffen, Heckler war allein im Raum.

»Ja, es geht, was gibt's denn?«

»Wir haben ihn gefunden, das heißt seine Spur«, antwortete Beißwenger.

»Wen haben Sie gefunden?«

»Na, diesen Below, das wollten Sie doch, oder?«

Heckler Herz schlug schneller. Natürlich hatte er das gewollt.

»Ja klar ... und?«

»Die Passagierlisten der Flughäfen waren negativ, aber ...«, Beißwenger lachte in sich hinein, »die italienischen Kollegen haben sich richtig Mühe gegeben und ihn auf der Passagierliste der TRIS entdeckt!«

Heckler kapierte gar nichts. Beißwenger erklärte es ihm.

»Die TRIS ist eine Fährlinie und fährt von Genua nach Palau im Norden Sardiniens, verstehen Sie jetzt?«

Und ob er verstand. Auch wenn er nicht wusste, was Zeidler mit der ganzen Geschichte zu tun hatte, geriet er in Aufregung, weil er spürte, dass sich die Dinge auf diesem »Nebenschauplatz« zuspitzten. Below hatte es geschafft in Zeidlers Nähe zu gelangen.

»Der legt ihn um«, murmelte Heckler.

»Mein Gott, ja, das fürchte ich auch und deshalb rufe ich an. Wir müssen unbedingt an Zeidler rankommen, bevor es zu spät ist. Immerhin ist dieser Zeidler ein wichtiger Zeuge. Und wegen der Geschichte mit der Repropharm interessieren sich die Kollegen vom Wirtschaftsdezernat mittlerweile für ihn. Einer meiner Leute sitzt schon im Flugzeug nach Olbia, der wird mit den italienischen Behörden zusammenarbeiten. Aber unser Mann braucht noch ein paar Informationen.«

»Ich weiß nicht, wie ich Ihnen helfen kann.«

»Sie haben mir doch erzählt, dass Zeidler seine Villa in Magdeburg verkaufen will. War da nicht ein Makler?«

»Ja schon, aber der hatte keine Adresse. Die Briefe gehen nach Palau, postlagernd. Warten Sie mal, natürlich, Zeidler hat eine Handynummer! Der Makler wollte die aber nicht rausrücken.«

»Okay, dass lassen Sie unsere Sorge sein, die Nummer des Maklers, bitte.«

Das also hatte Beißwenger gebraucht. Heckler gab ihm Namen und Telefonnummer. Beißwenger würde schon Mittel und Wege finden, den Makler gesprächig zu stimmen. Ob sich die bundesrepublikanischen Sonderkommissionen in der Wahl der Mittel wesentlich von den Methoden der Volkspolizei unterschieden?

Natürlich war da ein Unterschied. Aber Heckler hatte keinerlei Zweifel, dass die Sonderkommission binnen kurzem Zeidlers Handynummer erfahren würde, auch selbst dann, wenn es keinen Handy-Vertrag auf Zeidlers Namen gab.

»Gut«, sagte Beißwenger, »wir werden versuchen, ein Unglück zu verhindern, wenn es nicht schon zu spät ist, denn Below ist schon vor drei Tagen gefahren.«

»Da ist noch etwas«, setzte Heckler das Gespräch fort.

Dann erläuterte er seine Überlegungen wegen Dr. Gernsbach. Beißwenger hörte geduldig zu, sagte anschließend aber wenig – zu Hecklers Enttäuschung. Ja, man würde dem Rechtsanwalt die nötige Aufmerksamkeit widmen. Das fand Heckler etwas dürftig, widersprach aber nicht. Dann teilte er Beißwenger noch Termin und Treffpunkt für die fingierte Übergabe des Schlüssels an Juliane Bernstein mit.

»Wusste ich bereits, ist in Ordnung so«, war Beißwengers kurzer Kommentar.

Heckler war irritiert, denn er hatte den Termin ja erst gestern Abend mit Juliane besprochen. Wahrscheinlich hatte Beißwenger den Termin von Juliane erfahren. Oder nicht? Dann müsste Beißwenger ihn ja abhören lassen. Das konnte er sich nicht vorstellen, traute sich aber nicht nachzufragen. Wem außer Beißwenger sollte er in dieser mysteriösen Geschichte vertrauen?

60.

Nach dem Dienst machte sich Andreas Heckler auf den Weg nach Aachen, zu Jenny. Die Frühschicht war zu Ende, morgen, Freitag, begann die Spätschicht. Das bedeutete, er hatte einen Tag Zeit. Immerhin. Auf der Fahrt spürte er die Sehnsucht nach Jenny. Am liebsten würde er alles hinter sich lassen und zu Jenny flüchten. Der Impuls, seinen Job in Düsseldorf hinzuwerfen, wurde stärker. Vor Jenny konnte er seine Gefühle nicht verbergen. Er konnte es ebenso wenig verbergen, wenn etwas Wichtiges geschehen war. Sie spürte es einfach. Er hatte Jenny jetzt fast eine Woche nicht gesehen. Sie hatten zwar telefoniert, aber weil Heckler stets daran denken musste, dass seine Wohnung verwanzt war, hatten diese Gespräche in den letzten Tagen unerfreulich geendet. Er hatte Jenny ja nicht erklären können, warum er so distanziert war. Jetzt schlossen sie sich fest in die Arme, so lange und fest, als sei es ein Abschied und keine freudige Begrüßung.

»Du warst mies drauf, Andreas Heckler«, sagte Jenny, ohne Vorwurf, mehr als Feststellung.

»Ich werde es dir erklären«, versprach er.

Dann holte er weit aus. Dass er abgehört worden war und vermutlich weiter abgehört wurde, wusste Jenny bislang nicht. Heckler hatte ihr das wegen ihres Stresses vor der Ausstellungseröffnung verschwiegen. Jetzt holte er das Versäumte nach. Jenny hörte geduldig zu, ihre Miene wurde zunehmend ernster. Bestimmte Dinge verschwieg er auch jetzt noch, beispielsweise die Geschichte mit Zeidler und dass er in Magdeburg gewesen war.

Er erzählte, dass Braun verschwunden war, er wollte Jenny die Sache mit den Briefen erklären, wie er herausgefunden hatte, in welcher Klinik Braun sich aufhalten musste.

»Mein Gott«, stöhnte Jenny, als er geendet hatte, »du steckst mal wieder tiefer in der Scheiße, als ich befürchtet habe.«

»Am Samstag ist alles vorbei, Jenny. Ich vertraue Beißwenger.«

»Was, um Himmels willen, ist denn am Samstag?«

Heckler erklärte ihr auch das und verpflichtete Jenny zum Stillschweigen. Beißwenger hatte ihm eingeschärft, keinem Menschen zu erzählen, was sie vorhatten.

»Ich habe Schiss, Andreas, mein Gefühl sagt, dass es nicht vorbei sein wird.«

Jennifer Lacroix sollte, wie so oft, Recht behalten. Sie stritten noch ein wenig über das geplante Unternehmen. Jenny fand es zu gefährlich und wollte ihren Freund bewegen, das Ganze abzusagen.

Aber sie erkannte schnell, dass es kein Zurück gab. Außerdem wusste sie um die Hartnäckigkeit Hecklers. Was er sich einmal in den Kopf gesetzt hatte, das tat er auch. Sie wechselte das Thema.

»Was ist mit Krüger, hast du ihm abgesagt?«

Heckler war darauf vorbereitet, dass sie ihm diese Frage stellte.

»Noch nicht, Beißwenger meint, dass ich zum Schein ruhig darauf eingehen könnte, passieren kann nichts.«

»Ich wusste es«, stellte Jennifer Lacroix fest und sah ihn durchdringend an, »und eines sage ich dir: Wenn du diesen Job tatsächlich annehmen solltest, sind wir geschiedene Leute.«

Sie war wütend und enttäuscht, weil er sich nicht eindeutig erklärt hatte.

»Gut. Ich verspreche es dir, den Job werde ich nicht annehmen, aber zum Schein darauf eingehen, das ist doch okay.«

»Du informierst Beißwenger darüber, ja?«

»Versprochen!«

In einer Art stiller Übereinkunft wechselten sie das Thema und sprachen über alles Mögliche. Jennys letzte Ausstellung war ein großer Erfolg. Iris Braun und Bernhard Haller hatten die Einladungen für die Wohnungseinweihung geschickt und Martin Preuss wollte unbedingt mit Heckler sprechen. Lydia und Richard hatten eine Wohnung gefunden, die sie bereits renovierten. Und so weiter.

Heckler rief Martin Preuss an und sie verabredeten sich für den nächsten Morgen. Nach dem Telefonat holte ihn die Angst ein: Was war, wenn auch Jennys Telefon angezapft war? Als es ihnen gelang, all die unangenehmen Dinge beiseite zu lassen, wurde es doch ein ganz schöner Abend und sie liebten sich endlich wieder, nach langer Zeit.

»Ich möchte zu dir ziehen«, murmelte Andreas Heckler noch, aber da schlief Jenny schon tief und fest.

Martin Preuss erschien pünktlich am nächsten Morgen, mit frischen Brötchen.

»Ich lass euch beide jetzt allein«, sagte Jenny gegen Ende des Frühstücks und zog sich in die Werkstatt zurück. Sie schien von einem unstillbaren Schaffensdrang beseelt. Kaum war diese Ausstellung vorüber, ging sie schon an die Verwirklichung der nächsten Ideen und Ideen hatte sie wahrhaft genügend. Heckler bewunderte sie dafür, gleichzeitig machte es ihm auch ein wenig Angst, weil sie sich nicht einfach zurücklehnen konnte; es fiel ihr schwer, auf das Erreichte zu blicken, zufrieden zu sein und einfach einmal nichts zu tun.

Nachdem sie den Frühstückstisch abgeräumt hatten, zog Preuss zwei dicke Mappen aus seiner Aktentasche und legte sie vor Heckler auf den Tisch.

»Ganz schön ergiebig, würde ich sagen«, erklärte er sichtlich zufrieden. »Das gibt zwei Artikel, einen über die Rolle des Werkschutzes in der Affäre um die Repropharm und einen über die Herren Bengsen und Peters, besser gesagt: über die vielfältigen Verstrickungen dieser Herren als Firmenbosse und Mitglieder des Stiftungsrates der MedicAid. Das ist das Material.«

»Dann schieß mal los, ich bin ehrlich gespannt.«

Wie zu erwarten, hatte Martin Preuss umfassend recherchiert. Dabei hatte er nicht nur zahlreiche Journalisten zugängliche Archive genutzt, sondern auch Quellen angezapft, die gelegentlich am Rande der Legalität nur durch persönliche Beziehungen sprudelten. Wie er an die Liste der Werkschutzmitarbeiter gekommen war, blieb sein Geheimnis.

»Die beiden Unfallopfer vom Aachener Kreuz sind, oder besser: waren, Mitarbeiter des Werkschutzes«, stellte Preuss fest.

»Ja, das hat Beißwenger auch schon vermutet, weil der Überlebende nach einem ›konspirativen Treffen‹ vom Werkschutz in Zwangsurlaub geschickt wurde. Das hatte ich neulich ja erzählt.«

»Schon«, Preuss lächelte, »aber es gibt da pikante Details. Beiden war nämlich gekündigt worden und sie arbeiteten zum Zeitpunkt des Unfalls offiziell gar nicht mehr für den Konzern.«

»Donnerwetter! Wie hast du das denn rausgekriegt?«

»Lass mal, das ist nicht so entscheidend. Entscheidend ist, dass diese Kündigungen getürkt sind, die wurden tatsächlich rückdatiert!«

»Was? Das wird ja immer schlimmer, wie ...« Heckler verkniff sich die Frage, wie Preuss das herausgefunden hatte.

»Ganz einfach«, antwortete Preuss auf die unvollendete Frage, »die Verwaltung des Fuhrparks funktioniert im Konzern nach alter Väter Sitte. Für jedes Fahrzeug, das den Hof verlässt, gibt es einen handschriftlichen Eintrag des Fuhrparkverwalters in eine Liste. Und am Tag des Unfalls hatten sich die beiden Mitarbeiter, die eigentlich gekündigt waren, das Fahrzeug des Konzerns ausgeliehen, das später am Unfall beteiligt war. Die Fahrzeuge des Werkschutzes sind übrigens grundsätzlich auf Privatpersonen zugelassen, aber es sind dennoch Werksfahrzeuge. Das kann man daran erkennen, dass sie auch im offiziellen Fuhrpark erfasst werden. Zufälligerweise habe ich eine Kopie der Liste.«

Preuss verschränkte die Arme im Nacken und grinste.

»Das heißt«, fasste Heckler die Feststellungen von Preuss zusammen, »du kannst beweisen, dass der Konzern hinter der Geschichte steckt?«

»Zumindest hinter einem Teil der Geschichte.«

»Der Überfall auf mich ist aus dem Ruder gelaufen und damit man dem Konzern keinen Strick drehen kann, wurde den beiden Werksschützern schnell gekündigt, und zwar rückwirkend?«

»So sehe ich das.«

»Gute Arbeit, Martin! ... aber wo liegt die Verbindung zur Repropharm?«

»Es gibt viele Indizien, aber keinen lückenlosen Beweis. Aber du weißt, der Unterschied zwischen Polizeiarbeit und journalistischen Recherchen liegt darin, dass für mich Indizien ausreichen, um eine Lawine ins Rollen zu bringen. Den Rest besorgt die skandalgeile Öffentlichkeit oder Kollegen, die auf den fahrenden Zug springen.«

»Versteh' ich. Aber welche Indizien deuten auf die Repropharm?«

»Offermanns wurde vom Werkschutz observiert, und zwar schon vor meinem ersten Artikel. Das lässt nur den Schluss zu, dass der Konzern bereits früher etwas geahnt hat.«

Heckler stellte keine Fragen mehr um herauszubekommen, wie Preuss an diese Informationen gekommen war. Zu seiner Überraschung verriet es der Journalist dennoch.

»Wirklich Zufall, Andreas. Offermanns Sekretärin ist in derselben Volleyballmannschaft wie meine Nichte, so einfach ist das manchmal. Wir hatten einen langen Abend und ihr Mitteilungsbedürfnis wurde beflügelt durch den Ärger auf ihren verschwundenen Chef, der ihr noch einige Gehälter schuldet. Als ich ihr die Fotos von den Werkschützern zeigte, die Jenny und du hier in Aachen gemacht habt, erkannte sie die Männer sofort. Die waren ihr deshalb aufgefallen, weil sie öfters vor Offermanns Bürohaus geparkt hatten.«

»Vielleicht sollte ich Volleyball spielen«, murmelte Heckler.

»Und dann«, Martin Preuss wurde ernst, »gibt es noch eine mysteriöse Geschichte. In der letzten Hauszeitung des Konzerns wurde eines verstorbenen Produktionsleiters gedacht, der auf tragische Weise ums Leben gekommen sei. Mir fiel auf, dass der Mann erst Mitte dreißig gewesen war und die Produktion von Antibiotika geleitet hat. Irgendetwas stimmte nicht, ich hatte da so ein Gefühl. Es war nicht leicht, an die Witwe heranzukommen. Nun, ich will's kurz machen: Der Mann hatte tatsächlich die Möglichkeit, die Wirkstoffe bestimmter Medikamente abzuzweigen und er hat Selbstmord begangen!«

Heckler pfiff durch die Zähne.

»Weiß die Witwe etwas?«

»Nein, absolut nicht und das glaube ich ihr. Er hat sich im Betrieb aufgehängt, ohne Abschiedsbrief. Seine Frau sagte, er sei in den letzten Wochen verändert gewesen, nervös, unruhig, teilweise depressiv, und er habe kaum noch geschlafen.«

»Und sie hat keine Ahnung, warum?«

»Angeblich nicht. Sie hat ihn immer wieder gefragt, ja gedrängt, aber er hat nichts gesagt. In der Nachbarschaft gibt es Gerüchte über Spielschulden. Und was wirklich merkwürdig ist: Nach seinem Tod hatte die Witwe mehrfach Besuch von hohen Herren des Konzerns, die sie, unter dem Vorwand kondolieren zu wollen, nach allen Regeln der Kunst ausgefragt haben. Sie haben ihr sogar Geld angeboten!«

»Wofür?«

»Als Zuwendung, als Ausgleich, was weiß ich. Aber als sie gemerkt haben, dass die Witwe wirklich nichts weiß, haben sie ihr Angebot wieder zurückgezogen. Die Frau war stocksauer, weil sie sehr an ihrem Mann gehangen hatte. Sie ist jederzeit bereit, darüber auch vor der Polizei auszusagen, und möchte sogar, dass es in die Zeitung kommt. Sie glaubt, der Konzern sei schuld am Tod ihres Mannes.«

»Der Zweite, der sich angeblich aufhängt.«

»Du denkst an Thomas Bernstein?«

»Na klar.«

»Verständlich, aber im Fall des Produktionsleiters liegen die Dinge anders, die Begleitumstände sind eindeutig. Außerdem, bei aller Kritik an den illegalen Aktionen, soweit würde der Werkschutz nicht gehen, ausgerechnet im Werk einen betrügerischen Mitarbeiter aufzuhängen. Übrigens sind keinerlei offizielle Anschuldigungen erhoben worden, gegen keinen der Mitarbeiter. Man hat die Sache also vertuscht.«

»Aber du glaubst, der Mann wurde unter Druck gesetzt, und als der Schwindel mit Offermanns aufflog, hat er sich das Leben genommen?«

»Davon bin ich überzeugt. Vielleicht war er tatsächlich ein Spieler, denn Geld ist nicht aufgetaucht, jedenfalls weiß die Witwe nichts davon. Sie haben eher bescheiden gelebt.«

Heckler überlegte, ob die Witwe vielleicht gelogen hatte. Preuss schien jedoch überzeugt zu sein, dass sie die Wahrheit gesagt hatte, und fuhr fort: »Da ist noch in Indiz: Der Leiter der Berliner Niederlassung des Konzerns ist gefeuert worden, das heißt, er hat selbst gekündigt und ist ohne Abfindung gegangen. Das ist völlig unüblich für einen über Fünfzigjährigen. Der Mann ist übrigens für niemanden zu sprechen. Ich hab's versucht und hatte den Eindruck, er hat die Hosen gestrichen voll.«

»So langsam rundet sich das Bild ab ... Auf den Artikel freue ich mich schon!« Heckler kicherte leise.

»Das ist noch nicht alles, mein Lieber. Hier ist noch jede Menge Material über die sauberen Stiftungsräte, besonders über Bengsen und Peters«, Preuss klappte die zweite Mappe auf, »obwohl ich glaube, dass es zwei voneinander unabhängige Geschichten sind, der Stiftungsrat hat mit dem BioTech-Konzern direkt nichts zu tun, jedenfalls gibt es bisher keinerlei Hinweise.«

»Wie schaffst du das nur?«

»Fast immer legal«, Preuss musste wieder grinsen, »wie gesagt: fast. Aber in Bezug auf Bengsen und Peters muss ich dich enttäuschen: Es gibt zwar viel Material, auch Hinweise auf kriminelle Verstrickungen, aber leider ergeben sich keine Zusammenhänge mit den Vorgängen bei MedicAid, wenn man mal von Peters Beteiligung an der Offermanns GmbH absieht.«

»Lass mal hören, vielleicht kann ich dir ja weiterhelfen.«

Preuss sah auf und kniff die Augen zusammen. »Du bist noch an der Sache dran, stimmt's? Ich kenne dich inzwischen, Andreas Heckler! Mit deiner Hartnäckigkeit hättest du Journalist werden können.«

»Welche Ehre! Aber Spaß beiseite, was weißt du über die Stiftungsräte?«

»Fangen wir mit Peters an. Fast alle bösen Gerüchte über ihn stimmen mehr oder weniger: Er versucht, auf allen Hochzeiten zu tanzen. Ich habe mich auf zwei Dinge konzentriert. Erstens, wie kam der überhaupt in den Stiftungsrat der MedicAid, und zweitens, was hatte es mit seiner Beteiligung an der Offermanns GmbH auf sich?«

Preuss goss sich noch eine Tasse Tee ein, sozusagen als dramaturgisch wirkungsvolle Pause. Hecklers Spannung stieg.

»Also, Peters wurde vor acht Jahren in den Stiftungsrat gewählt, und zwar auf Vorschlag von van Gemmeren. Vorausgegangen war ein Auftrag an Peters, mehrere Großprojekte der MedicAid auf Wirtschaftlichkeit und die korrekte Verwendung der Gelder zu überprüfen. Als Vorsitzender des Stiftungsrates hatte van Gemmeren das Vorschlagsrecht für neue Ratsmitglieder. Die Sitzungsprotokolle sind übrigens für jedermann einsehbar.«

Heckler nickte. »Und zu welchem Ergebnis kam Peters Gutachten?«

»Alles korrekt. Aber wenn du mich fragst, Peters hat irgendetwas herausgefunden, womit er van Gemmeren in der Hand hatte. Seither hatte Peters den Fuß in der Tür bei MedicAid und sicherte sich seinen Anteil am Geldstrom.«

»Und die Beteiligung an der Offermanns GmbH?«

»... hat Peters vor sieben Jahren erworben – übrigens genauso wie Bengsen, kurz bevor Offermanns der Hauptlieferant für die Medikamente bei MedicAid wurde.«

»Da wird der Zufall aber gewaltig strapaziert«, erkannte Heckler, »und warum wurden die Beteiligungen aufgegeben?«

»Tja, warum? Kann ich dir nicht sagen, aber der Zeitpunkt ist interessant. Vier Wochen vor dem Tod van Gemmerens wurden alle Anteile an Offermanns selbst zu einem Schleuderpreis verkauft. Geldnot kann es nicht gewesen sein, Peters und Bengsen gelten als liquide. Mit anderen Worten, sie hatten es eilig, Offermanns war zur heißen Kartoffel geworden.«

»Das war der Zeitpunkt, an dem der Werkschutz begonnen hat, Offermanns zu observieren. Könnte es sein, dass Peters und Bengsen einen Tipp bekommen haben?«

»Anzunehmen. Aber trotz wirklich umfangreicher Recherchen konnte ich keine Verbindung zwischen Peters und dem BioTech-Konzern finden. Allerdings sind die Firmenbeteiligungen in Peters Imperium derart verschachtelt, da weiß man nie.«

Einen Moment schwiegen die Freunde.

»Die Frage ist doch«, bemerkte Heckler dann, »wie gut kannten sich Thomas Bernstein und Peters?«

»Keine Ahnung. Das ist der Knackpunkt, Andreas.«

»Hm ... und Bengsen, was ist mit Bengsen?«

»Bengsen! Das ist ein anderes Kaliber, aalglatt und erfolgreich, seit zehn Jahren Chef von Brunkhorst & Co. Die Kundenliste der Privatbank liest sich wie ein Almanach renommierter Firmen und reicher Privatleute. Da werden Geldmengen umgesetzt, davon kannst du nur träumen! Damals, achtundsechzig, konnten wir uns kaum vorstellen, dass es das wirklich gibt, das Kapital. Irgendwie war das nur Theorie ...«

»Schon gut, Martin, ein andermal, was ist jetzt mit Bengsen?«

»Hey, sei nicht so ungeduldig! Man wird doch noch ein bisschen von den guten alten Zeiten ... okay. Bengsen kam kurz nach Peters in den Stiftungsrat, es lässt sich nicht genau nachvollziehen, wer ihn vorgeschlagen hat, die Wahl war jedoch einstimmig. Brunkhorst und Co verwaltet seither die meisten Konten der MedicAid, es scheint nur eine Geschäftsbeziehung zu sein. Bengsen geriet zweimal ins Licht der Öffentlichkeit, und zwar wegen des Vorwurfs der Geldwäsche. Das erste Mal ging es um einen Stammkunden, den die Bank jahrelang gedeckt haben soll, beim zweiten Mal soll Bengsen selbst Gelder hin- und hergeschoben haben. Als die Sache eng wurde, übernahm ein Vorstandmitglied die Verantwortung und seinen Hut. Der Mann lebt heute im Ausland und besitzt ein beträchtliches Vermögen.«

»Also der Sündenbock, dessen Maul mit Geld gestopft wurde«, meinte Heckler. »Glaubst du, die Konten der MedicAid werden für Geldwäsche missbraucht?«

»Möglich wär's bei der Menge an Zahlungen in Länder und aus vielen Ländern der Dritten Welt. Da ist eine Organisation wie die MedicAid doch ideal und der Mantel der Entwicklungshilfe deckt vieles zu!«

Preuss rührte gedankenverloren in seinem Tee. »Trotz aller Informationen, es fehlt einfach der Schlüssel zum Verständnis, durch den plötzlich alle Details unter einen Hut kommen, wodurch sichtbar wird, um was es geht. Das Gefühl, im Nebel zu stochern, kenne ich nur zu gut. Aber vielleicht werden die Herren durch meinen Artikel nervös ...«

Heckler überlegte einen Moment, dann hatte er einen Entschluss gefasst.

»Darf ich dich um einen Gefallen bitten, Martin?«

»Natürlich.«

»Stell den Artikel über die Stiftungsräte zurück.«

»Wie bitte?«

»Ich werde immer noch abgehört und Beißwenger ist an der Sache dran.«

»Was? Und das erfahre ich jetzt? Ein bisschen mehr hättest du mir schon erzählen können.«

»Beißwenger hat mich inständig um Verschwiegenheit gebeten. Ich denke, er hat seine Gründe. Wahrscheinlich sieht es nächste Woche anders aus.«

»Also doch organisierte Kriminalität, dachte ich's mir doch! Okay, Andreas, dir zuliebe noch eine Woche Schonzeit für Peters, Bengsen und Konsorten. Aber wer sagt denn, dass die mit den Wanzen in deiner Wohnung zu tun haben?«

»Das sagt niemand, nur mein Gefühl. Ich weiß aber, dass Beißwenger zurzeit Peters und Bengsen gründlich durchleuchtet.«

»Sag mir Bescheid, bevor die Typen verhaftet werden, damit mein Artikel noch aktuell ist«, scherzte Preuss.

»Noch etwas. Detlef Braun, der Hausmeister der MedicAid, ist verschwunden. Ich hab' euch doch erzählt, dass er mir gegenüber gestanden hat, van Gemmeren erschlagen zu haben, was er später widerrufen hat. Er sollte vom Krankenhaus direkt in eine Suchtklinik fahren, ist dort aber nie angekommen.«

»Donnerwetter, du warst ja auch nicht untätig«, stellte Preuss anerkennend fest.

»Das hat Rechtsanwalt Dr. Gernsbach organisiert. Über den solltest du auch mal recherchieren.«

Preuss stöhnte und schlug die Augen gen Himmel. »Gern, es gibt nichts, was ich lieber täte«, gab er ironisch zur Antwort. »Aber eines sag' ich dir: Wenn ich etwas rausbekomme, dann schreibe ich sofort einen Artikel, egal was Beißwenger oder sonst wer davon hält!«

61.

Auf dem Weg nach Düsseldorf musste Heckler immer wieder an das Gespräch mit Martin Preuss denken. Was für ein Journalist! Am meisten bewunderte er Martins aufrechte Haltung, er war nie opportunistisch gewesen. Er kannte ihn zwar erst anderthalb Jahre, wusste aber viel über seine früheren Recherchen. Auch hatte der Journalist im Lauf seiner dreißig Berufsjahre einige Bücher geschrieben. Bücher, die sich so spannend lasen wie Krimis.

Die Affäre um den BioTech-Konzern war im Prinzip abgeschlossen. Natürlich würde noch ein gewaltiges öffentliches Beben erfolgen, wenn Preuss' Artikel erschien, aber für Heckler war dieser Teil der Geschichte beendet. Er war sicherer denn je, dass der Konzern nicht für den Tod von Thomas Bernstein, den Einbruch in dessen Wohnung und auch nicht für die Abhöraktion oder das Verschwinden von Detlef Braun verantwortlich war. Als er darüber nachdachte, warum er sich so sicher war, fiel ihm nicht viel ein ... es war mehr ein Gefühl.

Bernstein könnte den Konzern natürlich erpresst haben. Doch Heckler war überzeugt, dass Thomas Bernstein über die Firma Offermanns am Schwindel mit den Medikamenten beteiligt war. »Man schlachtet doch nicht die Kuh, die man melkt«, dachte er. Es ergab keinerlei Grund, warum Bernstein den Konzern unter Druck gesetzt haben sollte.

Heckler verwarf alle Konstrukte, die seine lebhafte Phantasie während der Autofahrt erfunden hatte. Es ging um etwas anderes, nicht um »geklaute Pillen«, das war vergleichsweise harmlos. Nein, er hatte etwas übersehen, etwas, was das Motiv des Gegners erklärte. Er nahm sich vor, die Daten von Thomas Bernsteins Diskette noch einmal systematisch durchzuarbeiten. Es musste etwas geben, was er vielleicht gesehen, dessen Bedeutung er aber nicht erkannt hatte.

Als im Autoradio die Nachrichten kamen, stutzte er. Dann wurde er wütend. Es wurde berichtet, dass Mitarbeiter von UNICEF in einigen afrikanischen Ländern ihre Schützlinge teilweise jahrelang missbraucht hatten. Das war so ziemlich das Unglaublichste, was er sich vorstellen konnte. Plötzlich fiel ihm van Gemmeren ein, da waren ja immer wieder Gerüchte aufgetaucht, die Ähnliches vermuten ließen. Es musste etwas gegeben haben, womit van Gemmeren erpressbar geworden war. Damit hatte sich ein Zustand entwickelt, in dem verschiedene Interessengruppen, er dachte an Peters, Bengsen und natürlich Offermanns, ihr Süppchen im Topf der MedicAid kochen konnten, in einer Art stiller Absprache. Dabei hatte sich ein Gleichgewicht entwickelt, in dem jeder vom anderen wusste oder zumindest ahnte, dass Geschäfte am Rande der Legalität betrieben wurden. Aber keiner hatte ein Interesse, die Sache auffliegen zu lassen, weil jeder profitierte. Erst als ein betrunkener Hausmeister posthum, aber das konnte keiner wissen, denjenigen erschlug, der als Deckmantel für die ganze Sache herhielt, geriet das Arrangement aus der Balance. Es wäre nur zu folgerichtig gewesen, wenn alle Beteiligten daraufhin beschlossen hätten, Detlef Braun verschwinden zu lassen. Dann wäre jetzt nur noch zu klären, um welche Art von Geschäften es eigentlich ging.

Als Heckler zur ersten von fünf Spätschichten antrat, hatte er keine Zeit mehr, seine Gedankengebäude weiter auszubauen. Es war Freitag, das bedeutete viel Arbeit. Nachmittags kam es häufig zu Unfällen, die am Ende der anstrengenden Woche durch schlagartig einsetzende Erschöpfung und Konzentrationsmangel verursacht wurden, abends entluden sich die über die Woche hin mühsam unterdrückten Aggressionen und der angesammelte Ärger oft nach Alkoholkonsum entweder in Verkehrsdelikten oder Gewalttaten. Und dieser Freitag machte keine Ausnahme, Heckler hatte alle Hände voll zu tun. Müde und erschöpft gönnte er sich zu Hause nicht einmal mehr einen Schlaftrunk. Sogar die bange Erwartung des morgigen Tages trat zurück und er schlief sofort ein.

Irgendwann war die Nacht vorbei. Heckler wälzte sich hin und her und dachte, der Wecker müsse gleich klingeln. Dann stellte er fest, dass es erst halb fünf war. Je mehr er sich ärgerte, desto geringer wurden seine Chancen, wieder einzuschlafen. Schließlich stand er auf und geisterte durch die Wohnung. Er versuchte zu lesen oder andere sinnvollen Dinge zu tun. Was er auch anfing, er gab es nach kurzer Zeit wieder auf, weil ihm die Geduld fehlte und weil sich eine zunehmende Unruhe in seinem Inneren ausbreitete. Als es endlich dämmerte, saß er in einem Sessel und döste vor sich hin. Gegen halb neun schreckte er hoch. Er fühlte sich wie gerädert, was sich auch unter der Dusche nicht änderte. Gott sei Dank würde in ein paar Stunden alles vorbei sein. Er stand vor dem Kleiderschrank und überlegte, was Juliane wohl gefallen würde. Er griff einige Kleidungsstücke, zuletzt nahm er Thomas Bernsteins Ledergürtel, zum ersten Mal.

Kurz vor zehn betrat Heckler das »Brandstein-Café« in der Nähe der Stadthalle. Nichts Besonderes, bei jungen Leuten aber sehr beliebt. Heute war nicht sonderlich viel los, vielleicht war es auch noch zu früh.

Vor einigen Monaten war er einmal mit Jenny in dem Café gewesen, an einem Sonntagmorgen gegen zwölf, damals war es unglaublich voll gewesen. Juliane Bernstein war pünktlich. Sie umarmten sich und tauschten einen flüchtigen Kuss. Beide waren unruhig und jeder spürte die Nervosität des anderen. Juliane lächelte gezwungen.

»Nervös?«

Heckler nickte.

»Lass uns frühstücken, das lenkt ab.«

Sie bedienten sich am Buffet und saßen sich dann schweigend gegenüber. Endlich brach Juliane das Schweigen.

»Könnten wir nicht ... ganz normal miteinander reden?«

»Ja, natürlich«, gab Heckler zur Antwort. Er hätte ihr so viel sagen können, fühlte sich innerlich jedoch unsicher und merkwürdig leer. Jetzt war nicht der Zeitpunkt, Juliane nach Herbert Krüger zu fragen, vielleicht später.

Die Unterhaltung war belanglos und schleppend, ja quälend. Nur einmal, als Heckler seinen Sakko ablegte, kam es zu einem Moment bewegender Emotion. Juliane erblickte den Gürtel ihres Bruder und hatte Tränen in den Augen.

»Es ist schön«, sagte sie leise, »dass du den Gürtel trägst.«

Nach etwa einer Stunde zog Heckler den vorbereiteten braunen Umschlag heraus, entnahm einen doppelbärtigen Schlüssel, den er von Beißwenger erhalten hatte, und hielt ihn in Augenhöhe. Er nahm an, dass sie beobachtet wurden. Die Beobachter sollten es genau sehen, wie er den Schlüssel übergab. Juliane nickte, nahm den Schlüssel, steckte ihn zurück in den Umschlag und verstaute das Kuvert in ihrer Handtasche.

So weit, so gut, dachte Heckler, jetzt kommt der zweite Teil.

Nach einer weiteren Stunde verließen sie das Café und überquerten die Straße zum Briefkasten gegenüber. Juliane nahm den Umschlag, klebte ihn sorgfältig zu und steckte ihn in den Briefkasten.

Das war so abgesprochen, um die Gefährdung für sie beide möglichst gering zu halten. Der Briefkasten wurde observiert und der Zugriff sollte dort erfolgen. Sie gingen in den nahen Rheinpark, um spazieren zu gehen, bis der Briefkasten gegen
13 Uhr geleert werden würde.

Hecklers Spannung löste sich, zuerst zögerlich, dann immer schneller. Es war, als hätten sie sämtliche Ängste mit dem Briefumschlag in den gelben Kasten geworfen. Dort lagen sie nun gefangen, hatten ihren Schrecken verloren und konnten nichts mehr anrichten. Das Gefühl, von einer Zentnerlast befreit worden zu sein, war herrlich. Endlich war Heckler in der Lage, seinen Gefühlen Luft zu machen.

»Am letzten Sonntag habe ich dich zufällig mit Krüger gesehen«, stellte Heckler fest.

Juliane, die sich untergehakt hatte, blieb stehen und trat einen Schritt zur Seite. Sie reagierte sichtlich verärgert.

»Was heißt, du hast mich gesehen? Beobachtest du mich jetzt?«

»Ach, Unsinn, reiner Zufall, ich wollte mir ein Eis holen.«

Der Ärger Julianes war schnell verflogen und wich einer sichtbaren Verlegenheit. Was sie sagte, klang wie eine Entschuldigung.

»Herbert ... Herr Krüger ist sehr nett, er hat mir wirklich geholfen. Mal von dir abgesehen, Andreas, war er der einzige Mensch, der sich um mich gekümmert hat, hier in Düsseldorf, meine ich.«

»So, wie hat er sich denn um dich gekümmert?« Kaum hatte Heckler das gesagt, tat es ihm auch schon leid.

»Mein Gott, Andreas, du bist ja immer noch eifersüchtig!« Juliane schüttelte den Kopf. »Kannst du meine Enttäuschung nicht verstehen? Aus unserer Beziehung wurde nichts, ich war verletzt, ich ... Keine Ahnung, warum ihr Männer immer an die Lauterkeit eurer Motive glaubt.«

Es klang bitter, aber im Grunde musste Heckler ihr Recht geben. Was ihm gefiel, war das Kämpferische, das er in ihr aufblitzen sah. Es war eine der Eigenschaften, die ihm an Juliane von Anfang an gefallen hatten.

»Entschuldige«, sagte er wenig überzeugend, denn er war noch nicht am Ende des Sündenregisters, »aber was hat Krüger mit Thomas Wohnung zu schaffen? Ich dachte, du hättest die Wohnung verkauft.«

»Nein, ich ... Herbert hat die Wohnung für die MedicAid gemietet. Die brauchen häufiger mal eine Unterkunft für Projektmitarbeiter, die hier auf ihren Einsatz vorbereitet werden, oder für Gäste aus Projektländern. Das ist günstiger als die hohen Hotelkosten. Zur Zeit wird die Wohnung bereits renoviert.«

Schon zum zweiten Mal hatte Juliane Krüger beim Vornamen genannt. Heckler spürte eine dumpfe Wut in sich aufsteigen, riss sich aber zusammen. Er sollte Krüger gegenüber nicht ungerecht sein, auch zu ihm war er ja sehr zuvorkommend gewesen. Dabei fiel ihm ein, dass er Krüger noch die Antwort auf dessen Angebot schuldete.

Juliane griff nach seinem Arm und zog ihn fort: »Komm, lass uns weitergehen!«

Sie unterhielten sich über Belanglosigkeiten und vermieden beide die sensiblen Themen. Zwischendurch hielt Heckler vorsichtig Ausschau nach ihren Bewachern oder Beschützern, wie man es auch immer sehen wollte. Nach einer gewissen Zeit hatte er verschiedene Personen entdeckt, die dafür in Frage kamen. Oder zumindest glaubte er, Beobachter ausgemacht zu haben. Aber immer, wenn er einigermaßen sicher war, verschwanden diese Personen. Nach fast zwei Stunden kehrten sie zurück. Weil Juliane ihr Auto in der Nähe des Cafés geparkt hatte, kamen sie zwangsläufig dort vorbei. Als Heckler bemerkte, dass ein gelbes Postauto gegenüber am Briefkasten hielt, spurtete er über die Straße und ging auf den Postmann zu, der gerade den Behälter leerte. Sein Verhalten konnte das ganze Unternehmen gefährden, aber in diesem Moment konnte er sich nicht zurückhalten.

»Entschuldigung«, sprach der den Postler an, »ich habe vergessen, die Postleitzahl auf einen Brief zu schreiben. Es ist ein brauner DIN A 5 Umschlag, könnten Sie mal nachsehen?«

Der Postmann brummte etwas Unverständliches und blickte in seinen Postsack, dann schüttelte er den Kopf.

»Da ist nichts drin, schauen Sie selbst.«

Es war nur eine Hand voll weißer Briefe. Heckler sah sofort, dass der braune Umschlag nicht unter den Briefen war. Sein Puls schnellte in die Höhe.

»Oh, vielleicht war er schon in der letzten Leerung«, murmelte Heckler und ging rasch zu Juliane zurück, die auf der anderen Straßenseite stehen geblieben war. Der Mann schaute ihm verständnislos hinterher.

»Was, um Himmels willen ...«, setzte Juliane an, als Heckler ihr das Wort abschnitt.

»Der Umschlag ist weg!«

Juliane starrte ihn an, als könnte sie mit dieser Botschaft nichts anfangen.

»Ja ... und?«

Heckler zuckte hilflos mit den Schultern. Juliane hatte sich schnell wieder gefangen: »Ist doch okay, oder? Das bedeutet, jemand hat den Umschlag in der Zwischenzeit geholt. Der Briefkasten wurde bewacht, also müssen sie den Kerl geschnappt haben. Die haben doch nur darauf gewartet, dass jemand auftaucht und den Brief an sich nimmt.«

Juliane hatte Recht, dennoch hatte Heckler ein schales Gefühl.

»Ich weiß nicht«, war sein Kommentar.

Sie gingen schweigend zu Julianes Wagen. Es war jenes Sportcoupé, in dem Heckler sie am letzten Sonntag nach dem Rendezvous mit Krüger gesehen hatte. Die Verabschiedung war zwar herzlich, dennoch spürte jeder die Anspannung. Aber sie hofften intensiv, die Sache möge jetzt erledigt sein. Eine Hoffnung, die sich schon bald als trügerisch erweisen sollte.

62.

Es gelang Andreas Heckler, jenes schlechte Gefühl Schritt für Schritt zu verdrängen. Immer wieder sagte er sich, dass die Sache beendet sei: Der Brief war weg, jemand hatte ihn geholt und war dabei verhaftet worden. So einfach war das. Als er nach Dienstende in die laue Mainacht trat, war seine Stimmung fast euphorisch. Er fühlte sich unternehmungslustig wie selten und fand sich, ohne dass er hätte sagen können, wie und warum, im »pink'n blu« wieder.

334 Am Eingang stand eine Menschentraube, trotzdem schien der Türsteher sich zu erinnern, denn er grinste Heckler genauso dümmlich an wie damals. Drinnen war kaum ein Durchkommen, Samstag kurz nach Mitternacht herrschte Hochbetrieb. Bis er sich an den Tresen vorgekämpft hatte, bekam er mindestens ein Dutzend eindeutiger Angebote schwuler Artgenossen. Seine Rechnung ging auf, Linda stand hinter dem Tresen. Er bestellte ein Alt, aber erst als Linda es vor ihn hinstellte, schien sie sich zu erinnern.

»Was willst du denn hier?«

Es klang nicht feindselig, eher neugierig.

»Mal schauen, wie's dir geht«, log Heckler.

»Nicht besonders gut seit Thomas Tod. Und jetzt ist auch noch Richie weg. Scheiße ist das!«

»Du hast die beiden sehr gemocht, ja?«

»O Mann, du merkst das echt früh, ja, verdammt noch mal!«

»Tut mir leid.« Diesmal hatte Heckler nicht gelogen.

»Haben sie den Gauner schon geschnappt?«

Heckler verstand Lindas Frage zuerst nicht und musste nachdenken. Dann fiel ihm die letzte Unterhaltung ein, die er nach der Beerdigung von Thomas Bernstein mit Richie, dessen Freund und Liebhaber, gehabt hatte. Damals hatte Heckler angedeutet, dass es bei Bernsteins Tod nicht mit rechten Dingen zugegangen sein könnte und Richie seinerseits hatte berichtet, dass Bernstein offensichtlich bedroht worden sei, gegen diese Leute jedoch etwas in der Hand gehabt habe.

»Welchen Gauner meinst du?«

»Na diesen ... wie heißt der noch? Der Kerl, der die Hilfsorganisation jahrelang beschissen hat. Stand doch in der Zeitung, wegen der Medikamente und so.«

»Offermanns.«

»Ja, ja, so hieß der wohl. Der hat doch Thomas auf dem Gewissen, oder?«

Heckler hatte zwar andere Vorstellungen, das heißt, eigentlich hatte er gar keine, aber der Gedanke, Offermanns habe Bernstein umbringen lassen, hatte auch seinen Reiz. Warum nicht den unersättlichen Geschäftspartner beseitigen? Und woher hatte Bernstein kurz vor seinem Tod so viel Geld? Heckler erinnerte sich daran, wie Richie von der Großzügigkeit seines Freundes gesprochen hatte. Hatte Bernstein jemanden erpresst? In der Öffentlichkeit war im Übrigen nie bezweifelt worden, dass Bernstein sich selbst getötet hatte.

»Woher weißt du das denn?«, Heckler tat erstaunt.

»Komm, du hast es doch Richie gesagt. Hat er mir jedenfalls erzählt.«

»Ja, aber es war nur eine Vermutung. Was denkst du denn?«

»Thomas war nicht der Typ, der sich umbringt, glaub mir!«

»Hat er irgendwelche Andeutungen gemacht, dass jemand hinter ihm her ist?«

»Nein.« Linda schüttelte den Kopf, schien aber angestrengt nachzudenken. »Warte mal, doch, da war etwas. Einmal saßen Thomas und Richie da hinten in der Nische und redeten ziemlich aufgeregt miteinander. Als ich neue Drinks brachte, hörte ich Thomas so etwas wie ›Glaub mir, da passiert nichts, ich hab alles im Griff‹ sagen, und ich sah, dass Richie Angst hatte.«

Das ist es, dachte Heckler, er hat es Richie anvertraut. Zu Linda sagte er: »Hast du Richies Adresse?«

»Nein, habe ich nicht.«

Linda hatte genauso schamlos gelogen wie zuvor Heckler. Aber er spürte, dass er an der Stelle nicht weiterkam. Er kritzelte seine Handynummer auf einen Zettel und schob ihn Linda über den Tresen.

»Falls Richie sich meldet ...«

Lindas Kollege an der Bar wurde ungeduldig, Linda entschuldigte sich und wandte sich wieder ihrer Arbeit zu.

Am Sonntagmorgen war Heckler ausgesprochen erleichtert.

Er hatte gut geschlafen und fühlte sich frei. Frei von aller Last und Verfolgung, die er in den letzten Wochen erduldet hatte. Einen kurzen Moment zögerte er, aber die Tatsache, dass seine Wohnung wahrscheinlich immer noch verwanzt war, tat seiner guten Stimmung keinen Abbruch. Nach einer ersten Tasse duftenden Darjeelings schickte er sich an, eine Sonntagszeitung zu holen. Wie gewohnt griff er nach dem Handy, als er feststellte, dass es die ganze Zeit über ausgeschaltet gewesen war. Offensichtlich hatte er gestern Abend nach Dienstende vergessen, es wieder einzuschalten.

Auf dem Weg zum Kiosk, der auch sonntags geöffnet hatte, meldete sich das Handy mit einer SMS: »Dringend – Onkel Karl« stand da nebst einer Telefonnummer. Heckler kannte das Spielchen ja schon: Es gab eine Art stille Übereinkunft, dass Heckler versuchen sollte, stets von einer öffentlichen Telefonzelle aus anzurufen. Dass man Handys abhören konnte, wusste Heckler seit damals vor anderthalb Jahren. Und in den regionalen Knotenrechner des Handy-Netzes einzudringen traute er den unsichtbaren Gegnern ohne weiteres zu.

»Verdammt noch mal, Sie rufen spät an!«

Heckler war irritiert, so unbeherrscht hatte er Beißwenger noch selten erlebt. Er wollte schon patzig werden, er brauche auch mal eine Auszeit oder so ähnlich, überlegte es sich dann aber anders.

»Was gibt's denn so Dringendes?«

»Kommen Sie einfach her, dann erfahren Sie es!«

»Und wohin?«

»Na, ins Präsidium, wohin sonst?«, brummte Beißwenger und erklärte ihm, wie er zu einem Seiteneingang gelangte, wo ein Mitarbeiter ihn hereinlassen würde.

Heckler spürte die Nervosität Beißwengers, der sonst immer die Ruhe selbst war. Es musste etwas passiert sein, etwas Unvorhergesehenes. Heckler verzichtete auf Frühstück und Sonntagszeitung und machte sich auf den Weg ins Polizeipräsidium nach Unterbilk. Er stellte den Wagen seitlich in der Neusser Straße ab, Beißwenger hatte ihn angewiesen, nicht den Haupteingang am Fürstenwall zu benutzen. Ein Kripobeamter wartete bereits am Seiteneingang, einer der beiden, die mit Beißwenger gejoggt hatten. Nachdem sie durch schier endlose Flure, Treppen und Winkel gegangen waren, stand Heckler in Beißwengers Büro, sozusagen im Allerheiligsten der Sonderkommission »Organisierte Kriminalität«. Unter normalen Umständen hätte Heckler das sehr aufregend gefunden. Jetzt war er ebenfalls aufgeregt, aber es war keine prickelnde Aufregung, es war eine quälende Spannung.

Beißwenger nickte lediglich kurz anstelle einer Begrüßung.

»Was haben Sie sich nur dabei gedacht?«, schnauzte er Heckler an. »Wenn der Postmann jetzt unsere Zielperson gewesen wäre, hätten sie die ganze Sache vermasselt!«

»War er aber nicht.« Heckler hatte beschlossen, sich nicht alles gefallen zu lassen. Den Trotz, den er spürte, kannte er sehr gut.

»Natürlich nicht, Sie Schlauberger, das hatten wir im Griff.«

»Na schön, was regen Sie sich also auf? Der Brief wurde doch viel früher, sagen wir mal, ›abgeholt‹. Im Briefkasten war er jedenfalls nicht mehr.«

»Das wissen wir inzwischen auch! Aber Sie hätten alles verderben können, Sie konnten ja nicht wissen, dass der Brief schon weg war.«

»Schon gut, okay. Wer hat den Brief denn nun geholt?«

Beißwenger blickte zu Boden. Die Antwort, die jetzt kam, erklärte schlagartig die schlechte Laune des Leiters der Sonderkommission: »Das wissen wir auch nicht.«

»Waaas?« Heckler war aufgesprungen und blieb mit offenem Mund stehen.

»Wir wissen es wirklich nicht«, wiederholte Beißwenger.

»Das gibt's doch nicht! Dann war alles ... umsonst?«

Beißwenger zuckte mit den Schultern und Heckler sank zurück auf den Stuhl.

»Kommen Sie!«, forderte er seinen Besucher auf.

Wieder gingen sie durch endlos erscheinende Flure zusammen mit dem Mann, der Heckler eingelassen hatte. Schließlich kamen sie in einen Raum mit allerlei technischem Gerät. Dort wartete bereits ein Mitarbeiter, den Heckler noch nicht kannte, der sich auch nicht vorstellte.

»Fahr das Band ab!«, sagte Beißwenger.

Auf der Video-Leinwand erkannte Heckler den Briefkasten. Die Kamera musste im Haus gegenüber postiert gewesen sein, vermutlich im ersten Stock direkt über dem Café. Auf der Straße davor fuhren nur wenige Autos, auch auf dem Gehweg herrschte kaum Betrieb. Die Szene wirkte sehr friedlich und langweilig. Ab und zu spulte der Beamte das Band etwas schneller vor. Um den Briefkasten herum tat sich absolut nichts. Trotzdem erfasste Heckler eine ungeheure Spannung, weil irgendwann eine Person auftauchen musste, die den Briefumschlag an sich nehmen würde. Dazu musste sie den Briefkasten öffnen.

Nach etwa anderthalb Stunden hielt das Postauto am Briefkasten, kurz danach sah Heckler sich selbst auftauchen. Diese Szene kannte er schon. Aber da war der Umschlag schon weg gewesen.

»Verflucht, der kann sich doch nicht in Luft aufgelöst haben«, stellte er fest.

»Fahr das Band noch mal zurück, etwa fünfzehn Minuten!«, bat Beißwenger und zu Heckler gewandt sagte er: »Ich sehe das auch zum ersten Mal.«

Die Männer betrachteten angespannt die Szene. Vor Heckler Augen fing der gelbe Briefkasten an zu tanzen. Seine Konzentration ließ nach. Plötzlich war der Briefkasten weg.

»Stopp!«, sagte Heckler spontan und ohne nachzudenken.

»Was ist? Der Briefkasten ist durch einen Lieferwagen verdeckt, ja und?« Der Mann am Video-Gerät war ungehalten. Vermutlich hatte er nicht damit gerechnet, an diesem Sonntag unvorhergesehen Dienst schieben zu müssen.

»Natürlich, das ist es! Noch mal von vorn!« Die Spannung hatte Beißwenger jetzt auch ergriffen. Sie ließen die Szene erneut durchlaufen. Es war ein Lieferwagen, einer jener Kastenwägen, nicht zu hoch, aber hoch genug, um den Briefkasten zu verdecken. Der Wagen hielt nur kurz, vielleicht dreißig Sekunden. Warum er angehalten hatte, war nicht ersichtlich, der Fahrer war im Fahrzeug geblieben. Sie besahen sich diese Sequenz ein drittes und ein viertes Mal, dann schien das Ergebnis festzustehen.

Ein heller Lieferwagen hatte angehalten, der Fahrer war nicht erkennbar, weil er die Sonnenblende zur Kameraseite geklappt hatte. Er war im Fahrzeug sitzen geblieben und, darin waren sich zum Schluss alle einig, hatte sich nach rechts zur Beifahrerseite gewandt, kurz bevor er weitergefahren war. Das war alles.

»Dreißig Sekunden«, stellte Beißwenger fest. »Dass wir es mit Profis zu tun haben, wussten wir ja schon.«

Eine Weile herrschte Schweigen im Raum, jeder hing seinen Gedanken nach. Heckler sah Beißwenger an, der es nach einiger Zeit bemerkte. Er bedeutete ihm, dass er ihn allein sprechen wolle. Karl Beißwenger verstand sofort und verließ unter einem Vorwand zusammen mit Heckler den Raum.

»Also?«, begann Beißwenger, als sie unter vier Augen waren.

»Sie wissen es so gut wie ich«, antwortete Heckler.

Beißwenger nickte: »Sie sind ein scharfer Beobachter, Doktor.«

»Wer wusste Bescheid?«, wollte Heckler wissen.

»Nur der engere Kreis der Sonderkommission, etwa fünfzehn Mitarbeiter.«

»Und wer war informiert, dass die Geschichte eine Finte war, ich meine, dass der Schlüssel wertlos ist?«

»Nur fünf Leute.«

»Die scheiden also aus.«

»Ja.«

Beißwenger war in sich zusammengesunken.« Und ich hätte für jeden meine Hand ins Feuer gelegt.« Die Enttäuschung des Leiters der Sonderkommission war spürbar. Nicht die Tatsache, dass der Einsatz fehlgeschlagen war, führte zu dieser Enttäuschung, sondern der Umstand, dass einer seiner Leute ein Verräter war. Der Fahrer des Lieferwagens konnte nur deshalb die Sicht versperren, weil er wusste, wo die Kamera stehen würde. Sie mussten also bereits vorher gewusst haben, dass der Briefkasten benutzt werden würde. Denn innerhalb von dreißig Sekunden den Briefkasten zu öffnen, die Briefe durchzusehen, den braunen Umschlag zu entfernen, die übrigen Brief zurückzulegen und den Kasten wieder zu verschließen, das bedurfte einer minutiösen Planung. So etwas konnte nicht spontan organisiert werden, das war vorbereitet.

Auf dem Heimweg hatte Heckler die Hoffnung, die Sache könnte beendet sein, völlig aufgegeben. Die »Sache« war überhaupt nicht erledigt, sie war schlimmer denn je. Die Gegner saßen überall, sogar in den Reihen der Sonderkommission. Vielleicht konnte er sich auf Beißwenger verlassen, nicht aber auf die Sonderkommission. Heckler hatte sich noch den Wohnungsschlüssel zurückgeben lassen, den er vor einigen Wochen einem von Beißwengers Mitarbeitern gegeben hatte. Was mochte Beißwenger schon ausrichten? Plötzlich wusste er, dass er auf sich allein gestellt war. Er fühlte sich unendlich einsam.

63.

Andreas Heckler war fast dankbar, seinen Dienst beginnen zu können. Das lenkte ab. Allerdings war nicht viel los an diesem Sonntagnachmittag, die Einsätze unterbrachen nur gelegentlich die Ruhe, die sich in der Rettungsstelle ausgebreitet hatte. Als würde er auf eine Nachricht warten, schaltete Heckler sein Handy nicht aus, was er sonst im Dienst zu tun pflegte.

Es war dann Martin Preuss, der diesem trägen Nachmittag etwas Schwung verlieh.

»Kannst du reden?«

»Ja«, antwortete Heckler und ging in einen Nebenraum, wo er ungestört war.

»Morgen erscheint mein Artikel. Der Chefredakteur meint, es wird Ärger geben. Aber alle in der Redaktion finden die Story gut.«

»Gratuliere, Martin!« Heckler wusste nicht so recht, warum Martin angerufen hatte. Er wartete ab.

»Ich würde gern den zweiten Artikel, den über die Stiftungsräte, baldmöglichst unter die Leute bringen. Kann ich das machen, haben sich bei dir die Dinge geklärt?«

»Leider nicht ... überhaupt nicht, würde ich sagen.«

Preuss spürte Hecklers Niedergeschlagenheit und wollte Details wissen. Heckler hielt sich bedeckt und bat den Freund um Verständnis. Der wechselte das Thema.

»Bei meinen Recherchen bin ich noch auf zwei interessante Details gestoßen«, sagte Martin Preuss.

»Ich bin gespannt, Martin.«

»Also, vor etwa vierzehn Jahren gab es mehrere Zeitungsartikel, die sich mit der MedicAid und dem Bundesnachrichtendienst beschäftigten. Im Kern behauptete van Gemmeren damals, der BND setzte ihn unter Druck, Informationen aus bestimmten Ländern zu beschaffen, also auf Deutsch, mit dem BND zusammenzuarbeiten. Das war kurz vor der Wende.«

»Und?«

»Van Gemmeren hatte ja immer Projekte in Ländern, die von der offiziellen Entwicklungshilfe nicht profitierten, weil sie ideologisch nicht genehm waren. Damals ging es, glaube ich, um den Jemen. Der BND ging auf die Anschuldigungen van Gemmerens nicht ein, es gab nur ein lasches Dementi. Van Gemmeren hat sich furchtbar aufgeregt, Beweise konnte er aber nicht vorlegen und so verlief die ganze Sache nach einigen Wochen im Sande.«

»Irgendwie muss ich diesem skurrilen Alten posthum Respekt zollen«, meinte Heckler, »aber ich überblicke nicht, ob das für die jetzigen Vorgänge von Bedeutung ist.«

»Ich auch nicht, Andreas. In der zweiten Geschichte geht es um Gernsbach, Doktor der Jurisprudenz.« Die gestelzte Ausdruckweise von Preuss war eigentlich mehr eine Beschimpfung dieses ehrbaren Juristen. Gernsbachs Namen verursachte bei Heckler jedoch einen Adrenalinschub. In ihm vermutete er einen der Drahtzieher.

»Gernsbach wurde zweimal beschuldigt, die Hand aufgehalten zu haben. Einmal vor sieben Jahren, im Rahmen eines Gutachtens, und vor vier Jahren, als es darum ging, der Einstellung eines Verfahrens zuzustimmen. Beweise gab es natürlich keine und mit der MedicAid hatten diese Vorgänge auch nichts zu tun. Aber für mich ist der Mann korrupt.«

Es war wohl kaum der Drahtzieher im Hintergrund, eher ein käuflicher Mittelsmann.

»Gernsbach steckt da mit drin, ich weiß nur noch nicht, wie«, bemerkte Heckler, »er hat das mit Detlef Braun arrangiert. Er war, außer seiner Sekretärin, der Einzige, der Brauns Reiseverbindungen kannte, nicht einmal die Kripo wusste davon.«

»Wir könnten ihn ein wenig unter Druck setzen, das macht ihn nervös und er macht vielleicht einen Fehler«, meinte Preuss.

Die Strategie gefiel Heckler. »Und wie können wir ihn unter Druck setzten?«

»Ja, eben mit der Geschichte über das Verschwinden von Detlef Braun. Ich schreibe einen Artikel mit dem Titel: ›Unerklärliches Verschwinden eines wichtigen Zeugen‹. Dass Braun van Gemmeren den Schädel eingeschlagen hat, brauche ich ja nicht zu erwähnen.«

»Ein solcher Artikel würde ganz schön Ärger geben. Trotzdem, die Idee gefällt mir. Und dass mich Stüber anschließend in der Luft zerreißt, das überlebe ich.«

»Und wenn nicht, kriegst du meinen Job«, scherzte Preuss.

Gegen Abend geschah wieder etwas, das einen winzigen Puzzlestein mehr ergab. Dennoch blieb Heckler meilenweit davon entfernt, die Lösung zu erahnen.

Sie kamen von einem Einsatz zurück zur Rettungswache langsam und ohne Eile. Ihren Patienten hatten sie im Krankenhaus wohlbehalten abgeliefert. Gedankenverloren blickte der Notarzt aus dem Fenster und ließ die vornehmen Gebäude des Geschäftsviertels in der Stadtmitte an sich vorbeigleiten. Als er plötzlich »Stopp!« rief, bremste Hansen so hart, dass einige Dinge, die nicht fest verzurrt waren, durch den Wagen kullerten.

»Was ist denn, Doktor?« Die Frage des Rettungsassistenten war eher als Missbilligung zu verstehen.

»Setzen Sie mal zurück, bitte.«

Hecklers Bitte klang so eindringlich, dass Hansen keine Fragen mehr stellte, sondern mit dem großen Fahrzeug im nicht allzu dichten Sonntagsverkehr rückwärts fuhr. Nach dreißig Metern gab Heckler ein Zeichen, stehen zu bleiben.

In der Einfahrt des noblen Gebäudes des Bankhauses Brunkhorst & Co stand ein schwarzer Daimler der Sonderklasse. Dies allein wäre nichts Ungewöhnliches gewesen, wäre da nicht das Nummernschild »D – B 505« gewesen.

»Mein Gott«, entfuhr es Heckler, »das hätte ich völlig vergessen!«

Schaffrath kam irgendeine dunkle Erinnerung. »Natürlich, das ist der Wagen! Den hab' ich damals gesehen, an dem Montag ... na, Sie wissen schon.«

Heckler wusste es sehr gut. Schaffrath glaubte damals, die

Nummer sei »D – D ...« gewesen. Und später, als Heckler, Juliane Bernstein und Dr. Gernsbach die MedicAid aufgesucht hatten, hatte der Wagen neben der Villa von van Gemmeren gestanden, damals hatte Heckler nur die Ziffern »505« erkennen können. Der Buchstabe war aber tatsächlich ein »B« wie Brunkhorst oder Bengsen. Es bedurfte keiner besonderen Phantasie, darauf zu schließen, dass Bengsen damals anwesend gewesen war und sich offensichtlich im Hintergrund gehalten hatte.

Bengsen, schon wieder Henning Bengsen! Heckler hatte nicht übel Lust, auszusteigen und Bengsen direkt anzugehen. Aber dann blieb er sitzen und überlegte, dass er nicht einmal wusste, wie Bengsen aussah. Er hatte ihn ja noch nie gesehen. Aber Zufall konnte es nicht sein, dass Bengsen kurz nach dem Notarztteam in der Villa van Gemmeren aufgetaucht und mehr oder weniger heimlich wieder verschwunden war. Auch bei der zweiten Gelegenheit war Bengsen offiziell nicht erschienen, obwohl er irgendwo in der Villa gewartet hatte.

Es musste eine Verbindung zwischen Bengsen und Gernsbach geben! Die Frage war nur, welcher Art diese Verbindung war, wer das Sagen hatte und wer von wem abhing. Es wurde höchste Zeit, diese unheilvolle Verbindung aufzuklären. Natürlich arbeiteten beide für die MedicAid, der eine führte die Rechtsgeschäfte, der andere die Bankgeschäfte. Aber irgendwo gab es einen Zusammenhang, den Heckler nicht sah. Er sah ihn noch nicht.

Zu Hause, kurz vor Mitternacht, legte er die Füße hoch und wollte sich dem Genuss eines Pils seiner Lieblingsmarke hingeben. Aber schon nach kurzer Zeit sprang er auf, geplagt von einer inneren Unruhe und aufkommender Wut. »Nicht mit mir!«, schimpfte er laut. Das bezog sich auf seine Gegner, mit denen er jetzt allein fertig werden musste. Jedenfalls empfand er das so, nachdem sogar die Sonderkommission infiltriert war.

»Nicht mit mir, ihr Arschlöcher!«, wiederholte er etwas lauter. Seine Gegner durften das ruhig hören, er brauchte jetzt keine Rücksicht mehr zu nehmen. Als er sich über das zweite Bier hermachte und weiter unruhig in der Wohnung umherlief, spürte er einen heftigen Tatendrang. Er fing an, die Wohnung gründlichst nach Wanzen abzusuchen, irgendwo mussten die Dinger ja noch stecken. Dabei wandte er sämtliche Tricks an, die er dem Elektroniker der Sonderkommission abgeguckt hatte. Bald hatte er alle Verteilerdosen, zahlreiche Fußleisten und Blenden sowie einige Geräte auseinandergenommen. Das Ergebnis war ernüchternd: Er hatte absolut nichts gefunden. Die Wohnung sah allerdings aus wie ein Schlachtfeld.

Er zwang sich zur Ruhe, setzte sich in all dem Chaos in einen Sessel und versuchte mit mäßigem Erfolg, seine Gedanken in den Griff zu bekommen. Es gab zwei Möglichkeiten: Entweder hatten seine Gegner die Wanzen zwischenzeitlich entfernt oder die Wohnung war gar nicht erneut verwanzt worden und das Ganze war ein Ablenkungsmanöver. Inzwischen war sein Hirn aber derart vernebelt, dass er nicht mehr wusste, was er glauben sollte. Eines wusste er allerdings: Er konnte sich auf nichts und niemanden mehr verlassen, auch nicht auf Beißwenger.

Heckler war so unruhig, dass trotz der nicht unbeträchtlichen Dosis Bier an Schlaf nicht zu denken war. Er setzte sich an seinen neuen PC und begann, die MedicAid-Daten erneut durchzusehen, die Gernot ihm auf den Rechner gespielt hatte. Mit einem »Jetzt erst recht«-Gefühl ging er Punkt für Punkt durch, ohne irgendwelche neuen Erkenntnisse zu gewinnen. Bald verschwammen Zahlenkolonnen und Namenslisten vor seinen Augen und er nickte immer wieder ein. Kurz vor drei schreckte er hoch und bemerkte, dass er wohl einige Zeit geschlafen hatte. Idiot!, dachte er und wollte den Rechner herunterfahren, als sein Blick auf den Bildschirm fiel. Er konnte sich nicht daran erinnern, aber offensichtlich hatte er kurz vor seinem Nickerchen zwei Programmfenster geöffnet und gegenübergestellt. Im einen standen Containerlisten, im anderen die Dienstreisen von Herbert Krüger. In der Containerliste hatte er bestimmte Daten markiert, Datumsangaben, die jeweils mit einer Dienstreise Krügers übereinstimmten. Ausschließliches Ziel dieser Dienstreisen war Rostock und es waren genau die Tage, an denen eine Diskrepanz der Containergewichte zwischen der offiziellen Datensicherung und den inoffiziellen Daten von Bernsteins Diskette bestand. Es führte kein Weg daran vorbei: Er musste an die tatsächlichen Containergewichte herankommen. Warum Bernstein die Zahlen möglicherweise gefälscht hatte, darüber konnte er nur spekulieren. Zum ersten Mal hatte Heckler die Vorstellung, dass vielleicht Krüger das Opfer der Erpressung gewesen war, wenn es denn überhaupt eine Erpressung gegeben hatte.

Kurz vor dem Einschlafen, es war mittlerweile halb vier, dachte er daran, vielleicht doch zum Schein auf Krügers Angebot einzugehen. In jedem Fall würde er ihn morgen anrufen müssen, das hatte er versprochen.

64.

Andreas Heckler hätte wesentlich mehr Schlaf benötigt. Gegen halb acht war die Nacht beendet. Definitiv. Nachdem er sich ein paarmal hin- und hergewälzt hatte, stand er fluchend auf. Seine Laune wurde nicht besser, als er das Chaos erblickte, welches er nächtens angerichtet hatte. Die Wut, die ihn motiviert hatte, war einer fast depressiven Stimmung gewichen. Erst als er seinen geliebten Morgentee schlürfte, ging es ihm etwas besser.

Danach rief er Herbert Krüger an, der sich erfreut zeigte, als Heckler ein gewisses Interesse bekundete, in die Dienste der MedicAid einzutreten. Für seinen Wunsch, die Arbeit und die Projekte der MedicAid besser kennen zu lernen, hatte Krüger vollstes Verständnis. Er habe da so eine Idee, sagte Krüger. Demnächst würden die Lieferungen für ein Großprojekt in Ghana erfolgen, der Projektleiter selbst werde bei der Verschiffung der Hilfsgüter anwesend sein. Das wäre doch eine gute Gelegenheit, einmal Projektluft zu schnuppern. Er würde sich melden, wenn die Einzelheiten feststünden. Heckler war zufrieden, hatte aber gleichzeitig ein schlechtes Gewissen, weil er ja nur zum Schein darauf einging und Krüger sich offensichtlich viel Mühe gab.

Dann nahm er seine Jogging-Schuhe und verließ einfach das Chaos. Eine gute Stunde später fühlte er sich fast okay, bis sein Handy klingelte. Beißwenger schien sämtliche Vorsichtsmaßnahmen außer Acht zu lassen, war selbst am Apparat und kam ohne Umschweife zur Sache.

»Wir haben ihn gefunden.«

»Wen?«, fragte Heckler. Beißwenger schien wie selbstverständlich davon auszugehen, dass Heckler wusste, wer gemeint war. Aber inzwischen waren ja so einige Personen verschwunden.

»Zeidler«, stellte Beißwenger fest.

Plötzlich war Hecklers Interesse neu erwacht. Wenigstens tat sich auf dieser Schiene etwas.

»Aber«, fuhr Beißwenger fort, »zu spät. Er ist tot.«

»Ach du Scheiße!«, rutschte es Heckler heraus. Er dachte sofort an Below. Bei allem Verständnis für das, was Zeidler

Below angetan hatte, missbilligte Heckler Selbstjustiz.

»Autounfall, nichts zu machen. Es gibt Zeugen. Er fuhr einfach zu schnell und hat eine Kurve nicht erwischt. Einzelheiten erfahre ich von unserem Mann in Kürze.«

Heckler war fast erleichtert und schwieg.

»Sind Sie noch dran, Doktor?«

»Ja, ja. Sagen Sie, glauben Sie das, ich meine ... war das wirklich ein Unfall?«

»Weiß nicht. Ich will zunächst den Bericht abwarten.«

Heckler war überzeugt, dass es kein Unfall war, egal was der Bericht ergeben würde. Aber hatte ihn Beißwenger deshalb angerufen?

»Nein, habe ich nicht«, antwortete Beißwenger auf die entsprechende Frage, »aber die andere Geschichte würde ich Ihnen gern persönlich erklären.«

Heckler hatte geahnt, dass noch etwas anderes hinter dem Anruf steckte. Sie verabredeten sich für halb zwei im Präsidium. Beißwenger schien es tatsächlich egal zu sein, ob Heckler noch observiert oder abgehört wurde. Obwohl er von der Sonderkommission keine Hilfe mehr erwartete, war Andreas Heckler doch gespannt, was sich getan hatte.

Auf dem Rückweg kaufte er sich die überregionale Zeitung, in der Martin Preuss' Artikel erscheinen sollte. Es stand auf der dritten Seite, in gebührender Länge. »Dubiöse Praktiken eines Weltkonzerns« lautete die Überschrift. Er überflog den Artikel und grunzte zufrieden. Zumindest in diesem Teil der Geschichte fühlte er sich als Sieger. Dann fügte er sich in das Unvermeidliche. Er musste das Chaos in seiner Wohnung beseitigen und nutzte die Gelegenheit, kräftig auszumisten. Er schaffte es danach, gerade noch rechtzeitig im Polizeipräsidium zu erscheinen, das Mittagessen blieb auf der Strecke. Beißwengers Mitarbeiter nahm ihn auch heute in Empfang und führte ihn wieder durch verwinkelte Gänge in einen anderen Teil des Gebäudes. Als sie den Raum betraten, wartete eine kleine Überraschung auf Heckler. Neben Beißwenger und dem Elektroniker, den er schon kannte, entdeckte er Kriminalhauptkommissar Walter Stüber. Der nickte Heckler zu, wirkte ansonsten noch mürrischer als sonst. Den Grund fand Heckler etwas später heraus: Stüber wollte oder durfte nicht rauchen.

»Hier können wir reden«, stellte Beißwenger zur Begrüßung fest, »wenn ich meinen Mitarbeitern hier nicht mehr vertrauen kann, kann ich mir gleich die Kugel geben.« Die Stimmung des Kommissars schien auf dem Tiefpunkt.

»Haben Sie die undichte Stelle gefunden?«, fragte Heckler unsinnigerweise, denn der Verrat war ja gerade erst vierundzwanzig Stunden alt.

Karl Beißwenger antwortete mit einem schlichten »Ja«. Heckler war derart verblüfft, dass ihm der Mund offen stehen blieb. Damit hatte er nun wirklich nicht gerechnet.

»Ja, Doktor. Und das ist der Grund, weshalb ich Sie gebeten habe zu kommen. Die Sache war ganz einfach. In unserer Kommission befand sich seit anderthalb Jahren ein Beamter des BND.«

Heckler holte tief Luft. Das war allerdings eine Neuigkeit.

»Ja und?«

»Ja und ...«, Beißwenger lachte bitter, »wir wussten es bis heute Vormittag nicht, bis ein hochrangiger BND-Mitarbeiter mit dem Staatssekretär aus dem Justizministerium auftauchte und uns, sagen wir mal, befahl, die Finger von der Sache zu lassen.«

Also doch! Heckler hatte es ja vermutet, dass der Staatsschutz oder ein Nachrichtendienst hinter der Abhöraktion steckte. Einerseits war er unglaublich wütend, andererseits erleichterte es ihn, da er von Seiten des BND nicht um sein Leben fürchten musste. Aber um was es eigentlich ging, das hätte er schon gern gewusst.

»Tut mir leid«, erklärte Beißwenger, »das wüssten wir natürlich selbst gern, aber der BND hüllt sich in Schweigen. Es muss mit den Auslandskontakten der MedicAid zu tun haben, aber, wie gesagt, die haben nichts rausgelassen.«

»Und«, wollte Heckler wissen, »werden Sie sich raushalten?«

Beißwenger und Stüber tauschten kurze Blicke. Dann sprach der Leiter der Sonderkommission weiter, leise, aber sehr bestimmt: »Einen Teufel werde ich tun! Und ich bitte Sie, nichts auszuplaudern, sonst kann ich meinen Hut nehmen.«

Heckler nickte. Er hatte Respekt vor den unbeugsamen Kommissaren. In dieser Hartnäckigkeit traf er sich mit ihnen. Sie hatten ihren Dickkopf, ein bisschen wie er selbst.

»Was ist jetzt mit Zeidler?«

»Was soll ich sagen? Aus der Kurve geflogen, zu schnell gefahren. Das Ganze geschah übrigens schon letzten Donnerstag. Der Bericht kam vor einer halben Stunde.«

»Below?«

»Glaube ich nicht, der Unfall geschah am selben Tag, an dem Below in Palau eingetroffen ist. Und, um ehrlich zu sein, nach dem Bericht gehe ich tatsächlich davon aus, dass es ein Unfall war. Es gibt einen sardischen Bauern als Zeugen, der ist völlig unverdächtig. Das Fahrzeug, ein Mietwagen, ist technisch untersucht worden und war in Ordnung. Zeidler hatte 0,8 Promille, das ist nicht allzu viel, erklärt aber den Fahrfehler.«

»Um wieviel Uhr hat sich der Unfall ereignet?«

»Hm«, Beißwenger blätterte im Bericht, »gegen halb zehn.«

»Morgens? Dann müsste Zeidler schon zum Frühstück mehr als ein Glas getrunken haben!«

Manche von Hecklers Schlussfolgerungen hatten die Kommissare schon früher in Erstaunen versetzt, so war es auch jetzt.

»Da stimmt was nicht, Karl!«, brummte Stüber. Die Kommissare kannten sich offensichtlich besser, als Heckler wusste. Das war in diesem Fall kein Fehler.

»Schon möglich, aber was können wir tun?« Beißwenger klang pessimistisch.

»Ist Zeidler denn obduziert worden?«

»Nein, Doktor. Die Italiener haben nur eine Blutprobe untersucht.«

»Na, dann obduzieren, was denn sonst!«

Beißwenger seufzte. »Zu spät, die Leiche wird morgen überführt.«

»Wo landet der Flieger mit Zeidlers Sarg?«

»Hier, in Düsseldorf.«

Heckler überlegte einen Moment, dann machte er einen Vorschlag, der wegen seiner Schlichtheit bestechend, aber im Grunde realitätsfern war: »Wir klauen die Leiche und obduzieren sie.«

Die Reaktionen der Polizeiexperten waren beachtlich. Sie reichten von schlichtem, aber nachhaltigem Kopfschütteln bis hin zu Gesten, die Heckler in die Nähe psychiatrischer Patienten rückte. Heckler ließ sich nicht irritieren und insistierte.

»Wieso denn nicht? Sie beschlagnahmen die Leiche, überführen sie nach Aachen und ich bitte Herrn Haller, die Obduktion vorzunehmen. Sie brauchen nur noch einen Vorwand. Sagen wir, es besteht der begründete Verdacht einer infektiösen Erkrankung ... Das könnte sogar ein Amtsarzt veranlassen, da muss die Sonderkommission gar nicht in Erscheinung treten. Das Bundesseuchengesetz reicht da völlig.«

Beißwenger spürte, dass es Heckler Ernst war. »Das kostet mich meinen Job«, stöhnte er.

Wie eine verschworene Gemeinschaft beschlossen alle, strengstes Stillschweigen zu bewahren. Stüber kannte einen der Amtsärzte und wollte mit ihm sprechen, ohne ihn tatsächlich einzuweihen. Unter Hinweis auf das Seuchengesetz war es sicher möglich, die Leiche für einen oder zwei Tage zu beschlagnahmen. Eine Zeit lang schwiegen sie und dachten darüber nach, wie riskant das Unterfangen war. Sie spürten, dass Zeidlers Tod kein Zufall gewesen sein konnte. Ob allerdings eine Verbindung zur Affäre um die MedicAid bestand, hätte keiner zu sagen vermocht.

»Ist Detlef Braun aufgetaucht?«, unterbrach Heckler die Stille.

»Nein«, knurrte Stüber. Wenn Heckler den Kommissar nicht schon gut genug gekannt hätte, hätte er an dieser Stelle aufgegeben. So sah er ihn freundlich und herausfordernd an. Nach einiger Zeit redete Stüber tatsächlich weiter.

»Brauns Behandlung in der Klinik am Gemündener Maar

wurde von einem Mann für vier Wochen im Voraus bezahlt. Dieser Mann ist später wieder aufgetaucht und hat einen der Mitarbeiter bestochen, die gefälschten Aufenthaltsbescheinigungen auszustellen. Der Mitarbeiter ist übrigens fristlos gekündigt worden, als die Sache jetzt publik wurde.«

»Hm, der ganze Vorgang ist doch recht ungewöhnlich. Da hat keiner Verdacht geschöpft?«

»Der Vorgang ist keineswegs ungewöhnlich. Ich habe mich belehren lassen, dass Prominente oder Manager häufiger unter einem Pseudonym aufgenommen werden und die Behandlung

bar bezahlen, damit niemand erfährt, dass der Betreffende eine Entwöhnungstherapie macht.«

Den Anwesenden war klar, dass die Chancen schlecht standen, Detlef Braun jemals wieder lebend zu sehen.

»Wenn wir Glück haben«, fuhr Stüber fort, »besitzen wir Ende der Woche ein Phantombild des Mannes, der die Behandlung für Braun bezahlt hat.«

Sie erörterten noch den »Leichenklau«, wie Stüber es nannte, und verabschiedeten sich dann. Heckler hatte Bernhard Haller zuvor angerufen und dem überraschten Freund erklärt, dass er morgen am Spätnachmittag eine Leiche mit seltsamer Vergangenheit geliefert bekäme, die er dann am Mittwochmorgen obduzieren solle. Doktor Bernhard Haller, Dozent der Gerichtsmedizin, hatte seinen Freund für verrückt erklärt und erst, nachdem er mit Beißwenger selbst gesprochen hatte, gemerkt, dass es ernst war.

65.

Heckler schaffte es gerade noch zur Spätschicht. Die Neuigkeiten gingen ihm nicht mehr aus dem Kopf. Obwohl der »Lauschangriff« offensichtlich aufgeklärt war und er von dieser Seite eigentlich nichts mehr befürchten musste, lagen nach wie vor viele Dinge im Dunkeln. Der BND würde nie soweit gehen, Thomas Bernstein zu ermorden oder Detlef Braun verschwinden zu lassen. Nein, es musste Gegenspieler geben, die gefährlich waren und die das Interesse des BND auf sich gezogen hatten. Wer im Dunstkreis der MedicAid vielleicht unfreiwilliger Mitarbeiter des BND war und wer zu den Gegnern zählte, war nicht auszumachen. Natürlich verfügte eine Organisation wie diese über zahllose Auslandskontakte, die staatstragend oder völlig gegenteilig genutzt werden konnten. Gerade die Tatsache, dass van Gemmeren immer schon Projekte und Kontakte in Ländern unterhielt, die nicht zur offiziellen Ideologie passten, machte die MedicAid zu einem interessanten Objekt für den Geheimdienst. Langsam erkannte Heckler, dass er da in eine Geschichte hineingeschliddert war, deren Dimensionen immer erschreckender wurden.

Später, gegen Abend, fand er immerhin Zeit, Vera in Magdeburg anzurufen. Er war es ihr einfach schuldig mitzuteilen, dass Below mit Zeidlers Tod nichts zu tun hatte. Und er war es ihr mehr als schuldig, sie endlich über seine wahre Identität aufzuklären. Oft konnte Heckler einigermaßen mit einem schlechten Gewissen leben, in diesem Fall nicht.

Vera war unglaublich erleichtert, woran Heckler merkte, wie sehr sie Below immer noch mochte. Er hatte sich bereits vorher überlegt, wie er ihr erklären konnte, woher er all die Informationen bekommen hatte. Allerdings musste er damit rechnen, dass auch Veras Anschluss abgehört wurde, weshalb er sich zurückhielt. Er gab ihr lediglich zu verstehen, sie möge ihn vom Dienst aus wieder anrufen. Dass alle Telefone in der Magdeburger Hauptpost abgehört wurden, war äußerst unwahrscheinlich.

Innerhalb der nächsten 24 Stunden ereignete sich nichts, wenn man von einem etwa zweistündigen Telefonat mit Jennifer Lacroix absah. Heckler hasste Grundsatzdiskussionen über Beziehungsfragen. Immerhin gelangte er angesichts der Ereignisse der letzten Zeit zu der bemerkenswerten Einsicht, dass diese Diskussion äußerst wichtig war. Sie endete, wie ähnliche Ansätze in der Vergangenheit, damit, dass alles beim Alten blieb. Wenigstens konnte er Jenny sein Bedürfnis nach mehr Nähe mitteilen, das war neu. Dann war da noch ein Anruf von Axel Niemeyer, dem Heckler zunächst wenig Bedeutung beimaß. Der Werksarzt, mittlerweile stellvertretender Leiter des werksärztlichen Dienstes eines Weltkonzerns, lud ihn zum Essen zu sich nach Hause ein, man müsse doch seine Beförderung gebührend feiern, jetzt habe er die Zeit dafür. Sie vereinbarten einen Termin Anfang kommender Woche. »Aber ohne Alkohol«, hatte Heckler scherzhaft angefügt, »denn anschließend habe ich Nachtschicht!« Da könne er doch ausschlafen, war Niemeyers Antwort gewesen.

Gegen fünf an diesem Dienstagnachmittag kam die Nachricht, der Heckler entgegengefiebert hatte. Sie kam in Form eines Telefonanrufes aus Aachen. Bernhard Haller bestätigte das Eintreffen der »Lieferung«, wie er sich ausdrückte, in der Gerichtsmedizin. Es sei zu spät, heute noch mit der »Arbeit« zu beginnen. Da Heckler gerade den letzten Spätdienst absolvierte und danach ohnehin zu Jenny fahren wollte, schlug Haller vor, er sollte doch morgen früh zur Obduktion kommen. Andreas Heckler hatte im Lauf seines medizinischen Lebens mehrfach Obduktionen beigewohnt, aber schon das Zuschauen bei der Öffnung einer Leiche hatte ihm stets Magenschmerzen bereitet. Er fühlte sich eindeutig mehr für die noch Lebenden zuständig. Dennoch willigte er ein, weil er die Spannung kaum aushielt und dabei sein wollte.

Es war bereits weit nach Mitternacht, als Andreas Heckler völlig erledigt in der alten Mühle eintraf. Auch wenn sie am Vortag eine weitgehend nutzlose Beziehungsdiskussion geführt hatten, begrüßten sich Jennifer Lacroix und Andreas Heckler recht herzlich. Ihre tiefe Zuneigung wurde durch Konflikte nicht dauerhaft beeinträchtigt. Das zeichnete ihre Beziehung aus, jedenfalls bis jetzt. Heckler wusste allerdings um den Klärungsbedarf nur zu gut. Aber, wie so oft, war es nicht der richtige Zeitpunkt zu erklären, warum er am nächsten Morgen in aller Frühe ins Gerichtsmedizinische Institut fahren würde. Er deklarierte es als Treffen unter Freunden. Falls Jenny etwas ahnte, verlor sie kein Wort darüber. Später in Jennys Armen einzuschlafen, dieses Gefühl der Geborgenheit war für Andreas Heckler so wohltuend wie schon lange nicht mehr.

»Na dann wollen wir mal«, lautete das Startkommando von Bernhard Haller am nächsten Morgen kurz nach acht. Es war eine kleine, interessierte Runde, die sich da eingefunden hatte: Neben den Doktoren Haller und Heckler war Beißwenger persönlich mit seinem engsten Mitarbeiter erschienen. Der Obduktionsgehilfe war zuvor zu strengstem Stillschweigen verpflichtet worden, unter Androhung sämtlicher Disziplinarmaßnahmen. Haller studierte die Begleitpapiere und nickte anerkennend. Die Dokumentation der italienischen Polizei war lückenlos, die Leiche war bis auf den Tag des Unfalls und des Transports gekühlt worden. Das war wichtig, um den Zerfallsprozess der Körpergewebe und den Stoffwechsel rückwirkend zu kalkulieren. Dann zog der Gehilfe das weiße Laken fort, bei jeder Obduktion ein fast ehrfürchtiger Moment. Das also war Zeidler, Doktor Zeidler und ehemaliger Stasi-Arzt! Wenn Below Recht hatte, und daran zweifelte Heckler nicht, ein Mensch, der in der unseligen Tradition der Euthanasie Menschenversuche durchgeführt hatte. Heckler empfand keinerlei Mitleid, Zeidlers Tod durch einen Verkehrsunfall war im Grunde viel zu gnädig.

Der Mann war um die sechzig, schlank und wies zahlreiche Blutergüsse im Bereich des Oberkörpers auf. Am Schädel, seitlich, klaffte eine hässliche Wunde, groß und dunkel. Das linke Bein war merkwürdig verdreht. Haller tastete den toten Körper sorgfältig ab, im Bereich des Brustkorbes deutete ein unangenehmes Knirschen auf einige Rippenbrüche. Als Hallers behandschuhte Finger in die Schädelwunde fuhren, überstanden die anderen den ersten Belastungstest.

»Harter Schädel«, murmelte er. Eine Schädelfraktur lag offenbar nicht vor. Der Dozent der Gerichtsmedizin würzte seine ansonsten gewöhnungsbedürftige Tätigkeit des Öfteren mit derlei kleinen Kommentaren, das machte es erträglicher, wahrscheinlich ein Ausdruck für sein Bedürfnis nach Seelenhygiene.

»War wohl nicht angeschnallt«, meinte Beißwengers Assistent. Der reichlich blasse, junge Kriminalbeamte versuchte es Haller gleich zu tun und zudem unter Beweis zu stellen, dass er nicht zum ersten Mal einer Obduktion beiwohnte.

»Offensichtlich nicht«, brummte Haller.

Die gründliche Inspektion der Leiche nahm Zeit in Anspruch, der Vorgang endete jedoch mit einer Überraschung. Haller zögerte, er schien seine Zuschauer etwas zappeln lassen zu wollen. Geduld war aber nicht Hecklers Stärke: »Komm, Bernie, mach's nicht so spannend, ich bin heut' nicht so gut drauf!«

»Also, die hier«, dabei zeigte Haller auf einige bläulich-rötliche Hämatome, »sind etwas älter, das erkennt man am grünlichen Schimmer. Genaueres wird das Labor sagen.«

»Das bedeutet?«, meldete sich Beißwenger.

»Der Mann ist geschlagen worden, und wenn ich diese Spuren«, dabei zeigte Haller auf die ringförmig verlaufenden, kaum sichtbaren Furchen in Höhe der Handgelenke, »richtig deute, dann war er dabei gefesselt. Also wurde er vermutlich gefoltert.«

Heckler ertappte sich sofort bei dem Gedanken, dass dieser Verbrecher es nicht anders verdient hatte, dann schämte er sich doch ein bisschen.

Die Gruppe zog sich zurück, während der Obduktionsgehilfe den Schädel aufsägte und das Brustbein spaltete. Diese groben handwerklichen Dinge waren eines Gerichtsmediziners unwürdig. Im Nebenraum tranken sie Kaffee, nur der junge Kriminalbeamte verschwand unter einem Vorwand. Danach setzte Haller die Obduktion fort, routiniert und gründlich. Hin und wieder entnahm er Proben verschiedenster Gewebe und Körperflüssigkeiten. Zwischendurch wurde immer wieder fotografiert. Im Magen fanden sich ein paar weißliche Krümel. »Könnten Tablettenreste sein, wir untersuchen das«, brummte Haller. Fast drei Stunden später stand fest, dass Zeidler an den Unfallfolgen verstorben war, und zwar infolge innerer Blutungen, zahlreicher Knochenbrüche und eines Blutergusses innerhalb des Schädels, eines so genannten subduralen Hämatoms. Außer der Tatsache, dass Zeidlers Körper ältere Hämatome und Spuren einer Fesselung aufwies, deutete nichts auf aktuelle Fremdeinwirkung hin. Mehr Aufschluss würden vielleicht die Laborbefunde ergeben, die allerdings erst in den nächsten Tagen vorliegen würden.

»Es ist schon beschämend«, resümierte Bernhard Haller, als die anderen gegangen waren und er mit seinem Freund allein war, »wenn so genannte Kollegen sich zu etwas Derartigem hergeben.«

Damit meinte er die Stasi-Vergangenheit des Pharmakologen Doktor Zeidler, von der Heckler berichtet hatte. Haller wechselte abrupt das Thema.

»Am Samstag ist Wohnungseinweihung, ihr kommt doch?«

»Klar, weißt du doch, aber ich hab' Nachtschicht, muss also gegen zehn verschwinden.«

»Ist schon in Ordnung, Hauptsache Jenny bleibt noch ...« Haller grinste sein Lausbubengrinsen, das ihn so liebenswert machte. Heckler war nicht in Stimmung.

»Das wird sie selbst entscheiden.«

»Hey, habt ihr Stress?«

»Nein.«

»Ich ruf' dich morgen an, wenn die Labortests durchgelaufen sind.«

Heckler verabschiedete sich. Warum er eigentlich so missmutig war, vermochte er selbst nicht zu sagen. Vielleicht hatte er sich mehr versprochen. Dabei war die Feststellung, dass Zeidler einen oder zwei Tage vor seinem Unfalltod gefoltert worden war, doch eine kleine Sensation. Wahrscheinlich ärgerte es ihn, dass die Dinge immer komplizierter statt einfacher wurden.

Below konnte es nicht gewesen sein und dem BND traute er, bei aller Kritik, keine Foltermethoden zu, zumal im Ausland! Wer also, verdammt nochmal, hatte da seine Hand im Spiel? Und vor allem, warum?

66.

Eigentlich hätte Andreas Heckler die Tage genießen können: Fast drei Tage frei, am Freitag begann die Nachtschicht, fünf vielleicht anstrengende Nächte, aber danach fünf freie Tage! In seiner Phantasie wollte er alles nachholen, was in den Turbulenzen der letzten Wochen verschütt gegangen war. Doch davon war er weit entfernt. Jennifer Lacroix tat ihr Übriges, damit Heckler nicht dazu kam, seine Genussfähigkeit zu erproben.

»Andreas Heckler«, empfing sie ihn gegen Mittag, »ich will jetzt alles wissen, die ganze Wahrheit!«

Also doch. Jenny ahnte von dem, was Heckler verschwiegen hatte, so einiges und war nicht mehr gewillt, es hinzunehmen.

Und so kam es, dass Heckler, zunächst hilflos und zögernd, dann immer redseliger, die Geschichte von Vera und Below beichtete und die Verstrickung von Doktor Zeidler in die menschenverachtenden Handlungen der Staatssicherheit erklärte. Jenny war bewegt.

»Ich fass es nicht.« Sie schüttelte den Kopf. »Was geht in so einem Hirn vor sich? Wie kann jemand im Ernst glauben, damit dem Staat einen Dienst zu erweisen?«

Sie schwiegen.

Heckler sagte so sanft wie möglich: »Ich wollte dich mit dieser Geschichte nicht belasten, vor der Eröffnung deiner Ausstellung.«

Jennys Ausdruck wandelte sich. Wenn sie eben noch sehr ergriffen war, trat jetzt deutlicher Ärger in ihr Gesicht.

»Was mich belastet, mein Lieber, ist, wenn du mir wichtige Dinge verschweigst!«

Die anschließende Diskussion wurde durch Veras Anruf unterbrochen. Als eine Art vertrauensbildender Maßnahme blieb Heckler mit seinem Handy im Zimmer. Sie telefonierten nicht lang. Es war jedoch ein entscheidendes Gespräch, welches Jenny gegenüber für Klarheit sorgte. Sie war ihm später nicht mehr böse.

»Below ist zurück«, stellte Vera erleichtert fest.

»Das freut mich.« Heckler erwähnte nichts von der Obduktion von Zeidlers Leiche. »Und?«

Vera druckste etwas herum.

»Wir ziehen zusammen.«

»Glückwunsch!«

Heckler freute sich, irgendwie passten die beiden gut zusammen. Und Vera hatte es endlich geschafft, den Schwarm ihrer Pubertät für sich zu gewinnen.

Nach dem Telefongespräch fühlte sich Heckler beschämt. Trotz der schlimmen Erfahrungen in ihrer Lebensgeschichte war Vera ihm gegenüber sehr offen gewesen. Und er? Er hatte irgendetwas vorgeschoben, unnötigerweise, wie er jetzt dachte.

Dann war da noch etwas. »Alle Leute ziehen zusammen«, stellte er fest und sah Jenny erwartungsvoll an.

»Die Mühle reicht auch für zwei!«, gab Jenny zur Antwort.

Nach einem erholsamen Nachmittagschlaf fühlte sich Andreas Heckler endlich wieder wie ein Mensch. Den Abend hatten sie für sich reserviert, keine Freunde, keine Veranstaltung, keine sonstigen Termine ... und es wurde ein sehr schöner Abend.

Am Donnerstagmorgen schliefen sie lange und blieben noch eine ganze Weile aneinandergekuschelt im Bett liegen. Sie erinnerten sich beide sehr gut an den gestrigen Abend. Nicht nur, weil sie miteinander geschlafen hatten, sondern auch, weil der Wunsch, zusammenzuleben, zum ersten Mal ein gemeinsamer Wunsch gewesen war. Die konkrete Umsetzung freilich, die blieb zunächst offen.

Bernhard Hallers Anruf kam gegen Mittag und brachte neue Aufregung.

»Man lernt nie aus«, entschuldigte sich der Freund, »aber wer vermutet denn hinter der harmlosen Narbe einer mutmaßlichen Nabelbruchoperation schon ein Geheimnis!«

»Mach's nicht so spannend!«

»Doch, weil es spannend ist oder immer spannender wird. Rate mal, was wir entdeckt haben!«

Die Laborwerte konnten es nicht sein, diese Ergebnisse würden erst heute Nachmittag kommen.

»Keine Ahnung, woher soll ich das wissen?«

»Ein kleines, harmloses Plättchen, so einen Mikrochip!«

Haller machte eine lange Pause, um die Wirkung seiner Worte abzuwarten.

»Donnerwetter«, entfuhr es Heckler, »das ist wirklich eine Überraschung.«

»Wegen der Knochenbrüche haben wir Zeidler aus Dokumentationsgründen geröntgt, reine Routine, dabei haben wir ihn entdeckt, feinsäuberlich am Nabel implantiert.«

Heckler wusste gar nicht, dass Tote auch geröntgt wurden.

»Und, was ist mit dem Chip, ich meine, welche Information enthält der?«

»Langsam, Hecki, langsam! Wir können nicht zaubern. Beißwenger holt den Chip morgen ab.«

»Ruf mich noch mal an wegen der Laborergebnisse, ja?«

»Komm doch vorbei! Wir könnten anschließend essen gehen.«

»Ist gut, gern.«

Die Entdeckung seines Freundes beflügelte Heckler derart, dass er sofort wieder zum Telefon griff. Er hatte Glück. Doktor Georg Mühlbach war dort, wo er hin gehörte: an seinem Arbeitsplatz in Düsseldorf.

»Könnten Sie noch mal im Obduktionsprotokoll von Thomas Bernstein nachsehen«, bat er den Gerichtsmediziner, »ob da eine Narbe um den Nabel herum war?«

Obduktionsberichte begannen stets mit der ausführlichen Beschreibung der äußeren Inspektion, die sämtliche Hautveränderungen, also auch Narben, einschloss.

»Bedaure, Herr Kollege«, ließ sich Mühlbach in seiner gestelzten Art nach einiger Zeit vernehmen, »keine Hinweise für einen Nabelbruch oder eine entsprechende Operation, nicht mal eine Blinddarmnarbe.«

Mühlbach hatte gar nicht nachgefragt, warum Heckler das wissen wollte.

»Schade«, dachte Heckler, »wäre ja auch zu einfach gewesen.« Eine Verbindung zwischen Thomas Bernstein und Zeidler hätte vielleicht manches erklärt. Aber wenn es sie gab, dann nicht durch implantierte Mikrochips, so viel war sicher.

Jennifer Lacroix und Andreas Heckler gönnten sich einen Spaziergang an diesem Frühsommertag. Sie schlenderten eingehakt durch herrliche Blumenwiesen in der Umgebung der alten Mühle.

»Du könntest dir einen Job hier in der Nähe suchen.« Jenny blieb stehen und lächelte ihren Freund an. Es war ihr also ernst.

»Ja, das könnte ich.«

»Dann tu's!«

»Ich denk' darüber nach.«

Erst viele Wochen danach merkte Heckler, dass sein Leben eine entscheidende Wendung genommen hatte. Wenn er später darüber nachdachte, wann der Zeitpunkt gewesen war, dann konnte es dieser Donnerstag Anfang Juni gewesen sein.

Er wäre gern auf der Terrasse sitzen geblieben, auf der sie den Tee nahmen. Inzwischen war es jedoch Zeit, in die Gerichtsmedizin zu fahren.

»Volltreffer!«, begrüßte ihn Bernhard Haller.

»Lieber Bernie, würdest du bitte mit einem gerichtsmedizinischen Laien etwas mehr Milde walten lassen!«

»Es freut mich, wenn's dir besser geht. Gestern warst du ja ganz schön mies drauf. Hab' mir schon Sorgen gemacht.«

»Jeder hat mal einen Hänger.«

Die beiden Studienfreunde hatten zu ihrer gewohnten Art zurückgefunden, in der sie sich fast blind die Bälle zuspielen konnten.

»So, und jetzt die Hosen runter!«

Für Außenstehende war der Humor der Freunde nicht immer verständlich. Man hätte Hecklers Bemerkung auch als pietätlos interpretieren können, insbesondere wenn es um die Ergebnisse einer Obduktion ging.

»Also, fahrtüchtig war Zeidler nicht mehr. Über 0,8 Promille Alkohol und – in dieser Kombination teuflisch – reichlich Benzos!«

»Benzos« war der Insider-Ausdruck für »Benzodiazepine«, also Beruhigungsmittel wie Valium. Die Kombination dieser Mittel mit Alkohol hatte fatale Wirkungen.

»Aber warum konnte Zeidler dann noch Auto fahren? Er hätte tief und fest schlafen müssen!«

»Ganz einfach, weil er die Tabletten erst kurz vorher eingenommen hatte, das waren die Reste, die wir im Magen entdeckt hatten. Ich denke, die Wirkung trat erst während der Autofahrt ein.«

»Könnte man ihm die Tabletten auch gewaltsam einverleibt haben?«

»Natürlich.«

Ansonsten hatten die Laborwerte nichts Besonderes erbracht, Zeidler schien bemerkenswert gesund gewesen zu sein. Anhand der Analyse der Blutergüsse konnte festgestellt werden, dass ein Teil der Hämatome etwa zwei Tage vorher entstanden sein musste, die Verteilung stimmte mit der Vorstellung überein, Zeidler könnte mit auf dem Rücken gefesselten Händen im Sitzen geschlagen worden sein.

»Mein Gott, ich muss Beißwenger anrufen, die müssen Zeidlers Bauernhof gründlich durchsuchen, wenn es nicht schon zu spät ist!«

Nach einigen Versuchen hatte Heckler den Chef der Sonderkommission am Apparat. Er erinnerte sich daran, dass der Makler erzählt hatte, Zeidler habe einen alten Bauernhof gekauft.

»Können wir reden?«

»Moment.« Es entstand eine kurze Pause und er vernahm einige Leitungsgeräusche, dann kam Beißwengers Bestätigung: »Ja, jetzt können wir.«

Beißwenger hörte sich den Bericht an.

»Als Pharmakologe hätte er die fatalen Folgen der Kombination aus Tabletten plus Alkohol natürlich gekannt. Also wusste er wahrscheinlich nicht, was er da überhaupt eingenommen hatte. Das lässt nur den Schluss zu, dass die Einnahme nicht freiwillig geschah, jemand hat ihn dazu gebracht«, vermutete Heckler.

»Die Italiener haben vier Tage gebraucht, um Zeidlers Unterkunft ausfindig zu machen. Kein Mensch kannte ihn. Er hatte sich tatsächlich in einem alten Bauernhaus einquartiert, irgendwo in den Bergen bei Tempio. Unser Mann konnte zusammen mit den Italienern das Haus gründlich durchsuchen, kurz gesagt: ohne Ergebnis.«

»Auch keine Alkohol- oder Tablettenreste?«

»Nein, nichts, alles sehr ordentlich hinterlassen.«

»Dann hat da einer hinterher aufgeräumt.«

»Der Schluss liegt nahe ... Hmmm, die Sache gefällt mir nicht, irgendwas braut sich da zusammen. Sagen Sie Doktor Haller, dass ich den Mikrochip heute noch abholen lasse, in einer Stunde ist mein Mann da, Sie kennen ihn ja.«

Heckler wollte gerade auflegen, als Beißwenger noch etwas einfiel.

»Sagen Sie, wer wusste eigentlich, dass Zeidler nach Sardinien geflüchtet war?«

»Nur der Makler.«

»Den haben wir uns schon vorgeknöpft – ein nützlicher Idiot, der hat keine Ahnung.«

»Und dieser Below, aber der kam ja zu spät, Gott sei Dank!«

»Und woher hatte Below die Information?«, bohrte Beißwenger.

»Na von Vera und die ... mein Gott, von mir!«

»Telefonisch, nehme ich an. Wann war das Gespräch?«

Heckler überlegte, ihm wurde heiß.

»Das war ... warten Sie mal, vor knapp zehn Tagen, ich hab's Ihnen doch erzählt, als wir über Bengsen und Peters sprachen.«

»Stimmt.« Beißwenger überlegte kurz. »Das passt.«

»Scheiße.«

»So könnte man es auch sagen.«

Der Leiter der Sonderkommission und der Notarzt hatten erkannt, dass Zeidlers Gegner ihre Information aus dem Telefonat mit Vera entnommen haben mussten. Demnach war das Gespräch abgehört worden. Die Schlussfolgerung ging weiter: Das konnte nicht der Geheimdienst gewesen sein. Unvorstellbar, dass der BND Zeidler auf Sardinien aufgespürt, gefoltert und in den Tod getrieben hatte. Nein, das war eine andere Handschrift. Für Andreas Heckler bedeutete diese Erkenntnis erneute Angst und Unsicherheit. Sein Glaube, die Abhöraffäre wäre geklärt, hatte sich plötzlich in Luft aufgelöst. Beißwenger spürte es.

»Unternehmen Sie nichts mehr, bitte. Für den Notfall gebe ich Ihnen die Nummer meines persönlichen Assistenten.«

Die Lage musste sehr ernst sein, denn das hatte Karl Beißwenger noch nie getan.

67.

Bernhard Haller und Andreas Heckler warteten. Obwohl sie sonst nie Mühe hatten, sich die Zeit zu vertreiben, mochte keine rechte Stimmung aufkommen. Als Beißwengers Mann erschien, es war der Elektroniker vom »Hausgeräte-Service«, nutze Heckler die Gelegenheit, ihn zu bitten, in seiner Wohnung erneut nach Wanzen zu suchen. Außerdem sollte sein alter PC präpariert werden, um auf die Spur der Leute zu kommen, die ihn manipuliert hatten.

»Wie wär's morgen?«

»Gern. Am Nachmittag, so gegen fünf, geht das?«

Es ging. Nachdem der Mann, dessen Namen Heckler nicht einmal kannte, mit dem Chip verschwunden war, gingen sie essen. Sie besuchten Hecklers Lieblingsrestaurant, ein kleines, sehr familiäres italienisches Restaurant, »aus gegebenem Anlass«, wie Haller es scherzhaft formulierte. Das Gespräch über Gott und die Welt endete zwangsläufig bei den Ereignissen der letzten Wochen. Heckler dachte nach.

»Immerhin weiß ich jetzt, dass es eine Verbindung zwischen Zeidler und der MedicAid geben muss. Die Leute, die mich abgehört haben, haben Zeidler auf dem Gewissen und wahrscheinlich auch Thomas Bernstein. Aber warum hat der BND Beißwenger ausgebremst?«

»Na, die nutzen vielleicht die MedicAid als Informationsquelle und wollen die Quelle erhalten.«

»Aber dann gäbe es jemanden bei der MedicAid, der mit dem BND zusammenarbeitet.«

»Ja und?«

»Wer, bitte schön, sollte das sein?«

»Das können eigentlich nur Projektmitarbeiter sein, die im Ausland eingesetzt werden. Man müsste die Projekte der MedicAid unter die Lupe nehmen.«

»Ja ... nein, also ich kann mir nicht vorstellen, dass der Bundesnachrichtendienst deshalb die Aufklärung eines Mordes verhindert.«

Ihre Gedankengänge endeten immer wieder in der Sackgasse. Es musste einen Zusammenhang geben, den keiner der beiden sah.

»Weißt du noch«, sagte Bernhard Haller in dem Bemühen, das Gespräch auf ein anderes Gleis zu bringen, »damals, als wir hier zu dritt saßen, du, Jenny und ich?«

»Ja.« Heckler seufzte. Die Erinnerung stimmte ihn ambivalent. Damals hatten sie zusammen gesessen und Pläne geschmiedet, wie sie einem korrupten Stadtrat das Handwerk legen konnten. Dabei war es um viel mehr als nur um Korruption gegangen, um mehrfachen Mord, der vertuscht werden sollte, zumindest wäre dies das Ergebnis einer Anweisung »von oben« gewesen. Die Situation erinnerte Heckler fatal an die heutige: Zuerst wurde Stüber angewiesen, das Verfahren im Fall Bernstein einzustellen, dann mischte sich der BND im Verein mit dem Justizministerium ein, um Beißwenger an die Kandare zu nehmen. Ironie des Schicksals, dass es Beißwenger damals schon einmal ähnlich ergangen war? Seinerzeit hatte man ihn »weggelobt« und zum Chef der Sonderkommission gemacht, der er heute war. Und jetzt hatte man ihm einfach die Flügel gestutzt.

Hecklers Ambivalenz war jedoch anders begründet. Damals hatte die Beziehung zu Jennifer Lacroix begonnen. Es hatte keine Konkurrenz unter den Freunden gegeben, irgendwie war klar gewesen, wer Jenny »bekommen« würde. Das war der angenehme Teil der Erinnerung. Gleichzeitig überkam Andreas Heckler ein merkwürdiges Gefühl von Enttäuschung, Scham und Verletztsein, wenn er an Annemarie Presser dachte, jene »femme fatale«, in die er sich hoffnungslos verliebt und die ihn fast das Leben gekostet hatte, weil sie eine Mörderin gewesen war. Die Beziehung zu Jenny hatte erst danach so richtig begonnen, trotzdem ging Heckler durch den Kopf, dass auch diesmal eine schöne Frau seinen Weg gekreuzt hatte und diese Begegnung wieder, auch wenn man die Situation von damals nicht mit der von heute vergleichen konnte, sein Leben in den letzten Wochen bestimmt hatte.

»Ja«, wiederholte Heckler, »ich kann mich sehr gut daran erinnern. Seit damals hat sich viel verändert.«

Am nächsten Tag war Andreas Heckler ausgesprochen missmutig. Das lag nicht so sehr an Vergangenem, als vielmehr an der Tatsache, dass heute die erste von fünf Nachtschichten bevorstand. Er verabschiedete sich gegen Mittag von Jenny, weil er in Düsseldorf noch einige Dinge erledigen wollte. Irgendetwas bewog ihn jedoch, statt auf die Autobahn geradeaus Richtung Stadtmitte zu fahren. Als er vor Gernots Laden parkte, wusste er es. Gernot blickte nicht einmal hoch, als Heckler eintrat. Das machte er eigentlich immer so.

»Hallo, Gernot.«

»Ach, du bist's.« Wie durch ein Wunder hatte Gernot plötzlich eine Flasche Selbstgebrannten und zwei Schnapsgläser in der Hand.

»Diesmal«, sagte er, »schlägst du mir keinen ab.«

Die Wirkung des Teufelszeugs stellte sich unglaublich schnell ein, jedenfalls bei Heckler.

»Natürlich haben diese Ärsche«, dabei wischte sich Gernot

genüsslich mit dem Handrücken über den Mund und schenkte nach, »nichts gefunden.« Er hatte das Gespräch an der Stelle fortgesetzt, wo er es einige Wochen zuvor beendet hatte.

Heckler atmete auf. Der Grund für Gernots gute Laune war offensichtlich die Tatsache, dass die Durchsuchung des Ladens nichts erbracht hatte. Nach dem dritten Selbstgebrannten, Heckler hatte dankend abgelehnt, wurde Gernot geradezu euphorisch.

»Ich habe übrigens deinen Rat befolgt und mir einen Rechtsanwalt genommen. Hat ziemlich viel Staub aufgewirbelt. Die

Bullen konnten nämlich nicht sagen, was sie konkret bei mir gesucht haben. Und überhaupt, keiner will diesen Einsatz angeordnet haben, Schwanz eingezogen! Wir machen jetzt auf Schadensersatz, Verdienstausfall und so.«

»Natürlich haben die keinen Grund, man kann nicht etwas als Grund angeben, das es offiziell gar nicht gibt.«

»Hä?«

»Die MedicAid als nützlichen Idioten für den Bundesnachrichtendienst«, rutschte es Heckler heraus.

Gernot kniff die Augen zusammen. Das sah merkwürdig aus, denn Gernots Augen waren ohnehin schon sehr klein und verschwanden in seinem massigen Gesicht.

»Ach, daher weht der Wind! Na, dann wird dich ja interessieren, wo die unfreiwilligen E-Mails aus deinem alten Rechner landen, die Sache mit dem Virus, du weißt schon.«

Heckler war schlagartig nüchtern. Gernot hatte also weitergemacht, das war ja zu vermuten gewesen. Die Schmach, bei seinen elektronischen Schnüffeleien entdeckt worden zu sein, konnte er unmöglich auf sich sitzen lassen.

»Und, wo landet der Kram? Spuck's aus!«

Die Wirkung der Selbstgebrannten nahm zu. Gernot verschränkte die Arme über dem beachtlichen Bauch, das heißt, so richtig verschränken konnte er die Arme nicht, denn sie waren angesichts des Bauchumfanges viel zu kurz.

»Die Mails gehen nach Kaliningrad, früher nannte man das mal Königsberg.«

Heckler starrte Gernot an, der die Flasche Selbstgebrannten überraschenderweise zukorkte und unter dem Tresen verschwinden ließ. Die Geschichtskenntnisse Andreas Hecklers reichten nicht sehr weit. Aber er wusste, dass das ehemalige Königsberg nach dem Zusammenbruch der UdSSR und der Selbstständigkeit der baltischen Staaten als russische Enklave existierte. Die Russen versorgten Kaliningrad über einen Transitkorridor durch Litauen oder über die Ostsee.

»Tja, nu krieg dich mal wieder ein, auch im ehemaligen Ostblock hat die moderne Kommunikation Einzug gehalten! Haben zwar nichts zu fressen, aber E-Mail funktioniert.«

»Ist ja Wahnsinn! Aber was sagt uns das?« Heckler war in der Tat nicht mehr ganz nüchtern.

»Gar nichts, außer dass da ein elektronischer Briefkasten ist, also ein Server im Netz eben.«

»Endstation Kaliningrad?«

»So sieht's aus.«

»Keine Weiterleitung?«

»Nein, die Spur im Datennetz bricht einfach ab. Wenn weitergeleitet wird, dann muss da tatsächlich einer sitzen, der die Mails abholt, vielleicht sortiert und über einen anderen Server wieder ins Netz gibt, allerdings manuell. Ganz schön abgezockt die Kiste! Könnte tatsächlich was mit Geheimdiensten zu tun haben.«

Die für Gernot ungewöhnlich lange Erklärung war beendet, der Elektronik-Freak war aber noch nicht am Ende. Er bedeutete Heckler, mit ihm nach hinten zu kommen, in das Allerheiligste. Dort erstellte er mit einigen geübten Handgriffen eine Diskette am PC und drückte sie Heckler mit einem Grunzen in die Hand.

»Neueste Anti-Viren-Software, hilft auch gegen deinen Virus.«

Es war unnötig zu betonen, dass Gernot die Software selbst entwickelt hatte.

Heckler brauchte eine Stunde an der frischen Luft, bis die Wirkung des Selbstgebrannten nachgelassen hatte. Danach machte er sich auf den Heimweg. Er hatte noch etwas Zeit und so fuhr er einen kleinen Umweg. Merkwürdigerweise führte ihn dieser Umweg an der Wohnung von Thomas Bernstein vorbei. Irgendwie schien ihm sein Unterbewusstsein heute einige Streiche zu spielen.

Heckler stieg aus und sah an der Fassade hoch. Die Fenster von Bernsteins Wohnung waren mit bräunlicher Pappe verhängt, deutliches Zeichen, dass renoviert wurde.

»Hallo, Herr Doktor!«

Heckler fuhr erschrocken herum, als hätte ihn jemand ertappt. Er erkannte den Hausmeister, der beim Ausräumen der Wohnung ein paarmal aufgetaucht war. Ein freundlicher Mann, mit dem man reden konnte. Heckler kam mit dem »kleinen Mann« auf der Straße ganz gut zurecht.

»Da tut sich ja was in der Wohnung!«, stellte er nach gebührender Begrüßung fest.

»Und ob sich da was tut!«, war die Antwort.

»Wissen Sie, es geht mich ja nichts an, aber es würde mich schon interessieren, wie das jetzt hergerichtet wird.«

Der Hausmeister hatte verstanden und nötigte Heckler fast, sich das Chaos in der Bernsteinschen Wohnung anzusehen. Und, in der Tat, es war ein beachtliches Chaos, das Heckler dort erblickte.

»Na, das sieht ja nach Grundsanierung aus«, war sein Kommentar.

»Ich versteh' das nicht, die Wohnung war doch in ganz gutem Zustand. Die reinste Geldverschwendung, jetzt alles neu zu machen«, meinte der Hausmeister.

Das Bild der »Großbaustelle« mit aufgestemmten Böden, herausgerissenen Paneelen, abgeschlagenen Kacheln und anderen rohbauähnlichen Maßnahmen ging Heckler für den Rest des Tages nicht mehr aus dem Kopf.

Der Mann vom »Hausgeräte-Service« wartete bereits, als Heckler endlich die Stufen zu seiner eigenen Wohnung emporstieg. Schon nach kurzer Zeit hatte der versierte Elektroniker festgestellt, dass die Wohnung eine »wanzenfreie Zone« war, wie er sich durchaus humorvoll ausdrückte.

»Schön«, bemerkte Heckler, »aber wo sind die Dinger geblieben, die Sie beim letzten Mal festgestellt hatten, verdampft?«

Der Mann zuckte nur mit den Schultern. Heckler verlor wieder ein Stückchen Vertrauen. Es gab doch nur zwei Möglichkeiten: Entweder war die Information, dass seine Wohnung erneut verwanzt worden war, falsch gewesen, womit diese ganze fingierte Schlüsselübergabe zu einer Farce geworden wäre, oder jemand war mittlerweile wieder in seine Wohnung eingedrungen und hatte alle Spuren beseitigt. Gerade die letzte Möglichkeit erschreckte Heckler.

»Dann war da noch der PC«, kam der Mann auf den eigentlichen Anlass seines Besuches zu sprechen.

Hecklers Vertrauen war dahin und er spürte seine Abwehr. Er schüttelte nur den Kopf und meinte, den PC werde er sowieso wegwerfen und außerdem sei ihm langsam alles egal. Wieder zuckte der Mann mit den Schultern und verabschiedete sich.

Heckler baute sofort den alten PC auf, schloss ihn ans Netz
an und schob die Diskette mit der Anti-Viren-Software ins Laufwerk. Die Installation lief wie geschmiert, Heckler las allerlei lustige Kommentare und nützliche Hinweise, die Gernot eingebaut hatte. Mit einem zufriedenen Grinsen ließ er den PC am Netz. Er hatte im Moment zu Gernots Fähigkeiten wesentlich mehr Zutrauen als zur Sonderkommission »Organisierte Kriminalität«. Beißwenger war bisher nicht in der Lage gewesen, ihn zu schützen.

68.

In den nächsten Tagen passierte nichts. Es war so ruhig, als hätte sich zuvor nie etwas ereignet. Vielleicht war Heckler auch abgelenkt, denn die Nachschichten am Wochenende hatten es für gewöhnlich in sich. Nach der ersten Nacht von Freitag auf Samstag war Heckler zerschlagen, müde und gereizt, konnte aber nicht schlafen. Er hatte keine Lust, zur Wohnungseinweihung von Iris Braun und Bernhard Haller nach Aachen zu fahren. Um die Freunde nicht zu enttäuschen, zwang er sich dazu, stand auf dem Fest nur kommunikationsfaul herum und verabschiedete sich früh wegen des Nachtdienstes. Auf der Rückfahrt nach Düsseldorf kämpfte er mit dem Schlaf und bewegte den Gedanken, endlich Nägel mit Köpfen zu machen und mit Jenny zusammenzuziehen.

Am Sonntag schließlich gelang es ihm, wenigstens etwas

Schlaf nachzuholen, und Montag früh wäre der Zeitpunkt gewesen, an dem er wahrscheinlich bis zum frühen Nachmittag geschlafen hätte. Dazu kam es aber nicht. Es waren zwei Telefonanrufe, von denen er erst viel später wusste, welcher von beiden der entscheidende gewesen war.

»Ich wollte nachfragen«, sagte Herbert Krüger nach einer sehr höflichen Einleitung, »ob Sie sich entschieden haben, unser Ghana-Projekt näher kennen zu lernen. Am nächsten Wochenende wird Material für dieses Zentrum für ambulante Operationen verladen. Der Projektleiter kann Ihnen viel erklären, wesentlich besser, als ich es könnte. Vielleicht überzeugt Sie das.«

Krüger war hartnäckig, das musste man ihm lassen. Heckler hatte die Antwort auf Krügers Angebot, bei der MedicAid einzusteigen, hinausgezögert, so langsam musste er sich aber entscheiden.

»Und wo findet das statt, ich meine, wo wird das Material verladen?«

»In Rostock und ...«, Krüger zögerte einen Moment, »Frau Bernstein wird wohl auch kommen.«

Heckler fiel aus allen Wolken, beherrschte sich aber. Krüger merkte es und sah sich zu einer Erklärung genötigt.

»Es war eigentlich das Projekt ihres Bruders und ich dachte, es wäre gut, wenn Frau Bernstein sieht, wie es verwirklicht wird. Vielleicht wird es dann für sie ... leichter. Wir haben die Arbeit von Herrn Bernstein sehr geschätzt und verstehen im Grunde nicht, was passiert ist.«

Heckler bat sich einen Tag Bedenkzeit aus. In einem gab er Krüger Recht: Auch er wusste nicht, was eigentlich passiert war. Er wusste lediglich, dass eine Reihe von Beteiligten tot oder verschwunden war. Dass Juliane Bernstein ebenfalls mitkommen sollte, erfüllte Heckler mit einem zwiespältigen Gefühl. Einerseits hatte er sofort heftige Eifersucht gespürt, andererseits gab sich Krüger wirklich Mühe, die schrecklichen Ereignisse der Vergangenheit zu bewältigen.

Andreas Heckler legte sich ins Bett, konnte aber nicht schlafen. Rostock – immer wieder tauchte der Name der Hafenstadt an der Ostsee auf. Die meisten Exporte für die Projekte der Hilfsorganisation liefern über diesen Hafen. Gerade als Heckler darüber nachdachte, dass Krüger aus Rostock stammte, klingelte das Telefon erneut. Heckler hatte vergessen, es leise zu stellen. Die Sekretärin von Rechtsanwalt Dr. Gernsbach stellte die Verbindung zu ihrem Chef her, ohne Heckler Zeit für irgendwelche Einwände zu geben. Gernsbach selbst kam genauso zügig zur Sache.

»Guten Tag, Herr Heckler, könnten Sie es einrichten, in der Kanzlei vorbeizukommen?«

»In welcher Angelegenheit?«

»Es geht um den Nachlass von Herrn Bernstein.«

»Ich kann mir nicht vorstellen, dass ich Ihnen da irgendwie behilflich sein kann.«

»Ich denke schon, jedenfalls meint das Frau Bernstein.«

»Wenn ich Frau Bernstein damit einen Gefallen tun kann, bitte.«

Am liebsten hätte Gernsbach seinen Gesprächspartner sofort gesehen, aber Heckler zögerte das Treffen bis zum Nachmittag hinaus. Er brauchte Zeit und er musste schlafen.

»Vielleicht gar nicht so übel«, dachte Andreas Heckler nach dem Gespräch, »dann kann ich dem sauberen Rechtsanwalt auf den Zahn fühlen.« Er hielt Gernsbach immer noch für einen der Drahtzieher, und wenn es das Gespräch ergab, würde er ihn mit dem Verschwinden von Detlef Braun konfrontieren. Braun war noch immer nicht aufgetaucht.

Später war er bei Axel Niemeyer eingeladen und anschließend kam die nächste Nachtschicht. Es würde anstrengend werden. Heckler stöhnte und versuchte zu schlafen. Erst nach langer Zeit nickte er ein. Er schlief erstaunlich lang, fühlte sich anschließend trotzdem zerschlagen und raffte sich nur widerwillig auf. Nach zwei Tassen Tee ging es ihm besser.

Gernsbach empfing ihn sofort. Heckler hatte erwogen, Beißwenger zu informieren, den Gedanken aber wieder verworfen. Beißwenger konnte ihm sowieso nicht helfen. Und er würde auf der Hut sein, Gernsbach traute er alles zu.

»Frau Bernstein hat mich gebeten, eine Liste mit den Gegenständen aus dem Nachlass ihres Bruders aufzustellen, es geht um Versicherungsfragen und um steuerliche Dinge.«

»Was kann ich ...?«

»Nun, Frau Bernstein berichtete, dass Sie Ihnen aus dem Nachlass etwas ... geschenkt hat. Wir müssen das erfassen und gegebenenfalls den Wert schätzen lassen.«

Heckler wusste selbst nicht warum, aber er glaubte Gernsbach kein Wort. Er beschloss, sich dumm zu stellen. Vielleicht konnte er dem Rechtsanwalt mehr entlocken.

»Um was geht es denn, ich weiß nicht mehr ... da waren so viele Sachen, als wir die Wohnung ausgeräumt haben.«

Gernsbach rutschte in seinem Sessel hin und her. Heckler
 spürte, dass Gernsbach nichts wusste, und wurde sicherer.

»Das müssten Sie doch wissen«, erwiderte Gernsbach eine Spur ärgerlich, »ich habe nur den Auftrag, die Liste zu erstellen. Vielleicht fragen Sie Frau Bernstein.«

»Herr Gernsbach, ich bin nicht hergekommen, um von Ihnen zu hören, dass ich Frau Bernstein fragen soll, weshalb ich hier bin!« Hecklers Hals schwoll, aber Gernsbach entpuppte sich als ebenbürtiger Gegner. Er gab nicht auf.

»Haben Sie jetzt etwas aus Bernsteins Nachlass bekommen oder nicht?«

»Ja schon, ein Paar Kleidungsstücke, Hemden und Hosen«, log Heckler, »Frau Bernstein hat mich überredet, die Sachen zu nehmen. Ich habe Sie bisher nicht getragen.«

»Kann ich eine Aufstellung bekommen und eine Angabe über den ungefähren Wert?«

»Den Wert kann ich abschätzen, aber die Mühe einer Aufstellung werde ich mir nicht machen.« Heckler hatte genug. Gernsbach wollte etwas ganz Bestimmtes, ließ die Katze aber nicht aus dem Sack, deshalb hatte er sich bedeckt gehalten. Gernsbach konnte seinen Ärger nur mühsam unterdrücken.

»Wenn Sie das dann bitte meiner Sekretärin mitteilen wollen.«

Gernsbach schickte sich an, das Gespräch zu beenden. Heckler konnte seinen Ärger jedoch nicht mehr zurückhalten und ging weiter auf Konfrontationskurs. Er zwang sich zu einer fast unbeteiligt wirkenden Sachlichkeit.

»Die Diskette von Thomas Bernstein, die Sie einige Tage in Verwahrung hatten, wurde in dieser Zeit manipuliert. Wie erklären Sie sich das, Herr Gernsbach?«

Die Stille, die nun eintrat, war beunruhigend. Neben dem gedämpften Straßenlärm war lediglich das leise Ticken der Schreibtischuhr zu hören, ein wertvolles Stück mit viel Gold, sichtbarem Uhrwerk und einem Drehpendel, das aussah wie ein kleiner Windmesser.

»Wie bitte?«, Gernsbachs Stimme klang leise und gefährlich.

»Sie haben mich schon richtig verstanden, Herr Gernsbach.«

»Was fällt ...«

Gernsbach verstummte. Es war dieser kurze Moment der Unbeherrschtheit, der Heckler signalisierte, dass er richtig lag.

»Tut mir leid«, fuhr Gernsbach in sachlichem Ton fort, »ich weiß nicht, wovon Sie sprechen, erklären Sie es mir bitte!«

»Es gibt ein Duplikat von dieser Diskette«, sagte Heckler nur.

Gernsbach war sichtlich aufgewühlt, aber er hatte sich wieder im Griff. Er hob demonstrativ die Schultern und breitete die Arme zu einer Geste aus, die besagen sollte, dass er von all dem nichts wusste. Aber Heckler, einmal in Fahrt, ließ sich nicht mehr bremsen.

»Und dann ist da noch die Geschichte von Detlef Braun.«

Heckler machte eine Pause und beobachtete Gernsbach. Aber wenn er erwartet hatte, dass der Rechtsanwalt auf den Namen »Braun« reagierte, dann hatte er sich getäuscht.

»Herr Braun ist nämlich verschwunden.«

Heckler hatte die Worte mit Bedacht gewählt, aber Gernsbach hatte sich jetzt wieder vollständig unter Kontrolle, er zeigte keinerlei Reaktion. Heckler entschloss sich zu einer List.

»Die Polizei hat den Mann gefasst, der Braun in der Klinik am Gemündener Maar angemeldet und einen Mitarbeiter der Klinik bestochen hat, fingierte Aufenthaltsbescheinigungen zu erstellen.«

Es war eine dreiste Lüge und Heckler erkannte zu spät, dass er einen Fehler gemacht hatte. Gernsbach verzog sein Gesicht zu einem abschätzigen Grinsen.

»Ein erfreulicher Erfolg der Polizei in dieser ansonsten so bedauerlichen Angelegenheit!«, stellte Gernsbach mit unverschämter Süffisanz fest.

Erst sehr viel später fiel Heckler die Erklärung für die Reaktion Gernsbachs ein: Der Rechtsanwalt wusste, dass Heckler gelogen hatte, weil er den Mann kannte und sicher war, dass sich dieser auf freiem Fuß befand. Und er wusste, dass Braun wieder aufgetaucht war. Aber dies erfuhr Andreas Heckler erst am nächsten Tag.

»Kann ich sonst noch etwas für Sie tun?«

»Nein«, hörte er sich sagen, »das erledigt schon die Polizei.«

69.

An der frischen Luft wich der Triumph des Augenblicks rasch einem schalen Nachgeschmack. Was hatte er eigentlich erwartet? Dass Gernsbach alles zugeben würde? Das war natürlich Unsinn. Trotzdem, Gernsbach hatte sich verraten: Anfangs war er aufgebracht gewesen, nahe daran, die Beherrschung zu verlieren, und später war er zu ruhig, zu unbcteiligt gewesen. Und noch eine Gewissheit breitete sich in Hecklers Innerem aus. Gernsbach steckte mit drin, aber er war nicht der Boss, er war ein vielleicht nicht unwichtiger Mitläufer. Als eigentlicher Drahtzieher hätte er sich anders verhalten, viel souveräner.

Heckler war im Wagen sitzen geblieben und hatte das Gespräch Revue passieren lassen. Jetzt sah er auf die Uhr und stellte fest, dass es für die Fahrt zu Axel Niemeyer eigentlich noch zu früh war, die verbleibende Zeit trotzdem nicht reichte, irgendetwas anderes zu unternehmen. Also machte er sich auf den Weg nach Neuss. Unterwegs nahm er sich fest vor, Juliane Bernstein möglichst bald anzurufen. Er wollte wissen, was sie mit Gernsbach besprochen hatte und, vor allem, er musste sie vor Gernsbach warnen. Natürlich kam er zu früh in Neuss an. Er lenkte den Wagen in eine Nebenstraße und versuchte Juliane über Handy zu erreichen. Noch bevor er ihre Nummer auf das Display geholt hatte, ließ er das Telefon sinken und starrte auf die gegenüberliegende Straßenseite: Ein grauer Ford hatte seine Aufmerksamkeit erregt, und als er das Kennzeichen erkannt hatte, wusste er, warum. Es war ein Fahrzeug des Werkschutzes von

BioTech. Er erinnerte sich dunkel an die Liste aus dem Fuhrpark des Konzerns, die Martin Preuss »besorgt« hatte. Irgendwie hatten sich manche der Kennzeichen eingeprägt. Also waren die Werkschützer noch an der Sache dran. Er zweifelte keinen Moment daran, dass sie bei Axel Niemeyer waren und seinen Besuch »vorbereiteten«.

»Verdammt noch mal!«, fluchte er leise, an Zufälle glaubte er schon lange nicht mehr. Er sah sich nach allen Seiten um. Mit diesen Typen hatte er noch eine Rechnung offen und gelegentlich waren seine Vorstellungen, wie er diese offenen Rechnungen begleichen wollte, sehr simpel. Mit Wut im Bauch stieg er aus und näherte sich vorsichtig dem Fahrzeug. Als er weit und breit niemanden entdeckte, schraubte er die Ventilkappe des rechten Vorderreifens ab und drückte mit dem Fingernagel auf den Ventilstift. Mit kräftigem Zischen entwich die Luft und der Wagen sackte etwas tiefer. Heckler ließ nur so viel Luft ab, dass es nicht sofort auffiel. Als er dieselbe Prozedur am rechten Hinterreifen wiederholte, entdeckte er in einiger Entfernung Passanten, weshalb er sich rasch in seinen Wagen zurückzog und unter das Lenkrad rutschte. Die Passanten gingen vorüber, ein Mann und eine Frau, ein harmloses Paar. Heckler fuhr los. Ein paar Meter weiter hielt er an und beobachtete die Szene. Bis zur vereinbarten Zeit waren es noch zwanzig Minuten. Zwanzig Minuten konnten lang sein, vor allem dann, wenn nichts passierte. Mit einem gewissen Zweifel, ob er nicht doch überzogen reagiert hatte, lenkte Heckler seinen Wagen schließlich vor Niemeyers Haus. Nichts deutete auf die Anwesenheit von Werkschutzleuten hin.

Axel Niemeyer öffnete die Tür und begrüßte den Kollegen. Während des belanglosen Begrüßungsdialogs konnte Heckler nichts Auffälliges feststellen, Niemeyer wirkte aufgeräumt. Heckler wollte die Angelegenheit jetzt klären, unbedingt. Es mochte zwar taktisch nicht immer klug sein, die Wahrheit anzusprechen, für seine Seelenhygiene war es jedoch notwendig. Er versuchte es mit einer List.

»Ich überlege«, log Heckler, »mir auch ein Reihenhaus zu kaufen. Zeig mir doch mal deine Bude!«

»Gern«, antwortete Niemeyer.

Sie gingen durch das Haus, ein typisches nullachtfünfzehn Reihenendhaus. Heckler heuchelte Interesse und sie sprachen über Belanglosigkeiten des Immobilienmarktes. Niemeyer war die ganze Zeit freundlich, zeigte bereitwillig alle Winkel seines Eigenheimes. Allmählich stellte sich bei Andreas Heckler so etwas wie ein schlechtes Gewissen ein, vielleicht tat er dem Kollegen Unrecht.

»Wie kam das denn mit deiner Beförderung?«, wollte er dann wissen.

»Ich war dran, sozusagen. Überraschend war eigentlich nur der Zeitpunkt, weißt du. Der Leiter des werksärztlichen Dienstes hat sich kurzfristig entschieden, mit 63 Jahren auszuscheiden, also rückten wir alle eins nach oben. Ich war ja schon Abteilungsleiter.«

»Gratuliere!«, murmelte Heckler. Es hatte also nichts mit der Geschichte um die Repropharm zu tun. Pech gehabt, wieder eine Theorie zusammengebrochen, dachte er. Aber er hatte Axel Niemeyer an jenem Abend zusammen mit einem Werkschutzmann gesehen, das wollte er doch noch ansprechen.

Sie setzten sich im Wohnzimmer in zwei bequeme Sofas. Die Einrichtung war nicht protzig, eher schlicht und trotzdem nicht ganz billig.

»Ich muss mich bei dir entschuldigen«, begann Heckler.

Axel Niemeyer war aufgestanden, auf dem Weg zur Küche runzelte er die Stirn und hielt kurz inne.

»Wofür denn?«, fragte er lachend über die Schulter zurück. »Warte einen Moment, ich muss unserem Abendessen den letzten Schliff geben, bin gleich zurück!«

Eigentlich hatte sich Heckler für sein Misstrauen entschuldigen wollen, er überlegte noch, wie er es formulieren sollte. Sein Blick schweifte durchs Zimmer und blieb an einer wunderschönen Porzellanschale hängen, gefüllt mit erlesenen Pralinés. Heckler konnte später nicht mehr sagen, warum er aufgestanden war, um sich die Schale näher anzusehen. Während er gedankenverloren die kunstvoll eingewickelten Pralinen betrachtete, dachte er darüber nach, dass Niemeyer eigentlich ein ganz netter Kerl war. Plötzlich jedoch spürte er eine Unruhe. Es war wie ein Alarm in seinem Innersten. Nach einigen Sekunden hatte er

den Grund entdeckt: Aus einer der schwarz eingewickelten Pralinen schaute, halb versteckt, so etwas wie ein dickes schwarzes Haar hervor. Bei näherer Betrachtung stellte sich dieses als kurzer Draht heraus, der blind endete. Heckler wusste, was das war, und atmete tief durch. Er wusste es einfach. Es war nicht jene Sorte hochmoderner Wanzen, die der Elektronikspezialist in seiner Wohnung entdeckt hatte, aber es war eine Wanze. Er musste unbedingt herausbekommen, was Niemeyer damit zu tun hatte. Entweder war Axel Niemeyer genauso Opfer und hatte keine Ahnung oder ... Aber daran mochte Heckler gar nicht denken. Trotzdem, er musste herausbekommen, ob Niemeyer
Freund oder Verräter war.

»Wofür wolltest du dich denn entschuldigen?«, fragte Niemeyer, als er aus der Küche zurückkam. »Das Essen ist übrigens in zehn Minuten fertig, nichts besonders, Gemüselasagne.«

»Wegen der Geschichte mit der Repropharm«, setzte Heckler erneut an.

»Ach das, kam ja recht groß in der Zeitung. Ich glaube, da haben ein Paar Leute bei uns den Schreibtisch räumen müssen«, grinste Niemeyer, »in der Privatwirtschaft macht man da kurzen Prozess.«

Wie er das denn meinte, wollte Heckler wissen. Das Gespräch drehte sich dann mehr oder weniger um den Skandal, der nach den Artikeln von Martin Preuss den Pharmariesen für ein paar Tage in die Schlagzeilen gebracht hatte. Niemeyer gab zu erkennen, dass man ihn falsch informiert habe, überhaupt lasse die Kommunikation innerhalb des Konzerns zu wünschen übrig, manchmal erfahre man Dinge eher aus der Zeitung, das sei schon ärgerlich. Heckler hatte den Eindruck, der Werksarzt äußerte sich eher kritisch über den Konzern, als dass er versuchte, aus Heckler irgendetwas herauszuholen. Vielleicht sollte er Niemeyer warnen, denn sie wurden ja abgehört.

Heckler stand auf und näherte sich der Schale mit den Pralinés.

»Die sind erst zum Nachtisch«, sagte Axel Niemeyer. Er sagte es eine Spur zu schnell.

»Keine Angst«, lachte Heckler, »ich kann warten.«

Er nahm eine der Pralinen und betrachtete sie von allen Seiten.

»Ein echtes Kunstwerk«, sagte er.

Als Axel Niemeyer ihn rasch unter einem Vorwand in Richtung Küche zog, hatte Heckler Gewissheit. Er weiß es, dachte er, er weiß es und ich war dabei, mich zu entschuldigen.

Als das Essen auf dem Tisch stand, war Andreas Heckler der Appetit vergangen, mit Wut im Bauch brachte er keinen Bissen runter. Er hatte das Versteckspiel satt. Statt sich zu setzten, ging er zur Porzellanschale, zog die Wanze zwischen den Edelpralinen hervor und hielt sie Niemeyer unter die Nase. Der war plötzlich sehr blass geworden.

»Und was ist das?«, sagte Andreas Heckler sehr ruhig und sehr klar. »Ich kann dir sagen, was das ist. Aber das ist ja nicht nötig, du weißt es ja selbst!«

»Ich ...«, begann Niemeyer einen müden Abwehrversuch, »es ist nicht so, wie du denkst ...«

»Nein«, unterbrach Heckler, »nein, es ist nicht so, wie ich denke, es ist viel schlimmer!«

Zum zweiten Mal an diesem Tag war Heckler in Rage geraten und nicht mehr zu bremsen. Diesmal war sein Gegner – und dass Niemeyer eher zu den Tätern und nicht zu den Opfern zählte, da gab es jetzt kein Vertun mehr – schwach, ein zusammengebrochener Opportunist, der sich hatte missbrauchen lassen. Heckler empfand kein Mitleid, er spürte nur Wut und Abscheu.

»Mir reicht's jetzt! Damit«, Heckler hob die Wanze hoch, »gehe ich zur Polizei, und zwar sofort! Die Sonderkommission wird euren Werkschutz so was von auseinandernehmen, da müssen noch viel mehr den Schreibtisch räumen und vielleicht mit einer unbequemen Zelle tauschen. Und du, denk dir ein paar verdammt gute Erklärungen aus, wenn die Polizei dich durch die Mangel dreht!«

Heckler machte auf dem Absatz kehrt und ließ einen leichenblassen Axel Niemeyer zurück, der keinerlei Versuch unternahm, Heckler aufzuhalten. Der stürmte aus dem Haus, ging schnurstracks zu seinem Wagen und startete. Sehr klar arbeitete sein Gehirn nicht, dazu war er viel zu sehr in Wallung. Aber die Werkschutzleute mussten jetzt etwas unternehmen. Sie konnten es ja nicht zulassen, dass Heckler mit der Wanze zur Sonderkommission marschierte, das Ganze war ja illegal. Außerdem hatte der Leiter des Werkschutzes, wenn man es so interpretieren wollte, von Beißwenger bereits die gelbe Karte erhalten, wegen des Überfalls und der Sache am Aachener Kreuz. Sie waren also in Zugzwang, aber Heckler war wild entschlossen, sich, im wahrsten Sinne des Wortes, diesmal nicht aufs Kreuz legen zu lassen. Kaum war er losgefahren, bemerkte er den grauen Ford, der aus der Seitenstraße einbog und sich hinter ihn setzte. Es war noch hell, doch begann die Dämmerung und der Ford hatte die Lichter eingeschaltet. Heckler gab Gas und sah in den Rückspiegel. Die Lichter des Fords, so schien es ihm, schlingerten ein wenig hin und her.

»Na warte, nicht mit mir!«

Heckler beschleunigte. Am Ortsende, Richtung Autobahn, war er bereits achtzig Stundenkilometer schnell. Es folgte eine lang gezogene Linkskurve, die gut einhundertzwanzig vertrug, Hecklers Mittelklassewagen quälte sich gutmütig zum Kurvenausgang und schien aufzuatmen, weil danach eine kurze Gerade kam. Der Ford hinter ihm hatte versucht aufzuschließen und war zu Beginn der Kurve ins Schlingern geraten. Heckler sah noch, wie die Lichter im Rückspiegel zu tanzen begannen und dann plötzlich verschwanden. Er bremste ab und fuhr rechts auf einen Parkplatz, der zufällig auftauchte. Er stieg rasch aus und der freie Blick zurück klärte ihn über das Geschehene auf. Der Ford hatte die Leitplanke durchbrochen, sich über die Böschung hinabstürzend überschlagen und lag in der angrenzenden Wiese auf dem Dach.

Heckler hatte sich zuvor nichts mehr gewünscht, als Rache an den Werkschutzleuten zu nehmen, die ihm das Leben schwer gemacht hatten und die, das durfte man ja nicht vergessen, einen bewaffneten Überfall auf ihn verübt hatten, bei dem er sich fast in die Hose gemacht hatte. Aber jetzt, im Moment der Not, war all dies in den Hintergrund getreten und Heckler schickte sich an, die zweihundert Meter zum Unfallort zu laufen, um erste Hilfe zu leisten. Vielleicht war es auch sein schlechtes Gewissen, denn immerhin hatte er durch die Manipulation des Reifendrucks zum Unfall beigetragen.

Noch bevor er loslaufen konnte, bemerkte Heckler, dass ein nachfolgender Wagen angehalten hatte und der Fahrer ausgestiegen war. Heckler wartete ab. Der Mann stand am Straßenrand, blickte die Böschung hinab auf den Havaristen und schien mit einem Handy zu telefonieren. Okay, dachte Heckler, Hilfe kommt. Dennoch konnten die nächsten Minuten entscheiden und er machte sich auf den Weg. Nach wenigen Metern bemerkte Andreas Heckler zu seinem Erstaunen, dass aus dem reichlich demolierten Unfallfahrzeug ein Mann herauskroch und sich aufrichtete. Gott sei Dank! dachte er und kehrte wieder um. Die Vorstellung, jemanden zu Schaden gebracht zu haben, wenn auch nur indirekt, wäre für Andreas Heckler unerträglich gewesen.

Als er wieder in seinem Wagen saß, war der Mann am Straßenrand verschwunden und der Unglücksfahrer krabbelte die Böschung hoch.

Als Andreas Heckler den großen, dunklen Wagen wenden und zurückfahren sah, wunderte er sich nicht einmal. Er hatte das unbestimmte Gefühl, diese Szene so oder so ähnlich bereits einmal erlebt zu haben. Der Unfallfahrer gestikulierte wild mit den Armen, was ein vom Ort her kommendes Fahrzeug veranlasste anzuhalten, und Andreas Heckler setzte seinen Heimweg fort.

70.

Nach halb zehn kam er zu Hause an, ließ sich in den Sessel fallen und leerte die erste Flasche Bier auf einen Zug. Nach dem zweiten Bier besann er sich darauf, dass ihm noch ein Nachtdienst bevorstand, und er kam einigermaßen zur Besinnung. Was hatte sich eigentlich ereignet? Axel Niemeyer war ein käuflicher Opportunist und Verräter, das hatte er eigentlich vorher schon geahnt. Der Werkschutz des BioTech-Konzerns war immer noch hinter ihm her, das wusste er jetzt. Aber warum? Wenn man es nüchtern betrachtete, schien die Erklärung gar nicht so schwer. Der Artikel von Martin Preuss musste den Konzern alarmiert haben, irgendwo gab es eine undichte Stelle, Heckler war die Drehscheibe. Nun gut! Aber die Geschichte war, was den Konzern betraf, doch eigentlich vorbei. Das Telefon unterbrach

Heckler recht unsanft in seinen Gedanken. Eine Männerstimme mit Akzent kam ohne Umschweife zur Sache.

»Das war stümperhaft, Herr Doktor. Sie haben sich durch ihre Gefühle hinreißen lassen, das geht immer schief. Schauen Sie sich das mal an! www.BioTech.com/Werkschutz. Wir melden uns wieder!«

Noch bevor Andreas Heckler reagieren konnte, signalisierte ihm ein Knacken in der Leitung, dass der Anrufer aufgelegt hatte. Mit zitternden Fingern startete er den PC und klickte sich ins Internet. Nach Eingabe der Netzadresse traute er seinen Augen nicht, vor seinen Augen lief ein kleiner Videofilm ab, nicht sehr scharf, weil die Daten offensichtlich komprimiert waren, aber scharf genug, um das schier Unfassbare erkennen zu können: Ein Mann machte sich am Vorderrad eines Fahrzeugs zu schaffen. Obwohl kein Ton dabei war, meinte Heckler das Zischen der Luft zu hören, die er abgelassen hatte. Dann Szenenwechsel: Das Fahrzeug lag ramponiert auf dem Dach und ein Mann kroch durch das zersplitterte Seitenfenster. Einen kurzen Moment sah man den Mann in Großaufnahme, sein Gesicht war schmerzverzerrt und blutig. Hecklers Herz schlug bis zum Hals und er versuchte fieberhaft das Video herunterzuladen, was ihm nicht gelang. Auch der Neustart des Filmes, der nur etwa zwanzig Sekunden gedauert hatte, klappte nicht. Der Versuch, von der Homepage des Konzerns aus die Seite des Werkschutzes erneut aufzurufen, war ebenfalls erfolglos. Das Unheimliche war, dass es nirgendwo im umfangreichen Internet-Auftritt des Konzerns eine Werkschutzseite gab. Immer wieder versuchte Heckler, die Adresse wie beim ersten Versuch direkt einzugeben, jedes Mal kam die gleiche Fehlermeldung: Eine solche URL-Adresse existiere nicht.

Mit geschlossenen Augen lehnte sich Andreas Heckler zurück und spürte, wie er zitterte. Es dauerte eine Ewigkeit, bis der Versuch, Ordnung in das Chaos seiner Gedanken zu bringen, einigermaßen gelang. Gut, er war beobachtet worden, wie er die Reifen des Fords manipuliert hatte. Sie hatten ihn damit in der Hand, denn das war eine strafbare Handlung. Aber, was viel schlimmer war, sie hatten den Beweis ins Internet gestellt, nur mal eben, ganz kurz, für ein paar Minuten, unauffällig in die Präsentation des BioTech-Konzerns eingebaut. Damit hatten sie ihre Macht demonstriert: Sie hatten nicht nur Andreas Heckler in der Hand, sie kontrollierten auch den BioTech-Konzern, jedenfalls den für die Internet-Präsentation benutzten Server des Konzerns. Und sie wollten sich wieder melden.

Heckler erinnerte sich an den Mann, der oben an der zerstörten Leitplanke gestanden und scheinbar ein Handy in der Hand gehalten hatte. Heckler begriff, dass dieser Mann gar nicht telefoniert, sondern gefilmt hatte. Er hatte sich dann rasch entfernt, in einem dunklen Wagen, es konnte ein Geländewagen gewesen sein. Heckler wusste plötzlich, warum ihn diese Szene an etwas erinnert hatte. Ein dunkler Geländewagen hatte angeblich den Unfall am Aachener Kreuz verursacht, bei dem ein Werkschützer des Konzerns zu Tode gekommen war. Jetzt war beinahe ein weiterer Werkschutzmann getötet worden. Heckler fühlte sich klein und hilflos. Er öffnete die Augen und betrachtete die Wanze, die er vor sich auf den Schreibtisch gelegt hatte.

Scheiße!, dachte er, was soll ich jetzt damit machen? Zur Polizei konnte er schlecht gehen, oder vielleicht doch? Er würde es Beißwenger beichten müssen, aber, verdammt noch mal, der war doch ohnehin nicht in der Lage, ihn zu schützen. Was also sollte das bringen? Ein zufälliger Blick auf die Uhr durchbrach jäh seine Grübeleien. Hastig suchte er seine Utensilien zusammen und machte sich auf den Weg zur Nachtschicht, wo er gerade noch rechtzeitig eintraf.

Während der nächsten Stunden verhinderten einige Notarzteinsätze weiteres Nachdenken. Heckler hatte Mühe, sich zu konzentrieren, schaffte es aber einigermaßen und hatte nicht das Gefühl, Fehler gemacht zu haben. Gegen drei Uhr kehrte in der Rettungsstelle Ruhe ein, die erfahrungsgemäß bis fünf oder sechs Uhr anhielt. Dann ereigneten sich manchmal Herzinfarkte im beginnenden Tagesstress oder es kam zu den ersten Unfällen auf dem Weg zur Arbeit.

Andreas Heckler zwang sich, systematisch nachzudenken. Die unsichtbaren Gegner, von denen er immer noch nicht wusste, wer sie eigentlich waren und was sie wirklich wollten, spielten mit ihm. Sie ließen ihn zappeln und jagten ihm Angst ein, demonstrierten ihre Macht und ihre Allgegenwart. Aber warum?

Wenn es darum gegangen wäre, ihn zu liquidieren, hätten sie das längst und mit Leichtigkeit erledigen können. Da sie das nicht getan hatten, brauchten sie ihn noch. Das war es, sie brauchten ihn! Aber wozu? Auch wenn Heckler keine blasse Ahnung hatte, in welcher Beziehung er diesen Leuten von Nutzen war, so beruhigte ihn die Erkenntnis doch. Denn solange das so war, musste er nicht um sein Leben fürchten.

Einigermaßen beruhigt döste er ein. Er überlegte noch, trotz seiner kriminellen Handlungsweise zu Beißwenger zu gehen. Auch wenn der ihm möglicherweise nicht helfen konnte, wissen sollte er es trotzdem. Als er aufschreckte, duftete es bereits nach frischem Kaffee. Es war völlig ungewöhnlich, dass es bis halb sieben keine weiteren Einsätze gegeben hatte. Gegen acht lief Andreas Heckler am Zeitungskiosk vorbei und wollte die Straße zu dem Altbau überqueren, in dem er nun schon viele Jahre wohnte.

»Hallo, Herr Doktor!« Der Mann im Kiosk war ein Düsseldorfer Original. Heckler pflegte dort Zeitungen zu kaufen. Heute, nach dem Nachtdienst, hatte er eher Sehnsucht nach seinem Bett als den Wunsch nach Lektüre der Tageszeitung.

»Ham Sie damals niesch de Leische jefunden?«, tönte es unverwechselbar aus dem Kiosk. Heckler hielt inne. »Se ham der Mörder jefasst!«

Triumphierend wedelte der Mann mit einer Boulevard-Zeitung. Heckler kaufte diese und zwei weitere Zeitungen. Alle brachten es auf der ersten Seite in dicken Lettern: »Mörder gesteht! – Chef im Suff erschlagen.« So oder so ähnlich lauteten die Schlagzeilen. Andreas Heckler nahm drei Stufen auf einmal, schloss seine Wohnung auf und ließ sich atemlos in einen Sessel fallen, ohne abzulegen. Rasch las er die Zeitungen, die, wenn man einmal von der reißerischen Aufmachung und der phantasievollen Ausschmückung einzelner Details absah, alle dasselbe berichteten: Detlef B., hieß es da, sei am Montagmorgen völlig betrunken bei der Mordkommission aufgetaucht und habe gestanden, seinen Chef, den bekannten Leiter der Hilfsorganisation MedicAid, vor zwei Monaten erschlagen zu haben. Wegen seiner Trunksucht sei es zum Streit gekommen und er habe die Beherrschung verloren. Dieses Geständnis habe Detlef B. später in nüchternem Zustand bestätigt. Er bereue die Tat, wolle eine gerechte Strafe annahmen und habe den Wunsch, vom Alkohol loszukommen.

»Das gibt's doch nicht!«, murmelte Heckler immer wieder und lief kopfschüttelnd in die Küche. An Schlaf war jetzt nicht zu denken. Er setzte Teewasser auf und überlegte. Bei der zweiten Tasse Tee reifte sein Entschluss, den Leiter der Mordkommission, Walter Stüber, aufzusuchen. Also machte er sich auf den Weg. Vorher warf er noch einen Blick in sein Arbeitszimmer und stellte überrascht fest, dass dort noch die Wanze lag,

die der Auslöser für das gestrige Ereignis gewesen war. Eigentlich hatte er damit gerechnet, dass man seine Wohnung wieder filzen und den elektronischen Lauscher mitnehmen würde. Heckler steckte die Wanze ein ... vielleicht würde er auch Beißwenger aufsuchen.

71.

Walter Stüber wirkte keineswegs zufrieden. Heckler hatte sogar den Eindruck, als sei der Leiter der Mordkommission noch mürrischer, als er sonst ohnehin wirkte. Aber immerhin hatte er Heckler empfangen.

»Das Geständnis ist echt«, brummte er, »aber ich weiß nicht, wo der Kerl gesteckt hat.«

»Und Braun selbst, was sagt der, wo er die ganze Zeit über gewesen ist? Ich meine, irgendeine Erklärung muss er doch abgeben, man kann doch nicht einfach zehn Tage von der Bildfläche verschwinden!«

»Doch, kann man, Doktor, kann man!« Stüber rauchte wie immer zuviel und zündete sich schon die nächste Zigarette an. »Braun hat bestätigt, die Entwöhnungsbehandlung in der Eifel geplant zu haben. Auf dem Weg dorthin sei er rückfällig geworden und habe Tag und Nacht getrunken, wo und wie, daran könne er sich nicht erinnern, totaler Filmriss. Irgendwann sei er wieder zu sich gekommen und habe beschlossen, die Sache ins Reine zu bringen.«

»Und das glauben Sie ihm?«

»Auch wenn's mir schwer fällt, Doktor, ja. Wir haben ihn jetzt dreimal verhört, zuletzt vor einer halben Stunde, im Beisein des Rechtsanwaltes. Braun bleibt bei seiner Darstellung, er verwickelt sich nicht in Widersprüche, und glauben Sie mir, das ist nicht der Typ, der eine Lügengeschichte durchstehen würde. Nein, nein, der war im Dauersuff, auch die Laborwerte bestätigen das.«

»Der Rechtsanwalt, ist das Dr. Gernsbach?«

»Hm.«

»Wann hat der von der Geschichte erfahren?«

»Nun«, Stüber räusperte sich, »wir haben es ihm erst gestern Abend mitgeteilt, er war etwas verärgert.«

»Schauspieler, er muss es schon gewusst haben!«, stellte Heckler fest.

Stübers Augen weiteten sich, er sagte aber nichts. Andreas Heckler sah keinen Grund, Stüber nicht über seinen Besuch bei Dr. Gernsbach zu informieren. Von der Diskette verriet er allerdings nichts. Stüber war sichtlich ungehalten.

»Hat Beißwenger Ihnen nicht eingeschärft, die Finger von der Sache zu lassen?«

Heckler nickte. Er unternahm keinen Versuch der Verteidigung. Stüber brummte etwas Unverständliches und begann, die Aktenstapel auf seinem Schreibtisch zu durchwühlen. Wie immer hatte er Erfolg, zog ein Blatt hervor und legte es vor Heckler auf den Tisch. Es war ein Phantombild.

»Schon mal gesehen?«

»Ist das der Mann, der Braun in dieser Klinik angemeldet hat?«

Stüber nickte.

»Bedaure«, Heckler schüttelte den Kopf, »nie gesehen. Und Braun?«

»Kennt diesen Mann auch nicht.«

»Und Gernsbach, der hat wahrscheinlich auch keine Ahnung?«

»Nein, natürlich nicht. Er hat Braun in dieser Klinik angemeldet, seine Sekretärin hat die Fahrkarte besorgt und danach will er mit der Sache nichts mehr zu tun gehabt haben. Die Sekretärin hat das übrigens bestätigt und die ist, sagen wir mal, harmlos.«

»Haben Sie der auch«, Heckler deutete auf das Phantombild, »das da gezeigt?«

»Nein«, sagte Stüber und sah überrascht auf.

Es entstand eine Pause.

»Bernstein kann's ja dann wirklich nicht gewesen sein«, bemerkte Heckler.

»Das wussten wir doch schon vorher, dank Ihrer Hilfe«, knurrte Stüber.

»Aber die Presse hat es noch nicht bemerkt.«

In der Presse war nie darüber berichtet worden, dass Thomas Bernstein nicht der Mörder von van Gemmeren sein konnte. Erstaunlicherweise hatten alle geschwiegen. Aber jetzt, wo ein Schuldiger gefunden worden war, war es nur noch eine Frage der Zeit, bis die Presse darauf kommen würde, dass Bernstein keinerlei Grund für einen Suizid gehabt hatte. Offiziell hatte es nie eine andere Theorie für seinen Tod gegeben.

»Wir werden uns etwas einfallen lassen«, sagte Walter Stüber und wollte das Gespräch beenden.

»Dann können Sie zumindest«, entgegnete Heckler, »die Ermittlungen wieder ganz offiziell aufnehmen.«

»Die hatte ich nie eingestellt«, fauchte Kriminalhauptkommissar Walter Stüber.

Wenn Heckler den kauzigen Kommissar nicht schon ein wenig gekannt hätte, wäre er über diese Reaktion erschrocken gewesen oder hätte sie gar auf sich bezogen. So verabschiedete er sich von Stüber mit einem freundlichen »Sie schaffen das schon!« und ging.

Heckler hatte sich mittlerweile dazu durchgerungen, Beißwenger aufzusuchen. Also machte er sich auf den Weg zum Leiter der Sonderkommission »Organisierte Kriminalität«. Nachdem er den Wagen in einiger Entfernung vom Polizeipräsidium abgestellt und die Straße überquert hatte, meldete sich das Handy. Es war eines jener Geräte, bei denen man den Ruf als beliebige Melodie programmieren konnte. Heckler hatte sich einmal die Mühe gemacht, einen alten Song der Beatles einzugeben. Und da bisher außer ihm offensichtlich niemand diese

Melodie benutzte, hörte sie Heckler überall heraus. So auch jetzt inmitten des dichten Verkehrs.

»An Ihrer Stelle würde ich mir das noch mal gut überlegen, es reicht, dass Sie bei Stüber waren«, hörte er die Stimme von gestern, die er trotz des Straßenlärms erkannte. »Wir können das Video auch der Presse übergeben.«

»Was, verdammt noch mal, wollen Sie eigentlich?«, brüllte Heckler ins Telefon, aus Wut und um den Verkehrslärm zu übertönen.

»Holen Sie Ihre E-Mails ab und sehen Sie in Ihren Briefkasten!«

Damit war die Verbindung abgebrochen. Andreas Heckler blieb verunsichert stehen und spürte wieder die Angst. Sie beobachteten ihn und wussten genau, was er jetzt vorhatte. Und sie hatten gedroht, das Video von gestern Abend der Presse zuzuspielen. Er wusste nur zu gut, dass er damit erledigt war. Einen Job würde er in diesem Teil Deutschlands dann nicht mehr bekommen, abgesehen von den strafrechtlichen Konsequenzen. Er ging nachdenklich zu seinem Wagen zurück und ließ sich hinters Steuer fallen. Das Ausmaß, in dem er beobachtet wurde, war erschreckend. Irgendwo lagen sie auf der Lauer und überwachten jeden seiner Schritte – und sie erpressten ihn.

Die Erkenntnis kam unterwegs, ganz plötzlich. Heckler bremste abrupt und hielt an. Hinter ihm hupte jemand. »Idiot!«, schrie Heckler. Der eigentliche Adressat dieses Gefühlsausbruches war er selbst, denn in diesem Moment hatte er verstanden, warum die Wanze heute Morgen unversehrt auf seinem Schreibtisch gelegen hatte. »Idiot!«, bekräftige er die Selbsterkenntnis. Dann zog er den elektronischen Winzling, noch in der Pralinen-Verpackung, aus der Hosentasche, stieg aus und ließ den kleinen Lauscher in einen Gully fallen.

Danach fühlte er sich besser, so, als hätte er den Lauschern am anderen Ende einen Tritt gegen das Schienbein verpasst. Wie so oft bei Andreas Heckler stellte sich diese spontane Handlung später als Fehler heraus. Natürlich hatten seine Gegner die ursprünglich vom Werkschutz ausgelegte Wanze weiterbenutzt. Sie hatten das getan, womit normalerweise keiner rechnete. Also hatten sie Hecklers Gespräch mit Stüber belauscht. Er musste noch vorsichtiger sein, diese Leute waren wirklich Profis und perfekt.

Im Briefkasten fand er ein Päckchen, ohne Adresse und ohne Absender. Wie er vermutet hatte, war es die Video-Kassette, natürlich eine Kopie. Die Qualität war exzellent und ließ keinerlei Deutung über Hecklers Manipulationen an den Reifen des grauen Ford zu. Was dann kam, war offensichtlich aus einem nachfolgenden Fahrzeug gefilmt worden, etwas verwackelt, weil aus einiger Entfernung, trotzdem gut erkennbar. Wer in den Ford eingestiegen war, hatte das Video nicht gezeigt. Der Ford

schlingerte, und als er sich der Kurve am Ortsende näherte, hielt Heckler den Atem an. Plötzlich schleuderte das Fahrzeug auf die Gegenfahrbahn, schoss dann, vermutlich weil der Fahrer gegengesteuert hatte, wieder nach rechts und verschwand durch die Leitplanke. Danach kam die Szene, die Heckler bereits aus dem Internet kannte. Das war noch nicht alles. Das Video endete damit, wie er mit dem Auto vor seiner Wohnung ankam. »Verflucht«, kommentierte er das Ende des Streifens, »wieso konnten die vor mir hier sein und gleichzeitig einen Ausschnitt des Videos unauffällig in eine fremde Internet-Präsentation einbauen und wieder entfernen?«

Einmal mehr erstarrte Heckler vor der Mächtigkeit der Organisation, die hinter all dem stecken musste. Der BND konnte es aus verschiedenen Gründen nicht sein. Aber wer dann? Vielleicht würde er Hinweise aus den E-Mails erhalten. In der Tat hatte er eine E-Mail auf dem Server, ein weiterer kleiner Puzzlestein. Seine unsichtbaren Gegnern begannen, Spuren zu hinterlassen. Er kannte jetzt eine Stimme, besaß ein Video und eine E-Mail, immerhin. In der Mail stand, dass sie gegen den neuen Anti-Viren-Schutz in Hecklers PC vorläufig machtlos seien und ihm dafür Respekt zollten. Dann kamen sie zur Sache. Es war nur ein Satz, mehr nicht: »Sie haben etwas widerrechtlich an sich genommen, was uns gehört, wir warnen Sie! Sie hören von uns!«

Es war eine merkwürdige Mischung aus Angst und Neugier, die Andreas Heckler ergriff. Angst, weil die Gegner mächtiger denn je erschienen und ihn fest im Griff hatten. Neugier, weil eine schwache Kontur sichtbar geworden war und die Enthüllung des Ganzen in greifbare Nähe zu rücken schien. Und es war so etwas wie ein sportlicher Wettkampf entstanden, bei dem der Kontrahent Teilerfolge des Gegners anerkannte. Aber diese Sichtweise griff zu kurz, denn der Wettkampf konnte sehr schnell tödlich enden. Andreas Heckler dachte nach. Die Vermutung, dass sie etwas von ihm wollten, war also richtig gewesen. Solange sie dies nicht hatten, solange würden sie ihn nicht liquidieren. Der Versuch, auf die E-Mail zu antworten, schlug fehl, wie nicht anders zu erwarten war. Die E-Mail-Adresse, unter der die Mail gesendet worden war, existierte bereits nicht mehr. Trotzdem unternahm Heckler einen Versuch, indem er die Mail an Gernot, den Computer-Spezialisten und Hacker, weiterleitete und um »Bearbeitung« bat. Gernot würde schon wissen, was er zu tun hatte. Es war beruhigend, dass er seinen PC benutzen konnte, ohne riskieren zu müssen, dass seine Gegner jeden Bedienschritt erfuhren.

Was hatte er an sich genommen? Das Einzige, woran er sich erinnern konnte, waren die Schlüssel und die Diskette mit der Steuerdatei, die er aus Monika Griesingers Handtasche genommen hatte. Die Schlüssel hatte er inzwischen eingebüßt, das wussten seine Gegner, denn sie mussten es gewesen sein, die die Schlüssel den Werkschutzleuten nach dem Unfall am Aachener Kreuz wieder abgenommen hatten. Und die Diskette, die besaß er in der Tat noch. Die hatte er Beißwenger vorenthalten, in der Annahme, dass die Spezialisten der SoKo Möglichkeiten hatten, an die Originaldaten mit der Steuerdatei zu kommen. Aber wenn sie ihn so perfekt überwacht hatten, dann mussten seine Gegner doch wissen, dass diese Diskette im Grunde nicht viel wert war. Dann war da noch die Original-Diskette von Bernsteins Computer. Aber die konnte es doch auch nicht sein, diese Diskette war ja bereits »gesäubert« worden!

»Mein Gott!« Heckler schlug sich mit der Hand vor die Stirn. »Gernsbach, natürlich, warum musste ich mich vor ihm brüsten, dass ich ein Duplikat besitze?« Zu spät erkannte Heckler seinen Fehler. Aber diese Diskette hatte er Beißwenger übergeben. Wenn die Gegner alles wussten, warum dann nicht, dass Beißwenger im Besitz der Diskette war? Aber um was, außer um diese Diskette, konnte es denn sonst gehen? Es musste unbedingt Kontakt zu Beißwenger aufnehmen, ohne dass seine Bewacher es merkten. Vielleicht waren die Spezialisten der Sonderkommission ja weitergekommen. Außerdem musste er ganz dringend mit Juliane Bernstein sprechen.

Mit diesen Gedanken war Andreas Heckler im Sessel eingeschlafen.

72.

Das penetrante Klingeln des Telefons weckte ihn unsanft. Der kurze Blick auf die Uhr belehrte ihn, dass er nur anderthalb Stunden geschlafen hatte, viel zu wenig, um den nächsten Nachtdienst durchzustehen. Reichlich benommen schleppte er sich zum Telefon.

»Mein Gott, wo steckst du denn?«

Jennifer Lacroix klang nicht direkt vorwurfsvoll. Normalerweise schlief Heckler direkt nach der Nachtschicht und wäre jetzt schon wieder wach gewesen.

»Ich hab' noch geschlafen.«

»Du, Hecki, sei mir nicht böse, aber ich muss morgen nach Amsterdam fahren.«

Andreas Heckler verstand lange nicht, was seine Freundin ihm da erklärte. Und er brauchte noch länger um die damit verbundene Enttäuschung zu verdauen. Jenny hatte die Chance erhalten, sich in Amsterdam an einer Ausstellung zu beteiligen.

»Du, das ist der Durchbruch! Internationale Szene, Wahnsinn, stell dir das mal vor! Bitte, Hecki, sei mir nicht böse, das ist eine einmalige Chance, kommt so schnell nicht wieder!«

So ähnlich hatte Jennifer Lacroix länger auf ihn eingeredet. Jetzt saß er, noch schlaftrunken, im Sessel und war maßlos enttäuscht. Nach den ganzen Ereignissen und den Ängsten der letzten Tage hatte er sich danach gesehnt, morgen früh zu Jenny zu fahren und sich die nächsten fünf Tage in der alten Mühle aufzuhalten, die Freunde zu sehen, Sport zu treiben und vielleicht dem Vorhaben näher zu kommen, mit Jenny unter einem Dach zu leben. Diese Gedanken hatten ihm in den letzten Tagen viel geholfen. Immer wenn die Angst ihn zu überwältigen drohte, konnte er sich mit derartigen Phantasien ablenken. Jetzt saß er da, traurig und wütend zugleich, und stierte ins Leere.

»Natürlich«, sagte er nach einer Weile, »Jenny ist eine selbstständige Frau.« Es klang, als hätte er es irgendwo abgelesen, sein Gefühl sagte etwas ganz anderes. Dann fasste er einen Entschluss und wählte die Nummer der MedicAid.

»Ich würde sehr gern auf Ihr Angebot zurückkommen«, erklärte er Herbert Krüger, »und am Wochenende dieses Entwicklungsprojekt näher kennen lernen, Sie wissen, dieses Zentrum für ambulante Operationen.«

»Das freut mich«, antwortete Krüger, »am Donnerstagnachmittag treffe ich mich mit dem Projektleiter, am Freitag wird verladen und am Samstag läuft das Schiff aus. Ich könnte Sie nach Rostock im Wagen mitnehmen. Frau Bernstein wird am Donnerstagvormittag in Düsseldorf eintreffen. Wir fahren dann gleich los.«

Heckler lehnte das Angebot dankend ab, er habe ab morgen frei, wolle noch Freunde besuchen und komme am Donnerstagabend nach Rostock. Er erkundigte sich noch nach dem Hotel und beendete das Gespräch. Erst jetzt überlegte er, warum er nicht zuerst mit Juliane Bernstein gesprochen hatte. Er musste dringend mit ihr sprechen, wegen Gernsbach. Aber noch dringender musste er versuchen, Beißwenger zu erreichen.

Auf der Straße sah er sich nach allen Seiten um, unauffällig, wie er glaubte. Dann benutzte er öffentliche Verkehrsmittel, stieg häufig um, sprang im letzten Moment auf oder verließ die U-Bahn, kurz bevor die Türen schlossen. Als er sich sicher fühlte, rief er Beißwengers Assistenten von einem öffentlichen Telefon aus an. Nach kurzer Rücksprache erhielt er die Anweisung zu warten.

Fünfzehn Minuten später tauchte Beißwengers Mann auf. Heckler erkannte ihn, es war einer der beiden, die mit Beißwenger gejoggt waren, damals, als er den Kommissar in den Rheinauen wiedergetroffen hatte. Inzwischen war Andreas Heckler soweit, dass er eigentlich niemandem mehr traute. Aber was blieb ihm anderes übrig, als dem Mann zu folgen? Der brachte ihn über einen anderen Seiteneingang ins Polizeipräsidium.

Als er schließlich Karl Beißwenger gegenüber saß, atmete er hörbar auf.

»Was gib's so Dringendes?«

Heckler sagte nicht viel und legte stattdessen das Video mit seiner Schandtat auf den Tisch. Nachdem Karl Beißwenger es angeschaut hatte, schüttelte er den Kopf.

»Mein Gott, gibt's einen Grund, warum Sie nicht dazulernen?«

Heckler zuckte mit den Schultern.

»Irgendwann kostet Sie Ihre Unbedachtheit Kopf und Kragen! Okay, wir werden das Video analysieren. Was hat sich da zuvor eigentlich abgespielt?«

Heckler berichtete wahrheitsgemäß. Beißwenger hörte aufmerksam zu.

»Gut«, stellte er fest, als Heckler geendet hatte, »diesmal kommt der Werkschutz nicht ungeschoren davon! Ich hatte die Leute gewarnt, dass sie ihre Finger nicht weiter in die Sache reinstecken. Wir drehen sie durch die Mangel. Danach werden sich einige Mitarbeiter des Konzerns nach einem neuen Job umsehen müssen, selbst schuld!«

Beißwenger war verärgert, weil er den Chef des Werkschutzes eindeutig verwarnt hatte. Der Leiter der Sonderkommission war im Grunde ein toleranter Mensch. Was er aber überhaupt nicht leiden mochte, war, wenn andere seine Vorschläge ignorierten, und zwar Vorschläge, die bindenden Charakter hatten.

»Der eigentliche Punkt ist: *Wer* erpresst Sie und vor allem: warum? Egal, was es ist, das ist der Schlüssel zur Geschichte. Und es ist etwas, von dem die Gegner vermuten, dass Sie es noch nicht entdeckt haben, sonst hätte es schon längst eine klare Forderung gegeben.«

Es entstand eine Pause. Beißwengers Ärger schien verraucht, er machte sich Sorgen. Heckler griff den Faden wieder auf.

»Was war eigentlich auf dem Chip, der bei Zeidler implantiert war?«

Beißwenger, der aus dem Fenster gesehen hatte, wandte sich Heckler zu und runzelte die Stirn. Dann schien er lange zu überlegen, was er preisgeben konnte.

»Eine Menge interessanter Unterlagen der Stasi. Um genau

zu sein, die Personalunterlagen einer bestimmten Abteilung der Staatssicherheit.«

»Donnerwetter! Und?«

»Nix und! Ende der Mitteilung, Doktor! Mehr kann ich Ihnen nicht verraten, zu Ihrer eigenen Sicherheit.«

»Aber Sie könnten mir erklären, ob eine Verbindung zur MedicAid besteht.«

»Sie lassen wohl nie locker?«, knurrte Karl Beißwenger und bestätigte, dass es keine Verbindung gebe. »Aber Vorsicht! Das kostet mich Kopf und Kragen, wenn der BND und das Justizministerium erfahren, dass wir weiter ermitteln.«

Beißwengers Assistent brachte Heckler genauso umständlich wieder zurück, dann fuhr Heckler mit der U-Bahn nach Hause. Sehr viel schlauer war er nicht, aber er hatte sein Gewissen erleichtert. Zu Hause kam ihm ein Gedanke: Er mailte Bernhard Haller und bat ihn, ein Bild des toten Doktor Zeidler zu schicken. Er hatte vor, Vera und Below auf dem Weg nach Rostock zu besuchen. Für Below würde es eine Genugtuung sein, den toten Zeidler zu betrachten. Dann legte er sich hin, denn er hatte mittlerweile ein gewaltiges Schlafdefizit ...

Die Nachtschicht war grausam. Irgendwie überstand er auch diese Nacht, später konnte er sich an gar nichts mehr erinnern. Als er in die Morgensonne dieses Mittwochs blinzelte, es war ein wunderschöner Junitag, stand sein Entschluss fest: Er fuhr nach Hause, packte eine Tasche und machte sich auf den Weg. Unterwegs frühstückte er, dann schlief er fast zwei Stunden im Auto. Auf der Weiterfahrt gab er sich Mühe, nach Verfolgern Ausschau zu halten. Aber da war niemand. Seine Versuche, Juliane Bernstein zu erreichen, schlugen fehl. Mehr Erfolg hatte er bei Vera, die zwar überrascht war, ihn aber herzlich einlud. Fast hätte er Below nicht wiedererkannt. Er wirkte mindestens zehn Jahre jünger, hatte einen modischen Kurzhaarschnitt, war glatt rasiert und trug neue Kleidung.

»Wir wohnen jetzt zusammen«, sagte Vera und lächelte Heckler an.

Sie saßen in derselben Kneipe im Magdeburger Stadtteil Cracau wie damals, vor ungefähr drei Wochen. Below trank Wasser. Das Gespräch war anfangs quälend. Aber Heckler schaffte es, bei dem zu bleiben, was er sich vorgenommen hatte, nämlich bei der Wahrheit. Einen Teil dieser Wahrheit kannte Vera ja schon.

»Es tut mir leid«, schloss Heckler die Beichte, »aber ich wusste am Anfang nicht, wer ihr seid, und musste vorsichtig sein.«

»Ist schon gut«, sagte Below.

Sie redeten sehr lange und sehr offen.

»Ich weiß nicht«, gestand Below, »was ich gemacht hätte, wenn ich das Schwein noch lebend erwischt hätte. Wahrschein-

lich hätte ich ihn umgelegt.«

Damit meinte er Zeidler, der seiner Rache entgangen war.

»Das haben schon andere besorgt.«

»Wie bitte?«

»Zeidler wurden Alkohol und Tabletten eingetrichtert, der war nicht mehr fahrtüchtig und flog aus der Kurve. Vorher haben sie ihn gefoltert.«

»Geschieht ihm recht. Aber ich war's nicht, leider! Ich habe auf Sardinien erfahren, dass er verunglückt ist. Daraufhin bin ich wieder heimgefahren.«

»Hast du eine Idee, wer hinter Zeidler her war?«

»Da gibt's viele, die Grund gehabt hätten ...«

Das Gespräch verstummte für einen Moment. Dann hob Below den Kopf und sah Heckler fest an. »Sag mal, ist das Schwein wirklich tot?«

»Toter geht's nicht, ich war bei der Obduktion dabei.«

»Kein Zweifel, dass es Zeidler war?«

»Kein Zweifel, er hatte einen Ausweis bei sich und der war echt, die Polizei hat das geprüft.«

Heckler hatte tatsächlich von Bernhard Haller zwei Fotos des Toten erhalten, die ihm sein Freund noch gemailt hatte, nicht ohne irgendwelche bissigen Kommentare, wofür er denn die Bilder brauche und dass er das eigentlich nicht dürfe.

»Hier«, stellte Heckler fest, »wenn dich das beruhigt.«

Dabei zog er die beiden Bilder aus der Tasche und legte sie so auf den Tisch, dass Vera und Below sie sehen konnten. Below nahm die Bilder in die Hand, drehte sie hin und her, betrachtete auch die Rückseiten, als ob dort irgendwelche Erklärungen zu finden wären. Dann fasste er seine Erkenntnis in einem Satz zusammen: »Ich weiß nicht, wer der Tote ist, Zeidler ist es jedenfalls nicht!«

73.

Es war, als hätte die Welt aufgehört, sich zu drehen. Alles schien still, totenstill. Natürlich war weiterhin das Gemurmel der Kneipenbesucher zu hören, aber Heckler nahm es nicht war. Alles brach zusammen, alle Theorie war über den Haufen geworfen, er stand fast wieder am Anfang. Mit Belows Gelassenheit war es vorbei. Er redete ununterbrochen auf Heckler ein, doch der nahm nichts wahr.

»Wie bitte?«

»Irgendwie hab ich's geahnt!« Below schüttelte den Kopf.

»Was hast du geahnt?«

»Na, dass das Schwein seinen Abgang nur vorgetäuscht hat!«

»Aber warum sollte er?«

Below sah Heckler mit zusammengekniffenen Augen an.

»Eine gute Frage.«

»Vielleicht hat er kalte Füße bekommen«, meldete sich Vera zurück. Sie hatte lange nichts mehr gesagt.

»Und – vor wem oder was kalte Füße?«

»Vor dem BND, alten Genossen, vor Leuten wie du ... was weiß ich!«, antwortete sie.

Die drei schwiegen sehr lange. Sie wussten nur zu gut, was es bedeutete, dass Zeidler noch lebte. Der ganze Alptraum war noch nicht vorüber. Nach einer Weile schaute Below auf, er schien einen Entschluss gefasst zu haben.

»Keine Angst, ich werde das Schwein nicht umlegen, auch wenn ich wüsste, wo er sich verkrochen hat. Das erledigen andere.«

Vera nahm Belows Hand.

»Ist ja gut«, murmelte er und tupfte ihr sanft die Tränen ab.

»Ich muss Beißwenger anrufen.« Heckler hatte plötzlich Angst und wollte aufstehen.

Below hielt ihn am Arm fest.

»Kann man dem trauen?«

»Wenn ich in der Sache überhaupt noch jemandem trauen kann, dann Karl Beißwenger«, sagte Heckler, »außer euch beiden natürlich. Bin gleich zurück.«

Im Freien wählte Heckler die Nummer, die Beißwenger ihm für den Notfall gegeben hatte. Obwohl es mittlerweile neun Uhr abends war, wurde Heckler sofort mit Beißwenger verbunden.

»So ein verdammter Mist!«, schimpfte Karl Beißwenger. Es war selten, dass er sich so gehen ließ. »Aber mir kam das gleich merkwürdig vor, jetzt weiß ich, was mich gestört hat.«

»Und was?«

»Der Tote war zu jung! Nach seinem Ausweis hätte er fast siebzig sein müssen«, brummte Beißwenger.

»Und jetzt?«

»Nichts. Verstehen Sie: Nichts! Mir sind die Hände gebunden. Wenn ich offiziell den BND oder den Verfassungsschutz einschalte, kommt die ganze Geschichte raus. Das würde mich meine Pension kosten. Also nichts.«

»Aber ...«

»Beruhigen Sie sich – Sie kennen mich doch!«

Dieser Hinweis genügte. Beißwenger würde an der Sache dranbleiben, er musste nur sehr, sehr vorsichtig sein. Und je weniger Heckler wusste, desto besser. In der Kneipe saßen sie noch eine Weile zusammen, doch es mochte keine richtige Stimmung aufkommen.

»Wir haben jetzt sogar ein Gästezimmer«, stellte Vera schließlich fest.

Vera und Below hatten im selben Viertel eine renovierte Wohnung gefunden, einfach, aber groß genug. Im Gästezimmer stand eine neue Couch aus irgendeinem Möbel-SB-Markt.

Am nächsten Morgen saßen sie gemeinsam beim Frühstück.

»Below hat jetzt wieder einen Job.« Vera strahlte.

»Und?«

»Die ehemalige Gauck-Behörde hat hier eine Außenstelle, die leite ich. Fünfjahresvertrag, immerhin«, erklärte Below.

»Was hast du denn früher beruflich gemacht?«

»Ich bin Physiker.«

Heckler verschlug es den Atem. Er hatte sich allerlei vorstellen können, aber das nicht.

»Und, wofür warst du zuständig?«

Below zögerte einen Moment, dann lächelte er spöttisch.

»Streng geheim!«

»Heute auch noch?«

»Scheiß drauf! Ich habe im Institut für Mikrosysteme in Ost-Berlin gearbeitet, Entwicklung von Speicherchips.«

»Sowas gab es in der DDR? Da war der Westen doch viel weiter!«

»Ja und nein. Die Chips haben wir natürlich aus dem Westen über Umwege beschafft und haben sie dann für unsere Zwecke, sagen wir mal, modifiziert.«

»Wo lag das Problem?«

»Dass es zu spät war auszusteigen, als ich gemerkt habe, dass wir im Auftrag der Stasi arbeiteten.«

»Ach so, deshalb ...«

»Ja, deshalb. Aber, wie gesagt, es war zu spät. Und als ich abhauen wollte, wurde ich verpfiffen.«

Bitterkeit kam hoch.

Heckler dachte einen Moment nach. Dann setzte er sich über die Warnung Beißwengers hinweg.

»Dieser Tote, der angeblich Zeidler sein sollte, hatte einen Mikrochip implantiert.«

Belows Reaktion war merkwürdig ruhig, fast resigniert.

»Dann haben sie es also doch geschafft«, murmelte er.

Heckler ließ ihm Zeit.

»Mein Forschungsauftrag war zu prüfen, inwieweit solche Speicherchips die Implantation in Lebewesen überstehen. Körpersäfte können sehr aggressiv sein. Wir haben diese Dinger allen möglichen Tieren eingesetzt und dann untersucht, ob die Information auf den Chips die Implantation übersteht. Schließlich konnten wir nachweisen, dass Chips, die mit einem bestimmten Acrylharz überzogen waren quasi unangreifbar sind. Danach kam der Auftrag, sie bei Freiwilligen zu implantieren. Diese Versuche durften nur Mediziner durchführen, sodass ich lange nicht gemerkt habe, worum es wirklich ging. Aber als ich durch Zufall mitbekommen habe, dass diese Mediziner Mitarbeiter des ZMD der Stasi waren, fiel es mir wie Schuppen von den Augen. Aber da war es zu spät.«

ZMD war die Abkürzung für »Zentraler Medizinischer Dienst« der Staatssicherheit. Below schüttelte den Kopf, als wollte er die Gespenster der Vergangenheit verscheuchen. Er hatte Tränen in den Augen, weil er auf tragische Weise zu einem Werkzeug geworden war und sich deshalb schuldig fühlte.

»Was war auf dem Chip?«, fragte er fast beiläufig.

»Ich weiß nicht«, log Heckler. Er kam sich schäbig vor, spürte jedoch plötzlich Beißwengers Warnung. Es war auch zu

Belows Schutz.

Später verabschiedeten sie sich herzlich und Heckler machte sich auf den Weg nach Rostock.

»Du meldest dich, ja?«, sagten Vera und Below wie aus einem Munde.

»Klar doch!«

Heckler lachte und sie umarmten sich. Später, im Wagen, meldete sich sein schlechtes Gewissen, weil eine Spur Misstrauen geblieben war, ein Rest, den er nicht imstande war zu überwinden. Über den Inhalt des implantierten Chips hatte er geschwiegen. Er war sich allerdings sicher, dass Below das nicht bemerkt hatte.

74.

Andreas Heckler hatte viel Zeit, da er erst am späten Nachmittag in Rostock erwartet wurde. So verließ er die Autobahn bereits in Burg, nahm die Bundesstraße 1 und später die B 107 an der Elbe entlang Richtung Pritzwalk. Die Fahrt an der Elbe wäre unter normalen Umständen phantastisch gewesen. Im Juni leuchteten die Rapsfelder noch in einem satten Gelb und verwandelten die Landschaft in ein plastisches Relief von beeindruckender Schönheit. In Pritzwalk wechselte er auf die B 103. Auch später, beim Durchqueren der Mecklenburgischen Seenplatte, war Heckler nicht in der Lage, die Schönheit der Landschaft mit ihrer teilweise fünfzigjährigen Unberührtheit zu erkennen, geschweige denn zu genießen. Gelegentlich sah er unruhig in den Rückspiegel, aber da war niemand. Ein Verfolger wäre hier leicht auszumachen gewesen. Als er hinter Güstrow auf die Autobahn Richtung Rostock auffuhr, hatte er fast drei Stunden Zeit gehabt, seine wirren Gedanken zu ordnen. Das Ergebnis war mager und ließ sich in dem starken Wunsch zusammenfassen, mit der ganzen Angelegenheit um Zeidler nichts mehr zu tun haben zu wollen. Sollten sich andere darum kümmern. Jetzt wollte er erst einmal ein unbeschwertes Wochenende genießen – und was sollte dem entgegenstehen? Nichts. Juliane Bernstein und Herbert Krüger hatten mit Zeidler nichts zu schaffen und um die MedicAid-Affäre kümmerten sich die Kommissare.

Als Andreas Heckler Rostock am frühen Nachmittag erreichte, war die mürrische Gereiztheit einer ganz guten Stimmung gewichen. Er besorgte sich zunächst einen Stadtplan, das Hotel fand er problemlos. Krüger hatte sich nicht lumpen lassen und im Steigenberger Hotel »Sonne« am Neuen Markt reserviert. Von dort aus konnte man die Altstadt und viele der Sehenswürdigkeiten bequem zu Fuß erreichen. Im Hotel wurden seine Erwartungen etwas gedämpft. Juliane Bernstein und Herbert Krüger hatten sich offensichtlich verspätet. An der Rezeption wurde ihm mitgeteilt, die Herrschaften würden in etwa zwei Stunden eintreffen. Jetzt erst fiel ihm wieder ein, dass er Juliane dringend hatte anrufen wollen. Nach dem Griff zum Handy fluchte er so laut, dass sich einige Personen in der Hotelhalle zu ihm umdrehten. Er hatte nach dem gestrigen Abend vergessen, das Gerät wieder einzuschalten. Vielleicht hatte Juliane versucht, ihn zu erreichen? In der Mailbox war keine Nachricht von Juliane, wie er insgeheim gehofft hatte, sondern von Walter Stüber, dem Leiter der Düsseldorfer Mordkommission. Er klang noch unfreundlicher als sonst und bat um sofortigen Rückruf. Heckler spürte einen Moment Trotz und Enttäuschung, dann rief er doch an.

»Was gibt's denn so Dringendes?«

»Hat sich erledigt, ich habe mit Frau Bernstein gesprochen«, klärte ihn Walter Stüber auf.

»Wieso mit Frau Bernstein?«

»Weil ich Frau Bernstein zunächst nicht erreichen konnte, ich dachte, Sie könnten mir helfen.«

Es dauerte lange, bis Hecklers Verstand anfing zu arbeiten.

»Was gab es denn so Wichtiges mit Frau Bernstein zu besprechen?«

»Nun, das kann Ihnen Frau Bernstein ja selbst erklären, Sie sehen sich ja in Kürze, wenn ich richtig im Bilde bin.«

Stüber hatte aufgelegt, noch bevor Heckler seiner Überraschung und seinem Ärger Ausdruck verleihen konnte. Er überlegte einen Moment Juliane anzurufen, entschied sich aber zu warten. Die Zeit bis zu ihrem Eintreffen wollte er nutzen, um sich im Hotelzimmer einzurichten, Informationen über Rostock zu besorgen und sich in der Nähe des Hotels ein wenig umzusehen. Danach setzte er sich in die Hotelhalle und wartete. Als Juliane erschien, klopfte sein Herz, vielleicht war es auch die Wirkung der zwei Tassen Cappuccino, mit denen er sich die Wartezeit verkürzt hatte.

Juliane – sie sah bezaubernd aus. In ihrem hellen und sehr modischen Sommerkostüm zog sie die Blicke der männlichen Hotelgäste auf sich. Heckler spürte, dass ihm Juliane immer noch viel bedeutete, er hatte es nur nach Kräften zu verdrängen versucht. Das spürte er auch daran, dass er sich über den gut aussehenden und braun gebrannten Kerl an ihrer Seite ärgerte. Heckler kannte das Geburtsdatum Krügers aus den Computerdaten und empfand sofort heftigen Neid, weil Herbert Krüger wesentlich jünger wirkte.

Auch wenn die beiden, die jetzt die Hotelhalle durchquerten und auf Heckler zukamen, für Außenstehende der Inbegriff des idealen Paars sein mochten, bemerkte Heckler sofort, dass etwas geschehen sein musste. Er erinnerte sich an das kurze Gespräch mit Stüber. Nach einer flüchtigen Umarmung kam Juliane sofort zur Sache.

»Doktor Gernsbach ist heute Morgen verhaftet worden!«

Andreas Heckler war ebenso überrascht wie zufrieden.

»Wurde auch Zeit!«, brummte er.

»Wie meinst du das?«

Juliane Bernstein schien irritiert und Herbert Krügers Haltung signalisierte starkes Interesse. Heckler merkte zu spät, dass er zu weit vorgeprescht war und redete sich heraus. Er hatte keine Lust, die Verdachtsmomente gegen Gernsbach in Krügers Anwesenheit zu erläutern.

»Na ja, ich meine, es war höchste Zeit, dass die Polizei mal einen Schritt vorankommt! Warum ist er denn verhaftet worden?«

»Wir wissen es nicht«, antwortete Krüger anstelle von Juliane.

Heckler lenkte das Gespräch auf andere Dinge. Er musste unbedingt versuchen, Juliane allein zu sprechen. Nachdem sie sich in einer Stunde zum Essen verabredet hatten, wollten Juliane und Herbert Krüger ihre Zimmer beziehen und sich frisch machen. Anhand der Zimmernummern bemerkte Heckler, dass sein Zimmer zwei Stockwerke höher lag als die Zimmer der beiden anderen; sie wohnten in der ersten Etage. Eine heftige Welle der Eifersucht rollte über ihn hinweg, was er freilich nicht zugeben mochte.

Einige Minuten später versuchte er es über Handy. Seine Rechnung ging auf.

»Kannst du reden?«, fragte er Juliane.

»Ja«

»Was wollte Stüber von dir?«

»Woher weißt du ...?«

»Von Stüber«, unterbrach er ungeduldig, »aber er hat mich an dich verwiesen.«

»Stüber wollte von mir wissen, was ich mit Gernsbach geschäftlich zu tun habe, und hat mir den Rat gegeben, einen anderen Anwalt zu suchen.«

»Das war alles?«

»Na ja, er hat angedeutet, dass Gernsbach wohl einer der Schlüsselfiguren in der ganzen Angelegenheit ist und dass seine Verhaftung kurz bevorsteht.«

»Ist Gernsbach der Drahtzieher für den ... Mord an deinem Bruder?«

»So genau hat Stüber das nicht gesagt, er sagte nur: ›Die ganze Sache wird sich wohl in Kürze aufklären.‹«

»Weiß eigentlich Krüger davon? Ich meine, dass dein Bruder nicht Selbstmord begangen hat.«

»Nein, Stüber hatte mich schon vor einigen Tagen darum

gebeten, die Information aus ermittlungstaktischen Gründen noch zurückzuhalten.«

»Gut!«, stellte Andreas Heckler fest.

»Andreas?«

»Ja?«

»Ich vertraue Herbert ... Herrn Krüger.«

»Ja.«

»Nun sei nicht kindisch.«

»Ja.«

»Mein Gott, mit dir ist es manchmal schwer auszuhalten!«

»Das sagt Jenny auch immer.«

Juliane lachte. Ein helles, fast unbeschwertes Lachen, das die dicksten Eisblöcke zu schmelzen imstande gewesen wäre.

»Bis später«, sagte Andreas Heckler gutgelaunt und freute sich auf einen unterhaltsamen Abend. Dennoch telefonierte er noch einmal.

»Was gibt's denn jetzt noch?«, knurrte Stüber so abweisend wie nur möglich.

»Weshalb haben Sie Gernsbach verhaftet?«, kam Heckler auf den Punkt, ohne Umschweife, ganz Stübers Methode.

»War doch Ihr Wunsch und, auch wenn's mir schwer fällt, der Tipp kam auch von Ihnen!«

»Welcher Tipp?«

»Der mit dem Phantombild, Herr Doktor.«

Heckler erinnerte sich jetzt an seinen Hinweis, das Phantombild des Mannes, der Detlef Braun in der Suchtklinik am Gemündener Maar angemeldet hatte, Gernsbachs Sekretärin vorzulegen.

»Die Sekretärin hat ihn erkannt, ja?«

»So ist es. Er war mehrmals in der Kanzlei erschienen, ohne dass Gernsbach gesagt hätte, weshalb. Es folgten keine Schriftsätze oder sonst etwas. Das fand die Sekretärin ungewöhnlich.«

»Donnerwetter!«

»Damit nicht genug«, fuhr Walter Stüber fort, »der Hausmeister hat ihn auch erkannt.«

»Welcher Hausmeister?«

»Nun, der von Thomas Bernstein. Er hat den Mann gesehen, als er das Haus kurz nach Bernsteins Todeszeitpunkt verließ.«

»Gratuliere!«, rutschte es Heckler heraus.

»Danke«, sagte Walter Stüber. Das spontane Lob tat ihm gut.

»Und, haben Sie den Mann?«

»Eine Frage der Zeit, wir kriegen ihn. Gernsbach wird reden, da bin ich zuversichtlich.«

Als Heckler eine halbe Stunde später Juliane Bernstein und Herbert Krüger in der Hotelhalle traf, war er fast in Hochstimmung. Der Fall war so gut wie abgeschlossen und er, Andreas Heckler, hatte wesentlich dazu beigetragen. Sie besuchten ein kleines Restaurant in der Fußgängerzone in der Nähe des Hotels. Klein, aber gediegen. Heckler fiel ein, dass Krüger ja aus Rostock stammte und öfters hier zu tun hatte.

Es wurde ein unbeschwerter Abend und nach zwei Flaschen exzellentem Grauburgunder zum nicht weniger exquisiten Loup de Mèr, lösten sich die Zungen. Die Unterhaltung setzten sie an der Hotelbar fort, sprachen sich dabei mit Vornamen an und Heckler dachte, was für ein Idiot er doch gewesen sein musste, dass er den sympathischen Herbert Krüger durch die Brille der Eifersucht betrachtet hatte. Der wusste faszinierende Geschichten von seinen Auslandsprojekten zu berichten, Geschichten, die nicht nur nach Abenteuer klangen, sondern auch das enorme Wissen und die Erfahrung Krügers belegten. Heckler hatte lange keinen so unterhaltsamen Abend verbracht. Gerade als sie eine Runde Hochprozentiges bestellen wollten, um sich anschließend wahrscheinlich zu duzen, wurde Krüger ans Telefon gerufen.

»Bedauere«, erklärte er anschließend in nüchternem Ton, »die Pflicht ruft. LKW-Panne, ich muss zusehen, wie ich die Ladung bis morgen früh ans Schiff kriege, irgendwas muss ich heute Nacht organisieren, Sie entschuldigen mich.«

Bereits im Gehen, wandte er sich noch einmal um: »Wir holen das nach, ja?«

Andreas Heckler und Juliane Bernstein saßen noch bis weit nach Mitternacht an der Hotelbar und redeten über vieles. Nachdem Gernsbach hinter Schloss und Riegel saß, brauchte er Juliane ja nicht mehr zu warnen. Und die Geschichte mit Zeidler hatte mit ihr ja sowieso nichts zu tun.

Als er gegen ein Uhr im Bett lag, bedauerte er für einen kurzen Moment, dass er Juliane nicht gefragt hatte ... Aber es war Unsinn, jene Liebesnacht wiederholen zu wollen. Es war vorbei und das war gut so.

75.

Heckler war überrascht, Juliane Bernstein und Herbert Krüger am Freitagmorgen gegen neun Uhr beim Frühstück anzutreffen. Der Termin mit dem Projektleiter sollte erst am Nachmittag stattfinden. Herbert Krüger war locker und schien alle Transportprobleme gelöst zu haben.

»Wir treffen uns hier gegen ein Uhr und fahren dann zum Hafen, ist das in Ordnung? Ich habe noch einiges zu erledigen.«

Er gab seinen Gästen einige Tipps zur Stadtbesichtigung.

»Ich habe einen Stadtplan gekauft«, erklärte Andreas Heckler nicht ohne Stolz, um gleich darauf festzustellen, dass er den Plan im Auto hatte liegen lassen. »Einen kleinen Moment, das haben wir gleich!«

In der Tiefgarage des Hotels blieb er auf dem Weg zu seinem Wagen irritiert stehen. Es war der dunkelblaue Mercedes-Benz der M-Klasse mit Düsseldorfer Nummernschild, der seine Aufmerksamkeit erregt hatte. Plötzlich waren sie wieder da, die Erinnerungen der letzten Wochen: Ein dunkler Geländewagen hatte den Unfall am Aachener Kreuz verursacht und da gab es noch den Unbekannten, der den von Heckler provozierten Unfall des Werkschützers gefilmt hatte und in einem ähnlichen Fahrzeug davongefahren war. Heckler bückte sich und untersuchte die hinteren Kotflügel des Wagens. Er betrachtete sie gründlich, auch von unten und verglich die linke mit der rechten Seite. Dann stand fest: der rechte hintere Kotflügel war erst vor kurzem ersetzt worden!

Seine Überlegungen wurden jäh durch das Schlagen der schweren Brandschutztüre am Zugang zur Tiefgarage unterbrochen. Heckler suchte Deckung hinter den nächsten Fahrzeugen und vernahm Schritte und Stimmengemurmel. Zwei Männer näherten sich und blieben vor dem Geländewagen stehen. Sie unterhielten sich lebhaft, fast so, als stritten sie. Heckler konnte nicht verstehen, worum es ging. Sie Männer sprachen Polnisch oder Russisch. Als Heckler schließlich einen Blick riskierte, schlug sein Herz bis zum Halse und er zitterte. Die Angst war plötzlich wieder da, heftiger als je zuvor. Der eine der Männer war der Fahrer der MedicAid, den Krüger ihm vor einigen Wochen vorgestellt hatte. Damals hatte sich Heckler über seinen harten Dialekt gewundert, jetzt kannte er den Grund. Der andere Mann hatte ihm den Rücken zugekehrt, nur für einen kurzen Moment war er im Halbprofil zu sehen. Heckler glaubte den Mann zu erkennen, dessen Phantombild ihm Stüber vorgelegt hatte, der Mann, der Detlef Braun in der Suchtklinik angemeldet hatte und der vermutlich Thomas Bernsteins Mörder war! Als die Männer schließlich mit dem dunkelblauen Geländewagen weggefahren waren, atmete er auf. Er lief rasch zu seinem Wagen und eilte mit dem Stadtplan zurück zum Frühstücksraum.

»Wo warst du so lange?«, empfing Juliane den leichenblassen Andreas Heckler.

»Wo ist Herbert, ich muss ihn dringend sprechen!«

Andreas Heckler glaubte jetzt die Zusammenhänge zu sehen. Der saubere Rechtsanwalt hatte seine Leute bei der MedicAid eingeschleust und sich vermutlich bereichert. Thomas Bernstein war ihm auf die Schliche gekommen und musste diese Erkenntnis mit dem Leben bezahlen. Herbert Krüger hatte von den ganzen Machenschaften nichts mitgekriegt, meistens befand er sich ja im Ausland. Aber jetzt galt es, Krüger zu warnen und Bernsteins Mörder zu fassen.

»Er hat vor ein Paar Sekunden das Hotel verlassen.«

Juliane zeigte auf den Ausgang. Sie stellte keine Fragen, weil sie spürte, dass etwas geschehen war.

»Ich erklär's dir später, bin gleich zurück!«

Heckler hastete zum Ausgang. Auf der anderen Seite des Neuen Marktes erkannte er Herbert Krüger und lief ihm hinterher. Krüger verschwand rasch zwischen »Tabak-Eck« und »Bäckeria« in der Fußgängerzone, sodass Heckler Mühe hatte, ihm zu folgen und aufzuschließen. Als er nur noch zwanzig Meter hinter ihm war, bog Krüger plötzlich nach links durch einen Torbogen zum Hopfengarten ab. Andreas Heckler wollte seinen Schritt beschleunigen, doch irgendetwas hinderte ihn. Dieses plötzliche Zögern konnte er später nicht erklären. Vielleicht war es nur die Tatsache, dass er sich lächerlich vorgekommen wäre, im Laufschritt durch die belebte Fußgängerzone zu eilen. Krüger jedenfalls hatte ihn nicht bemerkt, durchquerte schnell den Innenhof-ähnlichen Hopfengarten und verschwand gegenüber in einem Hauseingang. Als Andreas Heckler sich dem Haus näherte, wurde er unsicher. Wenn er jetzt auf Krüger traf, wäre deutlich, dass er ihm gefolgt war. Also war es das Beste, zum Hotel zurückzugehen und Herbert Krüger dort um ein Uhr zu

treffen. Außerdem musste er Stüber dringend wegen der Beobachtung in der Tiefgarage anrufen.

Gegenüber dem modernen Wohn- und Geschäftshaus befand sich ein Restaurant mit Eiscafé. Entgegen seiner ursprünglichen Absicht, zum Hotel zurückzukehren, ging Heckler hinein und bestellte einen Milchkaffee. Er beobachtete das Haus gegenüber. Da gab es nichts Besonderes und er fragte sich, was er hier eigentlich tat. Irgendetwas hielt ihn fest, er dachte nicht einmal daran, Juliane zu verständigen, die er ohne Erklärung zurückgelassen hatte. Auch die Tatsache, dass er sein Handy im Hotelzimmer vergessen hatte, war ihm nicht bewusst. Er starrte gedankenverloren auf das Haus gegenüber, beobachtete dann die Kinder, deren größte Freude der kleine künstliche Bachlauf dieses Innenhofes war.

Auch nach einer dreiviertel Stunde war er in die Beobachtung so vertieft, dass er Herbert Krüger fast nicht wahrgenommen hätte, als der das Haus verließ. Krüger überquerte den Innenhof und Heckler befürchtete einen Moment, er würde das Café betreten. Dann blieb Krüger kurz stehen, drehte sich um und winkte flüchtig nach oben. Heckler bemerkte die Bewegung des Vorhangs im gegenüberliegenden Haus. »Oberster Stock«, registrierte er. Krüger ging in die andere Richtung davon und Heckler wartete noch fünf Minuten. Es wäre ihm peinlich gewesen, Herbert Krüger jetzt zu begegnen. Als Heckler das Café verließ, führte ihn seine Neugier zum Hauseingang gegenüber. Die Namen an den Briefkästen sagten ihm nichts. Er klingelte bei einer der zahlreichen Arztpraxen und betrat das Treppenhaus. Im obersten Stock fand er den Namen: Rogosz.

Achselzuckend machte er auf dem Absatz kehrt und ging zurück zum Hotel. Erst jetzt wurde ihm die Sinnlosigkeit dessen deutlich, was er da gerade unternommen hatte: Statt Herbert Krüger vor dem Chauffeur und dessen mutmaßlichem Komplizen zu warnen, hatte er ihn bei einem privaten Besuch beobachtet. Krüger stammte aus Rostock, da war es doch normal, dass er hier Leute kannte.

Zurück im Hotel stellte er fest, dass Juliane allein zur Stadtbesichtigung aufgebrochen war. Sie hatte eine kurze, sehr kühl und sachlich klingende Notiz zurückgelassen. Bis zum Treffen mit Krüger waren es noch zwei Stunden, auf Sightseeing hatte er allerdings keine Lust mehr. So beschloss er, ein wenig am Wasser entlangzuschlendern. Er wandte er sich zum Warnowufer und versuchte mehr schlecht als recht, auf andere Gedanken zu kommen. Am Stadthafentheater lenkte er seine Schritte wieder Richtung Altstadt. Als er zufällig am Standesamt vorbeikam, wurden seine Phantasie und seine Zweifel übermächtig. Er überlegte, ob das Misstrauen nicht doch krankhaft war. Im Grunde war er davon überzeugt, dass es so war. Vielleicht war es auch nur Eifersucht oder Neid. Allerdings besaß er die Fähigkeit, solche Erkenntnisse im entscheidenden Moment zurückzustellen.

Einsicht in das Geburtenregister erhielt Heckler ohne Probleme, indem er vorgab, diese für eine historische Recherche zu benötigen. Geburtenregister waren schließlich nichts Geheimes. Das Ergebnis war mehr als verwirrend: am 24. Juni 1953 verzeichnete das Register nichts, keinen Herbert Krüger, überhaupt wurde an diesem Tag kein Junge geboren. Heckler blätterte rasch fast das gesamte Jahr 1953 durch, ohne fündig zu werden.

Er zwang sich, systematisch zu überlegen: Entweder war das Geburtsdatum in der Personalkartei der MedicAid falsch oder Krüger stammte gar nicht aus Rostock, oder ... Es konnte theoretisch viele Erklärungen geben, auch die, dass Krüger gar nicht Krüger war. Dann wäre die Suche im Geburtenregister völlig sinnlos. Aber Beißwenger hatte Krüger ja überprüft und hätte Ungereimtheiten sofort entdeckt. Außerdem hatte Beißwenger keine Bedenken geäußert wegen der Reise nach Rostock. Heckler klappte den Jahrgang 1953 des Registers zu, lehnte sich zurück und schloss die Augen. Er hatte etwas Wichtiges gefunden, konnte dessen Bedeutung aber noch nicht einordnen. Einem Impuls folgend, nahm er den Jahrgang 1954 und sah den Juni durch, dann den Jahrgang 1955. Im Jahr 1956 stolperte er über einen Eintrag am 24. Juni: Die Geburt eines Jungen mit Vornamen Herbert und Familiennamen Rogosz. Andreas Heckler atmete tief durch und spürte die Gänsehaut im Rücken. Herbert Krüger hieß in Wirklichkeit Herbert Rogosz! Zumindest war das sehr wahrscheinlich. Es erklärte auch, warum Krüger jünger wirkte. Er musste unbedingt Beißwenger sprechen, nur er besaß die Mittel, die tatsächliche Identität zu klären. Heckler nahm ein Taxi zurück ins Hotel, weil er wieder einmal das Handy vergessen hatte.

Er erreichte Beißwenger nicht. An Stüber dachte er in diesem Moment nicht, weil Krügers Identität wichtiger erschien als der Verdächtige aus der Tiefgarage.

Rogosz ... der Name sagte ihm nichts und doch ... irgendetwas irritierte ihn. Die Irritation war so stark, dass er über die Beobachtung in der Tiefgarage entgegen seiner ursprünglichen Absicht nichts berichtete, als er kurze Zeit später Herbert Krüger und Juliane Bernstein in der Lobby des Hotels traf. Juliane musterte ihn – ärgerlich, wie er fand. Aber sie war vorsichtig genug, es nicht anzusprechen.

Der Überseehafen lag draußen in Krummendorf. Sie fuhren von der Stadtmitte über die Warnow zur Autobahn, die direkt zum Hafen führte. Auf der Fahrt blieb Heckler sehr einsilbig, während sich Juliane Bernstein und Herbert Krüger angeregt über die Stadt und die Geschichte der Hanse unterhielten. Der Fahrer, den Heckler inzwischen für den Komplizen eines Mörders hielt, schien unbeteiligt. Krügers ungeklärte Identität beschäftigte Heckler mehr und er dachte daran, wie er versucht hatte, Licht in den Dschungel der Datensicherung der MedicAid-Daten zu bringen, beispielsweise was die Unterschiede in den Containergewichten im zeitlichen Zusammenhang mit Krügers Rostocker Dienstreisen anbelangte. Die Idee, die Bücher der Hafenbehörde einzusehen, um diese Widersprüche zu klären, hatte er früher schon gehabt. Vielleicht sollte er die Chance jetzt nutzen! Dann fielen ihm Karl Beißwenger und dessen eindrückliche Warnungen ein.

In einer riesigen Werkhalle am Hafen wurden sie von einem Mann begrüßt, der sich als Dr. Dietmar Schlüter vorstellte, Leiter des Projektes »Ambulantes Operationszentrum Ghana«. Das gesamte Material war auf acht große Container verteilt, Gabelstapler sausten hin und her, die letzten Stücke wurden gerade in die Container verbracht. Nach dem, was er heute Vormittag erlebt hatte, gelang es Heckler anfangs kaum, sich auf die Erklärungen Schlüters zu konzentrieren. Mit der Zeit konnte Schlüter Heckler jedoch mehr und mehr faszinieren und ihm das Groß-
projekt in vielen Details erläutern. Auch Juliane Bernstein und Herbert Krüger hörten aufmerksam zu. Es war in der Tat ein beachtliches Projekt, sehr gut durchdacht und geplant und, daran zweifelte Heckler keinen Moment, ein sehr sinnvolles Projekt. Heckler war es, als erlebte er zwei völlig getrennte Welten: Die Welt der nützlichen und notwendigen Entwicklungsprojekte und die Welt der Intrigen, der zwielichtigen Identitäten, der mutmaßlichen Mörder und Komplizen. Er konnte nicht begreifen, was diese Welten miteinander zu tun haben sollten. Schließlich warf Heckler einen Blick in einige Container und ließ sich Details erklären. Die letzten beiden Container waren bereits zu, aber noch nicht verplombt. Sie sahen etwas anders aus und waren mit »Eurex International« beschriftet.

»Die gehören zu einem anderen Projekt«, sagte Herbert Krüger.

Irgendwo, weit in Hecklers Hinterkopf, begann wieder die rote Warnleuchte zu blinken. Die Firma »Eurex International« war ihm bei seinen Recherchen im Datenmaterial der MedicAid schon einmal begegnet. Da war es um die Containergewichte gegangen. Ein Punkt, den Heckler bisher nicht hatte klären können.

»Welches Projekt?«

»Eine Pumpstation zur Wasserversorgung.«

Heckler hätte zu gern in die Container geschaut, wagte es aber nicht. Die Irritation des Vormittags zeigte noch immer Wirkung. Er beschloss, sehr vorsichtig zu sein. Nach dem Tee zeigte ihnen Herbert Krüger das Schiff, auf das die Container morgen früh verladen werden sollten. Gegen Mittag würde es dann auslaufen, ein modernes Containerschiff, auf dem die acht Container der MedicAid kaum ins Gewicht fielen. Danach fuhren alle, auch Dr. Schlüter, ins Hotel zurück und verabredeten sich für sieben Uhr zum Abendessen. Andreas Heckler blieb nur eine Stunde Zeit, die Ungereimtheiten des Tages zu klären.

76.

Weit kam er nicht. Kaum hatte Heckler das Hotelzimmer betreten, klingelte sein Handy.

»Was ist los, Andreas?«

Juliane Bernstein hatte ihren Ärger den ganzen Nachmittag zurückgehalten, auch weil sie keinen Moment gehabt hatten, in dem sie unbeobachtet gewesen waren. Jetzt überlegte er, wieviel er Juliane erzählen konnte. Er durfte sie nicht in Gefahr bringen, andererseits musste er sie ins Vertrauen ziehen.

»In der Tiefgarage heute Morgen, ich bin mir sicher, das war der Mann, den Gernsbach angeheuert hatte, wahrscheinlich Thomas' Mörder! Der kennt den Fahrer der MedicAid gut, ich glaube, die stecken unter einer Decke!«

»Hast du mit Herbert darüber geredet, du wolltest ihn doch sprechen?«

»Ja, nein ... ich meine, es kam nicht dazu, ich habe ihn nicht mehr erwischt, er war schon weg heute Morgen.«

»Und, was hast du dann den ganzen Vormittag gemacht? Hast mich einfach sitzen lassen, das ist mir schon lange nicht mehr passiert!«

»Juliane, es tut mir leid, aber es gab einen wichtigen Grund. Krüger ...«

»Ach daher weht der Wind, du bist immer noch eifersüchtig! Herbert hat mit der ganzen Sache nichts zu tun. Vergiss es!«

Noch bevor Heckler etwas erwidern konnte, hatte sie aufgelegt. In der Tat war es für eine Frau wie Juliane Bernstein ungewohnt, einfach stehen gelassen zu werden. Dies hatte sie nicht nötig. Er unterdrückte den Impuls, sie sofort wieder anzurufen, es gab Wichtigeres. Diesmal erreichte er Beißwenger sofort und sprach lange und ausführlich mit ihm. Beißwenger hörte ruhig zu, gab Heckler das Gefühl, den Ernst der Situation zu erfassen, reagierte am Ende jedoch ganz anders, als Heckler erwartet hatte.

»Krüger muss höchste Protektion genießen, mein lieber Doktor. Jetzt wird mir klar, warum die routinemäßige Überprüfung nichts ergeben hat. Das Geburtsdatum in Krügers Personalausweis ist also falsch. Wenn demnach ein falscher oder gefälschter Personalausweis als korrekt durch unsere Überprüfung kommt, dann lässt das eben nur einen Schluss zu: Die Manipulation wird offiziell geduldet oder gewollt. Allerdings deckt das keinen Mord, egal, worum es geht. Ich denke also, die Geschichte um Krügers Identität und Gernsbachs Mann, das sind zwei verschiedene Dinge. Was diesen Mann anbelangt, werde ich mich mit Walter Stüber absprechen, wahrscheinlich schicken wir jemanden – keine Sorge, Sie werden davon nichts merken.«

Gespräche mit Karl Beißwenger hatten oft etwas Beruhigendes. Heckler musste sich jetzt allerdings beeilen. So rasch es ging, zog er sich um und wollte das Hotelzimmer verlassen, als er noch einmal durch sein Handy aufgehalten wurde.

»Stell dir vor, Andreas, für Herbst hat man mir hier eine Einzelausstellung bei van de Velde angeboten«, sagte Jennifer Lacroix zur Begrüßung. »Ist das nicht super? Das ist der Durchbruch!«

»Freut mich für dich«, erwiderte Heckler mechanisch.

»Dreihundert Quadratmeter Ausstellungsfläche nur für mich, der reine Wahnsinn!«

Jenny sprudelte wie ein Wasserfall, Heckler hatte Mühe, es hinzunehmen. Er kannte sie jedoch gut genug um zu wissen, dass ihr Mitteilungsbedürfnis gleich ein Ende haben würde. Er hatte Recht.

»Sag mal, wie geht es dir eigentlich, du bist so still?«

»Mir geht es gut«, behauptete Heckler.

»Das klingt aber ganz und gar nicht so.«

»Doch, doch – ich habe mich nur etwas verspätet, die anderen warten schon mit dem Abendessen.«

Sie tauschten noch einige Floskeln aus, das Gespräch blieb

oberflächlich. Heckler hatte ganz andere Dinge im Kopf, die er Jenny in der Kürze der Zeit freilich nicht erklären konnte.

Alle waren schon da, Krüger hatte einen Tisch im Hotelrestaurant »Reuters« reserviert. Eine gute Wahl, denn es zeichnete sich durch einen Michelin-Stern aus. Heckler gab sich alle Mühe nicht aufzufallen. Das Gespräch war lebhaft, es ging um die Projekte der MedicAid, später zogen alle in die »Alte Apotheke«, eine Art Privatbar im Keller unter dem »Reuters«. Dort wurde es etwas persönlicher und sie tranken Brüderschaft. Heckler machte widerwillig mit, weil er Angst hatte, sich zu verraten. Als sich die Runde gegen ein Uhr nachts auflöste, schienen alle todmüde. Sie nahmen gemeinsam den Lift, Heckler wünschte im ersten Stock eine gute Nacht und fuhr weiter in den dritten Stock. Danach ging er über die Treppe zurück ins Erdgeschoss und betrat einen kleinen Nebenraum, in dem er bereits zuvor einen PC mit Internet-Zugang entdeckt hatte.

Rogosz – der Name ging ihm seit dem Vormittag nicht mehr aus dem Kopf. Irgendetwas hatte dieser Name ausgelöst. Nachdem er bei Google den Namen eingegeben hatte, staunte er nicht schlecht über die mehr als hundert Fundstellen. Schon bald hatte er sich durch die wichtigsten Dokumente durchgearbeitet und war schließlich bei Jürgen Rogosz, geboren im Februar 1933 in Rostock, hängen geblieben.

Nun wusste er auch, warum ihm der Name Rogosz irgendwie bekannt vorgekommen war. Vor vielen Wochen, als er in Hannover im Internetcafé über die Machenschaften der Stasi recherchiert hatte, war ihm der Name schon einmal begegnet. Jürgen Rogosz war nach einer kurzen kaufmännischen Tätigkeit bei der Hochseefischerei in Rostock, einem volkseigenen Betrieb, erwerbslos geworden und hatte dann Ende 1951 bei der Stasi angeheuert. Offensichtlich war er ein Musterschüler, denn seine Karriere ging ab da steil aufwärts: Er durchlief sämtliche Kaderschulen mit Erfolg, durfte an der Stasi-Akademie Jura studieren und promovierte später sogar. Zuvor, nämlich ab 1961, gehörte er der HVA-Abteilung III, der Abteilung für legal abgedeckte Residenturen, an und leitete eine Beratergruppe in Ghana. In dieser Zeit war sein Deckname »Jürgen Krüger« und in Wirklichkeit bildete er die Geheimpolizei Nkrumahs aus. Andreas Heckler schloss die Augen, ihm wurde schwindelig. Er spürte, dass er der Lösung so nah wie nie zuvor war. Er glaubte jetzt zu wissen, wie Herbert Krüger alias Herbert Rogosz zu seinem Namen gekommen war.

Die Geschichte war noch nicht zu Ende. Stasi-Major Jürgen Krüger wurde 1966 nach dem Sturz Nkrumahs verhaftet und fast ein Jahr später nach massivem diplomatischen Druck ausgetauscht. Danach war er stellvertretender Leiter der Abteilungen III und XII und seit 1973 Leiter der Hauptabteilung XI: Aufklärung Nordamerika und US-Einrichtungen in West-Berlin und der damaligen BRD. 1975 wurde er zum Oberst befördert.

Es gab noch ebenso amüsante wie erschreckende Details aus einer anderen Quelle. Im ghanaischen Hochsicherheitsgefängnis soll eines Tages ein als katholischer Geistlicher verklideter BND-Mann aufgetaucht sein. Rogosz habe jedoch abgelehnt, mit dem BND zusammenzuarbeiten, obwohl ihm die Freiheit und eine Million Mark angeboten worden seien. Offensichtlich ein Überzeugungstäter, dachte Heckler.

Auch kurz vor dem Zusammenbruch der DDR habe Rogosz noch nicht aufgegeben. Im März 1990 sei ein massiver Abwerbeversuch der CIA erfolgt, wiederum mit Geld als Lockmittel und dem Angebot, ihn direkt in die USA auszufliegen. Auch andere Geheimdienste, westliche wie sozialistische, hätten Interesse gehabt. Rogosz sei stur geblieben. Im Oktober 1990, nach dem Zusammenbruch der DDR, wurde er entlassen. Später klagte er vor dem Bundessozialgericht gegen seine kleine Rente von 1.100 Mark, die er als »Strafrente« bezeichnete. Er habe sogar in eine kleinere Wohnung umziehen müssen, weil er die Miete nicht mehr habe bezahlen können. Den Prozess gegen die Bundesversicherungsanstalt hatte er verloren.

Offensichtlich war Rogosz aktiv geblieben und pflegte alte Kontakte. So fand Heckler Hinweise auf die Terroranschläge des 11. Septembers. In dieser englischen Quelle wurde Rogosz als »airplane terror specialist« bezeichnet, der davor gewarnt habe, dass sich zwischen dem 10. und 20. September ein fundamentalistischer Anschlag in den USA ereignen könne.

Als Andreas Heckler gegen drei Uhr völlig erschöpft in sein

Hotelbett kroch, fragte er sich, warum ausgerechnet er an jenem Montagmorgen Dienst gehabt haben musste, als Detlef Braun im Suff seinen Chef Jan van Gemmeren erschlagen hatte und damit ein delikates Gleichgewicht um die MedicAid mit ihren Protagonisten, ihren Zuträgern und Profiteuren ins Wanken geraten war.

Wenn Herbert Krüger der Sohn des Stasi-Obersten Jürgen Rogosz war und wenn Krüger völlig »legal« eine neue Identität bekommen hatte, konnte das doch nur bedeuten, dass man Krüger benutzen wollte beziehungsweise immer noch benutzte. Was war seine Gegenleistung? Vielleicht war dem Sohn gelungen, was BND- oder CIA-Emissäre zuvor nicht geschafft hatten, nämlich die Kooperation des Vaters mit westlichen Geheimdiensten.

Heckler fand nicht in den Schlaf und wälzte sich hin und her, schwitzte, fiel schließlich in einen Halbschlaf und träumte wirres Zeug. Als der Wecker ging, war er völlig zerschlagen und bot ein Bild des Jammers. Daran änderte auch die Morgentoilette nichts.

77.

»Das tut mir aufrichtig leid, Andreas«, tröstete Herbert Krüger den bedauernswerten Heckler, der wegen eines Migräne-Anfalles nicht habe schlafen können. Jetzt gehe es ihm schon ein wenig besser und er wolle unbedingt das Tagesprogramm absolvieren, auch mit dem Kollegen Schlüter noch einmal zum Hafen fahren.

Auch wenn es lange gedauert hatte, Heckler hatte Beißwenger am frühen Morgen dieses Samstags erreicht und das Ergebnis seiner nächtlichen Recherche berichtet. Seine Enttäuschung war groß gewesen, weil Karl Beißwenger bereits alles gewusst hatte. Nachdem Krüger als Herbert Rogosz identifiziert worden war, hatte die Sonderkommission, die natürlich auch über andere Quellen als das Internet verfügte, Informationen zusammengetragen. Informationen, die Beißwenger veranlassten, Heckler zum wiederholten Male einzuschärfen, nichts weiter zu unternehmen. Für zehn Uhr war ein, wie Beißwenger es nannte, »Krisengipfel« von Sonderkommission und Bundesnachrichtendienst angesetzt worden, an dem die Staatssekretäre des Inneren aus Düsseldorf und Berlin teilnehmen sollten. Mehr könne und dürfe er zum jetzigen Zeitpunkt nicht sagen, er werde sich gegen Mittag melden und konkrete Verhaltensmaßnahmen durchgeben. So nach und nach war Heckler die wahre Dimension der Geschichte aufgegangen, die daran zu ermessen war, dass an einem Samstagvormittag zwei Staatssekretäre bemüht worden waren. Immerhin hatte Beißwenger noch verraten, dass Krügers privater Besuch gestern wohl dessen Mutter gegolten habe.

Jetzt machte sich Heckler mit Schlüter auf den Weg zum Hafen. Krüger hatte sich wegen geschäftlicher Dinge entschuldigt, ließ die beiden Doktoren aber von seinem Fahrer zum Hafen bringen. Juliane zog es vor, allein die Stadt zu erkunden. Schlüter kontrollierte ein letztes Mal an Hand der Ladelisten den Inhalt der einzelnen Container. Auf Bitte Hecklers gingen sie zum Hafenmeister, der die MedicAid und Schlüter kannte. Heckler hatte dafür einen Vorwand gefunden. Nachdem Schlüter wieder an seine Arbeit gegangen war, kam Heckler mit dem Hafenmeister ins Gespräch, der sich durch das detaillierte Interesse Hecklers an der Verschiffung von Containern gebauchpinselt fühlte und dem vermeintlichen Mitarbeiter der MedicAid jede gewünschte Auskunft gab. Natürlich wurden die Gewichte der einzelnen Container vor dem Verladen erneut überprüft und festgehalten.

Andreas Heckler hatte ein sehr gutes Zahlengedächtnis und wusste nach kurzer Zeit, dass die tatsächlichen Gewichte bestimmter Container deutlich über dem gelegen hatten, was die Buchführung der MedicAid ausgewiesen hatte, genau so hoch, wie es Thomas Bernstein in seiner geheimen Datei festgehalten hatte. Es gab nur zwei Erklärungen: Entweder waren die Gewichte der einzelnen Stücke falsch angegeben worden oder – und das schien die plausiblere Erklärung zu sein – es waren zusätzliche Waren geladen worden, die die Ladelisten aber nicht auswiesen.

Andreas Heckler war wie im Rausch. Jetzt hatte er die Chance, mit einem Schlag die ganze Affäre aufzuklären. Dort in der Halle standen zwei Container der Eurex, so wie die ganzen Container zuvor.

Was sollte schon passieren? Es war heller Tag, die Halle war belebt und Dietmar Schlüter war anwesend. Also ging Andreas Heckler zurück und stieß in der Halle auf Schlüter.

»Bin gleich zurück«, empfing ihn Schlüter und ging hinaus.

Heckler registrierte es kaum und näherte sich den Eurex-Containern. Er bemerkte einen älteren Arbeiter, der gerade dabei

war die Container zu verschließen.

»Einen Moment noch!«, hielt Heckler den Arbeiter auf. »Dr. Heckler aus Düsseldorf, von der MedicAid. Ich müsste die Container nochmals kurz überprüfen.«

»Das geht nicht, die Container werden jetzt verplombt, der Zoll kommt jeden Moment!«

Ihre Blicke begegneten sich. Es war nicht das für einen Hafenarbeiter ungewöhnliche Alter von etwa siebzig Jahren, welches Heckler überraschte, es war der Blick.

Andreas Heckler merkte zu spät, dass er einen Fehler gemacht hatte. Er holte sein Handy aus der Tasche und wählte Beißwengers Nummer, die er für Notfälle hatte.

»Ich rufe den Chef an«, sagte er zu dem Mann, der ihm irgendwie bekannt vorkam. Gott sei Dank meldete sich einer von Beißwengers Mitarbeitern.

»Ich bin es, Dr. Heckler, bin gerade im Rostocker Hafen und ...«

Weiter kam er nicht. Ein metallisches Klicken an seiner rechten Schläfe ließ ihn verstummen und er spürte die unangenehme Kälte des Pistolenlaufs. Mit einem dümmlichen Grinsen nahm ihm Krügers Chauffeur das kleine Mobiltelefon aus der Hand, ließ es auf den Boden fallen und trat kurz und heftig darauf.

»Was machen wir mit ihm, Herr Oberst?«

Dr. jur. Jürgen Rogosz, ehemaliger Oberst der Staatssicherheit, antwortete kurz und knapp: »Das erledigt Herbert.«

Dann entfernte er sich rasch. Für seine siebzig Jahre bewegte er sich ungeheuer geschmeidig.

Noch immer glaubte Heckler, dass nichts passieren könne. Doch die Werkshalle war plötzlich wie leer gefegt, keine Menschenseele weit und breit, auch Schlüter kehrte nicht zurück. Nach kurzer Zeit erschien Herbert Rogosz alias Krüger.

»Ich hatte dich für intelligenter gehalten, mein lieber Doktor«, stellte Krüger fest. Seine Stimme klang emotionslos, er wirkte fast unbeteiligt, doch sein Blick war durchdringend und kalt.

»Was soll der Quatsch? Sag diesem Wachhund, dass er mich ...«

»Halt die Klappe! – Schade, ich habe dich für einen guten Mann gehalten, wir hätten hervorragend zusammenarbeiten können. Du hast leider zwei große Schwächen: Du bist neugierig und du bist stur. Unter anderen Umständen hätten das auch Stärken sein können, wirklich schade.«

»Zusammenarbeiten? So wie mit Thomas Bernstein?«

»Bernstein! Ein Kleinkrimineller ohne Format, ich bitte dich! Fing an, Geschäfte auf eigene Rechnung zu machen und Material über unsere Organisation zu sammeln. Als er versehentlich eingesperrt wurde, drohte er uns. Wir lassen uns aber nicht erpressen, und schon gar nicht von irgendwelchen schwulen ...«

Rogosz hatte sich in Rage geredet, hatte für einen kurzen Moment die Fassung verloren.

»Welche Organisation?« Heckler musste Zeit gewinnen. Und er wusste aus Erfahrung, dass Leute wie Rogosz die Gelegenheit zur Selbstdarstellung gerne nutzten. Rogosz verzog verächtlich den Mund.

»BND – wer sonst! Deswegen wird dein Freund Beißwenger auch seinen Job und seine Pension verlieren«, setzte er spöttisch hinzu.

»Aber das hier, das ist doch nicht der BND, oder?«

»Dummkopf, natürlich nicht. Aber Schluss jetzt!«

»Moment noch, die Abhöraktionen, mein manipulierter Computer, die Wohnungsdurchsuchungen: Was habt ihr bei mir gesucht?«

Heckler hatte jetzt erst begriffen, in welch aussichtloser Lage er sich befand. Er suchte verzweifelt nach einem Köder, den er Rogosz hinwerfen könnte, um Zeit zu gewinnen.

Rogosz sah ihn merkwürdig an, recht lange, dann fing er an zu lachen.

»Das ist gut, Andreas Heckler, das ist sehr gut. Dann hätten wir uns den ganzen Kram ja sparen können. Ich habe dich wirklich überschätzt!«

Zu spät bemerkte Heckler seinen zweiten Fehler in dieser Situation. Er hatte mit der Frage zugegeben, dass er selbst nicht wusste, was Thomas Bernstein eigentlich »versteckt« hatte. Damit war ein mögliches Druckmittel wertlos geworden. Eine der Stärken von Andreas Heckler war seine Intuition, die ihm schon in zahlreichen prekären Situationen weitergeholfen hatte. Freilich unterschied sich diese Situation erheblich von anderen Situationen, sie war eigentlich aussichtslos. Dennoch versuchte er es.

»Den Speicherchip haben wir«, sagte er ganz ruhig, eher beiläufig.

Die Reaktion seines Gegners war bemerkenswert, sie ließ jedoch nur einen kurzen Moment der Unbeherrschtheit erkennen.

»Wo?«

Heckler schwieg.

»Prügel's aus ihm raus!«, wies Rogosz seinen Untergebenen an.

Noch bevor Heckler antworten konnte, erhielt er einen heftigen Schlag mit dem Handrücken ins Gesicht. Er taumelte zurück, schlug mit dem Hinterkopf gegen den Container, seine linke Wange brannte, aus seiner Nase rann es warm und färbte das Hemd rot.

»Also?«

»Die Sonderkommission«, stöhnte Heckler.

Wieder lachte Rogosz, ein abschätziges Lachen ohne wirkliche Emotion.

»Wo habt ihr den Chip her?«

Heckler zögerte, weil er merkte, dass Rogosz seine Fassung wiedergewonnen und zu seiner Überheblichkeit zurückgefunden hatte.

»Spuck's aus!«, sagte der Chauffeur und holte aus.

»Ein gewisser Dr. Zeidler hatte den Chip implantiert. Der starb vor zwei Wochen auf Sardinien und ...«

Diesmal lachten beide, Rogosz und der Chauffeur. Sie lachten anhaltend und widerlich.

»Idioten«, stellte Rogosz fest, »keine Ahnung habt ihr!«

Andreas Heckler wusste jetzt zwei Dinge: Er hatte schon wieder einen Fehler gemacht und es ging tatsächlich um einen Chip, nur eben nicht um denjenigen, den der angeblich tote Dr. Zeidler implantiert hatte. Aber dieses Wissen verbesserte Hecklers Lage überhaupt nicht.

»Die Sonderkommission ist über jeden meiner Schritte informiert, die wissen, dass ich hier bin.«

»Oh ja, natürlich, Herr Dr. Heckler! Aber ziemlich genau ...«, Rogosz sah auf seine Armbanduhr, »... jetzt wird deinem Freund Beißwenger durch die Staatsekretäre die Leitung der Sonderkommission entzogen und der neue Leiter der Kommission, ein sehr zuverlässiger Mitarbeiter, wird auf höchste Anweisung hin die Ermittlungen in diesem Fall einstellen. Der bedauernswerte Herr Beißwenger wird – wie gesagt – mit einem Disziplinarverfahren rechnen müssen. Und was dich betrifft, so wirst du beim Verlassen des Hotels gesehen werden, später noch einmal an einer Autobahnraststätte, danach nie wieder.«

Heckler war fast so weit, sich nicht mehr gegen die aufkommende Verzweiflung zu stemmen. Rogosz wusste alles, er hatte immer alles gewusst. Auch über das heutige Treffen des BND mit der Sonderkommission und den Staatssekretären wusste er Bescheid. Trotzdem, Karl Beißwenger war nicht der Mann, der das mit sich machen ließ.

»Da kennst du Karl Beißwenger schlecht«, murmelte Heckler mehr zu sich selbst. Laut sagte er: »Gernsbach hat gestanden und die Mordkommission weiß, dass Bernsteins Mörder hier im Hotel war!«

Heckler hatte seine letzte Trumpfkarte gezogen. Rogosz war sichtlich verärgert.

»Bring das in Ordnung!«, herrschte er den Untergebenen an.

»Jawoll«, brüllte der Mann und knallte die Hacken zusammen.

»Rühren!«, sagte Rogosz lässig.

»Was machen wir jetzt mit dem da?« Der Chauffeur nickte Richtung Heckler.

»Lösung Zeidler«, sagte Rogosz und wandte sich zum Gehen.

Das war Hecklers letzte Erinnerung, dann wurde es Nacht.

78.

Karl Beißwenger sah auf die Uhr. Noch eine halbe Stunde. Dass er an einem Samstagmorgen im Polizeipräsidium saß, störte ihn

nicht. Er war es gewohnt, außerhalb der üblichen Dienstzeiten zu arbeiten. Was ihn störte, war eine Vorahnung, die fast schon Gewissheit war. Durch seine Tätigkeit als Leiter der Sonderkommission und seine vertrauenswürdige Art hatte er in zahlreichen Institutionen zuverlässige Informanten gewonnen. Und einer dieser Informanten hatte ihn gewarnt, er müsse mit dem Schlimmsten rechnen.

Irgendwie mochte er diesen merkwürdigen Doktor. Vielleicht deshalb, weil dieser ein bisschen wie er selbst war: Wenn er sich etwas in den Kopf gesetzt hatte, unerbittlich und stur. Gestern Abend, nach dem Anruf aus Rostock, hatten sie noch lange zusammengesessen, Walter Stüber, er und sein Stellvertreter, dem er vollkommen vertraute. Sie hatten nach der Warnung, die Beißwenger zugespielt worden war, intensiv nach einer Strategie gesucht und, wie sie glaubten, auch eine gefunden.

Die Sonderkommission hatte inzwischen eine Menge Material über Brunkhorst & Co zusammengetragen. Nachdem bereits vor Jahren ein Vorstandsmitglied des Bankhauses wegen des Verdachts der Geldwäsche seinen Stuhl geräumt hatte, agierte der Geschäftsführer Henning Bengsen äußerst umsichtig. Bengsen tätigte Auslandsgeschäfte im großen Stil. Es bestand zwar der Verdacht illegaler Ausfuhren und der Geldwäsche, aber immer dann, wenn sie glaubten, Beweise gefunden zu haben, tappten sie ins Leere, als sei Bengsen gewarnt worden. Erst nach dem Todschlag an van Gemmeren, der irrtümlichen Beschuldigung dieses Bernsteins und den dadurch ausgelösten ungestümen Recherchen Dr. Hecklers, war Bewegung in die Sache gekommen.

Mit Hilfe der von Thomas Bernstein erstellten inoffiziellen Datensicherung der MedicAid-Buchführung war es der Sonderkommission gelungen, den Netto-Geldfluss mit den offiziellen Zahlen zu vergleichen. Da gab es ein ausgeklügeltes System von Umbuchungen, Zahlungen und Erstattungen im Zusammenhang mit den Exportgütern für Entwicklungsprojekte. Die MedicAid leistete die Vorfinanzierung vieler Projekte, erhielt dann Gelder zurück, entweder durch staatliche Beteiligungen der Partnerländer oder in Form von offiziellen deutschen Entwicklungsgeldern. Der Geldstrom ging stets über das Partnerland, egal, wer letztlich Geldgeber war. Die zurückgeflossenen Gelder wurden wiederum in neue Projekte gesteckt. Der gesamte Zahlungsverkehr lief über Brunkhorst & Co. So weit, so gut.

Der wichtigste Punkt an dem System war, dass die Beträge der Auslandszahlungen, aber auch die über das Ausland erstatteten Beträge, ihrer Entstehung und vor allem ihrer Höhe nach nicht kontrollierbar waren. Hier bot sich reichlich Raum für »kreative Buchführung«. Spezialisten der Sonderkommission hatten sich bei zwei Projekten die Mühe gemacht, die Plausibilität der Beträge anhand der Warenwerte zu überprüfen, in beiden Fällen mit demselben Ergebnis: Der Netto-Geldfluss war wesentlich größer, als er hätte sein dürfen. Damit war es gerechtfertigt, offizielle Ermittlungen gegen die MedicAid zu führen. Beißwenger wollte dafür einen Beschluss der Staatsanwaltschaft erwirken. Der für die Sonderkommission zuständige Oberstaatsanwalt sollte jetzt ebenfalls erscheinen.

Es ging nicht um die kleinen Betrügereien, die dieser Bernstein gemeinsam mit dem Pharma-Lieferanten Offermanns begangen hatte. Seine Mitarbeiter hatten den Verdacht des Doktors bestätigt, dass Offermanns von dieser Repropharm billig minderwertige Medikamente erworben und teurer an die MedicAid verkauft hatte. Der Skandal, in den auch der BioTech-Konzern verwickelt war, war ja durch diesen Journalisten, Martin Preuss, publik gemacht worden. Nein, es ging um wesentlich mehr. Karl Beißwenger hatte dafür einen sechsten Sinn. Es hatte zahlreiche Hinweise auf eine Beteiligung der Geheimdienste gegeben. Bereits das persönliche Erscheinen des BND-Kontaktmannes bei der Sonderkommission war ein Alarmzeichen gewesen. Dann die Wanzen in der Wohnung des Doktors! Sein Gewährsmann hatte bestätigt, dass die dabei eingesetzte Wanze neuester Bauart vom BND stammte. Und die gescheiterte Übergabe des Safe-Schlüssels der MedicAid, die ein Mitarbeiter des BND in den Reihen der Sonderkommission verhindert hatte. Schließlich das direkte Verbot des Staatssekretärs, in der Sache weiter zu ermitteln. Damit nicht genug, seit gestern wusste er, dass er vom BND belogen worden war, was Krügers Biographie betraf.

Wenn es darum gegangen wäre, sich mit Hilfe der MedicAid Informationsquellen im Ausland zu erhalten, dann hätte ein Hinweis des BND an den Leiter der Sonderkommission genügt – so wie das normalerweise lief. Also, schloss Karl Beißwenger, ging es um höhere Dinge, beispielsweise um Staatsinteressen. Er hätte es vielleicht akzeptieren können. Aber an dieser Stelle war er ein Sturkopf: Wenn er nicht wusste, warum er etwas oder was er überhaupt akzeptieren sollte, weigerte er sich, es zu tun.

Es war zehn Uhr. Beißwenger ging mit seinem Stellvertreter und Vertrauensmann das Vorgehen noch mal durch, begab sich dann allein in den abhörsicheren Besprechungsraum und wartete. Die Herren erschienen gegen viertel nach zehn. Den Berliner Innenstaatssekretär kannte Beißwenger nicht. Der Oberstaatsanwalt fehlte, er lasse sich entschuldigen, habe dringende andere Termine. Ein böses Omen. Das Vorspiel war kurz, man hielt sich angesichts des noch in Aussicht stehenden Rest-Wochenendes nicht lange bei Vorreden auf. Die Herren verlangten Beißwengers Bericht, er möge sich kurz fassen. Der gab pflichtschuldigst Rapport, ließ dabei ein paar Details weg, die ihm noch als Trumpfkarte dienen sollten, fasste seine Ergebnisse darin zusammen, dass er die Notwendigkeit weiterer Ermittlungen gegen die Verantwortlichen der MedicAid und des Bankhauses Brunkhorst & Co bestätigt sah. Die Geschichte des vermeintlich toten Dr. Zeidler mit dem implantierten Chip ließ er weg.

Beißwenger fühlte sich in seinen bösen Vorahnungen bestätigt. Der BND-Mann hatte fast demonstrativ mit irgendwelchen Papieren geraschelt und die Staatssekretäre hatten nur anfangs zugehört, später hatten sie miteinander getuschelt. Die Herren benötigten eine gewisse Zeit um zu merken, dass Beißwenger geendet hatte. Dann gab der Düsseldorfer Mann ein offensichtlich vorbereitetes Statement ab.

»Nun ja, ihre Kommission hat sicher gute Arbeit geleistet, aber ...«, begann er. Dann musste sich Karl Beißwenger eine weitschweifige Erklärung anhören, weshalb die Einstellung jeglicher Ermittlungen umgehend zu erfolgen habe. Die Erklärung reichte von der sinnvollen Unterstützung der notleidenden Wirtschaft bis hin zu staatlichen Interessen. Beißwenger war darauf vorbereitet gewesen, aber dass der Oberstaatsanwalt nicht anwesend war, war seiner Strategie abträglich. Er argumentierte zunächst mit der formalen Zuständigkeit: »Wie Sie wissen, Herr Staatssekretär, haben wir aus gutem Grunde eine Gewaltenteilung. Eine derartige Entscheidung müsste schon durch die Strafverfolgungsbehörden oder auf richterliche Anordnung erfolgen.«

Der Staatssekretär hatte sich im Griff und steckte diese Provokation weg. Ungerührt zog er ein Schriftstück aus dem Aktenkoffer.

»Dies, Herr Beißwenger, ist die durch den Innenminister des Landes unterzeichnete Erklärung, die Sie von der Leitung der Sonderkommission entbindet und die Sie bis zum Abschluss eines zu erwartenden Disziplinarverfahrens von allen Dienstpflichten freistellt. Wenn Sie bitte hier unten den Empfang quittieren würden.«

Karl Beißwenger hatte mit einigem gerechnet, aber so ließ er sich nicht abkanzeln: »Begründung?«

»Steht hier!« Der Staatssekretär tippte mit dem Zeigefinger auf das Blatt und beugte sich vor. »Sie haben vorsätzlich gegen ihre Dienstpflichten verstoßen mit dieser ... illegalen Aktion. Lassen Sie es mich schlicht so ausdrücken: Man klaut keine Leichen und obduziert sie heimlich. Es wird strafrechtliche Ermittlungen wegen Störung der Totenruhe geben.«

Der Staatssekretär lehnte sich zufrieden zurück. Er hatte Beißwenger nie leiden können. Obwohl Beißwenger befürchtet hatte, dass die Obduktion des vermeintlichen Dr. Zeidler herauskommen würde, ärgerte es ihn doch und bestätigte, dass der

BND überall seine Finger im Spiel hatte. Dass sie einen Chip gefunden hatten, das allerdings hatte Beißwenger niemandem verraten, diese Information besaßen nur die Doktoren Haller und Heckler, sein Stellvertreter und der Elektronikspezialist der Kommission, der den Chip entschlüsselt hatte. Beißwenger zog diese Trumpfkarte, hatte jedoch nicht vor, den Inhalt preiszugeben.

»Wir haben gefunden, was wir suchten«, stellte er ruhig fest.

Der BND-Mann schoss hoch, wurde nervös, seine Stimme überschlug sich fast.

»Was haben Sie gefunden?«, herrschte er Beißwenger an.

»Warum ist der Tote plötzlich so wichtig? Dieser ... wie hieß er doch gleich?«

»Zeidler«, platzte der BND-Mann heraus, »aber das wissen Sie doch!«

»Eben nicht! Ich weiß nicht, wer der Tote ist, Zeidler ist es jedenfalls nicht. Sie sind hereingelegt worden!«

Beißwenger grinste. Durch die heftige Reaktion des BND-Mannes war ihm schlagartig aufgegangen, dass Zeidler für den BND tot sein sollte und, was noch wichtiger war, es gab offensichtlich eine Dreiecksverbindung zwischen der MedicAid, Zeidler und dem BND.

Der Staatssekretär sprang in die Bresche: »Und, was haben Sie nun entdeckt?«

»Dieser Tote, dessen Identität wir noch klären müssen, hatte einen Speicherchip implantiert, auf dem brisante Unterlagen der ehemaligen Staatssicherheit der DDR kodiert sind.«

Die Herren begannen, nervös auf ihren Stühlen hin- und herzurutschen.

»Welche Unterlagen?«, wollte der Berliner jetzt wissen.

»Bedaure, Herr Staatssekretär«, sagte Beißwenger, »soweit unter Umständen Anwesende involviert sein könnten ...«

»Okay, lassen wir das! Sie sind in jedem Fall raus, Beißwenger. Wenn Sie jetzt bitte den Empfang des Schreibens bestätigen wollen?«, bestand der Düsseldorfer Staatssekretär auf seinem ursprünglichen Anliegen.

Karl Beißwenger hatte sich gut vorbereitet. Der Staatssekretär hatte ihn ja schon einmal angewiesen, die Ermittlungen einzustellen. Eine klare Kompetenzüberschreitung, die Beißwenger damals wütend gemacht hatte. Deshalb hatte er angefangen, Erkundigungen über den Mann einzuholen, mit Erfolg.

»Das werde ich nicht tun, Herr Staatssekretär, weil ich zuerst dem Innenminister unter vier Augen erklären möchte, wie weit Sie selbst verwickelt sind.«

Das Gesicht des Staatssekretärs verfärbte sich dunkelrot.

»Was erlauben Sie sich! Das wird Sie Kopf und Kragen ...«

»Schluss jetzt!«, donnerte Beißwenger. »Die Schwester Ihrer Frau ist eine Cousine von Herrn Bengsen, Sie spielen regelmäßig Golf mit Bengsen, Sie haben einen Beratervertrag mit einer Düsseldorfer Consulting, deren Hauptgesellschafter das Bankhaus Brunkhorst ist, Ihren Sohn haben Sie nach Abbruch seines Jura-Studiums bei Brunkhorst untergebracht ... wollen Sie noch mehr hören?«

»Wenn Sie uns einen Moment entschuldigen!«, unterbrach der Berliner Staatssekretär des Inneren.

Vor dem Besprechungsraum traf Karl Beißwenger seinen Stellvertreter und Vertrauten. Der kam aufgeregt auf ihn zu.

»Karl, ich glaube, dort in Rostock, da läuft irgendwas schief.«

»Was ist los?«

»Vor einer halben Stunde etwa gab es einen Anruf von unserem Doktor.«

»Und?«

»Hör's dir selber an! Es ist wie ein ... Hilferuf.«

Natürlich wurden sämtliche Anrufe aufgezeichnet, auch die über die dienstlichen Handys. Sie hörten sich Hecklers Anruf, der etwa viertel nach zehn eingegangen war, immer wieder an: »Ich bin es, Dr. Heckler, im bin gerade im Rostocker Hafen und ...« Abbruch.

»Hast du die Verbindungsdaten gecheckt?«

»Klar, der Anruf kam tatsächlich aus dem Rostocker Hafen und der Abbruch der Verbindung ist auf technischen Defekt zurückzuführen, jedenfalls wurde das Handy nicht regulär vom Netz abgemeldet. Seither erfolgte auch keine erneute Netzanmeldung. Die Feldstärke war übrigens gut, das kann nicht der Grund für den Zusammenbruch der Verbindung sein.«

»Lass uns das noch mal anhören, da am Schluss ...«

Karl Beißwenger lauschte bestimmt zwanzig Mal dem Schluss der Aufzeichnung, bis die Verbindung abgebrochen war.

»Er bricht mitten im Satz ab, die Verbindung bleibt aber noch zwei oder drei Sekunden stehen, man hört weiter die Hintergrundgeräusche und dann, hier«, Beißwenger spulte die Aufzeichnung immer wieder ein kleines Stück zurück, »vor dem letzten Wort ›und‹, dieses kurze Geräusch, so ein Klicken, wie ...«

»Könnte sein«, sagte Beißwengers Mitarbeiter.

»Wir haben doch gestern zwei Männer nach Rostock geschickt, einen von Stübers Leuten und Strobel.«

»Einer unserer Besten.«

»Sie sollen Rogosz alias Krüger unter irgendeinem Vorwand festnehmen«, entschied Beißwenger, »und sprich mit Walter Stüber!«

Die Sonderkommission hatte seit dem gestrigen Tag, als durch Hecklers Anruf die wahre Identität von Herbert Krüger bekannt geworden war, in einer Art Sonderschicht unendlich viel Material zusammengetragen. Beißwenger hatte alle Informanten und Kontaktleute angesprochen, die Zugang zu geheimen Archiven hatten. Darunter waren auch ehemalige Mitarbeiter östlicher Dienste. Beißwenger hielt das Ergebnis für ausreichend, um Rogosz zu verhaften. Er hätte zwar viel lieber noch weiter verdeckt ermittelt, aber die Sache spitzte sich zu. Im Kern ging es um die immer wieder auftauchenden Hinweise, dass eine Gruppe ehemaliger Geheimdienstler eine Organisation leitete, die unter Nutzung alter Seilschaften und Kanäle die »Vermarktung« illegaler Güter betrieb; es ging um Waffen der ehemaligen Ostblockarmeen, um nukleares Material und Drogen. Es gab konkrete Hinweise dafür, dass Rogosz daran beteiligt war. Inwieweit es hierbei um Herbert oder um Jürgen Rogosz ging, blieb in vielen Fällen offen.

Eine ideale Konstruktion! Der BND hatte nach der Wende Herbert Rogosz angeworben, ihm eine neue Identität verschafft und ihn bei der MedicAid eingeschleust. Als Gegenleistung erhielt der BND gelegentlich Informationen aus Dritte-Welt-Ländern, an die sonst schwer heranzukommen war. Rogosz aber machte mit seiner geheimen Organisation auf eigene Rechnung

Geschäfte und nutzte seine Freiheiten als BND-Informant. Und er nutzte die Verbindungen, die sein Vater aus früheren Zeiten immer noch besaß. Vermutlich fanden keinerlei Zollkontrollen der MedicAid-Exporte statt. Das System hatte jahrelang so funktioniert. Wodurch es aus dem Gleichgewicht geraten war, blieb ein Rätsel.

Als Karl Beißwenger in den Besprechungsraum zurückkehrte, fand er ihn leer vor. Auch eine Art, die Besprechung zu beenden und eine Niederlage einzugestehen. Er selbst durfte sich als klarer Etappensieger betrachten. Doch dieses Gefühl auszukosten erlaubte er sich nicht. Die Zeit drängte.

79.

Juliane Bernstein betrachtete sich prüfend im Spiegel. Sie war zufrieden mit sich. Die Aussicht, mit einem gut aussehenden Mann im besten Alter den Abend zu verbringen, tröstete sie über die Tatsache hinweg, dass Andreas sie gleich mehrfach versetzt hatte. Sie hatte den sympathischen Doktor von Anfang an gemocht und sich, ohne dass sie es vorgehabt hätte, Hals über Kopf in ihn verliebt. Dass am Ende aber eine Enttäuschung gestanden hatte, dafür gab sie sich teilweise selbst die Schuld. Wenn sie ihren Verstand nicht völlig abgeschaltet hätte, wäre ihr das erspart geblieben. Und schließlich war sie Andreas Heckler zu Dank verpflichtet; er hatte ihr in schwierigen Stunden beigestanden.

Aber jetzt hatte er sich den Rest ihrer Sympathie verscherzt. Gestern Vormittag hatte er sie versetzt, war ihr die Erklärung schuldig geblieben und heute war er ohne irgendeine Erklärung abgereist. Als sie gegen Mittag ins Hotel zurückgekehrt war, hatte man ihr am Empfang mitgeteilt, Herr Dr. Heckler habe zu seinem Bedauern abreisen müssen, mehr wisse man nicht. Juliane war endgültig verärgert. Am Nachmittag traf sie Herbert Krüger, der ebenfalls verwundert war über Hecklers plötzliche Abreise. Ansonsten zeigte er sich sehr zufrieden über den Projektablauf, das Schiff sei planmäßig ausgelaufen. Er schlug vor, dass sie einen gemütlichen Abend verbringen sollten, er kenne da ein kleines, familiäres Restaurant draußen in Warnemünde.

»Gern, Herbert.«

»Wir treffen uns um sieben in der Hotelhalle, ich freue mich, Juliane«, hatte Krüger geantwortet. Jetzt war es sechs Uhr.

Der Tod ihres Bruders Thomas hatte einen tiefen Einschnitt in ihrem Leben bedeutet. Aber in dem Maße, wie sie es fertig brachte, die Verantwortung für ihn, die sie über seinen Tod hinaus getragen hatte, Stück für Stück abzugeben, konnte sie seinen Verlust überwinden. Anfangs hatte sie sich geweigert zu sehen, dass Thomas in illegale Geschäfte verwickelt gewesen sein musste. Als Andreas sie darauf stieß, hatte sie ihn verdammt. Aber mit der Zeit konnte sie die Augen vor den Fakten nicht mehr verschließen. Und als dieser Journalist, Martin Preuss, die Sache in die Presse brachte, war Juliane Andreas Heckler dankbar, dass ihr Bruder weitgehend herausgehalten worden war.

Die definitive Erkenntnis über die krummen Geschäfte von Thomas war später gekommen. Sie hatte den antiken Schreibtisch ihres Bruders einem Restaurator gegeben, der oft für das Museum Stücke aufarbeitete. Eines Tages hatte dieser Mensch angerufen und ihr einen Schlüssel überreicht, den er in einer Art Geheimfach des Möbels entdeckt hatte. Juliane hatte den Schlüssel eingesteckt und zunächst nichts weiter unternommen. Sie hatte sowieso gerade genug Ärger wegen des Einbruchs in ihre Wohnung. Auf die Idee, dass es bei diesem Einbruch unter anderem um den Schlüssel gegangen war, kam sie nicht.

Später, als ihr der Schlüssel wieder zwischen die Finger geriet, hatte sie eine renommierte Detektei beauftragt zu ermitteln, wozu dieser Schlüssel passte. Da sie mittlerweile von den dubiösen Geschäften ihres Bruders erfahren hatte, wollte sie die Polizei zunächst heraushalten. Dafür war später noch Zeit genug. Die privaten Ermittler verrichteten ganze Arbeit und fanden das Schloss zum Schlüssel: Es war ein Bankschließfach in der Schweiz. Sie hatte niemanden davon erzählt, auch Andreas nicht. Der Schlüssel ohne Legitimation hatte nichts genutzt. Erst als sie von einem Düsseldorfer Notariat den Erbschein erhalten hatte, war sie in die Schweiz gefahren, um das Schließfach zu öffnen. Das war Anfang letzter Woche gewesen. Sie hatte das Fach schnell wieder verschlossen, der Inhalt von über zwei Millionen Euro hatte sie nicht sonderlich überrascht. Es handelte sich zweifellos um Geld, welches der MedicAid zustand. Sie hatte keinen Moment daran gedacht, das Geld zu behalten. Den kommenden Abend wollte sie nutzen, um in Ruhe mit Herbert darüber zu sprechen, wie man die Sache aus der Welt schaffen könnte. Auch die MedicAid musste ein Interesse daran haben, nicht schon wieder in die Schlagzeilen zu geraten.

Häufig, wenn sie an Andreas Heckler dachte, drängten sich Szenen jenes Tages auf, der Liebe und Verzweiflung gleichermaßen beinhaltet hatte: der Tag der Beerdigung ihres Bruders. Es hatte nur einen noch schmerzlicheren Tag in ihrem Leben gegeben, das war der Tag der Beerdigung ihrer Eltern. Aber es hatte keinen Tag in ihrem Leben gegeben, in dem sich liebevolle Tröstung und erotisches Bedürfnis gleichermaßen gemischt und zu einem starken Verlangen geführt hatten. Auch in der Erinnerung war dieses Verlangen noch spürbar. Sie wusste, dass sie Andreas Heckler an jenem Abend verloren hatte, aber in solchen Momenten der Erinnerung begehrte sie ihn noch immer.

Dann tat sie etwas, das sie unter normalen Umständen nie getan hätte. Sie verließ ihr Zimmer und stieg zwei Stockwerke nach oben und sah vorsichtig um die Ecke. Ob es Misstrauen war oder ob sie es einfach nicht glauben mochte, dass Andreas abgereist war, wusste sie nicht. Vor Andreas Zimmer blieb sie stehen und lauschte. Fast erleichtert registrierte sie die schwachen Geräusche, die eindeutig aus dem Zimmer kamen. Also war er doch nicht abgereist, der Empfang musste da etwas missverstanden haben. Den Impuls, anzuklopfen, konnte sie im letzten Moment unterdrücken. Warum sollte sich der Empfang eines Vier-Sterne-Hotels geirrt haben? Die Abreise eines Hotelgastes – da gab es wohl kein Vertun. Als die Geräusche lauter wurden, schlüpfte Juliane rasch zurück ins Treppenhaus. Keine Sekunde zu früh. Sie vernahm, wie die Türe geöffnet wurde, zurück ins Schloss fiel und Schritte sich schnell entfernten. Sie blickte vorsichtig in den Flur. Dass sie erwartet hatte, dort Andreas Heckler zu sehen, war wohl Ausdruck tiefer Wünsche. Stattdessen aber nahm sie für den Bruchteil einer Sekunde einen Mann wahr, der mit zwei Reisetaschen den Lift betrat. Trotz des kurzen Augenblicks hatte sie ihn erkannt: Es war der Fahrer der MedicAid, der sie von Düsseldorf nach Rostock gefahren hatte.

An der Anzeige des Fahrstuhls konnte sie erkennen, dass der Lift bis in die Tiefgarage gefahren war. Hastig lief sie drei Etagen nach unten, stürmte durch das Restaurant im Erdgeschoss nach hinten und sah gerade noch, wie ein dunkler Geländewagen aus der Tiefgarage an der Rückseite des Gebäudes auftauchte und sich rasch entfernte. Das Fahrzeug hatte sie noch nie gesehen, den Mann am Steuer aber erkannte sie wieder. Sie nahm nicht war, dass sich sämtliche Gäste des Restaurants nach ihr umgedreht hatten und sie anstarrten.

Als sie wieder zurück im Zimmer war, warf sie sich aufs Bett und stierte an die Decke: Warum sollte Andreas ohne Gepäck abgereist sein? Und was hatte der Chauffeur damit zu tun? Jetzt erinnerte sie sich an die Warnung von Andreas, er habe möglicherweise den Mörder ihres Bruders gesehen und müsse unbedingt mit Herbert Krüger sprechen. Vermutlich war es zu diesem Gespräch nicht gekommen und Andreas war etwas zugestoßen. Sie war nahe daran zu verzweifeln. Sie musste dringend mit Herbert sprechen.

Es war fünf vor sieben. Juliane Bernstein kontrollierte flüchtig ihr Äußeres und fuhr mit dem Lift in die Lobby des Hotels. Herbert Krüger wartete bereits.

»Du siehst bezaubernd aus«, begrüßte er sie gut gelaunt, »ich hole eben den Wagen aus der Tiefgarage.«

»Kein Chauffeur?«, rutschte es Juliane heraus.

»Nein, der Chauffeur ist bereits mit Dietmar Schlüter unterwegs nach Düsseldorf, Dietmar wird dort gebraucht.«

Juliane Bernstein hatte plötzlich das Gefühl, auf der Hut sein zu müssen.

»Wann ist er denn gefahren?«

»Vor etwa zwei Stunden, aber warum interessiert dich das, Juliane?«

»Weil ich ihn vor zehn Minuten gesehen habe, wie er mit Andreas' Gepäck das Hotel verließ, ich fürchte, da stimmt etwas nicht.«

»Ich glaube, da irrst du dich. Lass uns fahren und in Ruhe darüber reden, ja?«

Herbert Krüger stand mit dem Rücken zur Rezeption und hatte einen guten Überblick über die Eingangshalle. Als zwei unauffällig gekleidete Herren das Hotel betraten und der eine an der Türe stehen blieb, während der andere auf Krüger zukam, spürte er instinktiv die Gefahr. Strobel war der erfahrenste Beamte der Düsseldorfer Sonderkommission »Organisierte Kriminalität«. Eine Hand hielt er am Griff der entsicherten Dienstwaffe, die unter der Jacke versteckt noch im Halfter saß. Mit der anderen Hand zog er den Dienstausweis aus der Brusttasche. Herbert Rogosz alias Krüger schoss sofort. Der Beamte hatte sich blitzschnell hinter eine Säule geduckt, spürte einen brennenden Schmerz am linken Oberarm. Mit dem rechten Arm riss er die Pistole aus dem Halfter und schoss in rascher Folge Richtung Rogosz, der mit zwei, drei mächtigen Sätzen im Treppenhaus, welches zur Tiefgarage führte, verschwunden war. Er glaubte, ihn getroffen zu haben. Seinem Kollegen am Eingang bedeutete Strobel, den Ausgang der Tiefgarage an der Rückseite des Gebäudes nicht aus dem Auge zu lassen. Er selbst forderte Verstärkung an und verschwand im Treppenhaus. Sein linker Ärmel hatte sich oben am Oberarm rot gefärbt.

Juliane Bernstein hatte die Szene mit schreckgeweiteten Augen verfolgt und spürte, wie ihr die Knie versagten. Die wenigen Gäste in der Hotelhalle reagierten sehr unterschiedlich. Einige schienen gar nicht gemerkt zu haben, was vorgefallen war, obwohl die Schüsse unüberhörbar gewesen waren. Sie versuchten so zu tun, als sei nichts geschehen. Zwei andere hatten sich instinktiv auf den Boden geworfen und schauten jetzt vorsichtig hoch. Zwei Damen begannen, panisch zu reagieren. Sie kreischten, waren nicht mehr zu beruhigen und rannten ziellos hin und her.

Es dauerte nur wenige Minuten, bis die ersten Streifenwagen eintrafen. Die Besatzungen wurden angewiesen, sämtliche Hotelausgänge zu sichern. Kurze Zeit später kamen zwei Mannschaftswagen, die die Umgebung des Hotels abriegelten. Das SEK erschien nach etwa fünfzehn Minuten und bald wimmelte es auf dem Neuen Markt von Blaulichtern. Sie begannen, das Hotel systematisch durchzukämmen – ohne Ergebnis: Rogosz alias Krüger war verschwunden. In der Tiefgarage fand man Bluttropfen und mit Hilfe von Spürhunden konnte immerhin festgestellt waren, dass Rogosz das Hotel durch einen nur Insidern bekannten inoffiziellen Ausgang verlassen hatte. Draußen verloren die Hunde seine Spur.

Strobel hatte einen Streifschuss und wurde ärztlich versorgt. Es folgte ein langes Gespräch mit Juliane Bernstein, teilweise war Karl Beißwenger telefonisch zugeschaltet. Sie stand noch unter Schock, der nicht nur durch die lebensgefährliche Situati-

on zu erklären war, sondern auch durch die Tatsache, dass sie einem Menschen vorbehaltlos vertraut und sich dabei so geirrt hatte.

Trotz seiner Verletzung machte sich Strobel auf den Weg, Andreas Heckler aufzuspüren. Es dauerte zwei Stunden, bis der Hafenmeister vernommen werden konnte und bis man Doktor Schlüter ausfindig gemacht hatte. Schlüter war völlig überfordert: Die Erklärungen der Polizei lagen außerhalb seines Vorstellungsvermögens. Dennoch gab er den entscheidenden Hinweis auf den letzten Aufenthaltsort Hecklers. In der Werkshalle fanden die Beamten dann auch die Reste von Hecklers Handy, die SIM-Karte war unversehrt und konnte ausgewertet werden. Die Frage war nur: Wo war der Doktor?

80.

Es gelang Heckler nicht wirklich, die Augen zu öffnen. Wenn er sie öffnete, änderte sich nichts, es entstand kein optischer Eindruck, alles blieb dunkel. Nach geraumer Zeit begriff er, dass er sich in einem Raum befinden musste, in den keinerlei Tageslicht drang. Die Augen zu öffnen veränderte also nichts, aber immerhin: Er lebte. Diese Erkenntnis tröstete ihn anfangs, bis er die Aussichtslosigkeit seiner Situation erkannte. Da war das konstante Geräusch, ein tiefes Brummen, das gleichförmig an sein Ohr drang und keinerlei Veränderungen zeigte. Er konnte es sich im ersten Augenblick nicht erklären. Dann spürte er ein gleichmäßiges Wiegen, ein sanftes Geschaukelt-Werden, welches ihn einerseits beruhigte, ihm andererseits fast Übelkeit verursachte, weil er sich nicht orientieren konnte.

Er versuchte, sich zu bewegen. Alle Glieder taten ihm weh und er spürte einen stechenden Schmerz am Hinterkopf. Vorsichtig setzte er sich auf, wäre dabei fast ohnmächtig geworden. Als seine zitternden Hände den Kopf abtasteten, erschrak er. Er befühlte die unförmig geschwollene Kopfschwarte, die klaffende Risswunde, verklebte Haare, verkrustet durch geronnenes Blut. Er konnte es nicht sehen, aber er kannte das Gefühl nur zu gut. Die Erleichterung darüber, dass er noch lebte, währte nur kurz. Er begriff nach geraumer Zeit, dass das Wiegen das Schaukeln auf See war, dass das tiefe Brummen durch den Schiffsdiesel verursacht wurde und dass die Dunkelheit, die ihn umgab, die Finsternis eines tropenfesten Containers war. Er befand sich in einem verplombten Gefängnis, einer Stahlkiste, die irgendwo zwischen Hunderten ähnlich aussehender Kisten auf einem riesigen Überseefrachter vergraben war. Die Chance, dass er entdeckt wurde, war gleich null. Irgendwann würde die Atemluft in diesem luftdichten Gefängnis ausgehen. Sein medizinischer Verstand begann zu arbeiten: Sauerstoffmangel würde mit dem Anstieg des Kohlendioxidgehaltes einhergehen. Das würde letztlich wie eine Art Narkose wirken. Dadurch wäre der Sauerstoffmangel erträglich und der Tod fast angenehm, ja, er würde nahezu unbemerkt eintreten.

Als es Andreas Heckler auf diese Weise gelang, seine Gefühle der Panik und Verzweiflung zu beherrschen, kehrte Ruhe ein. Und mit der beginnenden Ruhe erstarrte er. Er glaubte, ein leises Stöhnen wahrgenommen zu haben. Mit bangem Herzen hielt er die Luft an und lauschte. Nein, er hatte sich geirrt, da war nur das gleichförmige Brummen der Maschinen. Gerade als er weiter atmete, hörte er das Geräusch wieder.

»Hallo!«, rief Andreas Heckler. »Hallo, ist da jemand?«

Stille. Keine Antwort.

»Hallo! Ich bin Andreas Heckler, wer ist da?«

Und dann, leise, aber deutlich wahrnehmbar, kam aus dem Dunkel eine gebrochene Stimme.

»Hier«, sagte die Stimme, »hier bin ich.«

Andreas Heckler erkannte instinktiv, dass ihm von dieser Stimme keine Gefahr drohte. Als er versuchte, sich in Richtung der Stimme zu bewegen, bemerkte er, dass seine Knöchel zusammengebunden waren. Sie hatten einfach seinen Gürtel genommen und damit die Beine gefesselt. Es war der Gürtel von Thomas Bernstein, den er morgens angelegt hatte, um Juliane eine Freude zu machen. Jetzt löste er den Gürtel und robbte vorsichtig ins Dunkel. Er stieß an eine harte Kiste, überhaupt schien das dunkle Verließ voller Kisten zu sein und seine Bewegungsfreiheit war minimal. Als er sich schließlich zwischen zwei schweren Kisten hindurchgezwängt hatte, fühlte er etwas Weiches.

»Keine Angst!«, sagte Andreas Heckler in die Finsternis.

Stöhnen, weiter nichts. Aber es war jetzt ganz dicht bei ihm, in unmittelbarer Nähe. Er tastete das weiche Bündel vorsichtig ab und kam zu der Erkenntnis, dass es sich um zwei Hosenbeine handelte, in denen tatsächlich ein Mensch stecken musste.

»Sie tun mir weh!«, kam es plötzlich aus der Dunkelheit, nicht laut, eher verzweifelt, auch anklagend.

Heckler erschrak. Der Mann schien verletzt zu sein.

»Wer sind Sie?« Im Grunde eine unsinnige Frage, ins Ungewisse hineingestellt.

Pause.

»Ist das denn noch wichtig?«, kam es dann sehr leise, fast tonlos.

»Wie heißen Sie?«

Und dann, nach einem langen Zögern, welches Heckler wie eine Ewigkeit vorkam, hörte er den Namen, der ihn trotz der aussichtslosen Lage in unglaubliche Aufregung versetzte.

»Zeidler«, sagte die alte und müde Stimme, »aber Sie werden mich nicht kennen.«

Heckler schluckte und brachte keinen Ton heraus.

»Sind Sie noch da?«, fragte die Stimme.

»Ja, natürlich«, murmelte Heckler. Wohin hätte er sich auch verflüchtigen sollen?

Zeidler! Es war so unglaublich, dass Heckler an seiner Wahrnehmung zweifelte. Vielleicht war es ein Traum oder eine Halluzination. So etwas gab es ja unter Extrembedingungen, darüber hatte er einmal gelesen. Dann aber erinnerte er sich an Rogosz' Worte: »Lösung Zeidler.« Das bedeutete, Rogosz hatte Zeidler gefasst und in den Container werfen lassen. Und als Heckler unerwarteterweise vor dem Container auftauchte und Rogosz klar wurde, dass er enttarnt worden war, hatte der ihn ebenfalls in den Container gesteckt. Beide sollten sie auf diese Weise »entsorgt« werden!

»Da irren Sie sich, ich kenne Sie, aber Sie kennen mich nicht«, setzte Heckler die skurrile Unterhaltung fort, »Herr Dr. Zeidler – Sie sollten auf Sardinien tödlich verunglückt sein.«

»Dann hätte ich es wenigstens hinter mir!«, stellte Zeidler voller Bitterkeit fest. Und dann, mit plötzlichem Misstrauen und einer Schärfe in der Stimme, die an frühere Zeiten erinnern mochte, fuhr er Heckler an: »Hat man Sie auf mich angesetzt? Dann hätten Sie mich ja vorher nicht halb tot prügeln müssen. Das bringt jetzt nichts mehr, ich ... bin sowieso am Ende.«

»Sind Sie verletzt?«

»Verletzt? Sie haben mir fast alle Knochen gebrochen, das müssten Sie doch ...«

Die Stimme erstarb. Stille – bis auf das Stampfen der Maschinen.

»Nein, ich ... ich bin Dr. Heckler, Arzt aus Düsseldorf, ich habe mit Rogosz nichts zu schaffen!«

Heckler hatte fast beschwörend gesprochen. Der Mensch, der offensichtlich schwer verletzt vor ihm lag, tat ihm plötzlich leid. Die Vorstellung, dass es sich um einen der niederträchtigsten Mitarbeiter der Stasi handelte, der wahrscheinlich zig Menschenleben auf dem Gewissen hatte, war weit entfernt. Jetzt lag da ein Schwerverletzter, für den möglicherweise jede Hilfe zu spät kam.

»Glauben Sie mir, ich ... bin in der gleichen Lage wie Sie.«

Heckler verstummte. Er hatte keine Lust mehr. Es brachte sowieso nichts. Sie würden beide ersticken.

»Heckler? Sind Sie nicht der Notarzt, der van Gemmeren gefunden hat?«

Die Flut der Erkenntnisse wäre für Andreas Heckler überwältigend gewesen, wenn er sich nicht in einer derart aussichtslosen Lage befunden hätte: Wieso kannte Zeidler, der Stasi-Mann aus Magdeburg, die Geschichte der MedicAid? Das war der Zusammenhang, nach dem Heckler so lange gesucht hatte! Er wollte unbedingt mehr wissen, trotz der verzweifelten Situation.

»Ja, das bin ich. Haben Sie Streichhölzer oder ein Feuerzeug, damit wir Licht machen können?«

Zum ersten Mal verfluchte Heckler sich selbst, weil er Nichtraucher war.

»Ja«, stöhnte der Mann, »in meiner linken Hosentasche, ich komme nicht dran.«

Heckler tastete sich vor. Immer, wenn er Zeidler berührte, gab dieser Schmerzenslaute von sich, einmal brüllte er sogar, vor Schmerz und vor Wut.

»Passen Sie doch auf!«

Heckler sagte nichts. Verbissen wühlte er sich vor, und als er endlich seine rechte Hand in der Hosentasche des Mannes hatte, fühlte er sich merkwürdig berührt. Er fand ein Feuerzeug, zog es hastig heraus und machte es an. Nach mehreren ungeschickten Versuchen gelang es ihm. Ob der Sauerstoffvorrat im Container sich dadurch verringerte, kümmerte ihn im Moment nicht. Die kleine Flamme blendete ihn fast und enthüllte ein Bild des Schreckens.

Der Mann, der Dr. Zeidler war, mochte Mitte sechzig sein, hatte graues, blutverklebtes und in wirren Strähnen herunterhängendes Haar. Ein Auge war völlig zugeschwollen, das andere Auge sah Heckler an. Es war ein angsterfüllter Blick, der die Schrecken der letzten Tage, die dieser Mann erlebt haben musste, widerspiegelte und dennoch ausdruckslos schien. Die Lippen waren aufgeplatzt, aus der Nase liefen zwei breite Blutspuren über das markante Kinn zum Hals hinab. Das Blut war geronnen, fast schwarz. Die rechte Schulter war merkwürdig verformt. Wie Heckler später feststellte, war sie ausgekugelt. Das helle Hemd war völlig verdreckt, an mehreren Stellen aufgerissen und mit Blutflecken übersät. Zeidler lag eingeklemmt zwischen zwei schweren Holzkisten, sein linker Fuß war unnatürlich verdreht und man musste kein Arzt sein um festzustellen, dass der Unterschenkel gebrochen war.

Zeidler atmete flach und schnell. Er stierte ins Leere.

»Können Sie mich erkennen?«

»Sie blenden, das Licht tut weh!«

Heckler hielt das Feuerzeug etwas weiter weg. Dann tastete er den Mann mit der anderen Hand vorsichtig ab, was ihm wegen der beengten Platzverhältnisse nur unzureichend gelang. Neben den sichtbaren Platzwunden, Schürfungen und Prellungen hatte Zeidler mehrere Frakturen erlitten. Auf der rechten Seite waren einige Rippen gebrochen, weshalb sich der Brustkorb beim Einatmen dort einzog, vermutlich hatten Rippensplitter die Lunge angestochen. Mit Mühe gelang es Heckler, den Puls zu tasten, der schwach und rasend war.

»Ich weiß«, sagte der Mann unvermittelt, »dass ich bald tot bin.«

Zu diesem Schluss war Heckler nach der Inspektion ebenfalls gekommen. Der Mann hatte keine Chance. Sie hatten beide keine Chance.

»Wer hat Sie so zugerichtet?«

Die Frage war überflüssig, Zeidler blieb die Antwort denn auch schuldig.

»Was wollten die von Ihnen?«

»Den Chip – aber ich hab' ihn nicht und ich weiß auch nicht, wo ...«

Der Schmerz ließ Zeidler verstummen. Vielleicht war es auch die verinnerlichte Angst, nur nichts preiszugeben. Doch Heckler insistierte. Wenn Sie schon beide sterben sollten, dann wollte er wenigstens die letzten Geheimnisse dieser verwickelten Geschichte kennen.

»Was ist auf dem Chip, welche Informationen?«

»Die Akten einiger Mitarbeiter, auch vom Alten und seinem Sohn.«

»Woher ...?«

»Wir haben kurz vor der Wende die Chips aus diesem Versuchsprogramm ... an uns genommen und zu unserer eigenen Sicherheit irgendwo aufbewahrt. Man weiß ja nie, wozu die alten Genossen in der Lage ...«

Zeidler schnappte nach Luft. Er konnte keine längere Sätze mehr sprechen. Als er wieder Luft bekam, fuhr er stockend fort.

»Als ich Rogosz in Düsseldorf traf, wusste ich sofort, was

los war. Wir kannten uns nicht, aber Leute aus der Organisation spüren das sofort, die riechen sich ...«

Heckler ließ ihm Zeit.

»... und dass er sich jetzt Krüger nannte, konnte mich nicht täuschen. Mit Hilfe alter Verbindungen haben wir ihn identifiziert. Dann hab' ich Bernstein den Chip ...«

»Bernstein?«, unterbrach Heckler scharf.

»Wir mussten uns absichern, falls Krüger hinter unsere Geschäfte kam ... Bernstein hatte keine Ahnung, ich hab' ihm nur gesagt, das wäre seine Lebensversicherung ... falls mit Krüger

was schief geht, und er solle den Chip sicher aufbewahren.«

Ganz allmählich begriff Heckler die Zusammenhänge. Aber wieso kannten sich Bernstein und Zeidler so gut?

»Woher kannten Sie Thomas Bernstein?«

Heckler spürte einen stechenden Schmerz im linken Daumen. Das Feuerzeug war heiß geworden und er hatte auf den Schmerz anfangs nicht geachtet. Jetzt ließ er die Taste los und es herrschte wieder tiefste Finsternis.

»Scheiße!«, fluchte Heckler und pustete auf den Daumen.

»Ich habe die MedicAid jahrelang mit Medikamenten beliefert ... Bernstein und ich, wir wurden ... Partner.«

»Sie? Aber das war doch die Firma Offermanns.«

Heckler spürte so etwas wie einen Triumph in der sterbenden Stimme des Dr. Zeidler, als dieser feststellte: »Ich bin Offermanns.«

»Sie sind ...?«

»Es ging lange Zeit gut, mit der Repropharm haben wir dick verdient und dann ... dann das mit van Gemmeren. Wir waren überzeugt, dass Rogosz dahintersteckt ... Bernstein hatte Rogosz in der Hand und drohte auszupacken ... Das war sein Fehler.«

Heckler spürte Übelkeit. Das Schiff bewegte sich jetzt stärker, es schlingerte und in der orientierungslosen Finsternis fühlte er sich elend. Aber auch Zeidlers Geständnis hatte ihn bewegt: Da trafen sich zwei Stasi-Veteranen Jahre nach der Wende, kannten sich zwar nicht, wussten jedoch intuitiv, dass jeder seinen alten Zirkel hinter sich hatte und irgendwelche krummen Geschäfte betrieb. Es hatte sich ein Modus vivendi eingespielt, ein unausgesprochenes Stillhalteabkommen sozusagen. Jeder ließ den anderen in Ruhe, bis ... ja bis Detlef Braun seinen Chef im Suff erschlug. Zumindest dachte er, dass er ihn erschlagen hätte.

»Wo hat Bernstein den Chip ...?«

»Wenn ich das wüsste«, röchelte Zeidler alias Offermanns, »würde ich hier nicht ... krepieren.«

Zeidlers Atmung wurde schneller und gurgelnd.

»Er sagte nur: ›Ich trage den Chip ... an einem ganz sicheren Ort‹ ... ich kann nicht ...«

Heckler machte wieder Licht. Zeidler hustete und hatte hellroten Schaum vor dem Mund, der bei jedem Atemzug mehr hervorquoll und schließlich zu einem Schwall frischen Blutes anschwoll. Dann wurde die Atmung schwächer, Zeidler verdrehte das sichtbare Auge, dann war es still, totenstill. Mechanisch tastete Heckler die Halsschlagader. Zeidler war tot und Heckler spürte nichts, kein Gefühl, kein Entsetzen, kein Mitleid. Plötzlich wurde ihm seine eigene Situation wieder bewusst. Er dachte nach. Zeidlers letzte Worte kamen wieder »... Ich trage den Chip an einem ganz sicheren Ort.« Was war damit gemeint? Er hatte »tragen« gesagt, und nicht aufbewahren.

Dann, unvermittelt, wusste er es.

Hastig zwängte er sich zu der Stelle zurück, wo er gelegen hatte, tastete nach dem Gürtel. Er erinnerte sich sehr genau, wie er die von Hand eingenähte Gürtelschnalle betrachtet hatte. Damals hatte er angenommen, dass Juliane eine andere Schnalle besorgt hatte. Er versuchte an der Stahlkante einer Kiste, die Nähte an der Gürtelschnalle aufzuscheuern. Weil er dazu beide Hände benötigte und im Dunkeln arbeitete, dauerte es eine Ewigkeit. Als er glaubte, soweit zu sein, leuchtete er mit dem Feuerzeug. Vorsichtig bog er eine Ecke der Lasche des Gürtels hoch und nahm den Lichtreflex wahr, der von dem kleinen, goldenen Blättchen ausging, welches sich in der Lasche verborgen hatte. Rogosz hatte also Recht gehabt: Er hatte den Chip bei Heckler vermutet, deshalb seine Wohnung durchsucht und wollte ihn nach dem Unfall des Werkschützers erpressen.

Heckler legte den Gürtel an, sodass der Chip nicht herausfallen konnte. Dann sah er sich um. Der Container war voller Kisten. Darunter waren einige große Kisten aus rohem Holz mit kyrillischer Aufschrift. Er richtete sich auf und leuchtete die Deckel ab. Eine der Kisten schien nicht fest verschlossen und es gelang ihm, den Deckel anzuheben. In der Holzwolle wurde er schnell fündig und zog eine schwere Waffe heraus, vermutlich ein Maschinengewehr, er kannte sich da nicht so aus.

»Mein Gott, darum ...«

Rogosz exportierte mit Hilfe alter Genossen Waffen aus den ehemaligen Ostblockstaaten und benutzte dazu die Exportwege der MedicAid. Wie sich später herausstellen sollte, waren es nicht nur Waffen, sondern auch nukleares Material.

Das Feuerzeug erlosch, das Gas war verbraucht. Heckler schleuderte es voller Wut in eine Ecke des Containers. Dann wurde ihm schwindlig und er sackte in sich zusammen. Irgendwann wurde er wieder wach, er hatte kein Zeitgefühl mehr, vielleicht hatte er Stunden oder nur Minuten geschlafen oder er war ohnmächtig gewesen. Das Schiff schlingerte jetzt heftiger, vermutlich befand es sich auf offener See. Gegen die aufkommende Übelkeit vermochte er nichts zu unternehmen, und als er sich schließlich übergab, kam nur etwas bittere Galle. Der ekelhafte Geschmack blieb in seinem Mund, die Zunge klebte am Gaumen und der Durst wuchs ins Unermessliche. Das Sterben war doch viel qualvoller, als er es mit seinem medizinischen Verstand phantasiert hatte. Dann verließen ihn wieder die Sinne, das Spiel wiederholte sich, zuletzt hatte er nur noch den Wunsch, es möge vorbei sein. Er glitt in einen Dämmerzustand, völlig zeit- und orientierungslos, ohne unterscheiden zu können, ob er wirklich wach war, träumte, ohnmächtig oder sogar schon gestorben war. Allmählich nahm er die Laute seiner Umgebung immer weniger wahr; sie schienen von weit weg an sein Ohr zu dringen. Und als es still wurde, war das wie eine Erlösung. Er hörte auch die harten, metallenen Geräusche über seinem Container nicht. Als ihn ein mächtiger Reiz gleißendes Lichtes überflutete, war es ihm, als sei er im Himmel angekommen. In seinem kurzen Leben hatte er sich wohl doch so verhalten, dass er in den Himmel gekommen war. Immerhin.

81.

Die Engel trugen hellblaue Röcke und adrette Blusen. Sie sprachen französisch und waren reizend anzusehen. Es war viel besser, im Himmel zu sein, als in diesem stickigen Container. Die Erinnerung schmerzte und Heckler schloss die Augen. Nein, er wollte sich der himmlischen Gegenwart zuwenden und vielleicht einen Französischkurs für Fortgeschrittene belegen. Die Realität holte ihn ein, als er die Augen wieder öffnete und der Infusionsflaschen gewahr wurde, die an beiden Armen angeschlossen waren. Er konnte die Arme nicht bewegen und machte sich bemerkbar, als ein Engel sein Gesichtsfeld kreuzte. Die Krankenschwester reagierte mit einem kurzen Ausruf des Erstaunens..

»Le docteur, le docteur s'est reveillé!« Sie rief erfreut nach einer Kollegin.

Bald darauf standen fünf Krankenschwestern um sein Bett und waren vom Erfolg ihrer Bemühungen geradezu entzückt.

Ein paar Tage später konnte Heckler wieder leichte Kost zu sich nehmen. Er hatte Besuch bekommen und wusste inzwischen, was sich ereignet hatte. Mit seinem Besucher hatte er einige lange Gespräche geführt, zwischendurch war er immer wieder eingeschlafen, aber Beißwenger hatte geduldig ausgeharrt.

»Ich habe dir gesagt«, stellte Karl Beißwenger am Ende dieser Gespräche fest, »dass es diesmal nicht so einfach sein würde, dein Leben zu retten.«

»Ja«, sagte Andreas Heckler nur und: »Danke, Karl!«

Der Arzt und der Kriminalkommissar waren sich näher gekommen, sie hatten einander viel zu verdanken. Dabei war es eine Mischung aus kriminalistischer Kleinarbeit und glücklichem Zufall gewesen, dass Heckler überhaupt entdeckt worden war.

Strobel, der Mitarbeiter der Sonderkommission, hatte die Reste von Hecklers Handy in der Werkshalle am Hafen entdeckt. Er hatte es sich nicht nehmen lassen weiterzuarbeiten. Gott sein Dank war seine Armverletzung nur oberflächlich gewesen, ein Streifschuss. Weil das Handy offensichtlich mit Absicht zerstört worden war, hatte der eilends angereiste Leiter der Sonderkommission den einzig richtigen Schluss gezogen: Andreas Heckler musste sich in einem der Container der MedicAid befinden. Freilich war bis zu dieser Erkenntnis wertvolle Zeit verstrichen, weil sie zunächst Dr. Schlüter auftreiben mussten, der bereits auf der Heimreise war. Dieser hatte bestätigte, dass er Andreas Heckler zuletzt gegen elf Uhr in der Werkshalle gesehen habe. Später hatte sich die Reederei des Frachters geweigert, das Schiff auf einen bloßen Verdacht hin an Land zu beordern. Sie hatten einen Verlust in sechs bis siebenstelliger

Höhe vorgerechnet und mit Schadensersatz gedroht. Da sich das Schiff mittlerweile in internationalen Gewässern befand, hatte man keinerlei Chance für den Zugriff gehabt.

Beißwenger hatte jedoch nicht aufgegeben und systematisch nach Rogosz und jenem Mann gesucht, den sie als Bernsteins Mörder in Verdacht hatten. Rogosz war verletzt gewesen, musste also früher oder später auftauchen, um ärztliche Hilfe in Anspruch zu nehmen. Sie hatten alle Krankenhäuser überwacht und diskret alle Arztpraxen informiert. Schon einen Tag später hatten sie Rogosz fassen können, als er versuchte, bei seiner Mutter im Hopfengarten Unterschlupf zu finden. Möglicherweise hatte ihm dies das Leben gerettet, weil er doch schwerer verletzt war, als sie vermutet hatten. Man hatte ihn erst nach der medizinischen Notversorgung vernehmen können, was aber völlig erfolglos geblieben war, weil er beharrlich schwieg und verlangte, mit seinem BND-Führungsoffizier und einem Rechtsanwalt zu sprechen. Beißwenger hatte ihm zunächst jeden Kontaktwunsch verweigert, Rogosz war jedoch hart geblieben.

Dann war Bernsteins Mörder gefasst worden. Die Sonderkommission hatte an Interpol und an sämtliche Grenzposten das Bild des Mannes gefaxt und um Amtshilfe gebeten. An der Grenze zur russischen Enklave Kaliningrad hatte die polnische Polizei den Mann ausfindig gemacht und verhaftet. Er war ohne großartige Formalitäten der deutschen Sonderkommission übergeben worden. Als der Mann die Ausweglosigkeit seiner Situation erkannte, hatte er versucht, seine Haut zu retten, indem er gestand, Heckler in einen Container geworfen zu haben, gemeinsam mit seinem Komplizen, dem Chauffeur der MedicAid. Er hatte noch weitere Schandtaten zugegeben, letztlich auch den Auftragsmord an Thomas Bernstein, die Provokation des Unfalls am Aachener Kreuz und die Durchsuchung der Wohnungen von Andreas Heckler und Juliane Bernstein. Im Übrigen war er später auch als der Mann identifiziert worden, der unter dem Namen »Stojkovic« als »falscher Zeuge« die Haftentlassung Bernsteins ermöglicht hatte und dessen Kontoauszüge Heckler in die Hände gefallen waren. Er hatte Herbert Rogosz alias Krüger schwer belastet. Doch der leugnete beharrlich und wurde vom BND gedeckt, der die schmerzhafte Erkenntnis, dass Rogosz von Anfang an ein Doppelagent gewesen war, nach Kräften zu leugnen suchte.

Der Containerfrachter hatte sich inzwischen auf der geographischen Breite Südfrankreichs befunden, mit Kurs Richtung Afrika. Nach der Aussage von Bernsteins Mörder war die Reederei bereit gewesen, das Schiff zu stoppen und die Container der MedicAid öffnen zu lassen. Deshalb war das Schiff die Gironde hinauf nach Bordeaux geschleppt worden und die Container waren teilweise entladen worden, damit man an die fraglichen Behälter der »Eurex International« herankam. Alle Beteiligten hatten nicht schlecht gestaunt, als sie in einem der Container neben einem Toten den halb verdursteten Andreas Heckler fanden, der es nur seiner Pferdenatur zu verdanken hatte, dass er dieses viertägige Martyrium überlebt hatte.

Andreas Heckler lehnte sich seufzend in die Kissen seines Krankenhausbettes zurück. In drei Tagen sollte er transportfähig sein und nach Deutschland gebracht werden.

»Moment mal!«

Andreas Heckler bewegte die Erinnerung, die zuerst verschwommen, dann immer klarer vor seinem inneren Auge auftauchte: die Situation im Container, als er den Chip in Thomas Bernsteins Gürtel entdeckt hatte.

»Der Chip! Natürlich, wie konnte ich den vergessen?«

Beim Versuch aufzustehen, wurde ihm schwarz vor Augen, Karl Beißwenger fing ihn gerade noch auf.

»Komm, komm, nicht so hastig! Was ist denn?«

Heckler benötigte ein paar Minuten, bis sein Kreislauf wieder funktionierte.

»Sind meine Sachen da? Ich meine den Gürtel.«

Beißwenger fand den Ledergürtel tatsächlich und gab ihn Heckler. Mit zitternden Fingern gelang es Heckler, den kleinen, golden glänzenden elektronischen Speicher aus seinem Versteck zu befreien und dem verblüfften Leiter der Sonderkommission zu übergeben.

»Donnerwetter!«, entfuhr es Beißwenger. »Das sieht nach Arbeit aus!«

Später sollte sich herausstellen, dass die auf dem Chip gespeicherten Stasi-Unterlagen nicht nur die gesamten Personalakten der Rogosz', Vater und Sohn, enthielten, sondern auch zahlreiche Dokumente, die belegten, dass Herbert Rogosz stets Doppelagent gewesen war.

Als es klopfte, grinste Karl Beißwenger. Heckler glaubte, einen spitzbübischen und schadenfrohen Zug wahrzunehmen.

»Herein!«. Er bemühte sich um eine möglichst feste Stimme. Es war aber nur ein jämmerliches Gekrächze.

Die zwei gutaussehenden Frauen im besten Alter hatten den Vorteil, dass sie Deutsch sprachen. Aber noch bevor irgendein Wort gewechselt werden konnte, war Hecklers kalkweiße Gesichtsfarbe – er hatte viel Blut verloren – einer intensiven Röte gewichen. Jennifer Lacroix und Juliane Bernstein gaben Andreas Heckler einen sanften Kuss auf eine Wange, Jenny ein bisschen intensiver – und nicht nur auf die Wange. Heckler wusste Bescheid und kam sich wie ein ertappter Schuljunge vor. Die beiden Frauen verstanden sich offensichtlich prächtig. Er wollte sich entschuldigen, aber Jenny legte ihm den Zeigefinger auf die Lippen. Eine vertraute Geste, die ihn an den Moment erinnerte, als er sich in sie verliebt hatte. Diese Geste und die Erinnerung trieben ihm die Tränen in die Augen. Er hatte einiges gutzumachen. Doch Jenny kam ihm zuvor.

»Ich weiß. Du musst mir nichts erklären! Ich hätte mich mehr um dich kümmern sollen.«

»Wir lassen euch dann allein«, sagte Karl Beißwenger und nahm Juliane am Arm.

Es wurde ein langes und ein sehr intensives Gespräch. Am Ende schlief Andreas Heckler ebenso erschöpft wie glücklich ein.

Ein halbes Jahr später saßen sieben Personen um das gemütliche Kaminfeuer in der alten Mühle. Die Wolken hingen grau in der Voreifel, die Luft war nass und kalt, November eben. Die Wärme des Feuers tat gut. Iris Braun und Bernhard Haller planten ihre Hochzeit für das kommende Frühjahr. Danach wollte sie nach Düsseldorf ziehen, weil – Ironie des Schicksals – die Aachener Gerichtsmedizin geschlossen werden sollte. Martin Preuss war und blieb Einzelkämpfer, allemal erfolgreich. Karl Beißwenger hatte es geschafft, sich für die letzten zehn Jahre seiner Berufstätigkeit zum BKA versetzen zu lassen. Der Erfolg im Fall Rogosz hatte zu seiner Reputation beigetragen. Der Triumph war lediglich dadurch geschmälert worden, dass man Herbert Rogosz kurz vor Prozessbeginn tot in seiner Zelle gefunden hatte. Die Version des Suizids konnte nie widerlegt werden. Der alte Rogosz war zunächst verschwunden, später tauchte er jedoch wieder auf und blieb ein freier, aber gebrochener Mann. Außer dass er von Heckler als Hafenarbeiter gesehen worden war, konnte man ihm nichts beweisen. Seine früheren Stasi-Aktivitäten waren ja bereits bekannt gewesen. Juliane Bernstein und Karl Beißwenger lebten zusammen. Überhaupt hatten alle ihr Single-Dasein aufgegeben, wenn man von Martin Preuss absah.

»Und wir?«

Andreas Heckler hatte all seinen Mut zusammen genommen und war entschlossen zu einem Antrag, doch Jenny kam ihm wieder zuvor.

»Ich würde sogar«, stellte Jenny zu Hecklers Erstaunen fest, »die alte Mühle aufgeben.«

Einige honorige Herren waren in Düsseldorf von ihren Posten zurückgetreten, allen voran der Staatssekretär aus dem Innenministerium. Dann Henning Bengsen, dem man jedoch nichts nachweisen konnte. Sein Schäfchen hatte er längst ins Trockene gebracht. Gernsbach, der Rechtsanwalt, wurde wegen Beihilfe verurteilt und sofort aus der Kanzlei ausgeschlossen, der Skandal war beträchtlich.

Kurz, der Leiter des Rettungsdienstes, hatte versucht, sich an Heckler für die Demütigung im Frühjahr zu rächen. Doch als Andreas Heckler sozusagen als Held nach Düsseldorf zurückkehrte, waren diese Versuche jämmerlich gescheitert. Auf dem Höhepunkt seines Triumphes kündigte Heckler selbst zum Jahresende. In Düsseldorf hielt ihn im Grunde nichts mehr. Die MedicAid wurde in einer Art Zwischenlösung vom ehemaligen Kölner Regierungspräsidenten geführt, einem integren Mann, der überall hohes Ansehen genoss. Über eine Großspende von zwei Millionen Euro waren alle Beteiligten ebenso erstaunt wie erfreut.

»Du und ich?«

Jennifer Lacroix nickte.

Phil Hammerstein

DOPPEL-Mord

Kriminalroman

380 Seiten · ISBN 3-89514-444-4

Heckler hatte sich das erste freie Wochenende seit langer Zeit so schön vorgestellt. Und dann, am Freitagnachmittag, der missglückte Wiederbelebungsversuch an einem mächtigen, aber herzkranken Unternehmer. Die junge und überaus attraktive Witwe ist ihm nicht mal böse und sie fasziniert ihn. Unwillkürlich gerät er in einen Strudel von Eifersucht, Intrigen, Habgier und dunklen Machenschaften. Als er sich an die Polizei wendet, wird er nicht ernst genommen, später sogar des Mordes verdächtigt. Dr. med. Andreas Heckler recherchiert auf eigene Faust. Diese Naivität kostet ihn fast das Leben, führt ihn aber zu der interessanten Frage, ob man einen Menschen zweimal ermorden kann. Als er zu ahnen beginnt, worum es in Wirklichkeit geht, ist es bereits zu spät, sich aus der ganzen Geschichte herauszuhalten ...